殘蟬身世香蓴興
《樂府補題》研究

姚道生 著

鳳凰出版社

圖書在版編目（CIP）數據

殘蟬身世香尊興 : 《樂府補題》研究 / 姚道生著.
-- 南京 : 鳳凰出版社, 2018.4
ISBN 978-7-5506-2746-8

Ⅰ. ①殘… Ⅱ. ①姚… Ⅲ. ①古典詩歌－詩歌研究－中國－南宋 Ⅳ. ①I207.22

中國版本圖書館CIP數據核字(2018)第047628號

書名	殘蟬身世香尊興——《樂府補題》研究
著者	姚道生
責任編輯	樊　昕　朱　堯
裝幀設計	徐　慧　陳貴子
出版發行	鳳凰出版社(原江蘇古籍出版社) 發行部電話025-83223462
出版社地址	南京市中央路165號,郵編:210009
出版社網址	http://www.fhcbs.com
照排	南京凱建圖文製作有限公司
印刷	江蘇鳳凰揚州鑫華印刷有限公司 揚州市江陽工業園蜀崗西路9號,郵編:225008
開本	880×1230毫米　1/32
印張	17.375
字數	490千字
版次	2018年4月第1版　2018年4月第1次印刷
標準書號	ISBN 978-7-5506-2746-8
定價	78.00圓

(本書凡印裝錯誤可向承印廠調換,電話:0514-85868858)

目　録

序…………………………………………………………………………… 1

緒　論…………………………………………………………………………… 1
　第一節　"樂府補題"釋名…………………………………………………… 2
　第二節　《樂府補題》研究的學術背景………………………………………… 3
　第三節　研究問題與論述框架………………………………………………… 8

上編　生成語境研究

第一章　《樂府補題》問世的語境研究 …………………………………… 13
　第一節　宋元易代的歷史語境:遺民身份的選擇與易代主題的設定 ………………………………………………………… 14
　　一、宋末的歷史語境:宋蒙關係與君臣應對 ………………………… 14
　　二、元初的歷史語境:夷夏之辨 ……………………………………… 18
　　三、遺民身份的選擇 …………………………………………………… 22
　　四、易代主題的設定與詞人的易代書寫 ……………………………… 25
　第二節　詠物的詞史語境:宋代詞人的詠物經驗與《樂府補題》的問世 ………………………………………………………… 28
　　一、物我的措置 ………………………………………………………… 31
　　二、賦形與摹神 ………………………………………………………… 40
　　三、情志與寄託 ………………………………………………………… 49
　第三節　雅化的詞學語境:詞人的審美取向與《樂府補題》的問世 ………………………………………………………… 59
　　一、臨安詞人的文藝活動及其崇雅觀念 ……………………………… 60

二、尚雅的詞學語境:本色之雅與詩化之雅 …… 70
三、姜夔的雅詞示範 …… 75
四、詠物:雅詞的代表題材 …… 79
第四節　補償與救贖:陳恕可的個人語境及其編纂《樂府補題》的動機 …… 91
一、從"選陣"看《樂府補題》的編纂動機 …… 93
二、從"選型"與"選域"看《樂府補題》的編纂動機 …… 100
三、保存記憶、表達心迹與個人紀念 …… 103
第五節　結語 …… 104

中編　文本研究

第二章　《樂府補題》版本考論 …… 109
第一節　版本叙録 …… 109
一、陳恕可原編本 …… 111
二、《唐宋名賢百家詞》本系統十一種 …… 112
三、《南詞》本系統九種 …… 119
四、佚失無考五種 …… 132
第二節　版本源流譜系與各版本的流佈存佚情況 …… 134
第三節　《百家詞》本系統與《南詞》本系統的比較 …… 138
一、兩個版本系統的文本差異之一:知不足齋本"一作"與彭藏本及《百家詞》系三本的比較 …… 139
二、兩個版本系統的文本差異之二:兩個版本系統張炎《水龍吟》下片的比較 …… 145
三、兩個版本系統在清代的流佈 …… 149
第四節　結語 …… 157

第三章　寄託:《樂府補題》的解讀之一 …… 159
第一節　本事之有無與情感的書寫 …… 159
第二節　《天香・宛委山房擬賦龍涎香》的寄託 …… 165

一、憶昔懷舊:對當下生存狀態的情感折射 …………………… 165
二、慵懶與嘆老:當下的無力感 ………………………………… 175
三、由君到國的憶念:佳人之思的書寫 ………………………… 177
第三節　《水龍吟·浮翠山房擬賦白蓮》的寄託……………………… 180
一、亡國之痛:從"太液波澄"到"太液波翻" ………………… 180
二、思痛:驚破了霓裳羽衣曲之後 ……………………………… 183
三、寄心君王:洛神的象徵意義 ………………………………… 195
四、落寞與焦慮:舊盟鷗鷺的離散 ……………………………… 199
第四節　《摸魚兒·紫雲山房擬賦蓴》的寄託………………………… 203
一、期望、質疑與失望及心底深處的寂寞與焦慮:蓴鱸勸歸的複雜心情 ……………………………………………………… 204
二、陳悔疚,求諒解:王沂孫的哀辭苦調………………………… 212
第五節　《齊天樂·餘閒書院賦蟬》的寄託…………………………… 218
一、直面記憶中的血與淚:詞人的身世之感 …………………… 219
二、惆悵憔悴,怨恨悲愁:齊后化蟬與故宋宮人………………… 231
第六節　《桂枝香·天柱山房擬賦蟹》的寄託………………………… 242
一、東流恨:陳恕可的灰色遺憾 ………………………………… 243
二、一言難盡:面對仕元舊友的複雜心情 ……………………… 248
三、淒涼裏的清愁:唐藝孫的繁華記憶 ………………………… 252
第七節　結語…………………………………………………………… 258
一、歷史語境與典故:寄託的解讀依據 ………………………… 259
二、亡國之痛的情感樣態和仕隱出處的艱難抉擇……………… 262

第四章　形神與物我:《樂府補題》的解讀之二 ………………… 264
第一節　物象之神與詞人的主體意識:神的兩層含意與四種書寫表現……………………………………………………………… 264
一、物象之神的兩層含意………………………………………… 264
二、摹寫物象之神的四種書寫表現……………………………… 267
第二節　"將自身站在旁邊":龍涎香、蓴與白蓮…………………… 272
一、無形可賦的龍涎香…………………………………………… 272

二、體物瀏亮的蓴 …… 278
三、側筆摹神的白蓮 …… 285
第三節 "站在旁邊"與"放頓在裏面":蟬與蟹 …… 298
一、借聲顯神的蟬 …… 298
二、神寄情景的蟹 …… 310
第四節 結語 …… 315

下編 接受研究

第五章 詠物與國運:清人詠物詞對《樂府補題》的接受 ……… 321
第一節 盛世來臨的前夕:康熙初年的《補題》追和 …… 321
一、寄託之有無 …… 322
二、"情見乎詞" …… 328
三、盛世的前夕:《補題》追和的歷史語境 …… 332
第二節 康乾盛世的醇雅之音:和作與擬作的模式化、學問化及雅玩化 …… 348
一、模式化傾向 …… 349
二、學問化 …… 352
三、雅玩化:以《樂府後補題》及《擬樂府補題》爲中心 …… 356
四、醇雅之音的歷史語境 …… 370
第三節 八國聯軍入京與詠物詞:《春蟄吟》對《樂府補題》的回響 …… 387
一、回歸寄託:晚清時局的詞筆書寫 …… 388
二、詠物寄託:王鵬運與朱祖謀詞體觀的一個側面呈現 …… 400
附録:朱蔭龍校《半塘七稿·庚稿下·春蟄吟》書影 …… 406
第四節 結語 …… 407

第六章 寄託論述的建構與詠物雅詞的作法:清代詞論對《樂府補題》的開發 …… 409
第一節 寄託論述的建構 …… 409

一、詩與史、詞與史:寄託論述的文學史語境 …………………… 410
二、周濟論作者創作:“詞亦有史”與“詠物最爭託意”
——常州詞派對《補題》的開發之一 ………………………… 415
三、陳廷焯的逆向解讀:“託意”向“史事”實化
——常州詞派對《補題》的開發之二 ………………………… 422
第二節　詠物雅詞的作法………………………………………… 426
一、雅人的詠物技法:浙西詞家對《補題》的開發
——以許昂霄《詞綜偶評》爲例 ……………………………… 426
二、“非寄託不入,專寄託不出”:常州詞派論詠物詞的寫法
——以周濟詞論爲中心 ………………………………………… 431
三、一部標示詠物與寄託並體現師説的讀本:徐珂的《天蘇閣叢刊》本《樂府補題》 ………………………………………… 437
第三節　結語……………………………………………………… 447
附録:徐珂《天蘇閣叢刊》本《樂府補題》書影 ……………… 448

第七章　從詞人“遺軌”到文學史的邊緣:《樂府補題》在民國 …… 449
第一節　“緜一綫之傳”:民初詞人對《樂府補題》的接受
——以白雪詞社《樂府補題後集》爲例………………… 450
一、“情感則一”:《後集》對《補題》的繼承與拓展 ……………… 450
二、繼承“遺軌”與“時變不同”:白雪詞社的社事活動及其應對時局的有效性………………………………………………… 455
第二節　邊緣化:新派知識份子對《樂府補題》的接受
——從胡適的挑戰説起………………………………… 467
一、白話文學史觀下“詞匠的詞”:胡適的挑戰之一 …………… 467
二、“算不得什麽遺民遺老”:胡適的挑戰之二 ………………… 477
三、强民壯國與人品即文品:挑戰者與回應者背後的共同理念 ………………………………………………………………… 482
第三節　結語……………………………………………………… 489

總　結………………………………………………………………………… 492
第一節　《樂府補題》的生成語境………………………………………… 492
第二節　《樂府補題》的文本……………………………………………… 493
一、版本傳播 ………………………………………………………………… 493
二、寄託與典故 ……………………………………………………………… 494
三、形神與物我 ……………………………………………………………… 496
第三節　《樂府補題》的接受……………………………………………… 497
一、清代詞人的《補題》追和與擬作 ……………………………………… 498
二、清代詞論對《補題》的開發 …………………………………………… 499
三、《樂府補題》在民國 …………………………………………………… 499
第四節　《樂府補題》的經典化與去經典化……………………………… 501

附録一:《知不足齋叢書》本《樂府補題》白文 ………………………… 505

附録二:《四庫全書》本《樂府補題》白文 ……………………………… 513

徵引書目……………………………………………………………………… 521

後記…………………………………………………………………………… 544

序

張宏生

道生的《樂府補題校注》剛剛問世，作爲其姊妹篇的《樂府補題研究》又要付梓了。出版在即，道生仍然希望我爲之作序。借此機會，重讀書稿，也確實覺得有一些話要説。

《樂府補題》在清代初年重新問世之後，立即在詞壇引起了追和的熱潮，而且終有清一代，雖然有所起伏，這股熱潮始終不曾消歇，人們似乎找到了一種可以充分發揮聰明才智的方式，找到了一種可以檢驗創作實力的方式，因此吸引了很多人去嘗試。《樂府補題》中的作品都是詠物詞，所詠者，除龍涎香可能不一定和作者的生活密切相關外，其他各種事物，如蟬、白蓮、蓴、蟹，作爲聚集在杭州進行創作的群體，固然是他們所常見的，而這五種題材，在詩歌創作領域，至少蟬、白蓮、蓴和蟹，前代作品也已不少，不過若是就詞的創作傳統看，則這些題材都是較爲新穎的。因此，《樂府補題》對清代詞人的最直接的啟示，或者就是在詠物詞的創作中，努力追求題材出新，通過對新題材的發現以及嘗試，來展示其創新能力。這一點，在朱彝尊的《茶煙閣體物詞》中，已經看得非常清楚。該集共收詠物詞 114 首，其中的動物類就有白鷳、孔雀、鴛鴦、鷺鷥、山鷓、黄雀、白燕、鸊鵜、雁、鵝、鴨、駱駝、山獐、貓、黄鼠、蜻蜓、蛩、河豚、�蛤、蛤蜊、龍虱等，放在詞史中考察，確實特色鮮明。朱彝尊的做法顯然也被後人所關注，像民國初年號稱繼武《樂府補題》唱和的白雪詞社，其社集以詠物爲主，其中動物類的題材就有秋燕、秋蝶、秋猿、秋蛩、秋蜩、秋鴻、蚊、虱、蠅、蝸、蟻、蠹、蚓、鯽魚等，雖然和此前詞壇比，不一定就是新創，但這些題材，也有其刻意的追求。以後《全清詞》全部出版，若將其中的詠物詞題材加以統計，一定會有非常有趣的發現。例如,一些來自西洋之物如自鳴鐘等,就及時被詞人們攝入筆下,充分體現了他們求新求異的心態。

與此相關的,還有一個寫法的問題。考察詠物詞的表現手法,除了傳形體物之外,一個非常重要的方面,就是徵事用典。道生在對《樂府補題》進行注釋時,已經指出了這一點。推而廣之,在清代,從事詠物詞的創作,大致上也都對此非常熱衷。在文學史上,一般來説,一味追求用典,往往並不被認爲是創作的正道,不少批評家都對此作了批評,不過若是從清人創作的實際看,這些批評顯然並未産生根本的影響。清代從事詞創作的隊伍規模非常大,根據目前的估計,詞人有數千,詞作或超過 30 萬首,這樣龐大的群體,當然是泥沙俱下,魚龍混雜。不過,既然從事創作,則總是希望能够在文學史上留下自己的痕迹,而求新、求變又談何容易,但是,就具體的個體來説,雖然不一定是大才,要想寫出和别人不一樣的東西,還是有路可走的。正是在這個意義上,我們發現,不少作家將目光投向了詠物詞:一方面可以選擇詞史上少見之物,加以歌詠;另一方面,如果有些事物,已有詞人關注,並已成爲經典,則在這方面的任何一點變化,都會帶來成就感。清人讀書多,學問大,不斷發現前人所忽略的事典,將其用在作品中,也是一件很有樂趣的事。因此,在連綿不斷地對《樂府補題》這五詠的重新創作中,新典故的出現或舊典故的新用,就是很常見的。而且,這種風氣也確實影響了其他題材的詠物之作,如厲鶚有《雪獅兒》詠貓詞四首自述:"華亭錢葆酚以此調詠貓,竹垞翁屬和得三闋,徵事無一同者。予與吴繡谷約,戲效其體,凡二家所有,勿重引焉。"(《樊榭山房集》卷九)而張德瀛《詞徵》則指出:"朱竹垞、錢葆酚、厲樊榭均有《雪獅兒》詠貓詞。吴聖征又從而擴之,刺取典實,無隙不搜。然尚有三二事未及引者。"對此,光緒年間的謝章鋌《賭棋山莊詞話續編》五批評説:"宋人詠物,高者摹神,次者賦形,而題中有寄託,題外有感慨,雖詞,實無愧於六義焉。至國朝小長蘆出,始創爲徵典之作,繼之者樊榭山房。長蘆腹笥浩博,樊榭又熟於説部,無處展布,借此以抒其叢雜。然實一時遊戲,不足爲標準也,乃後人必群然效之。"謝氏所論,不能説没有道理,但是,如果不是秉持單一的標準,則從用典上,正可以從一個側面看出清人求新求變的陌生化意識。何況,清代不少詠物詞，都出現在結社唱和的場合，而“詞人爲社，以鬥靡爭奇，較短長於一字一句之間，斯詠物之作尚矣”（龍榆生《中國韻文史》）。倘若還原詞人的創作生態，則對徵典用事這一現象，就不會簡單對待了。

當然，《樂府補題》諸作的比興寄託内涵，清代詞人並未忽視。事實上，這部著作在清初復出時，比興寄託就被認爲是其中重要的品質。重刊《樂府補題》的重要推手朱彝尊在《樂府補題序》中就指出：“集中作者……大率皆宋末隱居子也，誦其詞可以觀志意所存，雖有山林友朋之娱，而身世之感别有淒然言外者。其騷人《橘頌》之遺音乎？”儘管他本人的《茶煙閣詠物詞》，由於另有追求，往往與這種精神相去甚遠，但如其詠物名篇《長亭怨慢·雁》之類，也有家國之感蘊於其中。這一精神也被後來的一些創作者所繼承，如白雪詞社將其唱和的結集題爲《樂府補題後集》，程適作序時即説：“其必繼聲《樂府補題》者，則以宋賢玉潛、碧山、蕢洲、篔房諸子，生丁末造，自署遺民，散發陽阿，傷心川逝。月明環佩，望美人兮不來；日薄崦嵫，恐靈修之易化。滄桑鬱其懷抱，筆墨化爲煙雲。一往情深，寓之詠物體繪工，寄託苦矣。以今觀昔，雖時變不同，而情感則一。”（《樂府補題後集》甲編序）徐致章也説：“嗚呼，神州陸沉，環瀛蕩潏，是何等世界也！獰鬼沙蜮，封豕長鯨，是何等景象也！鐵血涴地，銅臭薰天，是何等觀念也！集澤鴻嗷，泣途虎猛，是何等慘痛也！處漏舟之中，立巖牆之下，方沈溺覆壓是懼，而猶綺語卮言競相酬唱，爲此戔戔之詞，飾其華藻，又從而繡其鞶帨，不且見鄙於通人乎？然而，風飄車偈，萇楚苕華，聖人删詩，未嘗廢也。騷怨些哀，詠懷遊仙，昔賢輯選，未或遺也。何也？心有所感不能無所宣，目有所觸不能無所動，自然之流露，即風雲月露，花草蟲魚，皆足寄其興焉。心聲，亦天籟也，如候蟲之鳴，不可遏抑也。至於姚冶誨淫之辭，放僻背道之作，皆所不取，以求合于宋賢唐王張李諸公之旨，此《樂府補題後集》之微意也。後之覽者，倘亦諒其心而憫其遇也夫！”（同上）顯示了這些同處於易代之際的詞人，對《樂府補題》産生的精神共鳴，但其中的一些創作，卻顯然只是單純的體物之什，又回到了朱彝尊《茶煙閣詠物詞》的路上。

這就引出了一個有意思的問題：面對《樂府補題》，不少作家當然都知道比興寄託是其重要的價值所在,但在實際創作中,卻又並不完全遵從這一指引。這有助於我們思考理論主張和實際創作生態的關係。文學價值本來就是多元的,評價標準當然也不能單一。比如,如果用常州詞派的創作理論去衡量他們自己的實際創作,很容易就發現,他們的不少作品都和其提倡的理論不搭邊。但這並不一定意味著他們忽視了自己的理論,而不過是體現了某種生活的邏輯而已。

以上的想法,在道生撰寫博士論文的過程中,我們也或多或少交流過。現在寫在這裏,也可作爲我們師生相與論學的一個側面的記録。

在中國詞史上,《樂府補題》的出現及其對後世的影響,是一個非常獨特的現象。道生的這兩部著作,前者從多方面清理了閱讀補題所可能面對的文字障礙,包括典故、典章制度、文字習慣等各個方面的問題,後者則在此基礎上,做了進一步的理論闡述。道生所採用的將文獻學和文藝學相結合的方法,在這兩部書中,正好相得益彰,互相生發。對此,我在《樂府補題校注》的序中已經有所説明,但我仍願意在這裏進一步加以强調。

三十多年前,我撰寫《宋元之際作家的心靈活動》一書,曾把《樂府補題》作爲重要的内容,加以論述,以討論亡國遺民的某種心理活動。因此,道生在從事研究時,有時也會提到我的一些觀點。不過,日新之謂盛德。我必須指出,道生對這部著作的研究,無論是深度上,還是在廣度和厚度上,都已經達到了一個新的層面,他在這個老領域中,做出了新探索,取得了新成績。相信道生在這部著作中所提出的一些問題,一定能够引起學術界的興趣。我也期待,在學術研究的道路上,道生能够不斷開闊格局,達到新的境界。

2017 年 6 月 5 日于香港將軍澳之片翠山房

緒　論

《樂府補題》(以下或簡稱《補題》)是一部南宋遺民詞人結社唱和的詠物詞集,成書於元初,共收五調五題十四家三十七首詠物詞。《補題》的編者是陳恕可(1258—?),他同時也是十四家詞人中的一家。五調五題依次是:《天香·宛委山房賦龍涎香》、《水龍吟·浮翠山房賦白蓮》、《摸魚兒·紫雲山房賦蓴》、《齊天樂·餘閑書院賦蟬》、《桂枝香·天柱山房賦蟹》。此五調五題是詞人五次雅集時唱和的題目。

十四家詞人當中,除佚名一家無考外,其他都是一時雅士,尤以周密(1232—1298)、王沂孫(生卒未詳)和張炎(1248—1319)最負詞名。王沂孫和陳恕可更有一題兩作。諸家各題的詞作如下:

詞　人	天香 賦龍涎香	水龍吟 賦白蓮	摸魚兒 賦蓴	齊天樂 賦蟬	桂枝香 賦蟹	總　計
王沂孫	一首	二首	一首	二首	/	六首
周密	一首	一首	/	一首	/	三首
王易簡	一首	一首	一首	一首	/	四首
馮應瑞	一首	/	/	/	/	一首
唐藝孫	一首	/	/	一首	一首	三首
呂同老	一首	一首	/	一首	一首	四首
李彭老	一首	/	一首	/	/	二首
李居仁	一首	一首	/	/	/	二首
陳恕可	/	一首	/	二首	一首	四首

續表

詞　人	天香 賦龍涎香	水龍吟 賦白蓮	摸魚兒 賦蓴	齊天樂 賦蟬	桂枝香 賦蟹	總　計
唐珏	/	一首	一首	一首	一首	四首
趙汝鈉	/	一首	/	/	/	一首
張炎	/	一首	/	/	/	一首
仇遠	/	/	/	一首		一首
佚名	/	/	一首	/	/	一首
合計	八首	十首	五首	十首	四首	三十七首

清代詞論家很推崇《補題》，認爲此集詠物與寄託俱臻絶詣；不過到了民國之後，《補題》卻備受冷落，讀之者不多。這種由熱而冷的現象實在值得注意。

第一節　“樂府補題”釋名

詞集題曰“樂府補題”，書名頗是特别。樂府本是秦漢時音樂官署之名，後用作詩體之名，即樂府詩。因爲詞本是合樂而歌，與漢人的樂府詩相似，所以宋人又以“樂府”爲“詞”之别名；至於“補題”之意爲何，由於原書没有編者的序跋，時人的著作也没有提及，所以“補題”之意，一時間亦莫可知悉。

《補題》編成之後，終元明之世都只有抄本流傳，知之者不多，著録者亦鮮，直到清初康熙十七年(1678)，朱彝尊(1629—1709)進京應考博學鴻詞科時，把它帶上京師，由蔣景祁(1646—1695)鏤刻刊行，才得以流佈，而且轟動詞壇，至乾隆年間就有人解釋“樂府補題”的含意。倪一擎(生卒未詳)《樂府補題序》：

《樂府補題》一卷，南宋遺民倡和之詞也。宋人稱長短句爲樂府，若賀方回、康伯可、魏子敬、姚令威等，皆以“樂府”名其集，而曾

> 慥、元好問亦以"樂府"名所選。樂府之聲折備在禁坊,部人職之,其辭則譔自士夫。今曰"補題"者,言就"桂枝香"等聲折,補填以"龍涎香"諸題。身爲宋之遺民,追譜有宋之樂府,志可知矣。[①]

這是現存可見資料中首個,也是清代唯一個對"樂府補題"之名所作的解釋。倪一擎認爲,宋人以"樂府"名其詞集及詞選,所以"樂府"一名,不過是繼承前人之習而已,而所謂"補題",則是"就聲折,補填題"之意。"追譜有宋之樂府",實有宋遺民之志。

葉嘉瑩教授也作過解釋,意見與倪一擎的説法可以互相參照:

> 經過這種亡國的慘變,這十四個人就集會來填詞。他們填的詞,後來被人編成一個詞集叫《樂府補題》。樂府裏面有各種的詩歌,像李太白寫的《静夜思》,就是樂府的詩題。可是有些個題目,樂府裏面没有,這些人寫的詞題就是樂府中没有的。他們寫的詞是樂府裏面没有寫過的主題,所以叫做《樂府補題》。這卷詞集所留下來的都是詠物的作品。[②]

"樂府裏面没有寫過的主題"就是"亡國慘變"。倪一擎認爲"就'桂枝香'等聲折,補填以'龍涎香'諸題"是"宋遺民之志"的表現,着眼的是詠物的題材;葉先生强調的是亡國主題,二者其實是互補的。然則,這部詞集就是借詠物的題材來書寫亡國的主題,是從前的樂府裏没有寫過的,所以題曰"樂府補題"。

第二節　《樂府補題》研究的學術背景

《樂府補題》在元明兩代寂寞無聞,但在清初復出之後,就引起極大

---

① 仁和王氏《漱六編》本《樂府補題》卷前。

② 葉嘉瑩:《唐宋詞十七講》(長沙:岳麓書社,1989年),頁463—464。

的回響。蔣景祁《刻〈瑤華集〉述》謂:"輦下諸公爲之詞體一變,繼此復擬作'後補題',益見洞筋擢髓之力。"[①]影響之深廣,可以想見。

在清代,《補題》是一部人皆熟知的詞集,詞家都很推崇這部詞集,視之爲詠物詞的典範,又歎賞其詞中寄託與題外感慨;然而,儘管《補題》在詞學史上赫赫有名,後人的實際研究成果卻並不算豐富,已出版的今人專著,就只有黄兆顯先生的《樂府補題研究及箋注》一書而已[②],其他的研究成果都只是單篇論文。黄著主要沿用夏承燾先生《〈樂府補題〉考》一文的意見[③],謂《補題》唱和,實因胡僧楊璉真伽發掘宋帝諸陵劫取寶貨一事而起。

"發陵説"可追溯至陳子龍(1608—1647):

> 唐玉潛與林景熙同爲采藥之行,潛葬諸陵骨,樹以冬青。世人高其義烈。而詠蓴、詠蓮、詠蟬諸作,巧奪天工,亦宋人所未有。[④]

陳子龍没有直言《補題》因發陵事而作,但他把詞人、詞作與宋陵事並言,就啟發了厲鶚(1652—1792)對《補題》的詮釋。厲鶚《論詞絶句》十二首之六:

> 頭白遺民涕不禁,《補題》風物在山陰。殘蟬身世香蓴興,一片冬青冢畔心。

---

① 蔣景祁編:《瑤華集》(北京:中華書局,1982年),頁8。

② 黄兆顯:《樂府補題研究及箋注》(香港:學文出版社)1975年。

③ 夏承燾:《〈樂府補題〉考》,《唐宋詞人年譜·周草窗年譜·附録二》(上海:上海古籍出版社1979年)。又見《夏承燾集》第一册(杭州:浙江古籍出版社、浙江教育出版社,1997年),頁373—380。

④ 王奕清編:《歷代詞話》,《詞話叢編》本,第二册,頁1260。按:陳耀文(?—1607)編《花草萃編》卷二十一收有唐珏詠白蓮及詠蟬二題,未收詠蓴一題,則陳子龍評語應是獲睹《補題》唐珏詞之後發,而非睹其他詞選後之言。

厲鶚自注:"《樂府補題》一卷,唐義士玉潛與焉。"[1]夏承燾先生的《樂府補題考》進一步發揮"冬青冢畔心"之説,於是"發陵説"就一度成了詞學界的主流意見,黄兆顯只是其中一位響應者而已。

黄著共分三卷,卷一簡述宋末的歷史背景、《樂府補題》諸作的寄意,以及十四位詞人的生平。本卷的重點是《樂府補題》的寄意,主要是沿用夏承燾先生《〈樂府補題〉考》的成説而詳加發揮。就觀點而言,作者並無特别的發明。卷二分就五題五詠加以注釋,附有校勘及作者的箋評。注釋較簡略,箋評主要分析諸詞的文意結構。卷三重點有二:分題並列十四家諸作的詞句,供讀者自行比較;附録唐珏、林景熙、謝翱、王修竹、鄭朴翁及羅銑等"六義士"的生平與詩文,供讀者參考。黄著是第一部,也是本書之前唯一專研《樂府補題》的著作,用的是傳統的考證及箋注方法,篳路藍縷之功,不可抹煞。

八〇年代以前,《補題》的研究很是冷清,就已發表的成果來看,主要是夏文和黄書;進入八〇年代之後,才逐漸有學者研究,而"發陵説"也受到質疑。

王信霞的《〈樂府補題〉研究三百年》回顧了有清一代有關《樂府補題》的研究,可惜他未曾寓目黄兆顯的《樂府補題研究及箋注》。王信霞把諸家學者的研究成果分爲四類:復出刊刻之研究;寄託之研究;與《樂府補題》相關之人、時、地及其文本研究;影響之研究。這四類研究中,以"寄託之研究"爲主。事實上,不論清人還是今人,研究的注意力都集中於此;至於"影響之研究"則是九〇年代以後之事,這些研究主要討論朱彝尊及浙西詞家對《樂府補題》的擬作,以及《樂府補題》對浙西詞學的影響。

清人提出"發陵説"之後,夏承燾《〈樂府補題〉考》和孫康宜《〈樂府補題〉中的象徵與託喻》等皆主此説。然而也有學者提出質疑,例如蕭鵬《〈樂府補題〉寄託發疑》、郭鋒《論〈樂府補題〉的詞學思想》、劉榮平《釋"知君種年星在尾"——對楊髡發陵時間之堅證的考辯兼論〈樂府

---

[1] 厲鶚著,董兆熊(1806—1858)注,陳九思標校:《樊榭山房集》(上海:上海古籍出版社,1992年),上册,頁512。

補題〉寄託發陵説不能成立》等,就認爲"發陵説"不可信。

除了"發陵説"外,有學者認爲五題五詠各有不同的寄託,例如王大均《〈樂府補題〉新考》提出全太后爲尼、厓山戰敗、楊淑妃殉國、王昭儀入道、謝太后降元等事。不過,亦有學者認爲詞中别無本事,《樂府補題》純粹寄寓了十四位遺民的亡國之痛與身世之感而已。郭鋒《論〈樂府補題〉的詞學思想》、丁放《〈樂府補題〉主旨考辨——兼論"比興寄託"説詞論在清代以來的演變》、遲寶東《〈樂府補題〉新論》、牛海蓉《也談〈樂府補題〉的寄託》即主此説。

學者們還討論過《樂府補題》對後世的影響。他們主要討論的是《樂府補題》對朱彝尊及浙西詞人創作的影響,例如嚴迪昌《〈樂府補題〉與清初詞風》、魯竹《〈樂府補題〉與浙西六家的詠物詞——兼論浙西詞派的形成》、于翠玲《〈詞綜〉與〈樂府補題〉的關係——兼論浙西詞派詠物詞的演變》、張世斌《朱彝尊酬唱〈樂府補題〉詠物詞風格成因》等,就是這方面的研究。總的來説,他們認爲,朱彝尊唱和《樂府補題》,只是一種姿態,其詞作偏離了《樂府補題》的寄託精神,因爲他順應時勢,接受了清的統治,所以只能寫出一些物象的美感而已;而浙西詞人也只是亦步亦趨地跟在朱彝尊之後,最後流於堆砌典故。此外,也有學者討論朱彝尊以外其他清人的擬作,劉東海的《從〈樂府擬補題〉創作看清初士人心態》和《順康詞壇〈樂府擬補題〉主題考述》就着眼於清初詞人擬作的心態;李桂芹的《〈擬樂府補題〉的詞學文獻價值》和《〈擬樂府補題〉初探——兼論中期浙西詞派》更開拓《擬樂府補題》的討論,探討乾隆年間擬作的情況。

學者也注意到考證與詞藝的問題,路成文的《〈樂府補題〉三考》和《〈樂府補題〉考論》就考證了《樂府補題》的創作地點;遲寶東的《〈樂府補題〉新論》則較多《樂府補題》詞藝方面的討論。

雖然宋詞是古典文學研究的一大領域,而且研究成果相當豐碩,但有關《補題》的研究就頗爲冷清了。因此,儘管諸家學者開闢了《補題》的研究道路,而值得思考的課題仍有不少:

首先,寄託是《樂府補題》的研究重點,學者大多從本事的探求來處理寄託的問題。若就某一句或某一首詞而言,或可令人信服,若聯繫整部《樂府補題》來看，就難免招來穿鑿附會、斷章取義的批評。因爲時代久遠，詞人事迹多已湮没無聞，無確切本事可資考證，傳統知人論世的研究結果多被指爲懸想之詞，既希望考出本事的同時，又希望不流於穿鑿，實在不容易，於是，有學者另闢他途。丁放就提出《補題》不過是元初詞社唱和的一部詠物詞集，它雖暗含一定的身世之感，但並無可以證實的言外之意。郭鋒也認爲《補題》並没有特定的本事，有的只是亡國的體驗、生存的艱難和身心俱辱的痛苦心態。然則本事之有無與寄託之間的關係如何？怎樣判斷詞中别有寄託？

第二，在詞藝方面，學者多是舉王沂孫或者周密的詞爲例作分析，主要是討論典故中的寄意，而其他詞人之作則談得較少，詞人間的比較就更少，於是十四家詞人的詞作就隱而不彰了。

第三，學者從文學的角度研究《樂府補題》是很合理的，但《樂府補題》同時也是一部古籍，如同其他古籍一樣，應該從文獻學、版本學及校勘學等方面加以探討整理。這方面，至今仍是一片空白。

第四，學者認爲《樂府補題》對清代詞學别具意義，而目前的研究較集中討論《樂府補題》對朱彝尊、浙西詞派及常州詞派的影響。其實，清人的和作及擬作不少，不過，除了劉東海和李桂芹的文章之外，尚未見有其他研究成果。這其實是一個很大的探討空間，可以作進一步的拓展。

《樂府補題》在元明兩代流傳不廣，但自復出刊行之後，"輦下諸公爲之詞體一變"，其中的原因何在？"輦下諸公"之作具體如何？宋遺民與明遺民有何心靈上的呼應？《補題》諸作文意隱晦，典故繁多，致使不少學者都想得悉箇中的寄意，但至今仍言人人殊，這與《補題》本身的特點又有何關係？爲何元初會出現《補題》這部詞集？《補題》在清代聲名顯赫，近代的文學史卻鮮少詳論這部詞集，地位之懸殊，不啻天壤；然則，清人乃至近代文學史家又如何接受《補題》？這些都是有待探討的課題。

第三節　研究問題與論述框架

值得研究的問題還有不少，例如鳳林書院輯有一部《名儒草堂詩餘》，厲鶚《論詞絶句》十二首之九曰：

> 送春苦調劉須溪，吟到壺秋句絶奇。不讀鳳林書院體，豈知詞派有江西？
>
> 自注：元《鳳林書院詞》三卷，多江西人。①

"江西詞派"的議題，即由此詩而起。《名儒草堂詩餘》也是一部宋遺民詞選，風格和題材都與《補題》不同，反映出來的是宋末詞人的另一種風貌，若把這兩部詞集作一比較研究，應該可以看到宋末詞壇及地域差異的多元化。

能夠開展不同角度的課題固然有助於深入了解《補題》的價值，但一蹴不能即就，多角度的研究還須有其基礎。因此，在整合了諸家學者的研究成果，以及應該繼續思考的課題之後，本書擬提出以下五個研究問題：

> 一、什麼因素促使《樂府補題》問世？
>
> 二、能否梳理《樂府補題》的版本源流，以作文本重建的參考？
>
> 三、《樂府補題》究竟有何寄託？
>
> 四、《樂府補題》的詠物成就如何？
>
> 五、《樂府補題》復出之後，讀者是如何接受的？

雖然這五個問題不能包括《補題》研究的各個方面，但卻是基本的問題，在後文的章節裏將會詳加討論。

---

① 《樊榭山房集》，頁 513。

因應上述五個研究問題，本書再擬出以下的論述框架：

上編：生成語境研究。此編只有一章，即第一章。

第一章"《樂府補題》問世的語境研究"。此章分五節，分別從宋元易代的歷史語境、詠物的詞史語境、雅化的詞學語境，以及編者陳恕可的個人語境等四個層面作討論，嘗試回答第一個研究問題。

中編：文本研究。此編共三章，即第二至第四章。

第二章"《樂府補題》版本考論"。此章試圖構擬《補題》的版本源流譜系與各版本的流佈存佚情況，以供重建一個新的《補題》文本作參考。第三章"寄託：《樂府補題》的解讀之一"，集中處理寄託的問題。第四章"形神與物我：《樂府補題》的解讀之二"，重點討論《補題》詠物手法與詞人主體性的關係。此三章嘗試回答第二至第四個研究問題。

下編：接受研究。此編也是三章，即第五至第七章。

第五章"詠物與國運：清人詠物詞對《樂府補題》的接受"，嘗試描述自清初至晚清人詠物詞的創作對《補題》的接受，以及國運在詞作裏的反映。第六章"寄託論述的建構與詠物雅詞的作法：清代詞論對《樂府補題》的開發"，此章試圖剖析清人詞論從《補題》所得到的啓發。第七章"從詞人'遺軌'到文學史的邊緣：《樂府補題》在民國"，此章嘗試比對民初時期傳統詞人與新派知識分子對《補題》的接受，以及他們背後所持的考慮。此三章聚焦回答第五個研究問題。

希望透過此三編七章的討論，可以對《補題》有一個比較全面的認識。

上编　生成語境研究

第一章　《樂府補題》問世的語境研究

一部文學作品的出現，必定有其生成的原因。研究《樂府補題》，首先要探討的也是這部詞集出現的原因。由於今傳諸版本的《補題》均無原編者的序跋，時人也没有留下片言隻語供後人考證，今人論述亦未予深究，所以要了解《補題》的出現，還須從不同的語境層面作考慮。陳恕可的編纂目的是最具決定性的，但供他編選的作品卻早於編纂前已存在，而且編者也必然受到他身處的時代思潮及其所繼承的文學思想的影響，因此，在没有直接的文獻可供考證的情況下，要探討《補題》的問世，就更須從它出現的特定的語境（context）着手。彼得・巴里（Peter Barry）把語境研究分爲三種不同類型的切入：

> 1. 社會政治語境（socio-political），也就是特定的社會背景和政治狀況；
>
> 2. 文學歷史語境（literary-historical），憑此可以看出作品中其他作家的影響，或者某種特定體裁 / 文類的構成；
>
> 3. 個人語境（autobiographical），它取決於作家個人生活和思想上的細節。[①]

巴里的説法很具操作性，但欠缺了作家群體的審美語境，因此，本章將

---

① 彼得・巴里著，楊建國譯：《理論入門：文學與文化理論導論》（*Beginning Theory: An Introduction to Literary and Cultural Theory*，2002；南京：南京大學出版社，2014 年），頁 17。

語境的討論調整爲歷史語境、詠物詞史語境、詞人的審美語境，以及編者個人語境等四個層面，由大而小，由廣到狹地聚焦到"《樂府補題》的問世"這論題上。

第一節　宋元易代的歷史語境：遺民身份的選擇與易代主題的設定

趙翼(1721—1814)《題元遺山集》有"國家不幸詩家幸，賦到滄桑句便工"之句[①]，意謂元之滅金，震撼了元好問(1190—1257)的心靈，並爲詩人提供了特殊的創作背景與書寫題材，最終成就了一代大家。元之滅宋，同樣也爲《樂府補題》的出現提供了基本的條件。一部文學作品的出現，總離不開其特定的歷史語境，因此，要了解《樂府補題》的出現，就先要回顧宋元易代這一段歷史。

一、宋末的歷史語境：宋蒙關係與君臣應對

《樂府補題》諸家詞人之中[②]，有確鑿生年可考者，只有周密(1232年生)、仇遠(1247年生)、唐珏(1247年生)、張炎(1248年生)和陳恕可(1258年生)五家。當中以周密的年輩最高，所以進入歷史語境，就由他的出生開始。周密出生後兩年，即公元1234年(宋理宗端平元年)，宋蒙聯軍滅金。元好問就在這年開始他的亡國生涯。宿敵金亡後，南宋繼而面對的，是蒙古大軍的全面進攻。

周密出生之後，南宋亡國之前，除了因爲蒙哥汗(元憲宗，1209—1259)去世，忽必烈(1215—1294)北歸與其弟阿里不哥(1219—1266)爭位，暫停南侵，局勢稍見緩和之外，基本上，宋蒙的關係是相當緊張的，大小戰役與軍事衝突，可謂無歲無之。其中促使宋亡的關鍵戰役，是

① 趙翼：《甌北集》(上海：上海古籍出版社，1997年)，下册，頁772。

② 據四庫本，《補題》詞人可考者共十三家，佚名二家。知不足齋本，佚名者一家，另一家《天香》佚名作者題李居仁。本書據知不足齋本。

“端平入洛”和“襄樊之役”。

滅金同年的六月，宋理宗（趙昀，1205—1264）不顧真德秀（1178—1235）及洪咨夔（1176—1236）等大臣的反對，毅然北向，出兵中原。於是蒙古就以“棄盟”爲口實，與宋軍開戰，結果大敗宋軍，並正式拉開了宋蒙對壘的戰幔，史稱“端平入洛”①。

1267 年（宋度宗咸淳三年，元世祖至元四年），宋降將劉整（1212—1275）向忽必烈獻策，認爲若要滅宋，就必須攻陷襄陽②，因爲襄陽是宋之咽喉，能否堅守，實關乎宋的存亡③。而蒙古人也明白襄陽與樊城唇齒相依，所以進攻的戰略是先攻樊城，再陷襄陽④。蒙古軍於 1272 年（宋度宗咸淳八年，元世祖至元九年）破樊城，隨即麾軍襄陽。1273 年（宋度宗咸淳九年，元世祖至元十年）襄陽知府吕文焕（生卒未詳）見援兵不至，於是投降，襄陽城破。史稱“襄樊之役”。襄樊一破，蒙古軍就直指臨安。南宋敗亡，近在眉睫。

在隉杌不安、危急存亡之際，南宋君臣又如何應對？宋理宗“端平入洛”是一個錯誤的應對，《宋史》譏曰：“顧乃貪地棄盟，入洛之師，事釁

---

① 有關“端平入洛”的情況，詳周密：《齊東野語》卷五“端平入洛”條（北京：中華書局，1983 年），頁 77—80、脱脱：（1314—1355）等《宋史》（北京：中華書局，1977 年），卷四十一《理宗紀一》，第二册，頁 800—803、王端來：《宋季三朝政要箋證》（北京：中華書局，2010 年），卷一，頁 20—23。元人劉一清（生卒未詳）：《錢塘遺事》（上海：上海古籍出版 1985 年社影印嘉慶洞庭掃葉山房席氏校訂本），卷二，“三京之役”條，頁 52—55。按：《宋季三朝政要》及《錢塘遺事》誤記“端平入洛”於寶慶元年（1225）。

② 劉整：“宋主弱臣悖，立國一隅，今天啓混一之機。臣願效犬馬勞，先攻襄陽，撤其扞蔽。”見宋濂（1310—1381）等：《元史》（北京：中華書局，1976 年），卷一百六十一列傳第四十八《劉整》，第七册，頁 3780。

③ 劉一清：“襄者，東南之脊，無襄則不可立國。吕祉（1092—1135）嘗謂：得襄陽則可以通蜀漢而綴關輔；失襄陽則江表之業可憂者，正此也。”可見襄陽一地之重要。見氏著：《錢塘遺事》卷六“襄陽受圍”條，頁 124。

④ 蒙古大將阿里海牙（1227—1286）以爲：“襄陽之有樊城，猶齒之有脣也。宜先攻樊城，樊城下，則襄陽可不攻而得。”故先攻樊城。見《元史》卷一百二十八，列傳第十五《阿里海牙》，第六册，頁 3124。

隨起，兵連禍結，境土日蹙。”[①]而任用奸佞賈似道（1213—1275），更加速了南宋的衰亡。這從“鄂州之圍”即可見到：賈似道一方面向蒙古“請稱臣”，“輸歲幣”，“遣京議歲幣”，另一方面又向宋理宗“上表以肅清聞”；其實蒙元之所以退兵，是因爲“會憲宗皇帝（蒙哥汗）晏駕於釣魚山”，而宋理宗對時局竟懵然不知，還“以其有再造功，以少傅、右丞相召入朝，百官郊勞如文彦博（1006—1097）故事”，大加封賞[②]。宋理宗在景定元年（1260）四月“手詔曰：‘賈似道爲吾股肱之臣，任此旬宣之寄，隱然殄敵，奮不顧身。吾民賴之而更生，王室有同於再造。’”[③]視賈似道爲再造宋室的功臣，可謂主昏庸而臣奸詐。

1264年，宋理宗崩，宋度宗（趙禥，1240—1274）繼位。宋度宗對時局的認識與態度，對賈似道的寵信與倚重，從“襄樊之役”即可見一斑。《錢塘遺事》記：“賈似道襄城被圍日久，束手無措，日以辭相爲請。至咸淳庚午（1270），襄陽之圍不解者三年矣。一日，度宗問似道：‘襄陽之圍三年矣，〔奈何？〕’似道對曰：‘北兵已退去，陛下得臣下何人之言？’度宗曰：‘適有女嬪言之。’似道詢問其人，誣以他事賜死。自是邊事並無敢言者。”[④]宋度宗對襄城被圍三年的消息，竟是來自一名女嬪，而不是朝臣；既知被圍，不是與朝臣商議救援，而是輕信賈似道的一句“北兵已退去”。至於賈似道，爲了掩飾事實與自己的過錯，竟誣陷他人，致使“邊事並無敢言者”。君主與宰臣誤國，竟至於斯。國家多難之際，而君上

---

① 《宋史》卷四十五，《本紀》第四十五《理宗五》，第二册，頁889。

② 《宋史》卷四百七十四列傳第二百四十三《奸臣四·賈似道》，第二十册，頁13781。

③ 畢沅（1730—1797）：《續資治通鑑》（北京：中華書局，1964年）卷一百七十六，第十册，頁4797。

④ 《錢塘遺事》卷六，“賈相諱言”條，頁127—128。按：事又見《宋季三朝政要箋證》卷四，頁343—344，唯所記稍略。另“賈似道襄城被圍日久”一句疑有脱文，可能有一“見”字在“賈似道”下；“奈何”據《宋季三朝政要箋證》補。

與宰輔如此應對，亡國是勢所難免的[①]。

至於一般的士大夫，亦多只關心一己之得喪，對時局有清醒認識的人不多。理宗寶祐元年(1253)進士文及翁對時人時事就有很深刻的感受：

> 蜀人文及翁登第後期集遊西湖，一同年戲之曰："西蜀有此景否？"及翁即席賦《賀新郎》云："一勺西湖水。渡江來、百年歌舞，百年酣醉。回首洛陽花世界，煙渺黍離之地，更不復、新亭墮淚。簇樂紅妝搖畫艇，問中流、擊楫何人是。千古恨，幾時洗。　余生自負澄清志，更有誰、磻溪未遇，傅岩未起。國事如今誰倚仗，衣帶一江而已。便都道、江神堪恃。借問孤山林處士，但掉頭、笑指梅花蕊。天下事，可知矣。"[②]

文及翁的憂患意識，實超越了他的同年。1275年(德祐元年)，蒙古兵臨城下，京官朝臣避匿逃遁，謝太后(宋理宗后謝道清〔1210—1283〕)揭榜朝堂："我朝三百餘年，待士大夫以禮，吾與嗣君遭家多難，爾小大臣未嘗有出一言以救國者，吾何負于汝哉！今內而庶僚畔官離次，外而守令委印棄城。耳目之司既不能爲吾糾擊二三，執政又不能倡率群工。方且表裏合謀，接踵宵遁。平日讀聖賢書，自詡謂何，乃於此時作此舉措？或偷生田里，何面目對人言語？他日死，亦何以見先帝？"[③]由此可見，一般士大夫重視自己的身家性命多於社稷國家，其敗德無恥，甚爲

---

① 《宋史》評宋理宗曰："理宗四十年之間，若李宗勉、崔與之、吴潛之賢，皆弗究於用；而史彌遠、丁大全、賈似道竊弄威福，與相始終。"又評宋度宗曰："宋至理宗，疆宇日蹙，賈似道執國命。度宗繼統，雖無大失德，而拱手權奸，衰敝寢甚。考其當時事勢，非有雄才睿略之主，豈能振起其墜緒哉！歷數有歸，宋祚尋訖，亡國不於其身，幸矣。"見《宋史》卷四十五，《本紀》第四十五，《理宗五》，第二册，頁888；卷四十六，《本紀》第四十六，《度宗》，頁918—919。

② 《錢塘遺事》卷一"遊湖詞"條，頁25。按："花世界"《詞綜》卷十八作"花石盡"。

③ 《錢塘遺事》卷七"朝臣宵遁"條，頁155—156。

正直之士所不齒，此文史學界已多所論列[①]，總之，當時士人對國家没有責任感與承擔感，是導致宋亡的另一個重要原因。

1276 年（宋恭帝德祐二年，元世祖至元十三年），伯顔（1236—1294）帶領蒙古大軍攻陷南宋都城臨安，宋恭帝趙㬎（1271—1323）與全太后率領宫人及朝臣北上大都，入覲忽必烈。1279 年（宋帝昺祥興二年，元世祖至元十六年），崖山海戰，元將張弘範（1238—1280）押文天祥（1236—1283）至崖山，擬利用他向張世傑（？—1279）招降；文天祥堅拒不屈，還寫下“人生自古誰無死，留取丹心照汗青”之句以表心迹[②]。結果崖山戰敗，陸秀夫（1237—1279）負宋帝趙昺（1271—1279）蹈海，宋正式亡國。《補題》詞人也在這年正式開始他們的亡國生涯，比元好問晚了四十五年。

宋元易代的歷史語境爲詞人設定了亡國的主題。他們在亡國之後再聚首唱和，圍繞着亡國的主題詠物寄託，《樂府補題》就是這些詠物詞的結集。

二、元初的歷史語境：夷夏之辨

宋自南遷以後，一直受遼、金等强敵的威脅，所以士人夷夏之辨的意識甚强。戴表元（1244—1310）於《春秋法度編序》中憶述，在宋之時，

① 宋末人已對當時的士風多所不滿，今人更依據有關的史料作了不少研究，如：劉婷婷：《宋季士風與文學》第一章第二節“末世情懷——宋季三朝士風”（北京：中華書局，2010 年，頁 17—52）、陳得芝：《宋元之際江南士人的思想和政治動向》（載《南京大學學報》〔哲學・人文・社會科學〕，1997 年第 2 期，頁 147—161）、張金嶺：《晚宋士大夫無恥考論》（載《中華文化論壇》，2000 年，第 4 期，頁 57—64），喻學忠更有一系列的論述：《晚宋士大夫奔競之風述論》（載《東南大學學報》〔哲學社會科學版〕，2003 年第 5 卷第 2 期，頁 27—31）、《晚宋士大夫隱逸之風述論》（載《重慶師範大學學報》〔哲學社會科學版〕，2005 年第 2 期，頁 47—51）、《晚宋士風主流論析》（載《北方論叢》，2007 年第 1 期，頁 79—83）。

② 《過零丁洋》尾聯。見文天祥：《文山集》（文淵閣《四庫全書》本）卷十九《指南後録》一，頁一上。

學官視《春秋》爲“復讐之書”[①]。這是在外族强鄰威脅之下,宋人夷夏之辨的一個具體表現。孔子曰:“夷狄之有君,不如諸夏之亡也。”孟子曰:“吾聞用夏變夷者,未聞變於夷者也。”[②]孔孟之教固然爲士人所熟悉,而程朱理學更是鼓勵士人講求道德氣節,所以宋亡之後,失節者雖多,但選擇做遺民者亦不少,夷夏之辨就更見突出了。

元是第一個由少數民族建立的統一王朝。這是前所未有之事,對漢族士人的民族自尊而言,是極其沉重的打擊。元統一之後,對漢人實施了種種高壓政策,最爲後世所非議者,是種族等級制度,分人民爲蒙古人、色目人、漢人及南人四等,南人即南宋之民,居四等之末。元執政者又對士大夫大加壓制。士大夫在宋時備受尊重,但入元之後,地位與在宋時相比,簡直判若雲泥,鄭思肖(1241—1318)與謝枋得(1226—1289)甚至説當時有“九儒十丐”的“韃法”[③]。故宋士人即使可以編入“儒户”[④],也不保證可以優免賦役,陸文圭(1256? —1340?)曰:“宋暮

---

① 《春秋法度編序》:“咸淳中,余備員太學博士弟子,見學官月講,必以《春秋》。竊怪而問諸人,曰:‘是自渡江來,以爲復讐之書,不敢廢也。’夫復讐之説,初非春秋本旨,中興初,胡康侯諸公痛數千年聖經遭王臨川禁錮,乘其新敗,洗雪而彰明之,使爲亂臣賊子者增懼,使用夏變夷者加勸。儒者之功用所爲與天地並,如是而可耳。”見戴表元:《剡源文集》卷七,頁一上下。

② 朱熹(1130—1200):《四書章句集注》(北京:中華書局,1983 年)頁 62、260。

③ 鄭思肖曰:“韃法:一官、二吏、三僧、四道、五醫、六工、七獵、八民、九儒、十丐,各有所統轄。”見鄭思肖:《心史・大義略叙》(上海:上海古籍出版社,1991 年)頁186。謝枋得《送方伯載歸三山序》云:“滑稽之雄,以儒者爲戲曰:我大元典制,人有十等:一官、二吏;先之者,貴之也;貴之者,謂其有益於國也;七匠、八娼、九儒、十丐,後之者,賤之也;賤之者,謂其無益于國也。”見謝枋得著,熊飛等校注:《疊山集全集校注》(上海:華東師範大學出版社,1994 年)頁 29—30。二説微有不同。今人認爲二家之説並非屬實。

④ 1237 年,耶律楚材(1190—1244)向元太宗窩闊台(1186—1241)建議爲儒士設立户籍,即所謂“儒户”,是元代獨有的一種户籍。儒生須通過考試方可入籍。首次儒户考試於公元 1238 年(時維戊戌年)舉行,即所謂“戊戌選試”。蕭啓慶先生在《元代的儒户:儒士地位演進史上的一章》中説:“元代儒户的誕生,原是爲救濟在兵燹中流離失所的儒士。一方面使他們與僧、道相等,取得優(轉下頁)

年,儒風驟盛,荒邑小聚,猶數十家,書聲相聞。科場既罷,士各散去;經師老宿,槁死山林;後生晚進,靡所矜式。冒然進取者,又濶遠於事情,類爲操刀筆者所訕侮。有中人之産,則役使之,困辱之,産不盡不止,以故儒道益輕。至元有詔蠲免身役,州縣奉行弗虔,差徭如故。逮大德中,有司奉准投下户計,與民一體當差,雜然喜曰:'儒人在内,吾一網盡矣!'"[①]元又廢除科舉,至元仁宗(1285—1320)延祐年間始得恢復,前此雖有召賢之令以收買士人,但一般漢族儒生卻是苦無出路,即使飽讀詩書,也難展所長。儒生在當時的際遇實不難想像。這樣的政策在一定程度上激化了漢族士人的夷夏觀念,難怪鄭思肖説:"夷狄素禮法,絶非人類。昔中國限之於外,但見衣冠禮樂之盛,不染干戈臊臭之毒。一旦莽爲夷域,盡見醜惡。"[②]言辭激切,大有夷夏不共戴天之意。

入元之後,最傷害漢人民族感情的,是胡僧楊璉真伽發掘宋帝諸陵劫取寶貨一事。楊璉真伽爲瀝取理宗的水銀含珠,竟至斷理宗之首,而諸陵帝后骸骨亦遭毀棄。周密在《癸辛雜識》中就有兩則相關的記載,一見於《癸辛雜識·續集》卷上,一見於《癸辛雜識·别集》卷上[③]。周密記謂發陵之事發生在至元二十二年(1285),這並不準確,學者已有考辨[④]。但不管宋陵發於何年,周密謂此事"人皆知之","因此江南掘墳

(接上頁) 免賦役的地位;另一方面,也有爲國儲存人才之意,並不是有意壓抑儒士。"(載氏著:《元代史新探》,臺北:新文豐出版公司,1983年,頁1—58。引文見頁6)"儒户"之設,使蒙元初期的不少儒士走上了職業化的道路。

① 陸文圭:《牆東類稿》,《中大夫江東肅政廉訪使孫公墓志銘》,文淵閣《四庫全書》,卷十二,頁十一上。

② 鄭思肖:《心史·大義略叙》,頁177。《久久書·前臣子盟檄》有更激烈的説法,詳《心史》,頁103—104。

③ 周密著,吴企明點校:《癸辛雜識》,(北京:中華書局,1988年),頁152,頁263—265。

④ 例如吴企明引謝翱(1249—1257)《冬青樹引》、畢沅《續資治通鑑》卷一百八十四,以及陶宗儀《南村綴耕録》卷四的相關記載,指周密的説法有誤。詳周密著,吴企明點校《癸辛雜識》,頁265。又如歐陽光《與元遺民詩社有關的一次政治活動——六陵冬青之役考述》認爲"發陵的過程當從至元二十一年(1284)即已開始,斷斷續續;一直到至元二十二年(1285)方纔結束。"見氏著:《宋元(轉下頁)

大起，而天下無不發之墓矣”，是可信的。《元史》記載：“有楊璉真加者，世祖用爲江南釋教總統，發掘故宋趙氏諸陵之在錢唐、紹興者及其大臣冢墓凡一百一所。”[①]楊髡發陵激起了一些宋遺民的民族意識，於是有瘞帝后遺骸的義舉。瘞骨者當中，就有《補題》詞人唐珏。陶宗儀(1329—1410)《南村輟耕録》卷四“發宋陵寢”條載《唐義士傳》記唐珏“亟貨家具，得白金百星許；執券行貸，得白金又百星許”，以此招里中少年協助瘞帝后遺骨。“唐葬骨後，又於宋常朝殿掘冬青樹植於所函土堆上，作《冬青行》二首”[②]。參與瘞帝骨者，還有林景熙(1242—1310)、謝翱、王英孫(1238—1312)、鄭樸翁(1240—1302)，以及羅銑(生卒未詳)。林景熙、謝翱和唐珏均爲此事作詩文。林景熙作《酬謝皋父見寄》、《夢中作四首》、《冬青花》；謝翱作《冬青樹引别玉潛》、《古釵歎》；唐珏作《冬青行二首》、《瘞帝骨文》。清人認爲《樂府補題》諸闋亦是爲此而作，厲鶚《論詞絶句》十二首之六的自注就説：“《樂府補題》一卷，唐義士玉潛與焉。”

如果把宋元易代前後反映時局及士人心態的文學作品排列起來，不啻是一部宋人亡國心靈史[③]，而《樂府補題》就是這部心靈史的其中一章。

(接上頁)　詩社研究叢稿》(廣州：廣東高等教育出版社，1996 年)，頁 137—152。另外，劉榮平《釋“知君種年星在尾”——對楊髡發陵時間之堅證的考辯兼論樂府補題寄託發陵説不能成立》辨之更詳。劉榮平“求助於上海天文臺盧仙文博士，據其電腦檢索美國宇航局噴氣推進實驗室(JPL)長期曆表 DE404，知從會稽的經緯度觀察，歲星 1248 年在尾宿。又據 Skymap32 實際演示，結果相同。其他年份歲星不在尾宿。這個結果證明歐陽光對發陵時間的考證(1284—1285)是正確的。須説明的是種年不等於發陵之年，盜陵宋朝君臣一百零一所陵墓是需要一段較長的時間。種冬青樹之後，發陵仍在繼續。”劉文載《新宋學》2001 年第 1 輯，頁 157—166。

① 《元史》卷二百零二，列傳第八十九《釋老》，第八册，頁 4521。

② 陶宗儀：《南村輟耕録》(北京：中華書局，1959 年)卷四，頁 43—44。

③ 張宏生《感情的多元選擇：宋元之際作家的心靈活動》一書正是這方面的專著(北京：現代出版社，1990 年)。

三、遺民身份的選擇

在戰亂中的經歷、入元後所遭受的待遇,以及衣食無繼的體驗,當然容易激發士人夷夏之辨的意識,但也容易使人屈節投降。當時降元者如劉整、吕文焕、留夢炎(? —1295)之徒固多,這是宋季士大夫敗德無恥所致的必然結果,然而選擇做遺民,隱居不仕蒙元者亦不少。明末清初的朱明德(生卒未詳)就考得宋遺民四百餘人,編成了《廣宋遺民録》[①],以廣程敏政(1445—1499)的《宋遺民録》。元之滅宋是一個特定的歷史語境,在這個語境中,漢族士人面臨"遺民"身份的選擇,而這個選擇,同時也是民族認同的考驗。在宋元易代之際,選擇做遺民至少有兩個意義:一是政治立場的意義,即對前朝的效忠;一是民族文化的意義,即對漢族文化的持守。選擇做遺民,是政治上的效忠,同時也是文化上的效忠,這在古人的眼中,都是道德的實踐。"遺民"身份的選擇到了明末清初又再次考驗漢族士人,而宋人的實踐正是明末清初士人思考與行事的參照,顧炎武(1613—1682)"亡國與亡天下"説的提出,清初"遺民録"編撰的興盛[②],遺民文學的出現,還有反清的舉措,都是明遺民的思考結果。

宋元易代是一個逼使士人作選擇的時代,不管是公開的政治表態,還是私下的生活取向,均是經過他們深思的選擇,而這些選擇,與前此的改朝換代相比,由於夷夏意識的高漲,其道德和文化意義都特別突出。這一點,他們是相當清楚的。即從文學史看,宋末元初士人運用哪種文體,透過哪些題材,表達哪個主題,抒發哪種情懷,都是他們自覺的選擇;其選項與選擇結果的多元化,大概就只有明末清初的士人可以相比擬。張宏生先生的《感情的多元選擇》一書就詳細討論了宋末元初士

---

① 朱明德《廣宋遺民録》已佚,今存顧炎武(1613—1682)《廣宋遺民録序》。見顧炎武:《顧亭林詩文集·亭林文集》(北京:中華書局,1983年)卷二,頁33—34。

② 關於"遺民録"編撰的興盛問題,潘承玉《"更考遺民删作伴,不須牛儈辱牆東"——清初"遺民録"編撰與遺民價值觀傳播新考》一文有較詳細的論述。潘文載《成大中文學報》2003年第11期,頁111—146。

人的各個選項及他們的選擇結果。宏生先生在書中把宋末元初士人的選擇分爲"忠愛"、"悲憤"、"反省"、"控訴"、"逃避"、"苦悶"、"尤悔"、"沉淪"等八個選項，當中"忠愛"一節所討論的都是忠臣義士及其詩文著作，最爲後人崇敬者當然是文天祥，不過文天祥不降殉國，是烈士，不是遺民，遺民之慷慨者是鄭思肖，其《所南心史》至今仍是滿紙凜然。宏生先生也把鄭思肖歸入"忠愛"一類，指出他沉鐵函於井是"爲了使愛國精神流傳後世，激勵後人完成民族興復的大業"[①]。因此《所南心史》又名《鐵函心史》。《所南心史》有詩有文，題材相當廣泛，以詩抒情言志，以文議論世情，都是直抒胸臆之作，其中的《久久書》可説是他光復趙宋的心聲，《久久書》的後序就以"德祐七載"紀年[②]。德祐是恭帝趙㬎的年號，只有兩年，没有七年，鄭思肖的心志由此可見；而整部《所南心史》的風格，用鄭思肖自己的話説，就是"慷慨長歌"(《所南心史·大義集·序》語)。可是《所南心史》没有詞，不知道如果鄭思肖用詞來寫其心志，會否也是長歌當哭；《樂府補題》正是一部宋遺民的詞集，而題材就只有詠物。宏生先生在"悲憤"一節中也討論了《樂府補題》："有時，人們傾訴亡國的悲憤，不是通過直抒胸臆的方式，而是在一種幽婉凝噎，朦朧迷離的景物描寫中表現出來"，《樂府補題》就是這類作品，用的是比興象徵的手法，其"風格幽婉凝噎，朦朧迷離"的風格與《所南心史》的"慷慨長歌"大異。宏生先生更指出：像《樂府補題》這樣的詠物之作在當時是很流行的，首先是因爲士人害怕元朝統治者的迫害，儘管統治者終元之世没有興過大型文字獄。其二，是受宋代詠物詞比興寄託傳統的影響[③]。同樣都是遺民，《補題》詞人和鄭思肖對情感表達的選擇就各有不同。

漢族士人國破家亡，飽受蒙古人的壓迫與歧視，在力量與客觀的形勢上，根本無法與蒙古人對抗；然而，在文化上，漢族士人一直以文化正

① 張宏生：《感情的多元選擇：宋元之際作家的心靈活動》，頁 7。

② 鄭思肖：《心史·久久書》後序："維大宋三百二十有二年，德祐七載歲在辛巳陽月望日，景定詩人三山所南鄭思肖億翁後序。"頁 102。

③ 張宏生：《感情的多元選擇：宋元之際作家的心靈活動》，頁 32—37。

統自居,並以此維護漢人自己的民族自尊。入元之初,在强大的外族壓力之下,夷夏之辨更見鮮明,漢族士人的民族身份認同更見堅定,認同意識更加清晰。他們不能改變亡國的現實,就轉而致力於保存漢族文化,以漢族文化爲精神支柱。具體的表現有二:第一,選擇做遺民,堅決不仕元朝。陳維崧(1625—1682)就視《補題》詞人爲宋遺民,朱彝尊(1629—1709)則視他們爲宋末隱君子[①]。第二,堅持漢人的文化價值觀,從事漢族士人的文化活動,藉以突顯夷夏有别,以示對漢族身份的認同。結社唱和,賦詩填詞,整理文獻等等,都是宋亡之前,士人習以爲常的文化活動。這些活動在入元後並未衰減,反而成爲士人同聲相應,互勵互勉的舉措。例如吴渭(1228—1290)結"月泉吟社",以"春日田園雜興"爲題,仿效故宋科舉的程式,向四方徵詩,得勝者獲獎,最後更將詩作編成《月泉吟社詩》。《補題》詞人拈題唱和,自然也是漢人文化活動的一例。王猷定(1598—1662)《宋遺民廣録序》曰:"古帝王相傳之天下,至宋而亡。存宋者,遺民也。知宋之所以存,則當知宋之所以亡;知遺民之所以存宋,則當知宋之所以存遺民者安在。"[②]王猷定正是從文化正統的角度立論。

《補題》詞人多選擇做遺民[③],在文化價值觀及文化活動方面,他們一直保持着漢人的傳統不墜。

---

① 朱説與陳説俱見其爲《樂府補題》所寫的序文。二序見載於《四庫全書》本《樂府補題》前。

② 王猷定:《四照堂集》(收入嚴一萍編:《叢書集成續編》,第 151 册,臺北:藝文印書館,1970 年)卷二,頁 489 上。

③ 王沂孫曾出任慶元路學政,所以胡適(1891—1962)就認爲他不算遺民。胡適:《詞選》(上海:商務印書館,1927 年),頁 358。不過今天的學者多採用全祖望(1705—1755)"山長非命官,無所屈"之説,見全祖望著,朱鑄禹彙校集注:《全祖望集彙校集注》,(上海:上海古籍出版社,2000 年),中册,頁 1105。仍然視王沂孫爲宋遺民。根據這個觀點,仇遠和陳恕可兩家並不符合遺民的要求:仇遠以杭州知事致仕;陳恕可曾出任衢州路江山縣主簿、寶慶路總管府知事、松江府上海縣丞,六十八歲時,以承務郎平江路吴縣尹致仕。

四、易代主題的設定與詞人的易代書寫

《補題》詞人就像元好問那樣,於亡國之後必須在政治立場、民族認同,以及文學創作上作選擇。另一方面,詞人本身的審美觀又促使他們選擇雅詞,特别是詠物詞。詠物詞常用的比興書寫又制約着他們情感表達的方式,使他們的詠物詞表現出一種"幽婉凝噎,朦朧迷離"的風格。這就是十四家詞人的獨特之處,異於元好問,也異於同時期的江西詞人①。十四家詞人當中,周密、張炎、仇遠及唐珏等幾位有不同類型、不同題材、不同情感傾向的作品傳世,詞只是其中一種。與他們的詩文相比,詞似乎有某種相對的傾向性,以周密爲例,他的野史筆記用以記述與議論;詩歌用以言志述懷與政治表態;詞,則主要用作抒情。周密的作品最能説明三種文類的傾向。他們在題材與情感書寫方面,隱約有文體上的分工。

宋元易代,考驗到不少朝臣,也造就了不少義士。遺民義士對於亡國之痛自然會大書特書,他們在抒發悲憤的同時,也寫下了文學史重要的一頁,諸位《補題》詞人亦然。不管是唱和、酬贈,還是個人感慨,《補

① "江西詞人"之稱,源自厲鶚《論詞絶句》之九"不讀鳳林書院體,豈知詞派有江西"之句。厲鶚自注:"壺秋,羅志仁;元《鳳林書院詞》三卷,多江西人。"(《樊榭山房集》,上册,頁 513)元《鳳林書院詞》即《名儒草堂詩餘》,書中多宋遺民詞作,以文天祥、鄧剡(1232—1303)、劉辰翁(1233—1297)、王炎午(1252—1342)等江西籍詞人爲代表,詞風一般認爲近稼軒一路。蕭鵬指出,宋遺民詩家詞客在地域分佈上主要有兩個中心,一個是杭州、會稽、浦江一帶,另一個是江西;並認爲文天祥、鄧剡、劉辰翁等遺民的"詩詞吟詠在詩壇詞壇上形成了激越的高音部,黄鐘大吕,衆望所歸,自然而然互相結爲詞人群核心,而與東部的臨安詞人形成分庭抗禮之勢。"(詳氏著:《群體的選擇——唐宋人詞選與詞人群通論》,南京:鳳凰出版社,2009 年,頁 389—390)。本書所謂的"江西詞人",指的就是以江西爲中心,以《名儒草堂詩餘》之作爲主的遺民詞人。有關《名儒草堂詩餘》與江西詞人群體、江西詞派的關係,可詳蕭鵬:《群體的選擇——唐宋人詞選與詞人群通論》第七章第五節"江西詞人群與《名儒草堂詩餘》"(頁 384—390),徐照華:《厲鶚及其詞學之研究》第三章第一節"厲鶚論詞絶句之研究"論"厲鶚論詞絶句其九"(高雄:高雄復文圖書出版社,1998 年,頁 186—193。)

題》詞人都有不少流露故國之思、身世之感與遺民意識的詞作。茲舉數例如下，以見梗概①。周密《獻仙音・吊雪香亭梅》：

> 松雪飄寒，嶺雲吹凍，紅破數椒春淺。襯舞臺荒，浣妝池冷，淒涼市朝輕換。歎花與人凋謝，依依歲華晚。　　共淒黯。問東風、幾番吹夢，應慣識當年，翠屏金輦。一片古今愁，但廢緑、平煙空遠。無語消魂，對斜陽、衰草淚滿。又西泠殘笛，低送數聲春怨。（第5冊，頁3291）

王沂孫《法曲獻仙音・聚景亭梅次草窗韻》：

> 層緑峨峨，纖瓊皎皎，倒壓波痕清淺。過眼年華，動人幽意，相逢幾番春换。記喚酒尋芳處，盈盈褪妝晚。　　已銷黯。況淒涼、近來離思，應忘卻、明月夜深歸輦。荏苒一枝春，恨東風、人似天遠。縱有殘花，灑征衣、鉛淚都滿。但殷勤折取，自遣一襟幽怨。（第5冊，頁3365）

李彭老《法曲獻仙音・官圃賦梅，繼草窗韻》：

> 雲木槎枒，水葓摇落，瘦影半臨清淺。翠羽迷空，粉容羞曉，年華柱弦頻换。甚何遜、風流在，相逢共寒晚。　　總依黯。念當時、看花遊冶，曾錦纜移舟，寶箏隨輦。池苑鎖荒涼，嗟事逐、鴻飛天遠。香徑無人，甚蒼蘚、黄塵自滿。聽鴉啼春寂，暗雨蕭蕭吹怨。（第4冊，頁2969）

劉永濟先生（1887—1966）評周密詞曰"此宋亡後公謹游觀故苑有感而作。詞題曰弔梅，乃借梅花寓興亡之感也"，而"和周此詞者有李彭老、

---

① 本書所引宋詞，除《樂府補題》及特別注明者外，悉據唐圭璋編《全宋詞》（北京：中華書局，1965年），隨文以阿拉伯數目字注明冊數頁碼，不另出注，以省篇幅。

王沂孫二人。李詞有'總依黯,念當時、看花遊冶,曾錦纜移舟,寶箏隨輦。池苑鎖荒涼,嗟事逐、鴻飛天遠'之句;王詞有'已銷黯,況淒涼、近來離思,應忘卻、明月夜深歸輦。荏苒一枝春,恨東風、人似天遠'之句。二人之作,皆於興亡之際寄以無限感慨"①。

至於《補題》詞人各自的抒懷之作,同樣流露出故國之思與身世之感。王沂孫《慶宮春·水仙花》:

> 明玉擎金,纖羅飄帶,爲君起舞回雪。柔影參差,幽芳零亂,翠圍腰瘦一捻。歲華相誤,記前度、湘皋怨別。哀弦重聽,都是淒涼,未須彈徹。　　國香到此誰憐,煙冷沙昏,頓成愁絶。花惱難禁,酒銷欲盡,門外冰澌初結。試招仙魄,怕今夜、瑤簪凍折。攜盤獨出,空想咸陽,故宫落月。(第5册,頁3359)

俞陛雲評曰:"轉頭處'國香'句及歇拍'故宫'句標明借花寫怨之懷,既感喟身世,復眷念宗國,故下闋烟昏月冷等辭,滿紙皆淒寒之韻也。"②所評甚是。張炎《高陽臺·西湖春感》:

> 接葉巢鶯,平波卷絮,斷橋斜日歸船。能幾番遊,看花又是明年。東風且伴薔薇住,到薔薇、春已堪憐。更淒然。萬綠西泠,一抹荒煙。　　當年燕子知何處。但苔深韋曲,草暗斜川。見説新愁,如今也到鷗邊。無心再續笙歌夢,掩重門、淺醉閑眠。莫開簾。怕見飛花,怕聽啼鵑。(第5册,頁3463)

劉永濟先生評曰:"此宋亡後,作者重到西湖,感於春景闌珊,而生亡國哀思,故有此作。"③唐圭璋先生評曰:"江山换劫,閉門醉眠,此心真同

---

① 劉永濟:《唐五代兩宋詞簡析》(上海:上海古籍出版社,1981年),頁119—120。
② 俞陛雲:《唐五代兩宋詞選釋》(臺北:文史哲出版社,1988年),頁574。
③ 劉永濟:《微睇室説詞》(上海:上海古籍出版社,1987年),頁136。

槁木死灰矣。”[1]亡國之痛，身世之悲，於斯可見。

以上所引諸作，都是膾炙人口的名篇，當中寄託了《補題》詞人的故國之思與身世之感，寫來並非激切悲憤，而是一片淒惋悲咽，風格不同於江西詞人的慷慨悲涼。可見詞這種文體是宋季文人用以抒發家國情懷的一個選擇，而詞中的詠物之作，不少同時也是亡國的書寫，寄託了他們的心迹。正因爲有這樣的詞作，厲鶚才認爲《樂府補題》是“一片冬青冢畔心”。

易代之後，《補題》詞人大多選擇了做遺民，並選擇以詞來書寫他們的亡國之痛，而詠物詞則是這個選擇中最令人注目的作品。在這些詠物詞當中，再選出三十七首詞作，並編纂成《樂府補題》，則是陳恕可在詞人選擇後的再選擇。換言之，易代促使詞人作自己的選擇，同時也爲《補題》的編纂準備了候選之作。

第二節　詠物的詞史語境：宋代詞人的詠物經驗與《樂府補題》的問世

雖然宋元易代的歷史語境爲詞人準備了亡國的主題，但詞人還須有高明的詠物手法，才可以把這個主題寫成一語雙關的詠物詞。《樂府補題》集内諸作的詠物手法非常成熟，這無疑是諸家詞人繼承了前輩的詠物經驗以寫其情志的成果。可見《補題》的出現，實與詠物詞的文學史語境密切相關。以下試就詠物詞史的語境繼續考察，即從宋代詞人的詠物經驗探討《補題》出現的原因。

詠物文學起源甚早，《詩經》中已有形象化的詠物詩句。屈原《橘頌》與荀子《賦篇》是最早的而且是成熟的詠物之作，《橘頌》更被視爲詠物文學的典範。此後，詠物文學代有發展，漢魏辭賦體物寫志，六朝山水及詠物詩巧構形似，到了唐代，詠物文學，特别是詠物詩，已經完全成熟，杜甫(712—770)、韓愈(768—824)之詠火與雪，又把詠物詩推前一

① 唐圭璋:《唐宋詞簡釋》(香港:中華書局,1987年),頁231。

步。宋代歐陽修(1007—1073)、蘇軾(1037—1101)接武杜、韓,正式提出"白戰不許持寸鐵"的禁體物語[①]。可以說,自先秦以還,詩人賦家已積累了極豐富的詠物經驗,足資詞人借鑑,所以詞人詠物的起點頗高,這從唐人多首詠柳的《楊柳枝》即可看到。宋人承唐五代之緒,踵事增華,把詠物詞發展至足以與前代詠物詩媲美的高度,特別是南宋詠物詞,其成就更爲後人所肯定,謝章鋌(1820—1903)《賭棋山莊詞話》就說:"夫詠物南宋最盛,亦南宋最工。"[②]《補題》詞人生當宋季,自有珠玉紛陳,任其摭拾的優勢。

有關宋代詠物詞的研究成果已經非常豐碩,若要進一步開拓此研究領域,就需要有新的研究進路或方法。有學者嘗試用"範式"(Paradigm)這概念來分析宋代詠物詞,也取得了一定的成績[③]。"範式"這概念是從科學史家托馬斯·庫恩(Thomas Kuhn,1922—1996)的《科學革命的結構》(*The Structure of Scientific Revolutions*)借來的。庫恩用"範式"來描述科學共同體成員間所共信共守的一些信念、價值、理論、方法、模型及範例。共同體的成員透過他們共享的"範式"來建構其常規科學(normal science)。此外,庫恩又用"範式轉移"(Paradigm Shift)來描述科學的革命。在借用"範式"這個概念作文學史研究時,不免要對它有所調整,方能適應研究課題的需要。不過,就已發表的詠

---

① 浦起龍(1679—1762)《讀杜心解》卷一之四評杜甫《火》曰:"韓、孟聯句,歐、蘇禁體諸詩,皆源於此。"(北京:中華書局,1961年,第一册,頁129)杜甫與韓愈詠火及雪諸詩對歐陽修與蘇軾禁體物語發展的影響,程千帆先生和張宏生《火與雪:從體物到禁體物——論白戰體及杜、韓對它的先導作用》一文有詳細的討論,詳程千帆、莫礪鋒、張宏生:《被開拓的詩世界》(上海:上海古籍出版社,1990年),頁75—97。

② 謝章鋌:《賭棋山莊詞話》卷七"顧梁汾詞"條。唐圭璋編:《詞話叢編》(北京:中華書局,2005年,第2版),第四册,頁3415。

③ 如吴帆:《論宋人詠物詞的審美範式》,《長白學刊》1998年第3期,頁93—96;張仲謀:《論宋代詠物詞的兩大創作範式》,《徐州工程學院學報》(社會科學版),2009年7月第24卷第4期,頁62—67;路成文:《宋代詠物詞史論》(北京:商務印書館,2005年)一書更運用範式論按時序來分析兩宋諸家詠物詞,從而勾勒出宋代詠物詞史的發展脈絡。

物詞的範式研究來看，好些問題仍有待澄清，例如：詠物範式的界定、詠物範式的構成、範式與模式的分別、範式與類型的分別、詠物詞史是否也有“範式轉移”等等，這些問題至今仍未展開討論。更重要的是，“範式”作爲一個研究文學史的概念，至今還没有一個清晰並且公認的界定，結果，同樣使用“範式”一詞，卻是言人人殊，甚至同一研究者運用“範式”作論述，其用法也並不一致[①]。學者們所謂的“範式”，其實只是觀察詠物詞的角度而已，另一方面，因爲“範式”這個概念有强調模型、規範，更重要的是劃境的意味，入於境内者合乎範式，不然則否，所以他們在運用此概念作論述時，就難免偏於某個角度而不及其餘了。若暫

① 較早用“範式”作詞學研究的是王兆鵬先生，他的研究對象是詞史流變，不是詠物詞。王先生這樣界定“範式”：“作家在他的作品中所建立或遵從的一種審美規範、一種慣例性的範型。它既包括作品本體上的形式法則，也包含創作主體把握、表現外在的現實世界與内心世界的方式。它爲作家所遵從，反過來又爲作家所强制乃至發展深化或變異。作家的創作，無論他是有意識的還是無意識的，總是要遵循一定的範式、範型。”王兆鵬：《宋南渡詞人群體研究》下篇“範式的演進”，臺北：文津出版社，1992 年，頁 157—308；修訂再版：南京：鳳凰出版社，2009 年，頁 128—257。上引王先生對“範式”的見解見《宋南渡詞人群體研究》2009 年版，頁 129。王先生的範式説頗受學界認同（詳郭紅欣：《〈宋南渡詞人群體研究〉的價值和影響》，載《詞學》第 27 輯〔上海：華東師範大學出版社，2012 年〕，頁 180—188），然而，學者運用“範式”這概念作詠物詞研究時，卻没有遵循王先生的界定，事實上，學者只按自己的理解或需要界定“範式”，例如張仲謀《論宋代詠物詞的兩大創作範式》一文把宋代詠物詞分爲兩大創作範式，第一種範式重在摹寫物態，可再分狀物與體物二目；第二種範式重在即物言情，可再分託物言志與因物寄情二目。按：寫物與言情二者時常並存共見，張文所言只是兩個觀察詠物詞的角度，不是兩個可用作區分的範疇。又如路成文在其《宋代詠物詞史論》中以“旁觀式”及“潛入式”描述蘇軾，以“雙向交流式”描述周邦彦，以“俯瞰式”描述辛棄疾，以“交融互滲式”描述姜夔，以“凝情静觀式”描述史達祖，説的其實是詠物詞的物我措置。然而在討論姜夔詠物詞時，又强調“物”、“我”、“情”三者相互滲透，並以“情”爲主，討論史達祖時又强調“凝情”，如此又不僅是物我的措置了，可見“範式”的用法前後並不一致。張仲謀與路成文同樣用了“範式”這個概念，但所言並不相同，可見“範式”作爲一個研究文學史的概念，學界仍未有一致的界定。

時擱下"範式"這個概念,而改用"角度"作論述,則不同的角度容或有視野交融之利。綜合範式論者的研究成果,他們的思考角度有三:物我的措置、賦形與摹神、情志與寄託。其實,這三個思考角度是並存互濟的,而且可以進一步構作出一個解讀框架[①]:

分析向導	詠物作品個案
物我的措置	個案所呈現的物我關係
賦形與摹神	個案所見物象形神的描寫
情志與寄託	個案所流露的情志寄託

此框架頗便於分析古人的詠物之作,總結古人的詠物經驗。下文嘗試運用這個框架的三個分析向導,舉出宋人的詠物詞爲例略作説明,在舉例説明之後,再用《補題》詞人的詠物詞加以印證,以見《補題》詞人對前輩詞人的繼承,從而寫出《補題》的候選之作。

一、物我的措置

詠物文學的描寫對象是所詠之物,而作者自己則是創作的主體。在詠物詞中,物象(物)與主體(我)所處的位置,以及物象在主體筆下所起的功能作用,就是所謂"物我的措置"。前人對此已有獨到的觀察,李重華(1682—1755)《貞一齋詩話》:"詠物詩有兩法:一是將自身放頓在裏面,一是將自身站在旁邊。"[②]詩如是,詞亦然。

---

① 不管文體爲何,只要是詠物之作,以上的分析框架都適用。如果把不同作家及一定數量的作品,又或是各家同題的作品,放進這框架作個案分析,並把分析的結果按時序排列起來,加以比較,應該可以看到某體詠物文學的一個(當然不是全部)發展面相,以爲進一步研究的參考或基礎。如此龐大的研究非本書所能勝任,也不是本書的研究重點,但筆者相信,詠物文學的研究確有此發展的可能。

② 李重華:《貞一齋詩話》,丁福保(1874—1952)輯:《清詩話》(上海:上海古籍出版社,1978年),下册,頁930。

“將自身放頓在裹面”是指：創作主體與所詠物象合而爲一，“物”成了“我”的象徵，詞人既在描寫物象，同時也在展現自己；字面的主語雖然是物象，但只要把詞的象徵内容改爲直述，則將主語换爲詞人或者第一人稱“我”亦可，可見物象實具有二重性：既寫實，又象徵。從物象特徵的描寫言，是寫實的；從主體情志的抒發言，是象徵的。因此，從刻劃描寫的角度看，物象占了整首詞的篇幅；從抒情言志的角度看，主體意識又見於全詞各句[①]。

至於“將自身站在旁邊”，則有以下幾種措置：

（1）“物旁詞後”：全詞各句都在描寫物象，而主體的情感則透過描寫滲透出來。主體沒有正式現身詞中，而是置身於詞的背後，但讀者仍可感受到主體的存在。這種措置與“將自身放頓在裹面”的最大分别是，句子的主語只能是物象，不可换成詞人或者第一人稱“我”。

（2）“物旁詞中”：主體與物象一同出現於詞中，二者平行對等，物象佔了主要的篇幅，是描寫的焦點對象；至於主體占的篇幅雖少，卻是抒情之所在，起了畫龍點睛的作用。

（3）“物上詞中”：主體與物象也一同出現於詞中，但二者並非平行對等，主體意識淩駕在物象之上，物象的描寫反是次要，有時，主體占的篇幅甚至要比物象占的篇幅多。

既是“將自身站在旁邊”，則不管主體與物象有多接近，二者仍保持着一定距離。

大致而言，物我在詞中的措置可表列如下：

① 一般人把主體意識理解爲情志與寄託，這是正確的，但爭勝呈能，或者力求工巧，都是作者主體意識的呈現，只是表現出來未必如情志或寄託那樣明顯强烈而已。用傳統的説法，主體意識即是“我”的呈現，“我”所包含的内涵頗廣，不只限於情志與寄託。

<table>
<tr><th colspan="3">物我的措置</th></tr>
<tr><th>詠物手法</th><th>我的位置</th><th>物象功能</th></tr>
<tr><td>將自身放頓在裏面</td><td>物裏詞中</td><td rowspan="2">作爲描寫的對象
作爲抒情的觸媒
作爲抒情的襯託
作爲抒情的對象①
作爲述懷的幌子
作爲象徵</td></tr>
<tr><td>將自身站在旁邊</td><td>(1) 物旁詞後
(2) 物旁詞中
(3) 物上詞中</td></tr>
</table>

1. 物裏詞中

先看“將自身放頓在裏面”。陸游(1125—1210)《卜算子・詠梅》:

驛外斷橋邊,寂寞開無主。已是黄昏獨自愁,更著風和雨。

無意苦爭春,一任群芳妒。零落成泥碾作塵,只有香如故。(第3册,頁1586)

此詞很受後人稱賞,唐圭璋先生《唐宋詞簡釋》評曰:“此首詠梅,取神不取貌,梅之高格勁節,皆能顯出。起言梅開之處,驛外斷橋,不在乎玉堂金屋;寂寞自開,不同乎浮花浪蕊。次言梅開之時,又是黄昏,又是風雨交加,梅之遭遇如此,故惟有獨自生愁耳。下片,説明不與群芳争春之意,‘零落’兩句,更揭出梅之真性,深刻無匹。詠梅即以自喻,與東坡詠鴻同意。東坡放翁,固皆爲忠忱鬱勃,念念不忘君國之人也。”②從刻劃描寫的角度看,句句是詠梅,從抒情言志的角度看,句句是陸游的人格展現。這是一首典型的具象徵意義的詞作,梅是詞人人格的象徵,“詠梅即以自喻”,就是“將自身放頓在裏面”。再看“將自身站在旁邊”。

2. 物旁詞後

張先(990—1078)《漢宫春・蠟梅》:

---

① 所謂“抒情的對象”,是指詞人把物象當作一個可以與之交流的對象,向物象抒發感情。

② 唐圭璋:《唐宋詞簡釋》,頁168。

紅粉苔牆。透新春消息，梅粉先芳。奇葩異卉，漢家宮額塗黃。何人鬬巧，運紫檀、翦出蜂房。應爲是、中央正色，東君別與清香。　仙姿自稱霓裳。更孤標俊格，非雪凌霜。黄昏院落，爲誰密解羅囊。銀瓶注水，浸數枝、小閣幽窗。春睡起，纖條在手，厭厭宿酒殘妝。（第 1 册，頁 83）

上片寫蠟梅傍牆而開，色香俱絶。下片寫其淩寒標格，適宜插在銀瓶，供美人酒醒賞玩。美人在此只是襯託，蠟梅才是描寫的對象。張先並沒有現身，而是站在“物旁詞後”作描寫，藉以透露出他對蠟梅的贊賞。

3. 物旁詞中

王觀（1035—1100）《木蘭花令・柳》：

銅駝陌上新正後。第一風流除是柳。勾牽春事不如梅，斷送離人强似酒。東君有意偏撋就。慣得腰肢真個瘦。阿誰道你不思量，因甚眉頭長恁皺。（第 1 册，頁 261）

詞中的第二人稱“你”就是柳，“你”的對面就是“我”了。詞人站在物旁詞中，把柳當作抒情的對象，想像能與柳對話交流，藉以寫柳非無情，亦因別離而眉頭長皺。王觀在此抒發的是類型化的感情。

辛棄疾（1140—1207）《鷓鴣天》詠梅花也是站在物旁詞中之作：

桃李漫山過眼空。也宜惱損杜陵翁。若將玉骨冰肌比，李蔡爲人在下中。　尋驛使，寄芳容。壠頭休放馬蹄鬆。吾家籬落黄昏後，剩有西湖處士風。（第 3 册，頁 1963）

上片以“下中”的桃李襯託高尚的梅，“玉骨冰肌”一語正面寫梅。下片詞人現身，從“吾家”一語即可見。尋驛寄梅與西湖處士二典，緊扣梅花題面，並抒發籬落幽居的處士風情。再看其《念奴嬌・梅》：

疏疏淡淡，問阿誰、堪比天真顔色。笑殺東君虛占斷，多少朱朱白白。雪裏温柔,水邊明秀,不借春工力。骨清香嫩,迥然天與奇絶。　嘗記寶籞寒輕,瑣窗人睡起,玉纖輕摘。漂泊天涯空瘦損,猶有當年標格。萬里風煙,一溪霜月,未怕欺他得。不如歸去,閬苑有箇人憶。(第3册,頁1892—3)

上片描寫梅花雪中疏淡,骨清香嫩的形象。"東君"二句襯託梅花先春而開的特點,堪稱"不借春工力",即下片之"標格"。下片寫梅花今昔之比。昔日在名園中有瑣窗人賞識輕摘,如今卻漂泊天涯,空自瘦損,但梅花標格依然,風煙霜月也"未怕欺他得"。煞拍寫詞人頓生憐惜之意,勸梅花歸去,藉此透露出自己有倦然歸歟之情。辛棄疾没有用第一人稱代詞,但梅花旁邊明顯有個"我"。辛棄疾站在梅花旁邊,觀賞之,稱許之,憐惜之,是"物旁詞中"的一種措置;結尾更借梅花抒情,梅花在此被詞人用作抒情的觸媒。

4. 物上詞中

以物象作抒情的觸媒並不少見,周邦彦(1056—1121)《蘭陵王·柳》(柳陰直)就是此中的名作。全詞三疊,第一疊寫柳,第二疊寫"閑尋舊踪迹",第三疊寫"沉思前事"。第二、三兩疊主要是情感的抒發,置柳於其次,此前人早已論之,陳匪石(1884—1959)《宋詞舉》卷下:"愚按以'柳'命題卻説别情,詠物而不説物,專説與物相關之事,此亦興體作法,視《六醜》、《花犯》爲别一機杼,更與《樂府補題》不同。"又曰:"此詞妙處全在虚處著想,無一沾滯之筆,'寒食'、'數驛'、'别浦'、'津堠'、'斜陽'、'月榭'、'露橋',仍與'柳'綰合,題面不至抛荒。"[1]所謂"興體作法",即是以柳爲觸媒;至於强調"題面不至抛荒",是因爲主體的"我"相當突出,"我"在"物"上之故。這已是"物上詞中"的措置了。

姜夔(1154—1208)《暗香》也是一首"物上詞中"的詠梅名篇:

舊時月色,算幾番照我,梅邊吹笛。唤起玉人,不管清寒與攀摘。何遜而今漸老,都忘卻、春風詞筆。但怪得、竹外疏花,香冷入

① 陳匪石:《宋詞舉》,頁94,95。

瑶席。　　江國。正寂寂。歎寄與路遥，夜雪初積。翠尊易泣。紅萼無言耿相憶。長記曾攜手處，千樹壓、西湖寒碧。又片片、吹盡也，幾時見得。（第 3 册，頁 2181—2）

上片起調即言月色照我，主體一開始就現身詞中。此下的梅邊吹笛、喚起玉人、冒寒攀摘、年華漸老、忘卻詞筆等，都與梅相關，但這一連串舉措的主體是我，不是梅，我是主，梅是客，而正面寫梅的只有歇拍的“竹外疏花，香冷入瑶席”。下片寄梅一典切題，正面寫梅的是紅萼、千樹壓西湖，以及片片吹盡的花瓣。總觀全首詞，各韻當然都映照梅花的題面，但對梅花的描寫不多，占的篇幅也少，與梅相關的舉措與典故，都旨在抒發“我”憶昔念舊之情，梅只是一個佈景，是主體抒情的襯託。這一點陳匪石《宋詞舉》卷上也指出了：“蓋此章立言，以賞梅之人爲主，而言其經歷，述其感想，就梅花之盛時、衰時、開時、落時，反復論叙，無限情事，即寓其中。此即張氏（炎）所謂‘自立新意’，譚獻（1832—1901）許爲‘獨到’者也。”[①]既是“以賞梅之人爲主”，則梅自然是次，“我”當然在“物上詞中”。對於這種詠物手法，未必所有詞論家都會肯首，王國維（1877—1927）《人間詞話》就批評此詞道：“格調雖高，然無一語道著。”[②]

王國維論詞，每多抑姜揚辛。其實，辛棄疾詠物詞亦有在“物上詞中”者，試以他以下兩首詞爲例略作説明。《浪淘沙·賦虞美人草》：

不肯過江東。玉帳忽忽。至今草木憶英雄。唱著虞兮當日曲，便舞春風。　　兒女此情同。往事朦朧。湘娥竹上淚痕濃。舜蓋重瞳堪痛恨，羽又重瞳。（第 3 册，頁 1906）

---

① 陳匪石：《宋詞舉》，頁 49。

② 王國維評語全文：“詠物之詞，自以東坡《水龍吟》最工，邦卿《雙雙燕》次之。白石《暗香》、《疏影》，格調雖高，然無一語道著，視古人‘江邊一樹垂垂發’等句何如耶？”見氏著：《人間詞話》，收入唐圭璋編：《詞話叢編》第 5 册，頁 4248。

《杏花天・嘲牡丹》:

> 牡丹比得誰顔色。似宫中、太真第一。漁陽鼙鼓邊風急。人在沈香亭北。　買栽池館多何益。莫虚把、千金抛擲。若教解語傾人國。一個西施也得。(第 3 册,頁 1901)

先看《浪淘沙・賦虞美人草》。傳説虞姬與項羽訣别後,其碧血化爲虞美人草。嚴格而言,辛棄疾寫的是虞姬,而非虞美人草,正面寫虞美人草的就只有上片"唱著虞兮"二句;下片以詞論史,對美人爲英雄犧牲表示同情。就内容看,主體占的篇幅要比物象占的篇幅多;就物我的關係看,主體明顯凌駕在物象之上,辛棄疾由虞美人草聯想到虞姬,並且主要寫虞姬,筆觸已轉到虞姬了,物象在此起的也是觸媒的作用;就物象的描寫而言,辛棄疾此詞亦"無一語道著"。再看《杏花天・嘲牡丹》。除了結句外,此詞句句用牡丹典故,但不是描寫牡丹,而是透過嘲諷牡丹來指桑駡槐:辛棄疾透過嘲牡丹論史兼諷喻,喻女禍之所以能傾國,關鍵在於君主。可見辛棄疾的主體意識凌駕在物象之上。此詞語語道著牡丹了,不像詠虞美人草那樣的由此及彼(由虞美人草轉到虞姬),但牡丹並非辛棄疾的寫作焦點,而是辛棄疾述懷的幌子。物象可用作觸媒,也可用作幌子,二者有同有異,就其相同處看,二者都是言在此而意在彼;就其相異處看,用作幌子者,句句不離物象,如《杏花天・嘲牡丹》即是。物象用作觸媒,一旦完成觸發引介的任務之後,詞人可以選擇繼續照應物象(如《補題》詞人唐珏之詠白蓮),或者選擇置之一旁,辛棄疾《浪淘沙・賦虞美人草》就選擇置物象於一旁。王國維《人間詞話》:"詩人必有輕視外物之意,故能以奴僕命風月。又必有重視外物之意,故能與花鳥共憂樂。"[1]辛棄疾詠物手法變化多端,上引四詞足以印證王國維的説法。

陳人傑(1218—1243)《沁園春・問杜鵑》與辛棄疾"嘲牡丹"在手法上不無彷彿之處:

---

① 王國維:《人間詞話》,唐圭璋:《詞話叢編》,第 5 册,頁 4253。

爲問杜鵑，抵死催歸，汝胡不歸。似遼東白鶴，尚尋華表，海中玄鳥，猶記烏衣。吴蜀非遥，羽毛自好，合趁東風飛向西。何爲者，卻身羈荒樹，血灑芳枝。　　興亡常事休悲。算人世榮華都幾時。看錦江好在，卧龍已矣，玉山無恙，躍馬何之。不解自寬，徒然相勸，我輩行藏君豈知。閩山路，待封侯事了，歸去非遲。（第5册，頁3077）

詞題"問杜鵑"，以杜鵑鳥爲抒情的對象，質問杜鵑何事不歸蜀地，何事血灑芳枝，最終還問："不解自寬，徒然相勸，我輩行藏君豈知？"杜鵑既被質詢，則詞人的主體意識也在物象之上。

5. 兩種手法的交互運用

有時，詞人會兼用"放頓在裏面"與"站在旁邊"兩種手法詠物。試看朱敦儒（1081—1159）《卜算子》詠梅：

古澗一枝梅，免被園林鎖。路遠山深不怕寒，似共春相趓。　幽思有誰知？託契都難可。獨自風流獨自香，明月來尋我。（第2册，頁862）

張仲謀先生評朱詞曰："這首詞上下片觀點有變化。上片是從旁觀者角度，寫梅花的處境；下片詞人分身入梅，借梅言志。從意趣上看，上片是書寫潔身自好隱居避世的情趣，下片是表達孤獨落寞、無人理解的苦悶。"[①]朱詞上片是"將自身站在旁"，下片則"將自身放頓在裏面"。就上片言，主體在物旁詞中，物與我的位置是平行對等的；"不怕寒"，"春相趓"正面刻劃梅花先春而開的特質。下片煞拍的第一人稱"我"，是"獨自風流獨自香"的梅，同時也是朱敦儒，故下片是梅的自白，也是朱敦儒的心聲。在此，梅是詞人個性的象徵，物與我已站在同一個位置上。

6.《補題》詞人詠物詞作的物我措置

前人在物我的措置方面已爲《補題》詞人作了不少示範，並寫出了

① 張仲謀：《論宋代詠物詞的兩大創作範式》，頁65。

不少名篇，足供《補題》詞人借鏡參考；而《補題》詞人在此亦確實有所繼承，例如張炎《解連環・孤雁》：

楚江空晚。悵離群萬里，恍然驚散。自顧影、欲下寒塘，正沙淨草枯，水平天遠。寫不成書，只寄得、相思一點。料因循誤了，殘氈擁雪，故人心眼。　誰憐旅愁荏苒。謾長門夜悄，錦箏彈怨。想伴侶、猶宿蘆花，也曾念春前，去程應轉。暮雨相呼，怕驀地、玉關重見。未羞他、雙燕歸來，畫簾半捲。（第5册，頁3470）

上片“悵離群萬里”、“自顧影”，下片“想伴侣”、“暮雨相呼”，是雁是人，一語雙關，所用的是“物裹詞中”的措置。不過，《補題》詞人這樣措置物我的詠物詞並不算多，更多的是“將自身站在旁邊”之作，例如王沂孫《水龍吟・落葉》：

曉霜初著青林，望中故國淒涼早。蕭蕭漸積，紛紛猶墜，門荒徑悄。渭水風生，洞庭波起，幾番秋杪。想重厓半沒，千峰盡出，山中路、無人到。　前度題紅杳杳，溯宫溝、暗流空繞。啼螿未歇，飛鴻欲過，此時懷抱。亂影翻窗，碎聲敲砌，愁人多少。望吾廬甚處，只應今夜，滿庭誰掃。（第5册，頁3355）

上片“故國淒涼”一句，感情深摯，“蕭蕭”二句與下片“亂影”二句，寫落葉極生動。落葉在此是描寫的對象，也是抒情的觸媒。值得注意的是“望吾廬甚處”一句，“吾”就是王沂孫自己，“物”與“我”皆鮮明地展現在詞中。王沂孫詠物詞有强烈的主體意識，這一點，學者早已指出，萩原正樹認爲王沂孫詠物詞多用“吾”“我”等字，因爲“王沂孫是將物置入自己的心中加以吟詠的”[1]。所謂“將物置入自己的心”，是指王沂孫按自己的抒情需要來塑造物象，但形諸文字，物我的關係很明顯是“物旁詞

① 萩原正樹著，邵毅平譯：《王沂孫的詠物詞》，載王水照、保苅佳昭編：《日本學者中國詞學論文集》（上海：上海古籍出版社，1991年），頁308—320。

中"的一種措置。

從王、張二詞可以看到,《補題》詞人措置物我關係時是繼承前輩的經驗而來的。詞人以物爲主還是以我爲主,都會影響到詞作的審美效果,方智範先生就從物我關係討論過宋人詠物詞的審美層次,他認爲:第一層次以物爲觀照本位,故逼真如畫,栩栩如生,但境餘於意;第二層次以我爲觀照本位,故能展示出一個心理空間,而且喻可專指,但意餘於境;最高層次是物我完全認同統一,並具有豐富的多義性,故容許讀者有仁智之見,百讀不厭,至於《樂府補題》,方先生認爲屬第二層次①。

二、賦形與摹神

詠物詞除了從"物我措置"的角度作分析之外,還應從描寫物象的角度作分析。宋人詠物詞,不乏巧構形似之作,例如歐陽修《漁家傲》詠蓮:

> 荷葉田田青照水,孤舟挽在花陰底。昨夜蕭蕭疏雨墜。愁不寐,朝來又覺西風起。　　雨擺風摇金蕊碎。合歡枝上香房翠。蓮子與人長廝類。無好意,年年苦在中心裏。(第1册,頁130)

此詞借採蓮女詠蓮,這是詩家詞人的慣例。蓮塘、蓮花、蓮葉、蓮蓬、蓮莖、蓮子,此詞都寫到了,而"蓮子"與"憐子"、蓮心苦與人心苦,都一語雙關,兼及了採蓮女"愁不寐"的心情。清秋蓮塘的畫面與採蓮女的愁苦心情,一實一虚,結合得相當自然。再如他的《望江南》詠蝶:

---

① 方智範:《論宋人詠物詞的審美層次》,載《詞學》(上海:華東師範大學出版社,1988年)第六輯,頁176—192。按:方先生以爲史達祖《雙雙燕》詠燕爲第一層次的範例,以蘇軾《卜算子》詠雁、賀鑄(1025—1125)《芳心苦》詠蓮、周邦彦《六醜·薔薇謝後作》、陸游《卜算子》詠梅爲第三層次的範例。

江南蝶，斜日一雙雙。身似何郎全傅粉，心如韓壽愛偷香。天賦與輕狂。　　微雨後，薄翅膩煙光。纔伴遊蜂來小院，又隨飛絮過東墻。長是爲花忙。（第1册，頁124）

蝶翅有粉，又愛撲花採蜜，故用何郎、韓壽二典；以遊蜂飛絮作襯託，再以天賦輕狂作點染，就把江南蝶寫得栩栩如生了。

以上歐陽修二詞均從正面刻劃物象的形貌，以體物語入詞，再以人情點染，是典型的賦形手法，是傳統的巧構形似之言。不過，歐陽修的詠物技法不僅於此，他還有更高的要求，那就是禁體物語。歐陽修有《雪》詩一首，題下自注云："時在潁州作。玉、月、梨、梅、練、絮、白、舞、鵝、鶴、銀等事，皆請勿用。"在他看來，"玉、月、梨、梅"等比擬俱是陳舊的體物語，作者難出新意，於是設下禁令，不許使用，並親自賦《雪》詩示範禁體物語，分别從美人、幽士、酒徒、孩童、宰相、農人等不同人物對雪的感受著筆；又勾勒出售酒、打獵、空林飢雀、朝廷賀雪等情境，總之就是側筆烘託，極力渲染下雪的氣氛，更明言"脱遺前言笑塵雜，搜索萬象窺冥漠"，刻意求新之意，和盤託出[①]。

蘇軾繼承了歐陽修禁體物語的詩法，另賦《江上值雪》和《聚星堂雪並引》。《江上值雪》是蘇軾早年之作，全題爲《江上值雪效歐陽體，限不以鹽、玉、鶴、鷺、絮、蝶、飛、舞之類爲比，仍不使皓、白、潔、素等字，次子由韻》。所設的禁令比歐陽修更嚴。《聚星堂雪並引》則是蘇軾後期之作，禁體物語之所以又名白戰體，正出於《聚星堂雪並引》的結句："當時

---

① 《雪》："新陽力微初破萼，客陰用壯猶相薄。朝寒稜稜鋒莫犯，暮雪緌緌止還作。驅馳風雲初慘淡，炫晃山川漸開廓。光芒可愛初日照，潤澤終爲和氣爍。美人高堂晨起驚，幽士虚窗静聞落。酒壚成徑集瓶罌，獵騎尋蹤得狐貉。龍蛇掃處斷復續，猊虎團成呀且攫。共貪終歲飽麰麥，豈恤空林飢鳥雀？沙墀朝賀迷象笏，桑野行歌没芒屩。乃知一雪萬人喜，顧我不飲胡爲樂？坐看天地絶氛埃，使我胸襟如洗瀹。脱遺前言笑塵雜，搜索萬象窺冥漠。潁雖陋邦文士衆，巨筆人人把矛槊。自非我爲發其端，凍口何由開一噱？"見歐陽修著，洪本健校箋：《歐陽修詩文集校箋》（上海：上海古籍出版社，2009年）外集卷十七，下册，頁1363。

號令君聽取，白戰不許持寸鐵。”[①]據詩《引》，蘇軾希望與會者能效法歐公，故親自賦詩，亦分别從雪降之態、人物反應等側面著筆，詩末提到先賢故事，即歐公潁州詠雪一事。

蘇軾精於書畫，對詠物技法有精辟的見解。他在《傳神記》中，以自己壁模頰影的經驗來發揮顧愷之（348—409）的“傳神阿堵”論，指出物象的似與不似，不在其形貌，而在其“意思”[②]。所謂“意思”，就是物象的“神”，得其意思，就是做到了傳神。他認爲作者須把握到能表達物象“意思”的特徵，而不必斤斤計較於物象的形貌。蘇軾又看到不同形式的藝術之間的相通之處，於是提出了這個影響深遠的寫物圖貌原則：“論畫以形似，見與兒童鄰。賦詩必此詩，定非知詩人。詩畫本一律，天工與清新。”[③]他認爲詩畫一律，不以形似爲工，賦詩亦不必限於此詩

① 《聚星堂雪》引：“元祐六年十一月一日，禱雨張龍公得小雪，與客會飲聚星堂。忽憶歐陽文忠公作守時，雪中約客賦詩，禁體物語，於艱難中特出奇麗。爾來四十餘年，莫有繼者。僕以老門生繼公後，雖不足以追配先生，而賓客之美，殆不減當時。公之二子又適在郡，故輒舉前令，各賦一篇。”詩曰：“窗前暗響鳴枯葉，龍公試手初行雪。映空先集疑有無，作態斜飛正愁絶。衆賓起舞風竹亂，老守先醉霜松折。恨無翠袖點横斜，祇有微燈照明滅。歸來尚喜更鼓永，晨起不待鈴索掣。未嫌長夜作衣稜，卻怕初陽生眼纈。欲浮大白追餘賞，幸有回飇驚落屑。模糊檜頂獨多時，歷亂瓦溝裁一瞥。汝南先賢有故事，醉翁詩話誰續説？當時號令君聽取，白戰不許持寸鐵。”見蘇軾著，馮應榴（1741—1800）輯注：《蘇軾詩集合注》（上海：上海古籍出版社，2009 年）卷三十四，第四册，頁 1723—1725。

② 蘇軾在《傳神記》中説：“傳神之難在目。顧虎頭云：‘傳形寫影，都在阿堵中。’其次在顴頰。吾嘗於燈下顧自見頰影，使人就壁模之，不作眉目，見者皆失笑，知其爲吾也。目與顴頰似，余無不似者。眉與鼻口，可以增減取似也。傳神與相一道，欲得其人之天，法當於衆口陰察之。”又説：“凡人意思各有所在，或在眉目，或在鼻口。虎頭云：‘頰上加三毛，覺精采殊勝。’則此人意思蓋在鬚頰間也。優孟學孫叔敖抵掌談笑，至使人謂死者復生。此豈舉體皆似，亦得其意思所在而已。使畫者悟此理，則人人可以爲顧、陸。”見蘇軾著，孔凡禮校點：《蘇軾文集》（北京：中華書局，1986 年）第十二卷，第二册，頁 401。

③ 《書鄢陵王主簿所畫折枝二首》其一，見《蘇軾詩集合注》卷二十九，第四册，頁 1436—1437。

題，不妨由此及彼，作一定的引申。如果再結合他禁體物語的論述與詩作，就可以理解爲何他的詠物之作不同於一般巧構形似的詠物詩了①。

自歐、蘇之後，作禁體雪詩者代不乏人，宋人詠物，特别是詠雪的技巧也愈來愈高明②。雖然歐陽修提倡禁體物語，啓發蘇軾不少，但他自己的詠物詞卻没有禁體物語之作。宋代詠物詞也没有明言禁體物語者，不過，詞人卻作過類似的創作，例如柳永(987？—1053?)《望遠行》詠雪：

> 長空降瑞，寒風翦，淅淅瑶花初下。亂飄僧舍，密灑歌樓，迤邐漸迷鴛瓦。好是漁人，披得一蓑歸去，江上晚來堪畫，滿長安，高卻旗亭酒價。　　幽雅。乘興最宜訪戴，泛小棹、越溪瀟灑。皓鶴奪鮮，白鷴失素，千里廣鋪寒野。須信幽蘭歌斷，彤雲收盡，别有瑶臺瓊樹。放一輪明月，交光清夜。(第1册，頁42—43)

① 蘇軾並非否定形似的價值，而是强調繪畫詠物應以神似爲主，不應拘泥於形貌。葛立方(？—1164)對蘇軾此論有深刻的領會："歐陽文忠公詩云：'古畫畫意不畫形，梅詩詠物無隱情。忘形得意知者寡，不若見詩如見畫。'東坡詩云：'論畫以形似，見與兒童鄰。賦詩必此詩，定知非詩人。'或謂二公所論不以形似，當畫何物？曰：非謂畫牛作馬也，但以氣韻爲主爾。謝赫云：'衛協之畫，雖不該備形妙，而有氣韻，淩跨雄傑。'其此之謂乎？陳去非作墨梅詩云：'含章檐下春風面，造化工成秋兔毫。意得不求顔色似，前身相馬九方皋。'後之鑑畫者，如得九方皋相馬法則善矣。"葛説見《韻語陽秋》(上海：上海古籍出版社1984年影上海圖書館藏宋刻本)卷十四，頁四上至下。王若虚(1171—1243)也有類似的説法："東坡云：'論畫以形似，見與兒童鄰。賦詩必此詩，定非知詩人'。夫所貴於畫者，爲其似耳，畫而不似，則如勿畫。命題賦詩，不必此詩，果爲何語？然則東坡之論非歟？曰：論妙於形似之外，而非遺其形似。不窘於題，而要不失其題，如是而已耳。世之人不本其實，無得于心，而借此論以爲高，畫山水者，未能正作一木一石，而託雲烟杳靄，謂之氣象；賦詩者茫昧僻遠，按題而索之，不知所謂，乃曰格律貴爾。一有不然，則必相嗤點，以爲淺易而尋常，不求是而求奇，真僞未知，而先論高下，亦自欺而已矣，豈坡公之本意也哉？"王説見《滹南集》(沈陽：遼海出版社，2006年)卷三十九，頁455。

② 張高評先生對白戰體的出現，白戰體的詠物手法，以及後人的白戰體詠雪，都有詳細的探討。見氏著：《白戰體與宋詩之創意造語：禁體物詠雪詩及其因難見巧》，載《中國文化研究所學報》2009年第49期，頁173—212。

“長空降瑞”至“漸迷鴛瓦”寫雪初下，“好是漁人”至下片“越溪瀟灑”虛寫不同人物在雪中的活動，“皓鶴”一韻以白鶴及白鷳襯託白雪，“須信”至末寫雪霽放晴。除了一首一尾之外，柳永都是用側筆作描寫，即從不同的人物對雪的反應著筆，並以雀鳥作襯託，不無禁體物語的意味。清人黃蘇（乾隆五十四年〔1789〕舉人）《蓼園詞選》評此詞曰：“寫雪。通首清雅不俗，第以用前人意思多，總覺少獨得之妙句耳。”①柳永此詞的構思與歐陽修的《雪》詩非常相似②。柳永與歐陽修同時而略長，他是否受了歐陽修影響而作此詞，今難以稽考，柳詞“降瑞瑶花”是體物之句，也没有遵守歐陽修的禁令。可以這樣理解：在巧構形似之外探索新的詠物手法，是不少當時人的想法，而非一兩位大家的個人倡議。

當然，最能體現歐、蘇詠物理論的還是蘇軾自己的詠物詞。章楶（1207—1102）和蘇軾《水龍吟》詠楊花的唱和是人所共知的詞史佳話，古今評論甚多，這裏只就二家詠物摹神的角度略作比較。章詞唱曰：

> 燕忙鶯懶芳殘，正堤上、柳花飄墜。輕飛點畫青林，誰道全無才思。閑趁遊絲，静臨深院，日長門閉。傍珠簾散漫，垂垂欲下，依前被、風扶起。　　蘭帳玉人睡覺，怪春衣、雪沾瓊綴。繡牀旋滿，香毬無數，纔圓卻碎。時見蜂兒，仰粘輕粉，魚吞池水。望章臺路杳，金鞍遊蕩，有盈盈淚。（第1册，頁213—214）

蘇詞和曰：

> 似花還似非花，也無人惜從教墜。拋家傍路，思量卻是，無情

① 黃蘇：《蓼園詞選》，收入尹志騰：《清人選評詞集三種》（濟南：齊魯書社，1988年），頁122。

② 謝惠連（407—433）《雪賦》早已用不同的人對下雪的反應態度來詠雪，柳、歐、蘇等的詠雪之作應是受其啓發。另，日本學者宇野直人對柳永此詞有頗仔細的討論，認爲此詞有“擬古的姿勢”。詳宇野直人著，張海鷗、羊昭紅譯：《柳永論稿》（上海：上海古籍出版社，1998年）第十二章“從柳永的詠物詞看其創作態勢”，頁300—315。

有思。縈損柔腸,困酣嬌眼,欲開還閉。夢隨風萬里,尋郎去處,又還被、鶯呼起。　　不恨此花飛盡,恨西園、落紅難綴。曉來雨過,遺蹤何在?一池萍碎。春色三分,二分塵土,一分流水。細看來,不是楊花點點,是離人淚。(第1册,頁277)

後人每多將二詞作比較,認爲章詞不及蘇詞,例如王國維《人間詞話》就評蘇軾此詞是“和韻而似原唱,章質夫詞,原唱而似和韻”①。但其實章詞也極工緻。俞陛雲(1868—1950)認爲“此詞雖不及東坡和作,而‘珠簾’四句、‘繡牀’三句賦本題極體物瀏亮,若無名作在前,斯爲佳製”②。俞評比較肯定章詞的價值③。正如俞陛雲所言,“珠簾”四句和“繡牀”三句寫得極生動,但是否僅止於“體物瀏亮”?周邦彦《蘇幕遮》:“葉上初陽乾宿雨。水面清圓,一一風荷舉”,王國維《人間詞話》評“此真能得荷之神理者”④。章詞詠楊花,實不下於周詞詠荷,都一樣的生動傳神,不僅是“體物瀏亮”而已,只是後人用作比較的是蘇詞而非周詞,於是難免有高下軒輊之論。

就摹神的角度來看,章、蘇二詞確有高下。章詞以形寫神,並成功地點出了楊花的神:“輕盈飄渺。”蘇詞則遺貌取神,而且另辟蹊徑,由此(楊花)及彼(思婦),把楊花與思婦合寫,實踐其“賦詩必此詩,定非知詩人”的原則。章詞只點出其神,而蘇詞則極寫此神,並以人情作點染,寫閨人的遐思夢想有類楊花的輕盈飄渺,可以隨風萬里,無遠弗届,但實際正好相反,是以楊花類比閨人的遐思夢想。蘇詞將“輕盈飄渺”提升至“無遠弗届”。如此看來,章詞固不僅止於“體物瀏亮”,但蘇詞確是比章詞更能傳神。蘇詞之所以被認爲傳神,是因爲蘇軾從虚處著筆,設想

①④ 唐圭璋:《詞話叢編》,第5册,頁4247。

② 俞陛雲:《唐五代兩宋詞選釋》(臺北:文史哲出版社,1988年),頁172。

③ 魏慶之(南宋人,生卒未詳)曾爲章詞抱不平:“章質夫詠楊花詞,東坡和之。晁叔用以爲‘東坡如毛嫱西施,淨洗卻面,與天下婦人鬥好,質夫豈可比,是則然矣’。余以爲質夫詞中,所謂‘傍珠簾散漫,垂垂欲下,依前被、風扶起’,亦可謂曲盡楊花妙處。東坡所和雖高,恐未能及。詩人議論不公如此耳。”見魏慶之:《詩人玉屑》(北京:中華書局,2007年)“章質夫”條,下册,頁685。

一個閨人作類比,以極寫楊花的神。此外,後人較少注意的是,讀者在讀蘇詞之前,其實已先有章詞的描寫作閱讀的"前理解",對楊花的形與神已有一定的把握,蘇軾正是利用此"前理解",以章詞的描寫作起點,在章楶的未盡處著力,撇開楊花的形貌,直取其神,所以就能做到離形得似。

歐陽修和蘇軾用理論與實踐,指出詠物除了巧構形似之外,還可有另一個審美標準:烘雲託月,側筆摹神,務求"於艱難中特出奇麗"。不過,詠物而禁體物語並不容易,即禁了體物語,也不能確保一定寫出傳神佳作。葉夢得(1077—1148)對此早有體會:

> 詩禁體物語,此學詩者類能言之也。歐陽文忠公守汝陰,嘗與客賦雪於聚星堂,舉此令,往往皆閣筆不能下。然此亦定法,若能者,則出入縱橫,何可拘礙。鄭谷'亂飄僧舍茶煙濕,密灑歌樓酒力微',非不去體物語,而氣格如此其卑。蘇子瞻'凍合玉樓寒起粟,光摇銀海眩生花',超然飛動,何害其言玉樓銀海。韓退之兩篇,力欲去此弊,雖冥搜奇譎,亦不免有'縞帶'、'銀杯'之句。杜子美'暗度南樓月,寒生北渚雲',初不避雲月字。若'隨風且開(間)葉,帶雨不成花',則退之兩篇,工殆無以愈也。[①]

葉夢得肯定禁體物語的同時也不否定體物語。他論及的都是唐宋名家的詠雪名句,並指出,鄭谷(約 851—910)詩雖然"去體物語",但氣格仍卑,蘇軾直用"玉樓"、"銀海"等體物語,卻是"超然飛動"。可見詠物而禁體物語,難則難矣,但因難卻未必見巧。張高評先生論宋人白戰體,曾"以《全宋詩》爲文本,檢得兩宋詩人所作白戰體詩,約三十七題四十三首"[②]。數量未免太少,而當中主要是詠雪詩。張先生又謂宋人"爲

---

① 葉夢得:《石林詩話》,收入何文焕(清乾隆年間人,生卒未詳)輯:《歷代詩話》(北京:中華書局,1981 年)卷下,上册,頁 436。

② 張高評:《白戰體與宋詩之創意造語:禁體物詠雪詩及其因難見巧》,頁 185。

推闡盡致，更有將禁體恢廓到詠梅、詠花、詠重九登高者”[①]。不過，詠雪以外的白戰體詠物詩，數量也不多。禁體物語一方面鼓勵去故就新，側筆摹神，以期“於艱難中特出奇麗”，但另一方面制約與禁令實太多，詩人下筆不易，要開拓詩題就更難，這應該就是白戰體的詩題及作品數量不多的原因所在。至於宋人白戰體以詠雪爲主，應該是因爲歐、蘇示範在前，後人起而與之爭勝所致。事實上，後人多效法歐、蘇從不同人物、不同情景的角度詠雪，歐、蘇既爲後人作了示範，但同時亦爲後人定下了書寫的程式，而且是一種很難爲的程式。白戰體的原意是創新，而結果竟是如此，又豈是歐、蘇始料所及？所以程千帆先生和張宏生先生説：“白戰體及其代表作儘管豐富了古典詩歌的寶庫，但多數詩人通過實踐終於發現，在創作中將體物語與禁體物語隨宜酌情地使用，而不走向極端，乃是一種最佳選擇。”[②]宋人詠物詞正是綜合運用體物語與側筆烘託等手法，以期做到形神俱似，例如史達祖（1163—1220?）《雙雙燕·詠燕》就是此中的名篇：

過春社了，度簾幕中間，去年塵冷。差池欲往，試入舊巢相併。還相雕梁藻井，又軟語、商量不定。飄然快拂花梢，翠尾分開紅影。

芳徑。芹泥雨潤。愛貼地爭飛，競誇輕俊。紅樓歸晚，看足柳暗花暝。應自棲香正穩，便忘了、天涯芳信。愁損翠黛雙蛾，日日畫欄獨凭。（第4册，頁2326）

賀裳（清康熙年間人，生卒未詳）曾稱許此詞“幾于形神俱似矣”[③]。唐圭璋先生對此有更仔細的分析：“此首詠燕，神態逼真，靈妙非常。‘過春社了’三句，記燕來之時。‘差池’兩句，言燕飛入巢。‘還相’兩句，摹寫燕語。‘欲’字、‘試’字、‘還’字、‘又’字皆寫足雙燕之神。‘飄然’兩

---

① 張高評：《白戰體與宋詩之創意造語：禁體物詠雪詩及其因難見巧》，頁199。

② 程千帆、張宏生：《火與雪：從體物到禁體物——論白戰體及杜、韓對它的先導作用》，載程千帆、莫礪鋒、張宏生：《被開拓的詩世界》，頁94。

③ 賀裳：《皺水軒詞筌》，“姜張詠蟋蟀詞”條，唐圭璋：《詞話叢編》，第1册，頁704。

句，寫燕飛去，儼然畫境。换頭承上，寫燕飛之路。'愛貼地'兩句，寫燕飛之勢。'紅樓'兩句，换筆寫燕歸。'看足柳昏花暝'一句，説盡雙燕遊樂之情。'應自'兩句，换意寫燕雙棲，意義完畢。末結兩句，推開，特點人事，蓋用燕歸人未歸之意。'獨憑'與雙棲映射，最爲俊巧。"①史詞主要是側面取神，而"飄然"二句、"愛貼地"二句則是用了體物語。

經過歐陽修與蘇軾的實踐與提倡之後，側筆摹神已成了宋人詠物的慣技。只要詞人綜合運用巧構形似與側筆摹神的技法，其筆下的物象不難做到形神兼備。《補題》詞人的詠物詞正是繼承了這些前人經驗的成果，例如王沂孫《掃花游·秋聲》：

> 商飇乍發，漸淅淅初聞，蕭蕭還住。頓驚倦旅。背青燈弔影，起吟愁賦。斷續無憑，試立荒庭聽取。在何許。但落葉滿階，惟有高樹。　　迢遞歸夢阻。正老耳難禁，病懷淒楚。故山院宇。想邊鴻孤唳，砌蛩私語。數點相和，更著芭蕉細雨。避無處。這閒愁，夜深尤苦。（第5册，頁3360）

"淅淅"、"蕭蕭"、"斷續"、"孤唳"、"私語"、"相和"，都是體物語，"落葉滿階，惟有高樹"、"芭蕉細雨"、"避無處"，就是側筆烘託。王沂孫綜合運用二者，通過聽覺和視覺寫出了秋聲的"意思"，即秋聲的"神"：寂寞悲涼，無處可避。歐陽修、柳永、蘇軾等前輩透過不同人物的反應來詠雪，以示能用禁體物語狀物；王沂孫對此亦有所繼承，而且再進一步，不是詠雪，而是詠催雪，比只詠雪更難，試看其《聲聲慢·催雪》：

> 風聲從臾，雲意商量，連朝滕六遲疑。茸帽貂裘，兔園準擬吟詩。紅爐旋添獸炭，辦金船、羔酒鎔脂。問剪水、恁工夫猶未，還待何時。　　休被梅花争白，好誇奇鬬巧，早徧瓊枝。綵索金鈴，佳人等塑獅兒。怕寒繡幃慵起，夢梨雲、説與春知。莫誤了，約王猷、船過剡溪。（第5册，頁3353）

① 唐圭璋：《唐宋詞簡釋》，頁201—202。

王沂孫所詠的對象是雪，而且是未下的雪，故措意一"催"字。他分别從雪神滕六、兔園詩人、爐邊雅士、幃中佳人，還有訪友的詞人等人物的反應著筆，以滕六遲疑與世人期盼作了鮮明的對比，而世人的期盼又是側筆襯託，於是把"催雪"這個題目寫得淋漓盡致，其因難見巧實不下於前人，這應是他繼承前人寫作手法的成果。

另一方面，前人的經驗也啓發了《補題》詞人對詠物理論的拓展與整理，張炎對詠物就有很精辟的見解："詩難於詠物，詞爲尤難。體認稍真，則拘而不暢；模寫差遠，則晦而不明。要須收縱聯密，用事合題，一段意思全在結句，斯爲絶妙。"[①]張炎此則論述内涵很豐富，作法、佈局、用典、賦形、摹神等均有涉及，在"體認稍真"與"模寫差遠"之間如何拿捏，無疑就是對"賦形"與"摹神"的思考，要"收縱聯密，用事合題"，方能收不即不離之效。可見無論是創作還是理論，《補題》詞人都繼承並總結了前輩的詠物經驗，這當然爲《樂府補題》的出現提供了不可或缺的創作及理論基礎。

三、情志與寄託

《補題》被認爲是一部有深厚寄託的詞集，這是後人推崇《補題》的一個重要原因。事實上，《補題》詞人確實寫了不少寄託深厚的詠物詞，這些作品就是編輯成集的候選之作。以下即從"情志與寄託"的角度討論《補題》出現的原因。

清人好以寄託論詠物詞，大多認爲有寄託者方爲上乘之作，其中尤以常州詞派張惠言(1761—1802)及周濟(1781—1839)之論影響後世最爲深遠。周濟《介存齋論詞雜著》謂："感慨所寄，不過盛衰，或綢繆未雨，或太息厝薪，或己溺己飢，或獨清獨醒，隨其人之性情學問境地，莫不有由衷之言。見事多，識理透，可以爲後人論世之資。詩有史，詞亦有史，庶乎自樹一幟矣。若乃離别懷思，感士不遇，陳陳相因，唾瀋互拾，便思高揖温、韋，不亦恥乎。"[②]這就是周濟著名的詞史論，當中即論

---

① 張炎：《詞源》卷下"詠物"條，唐圭璋：《詞話叢編》，第1册，頁261。

② 周濟：《介存齋論詞雜著》"詞亦有史"條，唐圭璋：《詞話叢編》，第2册，頁1631。

及寄託。周濟認爲寄託的内涵是詞人對盛衰的由衷感慨,亦即是詞人的情志,只要詞人“見事多,識理透”,發而爲言,就是“後人論世之資”的詞史。後來吴梅(1884—1939)説得更明白:“詠物之作,最要在寄託。所謂寄託者,蓋借物言志,以抒其忠愛綢繆之旨。三百篇之比興,《離騷》之香草美人,皆此意也。”[①]吴梅爲寄託下的定義十分清楚:借物言志。從周、吴之論可見,“志”必定有政治意涵,這是清代詞論家把經學中“詩言志”的傳統嫁接到詞之後的觀點[②]。不過,吴梅所説的情志要比周濟更聚焦,周濟尚且承認己溺己飢與獨清獨醒都是情志的一種,而吴梅就只强調忠愛綢繆之旨。綜合二家所言,所謂詠物寄託及其與情志的關係可以這樣理解:寄託必須用借物言志的手法,而情志則是寄託的内涵。

詞論家用到“寄託”一詞,多兼言手法與内涵二者,例如周濟論詞,主張“初學詞求有寄託,有寄託則表裏相宜,斐然成章。既成格調,求無寄託,無寄託,則指事類情,仁者見仁,智者見智”。又謂“非寄託不入,專寄託不出”[③]。周濟所謂“求有寄託”與“非寄託不入”,説的是立意;“求無寄託”與“專寄託不出”,説的是手法,是指要泯去寄託的痕迹,主要是泯去所寄的本事情節,以期達到仁智互見,指事類情的藝術效果。詠物詞的寄託手法,不外是比興象徵,故言在此而意在彼,詠物即是詠懷。再看情志。情與志渾言是一,若析言之,則情是從悲愁怨怒等心緒感受的抒發言,而志則從情之所由生的角度言。在詞論家的眼中,悲愁怨怒等情感皆由政治生出,所以情志必定有政治意涵。至此,不妨如此界定寄託:寄託就是以比興象徵的手法寫出作者對社會政治實況的看法與感受。

至於詞人之所以要寄託的原因,詹安泰先生(1902—1967)在《論寄託》中早已有所論述:寄託之有無,實關乎當時的忌諱,若忌諱少則詞人大可明白宣泄而不必寄託,但自宋真宗(968—1022)以後,黨争漸熾,而

---

① 吴梅:《詞學通論》(上海:復旦大學出版社,2005 年),頁 4。

② 朱自清(1898—1948)在《詩言志》一文中指出,“詩言志”中的“志”是指政治教化與道德表述,後經屈宋之作的引申,强調了一己的出處窮通與應世態度,但也不離政教。詳氏著:《詩言志辨》(南京:鳳凰出版社,2008 年),頁 7—51。

③ 依次見周濟:《介存齋論詞雜著》“學詞途徑”條;《宋四家詞選目録序論》,唐圭璋:《詞話叢編》第 2 册,頁 1630,1643。

寄託之詞亦漸興，及至南宋，時諱更多，寄託之作就更盛了[①]。詹先生所謂的時諱，其實是指政治壓力言。在政治壓力之下，士人不能亦不敢暢所欲言，唯有言在此而意在彼了。

從周濟到吴梅再到詹安泰，是“寄託”這個概念逐步聚焦化的發展過程，焦點逐漸調校到“政治”，即言在此而意在彼中的“意”必定有政治意涵，否則，就算詞作中有“離别懷思，感士不遇”的寄意，也不算是有寄託。本書採納前輩學人的研究成果，以政治意涵來界定寄託。換言之，“寄意”與“寄託”以政治意涵之有無作區分：寄意，是言在此而意在彼的言外之意；寄託，就是具政治意涵的寄意。

按照詞論家的説法，有寄託的詠物詞固然用比興手法寫成，但以比興手法寫成的詠物詞卻不一定就有寄託，當中的分野是所寄的性質是否具政治意涵。釋文瑩（生卒未詳）《湘山野録》有一則吕夷簡（978—1040）舉薦陳堯佐（963—1044）的故事：

> 吕申公累乞致仕，仁宗眷倚之重，久之不允。他日，復叩於便坐，上度其志不可奪，因詢之曰：“卿果退，當何人可代？”申公曰：“知臣莫若君，陛下當自擇。”仁宗堅之，申公遂引陳文惠堯佐曰：“陛下欲用英俊經綸之臣，則臣所不知。必欲圖任老成，鎮静百度，周知天下之良苦，無如陳某者。”仁宗深然之，遂大拜。後文惠公極懷薦引之德，無以形其意，因撰《燕詞》一闋，攜觴相館，使人歌之曰：“二社良辰，千秋庭院，翩翩又見新来燕。鳳凰巢穩許爲鄰，瀟湘煙暝来何晚。　亂入紅樓，低飛緑岸，畫梁時拂歌塵散。爲誰歸去爲誰來，主人恩重珠簾捲。”申公聽歌，醉笑曰：“自恨捲簾人已

---

① 詹安泰：《論寄託》：“北宋真、仁以降，外患寖亟，黨派漸興，雖汴都繁麗，不斷歌聲，而不得明言而又不能已於言者，亦所在多有；於是辭在此而意在彼之詞，乃班秩而出。及至南宋，則國勢陵夷，金元繼迫，憂時之士，悲憤交集，隨時隨地，不遑寧處；而時主昏庸，權奸當道，每一命筆，動遭大僇，逐臣放客，項背相望；雖欲不掩抑其辭，不可得矣。故詞至南宋，最多寄託，寄託亦最深婉。”見氏著：《詹安泰詞學論稿》（廣州：人民出版社，1984 年），頁 120。

老。"文惠應曰:"莫愁調鼎事無功。"老於嵓廊,醖藉不減。[①]

陳詞調寄《踏莎行》。陳堯佐以燕子自比,以鳳凰、主人比吕夷簡,用的是比興手法,但寫的是他對吕夷簡"極懷薦引之德",當中别無政治的意涵,亦不涉時諱,只是一種委婉醖藉的表現而已,雖是言外寄意,但也不算是寄託之作。

詩言志,也緣情,詞亦如是。不過,由於詞本來傳唱於歌宴舞席之間,出於繡幌佳人之口,以極娱賓遣興之能事,而題材又多圍繞男歡女愛,離情别恨,所以唐五代的詞,包括詠物詞,大多以抒情及美聽爲主,很少有也不必有寄託。例如牛嶠(生卒未詳)有《夢江南》二首,一詠燕,一詠鴛鴦[②]:

銜泥燕,飛到畫堂前。占得杏梁安穩處,體輕唯有主人憐。堪羡好因緣。

紅繡被,兩兩間鴛鴦。不是鳥中偏愛尔,爲緣交頸睡南塘。全勝薄情郎。(上册,頁 506)

又如毛文錫(生卒未詳)《荷花媚·荷花》:

霞苞電荷碧。天然地、别是風流標格。重重青蓋下,千嬌照水,好紅紅白白。　　每悵望、明月清風夜,甚低眉不語,妖邪無力。終須放、船兒去,清香深處住,看伊顔色。(上册,頁 542)

這些詠物詞都没有寄託,純然是抒情之作,而且所抒發的都是類型化的感情,並非詞人的個性書寫,反而一些佚名之作卻另有情志寓焉,如敦

---

① 釋文瑩:《湘山野録》(北京:中華書局,1984 年)"吕申公累乞致仕"條,卷中,頁 28。

② 本書所引唐五代詞悉據曾昭岷、曹濟平、王兆鵬、劉尊明等編:《全唐五代詞》(北京:中華書局,1999 年),隨文以阿拉伯數目字注明册數頁碼,不另出注,以省篇幅。

煌曲子《酒泉子》：

> 三尺青蛇，斬新鑄就鋒刃快。沙魚裹欛用銀裝。寶見七星光。曾經長蛇偃月陣。一遍離匣神鬼遁。鴻門會上佑明王。勝用一條槍。（下册，頁892）

此詞詠劍而别寓疆場殺敵之志，文辭淺白，真率自然，與文士之詞相比，是另一種豪邁的風格。像這種豪邁風格的詠物詞不見於唐至北宋的文人筆下，要到辛棄疾、陸游出，始可得見。

北宋詠物詞以婉約爲主，别有寄託者不多；就詠物詞的絶對數量及名家名篇的相對數量來看，南宋比北宋突出得多[①]，所以謝章鋌認爲詠物詞南宋最盛亦最工。不過，雖然北宋具寄託意義的詠物詞數量不及南宋之多，但就其藝術成就而言，不但可以媲美南宋，甚或過之，周濟曾指出："北宋詞，下者在南宋下，以其不能空，且不知寄託也。高者在南宋上，以其能實，且能無寄託也。南宋則下不犯北宋拙率之病，高不到北宋渾涵之詣。"[②]當中最爲後人津津樂道的，是蘇軾的《卜算子》：

> 缺月掛疏桐，漏斷人初静。時見幽人獨往來，縹緲孤鴻影。驚起卻回頭，有恨無人省。揀盡寒枝不肯棲，寂寞吴江冷。[③]（第1册，頁295）

此詞一題"黄州定慧院寓居作"，後人多視爲詠雁詞。此詞歷來備受推崇，後人皆認爲别有寄託，只是託意爲何，則仁智互見，未有定論，但總離不開蘇軾的人生際遇，當中傳達出一種孤高寂寞、驚惶有恨的情感，

---

① 路成文有比較詳細的統計與討論。詳氏著：《宋代詠物詞史論》"緒論"第五節"宋代詠物詞概覽"，頁36—57；第一章"唐五代北宋前期詠物詞論"，頁58—86。

② 周濟：《介存齋論詞雜著》，唐圭璋：《詞話叢編》第2册，頁1630。

③ "時見"又作"誰見"，"吴江"作"沙洲"。

是可以肯定的[①]。就如詹安泰先生所説的，當時忌諱太多，不可明白宣泄，唯有以寄託之辭出之，"故工於寄託者，其爲詞也，乃多惝恍迷離，不落言詮，令讀者驟遇之，彷彿在耳目之前，深味之，乃覺有悠遠之義，不易知其情之所由生與其意之所專指"[②]。詹説可視作周濟"無寄託出"之論的扼要發明；所謂"不落言詮"，其實就是把本事情節掩去，所以"不易知其情之所由生與其意之所專指"，這就是寄託之作所以言人人殊的原因所在。

蔣敦復(1808—1867)曾謂："唐、五代、北宋人詞，不甚詠物，南渡諸公有之，皆有寄託。"[③]這是從詞作與時代關係作觀察，如果從文學發展史的角度觀察，可以這樣看：中國詩歌本來就有託物言志的傳統，而詞在其發展的過程中逐漸詩化、雅化，於是也接上了這個傳統。蘇軾《卜算子》證明，即使北宋詞人不甚詠物，亦不乏有寄託之作；至於説南渡諸公"皆有寄託"，則是時代使然了。

南渡之後，詠物詞無論在手法及寄託方面，均有長足的發展，而且是詞人有意識的開拓，與北宋興到神會的創作不同[④]。蘇軾有《卜算子》詠雁，南渡的朱敦儒亦有《卜算子》詠雁：

> 旅雁向南飛，風雨群相失。飢渴辛勤兩翅垂，獨下寒汀立。
> 鷗鷺苦難親，矰繳憂相逼。雲海茫茫無處歸，誰聽哀鳴急。（第2册，頁862）

---

① 《卜算子》是蘇軾烏臺詩案後貶謫至黄州時作，故有"驚起卻回頭，有恨無人省"之句。黄蘇《蓼園詞選》評曰："此詞乃東坡自寫在黄州之寂寞耳。初從人説起，言如孤鴻之冷落；第二闋專就鴻説，語語雙關。格奇而語雋，斯爲超詣神品。"見《清人選評詞集三種》，頁21。

② 詹安泰：《論寄託》，《詹安泰詞學論稿》，頁119。

③ 蔣敦復：《芬陀利室詞話》卷三"南宋詠物皆有寄託"條，唐圭璋：《詞話叢編》第4册，頁3657。

④ 周濟曾比較過兩宋詞的不同："北宋詞多就景叙情，故珠圓玉潤，四照玲瓏。至稼軒、白石，一變而爲即事叙景，使深者反淺，曲者反直。"見周濟：《介存齋論詞雜著》，唐圭璋：《詞話叢編》第2册，頁1634。

俞平伯(1900—1990)評朱詞曰:“本篇以雁作比喻,與中卷(指《唐宋詞選釋》中卷)蘇軾《卜算子》詞作法似相近,卻反映出北宋末動亂的狀況。首句即喻南渡事。”①南渡四大名臣之一的趙鼎(1085—1147)也有一首《浪淘沙·九日會飲分得雁字》:

> 霜露日凄涼。北雁南翔。驚風吹起不成行。弔影蒼波何限恨,日暮天長。　　爲爾惜流光。還是重陽。故人何處艤危檣。寄我相思千點淚,直過瀟湘。(第2册,頁948)

趙詞也是一首詠雁詞,詞題謂“九日會飲分得雁字”,很明顯是一首文人宴會時分題賦詠之作,就其産生的場合而言,似與唐五代無異,都是在酒宴歌席之間,但連繫到歷史語境及詞人心態,詞的内容就值得注意了。詞中的“北雁南翔”與朱敦儒詞的“旅雁向南飛”不無相似之處;“爲爾”之“爾”,是人是雁,一語雙關;詞中的“故人”未必一定指徽(1082—1135)、欽(1100—1156)二宗,但也不妨視爲滯留北方故土的親友,“瀟湘”無疑就是南方了。

宋代詠雁詞的代表作,北宋有蘇軾的《卜算子》,南宋則有《補題》詞人張炎的《解連環·孤雁》(見前引詞)。張炎此詞用了蘇武(前140—前60)雁足傳書、杜牧(803—852)《早雁》詩、錢起(722—780?)《歸雁》詩等典故,以寫蒙古入侵,家破流離之慨。劉永濟先生謂:“蓋此詞乃託辭孤雁以寓身世之感。”②沈祖棻先生(1909—1977)認爲下片“想伴侣”諸句“思曲而意深,其有感於六宫北轅乎?‘暮雨’二句,望之至深至切,翻成疑懼,即李頻《渡漢江》‘近鄉情更怯,不敢問來人’之意,謂亡國遺民,不堪重見也。末二句或指留夢炎一輩人。‘道不同,不相爲謀。’故雖‘重見’,亦‘未羞’也。‘寒塘’、‘畫簾’。窮達自見”③。家國之思,身世之感,俱見於此詞。

---

① 俞平伯:《唐宋詞選釋》(北京:人民文學出版社,1979年),頁168。

② 劉永濟:《微睇室説詞》,頁137。

③ 沈祖棻:《宋詞賞析》(上海:上海古籍出版社,1980年),頁171。

以上蘇、朱、趙、張四家詠雁詞都是有寄託之作，細加比較，不難發現當中的異同。從其相同處看，四家的寄託都不離政治現實，而且不敢坦然直說，把本事情節掩去，以免觸犯時諱；從其相異處看，蘇詞寫的是個人的身世之感及其人生態度，而其他三家則兼寫家國之思及身世之感。由此四例可見：寄託以政治爲其核心，當中可側重寫詞人的人生態度、身世之感或家國之思，亦可兼寫二者或三者，總之必定以政治爲前提。

詞人之所以用到寄託的手法，當然是因爲“時主昏庸，權奸當道，每一命筆，動遭大僇，逐臣放客，項背相望”[①]。只要皇帝仍然高坐在龍椅之上，加之官場險惡，黨同伐異，時諱就必然存在，騷人墨客賦詩屬文也必須小心避忌，以免招禍；不過，清末八國聯軍入京，慈禧太后和光緒帝倉惶出走，王公大臣亦四散逃命，此時已經再沒有文網之類的政治壓力，而王鵬運等詞人還是詠物寄託，然則時諱雖然逼使作者運用寄託，但作者運用寄託卻可以是出於自己的選擇而不在於時諱之有無。寄託以時諱爲背景，只是就政治壓力仍然存在言，卻不是絕對的。不妨這樣理解寄託的特質：寄託一定以政治爲前提，當政治壓力仍然存在，寄託更以時諱爲背景。

綜上論述，“物我措置”、“賦形摹神”和“情志寄託”等三個分析詠物文學的角度，其實涉及到文學創作中“主體意識”、“藝術構思”和“言外之旨”等三個更大的創作範疇。六者的關係是相對應的：

<table>
<tr><td colspan="3" rowspan="3">分析角度與創作範疇的對應關係</td><td colspan="3">創作範疇</td></tr>
<tr><td colspan="2">必然具備</td><td>未必具備</td></tr>
<tr><td>主體意識</td><td>藝術構思</td><td>言外之旨</td></tr>
<tr><td rowspan="2">分析角度</td><td rowspan="2">必然具備</td><td>物我措置</td><td>主體意識藉物象呈現</td><td>安排物象的功能以呈現主體意識</td><td>• 主體意識與言外之旨重疊
• 言外之旨藉物象功能呈現</td></tr>
<tr><td>賦形摹神</td><td>主體意識與物象之神重疊</td><td>• 描寫物象形貌
• 摹寫物象之神</td><td>言外之旨與物象之神重疊</td></tr>
</table>

① 詹安泰：《論寄託》，《詹安泰詞學論稿》，頁 120。

續表

<table>
<tr><th rowspan="3" colspan="3">分析角度與創作範疇的對應關係</th><th colspan="3">創作範疇</th></tr>
<tr><th colspan="2">必然具備</th><th>未必具備</th></tr>
<tr><th>主體意識</th><th>藝術構思</th><th>言外之旨</th></tr>
<tr><td>分析角度</td><td>未必具備</td><td>情志寄託</td><td>主體意識表現爲情志寄託</td><td>• 情志寄託與物象之神重疊
• 情志寄託藉物象功能呈現</td><td>言外之旨聚焦爲情志寄託</td></tr>
<tr><td colspan="6">備注：言外之旨包含了寄意與寄託二者。簡言之，有寄託必定有言外之旨，但有言外之旨卻不表示有寄託，視乎政治意涵之有無而定，若無政治意涵的題外之旨，只算是有寄意，前引陳堯佐《踏莎行》就有寄意而無寄託。正因爲"情志寄託"從屬於"言外之旨"，所以相較而言，"情志寄託"比"言外之旨"更未必需要具備。</td></tr>
</table>

從現存的唐宋詞作來看，"情志寄託"與"言外之旨"都不是詠物詞必須具備的，没有寄託的詠物詞並非罕見，詞人詠物也可純然出於一種賞玩的心態，不一定刻刻要反映政治或者身世之感，蘇軾《水龍吟》詠楊花、史達祖《雙雙燕》詠燕都没有寄託，卻是公認的佳作。詠物詞是否有寄託或者言外之旨，實取決於詞人的創作意識，這應從詞人自身及其詞學觀兩方面來看：若詞人以士人意識創作，推尊詞體，視之爲詩，用以言志述懷，則其筆下的詠物詞，就傾向講究"情志寄託"或"言外之旨"，這就是詩化的雅詞，蘇軾《卜算子》詠雁、陸游《卜算子》詠梅、姜夔《齊天樂》詠蟋蟀，就是這類作品，而詩化的雅詞觀則是詠物手法以外前人留給宋季臨安詞人及《補題》詞人的另一份詞學遺産。

《補題》是一部寄託之作，實不必辭費①。例如金銅鉛淚的典故在《補題》中重複出現，其託意已十分明顯，都與國破家亡有關。由此可見，《補題》詞人的創作意識十分清楚，就是以詞言志述懷。這當然是宋元易代的歷史語境使然，蔣敦復《芬陀利室詞話》謂：

---

① 今人所爭議的，是各題的本事究竟爲何。要確考本事，實不可能，但無害於判斷《補題》是一部寄託之作，也無害於確定詞人所抒發的是故國情懷與身世之感。

> 詞原于詩，即小小詠物，亦貴得風人比興之旨。唐、五代、北宋人詞，不甚詠物，南渡諸公有之，皆有寄託。白石、石湖詠梅，暗指南北議和事。及碧山、草窗、玉潛、仁近諸遺民，《樂府補遺》中，龍涎香、白蓮、蓴、蟹、蟬諸詠，皆寓其家國無窮之感，非區區賦物而已。知乎此，則《齊天樂》詠蟬，《摸魚兒》詠蓴，皆可不續貂。即間有詠物，未有無所寄託而可成名作者。余于近來諸君子詠物之作，縱極繪聲繪影之妙，多所不取。善乎保緒先生（周濟）之言曰："凡詞後段，須拓開説去。"此可爲詠物指南。[①]

蔣敦復的重點有三：一，詠物必須有所寄託，否則價值不大；二，别寓"家國無窮之感"的詠物詞不應續貂；三，引周濟之言，謂詠物詞凡後段"須拓開説去"。宋元易代令《補題》成了不應續貂的寄託之作，這是因爲《補題》的精神與當時的歷史語境相呼應，是亡國士人的心態展現，一旦時移世易，詞人心態不同，要寫出《補題》之作，已不可能，不過是否因此就不可再寫詠物詞，或者因此寫不出詠物佳作，則已經是詞學觀的問題了。至於詠物詞須"拓開説去"，《補題》詞人對此亦有所繼承，但不一定是"凡詞後段"，綜觀《補題》之作，"拓開説去"在上、下片皆有。

張宏生先生曾指出《樂府補題》一類的詠物詞之所以出現，首先是因爲詞人害怕元朝統治者的迫害，其次是因爲受宋代詠物詞比興寄託傳統的影響[②]。這是從歷史語境及寄託傳統的角度觀察。若再從詠物手法的角度考慮，還可再進一解：前人的詠物經驗爲《補題》詞人在創作的技術上作了必要的準備。《補題》詞人在詠物的手法及理論上繼承了前輩的經驗，特别是"物我的措置"，以及"賦形與摹神"兩方面的前人經驗，更是他們創作詠物詞的重要參考。再從創作意識的角度看，自蘇軾開始，詞人已開出詞體詩化之一路，而詩化的結果就是將詞體雅化，寫出來的詠物詞較多具"情志寄託"或"言外之旨"。《補題》詞人是一個崇

---

① 蔣敦復：《芬陀利室詞話》卷三"南宋詠物皆有寄託"條，唐圭璋：《詞話叢編》第4册，頁3675。

② 詳張宏生：《感情的多元選擇：宋元之際作家的心靈活動》，頁32—37。

雅的詞人群體，他們繼承雅化的詞學觀，所以寫出來的詠物詞每多"情志寄託"或"言外之旨"。

不管是作品數量還是藝術技巧，《補題》詞人的詠物詞在易代之際都非常出色；如果説，家國情懷與身世之感是歷史時代語境提供的主題，令他們的詞作在内涵上有所提升，則詠物的詞史語境就爲他們準備了詠物經驗和詩化意識，使這些主題可構作成精致的藝術作品。語境不同，身處太平盛世者難以繼軌，所以蔣敦復説"可不續貂"。把作品數量、藝術成就，以及内容思想三者綜合起來，就奠定了十四家詞人，主要是周密、王沂孫、張炎在詠物詞史上的地位：宋代詠物詞完美的句號。至於他們的詠物詞，就是陳恕可編輯《樂府補題》時的候選之作。

第三節　雅化的詞學語境：詞人的審美取向與《樂府補題》的問世

作爲歷史語境的宋元易代爲《補題》詞人設置了創作的主題及遺民的身份，作爲詞學語境的前輩詠物經驗爲詞人建立了一個寫作手法的傳統，而詞人的審美取向則決定了《補題》的風格與題材。

《補題》詞人的審美觀直接繼承自姜夔、張鎡（1153—1235）和南宋後期的臨安詞人楊纘（1201—1257）及張樞（張炎父，生卒未詳），《補題》就是他們的審美觀的展現。事實上，年輩較晚的臨安詞人周密、李彭老和張炎，本身就是後來的《補題》詞人中的一員①。姜夔、張鎡和臨安詞

① 所謂臨安詞人，指的是寓居臨安的一個詞人群體。他們以楊纘和張樞爲領袖，結社唱和，分題賦詠。有關臨安詞人結社唱和的研究雖不算少，但社名爲何，成員爲誰，至今仍未有定論。社名乃今人所擬，或曰"西湖吟社"，或曰"臨安吟社"，或曰"楊纘吟社"。至於詞社成員亦言人人殊，或曰廿二人以上，或曰十一人，或曰九人（詳見蕭鵬：《西湖吟社考》，《詞學》第7輯，華東師範大學出版社，1989年，頁88—101；尹占華：《論周密等人西湖詞社的創作活動》，《蘭州大學學報》〔社會科學版〕，2003年5月第31卷第3期，頁22—30；張雷宇：《南宋臨安吟社芻議》，《重慶郵電大學學報》〔社會科學版〕，2007年9月第19卷第（轉下頁）

人尚雅,《補題》詞人就從這些前輩那裏繼承了雅化的詞學觀。對《補題》詞人而言,尚雅的詞學氛圍是塑造他們的審美取向,使他們據以寫成詠物雅詞的詞學語境的另一個面向。

一、臨安詞人的文藝活動及其崇雅觀念

詞之雅化,肇自北宋間人對柳永俚俗詞的批評,當然更重要的是蘇軾"以詩爲詞"的實踐。畢竟詞要雅化,就無可避免地攀上詩[②],然而雅化蔚爲詞壇的一種風尚,卻是南宋之事。雅化是詞學界的一個研究重

(接上頁) 5 期,頁 116—120;周揚波:《南宋格律詞派和浙派古琴的淵源——以楊纘吟社爲中心的考察》,《文學遺産》,2008 年第 2 期,頁 77—85)。由於部分《補題》詞人如周密、張炎等同時也是臨安詞人,所以今人又多把所有的《補題》詞人都歸爲臨安詞人。不過,就現存的文獻來看,並不見得所有的《補題》詞人都參加過楊、張兩位領袖的詞社活動,例如唐珏、陳恕可等,就没有證據證明他們曾參加過楊、張的詞社唱和。周揚波在前揭文指出:"社事雖在楊纘卒後尚在,但已主要以周密爲中心移至湖州活動,性質發生較大變化,不宜再將其與之前的吟社視爲一體。首先,名稱有變。周密筆下不再如臨安時期一樣出現'吟社'二字;張炎有《木蘭花慢》詞,序云'呈霅川吟社諸公',或即此時所作,則吟社已更名爲'霅川吟社'。再者吟社成員也有所不同"。又謂:"至於入元以後的《樂府補題》唱和,與會諸人筆下無一出現'社'、'盟'等明確表示結社的措辭。吟詠共五次分别在五地,總共十四人,没有一次全體皆與,也没有一位詞人五次都參加。其中屬西湖吟社成員者,僅周密、李彭老、張炎三人,其中最活躍者周密也僅參與三次。所以,將《樂府補題》唱和視爲結社活動缺乏確鑿證據,而應將其定性爲聚會酬唱性質,且其主題爲詠物,與琴詞共鳴的楊攢吟社活動應該區别開來。"(頁 80)按:詞人筆下無一出現"社"、"盟"的措辭,不一定表示没有結社,但從成員不同、社名不同、性質不同等三方面著眼,認爲應該將《樂府補題》唱和與楊纘的詞社活動區别開來,是可以成立的。因此,本書把"臨安詞人"與"《補題》詞人"並提,既表示承認二者密切相關,同時也贊成把二者區分開來的説法。

② 這一點古人早已指出。查禮(1716—1783)《銅鼓書堂詞話》:"詞不同詩而後佳,然詞亦不離乎詩方能雅。"唐圭璋:《詞話叢編》本,頁 1482。

點，學者已多所論列[①]，此處不擬重複，只從臨安詞人的文藝活動開展討論。

1. 臨安詞人的文藝活動

臨安詞人宗風姜夔，談文論藝，互相切磋，因此就自覺地發展出一種趨同的審美取向及風格，而他們選擇的，是"雅"。臨安詞人之所以尚雅，實與他們的出身背景密切相關。就出身背景言，應以楊纘和張樞兩位領袖的家世最顯赫。楊纘字嗣翁，號守齋，又號紫霞，宋室外戚，本姓洪，後過繼爲宋寧宗楊皇后侄楊石的養子，女爲宋度宗淑妃；精音律，嘗著《紫霞洞譜》，已佚，存詞三首。張樞字斗南，號寄閑，又號窗雲，中興大將循王張俊（1086—1154）五世孫，祖父張鎡曾與姜夔、辛棄疾、陸游、楊萬里（1127—1206）等大家唱和，子張炎更是一代詞家；亦精音律，好填詞，著《寄閑集》，已佚，存詞九首，斷句三則。兩位詞社領袖都是簪纓貴族，豪門國戚，而且本身的文藝修養極高，與之結社者雖然未及其顯貴，但也多是朝廷命官或者書香世家，即使是門下清客，其文藝修養亦不下於楊、張二家。詞社成員的出身和地位當然不及兩位領袖，然而領袖卻不因富貴以驕人，社員亦不以位卑而自輕。例如周密雖出身書香世家，但地位絕不能與楊、張相比，不過，楊纘卻與他審音論詞，花數月時間指導他訂正《木蘭花慢·西湖十景》的音律，是周密終身仰慕的老師。至於張樞，周密《一枝春》序云："寄閑飲客春窗，促坐款密，酒酣意洽，命清吭歌新製。余因爲之沾醉，且調新弄以謝之。"（第 5 册，頁 3273）可見張樞又與周密相友善，而周密"因爲之沾醉"，亦表現自然，不見拘束。可見兩位領袖不拘論社員的出身地位，只是湖山詩酒，以文會友，就如昔日張鎡與姜夔一樣，互相尊重，平輩論交。

臨安詞人的文藝活動可從以下幾則文獻看到：

---

① 較早的研究專著有張惠民：《宋代詞學審美理想》（北京：人民文學出版社，1995 年）；稍後的有趙曉蘭：《宋人雅詞原論》（成都：巴蜀書社，1999 年）；黄雅莉：《宋詞雅化的發展與嬗變——以柳、周、姜、吴爲中心》（臺北：文津出版社，2002 年）。至於單篇論文則不煩再舉。

西湖十景尚矣。張成子嘗賦《應天長》十闋誇余曰:“是古今詞家未能道者。”余時年少氣鋭,謂此人間景,余與子皆人間人,子能道,余顧不能道耶,冥搜六日而詞成。成子驚賞敏妙,許放出一頭地。異日霞翁見之曰:“語麗矣,如律未協何。”遂相與訂正,閲數月而後定。是知詞不難作,而難於改;語不難工,而難於協。翁往矣,賞音寂然。姑述其概,以寄余懷云。(周密《木蘭花慢》序,第5册,頁3264)

甲子(1264)夏,霞翁會吟社諸友逃暑於西湖之環碧(環碧園)。琴尊筆研,短葛綀巾,放舟於荷深柳密間。舞影歌塵,遠謝耳目。酒酣,采蓮葉,探題賦詞。余得《塞垣春》,翁爲翻譜數字,短簫按之,音極諧婉,因易今名云。(周密《采緑吟》序,第5册,頁3270)

禁煙湖上薄遊,施中山(施岳)賦詞甚佳,余因次其韻。蓋平時遊舫,至午後則盡入裏湖,抵暮始出,斷橋小駐而歸,非習於遊者不知也。故中山極擊節余“閑卻半湖春色”之句,謂能道人之所未云。(周密《曲遊春》序,第5册,頁3271)

寄閑結吟臺出花柳半空間,遠迎雙塔,下瞰六橋,標之曰,湖山繪幅,霞翁領客落成之。初筵,翁俾余賦詞,主賓皆賞音。酒方行,寄閑出家姬侑尊,所歌則余所賦也。調閑婉而辭甚習,若素能之者。坐客驚詫敏妙,爲之盡醉。越日過之,則已大書刻之危楝間矣。(周密《瑞鶴仙》序,第5册,頁3276)

近代楊守齋精於琴,故深知音律,有《圈法周美成詞》。與之遊者,周草窗、施梅川、徐雪江、奚秋崖、李商隱,每一聚首,必分題賦曲。但守齋持律甚嚴,一字不苟作,遂有《作詞五要》,觀此,則詞欲協音,未易言也。(張炎《詞源》卷下“雜論”)

此外,周密還有一首憶昔念舊的《滿江紅・寄剡中自醉兄》,其下片云:

評硯品,臨書譜。箋畫史,修茶具。喜一愚天稟,一閑天賦。百戰徵求千里馬,十年飽飣三都賦。問何如、石鼎約彌明,同聯句。(第5册,頁3288)

評硯品,臨書譜,箋畫史,修茶具,同聯句,無不工巧精細,既閑雅,又清雅。由這幾則文字可見臨安詞人的雅集活動主要是:(1) 雅遊:遊賞湖山,發掘幽趣,箇中之樂,"非習於遊者不知也"。"舞影歌塵,遠謝耳目",異於平凡庸俗的聲色遊樂。(2) 文藝創作:"每一聚首,必分題賦曲",講究辭章,精研音律;語求工以娛心,音求協以悦耳。(3) 雅玩品鑑:即所謂"評硯品,臨書譜。箋畫史,修茶具"。

在楊纘和張樞的領導下,臨安詞人築起了一個非常人可望的私人空間。臨安詞人也如一般人那樣的遊賞湖山,看似與常人無異,但他們的遊賞卻絶不大衆化,更非一般人所能企及。須知當時的西湖有"銷金鍋兒"之號[1],張樞可以在西湖旁邊"結吟臺出花柳半空間,遠迎雙塔,下瞰六橋",還有"家姬侑尊",是必須有大財力和地位方能做到的,而"評硯品,臨書譜。箋畫史,修茶具"等尋常雅玩也需要有一定的財力支持。

2. 臨安詞人的雅與"雅人"身份的建構

張樞之結吟臺,實是仿效乃祖張鎡的"豪侈":"(張鎡)嘗於南湖園作駕霄亭於四古松間,以巨鐵之力懸之空半而羈之松身。當風月清夜,與客梯登之,飄摇雲表,真有挾飛仙、溯紫清之意。"[2]不過,除了"豪侈"之外,張鎡還有其他面貌。他認爲"士大夫多孅行,至錯諸行事,往往鮮合中道,才非不逮,微法度也",所以把"皆可爲終身法"的前哲言行編輯成四十卷的《仕學規範》一書[3],可見張鎡是緊守禮法的。楊萬里未認識張鎡時,以爲他是一名"貴公子",及見之,就歎賞張鎡"深目顰蹙,寒眉(肩)臞膝,坐於一草堂之下,而其意若在巖壑雲月之外者,蓋非貴公子也,始恨識之之晚"[4]。楊萬里《張功父畫像贊》謂:"香火齋拔,伊蒲文物,一何佛也! 襟帶詩書,步武瓊琚,又何儒也! 門有朱履,坐有桃

---

① 杭諺有"銷金鍋兒"之號。周密:《武林舊事》(北京:中華書局,2011 年)卷三"西湖游幸"條,頁 71。

② 《齊東野語》(北京:中華書局,1983 年)卷二十"張功甫豪侈"條,頁 374。

③ 張鎡:《仕學規範原序》,《仕學規範》(文淵閣《四庫全書》本)卷前,頁一上,頁二上。

④ 楊萬里:《約齋南湖集序》,辛更儒箋校:《楊萬里集箋校》(北京:中華書局,2007 年),頁 3251。

李,一何佳公子也！冰茹雪食,雕碎月魂,又何窮詩客也！約齋子歟?方内歟?方外歟?風流歟?窮愁歟?老夫不知,君其問之白鷗。"[①]可見"貴公子"或者"佳公子"不足以概括張鎡的形象,他還是佛釋子、儒生、甚至窮詩客,可謂形象多變。對於形象的經營,張鎡可謂相當用心甚至刻意,其富貴顯赫的家世,完全能够支持他對自我形象的塑造與滿足。總之,他要給予别人一個印象,就是楊萬里所説的"冰茹雪食,雕碎月魂",即是脱俗,即是雅。他的"豪侈",只是一項表演而已,要人有"挾飛仙、溯紫清"之感才是目的[②]。後來,乃孫張樞和楊纘以及其他臨安詞人就繼承了他的生活品味與風格,富貴是他們維持這種生活的條件,不是他們唯一的面貌。

吉川幸次郎(1904—1980)曾指出宋詩的一大特點:"一言以蔽之,就是對日常生活的注意觀察",宋人爲了求新,於是"被認爲過於普通平常需不能入詩的身邊雜事,宋人卻大量地積極地用作詩的題材",結果,宋詩比前人的詩作"顯得更加接近日常生活"[③]。詩"接近日常生活",詞也可以"接近日常生活"。一般人眼中的"豪侈",對臨安詞人來説也不過是日常生活而已,早已習以爲常。就現存的文獻所見,他們的湖山唱和只是私人的活動,不挾帶功利的性質,不談世務得喪,這一點很重要,否則就是俗。應該説:臨安詞人把生活文藝化,又把文藝生活化;富貴只是他們把文藝與生活二者融合轉化的發酵因素而已,他們没有也不須炫耀財富,因此他們的活動往往流露出一種高貴閑雅的氣象,不帶半點俗氣。

臨安詞人是宋季的文化精英,他們對於"端平入洛"、"襄樊之役"、賈似道誤國等事實,應有一定的了解,並非無所感知。不過,在詞社裏,他們只是詩酒唱和,談文論藝而已。臨安詞人的結社活動,非之者固然

---

① 《楊萬里集箋校》,頁 3740—3741。

② 有關張鎡的形象,詳劉方著:《汴京與臨安——兩宋文學中的雙城記》(上海:上海古籍出版社,2013 年)第七章第一節"南湖主人張鎡的詩性棲居",頁 318—349。

③ 吉川幸次郎著,鄭清茂譯:《宋詩概説》(臺北:聯經出版社,1977 年)序章第四節"宋詩與日常生活",頁 18。

可視之爲逃避現實,但也可視之爲衰微末世的文化沙龍。他們在詞社裏不談時務,擺落俗情①,一貫的高貴閑雅,以求心境的平静和人格的完整。只要心靈健康,就可以繼續面對艱險的世途。如此看來,詞社固然是心靈的避難所,但同時也是心靈的治療所②。

富貴成就了臨安詞人的高貴閑雅,而擺落俗情世務的態度則成就了他們的風流清雅。畢竟,單是富貴是不能使心境平静的。臨安詞人

---

① 例如張鎡嘗大書賞梅宜忌共四事五十八條於堂上,其中"花憎嫉"一事就有"談時事"與"論差除"二目(詳《齊東野語》卷十五"玉照堂梅品"條,頁274—276)。再如袁桷(1266—1327)的記載:"周密,湖州人。與陳厚、韓翼甫、李義山咸淳初爲運司同僚,俱有吏才。約貴日以字稱,禁近俗名號。"(見《先君子蚤歲承師友晚固艱貞習益之訓傳於過庭述師友淵源録》,《袁桷集校注》卷三十三,北京:中華書局,2012年,頁1534)這些都是臨安詞人不談時務,擺落俗情的例證。

② 臨安詞人的詞社活動不免招徠後世文學史家的非議,批評他們在國家多難之際仍只顧沉湎個人享樂,比不上辛派詞人那樣的關懷世務。其實不然,例如周密就很關心世務,他在《弁陽老人自銘》中憶述:"景定(理宗年號之一,1260—1264)限民田,毗陵數最夥,朝命往督之。至則除其浮額十之三,大忤時宰(賈似道)意,禍且不測。"(朱存理〔1444—1513〕:《珊瑚木難》卷五,文淵閣《四庫全書》本,頁七上。)據夏承燾先生(1900—1986)《唐宋詞人年譜·周草窗年譜》考證,周密大忤時相去官在景定四年(1263)六月前,同年約陳允平賦《木蘭花慢·西湖十景》詞。(《夏承燾集》第一册,杭州:浙江古籍出版社、浙江教育出版社,1997年,頁330—331)可見詞人對於文化活動和政治活動是有所區分的。周密在其詩作中也流露出對現實世務的關懷,例如《三衢道中》一詩就寫出他所見的水災後情景與他愧對百姓的心情:"舊遊重過處,倒指七年間。水後人家少,時荒客路艱。雨聲愁夜店,雲影占春山。景物觀心事,無成愧往還。"(《草窗韻語六稿》,二稿,蔣氏密韻樓本,頁七上)《甲戌七月》一詩更寫出他憂心國事:"未撤關河戍,邊聲動塞鴻。憂時方恤緯,聞詔忽號弓。兩鬢三秋雪,千林一夜風。寸心猶未改,何敢嘆途窮。"(《草窗韻語六稿》,六稿,頁二十上至下)是年宋度宗崩,兩年後臨安陷落。可見周密等人對不同的生活範疇及不同的文體是有所分工的,至少在宋亡之前,他們的詩主要用於言志述懷,而詞則主要用於抒情,所以文學史家在臨安詞人的詞裏找不到多少批判政治現實之作,是很正常的。

就如不少宋人一樣，仰慕晉人風度，並且仿而效之[①]。晉人極力維護自己獨立的人格，以展示自我個性爲高，往往藉書畫（如二王和顧愷之，348—409）、音樂（如嵇康，224？—263?）和詩歌（如二謝山水詩）等文藝以彰顯個體的獨特性，這都成爲了後世美談。臨安詞人的結社活動，其擺落俗情世務的精神與晉人實有相通之處，而爲之作人品與行事的先導示範者，是姜夔。

姜夔終身布衣，只能依倚當時的鉅公名流，爲門下清客，卻能以其詩詞書畫、音律文辭，更重要的是以其高尚的品格赢得群公敬重，"或折節交之"，他的《姜堯章自叙》對此已有很詳細的記述，其中范成大（1126—1193）就認爲姜夔"翰墨人品，皆似晉、宋之雅士"[②]。姜夔的行事與詞作又確實表現了晉宋雅士的風範，如《慶宫春》序：

> 紹熙辛亥（1191）除夕，予别石湖歸吴興，雪後夜過垂虹，嘗賦詩云："笠澤茫茫雁影微，玉峰重疊護雲衣。長橋寂寞春寒夜，只有詩人一舸歸。"後五年冬，復與俞商卿、張平甫、銛朴翁自封禺同載詣梁溪，道經吴松。山寒天迥，雪浪四合。中夕相呼步垂虹，星斗下垂，錯雜漁火，朔吹凛凛，卮酒不能支。朴翁以衾自纏，猶相與行吟，因賦此闋，蓋過旬塗稾乃定。朴翁咎予無益，然意所耽，不能自已也。平甫、商卿、朴翁皆工于詩，所出奇詭，予亦强追逐之。此行既歸，各得五十餘解。（第 3 册，頁 2175）

姜夔此序記述與朋友雪夜出遊，隱約有東晉時候王子猷（王徽之，生卒未詳）雪夜訪戴逵（326—396）的意味，同樣的乘興而往，任真而行，但少

---

① 有關魏晉風度與宋詞的關係學界已有不少研究可供參考，例如：張惠民：《宋代詞學審美理想》第十二章"魏晉風度與姜白石的審美理想"，頁 201—219；丁楹：《南宋遺民詞人研究》（南京：鳳凰出版社，2011 年）第三章第二節"南宋遺民詞人與晉人風度"，頁 98—122。王輝斌：《晉宋人物白石詞——南宋'騷雅詞派'系列研究之二》，《江漢大學學報》（人文科學版）2006 年第 2 期，頁 55—59。

② 周密：《齊東野語》卷十二"姜堯章自叙"條，頁 211—212。

了一份"何必見戴"的做作,而仍然保持着一份"意所耽,不能自已"的真情,這自然是真我個性的呈現。張炎有一首追慕雪夜訪戴,而近師姜夔的《湘月》:

余載書往來山陰道中,每以事奪,不能盡興。戊子(1288)冬晚,與徐平野、王中仙曳舟溪上。天空水寒,古意蕭颯。中仙有詞雅麗;平野作"晉雪圖",亦清逸可觀。余述此調,蓋白石《念奴嬌》鬲指聲也。

行行且止。把乾坤收入,篷窗深裏。星散白鷗三四點,數筆横塘秋意。岸觜衝波,籬根受葉,野徑通村市。疏風迎面,濕衣原是空翠。　堪歎敲雪門荒,争棋墅冷,苦竹鳴山鬼。縱使如今猶有晉,無復清遊如此。落日沙黄,遠天雲淡,弄影蘆花外。幾時歸去,翦取一半煙水。(第 5 册,頁 3476—3477)

臨安詞人對晉人風度與白石風致的嚮慕可以想見,至易代之後,亦不曾衰減。陳郁(南宋人,生卒未詳)《藏一話腴》:"白石道人姜堯章氣貌若不勝衣,而筆力足以扛百斛之鼎。家無立錐,而一飯未嘗無食客。圖書翰墨之藏充棟汗牛,襟期灑落如晉宋間人。意到語工,不期於高遠而自高遠。"[①]姜夔出身江湖,貧無立錐,而能令鉅公名流佩服,是因爲其人之雅,並非由富貴造就,而是藉由品格、學問、審美品味與文藝修養達致。姜夔之雅,並非豪華高貴的閑雅,而是一清如水的清雅。臨安詞人之所以敬慕姜夔者在此。羅大經(1196? —1242?)曾謂:"士豈能長守山林,常親蓑笠? 但居市朝軒冕時,要使山林蓑笠之念不忘,乃爲勝耳。"[②]臨安詞人身居富貴而"不忘山林",所以就被這位"襟期灑落如晉宋間人"的江湖雅人所感召。周密很仰慕姜夔,曾感歎道:"嗚呼! 堯章

① 陳郁:《藏一話腴》卷下,文淵閣《四庫全書》本,頁二上至下。

② 羅大經:《鶴林玉露》(北京:中華書局,1983 年)丙編卷之五"不忘山林"條,頁 323。

一布衣耳，乃得盛名於天壤間若此，則軒冕鍾鼎，真可敝屣矣。"[①]臨安詞人宗風姜夔，除了欣賞他的品格外，更欣賞他能重現晉人風度，能在其文藝作品中展示出一種雅人風致，足供效法。直至宋亡之後，臨安詞人仍然保持着這種雅人風度，例如周密説自己"間遇勝日好懷，幽人韻士，談諧吟嘯，觴咏流行，酒酣，摇膝浩歌，擺落羈𦊧，有蜕風埃，齊物我之意。客去，則焚香讀書，晏如也。"[②]舒岳祥(1219—1298)描述張炎曰："詩有姜堯章深婉之風，詞有周清真雅麗之思，畫有趙子固瀟灑之意，未脱承平公子故態，笑語歌哭，騷姿雅骨，不以夷險變遷也。"[③]臨安詞人的崇雅觀念，是他們遠追晉人，近師白石的結果。雅之於他們，可謂浹髓淪肌，終身不改。

臨安詞人追慕晉人，然而，晉人之雅與臨安詞人之雅是不同的。晉人視禮教與政治爲俗，爲虚僞，他們藐視掌權勢者與禮教，以清談和放誕來體現其出衆不凡，就如"不崇禮制"的"方外之人"阮籍(210—263)所説的："禮豈爲我輩設也？"[④]所以晉人的行爲不免要刻意違反禮教，放縱任誕，自覺站在禮教與掌權者的對立面。臨安詞人則不然，他們持守禮法，效忠趙宋，因此，雖然他們仰慕晉人風度，但没有晉人的狂怪。張鎡緊守禮法，姜夔被視爲晉人再世，是臨安詞人的仿效對象，也不曾違反禮法。换言之，其爲雅雖一，而背後的精神卻並不一樣，儘管二者都追求表現個性，不過，晉人藉否定禮教來體現自身的價值；而臨安詞人所追求的雅，是卓越，由審美品味與文藝修養綜合而成的卓越。

詞學界討論宋人雅詞時，多先引用《詩大序》"雅者正也"的古訓，然後再引用温柔敦厚的詩教精神作論述。這是十分合理的研究進路，何況有姜夔《白石道人詩説》及張鎡《梅溪詞序》等文獻作佐證，更顯得具説服力。不過如果再聯繫到臨安詞人與晉人的相異處來考慮，就可以

---

① 《齊東野語》"姜堯章自叙"條，頁 212。

② 《弁陽老人自銘》，收入《珊瑚木難》卷五，文淵閣《四庫全書》本，頁八上。

③ 舒岳祥：《山中白雲詞序》，收入《詞籍序跋萃編》，頁 390。

④ 余嘉錫(1884—1955)：《世説新語箋疏》(北京：中華書局，2007 年)"任誕"，頁 859、862。

對他們所推崇的“雅”有一個比較全面的認識。

雖然審美品味與文藝修養成就了臨安詞人的卓越，但張鎡的刻意經營和姜夔的自然呈現又叫他們在意平凡，可以説，臨安詞人極力在平凡與卓越之間保持平衡。從平凡的一面看，臨安詞人與常人無異，一樣的詩酒湖山，卻没有晉人那樣的誇張造作，成爲輿論或者士林月旦的焦點，不覺得他們譁衆取寵，於是顯得可親。從卓越的一面看，他們極富審美意識的活動(如停午之時才遊西湖)、深湛的學問與文藝修養，又非常人所能及，他們的生活文藝化與文藝生活化，是富人有錢卻買不到，道學家有學問卻學不來的，雅人因此就自成一個類型，與富人和學者區分開來。雅人富文采，有修養，有學問，有品味，有審美要求；既灑脱，又守禮；高而不傲，逸而不狂。然則，臨安詞人的雅，可以這樣界定：把日常生活文藝化，把文藝日常生活化；以平凡妝點卓越，灑脱而不越禮法，故易於親近，卻不可高攀。

嚴羽(生卒年未詳)《滄浪詩話·詩辨》曰：“詩有别材，非關書也；詩有别趣，非關理也。然非多讀書，多窮理，則不能極其致，所谓不涉理路，不落言筌者上也。”①讀書窮理當然有助於達到雅的境界，不過又没有必然的保證，道學家就不是雅人。畢竟，審美品味與文藝修養並非純然可以力致，是一筆極難積累的文化資本，雅之所以難能可貴者在此。

然而更重要的是，臨安詞人藉審美品味與文藝修養來區分人我。一旦區分人我，就不僅是一種自我造型，而是一個身份的建構，用阮籍的説法，是“我輩”；用范成大的説法，是“雅士”。臨安詞人所做的，是“雅人”身份的建構：審美品味與文藝修養如我者，就是雅人，不如我者，就是俗人。

當然也有勝過我者，例如姜夔、張鎡，或者更早的晉宋間人，可是他們早已作古了。然則，雅事(如詩酒湖山)與雅玩(如書畫茶具)只是臨安詞人用以建構其“雅人”身份的活動與道具而已，審美品味與文藝修養才是構成爲“雅人”身份的條件，不同階層出身的詞人之所以能够聚

---

① 嚴羽：《滄浪詩話》，何文焕(生卒年未詳)編：《歷代詩話》(北京：中華書局，2004年)，頁688。

在一起，出身寒素的周密之所以得到兩位領袖的賞識，正因爲具備了這些條件。

在雅的境界裏，没有人有能力對臨安詞人置一辭，因爲雅的境界是臨安詞人的自主領域。在這個領域裏，詞人藉着文藝的品鑑與創作來體驗自由與自主，進而彰顯自己獨立的個性，而不必如晉人那樣以透過反抗禮教與掌權者來實現自身的價值。可以説，雅境界的劃定與雅人身份的建構，是臨安詞人追求個體價值的自覺行爲，也是宋人文化的一個精致的結晶。

臨安詞人的崇雅觀念與當時詞壇的雅化之風可謂一拍即合，因爲雅本來就是他們的生活風格，雅人寫雅詞，是自然而然的事，他們在詞社中的唱和就是明證。這種尚雅的習尚一直延續到稍後的《補題》詞人筆下，所以《樂府補題》用筆極雅，而姜夔就是他們的學習對象。以下再討論姜夔給臨安詞人和《補題》詞人所作的雅詞示範。

二、尚雅的詞學語境：本色之雅與詩化之雅

顔昆陽先生在討論宋人的"詩詞辨體"時曾指出："所謂'詞家'都是'常人'，再偉大的詞家也還是常人，必然無可掩飾地在他的現實生活及文學作品中表現其'常人意識'。"他以蘇軾爲例，謂"其詩、詞的很多篇章都是'常人'生活經驗的書寫"，又謂"常人意識"是詞體"衍外效用"兩種取向之一，具體表現是應歌遣興，而另一"衍外效用"取向則"出於'士人階層意識'及'言志傳統詩觀'的政教諷喻效用"[①]。按："常人意識"中的"意識"一詞頗有自覺的意味。若此，則詞人創作時，在一定程度上抱有"我是常人"的自覺，而且要表現出來。詞人書寫了日常的生活經驗，並不等於詞人要自覺地在詞作中表現出自己是一個常人。與其説詞人在詞作中展現了常人意識，毋寧説詞人擴大了詞的寫作題材。吉川幸次郎早已經指出，書寫日常生活經驗本是宋詩的一大特點；而詩人

① 顔昆陽：《宋代"詩詞辨體"之論述衝突所顯示詞體構成的社會文化性流變現象》，載周裕鍇編：《第六届宋代文學國際研討會論文集》（成都：巴蜀書社，2011年），頁508—526。上引文見頁513、518。

其實同時也是詞人,他們嘗試把寫詩的體會移到寫詞,於是詞的寫作題材也因此得到擴大[①]。至於顔昆陽指詞人表現出“士人階層意識”,則是很準確的描述。從文學史的發展來看,詞本用於娱賓遣興,以婉轉合度,便於佳人演唱爲本色,經過歐陽修、蘇軾、黄庭堅(1045—1105)等“以詩爲詞”之後,詞就發展出另一條“詩化”之路,以士大夫經國濟民的寫詩態度來寫詞,寫出來的詞作,就呈現出一種“士人意識”。

蘇、黄之後,詞家中的本色論者與詩化論者就争奪界定詞體的話語權。本色論者可以李清照(1084—1155)爲代表,她在《詞論》中批評歐、蘇詞“皆句讀不葺之詩爾,又往往不協音律者”。至於詩化論者則上溯風騷及漢魏樂府,認爲詩詞同源,如胡寅(1098—1156)《酒邊詞序》曰:“詞曲者,古樂府之末造也。古樂府者,詩之旁流也。詩出於《離騷》《楚詞》,而騷辭者,變風變雅之怨而迫、哀而傷者也。其發乎情則同,而止乎禮義則異。名之曰曲,以其曲盡人情耳。”並讚揚蘇軾“一洗綺羅香澤之態,擺脱綢繆宛轉之度,使人登高望遠,舉首高歌,而逸懷浩氣超然乎塵垢之外。於是《花間》爲皂隸,而柳氏爲輿臺矣”[②]。他對蘇軾的評價與李清照大異。王灼(1105—1175 後)《碧雞漫志》也根據《舜典》、《詩大序》及《樂記》等儒家典籍,謂“天地始分,而人生焉,人莫不有心,此歌曲所以起也”,又説“古歌變爲古樂府,古樂府變爲今曲子,其本一也”,認爲“東坡先生非心醉於音律者,偶爾作歌,指出向上一路,新天下耳目,弄筆者始知自振。今少年妄謂東坡移詩律作長短句,十有八九,不學柳耆卿,則學曹元寵,雖可笑,亦毋用笑也”。對於李清照,則批評她“作長短句,能曲折盡人意,輕巧尖新,姿態百出,閭巷荒淫之語,肆意落

① 詞人藉着書寫日常生活經驗來抒情,原則上是可以寫出具個性化的詞作的,蘇軾和辛棄疾的詞就是顯例;不過,總體而言,一般詞人所抒發的,多是别恨相思等類型化的感情。這可能是受唐五代詞的影響所致。

②《酒邊詞序》,收入施蟄存編:《詞籍序跋萃編》(北京:中國社會科學出版社,1994年),頁 168—169。

筆，自古搢紳之家能文婦女，未見如此無顧忌也”[①]。本色論者與詩化論者對詞體的爭論實涉及到協律、文辭、風格和内容立意等問題。大體而言，本色論詞人多寫人之常情，堅持協律；由於多寫男女相思等類型化的感情，其下者就容易流爲淫豔之詞[②]。至於詩化論詞人則强調“發乎情，止乎禮義”的詩教精神，强調運用“詩人句法”[③]，更多注重“士人意識”的書寫，抒發個人懷抱，不拘泥音律。這種“士人意識”一旦反映到詠物詞中，就傾向講究“情志寄託”與“言外之旨”，如此方能接上詩的比興傳統，以示詩詞同源。蘇軾《卜算子》詠雁與陸游《卜算子》詠梅正是“士人意識”的典型範例。

雖然本色論者與詩化論者對詞體的界定不同，但他們同樣都以“雅”爲審美的要求。先看本色論者的意見。李清照《詞論》曾批評柳永“雖協音律，而詞語塵下”，賀鑄“苦少典重”，秦觀“專主情致，而少故實，譬如貧家美女，雖極妍麗豐逸，而終乏富貴態”[④]。她認爲協律與典重是必需的，“少故實”，“乏富貴態”已是不足，“詞語塵下”的市井氣更不可取。可見她追求的是文辭、音律等藝術上的“典雅”。

再看詩化論者對“雅”的要求。鮦陽居士（南宋人，姓名及生平無

---

① 《詞論》，徐培均：《李清照集箋注》（上海：上海古籍出版社，2002 年），頁 267；《碧雞漫志》“歌曲所起”條、“歌詞之變”條、“東坡指出向上一路”條、“易安居士詞”條，唐圭璋：《詞話叢編》本，頁 73，74，85，88。

② 汪莘（1155—1227）《方壺詩餘自序》就批評：“唐宋以來，詞人多矣。其詞主乎淫，謂不淫非詞也。余謂詞何必淫？顧所寓何如爾。”見朱祖謀：《彊邨叢書》（揚州：廣陵書社，2005 年）第二册，頁 906。

③ 例如黄庭堅在《小山詞序》中謂晏幾道（1030？—1106?）詞“寓以詩人之句法”；湯衡（南宋人，生卒未詳）《張紫微雅詞序》亦謂：“其後元祐諸公，嬉弄樂府，寓以詩人句法，無一浮靡之氣，實自東坡發之也。于湖紫微張公（張孝祥，1132—1169）之詞，同一關鍵”。湯衡亦以“詩人句法”稱許張孝祥。見《詞籍序跋萃編》，頁 51，213。按：詞學界較多討論“以詩爲詞”，至於宋詞的“詩人句法”則討論得很少，已發表的有卓清芬：《“以詩爲詞”的實踐：談晏幾道《小山詞》的“詩人句法”》，載香港中文大學《中國文化研究所學報》2008 年第 48 期，頁 315—342。

④ 《詞論》，頁 267。

考)在《復雅歌詞序略》中批評花間鼻祖温庭筠(812—870)"率然抒一時情致,流爲淫艷穢褻不可聞之語",致使宋人"猶祖其遺風,蕩而不知所止,脱於芒端,而四方傳唱,敏若風雨,人人歆艷,咀味於朋游尊俎之間,以是爲相樂也。其蘊騷雅之趣者,百一二而已",宋高宗(1107—1187)紹興壬戌(1142)解樂禁後,"黎民歡忭,始知有生之快。謳歌載道,遂爲化國。由是知孟子'今樂猶古樂'之言不妄矣"[①]。他批評"側豔"之詞,追求"騷雅",認爲詞體應載道化國,承接儒家詩教的傳統,所以他用毛鄭説詩的方法來解説蘇軾的《卜算子》詠雁,謂詞中實有君國之思與身世之感,藉以展示蘇軾的高尚人格[②]。可見他是從詩教精神和文學的政教功能來界定"騷雅"的。

王灼也講究"雅",他在討論諸家詞長短時,對"側豔"、"鄙俚"及"滑稽無賴語"等表現就有所批評:"雅言(万俟詠,生卒不詳)初自集分兩體,曰雅詞,曰側艷,目之曰《勝萱麗藻》。後召試入官,以側艷體無賴太甚,削去之。再編成集,分五體,曰應制、曰風月脂粉、曰雪月風花、曰脂粉才情、曰雜類,周美成目之曰'大聲'。次膺(晁端禮,1046—1113)亦閒作側艷。田不伐(田爲,生卒不詳)才思與雅言抗行,不聞有側艷。田中行(生卒不詳)極能寫人意中事,雜以鄙俚,曲盡要妙,當在萬俟雅言之右。然莊語輒不佳。嘗執一扇,書句其上云:'玉蝴蝶戀花心動。'語人曰:'此聯三曲名也,有能對者,吾下拜。'北里狹邪閑横行者也。宗室温之(趙温之,生卒不詳)次之。長短句中,作滑稽無賴語,起於至和(1054—1056,宋仁宗趙禎〔1010—1063〕第八個年號)。嘉祐(1056—1063,宋仁宗第九個年號)之前,猶未盛也。"[③]万俟詠後悔"側艷體無賴太甚",所以"削去之",但仍有風月脂粉、雪月風花、脂粉才情等題材,這些題材儘管在周邦彦所謂的"大聲"之列,而且也是傳統的題材,然而脂

---

① 《復雅歌詞序略》,收入《詞籍序跋萃編》,頁 658。

② 鮦陽居士云:"缺月,刺微明也。漏斷,暗時也。幽人,不得志也。獨往來,無助也。驚鴻,賢人不安也。回頭,愛君不忘也。無人省,君不察也,揀盡寒枝不肯棲,不偷安於高位也。寂寞吴江冷,非所安也。此與《考槃》詩極相似。"見四部叢刊本《唐宋諸賢絶妙詞選》卷二,頁十三下。

③ 《碧雞漫志》"各家詞長短"條,唐圭璋:《詞話叢編》,頁 83—84。

粉之類，與側豔仍有一定的關聯。至於晁端禮、田中行、趙溫之等，或有側豔之作，或有“鄙俚”之辭，或有“滑稽無賴語”，只有田爲“不聞有側艷”。對於講究“典雅”的李清照，王灼也嫌她“閭巷荒淫之語，肆意落筆”，則万俟詠、晁端禮、田中行和趙溫之等的“側豔”、“鄙俚”及“滑稽無賴語”，就更爲王灼所批評了。

本色論者與詩化論者都追求詞體的雅化，但他們對雅的内涵與側重並不一樣，其間的取向異同可整合如下：

<table>
<tr><th rowspan="3">詞人類型</th><th colspan="4">詞體取向的比較</th></tr>
<tr><th rowspan="2">意識傾向</th><th colspan="3">對雅的追求</th></tr>
<tr><th>雅的内涵</th><th>雅的側重</th><th>共通之處</th></tr>
<tr><td>本色論者</td><td>書寫人之常情：抒發類型化的情感，故多寫男歡女愛，相思别恨等傳統題材。</td><td>（1）音律精切。
（2）文辭典麗含蓄。</td><td>藝術上的典雅。</td><td rowspan="2">（1）發乎情，止乎禮義。
（2）不爲俚俗之詞。
（3）不爲側豔之詞。</td></tr>
<tr><td>詩化論者</td><td>（1）書寫士人意識：
• 抒發個人情志與懷抱。
• 題材較多元化，可入詩者亦可入詞。
（2）運用詩人句法入詞。</td><td>上繼風騷旨趣，包括：
（1）家國情懷。
（2）身世之感。
（3）人生感慨。
（4）人格展現。</td><td>立意上的騷雅。</td></tr>
</table>

“典雅”與“騷雅”的側重不同，而其爲雅則一，因此本色論者與詩化論者實有會通的可能，李清照與王灼都批評柳永詞，就透露了此中消息：不管是本色論者還是詩化論者，在他們眼中，“發乎情止乎禮義”的詩教精神是基本，俚俗之詞與側豔之詞都不是雅製。然而怎樣才可以會通本色與詩化？王炎（1137—1218）在《雙溪詩餘自序》中謂“今之長短句，蓋樂府曲之苗裔也”，此説與詩化論者相近，但同時又認爲“長短句宜歌而不宜誦，非朱唇皓齒，無以發其要眇之聲”，這又與本色論者之

重女聲及音樂性無異；另一方面，他注意到“今之爲長短句者，字字言閨閫事，故語懦而意卑。或者欲爲豪壯語以矯之。夫古律詩且不以豪壯語爲貴，長短句命名曰曲，取其曲盡人情，惟婉轉嫵媚爲善，豪壯語何貴焉？不溺於情欲，不蕩而無法，可以言曲矣。此炎所未能也”[①]。王炎自言未能做到“不溺於情欲，不蕩而無法”，可見要會通本色與詩化並不容易。本色與詩化的會通，由稍後的雅化詞人來完成。

三、姜夔的雅詞示範

學者討論詞之雅化時，已看到本色與詩化到了南宋中後期已可兼融的事實，但未有深究箇中的成因[②]，如果從詞人的創作主體意識著眼，或者可以提出合理的解釋。詞人可本着“人之常情”創作，也可本着“士人意識”創作，這兩種意識不一定衝突，即使對“雅”的要求不一，只要不衝突，就有會通的可能，因此可以設想：只要有詞人能發展出新的創作意識，足以平衡“人之常情”與“士人意識”，就可以兼融本色與詩化的審美要求了。姜夔正是這位詞人，他以其“雅人意識”來平衡“人之常情”與“士人意識”，以“雅化”來兼融本色與詩化，無筆力者實難以爲之，所以詩化詞人辛棄疾“深服其長短句”[③]，陳郁評他“筆力足以扛百斛之鼎”，是不無根據的。

從《姜堯章自叙》和姜詞序文可見，姜夔如晉人再世，澄澈如水，展示出一種清雅的“雅人”風範：他與名流鉅公保持着良好關係，所以生活有所依倚；但同時又與他們保持了一段距離，所以始終貧無立錐。他困躓場屋，卻又不曾屈節乞求。因此，姜夔雖没有富貴氣，但也不酸腐，始終保持着人格的完整。姜夔江湖飄泊，曾經有過一段合肥情事，對人情

① 王炎：《雙溪詩餘自序》，收入《詞籍序跋萃編》，頁 302。

② 詳張惠民：《宋代詞學的審美理想》第十五章“詩教理想與雅正説”，頁 262—282；黄雅莉：《宋詞雅化的發展與嬗變——以柳、周、姜、吴爲探究中心》第二章“南、北宋雅詞觀的差異”第五節“南宋的雅詞觀(二)騷雅詞派的雅詞理論：‘詩化’與‘本色’的兼融”至第七節“結語”，頁 65—89。

③ 《齊東野語》“姜堯章自叙”條，頁 211。

世態自有一番感受，卻出之以清冷之筆，以致王國維批評他"有格無情"[1]，但其實把這種抒情有節的手法視作"雅人意識"的表現，亦未嘗不可。姜夔所示範的"雅人意識"，是這樣的一種自覺：與世間人事不粘不脱，既保持關係，也保持距離；同時又保持着襟期灑落，情深語淡的心境態度。

姜夔超乎俗世，卻又不離俗世，並以其多才多藝的藝術修養與審美品味贏得時人的稱賞敬重，對於人情世態也拿捏得很有分寸，始終保持着自己人格的完整，不卑不亢，有異於一般的江湖詩客，能在俗世生活中保持了心靈的距離，於是成就了他的清雅[2]。

姜夔本身是音樂家，所以他明白本色詞人對音律文辭之美的要求，也深諳詞體自有其獨立的審美價值，即詞體的娛樂性和抒情性能滿足"人之常情"；另一方面，姜夔也是一位詩人，還著有詩學理論《白石道人詩説》一書，也深明詞體除了音樂性之外，還有文學性，也可以上通詩騷的諷喻精神，其"黍離之悲"的《揚州慢》就是一例。姜夔有些詞作是先有辭而後有曲的[3]，甚至以詩法入詞，可見他很重視詞的文學性，《詩説》中的一些主張，亦體現於他的詞作中[4]。他在《詩説》中還説：

> 喜詞鋭，怒詞戾，哀詞傷，樂詞荒，愛詞結，惡詞絶，欲詞屑。樂而不淫，哀而不傷，其惟《關雎》乎！[5]

---

① 《人間詞話》"幼安有性情有境界"條，唐圭璋：《詞話叢編》第 5 册，頁 4249。

② 有關姜夔的文化品格，詳張宏生：《晉宋風致與雅人情懷——姜夔的生活模式與文化品格》，載《文史哲》2014 年第 1 期（總第 340 期），頁 93—103。

③ 姜夔《長亭怨慢》序云："予頗喜自製曲，初率意爲長短句，然後協以律，故前後闋多不同。"

④ 這一點謝章鋌早有體會："讀其《説詩》諸則，有與長短句相通者。"並舉出九則《説詩》加以闡述。詳《賭棋山莊詞話》卷十二"白石詩説"條，唐圭璋：《詞話叢編》，頁 3478—3479。

⑤ 《白石道人詩説》，何文焕輯：《歷代詩話》（北京：中華書局，2004 年），頁 680—681。

姜夔此論適用於讀其詩，亦適用於讀其詞①。姜詞抒情有節，一以温柔敦厚的詩教精神爲準，而所謂以詩教爲準，是就抒情手法言，即所謂"樂而不淫，哀而不傷"，而非從立意與題材言。張鎡的《梅溪詞序》也有相似的論調：

> 《關雎》而下三百篇，當時之歌詞也。聖師刪以爲經。後世播詩章於樂府，被之金石管弦，屈、宋、班、馬由是乎出。而自變體以來，司花傍輦之嘲，沈香亭北之詠，至與人主相友善，則世之文人才士，遊戲筆墨於長短句間。有能以瑰奇警邁、清新閑婉，不流於沲蕩淫污者，未易以小伎言也。②

張鎡也將詞體溯源至《詩經》，仍堅守"樂而不淫"的《關雎》之旨，即所謂"不流於沲蕩淫污"，但已不似鮦陽居士那樣强調文學的政教功能，而是賞玩"瑰奇警邁、清新閑婉"的藝術效果，其孫張樞等臨安詞人就直承了這種審美取向。張鎡更以這個標準讚揚史達祖"有瓌奇警邁清新閑婉之長，而無沲蕩淫污之失。端可以分鑣清真，平睨方回；而紛紛三變行輩，幾不足比數"③。以姜、張之論與前輩的本色論及詩化論並觀，可以看到，雅化論者與詩化論者都把詞體溯源至《詩經》，都講求"雅"，只是詩化論者著眼於主題立意，而雅化論者著眼於抒情手法和温厚風格。因爲雅化論者與詩化論者都歸本《詩經》，以詩教論雅，所以兩派就有會通的可能；而另一方面，雅化論者也很注重文辭及音樂，這一點又與本色論者的要求相同。本色論者與詩化論者都講求雅，會通的條件本來

---

① 這一則雖不在謝章鋌《賭棋山莊詞話》"白石詩説"條所舉的九則之内，但仍可與姜詞參讀。

② 張鎡：《梅溪詞序》，收入《詞籍序跋萃編》，頁 263。

③ 《梅溪詞序》，頁 263—264。按：鄧喬彬先生認爲張鎡此序對詞之雅化理論頗有建樹："他所樹立的楷模，已非東坡、于湖，不是將詞'外化'爲詩，而是將詩'内化'入詞。他倡導瑰奇、警邁、清新、閑婉的風格，既立足於'詞性'，又有借於詩，頗見豐富多樣，對藝術技巧亦有所總結。較之《復雅歌詞序略》的'述往事，思來者'，已從倡導轉爲深入討論。因此，《梅溪詞序》在南宋前期的鮦陽居（轉下頁）

就已經具備,如今雅人登上詞壇,並站在兩者之間,於是,本色與詩化就因爲雅人的登場而有機會交融了。

從題材方面看,姜夔没有俚俗之詞和側豔之詞,卻不乏"當初不合惹相思"(《鷓鴣天》)的書寫"人之常情"的傳統題材,又有"花銷英氣"的《翠樓吟》、"一篙春水走曹瞞"的《滿江紅》,這都是正統詩歌的主題。再從表達手法及風格看,姜詞没有本色詞人的纏綿悲怨,也少蘇、辛等詩化詞人的豪邁激越[1],而是多以其"雅人意識"來會通本色與詩化,出之以清虛雅淡之筆,而且音律精切,文辭典麗,張炎就在其《詞源》"清空"一條裏對姜夔深加推許:"詞要清空,不要質實。清空則古雅峭拔,質實則凝澀晦昧。姜白石詞如野雲孤飛,去留無迹。吴夢窗詞如七寶樓臺,眩人眼目,碎拆下來,不成片段。此清空質實之説。"[2]"野雲孤飛,去留無跡",就是姜夔"清空"風格的形象化比喻。他以姜夔與吴文英作比較,謂:

> 白石詞如《疏影》、《暗香》、《揚州慢》、《一萼紅》、《琵琶仙》、《探春慢》、《八歸》、《淡黄柳》等曲,不惟清空,又且騷雅,讀之使人神觀飛越。[3]

這八首詞是姜夔"清空騷雅"的代表作,一貫的文辭典麗、音律精切,至於主題立意,則有叙寫離情之篇(《琵琶仙》、《八歸》),自傷飄泊之作(《一萼紅》),憶昔念舊之歎(《探春慢》),更有黍離之悲(《揚州慢》)和耐人尋味的心境書寫(《暗香》、《疏影》、《淡黄柳》),從慣見的傷離感舊到上繼風騷都有,而不只限於政教,其抒情手法又符合止乎禮義

(接上頁) 士與南宋末期的張炎之間,是值得重視的一篇詞學論文。"見方智範、鄧喬彬等:《中國古典詞學理論史》(上海:華東師範大學出版社,2005 年修訂版),頁 80。

① 姜夔豪氣之詞不多,較著名的有《漢宫春·次韻稼軒蓬萊閣》和《永遇樂·次稼軒北固樓詞韻》,都是次韻辛棄疾之作。

②③ 《詞源》"清空"條,唐圭璋:《詞話叢編》第 1 册,頁 259。

的詩教精神,由此可見,姜夔的雅詞在一定程度上會通了本色與詩化。

如果以詩教論詞之雅鄭而不只限於政教的主題,而是可以放寬爲題材的典正、手法和風格的温厚,則宋亡之前臨安詞人的唱和,當然也屬於雅製,像周密《曲遊春》、“西湖十景”等紀遊寫景之詞,《鷓鴣天・清明》、《月邊嬌・元夕懷舊》等節序抒情之作,都是雅詞。就題材言,這些詞作是他們高貴閑雅的生活表現;就手法和風格言,這些雅詞既是“本色”,也是“詩化”。宋亡之後,周密等《補題》詞人筆下的雅詞,特别是詠物詞,又由温柔敦厚的風格再次聚焦到政治的主題之上。

前人在“物我措置”、“賦形摹神”和“情志寄託”等方面的詠物經驗固然是《補題》詞人所繼承的詞學遺産,但要運用這筆遺産創作,還須參考姜夔。姜夔以“雅人意識”寫成的詠物雅詞爲《補題》詞人作了很好的示範:他堅守着音律精切、文辭典麗的底綫,藉着“藝術構思”,一方面將“主體意識”轉化爲“言外之旨”(甚或再聚焦成“情志寄託”),另一方面又寫出“物我措置”和“賦形摹神”皆屬上乘的詠物詞,其《齊天樂》詠蟋蟀、《暗香》、《疏影》詠梅就是範例。這幾首詠物詞的音律、文辭、立意及詠物手法皆爲《補題》詞人所推崇仿效,《補題》中《齊天樂》詠蟬一題即學習他的《齊天樂》詠蟋蟀,而《暗香》、《疏影》更被張炎《詞源》推許“不惟清空,又且騷雅”。清空騷雅是張炎的一個論詞標準,也是《補題》詞人的審美取向。姜夔透過這些範例爲《補題》詞人指出了一個可行的創作方向:雅化。雅詞不要求凡有井水處皆有歌者,也不要求在歌樓酒肆裏傳唱,它當然具有娱樂性,但它的讀者及聆賞者已有特定的對象,即詞社中的社友,並在文人的聚會中由家妓演唱。

從審美取向的角度看,“雅人意識”從姜夔傳至臨安詞人,再傳至《補題》詞人,可謂一脈相傳,不曾斷絶。經過幾代詞人的實踐,雅詞的創作手法漸趨圓熟,而《樂府補題》就是他們的一部雅詞選集。

四、詠物:雅詞的代表題材

臨安詞人與《補題》詞人對雅詞的看法,由張炎《詞源》一書作了理論性的總結,後人可以從《詞源》中看到他們對雅詞的要求。有關《詞源》的研究已多，此處不擬贅言，只就其雅詞之論與詠物詞的關係作一探討。張炎認爲寫雅詞不能“爲情所役”：

詞欲雅而正，志之所之，一爲情所役，則失其雅正之音。耆卿、伯可不必論，雖美成亦有所不免。如“爲伊淚落”，如“最苦夢魂，今宵不到伊行”，如“天便教人，霎時得見何妨”，如“又恐伊，尋消問息，瘦損容光”，如“許多煩惱，只爲當時，一晌留情”，所謂淳厚日變成澆風也。[①]

“一爲情所役，則失其雅正之音”，雖周邦彦亦難免有“側豔”之句，此從其所舉例子就可看到。張炎的不爲情所役的雅詞觀，應是對姜夔抒情有節的創作實踐和張鎡《梅溪詞序》進一步的理論化提煉。然則如何抒情方爲雅？《詞源》“賦情”條謂：

簸弄風月，陶寫性情，詞婉於詩。蓋聲出鶯吭燕舌間，稍近乎情可也。若鄰乎鄭衛，與纏令何異也。[②]

接着舉陸淞（1109—1182）《瑞鶴仙》及辛棄疾《祝英臺近》爲例[③]，指出：

皆景中帶情，而存騷雅。故其燕酣之樂，别離之愁，回文題葉

---

① 《詞源》“雜論”條，唐圭璋：《詞話叢編》第1册，頁266。

② 《詞源》，唐圭璋：《詞話叢編》第1册，頁263。

③ 陸淞《瑞鶴仙》：“臉霞紅印枕。睡覺來，冠兒還是不整。屏間麝煤冷。但眉山壓翠，淚珠彈粉。堂深晝永，燕交飛、風簾露井。恨無人，説與相思，近日帶圍寬盡。　重省。殘燈朱幌，淡月紗窗，那時風景。陽臺路迥。雲雨夢，便無準。待歸來，先指花梢教看，卻把心期細問。問因循、過了青春，怎生意穩。”（第3册，頁1516）；辛棄疾《祝英臺近·晚春》：“寶釵分，桃葉渡。煙柳暗南浦。怕上層樓，十日九風雨。斷腸片片飛紅，都無人管，倩誰勸、啼鶯聲住。　鬢邊覷。試把花卜心期，纔簪又重數。羅帳燈昏，哽咽夢中語。是他春帶愁來。春歸何處。卻不解、帶將愁去。”（第3册，頁1882）

之思，峴首西州之淚，一寓於詞。若能屏去浮艷，樂而不淫，是亦漢魏樂府之遺意。

"近乎情"之所以强調"稍"，是因爲"一爲情所役"，詞作就會"鄰乎鄭衛"，與"纏令"無别。抒情是需要的，但抒情要有節，發乎情，必須止乎禮義，要"屏去浮艷，樂而不淫"，故曰"稍近乎情可也"。張炎與其他臨安詞人一樣宗風姜夔，所以講究抒情手法的雅鄭之别。值得注意的是，陸淞《瑞鶴仙》及辛棄疾《祝英臺近》都是傳統的閨怨題材，二詞的題外感慨，在疑有疑無之間，難以坐實，而二詞都因"皆景中帶情，而存騷雅"爲張炎所嘉許，可見張炎所説的"騷雅"要比鮦陽居士的"騷雅"廣闊得多，"燕酣之樂，别離之愁，回文題葉之思"等人之常情與"峴首西州之淚"的士人意識不但同在賦情之列，而且同屬"騷雅"，可見張炎所説的"騷雅"，是指抒情方面的温柔敦厚，而非局限於主題上的載道化國。

張炎讚賞辛棄疾的《祝英臺近》，卻批評他的豪氣詞：

辛稼軒、劉改之作豪氣詞，非雅詞也。於文章餘暇，戲弄筆墨，爲長短句之詩耳。[①]

豪氣詞近於詩，辭氣剛健，而雅詞則與詩不即不離，辭氣不迫，二者風格迥異。若將此説與前引"清空"、"賦情"兩條並觀，可以看到，要做到"清空騷雅"，就要抒情有節，並出之以清虚雅淡之筆，而非豪氣之辭。

既然雅是抒情手法和風格的問題，則只要抒情有節，止乎禮義，辭氣不迫，就算是雅詞了。至少對臨安詞人而言，可以這樣理解。他們的雅詞是就風格及抒情手法言，而不是如鮦陽居士那樣的只就主題言。因此，臨安詞人不會採用那些適宜使用較强烈的辭情聲響來表達的題材，像文及翁《賀新郎》(一勺西湖水)之諷世，或者劉辰翁(1232—1297)

① 《詞源》"雜論"條，唐圭璋：《詞話叢編》第1册，頁267。

《六州歌頭》(向來人道)之譏評賈似道[1],都是對時人世局的評論,這類題材並不見於他們的詞。臨安詞人以詞抒情,而不以詞作議論,所以他們較少寫豪情之作[2]。這種取向自姜夔已然,並非凡可入詩的題材都可以入詞,所以姜夔之會通本色與詩化,只能在某程度上説。可以這樣看:雅人風致,在心境上言,是襟期灑落,氣定神閑;在文辭上言,是抒情有節,辭氣不迫。

然則臨安詞人乃至後來的《補題》詞人寫的是哪些題材?詠物在這些題材之中所佔的位置又如何?從臨安詞人及《補題》詞人留下的詞作來看,他們的寫作題材頗豐富,詠物之外,山水紀遊、宴集酬贈、男女離情、朋友送别,文集品題等等,都見於筆下,這些題材都很適合寫成雅詞,不過,最貼近臨安詞人的日常詞社交往的題材,是詠物、山水紀遊和宴集酬贈。這三類題材都很符合他們的雅人生活的品味,所以這三類作品在他們的筆下也確實不少。他們如何看待這些題材的?文獻不足,只能從《詞源》中略窺一二,然而《詞源》論及的題材甚少,只有詠物、節序、離情及壽詞四類。事實上,臨安詞人的節序詞與壽詞並不算多,大概因爲節序或親友的生日未至,就無須命筆;至於離情,到了宋亡之後,他們的離情之作才多起來。四者之中,只有詠物在宋亡前後一直得到臨安詞人的青睞,似乎詠物在他們心目中佔了一個相對突出的位置。不過,在臨安詞人筆下,山水紀遊和宴集酬贈的數量也不少,僅從數量看,也未必看到詠物的位置。如果從張炎的創作論來看題材的定位,或者可以看到詠物在臨安詞人心目中的位置。

---

① 劉辰翁《六州歌頭》:乙亥二月,賈平章似道督師至太平州魯港,未見敵,鳴鑼而潰。後半月聞報,賦此。

向來人道,真箇勝周公。燕然眇,浯溪小,萬世功。再建隆。十五年宇宙,宫中贋,堂中伴,翻虎鼠,搏鷴雀,覆蛇龍。鶴髮龐眉,憔悴空山久,來上東封。便一朝符瑞,四十萬人同。説甚東風,怕西風。　甚邊塵起,漁陽慘,霓裳斷,廣寒宫。青樓杳,朱門悄,鏡湖空。裏湖通。大纛高牙去,人不見,港重重。斜陽外,芳草碧,落花紅。抛盡黄金無計,方知道、前此和戎。但千年傳説,夜半一聲銅。何面江東。(第5册,頁3229—3230)

② 臨安詞人並非全不寫豪壯之詞,周密《一萼紅·登蓬萊閣有感》、張炎《壺中天》(萬里揚舲)、《甘州》(記玉關)等,就是較著名的豪壯詞。

張炎自謂:“生平好爲詞章,用功逾四十年,未見其進。今老矣,嗟古音之寥寥,慮雅詞之落落,僭述管見,類列於後,與同志者商略之。”[①]可見《詞源》所論是他的晚年定見。他“嗟古音之寥寥,慮雅詞之落落”,故於《詞源》卷下專論雅詞的創作方法,共十五條(另附楊纘“作詞五要”一條),多數都有詞例佐證,或是應當學習的正例,或是應作鑑戒的反證。比較這些詞例的題材,就可看到詠物在雅詞創作中的位置。在比較之前先要説明的是:

(1) 由於“詠物”、“節序”、“離情”三條及“雜論·難莫難於壽詞”一則所舉的全是該題材的詞例,没有其他題材作比較,故暫置不論;而“拍眼”、“字面”與“虚字”三條没有舉例,故無例可論。换言之,有六條一則暫不討論。

(2) 張炎謂“類列於後”,指的是《詞源》卷下各條是有意識的分類編排,但當中的邏輯順序並不嚴格,“雜論”一條各則之中,有數則是討論創作的,應該一併考慮,因此,《詞源》卷下的各條内容實可再重組。

現將《詞源》卷下各條及“雜論”中有關創作的討論重組如下:

討論重點	《詞源》卷下條目	詞　例	題材	正例	反例
論協律	“音譜”	張樞《瑞鶴仙》(捲簾人睡起)	傷春	✓	
		張樞《惜花春起早》“鎖窗深”句(原詞已佚)	—	✓	
	“拍眼”	(張炎並無舉詞例)	—	—	—
論命意	“制曲”	姜夔《齊天樂》詠蟋蟀	詠物	✓	
	“意趣”	蘇軾《水調歌》(明月幾時有)	節序懷人	✓	
		《洞仙歌》(冰肌玉骨)	續作	✓	
		王安石《桂枝香·金陵懷古》	懷古	✓	
		姜夔《疏影》詠梅	詠物	✓	
		姜夔《暗香》詠梅	詠物	✓	

① 《詞源》卷下序言,唐圭璋:《詞話叢編》第1册,頁255。

續表

討論重點	《詞源》卷下條目	詞　例	題材	正例	反例
論行文	"句法"	蘇軾《水龍吟》詠楊花"似花還似非花"二句、"春色三分"三句	詠物	✓	
		周邦彦《風流子》(新緑小池塘)"鳳閣繡幃"二句。	懷人	✓	
		史達祖《綺羅香》春雨"臨斷岸"四句	詠物	✓	
		史達祖《喜遷鶯》燈夜"自憐詩酒瘦"二句。	節序	✓	
		吴文英《八聲甘州》登靈巖(渺空煙四遠)"連呼酒"三句	紀遊抒懷	✓	
		吴文英《聲聲慢》閏重九(檀欒金碧)"簾半捲"三句。	節序	✓	
		姜夔《揚州慢》"二十四橋"三句	紀遊抒懷	✓	
	"字面"	(張炎並無舉詞例)	—	—	—
	"虚字"	(張炎並無舉詞例)	—	—	—
	"用事"	蘇軾《永遇樂》(明月如霜)	紀夢抒懷	✓	
		姜夔《疏影》詠梅	詠物	✓	
論題材	"詠物"、"節序"、"離情"三條,"雜論·難莫難於壽詞"一則	(暫不舉例)	—	—	—
論風格	"清空"(兼言騷雅)	吴文英《聲聲慢》(檀欒金碧)	節序		✓
		吴文英《唐多令》(何處合成愁)	離情	✓	
		姜夔《疏影》詠梅	詠物	✓	
		姜夔《暗香》詠梅	詠物	✓	
		姜夔《揚州慢》	紀遊抒懷	✓	

續表

討論重點	《詞源》卷下條目	詞 例	題材	正例	反例
論風格	"清空"（兼言騷雅）	姜夔《一萼紅》	羈旅懷人	✓	
		姜夔《琵琶仙》	感遇懷人	✓	
		姜夔《探春》	離情	✓	
		姜夔《八歸》	贈別	✓	
		姜夔《淡黄柳》	羈旅客懷	✓	
論抒情	"賦情"	陸淞《瑞鶴仙》（臉霞紅印枕）	閨怨	✓	
		辛棄疾《祝英臺近》（寶釵分）	閨怨	✓	
	"雜論・詞欲雅而正"（下表簡稱"雅正"）	周邦彦《解連環》（怨懷無託）"爲伊淚落"句	閨怨		✓
		周邦彦《風流子》（新緑小池塘）"最苦夢魂"二句、"天便教人"二句	懷人		✓
		周邦彦《意難忘》（衣染鶯黄）"又恐伊"三句	豔情		✓
		周邦彦《慶宫春》（雲接平岡）"許多煩惱"三句	羈旅懷人		✓
論體製	"令曲"	陳與義《臨江仙》（憶昔午橋）"杏花疏影"二句	登臨詠懷	✓	
	"雜論・大詞之料"（下表簡稱"詞料"）	秦觀《水龍吟》"小樓連苑"二句	懷人		✓
論和韻	"雜論・詞不宜强和人韻"（下表簡稱"和韻"）	蘇軾《水龍吟》詠楊花	詠物	✓	

從上表可見，與其他題材相比，詠物是最能集中地體現雅詞寫法的題材，"製曲"、"意趣"、"句法"、"用事"、"清空"及"雜論・詞不宜强和人

韻"等條目中，都以詠物詞爲正例，即姜夔三例、蘇軾一例、史達祖一例，共三家五例，其中姜夔《暗香》、《疏影》二例用得最多，是張炎心目中的詠物範例。

如果撇除"詠物"、"節序"、"離情"三條、"雜論·難莫難於壽詞"一則，以及"拍眼"、"字面"與"虚字"等没有舉例的三條，並且不把反例計算在内，只統計正例在各條目中的次數，上表可再簡化如下，詠物的代表性更見突出：

題材	協律	命意		行文		風格	抒情		體制		和韻	正例次數合計
	音譜	制曲	意趣	句法	用事	清空騷雅	賦情	雅正	令曲	詞料	和韻	
傷春	1	0	0	0	0	0	0	0	0	0	0	1
詠物	0	1	2	2	1	2	0	0	0	0	1	9
節序懷人	0	0	1	0	0	0	0	0	0	0	0	1
續作	0	0	1	0	0	0	0	0	0	0	0	1
懷古	0	0	1	0	0	0	0	0	0	0	0	1
懷人	0	0	0	1	0	0	0	0	0	1	0	2
節序	0	0	0	2	0	0	0	0	0	0	0	2
紀遊抒懷	0	0	0	2	0	1	0	0	0	0	0	3
紀夢抒懷	0	0	0	0	1	0	0	0	0	0	0	1
離情	0	0	0	0	0	2	0	0	0	0	0	2
羈旅懷人	0	0	0	0	0	1	0	0	0	0	0	1
感遇懷人	0	0	0	0	0	1	0	0	0	0	0	1
贈别	0	0	0	0	0	1	0	0	0	0	0	1
羈旅客懷	0	0	0	0	0	1	0	0	0	0	0	1
閨怨	0	0	0	0	0	0	2	0	0	0	0	2
豔情	0	0	0	0	0	0	0	0	0	0	0	0
登臨詠懷	0	0	0	0	0	0	0	0	1	0	0	1

雖然臨安詞人的寫作題材頗廣，也寫了不少山水紀遊和宴集酬贈的雅詞，但相較而言，詠物在他們心目中是稍高一籌的。這可以從以下幾方面作解釋：

首先，詠物能够滿足臨安詞人的雅玩心態。宋亡之前，臨安詞人在詞社裏從事富貴閑雅的文藝活動，以其從容閑静的雅人態度品鑑各種雅玩，就如周密所説的"評硯品，臨書譜，箋畫史，修茶具"。詞人藉着品評各種雅玩來求得心境的平静從容，從中得到樂趣，暫時忘卻俗情世態。雅玩是他們品評把玩的對象，也是同題共賦的題目，更是他們達至閑雅心境的道具，周密《齊天樂》詠梅就是一例：

> 紫霞翁開宴梅邊，謂客曰："梅之初綻，則輕紅未消；已放，則一白呈露。古今詩賞，不出香白，顧未及此，欠事也。"施中山賦之，余和之。
>
> 宫檐融暖晨妝懶。輕霞未匀酥臉。倚竹嬌顰，臨流瘦影，依約尊前重見。盈盈笑靨。映珠絡玲瓏，翠綃蒽蒨。夢入羅浮，滿衣清露暗香染。　　東風千樹易老，怕紅顏旋減，芳意偷變。贈遠天寒，吟香夜永，多少江南新怨。瓊疏静掩。任翦雪裁雲，競誇輕艷。畫角黄昏，夢隨春共遠。（第5册，頁3272）

施岳（生卒未詳）的原詞已佚，以上是周密的和作。詞序所記的，是典型的臨安詞社活動。楊纘在梅邊設宴，還與社友討論梅花初開與已開的顔色不同，謂前人詠梅"顧未及此"，實"欠事也"，於是施岳與周密賦梅唱和。没有閑雅的心境，是難以察覺梅花顔色的不同的，更遑論批評前人的不足了；至於周詞，上片"宫檐""輕霞"二句，下片"東風千樹"三句、"翦雪裁雲"二句，都是就楊纘所論而發的，全詞文辭雅麗，用典適切，當時宴集之樂與其雅玩的心態，可以想見。周密的宴集詠物的名作還有《梅花引・次韻雲房賦落梅》。雅人雅集，品鑑雅玩，是一種心境上的追求，也是一種心理上的滿足，詠物因此得到詞人的歡迎。

除了滿足雅玩心態之外，詠物更能砥礪詞藝，滿足創作的心理。從張炎《詞源》的討論可看到，詠物可以用上多種詞法，其實是詞人用了不同的詞法來詠物，從切律到字句，從用典到命意，從抒情到風格，詠物都多有講究。臨安詞人與《補題》詞人從姜夔那裏繼承了雅人意識以及雅詞的寫法，就在其詠物詞中實踐出來。雅人意識畢竟與學問修養相關，而雅詞詞法就與才情筆力相關，换言之，詠物就是詞人的學問修養與才情筆力的展現。在詞社中以詠物唱和，當然有逞能競勝，砥礪詞筆的意味，周密的西湖十景詞雖不是詠物詞，但從其序文可看到詞人之間的競勝心態。

宋亡之後，詠物詞由雅玩提升至寄託，這是因爲詠物有"一語雙關"的特質供詞人使用；另一方面，詠物詞的寫作又要求詞人妥善措置物我關係，當"我"的主體意識不停留在雅玩與逞能，則詠物詞自有更大的發揮空間，一旦與時代世運相呼應，詞人就自然寫出别有寄託的詠物詞了。陸文圭爲《詞源》寫的跋文就道出了時代世運與作者及讀者的心態的關係：

> 詞與辭字通用，《釋文》云，意内而言外也。意生言，言生聲，聲生律，律生調，故曲生焉。《花間》以前無集譜，秦周以後無雅聲，源遠而派别也。西秦玉田張君，著《詞源》上下卷，推五音之數，演六律之譜，按月紀節，賦情詠物，自稱得聲律之學於守齋楊公、南溪徐公。淳祐、景定間，王邸侯館，歌舞昇平，居生處樂，不知老之將至。梨園白髮，濞宫蛾眉，餘情哀思，聽者淚落。君亦因是棄家，客遊無方，三十年矣。昔柳河東銘姜秘書，憫王孫之故態，銘馬淑婦，感謳者之新聲，言外之意，異世誰復知者。覽兹詞卷，撫几三嘆。牆東叟陸文圭跋。[①]

陸文圭認爲《詞源》是别有"言外之意"的著作，並指出《詞源》"推五音之數，演六律之譜，按月紀節，賦情詠物"。原來切律是雅聲，"按月紀節，

① 唐圭璋：《詞話叢編》第1册，頁269。

賦情詠物"是雅製[1]。依陸氏之意,詠物詞在宋亡之後的意義就更見突出了。

回顧宋人詠物詞的發展,不難看到,詞人確實從詩的領域裏獲益良多。詞人既溯源詩教,藉以提高詞體的地位;又從詩人的創作經驗中學得種種詠物技法,進而賦形摹神;若再從抒發情懷的角度看,詩家詞客按其感受與才性之不同,寄託容或有深淺顯隱之異,要之,藉詠物以寄託,詩詞是一脈相承的。然則,除了格律形式或者按譜而歌的不同之外,似乎詞在詠物寄託方面已爲詩所籠罩,詠物詞儼然是詠物詩的一種變體,詞本身的個性又何在?詞人其實也思考過詩詞之别的問題。李清照就堅持詞"婉約"的本色,批評歐、蘇詞"皆句讀不葺之詩"。但詞要攀附詩而又保持自己的個性本色,卻並不易爲,姜夔、張鎡等詞人開出雅化一路,無疑是可行的。至宋季之世,雅化詞人仍在思考詩詞之别。張炎就從抒情的角度作了比較,指出"簸弄風月,陶寫性情,詞婉於詩"。"婉於詩",就是詞的個性本色,强調的是詞的抒情特質。後來王國維《人間詞話》説得更清楚:"詞之爲體,要眇宜修。能言詩之所不能言,而不能盡言詩之所能言。詩之境闊,詞之言長。"[2]所謂"婉於詩",所謂"要眇宜修",説的都是詞的本色的一面。詞原本就來自酒筵歌席,拍按香檀,詞以"婉"和"要眇宜修"來與詩劃境,亦是其文體本質所使然。

---

① "按月紀節"即"楊守齋作詞五要"中的"第二要":"第二要擇律。律不應月,則不美。如十一月調須用正宫,元宵詞必用仙吕宫爲宜也。"(唐圭璋:《詞話叢編》本,頁 268)何以用律須應月?王灼《碧雞漫志》"論雅鄭所分"條有詳細的説明:"或問雅鄭所分。曰,中正則雅,多哇則鄭。至論也。何謂中正。凡陰陽之氣,有中有正,故音樂有正聲,有中聲。二十四氣歲一周天,而統以十二律。中正之聲,正聲得正氣,中聲得中氣,則可用。中正用,則平氣應,故曰,中正以平之。若乃得正氣而用中律,得中氣而用正律,律有短長,氣有盛衰,太過不及之弊起矣。"(唐圭璋:《詞話叢編》本,頁 80) 姜夔更因爲"比年人事不和,天時多忒,由大樂未有以格神人、召和氣也",所以向朝廷進《大樂議》,以糾正朝廷雅樂之失。這種思想實源於《禮記》《月令》及《樂記》"聲音之道與政通"的儒家樂教。張炎詳論音律,强調填詞要合律,固然是爲了本色的美聽,但主張應月用律,就未嘗不是古禮之遺了,這當然是雅正的表現。

② 唐圭璋:《詞話叢編》第 5 册,頁 4258。

不過，詞既攀上了詩，就一定要遵守温柔敦厚的詩教，强調本色者很容易流爲淫豔庸俗，李清照就被王灼批評"閭巷荒淫之語，肆意落筆"。雅詞就是要在詩化與本色之間力求平衡。雅化之路雖然可行，但走起來並不容易，更何況據此原則詠物？對於詠物詩的寫作要求，方回(1227—1350)《瀛奎律髓》"着題類"序有比較扼要的指陳：

> 着題詩，即六義之所謂賦而有比焉，極天下之最難。石曼卿《紅梅詩》有曰："認桃無緑葉，辨杏有青枝。"不爲東坡所取，故曰："題詩必此詩，定知非詩人。"然不切題，又落汗漫。今除梅花、雪、月、晴雨爲專類外，凡雜賦題物肖形，語意精到者，選諸此。[①]

這裏的"着題詩"指的是詠物詩。方回也知道蘇軾"題詩必此詩，定知非詩人"的説法，不過，爲了免於"汗漫"，他還是傾向"切題"，即所謂"賦而有比"，"題物肖形，語意精到者"。簡言之，就是既要"肖形"，又要有寄慨，其困難可知。然而張炎卻説："詩難於詠物，詞爲尤難。體認稍真，則拘而不暢；模寫差遠，則晦而不明。"然則詩詠物不妨比詞顯豁，而詞詠物最好就是不即不離。沈義父(生卒未詳)《樂府指迷》更謂：

> 作詞與詩不同，縱是花卉之類，亦須略用情意，或要入閨房之意。然多流淫豔之語，當自斟酌。如只直詠花卉，而不著些豔語，又不似詞家體例，所以爲難。[②]

所謂"詞家體例"，當然就是本色語了。相較而言，詠物詩没有"著些豔語"的要求，所以詠物詩可以寫得剛健顯豁，如韓愈"芭蕉葉大"之句；當然也可以寫得婉約綺靡，如秦觀"無力薔薇"之詩；而詞卻不能寫得豪氣，辛棄疾和劉過的豪氣詞就被張炎批評"非雅詞也"，是"文章餘暇，戲

---

① 方回選評，李慶甲集評校點：《瀛奎律髓彙評》(上海：上海古籍出版社，1986年)，頁1151。

② 唐圭璋：《詞話叢編》第1册，頁281。

弄筆墨"的"長短句之詩"。以詞詠物,要求不即不離,要求有"詞家體例",以彰顯本色,卻又不能流於淫豔,以免淪爲鄭衛,然後再在此基礎上講求寄託,才可以攀上詩教,與詩比肩。加上詞樂要脣吻諧協,明辨四聲,其困難就更甚於詩了。

因難見巧。詠物詞應該是詠物文學中之最精巧者,而南宋詞家則最優爲之。劉永濟先生謂:"詞至南宋末,詠物之風盛行。此有二因:一,此時詞家有偏重藝術之傾向,於是專喜以比興之法填詞;二,自宋末起,直至元初,有詞社之組織,社中每以詠物爲題,入社者多宋之遺老,雖有興亡之感而不敢明言,故多託之比興。"①這是一個很扼要的總括。臨安詞人繼承了姜夔的雅人意識以及雅詞的寫法,並在自己的詞社裏大加發展,而詠物詞就在此氛圍中蓬勃起來,比其他題材更能滿足雅人的品味。宋亡之後,詠物詞更是呼應着時代世運,在《補題》詞人筆下,詠物詞依然是抒情有節,展現才華的雅詞,但箇中精神已由雅玩提升至寄託了。在衆多的題材裏,陳恕可之所以獨選詠物之作並編纂成《樂府補題》一集,是因爲詠物最能代表他們心目中的雅詞。

第四節 補償與救贖:陳恕可的個人語境及其編纂《樂府補題》的動機

《補題》詞人在宋亡之前早已培養了雅人意識,對雅詞和詠物詞的寫法也十分熟悉。宋亡之後,他們懷着亡國之痛,用其雅詞來書寫亡國的經歷,以寄託其黍離之悲與身世之感,當中就有詠物之作。詠物詞在他們的雅詞中最具代表性,於是就成爲了陳恕可編纂《樂府補題》時的候選之作。以下再探討陳恕可的個人語境與編纂《樂府補題》的關係。

有關陳恕可生平的文獻甚少,主要的文獻是陳旅(1288—1343)的《陳如心墓志銘》。據陳旅所述,陳恕可字行之,一字如心,固始人。曾

① 劉永濟:《唐五代兩宋詞簡析》(與《微睇室説詞》合刊;北京:中華書局,2007年),頁113。

以蔭補官，咸淳十年(1274)中銓試，授迪功郎，泗州虹縣主簿。宋亡後卜居西湖之上，與寓公遺老徜徉山水間，原擬以此終身。至元二十七年(1290)，徐琰(约 1220—1301)强之出任西湖書院山長。元成宗元貞元年(1295)，嘉興之崇德縣改爲州，陳恕可改任崇德州儒學教授。此後歷任廬州路儒學教授、衢州路江山縣主簿、寶慶路總管府知事、松江府上海縣丞。年六十八，以承務郎平江路吴縣尹致仕。陳恕可出仕期間興學治民，頗有時譽，其門人蔣震孫(生卒未詳)稱他爲人清介，不以黜陟榮辱累其心，爲官有元結(719—772)漫士之風。陳恕可學綜經史，達禮制，詩文醇正近古，小篆似吴興張有(1054—?)；耄耋耆年，見古法書名畫，猶能臨摹。因其越中故宅面向宛委山，故自號宛委居士，以示不忘鄉邦。元惠宗至元五年(1339)卒，年八十二。著作有《志言稿》、《餘學稿》、《宛委永言》、《古今率録》、《復古篆韻》、《詞譜編目》、《樂府補題》等書[①]。今僅存《樂府補題》，餘皆佚失。吴訥《唐宋名賢百家詞》本《補題》、汲古閣抄本《補題》、彭元瑞(1731—1803)藏《南詞》本《補題》和朱彝尊《詞綜》俱誤作“練恕可”，厲鶚(1692—1752)根據《陳如心墓志銘》諟正“練”當作“陳”[②]。

陳恕可編選《樂府補題》只取詠物詞，一方面是因爲詠物最能代表十四家詞人的雅詞觀；另一方面，詠物具有一語雙關，言在此而意在彼的特質，創作詠物詞或者編纂詠物詞集可減低招徠統治者迫害的風險，儘管終元之世統治者都没有興過大型的文字獄[③]。不過，這只能解釋陳恕可獨取詠物詞的原因，卻未能解釋他編書的動機。陳恕可是《樂府補題》成書的關鍵人物，没有陳恕可就不會有《樂府補題》。然則陳恕可的編書動機爲何？文獻闕如，難以確考，但仍可作一些探討。

---

① 陳旅：《陳如心墓志銘》，載《安雅堂集》卷十二，文淵閣《四庫全書》本，頁十五上至十九上。

② 厲鶚：《書〈樂府補題〉練恕可名下》，《樊榭山房集》，下册，頁 1718；查爲仁、厲鶚：《絶妙好詞箋》(上海：上海古籍出版社，1984 年影印道光八年徐楙愛日軒刻本)卷七，頁五下，周密《水龍吟》詠白蓮下注文。

③ 張宏生：《感情的多元選擇：宋元之際作家的心靈活動》，頁 35—37。

一、從"選陣"看《樂府補題》的編纂動機

蕭鵬先生在《群體的選擇——唐宋人詞選與詞人群通論》一書中提出六種觀察詞選的途徑：選型、選源、選心、選域、選陣和選系[①]。這六種途徑頗便於分析任何一部詞選。參考這六種觀察途徑和蕭鵬先生對《補題》的意見，可有下表的分析及補充[②]：

觀察途徑	蕭鵬的意見	本書的補充
選型	選派型。以臨安詞人爲重心，以王沂孫爲首選，以詞課爲序[③]。	（暫未有補充）
選源	（未有討論）	十四家詞人的詞課唱和之作。

① 蕭鵬對這六種途徑有比較清晰的界定：（1）"選型"即詞選的類型。詞選類型因選詞目的和編選體例之不同而異，從功能劃分，選型可分爲選歌、存史（包括傳詞與傳人）和選派三類。一部詞選可以屬於某類型，也可以是兼類。（2）"選源"即選家所採選的對象和範圍。它反映了選家所擁有的詞籍文獻資料的豐富程度。（3）"選心"指選詞的目的和意圖。可以是尊體、開宗、存史或寄託，也指審美態度與思想觀念。（4）"選域"指選家所選及的詞人的時代跨度、社會身份；所選作品的內容豐富程度、題材廣闊程度、風格的多樣性。（5）"選陣"是詞選開列出來的清單，可理解爲選家所設定的詞壇結構編碼，其功能近於譜牒，內含的信息極豐富多樣，是理解和把握"選心"的關鍵。選陣中必然有某位詞人作代表，可視之爲選陣的主帥。（6）"選系"指詞選與詞選之間的關係。

其中選型、選心、選域、選陣構成詞選的內部肌體，選源和選系則是孕育詞選的環境土壤。詳蕭鵬：《群體的選擇——唐宋人詞選與詞人群通論》第一章第二節"觀察詞選的六種途徑"，頁9—22。

② 蕭鵬在書中第七章"南宋遺民的回望與總結"第四節"託物言志的《樂府補題》"（頁372—383）專論《補題》，討論的項目有四：社課活動、《補題》非爲哭宋陵而作、《補題》體詠物詞、《補題》是一部未完成的詞選。他對《補題》還有其他意見，散見於書中其他章節，表中附有注釋者是蕭鵬對《補題》的意見，可是他沒有明確地、集中地運用他所提出的六種途徑討論《補題》。按：蕭鵬提出"《補題》體"，和《補題》是一部未完成的詞選的說法，暫未見有學者響應。

③ 蕭鵬：《群體的選擇——唐宋人詞選與詞人群通論》，頁11。

續表

觀察途徑	蕭鵬的意見	本書的補充
選心	託物言志①。	(詳本書第三章的討論)
選域	時代跨度是元初②。	• 題材(詠物)、内容(黍離之悲與身世之感)、風格(騷雅)高度一致。 • 詞人的身份階層包括趙宋宗室(趙汝鈉)、王孫公子(張炎)、故宋官員(李彭老)、書香世家(如周密、王沂孫)、仕元士人(陳恕可、仇遠)及未可考者(如馮應瑞、李居仁)。
選陣	(未有討論)	以題繫人,共五調五題,以王沂孫爲主帥。
選系	(未有討論)	前無所承。清人有擬《補題》、後《補題》之選。

"選陣"最能反映"選心",故先以"選陣"作再進一步探討的切入點。蕭鵬先生謂"選陣"是詞選開列出來的清單,藉此可理解爲選家所設定的"詞壇結構編碼",其作用近於譜牒,内含的信息極豐富多樣。按:從一部詞選的"選陣"看到的不一定是選家心目中的詞壇結構,因爲"選陣"可以根據其他的原則來編排,例如《宋詞舉》的"選陣"所展示的是陳匪石的學詞門徑,而不是他心目中的宋代詞壇結構。同樣的,"選陣"在《補題》中的意義也不在於展示陳恕可心所設定的"詞壇結構編碼",十四家詞人的卅七首詞也不可能呈現出宋末元初的詞壇風貌。不過,如果微觀《補題》各題的編排結構,應可發掘出當中隱含的信息,進而理解《補題》的選心。

《補題》各題的編排結構完全一致:以詞調和詞題爲綱,只標示一次;接著是詞人的别號、姓名、字;然後是該詞人的詞作;一首録畢,再接以另一位詞人的别號、姓名、字和詞作,直至該題所有詞人詞作録畢爲

① 蕭鵬:《群體的選擇——唐宋人詞選與詞人群通論》,頁 372—383。
② 蕭鵬:《群體的選擇——唐宋人詞選與詞人群通論》,頁 18。

止；若有一人作兩首詞者，則在第二首詞前重複該詞人的別號、姓名、字①。全書“選陣”如下（諸家詞作暫略）：

天香 宛委山房賦龍涎香	水龍吟 浮翠山房賦白蓮	摸魚兒 紫雲山房賦蓴	齊天樂 餘閒書院賦蟬	桂枝香 天柱山房賦蟹
玉笥 王沂孫聖與	蘋洲 周密公謹	天柱 王易簡理得	紫雲 吕同老和甫	宛委 陳恕可行之
蘋洲 周密公謹	天柱 王易簡理得	佚名	天柱 王易簡理得	瑤翠 唐藝孫英發
天柱 王易簡理得	宛委 陳恕可行之	菊山 唐珏玉潛	玉笥 王沂孫聖與	菊山 唐珏玉潛
友竹 馮應瑞祥父	菊山 唐珏玉潛	玉笥 王沂孫聖與	蘋洲 周密公謹	紫雲 吕同老和甫
瑤翠 唐藝孫英發	紫雲 吕同老和甫	篔房 李彭老商隱	宛委 陳恕可行之	
紫雲 吕同老和甫	月洲 趙汝鈉真卿		菊山 唐珏玉潛	
篔房 李彭老商隱	玉笥 王沂孫聖與		瑤翠 唐藝孫英發	
五松 李居仁師吕	五松 李居仁師吕		宛委 陳恕可行之	
	玉田 張炎叔夏		山村 仇遠仁近	
	玉笥 王沂孫聖與		玉笥 王沂孫聖與	

各題的標示可以化約爲以下的結構：

① 《補題》有未詳姓名字號者，知不足齋本《補題》題“佚名”，四庫本題“失名氏”，應出於後人之手，陳恕可的原編應具姓名字號。

詞調＋詞題【唱和地點＋所詠物象】
　　＋詞人 1【別號＋姓名＋字】
　　＋詞作
　　＋詞人 2【別號＋姓名＋字】
　　＋詞作
　　＋詞人 3【別號＋姓名＋字】
　　＋詞作
　　……

除了時間之外，其他的記事元素即地、人、事都標示得十分清楚具體。從這個結構可以看到：多位詞人聚首於某位詞友的宅邸或書院，在那裏拈題唱和，共有五次；參與者只此十四家，別無他人，而東家則只作主持，不參與唱和。五次唱和都有出席的是王易簡和吕同老二家。按東家只作主持而不唱和之例，則《摸魚兒・紫雲山房賦蓴》五首中佚名的一首應是餘閑書院主人之作[①]。

陳恕可在編輯《補題》時，以唱和地點與所詠之物爲詞題，然後以題繫人，以見衆人在同一時空裏共賦一調一題，其紀實性、目的性和一致性是十分强烈和明顯的。這種標明地、人、事的文字紀録，其實是一種記憶的標記。五次的同題共賦表明他們是朋友，而且有意識地爲着共同的主題聚首唱和。至於姓名字號就突出了這十四家詞人的主體性，强調了他們是特定的個體，而非其他人；這些姓名字號同時也確定了十四家詞人的時間座標是宋末元初，因爲他們的姓名字號只能指向這個特定的時代，而不是别的時代。後世的讀者藉着這些姓名字號，將詞人和詞作重置於特定的歷史語境裏，臨安陷落、帝后北覲、繁華不再等宋末元初的歷史片段又再次呈現於詞作的背後，歷史語境又再次重建於眼前，構成了一個解讀《補題》的框架。

---

① 清人王樹榮（生卒未詳）《〈樂府補題〉跋》："以本卷例之，宋遺民中如有以餘閑爲别號者，所佚姓名不難推測而知矣。"王跋載朱祖謀《彊邨叢書》本《樂府補題》卷末。

經過陳恕可的編輯，本來各具面貌的詞人不但暫時拉近了彼此的距離，而且呈現出一致的風格。《補題》各題的編排結構標示了詞人曾經在特定的時間（宋末元初）和空間（某位詞友的宅邸）裏唱和抒情；而在同一題目之下繫以諸家之作，就是把相同性質的情感一再放大。簡言之，《補題》的"選陣"築起了一個舞臺，衆詞人站在臺上，用多聲部（諸家詞作）合唱了一套五個樂章（五調五題）的組曲（《補題》），而宋末元初的歷史語境就是舞臺的佈景。很明顯，陳恕可編輯《補題》的動機之一，是爲了保存自己和詞友之間一份唱和的紀録，也就是他們的共同記憶。後世讀者之所以讀出當中別有寄託，甚至坐實到某件本事（例如清人就認爲《補題》即爲哭宋陵而作），是因爲陳恕可在書中留下了記憶的標記，而且呈現出高度的一致性：

1. 動機的一致性：聚首於某詞友的宅邸作社課，依調按題唱和，藉以獲得情感的支援。

2. 活動的一致性：只用一調詠一物。

3. 背景的一致性：亡國。

4. 心態的一致性：追懷往昔，感傷當下的心態。

5. 風格與情感的一致性：以騷雅之筆書寫幽婉凝噎的情愫。

周密、王沂孫、張炎和李彭老都是宋季詞壇的名家，但《補題》的唱和卻不見於時人的記述，特別是周密著有多種野史筆記，也没有述及此事，此中頗有秘而不宣的意味。《補題》在陳恕可生前不曾刊刻，只以鈔本的形式保存下來。陳恕可以承務郎平江路吴縣尹致仕，雖然縣尹未必富有，但要刊刻卅七首詞，也應該不是太困難的事。陳恕可編《補題》而不刊，未必没有流傳後世的企圖，但其保存的意義卻大於傳播的意義。由此看來，《補題》是一部私密性頗强的社課唱和詞選，是詞人之間共同記憶的紀録，當中的本事只有十四家詞人知道，他者並不知悉，而詞作也應只在詞友間流傳，似非公開傳播。雖説統治者没有興起過大型的文字獄，詠物詞言在此而意在彼的性質也給詞人以回旋自辯的餘地，但對於當時的詞人而言，填詞以寄意仍有很大的風險，《元史·刑法志》謂："諸妄撰詞曲，誣人以犯上惡言者，處死。”又謂：“諸亂製詞曲，爲譏議者，流。”[①]陳恕可身爲縣尹，對於刑法條文應該是十分清楚的。然則，填詞與編詞選是爲了抒發感慨，保存記憶，而不刊刻，是爲了保障詞友與編者自身的安全。畢竟陳恕可已經仕元，更不能明目張膽地表達自己對故宋的懷念。

蕭鵬先生因爲《補題》没有序跋、没有編者姓名、没有詞人小傳、没有詞話品藻，也没有分卷，没有總結一代，而且規模太小，只有卅七首詞，够不上一卷，所以懷疑《補題》是一部未完成的詞選，就和《雲謠集》一般“以同樣草率模糊的方式結束”[②]。如果因爲規模小而懷疑《補題》是一部未竟之作，則未免過慮，端木埰（1816—1892）《宋詞賞心録》選詞只有十九首，篇幅比《補題》更小，但没有人懷疑過《宋詞賞心録》是一部未完成的詞選。至於没有序跋、編者、小傳、品藻等疑問，恰好反映了《補題》的私密性。如果《補題》是陳恕可保存記憶的紀録，不輕易示人，就不必有序跋、編者等資料。《補題》的編纂目的在於保存詞人之間的共同經歷與記憶，而不是反映陳恕可心目中的詞壇結構，所以没有總結一代，也不足爲奇。

至於《補題》以王沂孫爲“選陣”的主帥，是因爲王沂孫創作出最理想的詠物雅詞，最能代表諸家的雅詞觀。以他們最認可的雅詞來紀録他們的記憶，是鄭重其事的表現。《補題》詞人的雅詞觀，以張炎《詞源》爲理論代表，從《詞源》的詞例可以看到，最能體現雅化理論的是詠物詞。如果説結社是雅集，唱和是雅事，則詠物就是雅題了。十四家詞人究竟在宋亡之後舉行了多少次社課，作了多少次唱和，當中又有多少次是同題共賦，已難稽考，就現存的詞作來看，除了《補題》之外，十四家之間有唱和可考者只有周密、王沂孫、張炎、李彭老及仇遠五家。五家唱和，如下[③]：

---

① 依次見宋濂（1310—1381）等：《元史》（北京：中華書局，1976 年）卷一百四《刑法志三・大惡》，頁 2651；卷一百五《刑法志四・禁令》，頁 1685。

② 蕭鵬：《群體的選擇——唐宋人詞選與詞人群通論》第七章“南宋遺民的回望與總結”第四節“託物言志的《樂府補題》”，頁 382—383。

③ 表中所列以同調同題，以及標明次韻或和韻者爲準，寄答與題贈之作，若不符合此標準，不算唱和，故不計算在內。

詞調	詞題	《補題》詞人					備注
		周密	王沂孫	張炎	李彭老	仇遠	
南浦	春水		✓✓	✓			張詞是原唱,王沂孫和作兩首。
露華	碧桃		✓✓	✓			未知誰是原唱者。王沂孫作兩首。
法曲獻仙音	弔雪香亭梅	✓	✓		✓		周詞是原唱。
探芳訊	西泠春感	✓		✓	✓	✓	周詞是原唱。
三姝媚	送聖與還越	✓	✓				周詞是原唱。
綺羅香	紅葉		✓✓	✓			未知誰是原唱者。王沂孫作兩首。
一萼紅	紅梅		✓✓	✓			未知誰是原唱者。王沂孫作兩首。
梅花引	落梅	✓			✓		李彭老原唱已佚。
霓裳中序第一	—	✓			✓		李彭老原唱已佚。周密題次賀房韻。
憶舊遊	有懷東園	✓			✓		李彭老原唱已佚。
齊天樂	寄梅	✓			✓		李彭老(及弟萊老)原唱已佚。
高陽臺	送陳君衡被召	✓	✓				周詞是原唱。
高陽臺	寄越中諸友	✓	✓				周詞是原唱。
疏影	梅影	✓	✓	✓			未知誰是原唱者。
聲聲慢	—	✓	✓				王詞是原唱,未有題;周詞題送聖與次韻。

以上共十五題三十八首。這些詞作是社課還是先唱後和,已難考知,可知的是詠物竟佔了八題廿二首,讓讀者再一次看到詠物詞在他們心目中確實佔有一個重要的位置,而王沂孫一人已有十三首,當中十首是詠物詞。然則,《補題》只選詠物詞,並以王沂孫爲"選陣"的主帥,背後是有雅詞觀作指導的。

二、從“選型”與“選域”看《樂府補題》的編纂動機

除了“選陣”之外，“選型”與“選域”也有助於探求“選心”。蕭鵬先生認爲《補題》屬選派型詞選，以臨安詞人爲重心，以王沂孫爲首選，以詞課爲序。這是很扼要的概括，可惜蕭先生没有進一步討論“選型”與“選心”的關係，以下再循“選型”的途徑繼續探討。

《補題》以詞課爲序，但所謂序，究竟是指時序還是其他原則，因爲文獻不足而無法詳考。不過，謂《補題》是一部社課詞選，則是肯定的。結社唱和在宋亡之前已很普遍，宋亡之後，詞社（和詩社）更是守護宋人文化的團體。結社唱和延續了宋人的文化，更起了砥礪氣節、互相支持的作用，是把漢族文化、政治立場、民族立場合而爲一的活動。基於此而編成的《補題》當然含有政治和民族的色彩。另一方面，結社唱和也起了砥礪詞筆、發展共同文藝觀的作用，蕭鵬先生之所以認爲《補題》屬選派型詞選，以臨安詞人爲重心，是因爲《補題》呈現了鮮明的尚雅觀念，所謂“選派”，就是指這個觀念的呈現而言。尚雅觀念在姜夔、張鎡的年代已經十分成熟，並由楊纘、張樞、周密、張炎等臨安詞人繼承發展；宋亡之後，陳恕可不但與詞友延續了結社唱和的活動，延續了臨安詞人的雅詞觀，而且進一步選出社課之作結集成《補題》。然則，從“選型”的角度看，可以看到陳恕可編纂《補題》的另一個動機，是站在漢族士人的立場上，表示對本族文化的堅守與認同，和展現諸家詞人共同崇尚的審美觀。

再從“選域”看《補題》。《補題》的時代跨度是元初，其題材、内容和風格高度一致，十四家如同一人，個性十分鮮明强烈，所以反映的絶不是陳恕可的詞史觀，而是陳恕可與詞友的共同經歷和審美觀。不過，再看諸家詞人的身份階層，就可看出他們之間的差距是很大的。身份最貴者是宋宗室趙汝鈉①和循王之後張炎，李彭老是故宋官員②，周密和

① 趙汝鈉，字真卿，號月州，生卒未詳，宋太宗趙光義（939—997）第四子商王元份（969—1005）七世孫，世系見《宋史》卷二百三十《表第二十一・宗室世系十六・太宗九子七》。

② 《絶妙好詞箋》卷六：“彭老字商隱，號篔房。《景定建康志》：李彭老，淳祐中，沿江制置司屬官。”

王易簡是書香世家[①]。諸家詞人的出身不同,但都在宋亡之後選擇做遺民。可是,後來部分詞人迫於統治者的徵召,也迫於生活的貧困,最終未能堅持志節,出仕蒙元。王沂孫就做過慶元路學政,當代學者多引用全祖望(1705—1755)《宋王尚書畫像記》"山長非命官,無所屈"之説[②],認爲入元後做學官的仍算是宋遺民,所以王沂孫仍可被視爲宋遺民。不過,根據這個觀點,仇遠和陳恕可兩家就不符合遺民的要求了:仇遠以杭州知事致仕[③];陳恕可曾出任衢州路江山縣主簿、寶慶路總管府知事、松江府上海縣丞,最後以承務郎平江路吴縣尹致仕。仇遠和陳恕可所出任的都是命官,那就不能説是"無所屈"了。

《補題》之成書應在陳恕可之仕元之後[④],而周密《絶妙好詞》已收了自己的《水龍吟》詠白蓮,可見《補題》之詠必在《絶妙好詞》成書之前已經開始。十四家詞人之中,唐珏是公認的遺民典範,他的瘞骨義舉在其生前已經聲著士林,其他無事迹可考的詞人暫且不論,即王易簡與張炎,亦以遺民終身。陳恕可與他們交往唱和,編選他們的詞作入《補題》,其實是對遺民這個身份的認同。王沂孫與仇遠都曾爲自己的出仕悔疚不已,例如仇遠《和金沙蔣文海韻》其一:

---

① 淩迪知(129—1600)《萬姓統譜》:"王易簡,字理得,尚書佐之玄孫。生而穎異,幼喪父,哀毁如成人。益嗜學。及冠,有聲望,登進士第,除温州瑞安主簿,不赴。隱居城南,讀張子《東銘》,作《疏議》數百言。唐忠介震、黄吏部虞見而器之,折輩行與之交。易簡篤倫義,事伯姊甚謹,尤賙恤其族,撫兄之諸孤如其子。多所著述。"見文淵閣《四庫全書》本《萬姓統譜》卷四十四,頁十一下。戴表元《剡源文集》卷十九有《題王理得山中觀史吟後》一文,謂王易簡嘗著《山中觀史吟》,是他閲覽《史記》列傳後寫成的詩。至於《東銘疏義》則著録於《萬曆紹興府志》。《山中觀史吟》與《東銘疏義》不見於後世著録,應已佚失。

② 全祖望著,朱鑄禹彙校集注:《全祖望集彙校集注》(上海:上海古籍出版社,2000年)中册,頁1105。

③ 顧嗣立(1665—1722)編:《元詩選·二集》(北京:中華書局,1987年)上册,頁30。

④ 詳本書第三章第五節"《齊天樂·餘閑書院賦蟬》的情志寄託"、第六節"《桂枝香·天柱山房擬賦蟹》的情志寄託"及第七節"結語"。

干禄非良圖，好遁實素抱。昔爲駕鑾松，今作出山草。茫茫海嶽隔，冉冉齒髮老。淵明書甲子，拾遺歷天寶。迷塗諒未遠，貴在知幾早。①

仇遠慨歎自己“今作出山草”，唯有以“迷塗諒未遠，貴在知幾早”自勵，其悔疚之情可以想見。至於陳恕可的態度，因文獻闕如而難以詳考，但陳恕可的出任儒官，乃至後來出任命官，似乎並不特别爲人詬病。從《陳如心墓志銘》得知，陳恕可不但在興學與治民兩方面都頗有聲譽，而且“平生居官，惟職所當爲者爲之，不喜干譽于人，與同僚意不合則去。持家以約，御子弟嚴而恩，與人交久而益敬。嘗語其子曰：‘士貴立身，吾老矣，猶凜凜焉，惟恐墜先訓也。’”②釋大訢（生卒未詳）《挽陳如心縣尹》：

自昔稱人望，寧論禄仕豐。平生太丘長，今見魯山公。顒若思時雨，薰然被德風。承顔空有夢，長與逝川東。③

可見陳恕可立身、持家與爲官都甚得時人敬重。張炎有《桂枝香》一首，寫他與陳恕可桂下暢飲論文，追慕晉人的樂事：

如心翁置酒桂下，花晚而香益清，坐客不談俗事，惟論文。主人歡甚，余歌美成詞。

琴書半室。向桂邊偶然，一見秋色。老樹香遲，清露綴花疑滴。山翁翻笑如泥醉，笑生平、無此狂逸。晉人遊處，幽情付與，酒尊吟筆。　　任蕭散、披襟岸幘。嘆千古猶今，休問何夕。髮短霜濃，卻恐浩歌消得。明年野客重來此，探枝頭、幾分消息。望西樓遠，西湖更遠，也尋梅驛。（第 5 册，頁 3498）

---

① 仇遠：《仇遠集》（杭州：浙江大學出版社，2012 年），頁 7。

② 陳旅：《陳如心墓志銘》，頁十七上至下。

③ 釋大訢：《蒲室集》，卷四，文淵閣《四庫全書》本，頁五上。

詞序稱"如心翁",可見陳恕可年事已高。下片"千古"、"何夕"二句,"西樓"、"西湖"二句,大有盛衰興亡之慨,流露出來的仍是他們對故宋的懷念,即使"不談俗事","主人歡甚",也掩飾不了。

從這些旁證推想,陳恕可之仕元,也應與仇遠、王沂孫一樣,並非出於本意;既然出仕,就只能間接地、隱秘地表示自己懷念前朝,於是就透過編纂《樂府補題》來自表心跡,抒發他對故宋的懷念和表示對漢族身份的認同。因此,即使《補題》諸詠甚或《補題》之成書都在陳恕可仕元之後,也無損《補題》所流露的遺民情懷。

十四家詞人原是出身於不同的社會階層,入元之後,各人的際遇也不相同,有不仕蒙元者,有出任儒官者,有位至縣尹者。不過,他們都因着相同的亡國經歷和共同的審美觀而相交爲友,結社唱和。從"選域"看,看到的是陳恕可在强調不同出身的詞人的共通之處:對故宋的懷念,對漢族身份的認同。

三、保存記憶、表達心迹與個人紀念

雖然没有直接的文獻可供考證,但從"選陣"、"選型"和"選域"等途徑來觀察陳恕可編纂《樂府補題》的動機,也可以略窺一二。

陳恕可編輯《補題》,是爲了保存自己和詞友之間的共同記憶,並站在漢族士人的立場上,表示對本族文化的堅守與認同;另一方面,陳恕可本着雅化的審美觀來編輯自己和詞友之間的共同記憶,於是《補題》在主題、題材和風格等方面都呈現出高度的一致性。

因爲陳恕可已經仕元,所以只能間接地透過編纂《樂府補題》來表達心跡,以示對故宋的懷念和對漢族身份的認同。《補題》是一部私密性頗强的社課唱和詞選,所以没有序跋,爲了保障編者自身的安全,也没有刊刻,其保存和紀念的意味大於傳播的意圖。陳恕可本身既是編者,又是作者,也做過社課的主持人,在不同層面上都參與了《補題》的編著,所以《補題》除了保存十四家詞人的共同記憶之外,對陳恕可而言,又多了一層個人化的記憶,別具紀念價值。

綜合種種動機,陳恕可之所以編纂《樂府補題》,無非是對過去的一切作補償,希望藉以救贖自己當下的心靈。

第五節　結　語

因爲今傳諸版本的《補題》均無原編者的序跋，時人也没有留下片言隻語供後人考證，所以要了解《補題》的出現，還須從不同層面的語境作考慮。

從宏觀的歷史語境看，宋元易代爲當時的士人準備了遺民的身份與創作的主題。《補題》詞人大多選擇了做遺民，並以詞來書寫他們的亡國之痛，藉以回應時代，反省自己，而詠物詞則是這個選擇中最令人注目的作品，也是陳恕可編纂《樂府補題》時的候選之作。

從詠物的詞史語境看，陳恕可編纂《樂府補題》之所以獨取詠物詞，是因爲詠物詞的特質。詠物詞除了有賦形摹神的特質之外，還有一語雙關、言此意彼的特質。换言之，詞人筆下的詠物詞，可以只是一種雅玩，旨在逞其詞藝；也可以提升爲寄託，以寫其家國情懷與身世之感。自五代至南宋末，詠物詞經歷了數百年的發展，已經完全成熟，北宋的歐陽修、蘇軾、周邦彦；南宋的辛棄疾、姜夔、史達祖、吴文英等大家，在物我措置、賦形摹神、情志寄託等方面，都有極成功的作品傳世。正因爲有前輩的創作經驗作參考，《補題》詞人才能寫出藝術性和思想性兩者兼得的詠物詞。易代之後，創作一語雙關的詠物詞，既可以抒發黍離之悲與身世之感，又可以減低招徠文字獄的風險，是詞人用以回應時代的一種寫作策略。

從雅化的詞學語境看，詠物詞最能代表諸家詞人的雅詞觀。這是陳恕可獨取詠物詞的第二個原因。詞人結社唱和，在詞社裏發展出雅化的審美觀。最貼近詞人的日常詞社交往的題材，是詠物、山水紀遊和宴集酬贈，這三類題材都很符合他們的雅人品味，他們確實也寫了不少這方面的作品；不過，從張炎《詞源》和諸家唱和來看，最能集中地體現其雅詞觀的是詠物詞。《詞源》"制曲"、"意趣"、"句法"、"用事"、"清空"及"雜論・詞不宜强和人韻"等條目，都以詠物詞爲正例，特別是蘇軾、姜夔和史達祖的詠物詞，更是張炎心目中的範例。雅玩是詞人品評把玩的對象,也是他們同題共賦的題目,更是他們達至雅人心境的道具,因此,詠物詞能够滿足詞人的雅玩心態,藉着品評各種雅玩,詞人求得心境的平静與從容,從中得到樂趣。另一方面,從切律到字句,從用典到命意,從抒情到風格,詠物詞都多有講究,《補題》詞人從姜夔那裏繼承了雅人意識和雅詞寫法,並在其詠物詞中實踐出來;雅人意識關乎學問修養,而雅詞詞法則關乎才情筆力,所以詠物詞就是詞人的學問修養與才情筆力的綜合展現。然則,除了滿足雅玩心態之外,詠物詞也能砥礪詞藝,滿足創作的心理。

宋亡之後,《補題》詞人仍然創作詠物詞,他們的詠物詞仍然是抒情有節,展現才華的雅詞,但詞人"我"的主體意識已不再停留在雅玩與逞能,而是提升至寄託,後人稱賞的"騷雅"精神,即指此。在衆多的題材裏,陳恕可之所以獨取詠物之作,是因爲詠物最能代表他們心目中的雅詞,也最能呼應時代世運。

最後從編者的個人語境看《樂府補題》的編纂動機。可以看到,陳恕可編輯《補題》是爲了保存自己和詞友之間共同的亡國記憶,並站在漢族士人的立場上,表示對故宋的懷念、表示對其漢族身份和文化的認同。但因爲陳恕可已經仕元,只能透過結社唱和和編纂詞選,間接地來表達心跡,所以《補題》没有序跋,成了一部私密性頗强的社課唱和詞選。他之所以編纂《樂府補題》,應是對過去的一種補償和自我救贖。陳恕可是編者,又是作者,也是社課的主持人,在不同層面上都參與了《補題》的編著,所以《補題》除了保存十四家詞人的共同記憶之外,對陳恕可而言,又多了一層個人化的記憶,别具紀念意義。至於在社課唱和中,再選出五調五題三十七首詠物詞編成《樂府補題》,是有其雅詞觀作指導的;雅,畢竟也是他們的共同記憶,《樂府補題》亦因此被視爲一部選派型的詠物詞選。

中編　文本研究

第二章 《樂府補題》版本考論

研究古籍版本有多重意義。從版本學的角度看，研究者可以微觀某部古籍的某個版本，讓人了解到某書某本的樣式、特點與優劣；也可以排比衆本，宏觀某書的版本流變，擬構其版本源流譜系。從傳播史的角度看，分析某書各本的典藏與流佈、興替與顯隱，可以窺見一個時代的讀者對該書的接受情況。從文獻校勘與整理的角度看，研究版本的其中一個重要目的，是重建文本。只有澄清版本的問題，才有可能在衆本中選出適合的版本作底本，在衆本中選出適合的文句，重建一個比較理想的文本。不管是擬構版本源流譜系，還是剖析傳播與接受情況，又或是重建文本，都是以文獻考證爲基礎的詮釋，而版本研究在此就别具關鍵意義。

本章擬先從版本研究的角度，探討《樂府補題》各個版本的特點，並據以擬構《補題》版本的源流譜系；然後再從傳播史的角度，比較不同版本系統的異文及異文在其他詞選中的分佈，藉以考察《補題》不同版本系統的分野，以及各系版本在清代的傳播概況。希望能爲《補題》的文本重建提供一個參考。

第一節 版本叙録

《四庫全書總目》曾謂“其書(《樂府補題》)諸家皆不著録”[1]。按此

① 永瑢(1744—1790)等:《四庫全書總目》(北京:中華書局,1965年),頁1824下。

説誤。以乾隆一朝的强盛，四庫館臣的淵博，也未能查考到《樂府補題》的前代著録，可見前人對《樂府補題》的版本源流是不大清楚的。今就諸家著録所見，考得《補題》版本二十六個：

1. 陳恕可編本
2.《唐宋名賢百家詞》本
3. 紅絲欄抄本
4. 汲古閣抄本
5. 常熟吴氏抄白本
6. 朱彝尊抄録本
7. 蔣景祁刻本
8. 曹寅藏抄本
9.《四庫全書》本
10. 劉承幹嘉業堂藏本
11. 梁啓超傳抄明《唐宋名賢百家詞》本
12. 商務印書館排印《唐宋名賢百家詞》本
13.《南詞》本
14. 彭元瑞知聖道齋藏《南詞》本
15.《知不足齋叢書》本
16. 乾隆郁氏東畝軒刻本
17.《漱六編》本
18. 王粕《藝苑叢鈔》本
19.《彊邨叢書》本
20.《天蘇閣叢刊》本
21.《叢書集成初編》本
22. 澹生堂藏本
23. 晁瑮藏本
24. 黄虞稷藏本
25. 曇華閣本
26. 杭州顧氏刻本

以下先敘録元代陳恕可編本,因爲這是後世一切版本的祖本,然後依時代先後敘録不同系統的版本,最後敘録系統無考的已佚版本。書傳世而尚未寓目者,以▲識之。

一、陳恕可原編本

陳恕可編,原書已佚。《四庫全書總目》云:"《樂府補題》一卷,不著編輯人名氏,皆宋末遺民倡和之作。"又云:"然疑或墨迹流傳,後人録之成帙,未必當時即編次爲集,故無序目,亦未可知也。"[①]今考元人陳旅(1287—1342)《安雅堂集》卷十二《陳如心墓志銘》曰:"公諱恕可,字行之,一字如心。"又曰:"遺文有《志言稿》、《餘學稿》、《宛委永言》、《古今卒録》、《復古篆韻》、《詞譜編目》、《樂府補題》,藏於家。"[②]陳如心即《補題》詞人之一陳恕可。故知《補題》實爲陳恕可所編,並非後人録之成帙。又,黄虞稷(1629—1691)《千頃堂書目》卷三十二"詞曲類"著録"仇遠《樂府補題》一卷"。倪燦(1627—1688)《補遼金元藝文志》"詞曲類",也題"仇遠《樂府補題》一卷"[③]。仇遠亦《補題》詞人之一,所以夏承燾認爲《補題》是陳、仇二家所輯[④]。《千頃堂書目》及《補遼金元藝文志》所録未知何據,今從陳旅《陳如心墓志銘》,以陳恕可爲《補題》編輯人。

---

① 《四庫全書總目》,頁 1824 下至 1825 上。

② 陳旅:《安雅堂集》,元抄本,收入《元代珍本文集彙刊》(臺北:"國立中央圖書館",1970 年)卷十二,第十四册,頁十三至十六。

③ 黄虞稷:《千頃堂書目》(上海:上海古籍出版社,2001 年)卷三十二,頁 791。倪燦:《補遼金元藝文志》,光緒辛卯(1891)廣雅書局刻本,頁七十八下。

④ 夏承燾《樂府補題考》:"補題不載編集姓名;案《安雅堂集》,有陳行之恕可墓志銘,載陳恕可遺著有《樂府補題》。而倪燦、盧文弨《補遼金元藝文志》,則作仇遠《樂府補題》一卷,不知何據。意當時吟社諸人,以陳、仇年輩爲最少,輯録之責,或二人分任之,遂各爲己編耳。"見《唐宋詞人年譜・周草窗年譜》"附録二",載《夏承燾集》第一册(杭州:浙江古籍出版社、浙江教育出版社,1997 年),頁 379。

二、《唐宋名賢百家詞》本系統[①]十一種

1.《唐宋名賢百家詞》本(簡稱《百家詞》本)

此本收入吳訥(1372—1457)編《唐宋名賢百家詞》。丁丙(1832—1899)《善本書室藏書志》卷四十於温庭筠(812—870)《金荃詞》下注云:“明正統辛酉(即明英宗正統六年,1441)海虞吳訥所編《四朝名賢詞》之一。”[②]《四朝名賢詞》即《唐宋名賢百家詞》,編成於明英宗正統年間(1436—1449)。吳編原書已佚,今存三本:明抄本、梁啓超(1873—1929)傳抄本、1940年商務印書館排印林大椿校本。

2. 紅絲欄抄本

此本收入明抄本《唐宋名賢百家詞》中的第二十七册,是現存所見最早的《補題》版本。不分卷,四周單邊,紅絲欄,白口,單魚尾,半頁十二行,行二十字。現稱此本爲紅絲欄抄本。前有“樂府補題目録”二頁,依次著明詞牌、詞題及各題作者。“目録”及内文作者人名皆以小字書寫,姓氏、字號則以大字書寫。

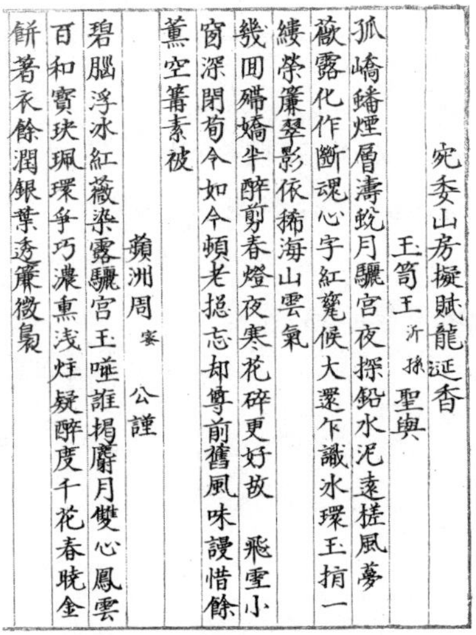
宛委山房擬賦龍涎香
王筍王沂孫聖與
孤嶠蟠煙層濤蛻月驪宮夜採鉛水汛遠槎風夢
蔽露化作斷魂心字紅甆候大還乍識冰環玉指一
縷縈簾翠影依稀海山雲氣
幾回殢嬌半醉剪春燈夜寒花碎更好故　飛雪小
窗深閉荀令如今頓老揔忘却尊前舊風味謾惜餘
薰空篝素被
蘋洲周密公謹
碧腦浮冰紅薇染露驪宮玉唾誰搗麝月雙心鳳雲
百和寶玦珮環爭巧濃熏淺炷疑醉度千花春曉金
餅著衣餘潤銀葉透簾微裊

天津古籍出版社 1989 年影印明紅絲欄抄本《樂府補題》書影

明抄本《唐宋名賢百家詞》原藏范氏天一閣,現藏天津圖書館。天津古籍出版社於1989年影印出版,四函,每函十册,共四十册,前有唐圭璋先生(1901—1990)序。第一册扉頁:“此編未載編者姓氏,按《天一閣書目》:‘《唐宋名賢百家詞》九十册,紅絲闌鈔本,明吳訥輯并序’。宣統二年(1910)三月天津圖書館編

---

① 簡稱《百家詞》本系統或《百家詞》系。

② 丁丙:《善本書室藏書志》,收入《續修四庫全書》(上海:上海古籍出版社,1995年),第927册,頁664。

目者識。備考。”可見此編已非天一閣藏本原貌，至少吴序已經佚失。又，第二十一册《後山居士詞》末著“正德五年(1510)孟秋巧夕前一日録”，第三十册《竹山詞跋語》後隔二行有雲翁(生平未詳)識語：“正德丁卯(1507)季夏十日蘇臺雲翁志。”則知此編也不是吴訥的原編本，但距離吴訥謝世不遠，約五十多年，所以秦惠民《〈唐宋名賢百家詞集〉版本考辨》認爲此編應是“吴訥原編本的傳抄本”[①]。第二十一册吴潛(1195—1262)《履齋先生詩餘》卷末有識語：“臨安府棚比大街睦親坊巷口陳解元宅書籍鋪刊。”此識語應是吴訥所見《履齋先生詩餘》刊本的牌記，既曰“臨安府”，則可見吴訥所採用的書當中有南宋的坊刻本，所以唐圭璋先生《序》稱：“其時去宋未遠，易求得詞集之善本、足本，不少孤本賴此以存。”

紅絲欄抄本的抄手字體端正，但訛脱頗多，如《天香》王沂孫首“紅甆候火”句，“火”誤作“大”；同賦吕同老首“杵匀枯沫”句，“沫”誤作“沬”；《水龍吟》周密首“應是飛瓊仙會”句，“是”誤作“具”。脱文處代以空格，不書寫，如《天香》唐藝孫首“犀株杵月”句，“株”字脱，作“犀　杵月”；同賦吕同老首“妙手製成翻巧”句，“成”字脱，作“妙手製　翻巧”。有時原文没有脱文，卻不知何故空格不書寫，如《天香》馮應瑞首“幾片金昏字古，向故篋、聊將伴憔悴”二句並無脱文，抄手於“古”字下空五格，“篋”字下空一格。

此外，此本分片的體例也不統一，有時上片完結，即空一格同行直書下片，有時則另行續書下片。以另行續書下片居者多。同行直書下片者，有三調九家十首：

---

① 秦惠民：《〈唐宋名賢百家詞集〉版本考辨》，載《詞學》第3輯，頁151。按：有關明抄本《唐宋名賢百家詞集》的版本問題，除秦文外，尚可參考陶子珍：《明代四種詞集叢編研究》(台北：秀威資訊科技股份有限公司，2006年)第四章“别集、選集合刻之詞集叢編”第一節“以别集爲主：吴訥《唐宋名賢百家詞》”，頁83—119。

詞牌與詞題	詞　人	首　句
天香　宛委山房擬賦龍涎香	王易簡	烟嶠收痕
	馮應瑞	枯石流痕
	唐藝孫	螺甲磨星
	吕同老	冰片鎔肌
水龍吟　浮翠山房擬賦白蓮	吕同老	素肌不污天真
	趙汝鈉	露華洗盡凡妝
	張　炎	仙人掌上芙蓉
	王沂孫	翠雲遥擁環妃
摸魚兒　紫雲山房擬賦蕁	唐　珏	漸滄浪
	李彭老	過垂虹

3. 汲古閣抄本

《北京圖書館古籍善本書目》著録:"《樂府補遺》一卷,清初毛氏汲古閣抄本,與《天下同文》合一册。"①"補遺"應是"補題"之誤。無編撰人及序跋,卷内題《樂府補題》。此本與《天下同文》合抄爲一册,《樂府補題》在前,《天下同文》在後。原藏汲古閣,半頁八行,行十六字。四周雙邊,上下黑口,單魚尾,版心著"樂府補題"。此本脱文均以空格替代,脱一字即空一格,與諸本對勘,可知訛脱絶少,而且謄寫精善,堪稱善本。此本文句内容與紅絲欄抄本及《四

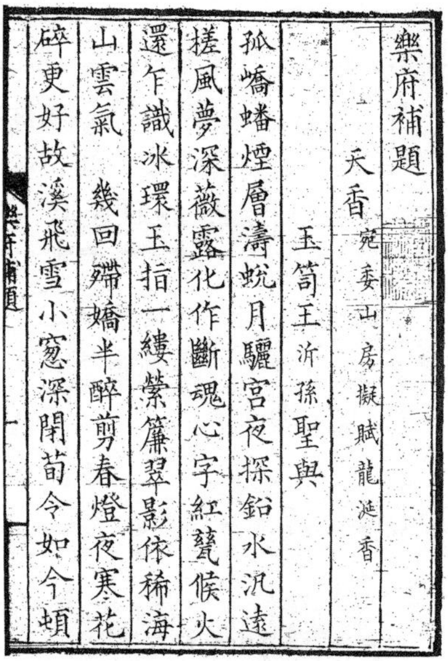
樂府補題
天香　宛委山房擬賦龍涎香
玉笥王沂孫聖與
孤嶠蟠煙層濤蜕月驪宮夜採鉛水汎遠槎風夢深薇露化作斷魂心字紅甆候火還乍識冰環玉指一縷縈簾翠影依稀海山雲氣　幾回殢嬌半醉剪春燈夜寒花碎更好故溪飛雪小窻深閑荀令如今頓

明汲古閣抄本《樂府補題》書影

① 中國國家圖書館編:《北京圖書館古籍善本書目》(北京:書目文獻出版社,1989年)第四册"集部・詞類・詞集叢編",頁2975。

庫全書》本(《四庫全書》本詳後著録)相同,當屬《百家詞》本系統。汲古閣主人毛晉(1599—1659)主要活動於晚明,而卒於清初,此本應是明末清初的抄本。

瞿鏞(1800—1864)《鐵琴銅劍樓藏書目録》卷廿四著録:"《樂府補題》一卷。舊抄本。"又曰:"舊爲汲古毛氏抄本。卷首有'汲古主人'、'毛子晉氏'、'毛晉之印'諸朱記。"[①]此本先後經毛晉(1599—1659)、黄丕烈(1763—1825)及瞿鏞所藏,現藏於中國國家圖書館。藏者既多,故印記亦多。今考卷前有"樂府補題姓名"一頁,本頁頁上有印八方,首行欄外三方,自上而下依次是"黄丕烈印"、"蕘圃"、"古里瞿氏記";首行五方,自上而下依次是"鐵琴銅劍樓"、"北京圖書館藏"、"汲古主人"、"毛氏子晉"、"毛晉之印"。頁一上首行有"鐵琴銅劍樓"印。卷末頁二十上末行亦有"鐵琴銅劍樓"及"古里瞿氏記"二印。

"樂府補題姓名"及正文中的作者人名、各調詞題,皆以小字書寫;姓氏、字號及詞牌則以大字書寫。

"陳恕可"今存明代各本《補題》皆題"練恕可",此本亦然,但諸"練"字旁皆校"陳"字,共五校,"樂府補題姓名"一校,卷内四校。各"陳"字筆迹一致,而又與原抄不同,應是其中位一藏書家的校文。瞿鏞《鐵琴銅劍樓藏書目録》謂:"不著編輯姓氏。案:陳旅《安雅堂集·陳恕可墓志》知爲恕可所輯。舊抄'陳'皆誤'練'。"[②]則諸"陳"字或是瞿鏞所校。

4. 常熟吴氏抄白本(簡稱抄白本)

朱彝尊《樂府補題序》:"《樂府補題》一卷,常熟吴氏抄白本。休寧汪晉賢購之長興藏書家,余愛而亟録之,攜至京師,宜興蔣京少好倚聲,爲長短句讀之,賞擊不已,遂鏤版以傳。"[③]序文中所説的"常熟吴氏"就是吴訥,"抄白本"應來自《唐宋名賢百家詞》本。此本後世諸家不再著録,應已佚。

---

① 瞿鏞:《鐵琴銅劍樓藏書目録》,《續修四庫全書》第926册,頁414。

② 《鐵琴銅劍樓藏書目録》,頁414。

③ 文淵閣《四庫全書》本《樂府補題》,頁二下至三上。

5. 朱彝尊抄録本(簡稱朱抄本)

據前引朱彝尊《樂府補題序》,朱氏曾見常熟吴氏抄白本《樂府補題》,"愛而亟録之"。此本後世諸家不著録,故知已佚。

6. 蔣景祁刻本(簡稱蔣刻本)

據前引朱彝尊《樂府補題序》,朱彝尊攜他所抄録的《樂府補題》至京師,"宜興蔣京少好倚聲,爲長短句讀之,賞擊不已,遂鏤版以傳"。除了朱彝尊外,陳維崧也爲之作序,謂"共十三人,又無名氏二人","共詞三十七首,爲一卷。嗟乎,此皆趙宋遺民作也","盈篇亥豕,既粉黦而鉛昏;滿幅烏焉,亦紙渝而墨敝","於是竹垞朱子(朱彝尊),搜於里媪之筐;梧月蔣生(蔣景祁),鋟以國門之版。頓成完好,足任流傳"。則蔣景祁可能曾校正過原文。倪一擎《樂府補題序》稱"康熙年中,宜興蔣京少曾鏤板傳世,竹垞朱太史爲之序,今其刻亦散落"[①]。倪序寫於乾隆二十五年(1760),可知乾隆年間,此本已難得一見,今已佚失。

7. 曹寅藏抄本(簡稱曹藏本)

曹寅(1658—1712)《楝亭書目》卷四"詞":"《樂府補題》抄本一册,宋遺民。"[②]康熙十七年(1678),朱彝尊携抄録本《樂府補題》上京,蔣景祁"鏤版以傳",故《四庫全書總目》謂《補題》"康熙中始傳于世"。曹寅是順康時人,當時流佈的是蔣刻本,曹寅藏抄本應出自蔣刻本。又,朱彝尊序謂《補題》"皆趙宋遺民作也"。曹寅《楝亭書目》亦沿之,題"宋遺民"。此本後世諸家不著録,故知已佚。

8.《四庫全書》本(簡稱四庫本)

此本收入《四庫全書》集部十"詞曲類二詞選之屬",是今天較常見到的版本,但在清代,因爲是皇家藏書,一般人是不易見到的。

此本一卷,用江蘇巡撫採進本。單魚尾,版心魚尾上著"欽定四庫全書",下著"樂府補題"。半頁八行,行二十一字。卷前有四庫館臣提要、陳維崧序、朱彝尊序。江蘇巡撫採進的是何本,館臣未有言明,但卷

---

① 倪序見道光庚子(1840)仁和王氏《漱六編》第一册第二種,《樂府補題》卷前。

② 曹寅:《楝亭書目》,金毓黻輯:《遼海叢書》第八集(臺北:藝文印書館,1971 年)卷四,頁三十八下。

前載陳、朱二序,並標明是"樂府補題原序",卷内作者又與陳序"共十三人,又無名氏二人"説合,則江蘇巡撫採進的應是蔣刻本。

與諸本相較,此本文句完好無缺。馮應瑞《天香》詠龍涎香一闋,傳世各本皆脱下片結句,唯此本不脱,作"斷續風流,柔情縷縷"。可補各本所缺。

9. 劉承幹嘉業堂藏本(簡稱劉藏本)

此本《嘉業堂藏書志》有著録:"《樂府補題》一卷秀水朱彝尊序。"①劉承幹(1882—1963)所見本有朱序,則此本應源自蔣刻本。此本後世諸家不著録,故知已佚。

10. 梁啓超傳抄明《唐宋名賢百家詞》本(簡稱梁抄本)

民國戊辰(1928),梁啓超從子梁廷燦曾據紅絲欄抄本《唐宋名賢百家詞》傳抄一副本,梁啓超手校②。不分卷。現藏中國國家圖書館。此本半頁十二行,行二十字,行數、字數、各行字詞起訖、分片、空格等樣式全依紅絲欄抄本。字句亦依紅絲欄抄本,紅絲欄抄本正,此本亦正;誤,此本亦隨之誤,存真度甚高。

梁啓超的校文寫在天頭。例如此本唐珏《摸魚兒》詠蓴"故人勤動高與(興)"句,"勤"當作"應",梁啓超即於當行天頭校一"應"字。但此本畢竟是抄本,在抄寫期間不免增添新的訛誤,即紅絲欄抄本不誤,此本卻誤。具體情況如下:

詞調與題目	詞　人	紅絲欄抄本原句	梁抄本誤作
《天香》詠龍涎香	王沂孫	夜寒"花"碎	光
	馮應瑞	消磨小囱殘"醉"	煙
	李彭老	領巾紅"墜"	翠
	唐藝孫	"縹緲"結成心字	緲縹

① 繆荃孫、吴昌綬、董康撰,吴格整理點校:《嘉業堂藏書志》(上海:復旦大學出版社,1997年)頁1182。

② 詳紅絲欄抄本《唐宋名賢百家詞》第二十九册袁易(1262—1306)《静春詞》卷末梁啓超識語。

續表

詞調與題目	詞　人	紅絲欄抄本原句	梁抄本誤作
《水龍吟》詠白蓮	王易簡	紅衣按“舞”	劍
	趙汝鈉	玉妃來“侍”瑶池宴	試
	張　炎	一行鷗“鷺”	露
《摸魚兒》詠蓴	王易簡	“冰”痕初斷香縷	水
	佚　名	聊以“勤”渠　(歸)興	勒
	唐　珏	鳧“葉”净	夜
		故人“應”動高與(興)	勤
	李彭老	緑蔓半“縈”船尾	縈
		鱸魚相伴“菰”米	孤
《齊天樂》詠蟬	吕同老	夜深“誰”念露華冷	(脱)
		怕翻雙翠“鬢”	鬢
	練(陳)恕可	粉奩雙“鬟”好	鬟
	仇　遠	齊宫往事謾“省”	(脱)
《桂枝香》詠蟹	唐藝孫	收“帆渡”口	渡帆
		初“篘”緑酒	芻
	唐　珏	正水落晚“汀”	山
	吕同老	“断”(斷)疏輕八(入)	新
		舊遊休“憶”	息

11. 商務印書館排印《唐宋名賢百家詞》本(簡稱商務本)

1936年,林大椿得見紅絲欄抄本《唐宋名賢百家詞》,爲之校讎闕誤,例如“練恕可”更正爲“陳恕可”。又附以“詞人小傳”及“吴訥本傳”,將《補題》調前,爲第一册第三種,不分卷,前有“樂府補題目録”,列詞牌及各調作者。1940年由商務印書館排印出版,共八册。臺灣廣文書局1971年據以影印,亦八册;天津古籍書店1992年據以影印,合八册爲二册。

由於是排印本，所以字體與版式都很統一、清楚，可惜仍有手民之誤，例如張炎《水龍吟》詠白蓮“泠然意趣”句，“泠”誤作“洽”。

三、《南詞》本系統[①]九種

1.《南詞》本

此本收入《南詞》。李廷相(1481—1544)《濮陽蒲汀李先生家藏目録》著録：“《南詞》二套，抄，八十五本。”[②]今傳《南詞》書前有西崖主人序（李東陽號西崖，1447—1516)，故自清代以還，不少學者都以爲《南詞》是李東陽所編。李廷相與李東陽同代而稍晚，但未有著明《南詞》的編者及子目。西崖序其實是僞作，吴昌綬(1867—1924)《宋金元見存詞集見存卷目》早已指出：“《南詞》原題李西涯編，乃删竄汪晉賢《詞綜序》以弁卷耑。雍正間鮑渌飲（鮑廷博，1728—1814）已於趙氏見之，疑當時坊肆所爲。”[③]汪森《詞

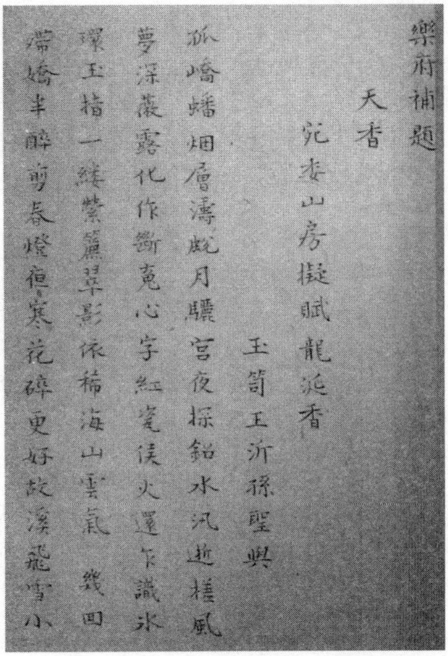
樂府補題
天香 宛委山房擬賦龍涎香
王沂孫聖與
孤嶠蟠烟層濤蛻月驪宮夜採鉛水汛遠槎風
夢深薇露化作斷魂心字紅瓷候火還乍識冰
環玉指一縷縈簾翠影依稀海山雲氣幾回
殢嬌半醉剪春燈夜寒花碎更好故溪飛雪小

彭元瑞知聖道齋藏《南詞》本《樂府補題》書影

① 簡稱《南詞》本系統或《南詞》系。

② 李廷相著：《濮陽蒲汀李先生家藏目録》，收入林夕編：《中國著名藏書家書目匯刊》(北京：商務印書館，2005 年)第一册，第二種，頁 103。

③ 吴昌綬著：《宋金元見存詞集見存卷目》(上海：鴻文書局，1907 年)，頁二上。按：吴氏以爲鮑廷博於雍正年間已及見《南詞》，其實是一個誤會。吴説的根據應是《知不足齋叢書》本張翥《蜕巖詞》《水龍吟・西池敗荷》下片結句的注文。注文稱“雍正甲辰(1724)在趙谷林（昱，1689—1741）小山堂得李西崖《南詞》本校添”《水龍吟・西池敗荷》下片。吴昌綬誤以爲注文出於鮑廷博之手，故云。雍正甲辰，鮑廷博只得四歲，實無“在趙谷林小山堂得李西崖《南詞》本校添”《蜕巖詞》之理。檢《知不足齋叢書》目録可知，《知不足齋叢書》本《蜕巖詞》用的是厲樊榭（鶚）校本，校者是厲鶚，不是鮑廷博。

綜序》作於康熙十七年(1678),西崖序應僞作於康熙十七年之後。然則《南詞》是否李東陽所編,實在很成疑問。書前既有西崖序,則可知今傳鈔本《南詞》已非原編,原書應已佚失。

2. 彭元瑞知聖道齋藏《南詞》本(簡稱彭藏本)

收入今傳鈔本《南詞》。今傳《南詞》是彭元瑞(1731—1803)知聖道齋藏本。《知不足齋叢書》本張翥(1287—1368)《蜕巖詞》《水龍吟・西池敗荷》下片結句有厲鶚的注文曰:"此詞前段妙絶,後段不全,令人恨恨不已。雍正甲辰(1724)在趙谷林小山堂得李西崖《南詞》本校添,爲之大快。"[①]彭元瑞《知聖道齋讀書跋尾》卷二《宋未刻詞》云:"余舊藏李西涯輯《南詞》一部。"[②]既曰"西涯輯",今書前又有西崖序,則可知彭元瑞知聖道齋藏本實來自趙昱小山堂。此本現藏日本東京港區大倉文化財團大倉集古館。

今本《南詞》前有彭元瑞的朱筆識語:

> 原集六十四家,抄者不録文同一家。又以汲古閣已刻不録二十一家。然王安中見汲古閣本第四集,吕濱老、杜安世、韓玉、黄公度、陳與義、陳師道、盧祖皋、盧炳俱見第六集,則重録之。所當補録二十二家,以存西涯之舊。
>
> 癸卯(1783)中元日雨窻　　芸楣

彭元瑞别號芸楣。他曾以《南詞》比對毛晉汲古閣《宋六十名家詞》(即"汲古閣已刻"),發現抄者不録二十二家。汲古閣《宋六十名家詞》

---

① 張翥:《蜕巖詞》,收入鮑廷博編:《知不足齋叢書》第六集第五種,卷上,頁十七上。

② 彭元瑞:《宋未刻詞跋》,載《知聖道齋讀書跋尾》,嘉慶間刻本,收入中國國家圖書館編:《國家圖書館藏古籍題跋叢刊》(北京:北京圖書館出版社,2002年)第四册,第四種,卷二,頁583。全文:"於謙牧堂藏書中得宋元人詞二十二帙,題曰'汲古閣未刻詞',行款字數與已刻六十家詞同。每帙鈐毛子晉諸印,皆精好。余舊藏李西涯輯《南詞》一部,又《宋元人小詞》一部,合此三書,於六十家外,又可得六十二種。安得好事者續鐫爲後集?"

刊於崇禎年間,是晚明時期的一部大型詞集叢編。此外,毛氏尚有未刻詞多種。《嘉業堂藏書志》載有舊鈔本汲古閣未刻詞《南唐宋元詞十五種》,董康(1867—1947)題記曰:"明人抄本,半頁八行,行十八字。行款與毛氏汲古閣同,《六十家詞》即從此出。嘗見知聖道齋藏李西涯鈔本《南詞》,與此本墨迹如出一手,紙色暨裝訂俱相同,疑亦西涯故物。《南詞》各家,强半爲毛氏所刻,然足以定毛誤不少。"[①]今傳《南詞》正是半頁八行,行十八字,而《宋六十名家詞》也是半頁八行,行十八字。吴昌綬亦有題記謂《南唐宋元詞十五種》"與《南詞》同出明人手抄,中多罕遘之帙,致足珍也"[②]。董康説《南唐宋元詞十五種》"亦西涯故物"實不足信。吴昌綬既認爲西崖序是"坊肆所爲",又認爲《南詞》"出明人手抄",可見他是將書與序分别看待的。綜合董、吴的題記與彭元瑞的朱筆識語,可以推斷,今本《南詞》的傳鈔時間應在崇禎年間,而傳抄可能和毛晉汲古閣有關,並在鈔録的過程中删去了《文湖州詞》,又不録二十一種;至於西崖主人序則是康熙十七年之後僞造,至遲在康熙末增入《南詞》。

今傳《南詞》共四帙,每帙三册,共十二册。書長 27.2 厘米,闊 18 厘米。半頁八行,行十八字。無版框邊欄界綫,抄本,楷書,字體端正工整。《樂府補題》是第三帙第九册第三種。全書凡二十一頁,卷前有《樂府補題目録》,共三頁,第三頁下空白;第四頁開始是正文,第二十一頁下空白。卷内《天香》"瀛嶠浮烟"及《摸魚兒》"過湘皋"二首均題"無名氏",目録則不録。

與諸本比勘,此本頗有筆誤。陳恕可諸本多誤作"練恕可",此本亦然,唯此本於目録《水龍吟》詠白蓮下再誤作"鍊恕可";全書李彭老商隱皆誤作"李彭老商隱"。至於内文,則有衍文一條、脱文一條,誤字三十二條(當中含舊校四條)。具體情況如下:

---

① 繆荃孫、吴昌綬、董康撰,吴格整理點校:《嘉業堂藏書志》,頁 1184。

②《嘉業堂藏書志》,頁 1184。

詞調與題目	詞　人	詞　句	彭藏本誤作(含衍、脱)
《天香》詠龍涎香	王沂孫	紅甆"候"火	侯
	周　密	清愁漸"老"	少
	王易簡	好是芳鈿翠"嫵"	膴
	唐藝孫	"縹"緲結成心字	漂
		芳"杯""惱"人漸醉	根腦
	吕同老	妙手"製"成翻巧	掣
	無名氏	纖雲漸"暖"	腝
《水龍吟》詠白蓮	周　密	静香十里	"静"字下衍一"天"字。按:舊校於"天"字下加三墨點,以示衍文。
	王易簡	夜深暗泣瑶臺"露"	路
		芳容淡"泞"	跱
	練(陳)恕可	天姿淡"泞"	跱
		相思未"盡"	識
	吕同老	冰簾半"掩"	捲
		雙"棲"雪鷺	雲。按:舊校一"棲"字於"雲"字旁。
	趙汝鈉	玉妃"來"侍瑶池宴	未
		雪空"水"冷	冰
		"更"邀取,姮"娥"伴	按:舊校於"是"字字形中央加一墨點,旁注一"更"字。"娥"字脱。
	王沂孫	中流"卧",浮烟艇	取
		素波千"頃"	傾

續表

詞調與題目	詞 人	詞 句	彭藏本誤作(含衍、脱)
《水龍吟》詠白蓮	李居仁	碧雲不“掩”	捲
	張炎	纖裳“玉立”	按:原作“立立”,舊校於第二個“立”字字形中央加一墨點,旁注一“玉”字,作“立玉”,亦誤。
《摸魚兒》詠蓴	無名氏	獨佔暮烟千“頃”	傾
	李彭老	空“衹”賦芹美	底
		看“采”擷芳條	來
《齊天樂》詠蟬	吕同老	早枯“翼”飛仙	葉
	周密	槐“陰”忽送清泠怨	重
	王沂孫	年年翠陰庭“宇”	羽
《桂枝香》詠蟹	唐藝孫	新“篘”綠酒	蒭
	唐珏	紺螯“如”戟	似
《桂枝香》詠蟹	吕同老	正“亂”葉墜紅	殘
		玉葱“浣”雪	涴

除以上四則校勘外,王易簡《天香》詠龍涎香“雲沙擁沫”句,馮應瑞同題“殘沙擁沫”句,二“沫”字原誤作“抹”,校者以“氵”蓋“扌”。馮應瑞首末二句除四庫本外,諸本皆脱,多以八個“□”代之,而此本則有小字校曰“闕八字”。

此本於分片處空一格,但無名氏及李彭老《摸魚兒》詠蓴二首則未有空一格以示分片;周密《水龍吟》詠白蓮則於“應是飛瓊仙會”句“仙”字下分片,是分片有誤。

《天香》詠龍涎香一題,諸家多用“薰”、“熏”二字,今傳各本或統一作“薰”,或統一作“熏”。二字音同義通,讀者須自行識別,而此本則嚴辨二字:

詞　人	彭藏本原句
王沂孫	謾惜餘"薫"
周密	濃"熏"淺炷
王易簡	濃"熏"夢無據
馮應瑞	拂餘"薫",倦懷如水
唐藝孫	重"熏"翠被
呂同老	微"薫"初好
李彭老	"薫"薇注露

此本又好用異體字,如"髩"(鬢)、"凄凉"(淒涼)、"缾"(瓶)、"九"(凡)、"汚"(汙)等等。此外,疊字詞第二字皆用"〃"號代替,如"泠泠"作"泠〃"、"蕭蕭"作"蕭〃"、"颼颼"作"颼〃"等等。

此本最值得注意的,是張炎《水龍吟》詠白蓮的下片。張炎此詞的下片有兩個不同的版本,兩個版本吴訥皆及見,分别收入其《百家詞》中的《玉田詞》與《樂府補題》。彭藏本此詞與《百家詞》本《玉田詞》同,與《百家詞》本《樂府補題》異。這是兩個版本系統最重要的分野。

3.《知不足齋叢書》本(簡稱知不足齋本)

收入鮑廷博《知不足齋叢書》第六集第四種。不分卷,無編撰人及序跋。左右雙邊,黑口,單魚尾,版心著"樂府補題",半頁九行,行二十字。

《知不足齋叢書》素稱精刻精校,此本亦然。此本曾取他本對校,所得異文以雙行夾注的形式附於原文下,標明"一作"及"别本",共有"一作"四十一則,别本一則。具體情況如下:

詞　作	"一作"數量
《天香·宛委山房擬賦龍涎香》	7
《水龍吟·浮翠山房擬賦白蓮》	15

續表

詞　作	“一作”數量
《摸魚兒·紫雲山房擬賦蓴》	2
《齊天樂·餘閒書院擬賦蟬》	13
《桂枝香·天柱山房擬賦蟹》	4

四十一則“一作”是考察版本系統的另一個重要依據。至於“别本”,指的是張炎《水龍吟·浮翠山房擬賦白蓮》的下片。

可惜的是鮑廷博没有説明“一作”所據的是何本,以致難於考證。今按“一作”的可能有四:一,另一版本的《樂府補題》。二,《補題》詞人的詞集。三,前人的詞選。四,綜合採用上述三者。然則鮑廷博有否見過其他版本的《補題》?他用的又是哪一個版本?這可以從五方面看:

(一)《補題》中吕同老、王易簡、陳恕可、趙汝鈉、唐珏、唐藝孫等六家都有“一作”,他們没有詞集傳世,除王易簡外,其他五家傳世的詞作就只有《補題》中的幾首,即使是前人詞選,其選源也不會超過《補題》。换言之,五家的“一作”,應是其他版本的《補題》。

(二)張炎《水龍吟·浮翠山房擬賦白蓮》下片的“别本”俱見於今存《百家詞》系諸本,而知不足齋本此首用的,是彭藏本。

(三)《天香·宛委山房擬賦龍涎香》“瀛嶠浮烟”一首,《百家詞》系諸本,《御選歷代詩餘》及《詞綜》等選本,都失其作者的姓名,而此本則題“五松李居仁師吕”。

(四)前此各本皆題“練恕可”,而此本則題“陳恕可”。

(五)吕同老《桂枝香·天柱山房擬賦蟹》末注:“按:此闋《詞綜》作李彭老。”可見校語是列明選本出處的。

可以推斷,校語中的“一作”主要來自其他版本的《補題》,與諸本比勘,可知主要來自《百家詞》系的版本;而鮑廷博用的底本,是彭藏本。李希聖(1864—1905)《雁影齋題跋》卷四曾著録鈔本《南詞》,並附有《南詞總目》,謂"其有刻本者附注目下",在《樂府補題》下即注"知不足齋刻"[1]。可見前人早已指出彭藏本是知不足齋本的祖本。

知不足齋本雖源自彭藏本,但二本仍有分别,分别有二:

(一)《天香·宛委山房擬賦龍涎香》"瀛嶠浮烟"一首的作者,知不足齋本題"五松李居仁師呂",而彭藏本則題"無名氏"。

(二)知不足齋本有四十一則"一作",其實是四十一條異文,主要見於《百家詞》系諸本。這是版本系統的别一個重要分野。知不足齋本既來自彭藏本,則此四十一則"一作"不應見於彭藏本,但比對二本,卻發現有五則:

《天香·宛委山房擬賦龍涎香》

詞人	知不足齋本詞句	一作	彭藏本作
王沂孫	夜"採"鉛水	探	探

《水龍吟·浮翠山房擬賦白蓮》

詞人	知不足齋本詞句	一作	彭藏本作
王易簡	"西"風誤	薰	薰

《齊天樂·餘閒書院擬賦蟬》

詞人	知不足齋本詞句	一作	彭藏本作
王易簡	"卻"是淒楚	都	都
周密	故苑愁"長"	深	深
陳恕可	頓"覺"仙夢遠	驚	驚

4. 乾隆鄱氏東歗軒刻本(簡稱鄱刻本)▲

容鼎昌(筆名黄裳,1919—2012)先生私人藏本。氏著《清代版刻一隅》(增訂本)頁242有第一頁上書影,鈐有"上海圖書館藏"及"黄裳藏

① 李希聖:《雁影樓題跋》(與汪璐《藏書題識》、傅以禮《華延年室題跋》合刊,上海:上海古籍出版社,2009年),頁380—387。

本"二印。半頁八行，行十七字。黄裳簡介："乾隆錢塘郁氏刻本。卷前有乾隆二十五年倪一擎序，稱'康熙年中，宜興蔣京少曾鏤板傳世，竹垞朱太史爲之序，今其刻亦散落，吾友郁子陛宣得善本，重加讎挍。付之鐫本。'是郁氏東歗軒刻也。寫刻精雅，亦浙刻之佳者。"①

5.《漱六編》本

仁和王氏《漱六編》一函，共二册。此本收入第一册第二種，一卷，半頁八行，行十六字。第一册前有牌記："大清道光庚子夏仁和王氏校栞"，可知出版於 1840 年(道光庚子)。

卷前有倪一擎《樂府補題序》及"樂府補題目次"。左右雙邊，上下黑口，單魚尾，版心著"樂府補題"。"目次"下有朱印"金父"一方，第十九頁上末行下亦有朱印"金父"一方。

此本印刷欠佳，漫漶頗多，字間有崩壞。"樂府補題目次"首曰"天香六闋"。其實《天香》應有八闋。此本缺王沂孫及周密的《天香》，以王易簡的《天香》爲首，故全書得詞三十五首。此本脱文甚多，脱文以"□"代替，只有一處以"■"代替，情況如下：

(一)《天香》賦龍涎香"瀛嶠浮烟"一首，作者作"□□□□□□□"。

(二)《摸魚兒》賦蓴"過湘臯"一首，作者作"□□□□□□□"。

(三) 陳恕可《齊天樂》(蜕仙飛珮)"勾引凄涼多少"作"勾引凄涼□□"；"長吟未了想猶怯高寒"作"長■久□□□□高寒"。

此本文字與知不足齋本同，除脱文、異體字及内文諸"熏"字知不足齋本作"薰"字外，文字與知不足齋本無别，這包括四十一則"一作"，以及吕同老《桂枝香》賦蟹下片結句的一則按語："此闋《詞綜》作李彭老。"可見此本實參考過知不足齋本，但删去了知不足齋本的"一作"。可注意的是，黄裳《清代版刻一隅》頁 242 所示書影，文字也與知不足齋本同，也同樣没有知不足齋本的"一作"，情況與此本同，不同的是，黄裳所藏的是"寫刻精雅"的乾隆足本，而此本則並非善本。

此本中國國家圖書館、南京圖書館均有藏本。卷前有倪一擎《樂府補題序》：

---

① 黄裳：《清代版刻一隅》(增訂本)(上海：復旦大學出版社，2005 年)，頁 243。

《樂府補題》一卷，南宋遺民倡和之詞也。宋人稱長短句爲樂府，若賀方回、康伯可、魏子敬、姚令威等，皆以“樂府”名其集，而曾慥、元好問亦以“樂府”名所選。樂府之聲折備在禁坊，部人職之，其辭則譔自士夫。今曰“補題”者，言就“桂枝香”等聲折，補填以“龍涎香”諸題。身爲宋之遺民，追譜有宋之樂府，志可知矣。

卷中題與調各五，得詞三十有七，作者十有五人。康熙年中，宜興蔣京少曾鏤板傳世，竹垞朱太史爲之序。今其刻亦散落。吾友郁子陛宣得善本，重加讎挍，付之鐫本。

按此十有五人，自唐珏、周密、仇遠、張炎、王沂孫而外，以朱太史之博覽，尚不能舉其爵里世家，然則古之志士吟人，埋没於塵煨蠹蝕中者，奚翅千萬？斯編幸存於世，乃爲顯其姓氏，發其幽光於吞吐謦欬間，惻然可以識其所抱。世有好學深衷之士，當亦共賞兹絶唱也。

乾隆二十五年暮春之初仁和倪一擎書於有真意齋。

據前引黄裳先生的介紹，此序亦見郁刻本，可知此本實源自郁刻本。

此序可注意者有三：

（一）解釋“樂府補題”一名。這是現存可見資料中的首出者，在倪一擎之後，仍未見有第二位清代學者作書名解題。倪一擎認爲宋人以“樂府”名其詞集及詞選，所以“樂府”一名，不過承前人之習而已，而所謂“補題”，則是“就聲折，補填題”之意。“追譜有宋之樂府”，實有宋遺民之志。

（二）倪序謂“吾友郁子陛宣得善本，重加讎校，付之鐫本”，但他没有説明郁陛宣所得的善本是何本。倪序又謂“作者十有五人”，今考《補題》諸作的作者，無異議的有十三家，《摸魚兒》賦蓴“過湘皋”一首各版本都無作者姓名，故亦無爭議。只有《天香》賦龍涎香“瀛嶠浮烟”一首，除知不足齋本題吕居仁外，《百家詞》系諸本及彭藏本均無作者姓名。换言之，這些版本均有兩首無作者姓名，合以可考者十三人，共得“作者十有五人。”從作者人數及張炎《水龍吟》下片考察對此本，可知郁氏所用的應是彭藏本。

（三）倪序又謂《補題》"康熙年中，宜興蔣京少曾鏤板傳世，竹垞朱太史爲之序。今其刻亦散落"。倪序寫於乾隆二十五年，可知乾隆年間，蔣刻本已難得一見。當時付板並廣爲流佈的，是知不足齋本。不妨推斷，郁陛宣以彭藏本爲底本，以知不足齋本對校。

6.《藝苑叢鈔》本（簡稱叢鈔本）▲

鈔本，收入王楷《藝苑叢鈔》。王楷，字山筠，一字雨田，號石華，湖北石首人，曾於道光年間出任山西崞縣典史，生卒未詳。傅增湘(1872—1950)《王石華藝苑叢鈔跋》："余通觀全帙，繹其旨趣，所甄采者多學人習用之書，所依據者亦少珍秘罕傳之本，其中祇《灤京雜詠》、《天籟集》二書係據曹楝亭家藏抄本，《志雅堂雜鈔》假余秋室寫本，此外則所依録者以胡文焕、毛子晉、鮑渌飲、張秋來、李雨村、聚珍版諸叢書本爲多。"[①]據傅跋所附全書目録，此本依知不足齋本抄，附《浙西六家和詞》一卷、《附録》一卷、《道光十二年七月跋》。

7.《彊邨叢書》本（簡稱彊邨本）

收入朱祖謀(1857—1931)《彊邨叢書》第三種。朱氏本身是晚清四大詞人之一，與王鵬運(1848—1904)、況周頤(1859—1926)、鄭文焯齊名。自光緒二十五年(1899)初校《夢窗詞》，至1917年《彊邨叢書》初刻，十多年來，朱氏都盡心於校詞。此後又多次校補《彊邨叢書》，至1924年仍有校《雲謠集雜曲子》，致使詞學界有所謂校讎之學。《彊邨叢書》前諸家序文稱清爲"我朝"，今人又視朱祖謀爲晚清四大詞人之一，因此將《彊邨叢書》歸入清代之作，以《彊邨叢書》本《補題》爲清代的最後一種。

此本用知不足齋本，左右雙邊，上下大黑口，版心著"樂"字，半頁十一行，行二十一字。不分卷，也不題編撰人。書前有"樂府補題目録"，只標詞牌及首數。書後有王樹榮跋：

---

① 《中和月刊》1941年第2卷第8期，頁21；又見傅增湘：《藏園群書題記》（上海：上海古籍出版社，1989年）卷十，頁546。按：《中和月刊》本傅跋附有《藝苑叢鈔》所鈐印章及全書目録，而上海古籍出版社本傅跋則無。

《樂府補題》一卷,《知不足齋叢書》本。《四庫提要》謂皆宋遺民詞。榮前讀周止庵《宋詞選》,於唐玉潛賦白蓮曰"冰魂猶在,翠輿難駐",曰"珠房淚溼,明璫恨遠",以爲當爲元僧楊璉真伽發宋諸陵而作。又賦蟬曰"佩玉流空、綃衣翦霧",曰"晚妝清鏡裏,猶記嬌鬟",疑亦指其事。今讀此卷,依類求之,此意無不可通,殆即玉潛所謂"只有春風知此意,年年杜宇哭冬青"者也。作者十四人,一佚其名。《四庫提要》謂無姓名者二人,非也。宛委爲陳行之別號,而宛委山房賦龍涎香,陳不與焉;紫雲爲吕和甫別號,而紫雲山房賦蓴吕不與焉;天柱爲王理得別號,而天柱山房賦蟹王不與焉;浮翠山房賦白蓮,餘閑書院賦蟬,浮翠、餘閑,卷中未見。竊謂浮翠即唐英發之瑶翠而譌,以本卷例之,宋季遺民中如有以餘閑爲別號者,則所佚姓名不難推測而知矣。庚申(1920)六月歸安王樹榮剛齋跋。

王跋值得注意的有以下四點:

(一)發揚厲鶚《論詞絶句》"一片冬青冢畔心"之説,坐實《補題》"爲元僧楊璉真伽發宋諸陵而作"。

(二)提出"《四庫提要》謂無姓名者二人,非也"。也就是説,他依知不足齋本,將"瀛嶠浮烟"一首歸入吕居仁名下。

(三)提出《補題》有社課主持人題以別號,且不參加唱和之例。因此他認爲據此例,不難推測《補題》佚名的詞人,即宋季遺民中"以餘閑爲別號者"。

(四)認爲浮翠是唐英發之瑶翠之譌。

彊邨本《補題》是頗爲普及易見的一個版本,因此王跋的影響也頗深遠。"發陵説"固是人所皆知,此外,夏承燾《樂府補題考》即推演王跋"餘閑爲別號"一説:"案《補題》佚名一人,王樹榮跋嘗推定爲餘閑書院主人;今以季沈二文(季本《跋王修竹窆宋遺骸事後》、沈季友《冬青引小序》),其人殆即(王)英孫。"[①]王跋的影響,於斯可見。

---

① 夏承燾:《樂府補題考》"二考人",頁 376—377。

8.《天蘇閣叢刊》本(簡稱天蘇閣本)

收入徐珂(1869—1928)《天蘇閣叢刊》一集之二,不分卷。叢刊共兩集,上海商務印書館於1914年至1923年陸續出版。一集出版於1914年。此本前有徐珂序:

> 《樂府補題》,遺民酬倡,有騷辨之風,所謂寓意於物也。南宋之末,詞流精粹,足爲倚聲科律,與清空之旨,異流同源。晴窗偶暇,出藏知不足齋本,以《御選歷代詩餘》、《絶妙好詞箋》、《詞綜》互勘一過,既附異字於下,並遵吾師譚復堂(獻,1832—1901)先生遺恉,於其體物瀏亮者,用連點,託物寓意者,用句圍(按:"圍"應是"圈"之誤),至連圈,則比興深遠,辭旨高奇,可以觸類引伸,尤可通知人論世之學。其句之沾滯或滑易者,則於每句末字之旁,以點别之。中華民國三年(1914)十二月杭縣徐珂仲可甫甫識於上海寓廬之天子蘇閣。

此本可注意者有以下兩項:

(一)校勘:校勘以雙行夾注的形式附於原文句下,保留了知不足齋本"一作"的校文,而徐珂自己的校文則以"珂按"作區别,所引異文俱著明出自《御選歷代詩餘》、《絶妙好詞箋》還是《詞綜》,眉目清晰。這是知不足齋本之後今存第二家可見的校本,而所用的對校本不是别本《補題》,而是康熙至乾隆年間三種具影響力的詞選,三種詞選所用的《補題》是清初至清中葉的版本,當中保留了頗具參考價值的異文。

(二)圈點:幫助讀者從"體物"及"寄託"兩方面欣賞《補題》諸作,而且不是片面的讚譽,如遇到有沾滯或滑易的不佳之句,也會指出。也就是説,圈點的目的是要强調詠物詞在詠物手法上的不即不離,以及神餘言外的詞心。徐珂自言是遵循乃師譚獻的遺恉整理《補題》的。這是一條很重要的綫索,詞學研究者可根據此本的圈點進一步探討譚獻的詞學思想,譚、徐師徒詞學思想的承傳,以及上溯常州詞派詞學思想的流變。

此外,徐珂按語除列舉異文外,還有兩處談到句法：

(一) 趙汝鈉《水龍吟·浮翠山房擬賦白蓮》下片結句下:"珂按:句法後結用東坡體。"

(二) 唐珏《摸魚兒·紫雲山房擬賦蓴》下片結句下:"珂按:句法以此爲正格。"

吉光片羽,亦足珍惜。

9.《叢書集成初編》本(簡稱叢書集成本)

收入王雲五(1888—1979)主編《叢書集成初編》,不分卷。題"撰人不詳"。上海商務印書館 1937 年出版。書前有牌記:"本館據知不足齋叢書本排印初編各叢書僅有此本。"

四、佚失無考五種

1. 澹生堂藏本

祁承爜,字爾光,號夷度、曠翁。浙江山陰人,嘉靖四十二年(1563)生,崇禎元年(1628)卒,建澹生堂藏書。澹生堂藏書多抄本,紙墨潔淨,字迹端正,校勘精細,且多人所未見之書,最爲後世所重。其子祁彪佳(1602—1645)繼承父業,保護家藏,直至清兵南下,澹生堂藏書始散落他處。毛奇齡(1623—1716)《毛翰林集》:"《樂府補題》者,南渡越州諸處士所作詞也。卷首載玉笥王沂孫聖輿、蘋洲周密公瑾,以及菊山唐玨玉潛、後村仇遠仁近十三人詞,於宛委山房諸處,詠龍涎香、白蓮、蟬、蓴、蟹五題,其調爲天香、齊天樂、摸魚兒、水龍吟、桂枝香,合一抄本,在梅市祁宅藏書中。"[①]此本後世諸家不再著録,應已佚。

2. 晁瑮藏本

晁瑮,字石君,號春陵,開州(今河南濮陽、清豐一帶)人。明世宗嘉靖二十年(1541)進士,藏書家、目録學家。主要著作有《晁氏寶文堂書目》。《晁氏寶文堂書目》卷中子目"樂府"即著録《樂府補題》,但未著明

---

① 毛奇齡:《西河集》(文淵閣《四庫全書》本)卷一百三十六,頁十六下。

編輯人名氏及版本篇卷數[①]。此本後世諸家不再著録,應已佚。

3. 黄虞稷藏本(簡稱黄藏本)

黄虞稷《千頃堂書目》卷三十二"詞曲類":"仇遠《樂府補題》一卷。"黄氏未注明所藏是何本,題仇遠,亦未詳何據。黄虞稷與其父黄居中(1562—1644)都是藏書家,千頃堂多藏善本,既明言"仇遠《樂府補題》一卷",則未必無據。康熙十七年(1678),朱彝尊携抄録本《樂府補題》上京,此本既題仇遠,應與朱氏抄本及常熟吴氏抄白本不同,可能屬另一版本系統。康熙十八年(1680)黄虞稷入明史館撰修藝文志,當時《千頃堂書目》已基本完成,所以黄藏本應是明代的版本。倪燦著《補遼金元藝文志》時亦題"仇遠《樂府補題》一卷",未知是否引自《千頃堂書目》的著録,也未知是否見過仇遠《樂府補題》原書。此本後世諸家不再著録,應已佚。

4. 曇華閣本

王昶(1725—1806)《法曲獻仙音·秋日聞趙升之卧病,填此懷之。時讀曇華閣〈樂府補題〉,即書其後》:

> 梅屋聯牀,柳橋攜屐,夢憶江湖舊侣。秦望山高,春申浦急,迢迢故交何處。想落月、寒窗裏,疏燈聽涼雨。 溯芳序。歎文園、又逢秋暮。閑伴卻禪榻,茶煙鬢縷。景物最關情,砑吴箋、粉字輕譜。蓮葉蓴絲,喜江鄉、風味如許。問何時翦燭,同向石屏題句。[②]

下片"景物最關情,砑吴箋、粉字輕譜。蓮葉蓴絲,喜江鄉、風味如許",説的就是《補題》。王昶論詞宗尚浙西,上繼朱彝尊、厲鶚,爲清代中期浙派著名詞家。有《琴畫樓詞》四卷,又編有《明詞綜》、《國朝詞

① 晁瑮:《晁氏寶文堂書目》(上海:古典文學出版社,1957年)卷中子目"樂府",頁146。

② 王昶:《春融堂集》卷二十六,《琴畫樓詞》二,頁二下,嘉慶十二年(1807)塾南書社刻本,收入《續修四庫全書》。

綜》。他與題中的趙升之,以及王鳴盛(1722—1797)、吴泰來(?—1788)、錢大昕(1728—1804)、曹仁虎(1731—1787)、王文蓮(生卒未詳)並稱"吴中七子"。

王昶未言曇華閣《樂府補題》即何本。吴泰來有《曇花閣琴趣》,王昶《春融堂集》中又有《趙升之曇華閣詞序》,未知題中的曇華閣《樂府補題》究竟與吴泰來還是趙升之有關。《四庫全書總目》謂《補題》"康熙中始傳于世",則此本當據前某本。此本後世諸家不再著録,應已佚。

5. 杭州顧氏刻本(簡稱顧刻本)

張德瀛(1861—1914)《詞徵》卷四"自五代至明之詞集":"《樂府補題》一卷,宋無名氏編。知不足齋本。杭州顧氏刻本。"[①]據前引《四庫總目》言,則此本亦當據前某本刻。此本後世諸家不再著録,應已佚。

以上叙録了自元至民國《補題》版本共二十六種,當中有不少已經散佚。現存的版本可以歸入兩個系統,即《百家詞》本系統及《南詞》本系統。《百家詞》及《南詞》的原書雖然已佚,但後繼的版本仍在,其承傳的脈絡還很分明。至於《百家詞》及《南詞》之前的承傳,當中有没有其他版本,則由於著録不詳,今天已難確考了。

在已佚的版本中,連承傳也無可考的有五個:澹生堂藏本、晁瑮藏本、黄藏本、曇華閣本、顧刻本。今天對此五本所知極少,只知前三者是明本,後二者是清本;五者之中,除顧刻本外,其他四本的載體型態也不詳。對此四本,只好闕如了。

第二節　版本源流譜系與各版本的流佈存佚情況

前人較少注意《樂府補題》的版本源流。研究一部古籍,應該先處理其版本問題。從以上的著叙可以看到,《樂府補題》各版本之間的承傳脈絡,除不可考的五本之外,大致還是相當清楚的,這實有助於《補題》版本源流譜系的擬構。現試重建《樂府補題》的版本源流譜系如下圖。

---

① 張德瀛:《詞徵》卷四,唐圭璋編:《詞話叢編》第五册,頁 4144。

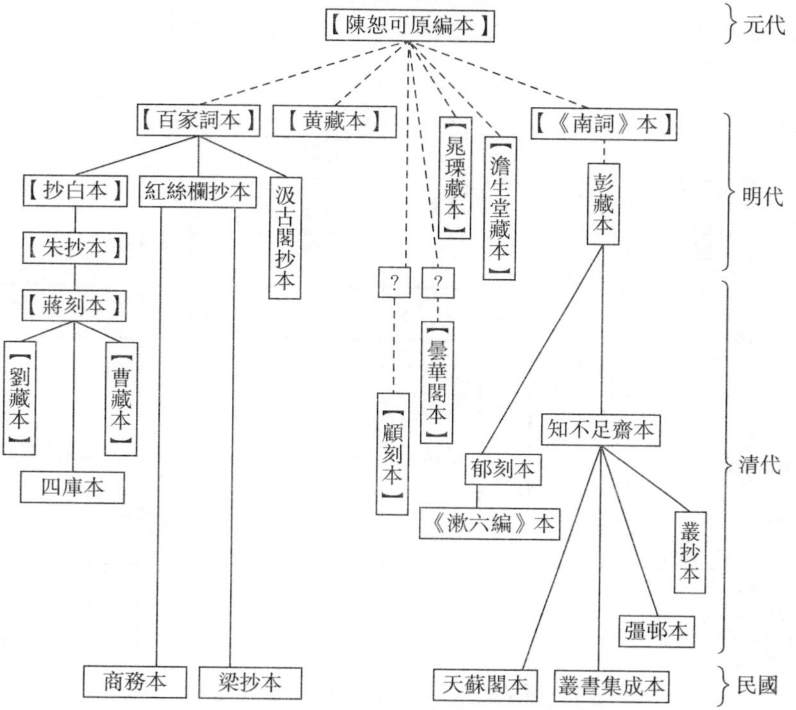

《樂府補題》版本源流譜系

圖例：
1.【　】：表示該版本已佚。
2. ┈┈：表示承傳過程不清楚，不排除當中可能有其他版本，但起訖兩本卻可肯定。
3. ?：表示應有某本，但已無考。

《樂府補題》的版本源流譜系大致已勾勒如上。現再按時代先後，配合《補題》的載體型態，整理各版本的存佚現況如下：

朝代	版本	系統		載體型態							存	佚	備注欄
		南詞	百家詞	抄本	刻本	排印本	單行	合集	詞集叢編	叢書			
元	陳恕可原編本			√			√					√	兩個版本系統之所由出
明	《百家詞》本		√	√					√			√	
	《南詞》本	√		√					√			√	
	紅絲欄抄本		√	√					√		√		
	澹生堂藏本			√								√	系統不詳
	晁瑮藏本											√	系統及載體型態不詳
	抄白本		√	√			√					√	
	汲古閣抄本		√	√				√			√		
	彭藏本	√		√					√		√		殘存 12 册 42 種之一
	黃藏本											√	系統及載體型態不詳
清	朱抄本		√	√			√					√	
	蔣刻本		√		√		√					√	
	曹藏本		√	√			√					√	
	知不足齋本	√			√					√	√		
	四庫本		√		√					√	√		

續表

朝代	版本	系統		載體型態							存	佚	備注欄
		南詞	百家詞	抄本	刻本	排印本	單行	合集	詞集叢編	叢書			
	郁刻本	✓			✓		✓				✓		
	曇華閣本											✓	系統及載體型態不詳
	《漱六編》本	✓			✓					✓	✓		
	顧刻本				✓							✓	系統不詳
	叢抄本	✓		✓						✓	✓		
	彊邨本	✓			✓				✓		✓		
	劉藏本		✓				✓					✓	版式未詳
民國	天蘇閣本	✓				✓				✓	✓		
	梁抄本		✓	✓					✓		✓		
	商務本		✓			✓			✓		✓		
	叢書集成本	✓				✓				✓	✓		
合計：											13	13	

從上表可以看到：

（一）傳世的版共十三個：《百家詞》系五個，包括抄本三個、刻本一個、排印本一個；《南詞》系八個，包括抄本一個、刻本四個、排印本兩個，與版本源流譜系合觀，可知知不足齋本於此系的傳播居關鍵位置。

（二）蔣刻本之前，《補題》主要以抄本的形式流傳；蔣刻本之後，則以刻本的形式流傳。刻本比抄本更易於保存及流佈。

（三）《補題》主要是依附於詞集叢編及叢書保存下來的。單行而能流傳至今的，就只有郁刻本。大概因爲《補題》篇幅不大，易藏亦易佚，而且《補題》只有三十七首詞，全數背誦下來也不難，況且背誦下來，更方便詞人作“和補題”或“擬補題”。既得魚，筌亦可以忘。依附於叢書，特别是《知不足齋叢書》、《四庫全書》、《彊邨叢書》等大型叢書或詞集叢編，既易於保留，也易於普及，郁刻本以下諸本多出自知不足齋本，也是這個緣故[①]。此外，《補題》諸作又爲多種詞選所收，爲多種詞話論及，對古人而言，詞選和詞話是常見易得的資源，除非是汲古閣抄本等一類珍貴的版本，否則就不一定會鄭重收藏。珍貴版本既用於收藏，自然就不輕易示人，更遑論普及了。這也是叢書本多，單行本少的緣故。

陳恕可的原編本已佚，重建文本就成了研究者的一個研究目標。要重建文本，就要先重建版本譜系並比較各本異文。理清《百家詞》系及《南詞》系之間的差異，應有助重建《補題》的文本[②]。

第三節　《百家詞》本系統與《南詞》本系統的比較

《樂府補題》現存的十三個版本，都是《百家詞》本系統或《南詞》本系統的裔本。因此，要重建《補題》文本，就先要比較兩個版本系統在文

① 可以説，知不足齋本是最爲普及的一個版本。

② 筆者已在此基礎上另撰《樂府補題校注》一書，由鳳凰出版社出版。

句上的異同優劣。通過比較,才有可能在文句上作較合理的取捨。有關《補題》文句的比勘,鮑廷博也做過,其知不足齋本《補題》的校語,是現存最早也是最重要的比勘成果。

知不足齋本的校語包括四十一則"一作"、一則"别本"和一則按語。鮑廷博的比勘是後人分析兩個版本系統的文本差異、探討《補題》傳播情況,以及重建《補題》文本的起點。以下即從這四十一則"一作"展開討論。

一、兩個版本系統的文本差異之一:知不足齋本"一作"與彭藏本及《百家詞》系三本的比較

不必把所有傳世版本都用作比較,只需舉出其足以代表版本系統者即可。先看《百家詞》本系統。梁抄本及商務本都源自紅絲欄抄本,淵源明確,所以紅絲欄抄本就足以作代表,況且紅絲欄抄本是現存最早的《補題》版本,以此本作比較是十分適當的。不過,紅絲欄抄本訛脱頗嚴重,比較時或有無可考者,因此,必須有其他同系的版本作參照。以下再選用汲古閣抄本及四庫本,因爲汲古閣抄本也是明抄本,而且是精抄善本,故可用作參照。但汲古閣抄本仍有個别的訛脱,可視作蔣刻本後身的四庫本就能補其不足。因此,代表《百家詞》本系統的版本有三個:紅絲欄抄本、汲古閣抄本及四庫本。至於《南詞》本系統,最具代表性的是彭藏本和知不足齋本。

兩系流傳至今已有數百年歷史,即使是同系的版本,也不能没有差異,更何況是兩個系統?兩個系統的差異,不是知不足齋本的"一作"所能賅盡的,然而,知不足齋本的"一作"卻是鮑廷博當時的所見。鮑廷博校勘文本時,上距《補題》復出不遠,他所見到的都是早期的版本,當中没有後起的異文,以知不足齋本的"一作"與彭藏本及《百家詞》本系統作對照,應比較容易看到《補題》兩個版本系統在康熙至乾隆年間的流佈狀況。可以説,知不足齋本的"一作",是兩個系統的比較基礎。

以下就《補題》五調五題列表比對並加討論。表中先列詞人,再引知不足齋本有"一作"的詞句,以引號標示句中有"一作"的字詞;"一作"

的具體内容、彭藏本及三個《百家詞》系版本的相應文句，則詳列其後。若有脱文，以“（脱）”代之。

《天香・宛委山房擬賦龍涎香》

詞人	知不足齋本詞句	一作	彭藏本（今傳《南詞》）	《百家詞》系版本		
				紅絲欄抄本作	汲古閣抄本作	四庫本作
王沂孫	夜“採”鉛水	探	探	探	探	探
	汛“逝”槎風	遠	逝	遠	遠	遠
周　密	翠屏深“杳”	窈	杳	窈	窈	窈
吕同老	夢斷“瑶”島	瀛	瑤	瀛	瀛	瀛
李彭老	品重雲“形”	頭	形	頭	頭	頭
	芬“馥”半是沉水	馡	馥	馡	馡	馡
李居仁	隱約仙“舟”路杳	洲	舟	洲	洲	洲

（一）本題各“一作”都是《百家詞》系三本的正文。兩系的文句分野頗鮮明。

（二）王沂孫首“鉛水”句，“採”與“探”形義皆近，配合前後文，二者都可解。明抄本王沂孫《玉笥詞》作“採”[①]。按《説文・手部》：“探，遠取物也。”《廣韻》“覃韻”他含切，平聲。吴則虞箋注《花外集》：“此字有用平聲者，不如用仄爲是。”[②]《欽定詞譜》收《天香》一調共八體，陳廷敬（1639—1712）等注云：“此調以賀（鑄）、王（觀）、毛（滂）、吴（文英）四詞爲正體，南宋人則填吴詞體爲多，若劉（僎）詞之減字，吴詞别首，景（覃）詞二首之句讀不同，皆變體也。”[③]第四體的例詞是吴文英的“碧藕藏

① 吴訥編：《唐宋名賢百家詞》（天津：天津古籍出版社 1989 年影印天津圖書館藏明紅絲欄抄本）第三函，第三十册。

② 王沂孫著，吴則虞箋注：《花外集》（上海：上海古籍出版社，1988 年），頁 3。

③ 陳廷敬，王奕清等編著：《欽定詞譜》（北京：中國書店 2010 年影印康熙五十四〔1715〕年内府本）卷二十四，頁 424 上。

絲”，陳注云：“按：宋《樂府補題》詠龍涎香諸詞俱本此填。”[1]《天香》一調，《補題》諸家此句皆作仄，吴詞此句作仄，王沂孫此首亦當作仄。可見“夜採鉛水”一句知不足齋本較勝。

《水龍吟·浮翠山房擬賦白蓮》

詞人	知不足齋本詞句	一作	彭藏本（今傳《南詞》）	《百家詞》系版本		
				紅絲欄抄本作	汲古閣抄本作	四庫本作
周　密	輕妝鬬“目”	白	目	白	目	目
王易簡	“西”風誤	薫	薫	薫	薫	熏
陳恕可	江明夜“靜”	淨	靜	淨	淨	淨
	今宵試“探”	採	探	採	採	採
吕同老	冰“簾”半掩	奩	簾	奩	奩	奩
趙汝鈉	酒容“易”散	消	易	消	消	消
	暗“想”淒愁	憶	想	憶	憶	憶
王沂孫	月中“誰”認	難	誰	難	難	難
張　炎	娟娟猶“濕”	褱	濕	（脱）	滴	滴
		滴				
	“無言”“似”舞	飄飖	無言	無言	無言	無言
		自	似	（脱）	暗	暗
	小舟“清夜”	夜悄	清夜	清夜	清夜	清夜
王沂孫	“向誰”堪訴	有誰	向誰	有誰	向誰	向誰
		誰向				

（一）周密首“輕妝鬬目”句，“目”一作“白”，只有紅絲欄抄本作“白”，其他各本作“目”，與知不足齋本同。明抄本周密《周草窻詞》正作

① 《欽定詞譜》，頁 425 上。

“白”[①]。“鬬目”不辭。本題詠白蓮,輕妝即喻白蓮,故當作“鬬白”。此句紅絲欄抄本較勝。

(二)陳恕可首“今宵試探”句,“探”是平聲,諸家作仄,故知應作“採”,《百家詞》系三本較勝。

(三)吕同老首“冰簾半掩”句,《百家詞》系三本作“冰奩半掩”。“簾”、“奩”音同義通,但作“奩”更直接。

(四)趙汝鈉首“酒容易散”句,句式有歧解。若以“容易”爲詞,作“一二一”句式,則音節拗怒。諸家此句皆作“二二”句式。若作“二二”句式,則以“易散”修飾“酒容”。“易”作“容易”解。但不管是哪種句式,只要與前面“解語多情,淩波步穩”二句並觀,即可知詞人説的是“酒已散”,而不是“酒易散”。可見《南詞》系此處不但句式有歧解,語意也不連屬。《百家詞》系三本作“酒容消散”,正是“二二”句式,語意也連貫。

(五)張炎一首,兩個版本系統的差異甚大[②],除了“滴”字之外,知不足齋本的“一作”都不見於《百家詞》系三本。三本的文句反而更接近知不足齋本。今考明抄本張炎《玉田詞》卷上,此首的相關文句正作“涓涓猶滴”、“飄飖似舞”、“小舟夜悄”[③],與知不足齋的“一作”同。至於“涓涓猶裛”這“一作”,則未見於今諸本《補題》、詞選及《玉田詞》,未詳所據。

(六)王沂孫首“向誰堪訴”,一作“誰向”,今查諸本《補題》、詞選及王沂孫詞集均不見,未詳所據。

---

① 《唐宋名賢百家詞》第三函,第二十七册。

② 下片差異更大,詳後文。

③ 《唐宋名賢百家詞》第三函,第二十八册。

《摸魚兒·紫雲山房擬賦蓴》

<table>
<tr><th rowspan="2">詞人</th><th rowspan="2">知不足齋本詞句</th><th rowspan="2">一作</th><th rowspan="2">彭藏本（今傳《南詞》）</th><th colspan="3">《百家詞》系版本</th></tr>
<tr><th>紅絲欄抄本作</th><th>汲古閣抄本作</th><th>四庫本作</th></tr>
<tr><td>佚　名</td><td>“動”渠歸興</td><td>勤</td><td>動</td><td>勤</td><td>勤</td><td>動</td></tr>
<tr><td>唐　珏</td><td>蘋花“共”老</td><td>與</td><td>共</td><td>與</td><td>（脱）</td><td>共</td></tr>
</table>

佚名一首，紅絲欄抄本與汲古閣抄本作“勤渠歸興”，不辭，《南詞》系與四庫本較勝。

《齊天樂·餘閒書院擬賦蟬》

<table>
<tr><th rowspan="2">詞人</th><th rowspan="2">知不足齋本詞句</th><th rowspan="2">一作</th><th rowspan="2">彭藏本（今傳《南詞》）</th><th colspan="3">《百家詞》系版本</th></tr>
<tr><th>紅絲欄抄本作</th><th>汲古閣抄本作</th><th>四庫本作</th></tr>
<tr><td rowspan="2">王易簡</td><td>“翠”雲深鎖</td><td>碧</td><td>翠</td><td>碧</td><td>碧</td><td>碧</td></tr>
<tr><td>“却”是淒楚</td><td>都</td><td>都</td><td>都</td><td>都</td><td>都</td></tr>
<tr><td>王沂孫</td><td>尚“餘”枯蜕</td><td>遺</td><td>餘</td><td>遺</td><td>遺</td><td>遺</td></tr>
<tr><td rowspan="3">周　密</td><td>清“泠”怨</td><td>商</td><td>泠</td><td>（脱）</td><td>商</td><td>商</td></tr>
<tr><td>故苑愁“長”</td><td>深</td><td>深</td><td>深</td><td>深</td><td>深</td></tr>
<tr><td>危“枝”調苦</td><td>弦</td><td>枝</td><td>（脱）</td><td>弦</td><td>枝</td></tr>
<tr><td>陳恕可</td><td>頓“覺”仙夢遠</td><td>驚</td><td>驚</td><td>驚</td><td>覺</td><td>覺</td></tr>
<tr><td>唐　珏</td><td>“蠟”痕初染</td><td>蜕</td><td>蠟</td><td>蜕</td><td>蠟</td><td>蜕</td></tr>
<tr><td>唐藝孫</td><td>“羽”翻紙薄</td><td>翼</td><td>羽</td><td>翼</td><td>翼</td><td>翼</td></tr>
<tr><td>陳恕可</td><td>“往事”魂銷</td><td>事往</td><td>往事</td><td>事往</td><td>事往</td><td>事往</td></tr>
<tr><td rowspan="2">仇　遠</td><td>月籠古“樹”</td><td>柳</td><td>樹</td><td>柳</td><td>柳</td><td>柳</td></tr>
<tr><td>滿地“紅霜”</td><td>霜紅</td><td>紅霜</td><td>霜紅</td><td>霜紅</td><td>霜紅</td></tr>
<tr><td>王沂孫</td><td>翠陰庭“宇”</td><td>樹</td><td>羽</td><td>樹</td><td>樹</td><td>樹</td></tr>
</table>

（一）陳恕可首“往事魂銷”，三本作“事往魂銷”。意本無别，但三本所作與下句“夜闌人悄”並觀，則可以構成一對偶句。陳恕可本題的

另一首(碧柯搖曳)此句用對偶,王沂孫(綠陰千樹)、仇遠(夕陽門巷)二首亦用對偶,則此句也應從三本作“事往魂銷”爲宜。

(二)仇遠首,《南詞》系作“紅霜”,三本作“霜紅”。“紅霜”不辭,應從三本作“霜紅”,解作“紅葉”。

《桂枝香・天柱山房擬賦蟹》

<table>
<tr><th rowspan="2">詞人</th><th rowspan="2">知不足齋本詞句</th><th rowspan="2">一作</th><th rowspan="2">彭藏本
(今傳《南詞》)</th><th colspan="3">《百家詞》系版本</th></tr>
<tr><th>紅絲抄本作</th><th>汲古閣抄本作</th><th>四庫本作</th></tr>
<tr><td>陳恕可</td><td>對“寒”燈</td><td>青</td><td>寒</td><td>(脱)</td><td>(脱)</td><td>寒</td></tr>
<tr><td rowspan="2">唐藝孫</td><td>沙痕雪“漲”</td><td>際</td><td>漲</td><td>(脱)</td><td>(脱)</td><td>漲</td></tr>
<tr><td>月“斜”疏柳</td><td>殘</td><td>斜</td><td>殘</td><td>殘</td><td>殘</td></tr>
<tr><td>吕同老</td><td>“自”那日</td><td>與</td><td>自</td><td>與</td><td>與</td><td>與</td></tr>
</table>

此題只有四首,前二“一作”,紅絲欄抄本與汲古閣抄本均脱,四庫本與《南詞》系同,此二“一作”今已難考。

以上比對了知不足齋本四十一則“一作”與彭藏本及《百家詞》系三本的異同,並就各題“一作”的具體情況作了討論。綜觀四十一則“一作”之後,有四點是值得注意的:

(一)《百家詞》系與《南詞》系在文句上各有優劣,對文本的重建應各有貢獻。

(二)知不足齋本絶大多數的“一作”,都見於《百家詞》系的版本。就當時可見的版本而言,鮑廷博應未見過汲古閣抄本,因爲張炎《水龍吟》“自舞”句,汲古閣抄本作“暗舞”,若見汲古閣抄本,則應有“一作暗”,但知不足齋本並無此“一作”。至於他見到的是哪個版本,有没有參考第三個版本系統的《補題》(例如黄藏本),則難以確定。當時最易見到的,是已刊行的蔣刻本,鮑廷博看到蔣刻本是不足爲奇的。但不管參考了多少個版本,他用了《百家詞》系的版本作校勘,是十分明顯的。

(三)《四庫全書》的纂修一向被視爲寓禁於徵,不少書一旦收入四庫之後,四庫館臣就會根據政治需要修改書中的内容,所以學者對《四庫全書》本的典籍一般持批評的態度。但與諸本比較過後，可以説，四庫本《樂府補題》是一個很有參考價值的版本，它完好無缺，是現存可見最早的《百家詞》系刻本，可補前代同系各本的訛脱。四庫本保存了《百家詞》系的完整，作用就如《南詞》系的知不足齋本。

（四）張炎與王沂孫（翠雲遥擁）兩首《水龍吟》的"一作"頗值得注意。除張詞的"滴"字外，二家的"一作"都不見於今傳各本《補題》；然而，張詞的"一作"卻見於《玉田詞》，可見鮑廷博在校勘時，還參考了詞人的專集。王詞的"一作"不見於諸本《補題》及王沂孫的詞集，其所據暫無可考。

二、兩個版本系統的文本差異之二：兩個版本系統張炎《水龍吟》下片的比較

鮑廷博的校語有一則"别本"很值得探討。這則校語見於張炎《水龍吟》的下片。知不足齋本的原文是：

> 應是浣紗人妒，褪紅衣、被誰輕誤。閑情淡雅，冶容清潤，憑嬌待語。隔浦相逢，偶然傾蓋，似傳心素。怕湘皋珮解，緑雲十里，捲西風去。

鮑廷博校曰：

> 别本後闋云：應是浣紗人妒，褪紅衣、被誰輕誤。六郎意態，何郎標格，泠然意趣。待折瓊芳，楚江難涉，謾摇心素。怕湘娥佩解，緑雲十里，捲西風去。

其他《補題》詞作只是個别的字詞有異文，内容基本上是相當一致的。唯獨是張炎這首《水龍吟》的下片，兩個系統的異文差别甚大。知不足齋本用的是彭藏本，與紅絲欄抄本《玉田詞》同，而這"别本"則見於《百家詞》系諸本。今考紅絲欄抄本《補題》與《玉田詞》都收入明抄本《唐宋名賢百家詞》，换言之，張炎《水龍吟》有二本，至吴訥時二本俱存，更被他編入《百家詞》内，一見於本集，一見於《補題》。傳鈔本《南詞》收了《補題》，卻沒有收《補題》詞人的詞集，所以不知道《南詞》編者究竟見過多少個版本的張炎詞，但就現存的各本張炎詞集及《補題》來看，這首《水龍吟》的下片，都不出此二者，而《南詞》系與《百家詞》系則各收一個。可見兩個系統的分野是相當清晰的①。

何以張炎此詞有兩個如此不同的下片？這未必是真僞或者正誤的問題。前人也不曾懷疑過二者的真僞，反而並存二者，只以"别本"作區别。臨安詞人作詞，特重音律，明辨四聲，務求脣吻諧協。張炎在《詞源》卷下"音譜"一節中，記述其父張樞(1292—1348)"曉暢音律，有《寄閑集》，旁綴音譜，刊行於世。每作一詞，必使歌者按之，稍有不協，隨即改正"。張炎舉其父《瑞鶴仙》一詞爲例，謂"此詞按之歌譜，聲字皆協，惟'撲'字稍不協，遂改爲'守'字，乃協。始知雅詞協音，雖一字亦不放過，信乎協音之不易也"。張樞詞原句詠粉蝶："粉蝶兒、撲定花心不去，閑了尋香兩翅。""撲""守"二字皆是仄聲，但細加辨别，"撲"是入聲，"守"是上聲。張樞"又作惜花春起早云'鎖窗深'，'深'字音不協，改爲'幽'字，又不協，改爲'明'字，歌之始協。此三字皆平聲，胡爲如是。蓋五音有脣齒喉舌鼻，所以有輕清重濁之分，故平聲字可爲上入者此也。聽者不知宛轉遷就之聲，以爲合律，不詳一定不易之譜，則曰失律。矧歌者豈特忘其律，抑且忘其聲字矣。述詞之人，若只依舊本之不可歌者，一字填一字，而不知以訛傳訛，徒費思索。當以可歌者爲工，雖有小疵，亦庶幾耳"②。可見在臨安詞人眼中，就算詞作已經完成，但爲了音律美聽，也不嫌一改再改。《詞源》"製曲"更强調修改的重要，務求把詞

---

① 兩系何以各收一個下片，暫難確考。黄虞稷《千頃堂書目》題"仇遠《樂府補題》一卷"，夏承燾據此認爲《樂府補題》由陳恕可及仇遠分任編輯，可惜無證據支持，但並非無此可能。若夏説成立，則可以設想，二人商定編目之後，各據所知文本編輯成書；因所據不同，故最後衍生出不同的版本系統，亦未可知。

② 張炎：《詞源》，唐圭璋編：《詞話叢編》第1册，頁256—257。

修改成"無瑕之玉",謂"作詩者且猶旬鍛月練,況於詞乎?"[①]張炎《水龍吟》的下片,也可作如是觀。這兩個下片都應出於張炎之手,只是一爲初稿,一爲修訂稿。並存二者,不失爲穩當的做法。

然而,並存二者也須考慮以何者爲正本,何者爲別本。可否從格律形式上作判斷?[②] 現試比對兩個下片的平仄格律如下:

《南詞》系:

應是浣紗人妒,裾紅衣、被誰輕誤。 閑情淡雅,冶容清潤,憑嬌待語。 隔浦相逢,偶然傾蓋,似傳心素。 怕湘皋珮解,綠雲十里,捲西風去。	平去去平平去,去平平、去平平去。 平平去上,上平平去,平平去去。 入上平平,上平平去,去平平去。 去平平去上,入平入上,上平平去。

《百家詞》系:

① "製曲"原文:"作慢詞,看是甚題目,先擇曲名,然後命意。命意既了,思量頭如何起,尾如何結,方始選韻,而後述曲。最是過片,不要斷了曲意,須要承上接下。如姜白石詞云:"曲曲屏山,夜涼獨自甚情緒。"於過片則云:"西窗又吹暗雨。"此則曲之意脈不斷矣。詞既成,試思前後之意不相應,或有重疊句意,又恐字面粗疏,即爲修改。改畢,淨寫一本,展之几案間,或貼之壁。少頃再觀,必有未穩處,又須修改。至來日再觀,恐又有未盡善者,如此改之又改,方成無瑕之玉。倘急於脫稿,倦事修擇,豈能無病,不惟不能全美,抑且未協音聲。作詩者且猶旬鍛月練,況於詞乎?"見《詞源》,頁 258。

② 《水龍吟》一調,體式甚多,即《補題》此調九家十首,同時唱和,句讀也非一致。例如諸家下片結句作"五一四一四"句式,以一領字先行,而趙汝鈉首作"待夜深,月上闌干,更邀取,姮娥伴";李居仁首作"問此花,盍貯瑤池,應未許,繁紅並",用"三一四一三一三"句式。王奕清等《欽定詞譜》收《水龍吟》凡廿五體,曰:"此調句讀最爲參差,今分爲二譜,起句七字,第二句六字者,以蘇軾詞爲正格;起句六字,第二句七字者,以秦觀詞爲正格。其餘添字、減字、句讀、押韻不同者,各以類列,此調之源流正變者盡於此矣。"卷三十,頁 537)。《補題》詞人用的是秦觀一格的變體,但無一與《欽定詞譜》所列體式相合。萬樹(清監生,生卒待考)《詞律》卷十六收三體,第二體例詞爲辛棄疾"楚天千里清秋",百二字。《補題》本題除趙汝鈉、李居仁詞外,其餘七首與之相合。

應是浣紗人妒，褪紅衣、被誰輕誤。 六郎意態，何郎標格，泠然意趣。 待折瓊芳，楚江難涉，謾揺心素。 怕湘娥佩解，緑雲十里，捲西風去。	平去去平平去，去平平、去平平去。 入平去去，平平平入，平平去去。 去入平平，上平平入，去平平去。 去平平去上，入平入上，上平平去。

兩系的不同處主要在第三至第八句。二者在音律上五音輕重清濁之别，今已難考，但從格律形式看，二者均無差失。因此，還須從其他角度作考慮。

《水龍吟》一題詠白蓮。對於詠物詞，張炎是有清楚的認識的。他在《詞源》中論"詠物"曰："詩難於詠物，詞爲尤難。體認稍真，則拘而不暢，模寫差遠，則晦而不明。要須收縱聯密，用事合題。一段意思，全在結句，斯爲絶妙。"論"用事"曰："詞用事最難，要體認著題，融化不澀。"[①]詠物用典，乃詞家慣技，《百家詞》系第三至第八句用了三個典故："六郎"切"蓮"，"何郎"切"白"，"涉江"切"採蓮"，可謂"用事合題"[②]。《南詞》系亦用了三個典故："憑嬌待語"切"蓮"、"隔浦"切"採蓮"、"傾蓋"切"蓮葉"，亦"用事合題"[③]。但兩相比較，仍有分别。《南詞》系三典切題，"閒情淡雅"寫神，"冶容清潤"寫貌，且遥應上片"淡妝

① 《詞源》，頁 261。

② "六郎"即張昌宗，與兄易之同爲武則天（624—705）面首，排行第六，故稱"六郎"。據《舊唐書》卷九十《楊再思傳》，楊再思諂媚張昌宗曰："人言六郎面似蓮花；再思以爲蓮花似六郎，非六郎似蓮花也。"後爲詠蓮典實。"何郎"即何晏（？—249），白皙姣好，人稱"傅粉何郎"。"待折瓊芳，楚江難涉"用《古詩十九首》其六典："涉江采芙蓉，蘭澤多芳草。采之欲遺誰？所思在遠道。"芙蓉，蓮花别稱。

③ "憑嬌"句用李白（701—762）《淥水曲》："荷花嬌欲語，愁殺蕩舟人。""隔浦"用白居易（772—846）《隔浦蓮》："隔浦愛紅蓮，昨日看猶在。夜來風吹落，只得一迴採。花開雖有明年期，復愁明年還暫時。""傾蓋"用《史記・鄒陽列傳》："諺曰：'有白頭如新，有傾蓋如舊。'何則？知與不知也。"按"蓋"即"車蓋"，似蓮葉，故以爲喻，曰"翠蓋"。

照水，纖裳玉立，無言似舞”的美女形象①。“心素”應“待語”，“傾蓋”接“相逢”，言己見白蓮，如忽逢知己，人花並寫；而“傾蓋”又與“翠蓋”類比相關，“翠蓋”則是蓮葉的比喻；由蓮葉而“翠蓋”，由“翠蓋”而“傾蓋”，由“傾蓋”而“似傳心素”、“憑嬌待語”，層層逆筆，多少曲折。《百家詞》系三典亦切題，但“六郎”與“何郎”二典只在同一層次上描寫白蓮的形貌，且與上片的“淡妝照水，纖裳玉立，無言似舞”的美女形象不統一。《詞源》論“句法”曰：“詞中句法，要平妥精粹。一曲之中，安能句句高妙，只要拍搭襯副得去，於好發揮筆力處，極要用功，不可輕易放過，讀之使人擊節可也。”相較而言，《南詞》系在“拍搭襯副”及“好發揮筆力處”，比《百家詞》系更見“用功”。因此，應以《南詞》系爲正本，以《百家詞》系爲“别本”。

三、兩個版本系統在清代的流佈

鮑廷博在校勘《補題》時下了唯一的一則按語：“按：此闋《詞綜》作李彭老。”這則按語見於《補題》最後一首詞，即吕同老《桂枝香》賦蟹。這證明鮑廷博在校勘時參考了其他詞選，當然也説明了《補題》之作亦見載於其他詞選。如果再以知不足齋本的“一作”與這些詞選作比較，應有助了解《南詞》系及《百家詞》系在清代的流佈情況。

《補題》在康熙中始復出刊行，當時收有大部分《補題》之作的詞選是朱彝尊的《詞綜》和沈辰垣、王奕清等奉敕編纂的《御選歷代詩餘》（簡稱“歷代詩餘”）；此外，大型類書《古今圖書集成》（簡稱“圖書集成”）也收了部分作品，《御定佩文齋廣群芳譜》（簡稱“廣群芳譜”）則收了“白蓮”及“蓴”兩題的部分作品。乾隆年間，查爲仁（1695—1749）與厲鶚《絶妙好詞箋》的注文，張宗橚（1705—1775）《詞林紀事》，都收了部分

① 《水龍吟》上片，《南詞》系作：“仙人掌上芙蓉，娟娟猶溼金盤露。淡妝照水，纖裳玉立，無言似舞。幾度銷凝，滿湖烟月，一汀鷗鷺。記小舟清夜，波明香遠，渾不見，花開處。”《百家詞》系作：“仙人掌上芙蓉，娟娟猶滴金盤露。淡妝照水，纖裳玉立，無言暗舞。幾度消凝，滿湖烟月，一汀鷗鷺。記小舟清夜，波明香遠，渾不見，花開處。”

《補題》之作。這些都是鮑廷博可能,甚至已經及見的典籍。現將這些詞選及類書與知不足齋本的"一作"比對如下①。如比較本有未收者,以"(未收)"表示。

《天香·宛委山房擬賦龍涎香》

詞人	知不足齋本詞句	一作	詞綜	歷代詩餘	圖書集成	絶妙好詞箋	詞林紀事
王沂孫	夜"採"鉛水	探	採	採	采	採	採
	汛"逝"槎風	遠	遠	遠	遠	逝	遠
周　密	翠屏深"杳"	窈	窅	窈	窅	(未收)	杳
吕同老	夢斷"瑶"島	瀛	瀛	瀛	瀛	(未收)	瀛
李彭老	品重雲"形"	頭	頭	頭	頭	頭	頭
	芬"馥"半是沉水	馡	馡	馡	馡	氳	氳

王沂孫首自《詞綜》以下均作"採"(采即採),用的應是王沂孫的詞集。而諸本應參考過《詞綜》。

李彭老首《絶妙好詞箋》及《詞林紀事》作"芬氳",未詳所本。

《水龍吟·浮翠山房擬賦白蓮》

詞人	知不足齋本詞句	一作	詞綜	歷代詩餘	圖書集成	廣群芳譜	絶妙好詞箋	詞林紀事
周　密	輕妝鬭"目"	白	白	白	白	白	白	白
王易簡	"西"風誤	薰	薰	薰	薰	薰	(未收)	熏

① 比較本所用版本如下:
《詞綜》,北京:中華書局,1975年影印康熙三十年(1691)裘抒樓刊本。
《御選歷代詩餘》,文淵閣《四庫全書》本。
《古今圖書集成》,臺北:文星書店,1964年縮印民國二十三年(1934)中華書局清武英殿銅活字本影印本。
《御定佩文齋廣群芳譜》,文淵閣《四庫全書》本。
《絶妙好詞箋》,上海:上海古籍出版社,1983年影印道光八年徐楙愛日軒刻本。
《詞林紀事》(與楊寶霖《詞林紀事補正》合刊),上海:上海古籍出版社,1998年。

續表

<table>
<tr><th>詞人</th><th>知不足齋本詞句</th><th>一作</th><th>詞綜</th><th>歷代詩餘</th><th>圖書集成</th><th>廣群芳譜</th><th>絶妙好詞箋</th><th>詞林紀事</th></tr>
<tr><td rowspan="2">陳恕可</td><td>江明夜“靜”</td><td>淨</td><td>淨</td><td>淨</td><td>靜</td><td>淨</td><td rowspan="2">（未收）</td><td>靜</td></tr>
<tr><td>今宵試“探”</td><td>採</td><td>採</td><td>採</td><td>採</td><td>採</td><td>採</td></tr>
<tr><td>吕同老</td><td>冰“簾”半掩</td><td>奩</td><td>奩</td><td>匳</td><td>奩</td><td>奩</td><td>奩</td><td>奩</td></tr>
<tr><td rowspan="2">趙汝鈉</td><td>酒容“易”散</td><td>消</td><td>消</td><td>消</td><td>消</td><td>消</td><td rowspan="2">（未收）</td><td>消</td></tr>
<tr><td>暗“想”淒愁</td><td>憶</td><td>想</td><td>想</td><td>想</td><td>想</td><td>想</td></tr>
<tr><td>王沂孫</td><td>月中“誰”認</td><td>難</td><td>（未收）</td><td>難</td><td>（未收）</td><td>（未收）</td><td>（未收）</td><td>誰</td></tr>
<tr><td rowspan="5">張炎</td><td rowspan="2">娟娟猶“溼”</td><td>褭</td><td rowspan="2">滴</td><td rowspan="2">滴</td><td rowspan="2">滴</td><td rowspan="2">滴</td><td rowspan="5">（未收）</td><td rowspan="2">滴</td></tr>
<tr><td>滴</td></tr>
<tr><td rowspan="2">“無言”“似”舞</td><td>飄颻</td><td>飄颻</td><td>飄颻</td><td>飄颻</td><td>飄颻</td><td>飄颻</td></tr>
<tr><td>自</td><td>似</td><td>似</td><td>似</td><td>似</td><td>似</td></tr>
<tr><td>小舟“清夜”</td><td>夜悄</td><td>夜悄</td><td>夜悄</td><td>夜悄</td><td>夜悄</td><td>夜悄</td></tr>
<tr><td rowspan="2">王沂孫</td><td rowspan="2">“向誰”堪訴</td><td>有誰</td><td rowspan="2">（未收）</td><td rowspan="2">向誰</td><td rowspan="2">（未收）</td><td rowspan="2">（未收）</td><td rowspan="2">（未收）</td><td rowspan="2">向誰</td></tr>
<tr><td>誰向</td></tr>
</table>

周密首《圖書集成》題王沂孫，注“一作周密”。

王沂孫“月中誰認”一首《歷代詩餘》作趙汝鈉。

張炎首諸書用的是張炎的《玉田詞》，非《補題》。

《摸魚兒·紫雲山房擬賦蓴》

詞人	知不足齋本詞句	一作	詞綜	歷代詩餘	圖書集成	廣群芳譜	絶妙好詞箋	詞林紀事
佚名	“動”渠歸興	勤	勤	動	動	動	（未收）	（未收）
唐玨	蘋花“共”老	與	與	與	與	與	（未收）	與

佚名《圖書集成》作王易簡。

《齊天樂・餘閒書院擬賦蟬》

<table>
<tr><th>詞人</th><th>知不足齋本詞句</th><th>一作</th><th>詞綜</th><th>歷代詩餘</th><th>圖書集成</th><th>絶妙好詞箋</th><th>詞林紀事</th></tr>
<tr><td rowspan="2">王易簡</td><td>“翠”雲深鎖</td><td>碧</td><td>碧</td><td rowspan="2">（未收）</td><td>碧</td><td>翠</td><td>碧</td></tr>
<tr><td>“却”是淒楚</td><td>都</td><td>都</td><td>都</td><td>都</td><td>都</td></tr>
<tr><td>王沂孫</td><td>尚“餘”枯蜕</td><td>遺</td><td>遺</td><td>（未收）</td><td>遺</td><td>餘</td><td>遺</td></tr>
<tr><td rowspan="3">周　密</td><td>清“泠”怨</td><td>商</td><td>商</td><td>商</td><td>商</td><td rowspan="3">（未收）</td><td>商</td></tr>
<tr><td>故苑愁“長”</td><td>深</td><td>△</td><td>△</td><td>深</td><td>深</td></tr>
<tr><td>危“枝”調苦</td><td>絃</td><td>絃</td><td>絃</td><td>絃</td><td>絃</td></tr>
<tr><td>陳恕可</td><td>頓“覺”仙夢遠</td><td>驚</td><td>驚</td><td>（未收）</td><td>驚</td><td>（未收）</td><td>驚</td></tr>
<tr><td>唐　珏</td><td>“蠟”痕初染</td><td>蜕</td><td>蜕</td><td>蜕</td><td>（未收）</td><td>（未收）</td><td>蜕</td></tr>
<tr><td>唐藝孫</td><td>“羽”翻紙薄</td><td>翼</td><td>翼</td><td>翼</td><td>翼</td><td>（未收）</td><td>翼</td></tr>
<tr><td>陳恕可</td><td>“往事”魂銷</td><td>事往</td><td>事往</td><td>事往</td><td>事往</td><td>（未收）</td><td>事往</td></tr>
<tr><td rowspan="2">仇　遠</td><td>月籠古“樹”</td><td>柳</td><td>柳</td><td>柳</td><td rowspan="2">（未收）</td><td>柳</td><td>柳</td></tr>
<tr><td>滿地“紅霜”</td><td>霜紅</td><td>霜紅</td><td>霜紅</td><td>霜紅</td><td>霜紅</td></tr>
<tr><td>王沂孫</td><td>翠陰庭“宇”</td><td>樹</td><td>樹</td><td>樹</td><td>樹</td><td>樹</td><td>樹</td></tr>
</table>

△《詞綜》及《歷代詩餘》作“寫怨聲長”。

《桂枝香・天柱山房擬賦蟹》

<table>
<tr><th>詞人</th><th>知不足齋本詞句</th><th>一作</th><th>詞綜</th><th>歷代詩餘</th><th>圖書集成</th><th>絶妙好詞箋</th><th>詞林紀事</th></tr>
<tr><td>陳恕可</td><td>對“寒”燈</td><td>青</td><td>孤</td><td>孤</td><td>孤</td><td>（未收）</td><td>孤</td></tr>
<tr><td rowspan="2">唐藝孫</td><td>沙痕雪“漲”</td><td>際</td><td>外</td><td>外</td><td>外</td><td rowspan="2">（未收）</td><td>外</td></tr>
<tr><td>月“斜”疏柳</td><td>殘</td><td>殘</td><td>殘</td><td>殘</td><td>殘</td></tr>
<tr><td>吕同老</td><td>“自”那日</td><td>與</td><td>與</td><td>與</td><td>與</td><td>（未收）</td><td>自</td></tr>
</table>

陳恕可首《詞綜》作“孤”；唐藝孫首《詞綜》作“外”，均未詳所據。諸本皆從。

吕同老《詞綜》、《歷代詩餘》、《圖書集成》作李彭老。

從以上的比較可見：

（一）知不足齋本大多數的"一作"都見於諸書，情況與《百家詞》系三本同。就諸書所採用的版本來看，自康熙至乾隆年間，主要普及的是《百家詞》系，而不是《南詞》系。這是因爲《百家詞》系的蔣刻本在康熙中已刊行，比《南詞》系的知不足齋本要早。在此之前，詞人一般看到的是《百家詞》系的版本，主要是蔣刻本。

（二）吕同老、陳恕可、趙汝鈉、唐珏及唐藝孫五家只有《補題》中的幾首詞作傳世。五家的"一作"也能説明兩系版本的流佈情況。五家與諸書的比較結果，和五家與《百家詞》系三本的比較結果，大致上相近。但從趙汝鈉詠白蓮、陳恕可及唐藝孫詠蟹的異文可以看到，《詞綜》對《歷代詩餘》以下諸書影響頗深，諸書大多是跟隨《詞綜》的。這可再從張炎《水龍吟》的"一作"得到佐證：諸書的異文既不見於《南詞》系版本，也不見於《百家詞》系版本，卻見於張炎的詞集。這是因爲朱彝尊在編《詞綜》時，用的正是張炎的《玉田詞》。除了《玉田詞》，朱彝尊還用了王沂孫《碧山樂府》及周密《草窗詞》。王沂孫詠龍涎香，《碧山樂府》正作"夜採鉛水"、"訊遠槎風"，與《詞綜》同。《詞綜》裏的《補題》之作，或來自《補題》本身，或來自詞人的專集，而來自《補題》的，必定是《百家詞》系，亦即是朱彝尊携上北京的抄本。可以推斷，《百家詞》系《補題》主要是通過《詞綜》和蔣刻本傳播的。但據倪一擎《樂府補題序》，蔣刻本至乾隆年間已經"散落"，所以《詞綜》的影響更大。《詞綜》是詞學範本，後人一般都會收受《詞綜》的文本。不過，這並非絶對必然的，周密詠蟬，《草窗詞》作"故苑愁深"，與《補題》同，而《詞綜》作"寫怨聲長"，但跟隨的只有《歷代詩餘》。

知不足齋本刊行之後，兩系的流佈情況，可以從後世的詞選看到。以下再以知不足齋本的"一作"與張惠言（1761—1802）《詞選》、周濟（1781—1839）《詞辨》、《宋四家選》及陳廷焯（1853—1892）《詞則》作比較，並以四庫本及《詞綜》作參照。這四部詞選都選了《補題》的部分詞作，但所選的並非都有“一作”。具體情況如下①：

詞選	詞人	所選《補題》詞作	有“一作”
張惠言《詞選》	王沂孫	《齊天樂》(一襟餘恨)	✓
周濟《詞辨》	王沂孫	《齊天樂》(一襟餘恨)	✓
	唐　珏	《水龍吟》(淡妝人)	
周　濟《宋四家選》	王沂孫	《齊天樂》(一襟餘恨)	✓
		《齊天樂》(緑槐千樹)	✓
		《齊天樂》(一襟餘恨)	✓
	唐　珏	《齊天樂》(蛻痕初染)	✓
		《水龍吟》(淡妝人)	
	陳恕可	《齊天樂》(蛻仙飛珮)	✓
陳廷焯《詞則》	周　密	《水龍吟》(素鸞飛下)	✓
	王沂孫	《天香》(孤嶠蟠煙)	✓
		《水龍吟》(翠雲遥擁)	✓
		《齊天樂》(緑槐千樹)	✓
		《齊天樂》(一襟餘恨)	✓
		《摸魚兒》(玉簾寒)	
	張　炎	《水龍吟》(仙人掌上)	✓

以上三家四書所選頗有重複者，現去其重複，比對如下：

① 比較本所用版本如下：
張惠言編：《詞選》，道光十年(1830)宛鄰書屋刻本，收入《續修四庫全書》第1732册，上海：上海古籍出版社，1995年。
周濟編：《詞辨》，光緒四年(1878)刻本，收入《續修四庫全書》第1732册。
周濟編：《宋四家詞選》，同治十二年(1873)潘祖蔭刻滂喜齋叢書本，收入《續修四庫全書》第1732册。
陳延焯編：《詞則》，影印陳廷焯手稿本，上海：上海古籍出版社，1984年。

詞牌	四選起調	知不足齋本詞句	一作	詞選	詞辨	宋四家詞選	詞則	四庫本	詞綜
天香	孤嶠蟠煙	夜"採"鉛水	探	（未收）	（未收）	（未收）	採	探	採
		汛"逝"槎風	遠	（未收）	（未收）	（未收）	遠	遠	遠
水龍吟	素鸞飛下	輕妝鬬"目"	白	（未收）	（未收）	（未收）	白	目	白
	仙人掌上	娟娟猶"溼"	裛	（未收）	（未收）	（未收）	滴	滴	滴
			滴						
		"無言""似"舞	飄飖	（未收）	（未收）	（未收）	飄飖	無言	飄飖
			自	（未收）	（未收）	（未收）	似	暗	似
		小舟"清夜"	夜悄	（未收）	（未收）	（未收）	清夜	清夜	夜悄
	翠雲遥擁	"向誰"堪訴	有誰	（未收）	（未收）	（未收）	向誰	向誰	（未收）
			誰向						
齊天樂	綠槐千樹	尚"餘"枯蜕	遺	（未收）	（未收）	遺	遺	遺	遺
	蜕痕初染	"蠟"痕初染	蜕	（未收）	（未收）	蜕	（未收）	蜕	蜕
	蜕仙飛珮	"往事"魂銷	事往	（未收）	（未收）	事往	（未收）	事往	事往
	一襟餘恨	翠陰庭"宇"	樹	樹	樹	樹	樹	樹	樹

《補題》之作往往被收進其他詞選,其可能的選源有三:《補題》本身、前代的詞選、詞人的專集。戈載(1786—?)《宋七家詞選》卷五至卷七選的是周密、王沂孫及張炎的詞作,當中也有《補題》之作,而戈載採用的主要是詞人的專集,即知不足齋本《草窗詞》、知不足齋本《花外集》、龔蘅圃(龔翔麟,1658—1733)刻陶南村鈔八卷本《山中白雲詞》[①]。從上表可見,四個選本用的仍是《百家詞》系的版本,但相較而言,四個選本更接近《詞綜》多於四庫本。這四個選本是嘉慶至光緒年間常州詞派的名選,而參考的是浙西詞派的《詞綜》。常派選家對此也不諱言。例如《綠意》詠荷葉一闋,前人已考證是張炎之作,不過周濟《宋四家詞選》及陳廷焯《詞則》卻明言跟隨《詞綜》,題無名氏[②]。《詞綜》收了三十五首《補題》之作,但雜用了《百家詞》系的版本和詞人的專集,所以四個選本亦多見《詞綜》的異文,而不只是《百家詞》系的異文,這從張炎《水龍吟》就可見一斑。所以,詞選用的是《百家詞》系版本還是詞人的專集,還須仔細分析。

可以説,從康熙至乾隆年間,《百家詞》系主要透過蔣刻本及《詞綜》傳播。當時《補題》以單行整部書及選本兩種面貌面向讀者。自乾隆以還,蔣刻本散落之後,《百家詞》系主要透過不同的詞選流佈,而《詞綜》就是傳播《百家詞》系最重要的載體。《百家詞》系透過《詞綜》被後世選家一選再選,傳播面廣,影響自然深遠。不過,既是透過詞選傳播,就只能是部分詞作,不會是整部《補題》。另一方面,《補題》之作被收進其他詞選之後,就會與其他詞人詞作編在一起,《補題》原有的編排因此解體,《補題》整部書的面貌也無法保留。如果選家同時參考了詞人的專集,而不僅是《百家詞》系的版本,則《百家詞》系的面貌就更加模糊了。

《四庫全書》收了《樂府補題》,四庫本是《百家詞》系最完善的版本,

---

① 戈載編:《宋七家詞選》(臺北:河洛圖書出版社,1978 年據光緒乙酉(1885)曼陀羅華閣重刊本影印)卷五、卷六及卷七等三卷卷末識語。戈載以此三本爲主,再彙校衆本,包括詞人專集的不同版本,以及《花草粹編》、《詞綜》、《御選歷代詩餘》等前代選本。

② 《宋四家詞選》,頁 613 下;《詞則》頁二十二下至二十三上。

但四庫本在清代是難得一見的皇家藏書，不在民間流傳，其意義在於版本的保存，而不在於傳播。

至於《南詞》系，其主要的流佈載體是知不足齋本。似乎没有多少個有名的詞選採用此本。從選本傳播的角度看，《南詞》系無法與《百家詞》系相比。然而，《知不足齋叢書》是清代有名的叢書，而且十分普及易見，知不足齋本《補題》也因此而得到傳播，其傳播面不下於《百家詞》系。更重要的是，《補題》藉著《知不足齋叢書》得以保存下來，並以整部書的面貌面向讀者。從這個角度看，《南詞》系比《百家詞》系更能以整部書的面貌流佈。乾隆以後，單行的郁刻本就參考過知不足齋本，叢書的《漱六編》本、彊邨本、天蘇閣本及叢書集成本，更是採用知不足齋本，這令《南詞》系的傳播面更勝於《百家詞》系，至少《補題》能以整部書的面貌面向讀者。

第四節　結　語

《樂府補題》自編成之後，直至民國，可考的版本有二十六個，傳世的有十三個。從版本學的宏觀層面看，傳世的版本可歸爲兩系：《百家詞》系版本五個，包括抄本三個、刻本一個、排印本一個；《南詞》系版本七個，包括抄本一個、刻本四個、排印本兩個。從微觀層面看，兩系諸本各有價值，也各有優劣：兩系的明抄本是文物性的善本，兼具校勘的價值。而四庫本及知不足齋本則是兩系的代表版本，同時也是校勘性的善本[①]。比照此二本，足可窺見兩系的重要差異：

（一）知不足齋本絶大多數的“一作”，都是四庫本的正文。

（二）張炎《水龍吟》有兩個不同的下片，知不足齋本及四庫本各取

① 有關善本的概念頗有爭議。黄永年先生把善本區分爲“校勘性”及“文物性”兩類，並强調一書可兼二性。本書用的是黄永年先生的説法。詳黄永年：《古籍版本學》（南京：江蘇教育出版社，2009 年，第 2 版）第二章“版本和善本”，頁 9—13。

一個。

（三）知不足齋本脱去馮應瑞《天香》詠龍涎香一闋下片結句，四庫本作"斷續風流，柔情縷縷"。

（四）《天香》"瀛嶠浮煙"一首，四庫本題"失名氏"，知不足齋本題"五松李居仁師吕"。

可以設想，自乾隆年間以還，兩系的重要差異亦大致如此。如果要重建文本，就必須參考知不足齋本及四庫本。

從傳播史的角度看，最早復出的《補題》版本屬《百家詞》系。自康熙至乾隆年間，《百家詞》系主要通過蔣刻本及《詞綜》傳播。蔣刻本在清初一度是人所易見到的單行刻本，但乾隆之後，蔣刻本散落不存，《百家詞》系就主要通過不同的詞選流佈。其傳播面固然深廣，但面目亦因此模糊了。畢竟選本只能選部分作品，而且選源不一定是《補題》本身，也可以是詞人的專集。可幸《四庫全書》又把《百家詞》系保存下來。不過，四庫本不在民間流佈，所以只能發揮保存作用，而不是傳播。至於紅絲欄抄本及汲古閣抄本，更是清人難得一見的秘本，從没有在清代流佈，知之者不多，見之者更少，所以發揮的也是保存作用。《南詞》系則藉著《知不足齋叢書》保存下來，並以整部書的面目傳於後世。由此可知，清中葉以前，流佈的主要是《百家詞》系，清中葉以後，兩系並存，但由《南詞》系負責整部《樂府補題》的傳播。從版本源流譜系可以得知，當中居關鍵位置的，是知不足齋本。

從文獻校勘與整理的角度看，兩系文本的分野十分清晰，各有優劣，都能爲文本的重建作貢獻。因此，只有詳列兩系諸本的異同，參以詞人專集，細加比較，嚴加取捨，才有可能重建《樂府補題》的文本。

第三章　寄託:《樂府補題》的解讀之一

歷來詞學家都認爲《樂府補題》是一部別有寄託的詠物雅詞選集。詞人拈題唱和,寄託抒懷,所書寫的託意與流露的情感,已感動了不少讀者,特別在有清一代,不同派別的詞論家都推崇詞中寄託或者題外感慨。詞人在《補題》中呈現出高度的一致性,同時也展現出自己的個人特質。情感的類型與書寫自可在大同之中存在着個別的差異。本章擬探討的,是《補題》中的情志寄託,與詞人在情感和託意上的個別差異。至於詞人如何賦形摹神,則另章再論。

第一節　本事之有無與情感的書寫

詞學家都很重視《樂府補題》中的寄託。所謂寄託,也不外亡國之痛與身世之感兩大端。然而,一些詞學家並不滿足於籠統地泛言別有寄託,總希望能够把《補題》坐實到某件史事上。他們嘗試運用傳統的知人論世,以史證詩的方法,把《補題》與某件史事連繫起來,以該史事爲《補題》的創作中心本事,認爲《補題》的五調五題三十七首詞,都不離這件本事。總之,就是要具體落實到可以指出某首詞爲某件本事而作。

在既有的諸種説法中,以楊髡發宋陵説出現最早,可追溯至清代浙西詞家厲鶚《論詞絶句》的"一片冬青冢畔心"之句。自厲説提出之後,經歷常州詞派周濟《宋四家詞選》、晚清王樹榮《樂府補題跋》,直到近代夏承燾先生《樂府補題考》[1],爲之詳加論説,於是楊髡發陵儼然成了《補題》創作的中心本事。在"發陵説"幾成定論之際,卻有學者提出異議。蕭鵬先生《樂府補題寄託發疑》首先質疑夏説,其辭甚辯[2]。至劉榮平先生《釋"知君種年星在尾"》運用宇航科技作考證,辨之更詳[3]。於是,"發陵説"又被推翻了。

詞學家論及的《補題》本事當然不只"發陵"一事。如果有文獻證據支持,傳統以史證詩的方法是可行而且有説服力的;然而,除了《補題》的文本以外,其他有關的文獻均付闕如,各家詞人也没有留下片言隻語供後人考證;而《補題》諸作本身又是象徵性的詩化語言,名物與典故繁多,索解不易,因此,詞學家要考釋《補題》的本事,就難免言人人殊,甚或是猜測多於考證了。丁放先生指出:"清人對《樂府補題》寓意的認識是逐漸形成並加深的。從開始認爲是家國之恨,到落實其具體所指,是有一個過程的,其寓意已有'發陵説'、'詠謝太后事'、'詠全太后爲尼説'、'詠王清惠幽貞或爲女冠説'等四種觀點。"[4]丁放歸納出古今人成

---

① 夏承燾:《唐宋詞人年譜·周草窗年譜》附録,《夏承燾集》(杭州:浙江古籍出版社、浙江教育出版社,1997年)第一册,頁373—380。

② 蕭鵬認爲:第一,没有任何歷史記載可以坐實此説;第二,《樂府補題》五詠不是作於同時同地;第三,發陵事兩見於周密《癸辛雜識》,記述不一,且是晚年得知於狀紙,足證"發陵説"經不起推敲。詳氏著:《樂府補題寄託發疑——與夏承燾先生商榷》,載《文學遺産》1985年第1期,頁66—71。

③ 劉榮平"求助於上海天文臺盧仙文博士,據其電腦檢索美國宇航局噴氣推進實驗室(JPL)長期曆表DE404,知從會稽的經緯度觀察,歲星1248年在尾宿。又據Skymap32實際演示,結果相同。其他年份歲星不在尾宿。這個結果證明歐陽光對發陵時間的考證(1284—1285)是正確的。須説明的是種年不等於發陵之年,盜陵宋朝君臣一百零一所陵墓是需要一段較長的時間。種冬青樹之後,發陵仍在繼續。"詳氏著:《釋"知君種年星在尾"——對楊髡發陵時間之堅證的考辯兼論樂府補題寄託發陵説不能成立》,載《新宋學》2001年第1輯,頁157—166。

④ 丁放:《〈樂府補題〉主旨考辨——兼論"比興寄託"説詞論在清代以來的演變》,《安徽師範大學學報》(人文社會科學版)2001年第4期,頁531—538。

説六種①,牛海蓉更歸納出十種説法②,可謂厥旨淵放,本事難求。下表是一些已發表的今人研究,從中可見異説之紛陳:

研究者	主　張	出　處
吴則虞	《天香》詠龍涎香,王沂孫、王易簡、吕同老、李居仁諸作疑指帝昺崖山之事。《水龍吟》詠白蓮王沂孫"淡妝不掃"首,與王易簡、吕同老、唐珏諸作暗寓趙昺之南去;"翠雲遥擁"首指王清惠爲女道士事;《齊天樂》詠蟬諸作寓意則一,指發陵事。	《花外集箋註》,上海:上海古籍出版社,1988年,頁2、39、40、50。按:書前有寫於1958年的"前言",謂箋注初成於抗日戰争期間。
蕭　鵬	宛委山房擬賦龍涎香,可能是寄託厓山之覆滅;浮翠山房詠白蓮,大抵以出淤泥而不染的白蓮自喻,不願與元人合作;餘閑書院詠蟬,則身世之感、遲暮之嘆流於言表,背景應是元朝統治者開始大量强征南士赴召,其它二詠則難以推斷。	《〈樂府補題〉寄託發疑》,載《文學遺産》1985年第1期,頁66—71。相同觀點又見蕭鵬與金啓華合著:《周密及其詞研究》第三章第三節"《樂府補題》之謎",濟南:齊魯書社,1993年,頁58—67。
王大均	詠龍涎香指崖山君臣投海殉國的悲劇;詠白蓮寫楊淑妃崖山殉難事;詠蟬寫謝太后、王昭儀北俘後的悲涼身世;詠蓴隱射厓山殉難的陸秀夫、張世傑;詠蟹則寫祝髮爲僧的恭帝。	《〈樂府補題〉新考》,載《文學遺産》1989年第5期,頁132—134。

① 六種成説:一、宋陵被掘,唐珏等潛收帝後遺骸。二、指謝太后北擄至北方事。三、指全太后至北方後削髮爲尼事。四、指王昭儀清惠爲女道士事。五、指陸秀夫負帝昺於崖山投海事。六、詞人以白蓮、蟬自喻,或以節操自勉。見丁放:《〈樂府補題〉主旨考辨——兼論"比興寄託"説詞論在清代以來的演變》,頁533—534。

② 十種説法:一、身世之感,君國之思。二、楊髡發陵事。三、謝太后事。四、王昭儀(王清惠)事。五、全太后祝髮爲尼事。六、崖山事。七、趙昺之南去事。八、遺民以節操自勵。九、楊淑妃事。十、恭帝趙㬎事。見牛海蓉:《也談《樂府補題》的寄託》,載《鄭州大學學報》(哲學社會科學版)2006年第2期,頁148—152。

續表

研究者	主　張	出　處
丁　放	《樂府補題》是元初詞社唱和的一部詠物詞集，可能暗含一定的身世之感，但並無可以徵實的言外之意。除非新發現過硬材料，否則將《樂府補題》與發陵事、崖山之變、謝太后事、王清惠事等聯系起來，總嫌牽强，但若將此書視爲有一定身世之感的詠物之題什，則較爲妥當。	《〈樂府補題〉主旨考辨——兼論'比興寄託'說詞論在清代以來的演變》，載《安徽師範大學學報》(人文社會科學版)，2001 年第 4 期，頁 531—538。
郭　鋒	從應社詞的傳統及詠物詞的特點等兩方面看，《樂府補題》都不可能有什麽秘聞軼事，因而與南宋六陵、崖山覆没等歷史事件没有關係，它所有的只是亡國的體驗、生存的艱難和身心具辱的痛苦心態，通過這一組具體的物象把這種鬱積深厚的情感抒發出來，而且是一種空靈雅正的意趣。	《論〈樂府補題〉的詞學思想》，載《南昌大學學報》(人文社會科學版)，2006 年第 1 期，頁 109—112。又見氏著：《南宋江湖詞派研究》第四章第二節第二分節"《樂府補題》賦詠五物的言外之意"，成都：巴蜀書社，2004 年，頁 163—174。
牛海蓉	以《樂府補題》中王沂孫的作品爲分析對象，提出："詠龍涎香主要是傳達遺民們的今昔身世之感；詠白蓮主要傳達遺民們的家國之痛、身世之悲，但也有例外；詠蟬主要表達詞人們懷念往昔、否定現在的情感傾向；詠蓴當作於王沂孫慶元歸來的盟友聚會，有對王沂孫的贊賞，也有抱定終隱的表白；詠蟹是表達終隱者逐漸變少，遺民們表達要向畢卓那樣'拍浮酒船中，便足了一生'的願望。"	《也談〈樂府補題〉的寄託》，載《鄭州大學學報》(哲學社會科學版)，2006 年第 2 期，頁 148—152。相同觀點又見氏著：《元初宋金遺民詞人研究》第二章第三節第二分節"南宋遺民詠物專集——《樂府補題》"，北京：中國社會科學出版社，2007 年，頁 209—234。

續表

研究者	主 張	出 處
路成文	《補題》五詠雖各有深隱情志,《天香·宛委山房擬賦龍涎香》似諸遺民在陳恕可家賞玩龍涎香後作,情感内涵主要是嘆老嗟悲與亡國之痛;《水龍吟·浮翠山房擬賦白蓮》似諸遺民遊湖賞蓮後作,抒發故國之思,傳達了保持節操、清静自守的情志;《齊天樂·餘閑書院擬賦蟬》其情志内涵則包括自傷身世、故國之思與亡國遺民的自誓之辭,未能遽斷是否與楊髡發陵事有關;《摸魚兒·紫雲山房擬賦蓴》乃爲王沂孫的出處而發;《桂枝香·天柱山房擬賦蟹》暗寓宋室逃、亡之事。	《〈樂府補題〉考論》,《宋代詠物詞史論》附録,北京:商務印書館,2005年,頁262—290。

從上表首先見到的,是各項不同的本事,全都是易代之初的歷史事件,而且充滿政治意味。繼而看到的,是一些詞學家以本事之有無來界定"寄託"之有無,例如丁放與郭鋒就認爲《補題》别無本事,故懷疑寄託説不能成立,但同時又認爲《補題》"可能暗含一定的身世之感","它所有的只是亡國的體驗、生存的艱難和身心具辱的痛苦心態"。這其實是承認《補題》别有隱衷:可能是"身世之感",又或是"亡國的體驗"等等,這同樣也充滿政治意味。然則,本事之有無,又是否足以界定寄託之有無?或者可以這樣考慮:寄託以政治爲其核心,當中可側重寫詞人的人生態度、身世之感,或者家國之思,亦可兼寫二者或三者,但一定以政治爲前提,當政治壓力仍然存在,更以時諱爲背景。若從這個角度考慮,則本事之有無,不足以界定寄託之有無,界定寄託之有無,關鍵在於:情感的生發是否有政治意涵,是否"以政治爲前提",當時是否有政治時諱。蘇軾《卜算子》詠雁的本事難求,不過後世讀者大都認爲是寄託之作;陳堯佐的《踏莎行》(二社良辰)有明確的本事,卻未有人視之爲寄託之作。如此看來,《補題》依然是一部别有寄託的詠物詞集。

《補題》别有寄託,卻又本事無考。這可能是因爲年代久遠,文獻難徵之故。但更可能是出於詞人的有意所爲,故意隱去了本事,就如周濟所説的:“非寄託不入,專寄託不出。”①於是就呈現出一種惝恍迷離,不落言詮的藝術風貌②。然則,面對本事無考的《補題》,又應如何解讀?詞人情感的書寫應是一把解讀的鑰匙。具體言之,就是:

(1) 先辨識詞人所書寫的情感。詞人抒發亡國之痛與自傷身世,都是讀者意料之中的主題,把這個主題勾勒出來是必須的;在這個共同的主題之下,十四家詞人所表現出來的情感樣感是怎樣的?詞人都在抒情,但他們之間又有何分别?對此加以辨識,應有助了解《補題》的情感樣態。

(2) 再透過詞中的典故,以及詞人同題唱和之間的内部呼應,詮釋這些情感與易代之初的歷史語境的關係:面對國家敗亡,面對政治及現實生活的考驗,詞人如何回應?對歷史語境的回應很能呈現出其人生態度,而身世之感與家國之思的情感樣態就是詞人的回應的書寫。

簡言之,辨識詞人的情感,詮釋這些情感與歷史語境的關係,是知其然與知其所以然的兩個層次的探討。很明顯,情志寄託的解讀焦點就落在詞人的心境上:

歷史語境、詞人心境、詞作,三者構成一個結構。其生成過程是由歷史語境到詞人心境,再到詞作;而解讀則以詞作爲據,參照歷史情景,再聚焦到詞人心境上。

需要强調的是,勾勒歷史語境並非尋求本事。歷史語境是由衆多

① 依次見周濟:《介存齋論詞雜著》“學詞途徑”條;《宋四家詞選目録序論》,唐圭璋:《詞話叢編》第2册,頁1630,1643。

② 詹安泰《論寄託》:“故工於寄託者,其爲詞也,乃多惝恍迷離,不落言詮,令讀者驟遇之,彷彿在耳目之前,深味之,乃覺有悠遠之義,不易知其情之所由生與其意之所專指。”《詹安泰詞學論稿》,頁119。

的人與事在某個特定時空裏建構而成的;況且文獻有闕,所謂勾勒,也不過是大致上的輪廓而已,相對地完整的,是詞作的文本。既然解讀的焦點是詞人心境而非本事,則下文將要討論的方向就不是詞句如何影射某件史事,而是把《補題》重置於易代之初的歷史語境之中,辨識詞人在當中的情感書寫。以下試就《補題》五調五題逐一討論。

第二節　《天香·宛委山房擬賦龍涎香》的寄託

《天香》詠龍涎香是《補題》的第一組詞,共八家八首:王沂孫、周密、王易簡、馮應瑞、唐藝孫、吕同老、李彭老、李居仁各填一首。本題諸作上片詠物,主要從採香、製香、焚香等環節賦寫龍涎香,並爲下片抒情作鋪墊;下片則是抒情,並用薰被、餘香、或者憶念等書寫回應上片,以見前後呼應,關聯一體。這是宋代詠物詞的典型結構。

八首詞中的一些抒情字眼很是矚目,例如:斷魂、謾、淒涼、老、憔悴、惜、悵、愁、空、惱、苦、恨、怎奈。這些抒情字眼都指向負面的情緒:低沉、暗淡。除了王沂孫一篇"斷魂"一詞見於上片之外,其他字眼均見於下片。如果把這些抒情字眼與上片採香、製香、焚香等虛幻而且華麗的內容結合並觀,則抒情的效果就更能强烈地突顯出來。這是本題給讀者的總體印象。然而,情感的想像與生發還可作以下較具體的論述。

一、憶昔懷舊:對當下生存狀態的情感折射

王沂孫"孤嶠蟠烟"一篇是本題的第一首詞,也是全書的第一首詞,詞中"驪宫夜採鉛水"一句,用了李賀(790—816)《金銅仙人辭漢歌》"憶君清淚如鉛水"典①;以"採鉛水"比喻採龍涎,而實隱含了"憶君清淚"

① 詩前有序:"魏明帝青龍元年八月,詔宫官牽車西取漢孝武捧露盤仙人,欲立置前殿。宫官既拆盤,仙人臨載乃潸然淚下。唐諸王孫長吉遂作《金銅仙人辭漢歌》。"序與詩見李賀著,吴企明箋注:《李長吉歌詩編年箋注》(北京:中華書局,2012年),頁159—160。

之意,"鉛水"就是亡國之淚,其黍離之悲的主題甚是明確。這既是此詞的主題,也是全書的主題,頗能爲《補題》定下基調。事實上,李賀"金銅鉛淚"一典反覆見於《補題》①。"驪宫夜採鉛水"寫的是採香,緊接的"汛逝槎風,夢深薇露,化作斷魂心字",寫的是製香,可見詞人筆下的龍涎香就是用亡國之淚製成的。因此,本題諸作流露出低沉、暗淡的情感,亦在情理之中了。

王沂孫在上片歇拍寫焚香云:"一縷縈簾翠影,依稀海山雲氣。"此固然是呼應着起調的"孤嶠蟠煙",卻同時又是由實入虛之筆,引出下片"幾回殢嬌半醉"的舊日回憶。綜觀本題八家,除了唐藝孫和吕同老之外,其餘六家都寫了"憶昔":

王沂孫:"幾回殢嬌半醉。翦春燈、夜寒花碎。更好故溪飛雪,小窗深閉。"

周密:"素被瓊篝夜悄。酒初醒,翠屏深杳。一縷舊情空趁、斷烟飛繞。"

王易簡:"餘馨惱人最苦。染羅衣、少年情緒。謾省珮珠曾解,蕙羞蘭妒。"

馮應瑞:"當年翠篝素被。拂餘薰、倦懷如水。謾惜舞紅猶在,爲誰重試。"

李彭老:"相逢酒邊雨外。火初温、翠爐烟細。不似寶珠金縷,領巾紅墜。荀令如今憔悴。消未盡、當時愛香意。"

李居仁:"螺屏酒醒夢好。繡羅幬、依舊痕少。幾度試拈心字,暗驚芳抱。"

"幾回"、"一縷舊情"、"珮珠曾解"、"當年翠篝素被"、"舞紅猶在"、"當時愛香意"、"依舊痕少"等字句,都表明詞人寫的是"昔日"。詞人站在"當

① 除了王沂孫《天香》詠龍涎香之外,又兩見於《水龍吟》詠白蓮(周密"素鸞飛下"一篇、張炎"仙人掌上"一篇),兩見於《齊天樂》詠蟬(唐珏"蠟痕初染"一篇、王沂孫"一襟遺恨"一篇)。

下”,追懷“昔日”。

王沂孫、周密、王易簡和李彭老四家所憶念的“昔日”,都是男女情事,不過,他們是否都有過難以忘懷的情事,卻又不可稽考。沈義父(生卒未詳)《樂府指迷》“詠花卉及賦情”條謂:“作詞與詩不同,縱是花卉之類,亦須略用情意,或要入閨房之意。然多流淫艷之語,當自斟酌。如只直詠花卉,而不著些豔語,又不似詞家體例,所以爲難。”[①]詠物可否“著些豔語”,視乎物象的性質與詞人的作意而定,以花卉比擬佳人,或者以佳人比擬花卉,早已是詩家慣技,沈義父所言,不過是經驗的總結而已,只要物象的性質容許,詞人就可以“著些豔語”。紅袖添香也是唐宋詩詞裏常見的畫面,因此,詠龍涎香而“著些豔語”亦是無妨。然則,詞家的詠物“豔語”,是真是假,不必拘泥,可以賦讀之,亦可以比興讀之。以王沂孫一篇爲例,上片曰“鉛水”、曰“斷魂”,則“殢嬌半醉”之句,應以比興讀之爲宜。至於其他三家,所憶念的昔日也是男女情事,都與焚爇龍涎香相關,而且情事的結局都是不圓滿的,與王沂孫一篇所寫的十分相似,這也就未免太巧合;再者,詞人都以自己的昔日情事來唱和,互以自己的情事相示,而所述的情事竟然是如此的相似,這也悖於人情常理。其實,王沂孫一篇是很好的解讀提示:以豔語情事入詞,只是詠物詞的技法而已,若讀者相信三家詞人都與王沂孫一樣,懷着黍離之悲參加唱和,則詞中的情事,就應以比興讀之。

馮應瑞和李居仁所寫的昔日並非男女情事,甚至没有具體的内容情節,卻仍是透過龍涎香把今與昔聯繫起來,借昔日來襯託當下:“當年翠篝素被”是值得懷念的,不過只能在夢裏才可回到昔日,所以只好憑醉入夢;可惜現實是“螺屏酒醒夢好”,酒醒夢覺,所見到的是“繡羅幬、依舊痕少”的景象,要面對的,是“拂餘薰、倦懷如水”、“幾度試拈心字,暗驚芳抱”的現實。從抒情手法看,王沂孫等四家與馮應瑞等三家都是用了襯託的手法,以昔襯今;其不同者,是王沂孫等以男女情事這種尋常人共有的經驗來作比擬,把美好的昔日具體化,以追憶佳人喻追懷往昔承平之世,所以説,應該以比興解讀王沂孫等四家之作。總之,諸家

---

① 唐圭璋:《詞話叢編》第 1 册,頁 281。

詞人所書寫的情感並無二致:昔日是美好的,現在卻今非昔比。

所謂昔日,當然是指亡國之前的歲月。按詞人在本題所示,亡國之前的歲月都是美好的。先從詞人亡國前的生活看。亡國之前,詞人每逢雅集,都不離詩酒湖山,拈題唱和,談文論藝,評賞雅玩。詞人的生活富貴豪華,卻又風流清雅,詞學界對這方面的探討已有不少,前面第一章第三節也有述及,此處只再舉一二例子以重溫他們的雅人生活。周密《三犯渡江雲》序:

> 丁卯(1267)歲未除三日,乘興櫂雪訪李商隱、周隱(李彭老、萊老兄弟)於餘不之濱。主人喜余至,擁裘曳杖,相從於山巔水涯松雲竹雪之間。酒酣,促膝笑語,盡出笈中畫、囊中詩以娛客。醉歸船窗,紞然夜鼓半矣。歸途再雪,萬山玉立相映發,冰鏡晃耀,照人毛髮,灑灑清入肝鬲,凜然不自支,疑行清虛府中,奇絕境也。朅來故山,怳然隔歲,慨然懷思,何異神遊夢適。因竊自念人間世不乏清景,往往汩汩塵事,不暇領會,抑亦造物者故爲是靳靳乎。不然,戴溪之雪,赤壁之月,非有至高難行之舉,何千載之下,寥寥無繼之者耶。因賦此解,以寄余懷。(第5册,頁3268)

周密櫂雪訪李彭老兄弟,與王徽之雪夜訪戴逵、姜夔雪夜出遊(《慶宫春》〔雙槳蓴波〕)等雅人風致極相似,又謂"戴溪之雪,赤壁之月","千載之下,寥寥無繼之者",則周密與李彭老兄弟彷彿是要接武王徽之和蘇軾了。這種生活,當然是美好的。又如"能文工詞,琢語峭拔,有白石意度"的王沂孫,他"香留酒殢,蝴蝶一生花裏"(張炎《瑣窗寒》);"結客千金,醉春雙玉。舊遊宫柳藏仙屋"(周密《踏莎行·題中仙詞卷》)。他的生活,也是富貴豪華的。至於本題其他詞人亡國前的生活,由於文獻無徵,已不可稽考;不過,周密和王沂孫已有足够的代表性了。

再從亡國前的南宋,主要是臨安的繁華看。周密《武林舊事》卷三記"都人游賞",很能見出當時的盛況:

> 西湖天下景,朝昏晴雨,四序總宜;杭人亦無時而不游,而春遊

特盛焉。承平時,頭船如大綠、間綠、十樣錦、百花寶、勝明玉之類,何翅百餘;其次則不計其數,皆華麗雅靚,誇奇競好。而都人凡締姻、賽社、會親、送葬、經會、獻神、仕宦恩賞之經營、禁省臺府之囑託,貴璫要地,大賈豪民,買笑千金,呼盧百萬,以至癡兒騃子,密約幽期,無不在焉。日糜金錢,靡有紀極。故杭諺有"銷金鍋兒"之號,此語不爲過也。[①]

又記官民"探春"的喧鬧盛況云:

都城自過收燈,貴游巨室,皆爭先出郊,謂之"探春",至禁煙爲最盛。龍舟十餘,彩旗叠鼓,交午曼衍,粲如織錦。內有曾經宣唤者,則錦衣花帽,以自别於衆。京尹爲立賞格,競渡爭標,內璫貴客,賞犒無算。都人士女,兩堤駢集,幾於無置足地;水面畫楫,櫛比如魚鱗,亦無行舟之路。歌歡簫鼓之聲,振動遠近,其盛可以想見。若游之次第,則先南而後北,至午則盡入西泠橋裏湖,其外幾無一舸矣。弁陽老人有詞云:"看畫船盡入西泠,閑卻半湖春色。"蓋紀實也。既而小泊斷橋,千舫駢聚,歌管喧奏,粉黛羅列,最爲繁盛。橋上少年郎,競縱紙鳶以相勾引,相牽翦截,以綫絶者爲負,此雖小技,亦有專門。爆仗、起輪、走綫之戲,多設於此。至花影暗而月華生,始漸散去。絳紗籠燭,車馬爭門,日以爲常。張武子詩云:"帖帖平湖印晚天,踏歌游女錦相牽。都城半掩人爭路,猶有胡琴落後船。"最能狀此景。[②]

都人士女的熱鬧景況,可以想見。周密更引自己的"看畫船"之句,以示

① 周密:《武林舊事》卷三"西湖游幸"條,頁71。

② 周密:《武林舊事》卷三"西湖游幸"條,頁72。

是"紀實"之文。至於一般百姓,更是勾欄瓦舍的常客,以致瓦市興旺[①]。亡國前的繁華,就如吴自牧(生卒未詳)《夢粱録》所説的:"臨安風俗,四時奢侈,賞玩殆無虚日。西有湖光可愛,東有江潮堪觀,皆絶景也。""春則花柳争妍,夏則荷榴競放,秋則桂子飄香,冬則梅花破玉,瑞雪飛瑶。四時之景不同,而賞心樂事者亦與之無窮矣。"[②]

如此美好的生活,當然令詞人憶念。不過,以上所述的,只是美好的一面,不是昔日生活的全貌;事實上,亡國前的生活還有陰暗腐敗的一面,而詞人是知悉的。"端平入洛"和"襄樊之役"是宋末的重大時事,關乎當時的宋蒙關係,更關乎南宋的存亡,詞人對此是很清楚的[③],況且"襄樊之役"發生之時,詞人已經長大成人,知之更詳,周密《癸辛雜識·别集下》"襄陽始末"條就詳細記述了此事[④],是後人研究宋末歷史一則重要的史料。又如咸淳癸酉(1273),蒙古軍破樊城及襄陽,宋特置"機速房"以應對,"凡急切邊事先行後奏","凡有上書獻書關涉邊事者,並送本房面問,如有可行者,並與施行";當時非無出謀獻策者,可惜宋官僚腐敗自私,顢頇從事,把國家推向危亡。周密《癸辛雜識》謂:

> 忽有蜀人楊安宇者(生卒未詳),獻策奇譎,右司許自扣之,不相投合。許自(生卒未詳)乃操閩音穢語以爲高,欲乞朝廷竟差許自前往邊郵,操穢語以駡賊退師云云。於是遂將安宇行遣,而機速房之望顧輕矣。且許自乃一不通世務之閩士,僅能作詩文之外,他無所能,而乃令當此選,用之者固謬,而自亦可謂不揣矣。一籌不

---

① 吴自牧《夢粱録》卷十九"瓦舍"條:"杭之瓦舍,城内外合計有十七處。"周密《武林舊事》卷六"瓦子勾欄"條則詳列臨安城"瓦子"共廿三處。二書所記數目不同,而所見興旺則一。

② 吴自牧著,傅林祥注:《夢粱録》(濟南:山東友誼出版社,2001 年)卷四"觀潮",頁 45;卷十二"西湖",頁 160。

③ 周密:《齊東野語》卷五"端平入洛"條,頁 77—80。

④ 周密:《癸辛雜識·别集下》"襄陽始末"條,頁 305—312。

畫,坐致危亡,非不幸也。[1]

南宋至此,已是藥石亂投,就如周密所言:"一籌不畫,坐致危亡,非不幸也。"詞人是當時的文化精英,對自己國家的狀況是很清楚的。

國家的狀況危急,詞人自身亦遭逢蹇厄。仍以周密爲例略作説明。景定三年(1261),朝廷從賈似道之請,行公田之法。據夏承燾先生《唐宋詞人年譜·周草窗年譜》考證,周密於景定四年(1262)奉朝命往毗陵督買公田。周密親見:"其間毗陵、澄江,一時迎合,止欲買數之多。凡六斗、七斗者,皆作一石。及收租之際,元額有虧,則取足於田主,以爲無窮之害。或内有磽瘠及租佃頑惡之處,又從而責换於田主,其害尤慘。"[2]可謂民不聊生。周密於是"除其浮額十之三,大忤時宰(賈似道)意,禍且不測"[3]。同年辭官回鄉侍母病。再看張炎的遭遇。曾祖張鎡與權臣史彌遠(1164—1233)有隙,在政治角力中落敗,嘉定四年(1211),"張以罪謫象州,牢落殊甚。一日,忽有來訪者,審則其人也(張鎡曾幫助過的傭人)。於是爲張營居止,且貸以資,使爲生計,張遂賴以濟。後張歿於家,其人周其葬,事畢亦莫知所在"[4]。祖父張濡以浙西安撫司參議官守獨松關。德祐二年(1275)"九月,大兵至獨松關,殺廉萬户希賢。後丙子(1276)二月,廉希賢之子殺張濡,磔之"[5]。磔,就是分屍。張炎家族的遭遇也是相當蹇厄的。其他詞人無考,兹以周、張爲例,以見其梗概。

不論從國家、社會還是個人的層面看,亡國前的生活,都並非完美無缺,而詞人對此是相當清楚明白的。既然清楚明白,何以詞人彷彿"遺忘"了從前的蹇厄,只記着昔日的美好,而且流露出眷戀的情懷?之

---

① 周密:《癸辛雜識·别集下》"機速房"條,頁313—314。按:許自,《齊東野語》卷十七"咸淳三事"條作"許自書"。

② 周密:《齊東野語》卷十七"景定行公田"條,頁315。

③ 周密:《弁陽老人自銘》,收入朱存理編《珊瑚木難》。

④ 周密:《癸辛雜識·後集》"張約齋傭者"條,頁109。

⑤ 劉一清:《錢塘遺事》卷八"諸郡望風而降"條,頁180。

所以如此,是因爲他們對活着的當下有種種難言的感受。

蒙古軍滅宋期間的殺伐是非常慘烈的。劉一清《錢塘遺事》記曰:"(丙子二月)十六日早,(宋主)舟次常州,燬餘之屋無路,殺死之屍滿河,臭不可聞,惟此最多。次過奔牛鎮,夜泊吕城,白骨堆積如山。"[①]林景熙在《犇説》中憶述:"柔兆困敦之歲,朔騎壓境,所過殺掠,數十里無人煙。"[②]這種慘況,《補題》詞人一定經歷過,玉田公子張炎就是因此家破族亡,家資盡籍。蒙古軍勢如破竹,"諸郡望風而降",死節者亦衆[③],這些都是詞人熟知的。

亡國與戰亂給他們留下了極大的創傷,而元統一天下之後,江南士人,包括《補題》詞人,他們的生活和遭遇也是相當悲苦的。文彦博與宋神宗(趙頊,1048—1085)討論王安石(1021—1086)變法時曾説過:"爲與士大夫治天下,非與百姓治天下也。"[④]士大夫在宋代的地位可想而知。不過,在蒙元的統治下,特别是入元之初,士人的地位卻是一落千丈。俞德鄰(生卒未詳)《送陳茂叔序》曰:"兵燹十年,車書雖同,科目未設,士之通經術、工文辭者,幾無用于世,顛頓狼狽,失所操持,蓋不忍言矣。甚者征徭困之,夫役撓之,時俗又從而姍笑之,及夫發憤爲吏,則刀筆之未工,法律之未究,其表表者,不過齒名庠序,卯申圖一餔餟而止耳,嗟夫! 何士之重可悲也?"[⑤]士人不僅没有出路,而且飽受徭役之苦,加之維生計拙,時俗姍笑,淪落至此,可謂飢貧交煎,尊嚴盡喪,與從前的天子"與士大夫治天下"相比,感受就更加强烈了。

《補題》詞人當然也有屈辱之感,卻未必敢公然渲洩。《元史・刑法

---

① 劉一清:《錢塘遺事》卷九"丙子北狩"條,頁 197。

② 林景熙著,章祖程注,陳增傑補注:《林景熙集補注》(杭州:浙江古籍出版社,2012 年)卷四,下册,頁 395。按:"柔兆困敦之歲"即丙子年,是年蒙古軍入臨安。

③ 劉一清:《錢塘遺事》卷八"諸郡望風而降"條,頁 179—183;同卷"潭州死節"條,頁 188—189;同卷"揚州死節"條,頁 190。

④ 李燾(1115—1184):《續資治通鑑長編》卷二百二十一《四庫全書》本,頁五下。

⑤ 俞德鄰:《佩韋齋集》,《天禄琳瑯叢書》景元皇慶本,載臺北"故宫博物院"編:《天禄琳瑯叢書》第一集(臺北:"故宫博物院"1932 年),卷十,頁四下至五上。

志》謂:“諸妄撰詞曲,誣人以犯上惡言者,處死。”又謂:“諸亂製詞曲,爲譏議者,流。”另一方面,奸邪小人又常藉告發以逞其私,周密對此就很清楚。《癸辛雜識》有一則記載,謂梁棟(生卒未詳)因在莫子山(生卒未詳)的席上未能得嚐元魚之饌,“遂告(莫)子山嘗作詩有譏訕語,官捕子山入獄。久之,始得脱而歸,未幾病死。余(周密)嘗挽之云:‘秦邸獄成杯酒裏,烏臺禍起一詩間。’紀其實也”。後來梁棟亦爲道士許宗師(生卒未詳)所告[①]。《癸辛雜識》還有一則劉辰翁因作詩而被告訐的記載:“劉會孟(劉辰翁)嘗作《月》詩,六言,云:‘霓裳聲裏一攧,如今是第幾輪。赤壁黄樓都在,古今多少愁人。’爲人所訐,幾殆。”[②]若與清代相比,總的來説,元代的文禍並不嚴重,但既有明文的刑法,又有小人的告發,則詞人就自然多加警惕,不敢暢所欲言[③],他們把憂懼的情緒放大,自製危機四伏的氣氛,於是就不敢輕議時政了。

亡國期間的殺伐已令士人心膽俱裂,而入元之後的種種經歷又令士人產生憂懼的情緒,飢貧與屈辱的生活促使士人更加懷念從前,回首前塵,就更容易認爲昔日是美好的。於是,在詞人腦際浮現的,是修改了的記憶;形諸筆下的,是美化了的昔日;所抒發的,是當下的感傷,並演繹爲幾種不同的情緒:

> 王沂孫云:“謾惜餘薰,空篝素被。”是一片頹唐衰颯。
>
> 周密云:“酒初醒,翠屏深杳。一縷舊情空趁、斷烟飛繞。羅袖餘馨漸少。”馮應瑞云:“惟有清寒一點,消磨小窗殘醉”,“謾惜舞紅

---

① 周密《癸辛雜識・續集上》“子山隆吉”條:“梁棟,字隆吉,鎮江人,登第,嘗授尉,與莫子山甚稔。一日,偶有客訪子山,留飲,作菜元魚爲饌,偶不及棟,棟憾之,遂告子山嘗作詩有譏訕語,官捕子山入獄。久之,始得脱而歸,未幾病死。余嘗挽之云:‘秦邸獄成杯酒裏,烏臺禍起一詩間。’紀其實也。後十年,棟之弟投茅山許宗師爲黄冠,許待之厚。既而棟又欲挈妻孥而來,許不從,棟遂大罵之。許不能堪,遂告其曾作詩云:‘浮雲暗不見青天’,指以爲罪。於是捕至建康獄,未已病死。此恢恢之明報也。”頁139。

② 周密:《癸辛雜識・别集上》“須溪月詩”條,頁253—254。

③ 張宏生:《感情的多元選擇:宋元之際作家的心靈活動》,頁35—37。

> 猶在，爲誰重試。幾片金昏字古。向故篋、聊將伴憔悴。斷續風流，柔情縷縷。"是一片無奈與無聊。
>
> 李彭老云："荀令如今憔悴。消未盡、當時愛香意。燼煖燈寒，秋聲素被。"明言是憔悴。
>
> 王易簡云："餘馨惱人最苦"，"恨素被、濃薰夢無據。"是惱恨。
>
> 李居仁："幾度試拈心字，暗驚芳抱。"是驚心。

撫今追昔，就如王沂孫《齊天樂·贈秋崖道人西歸》説的："當時無限舊事，嘆繁華似夢，如今休説。"（頁 3357）

申萬里先生謂："懷舊情結是元初江南士人精神世界中普遍存在的一種社會心理現象。"因爲入元之後，士人的經濟情況惡化，加上科舉廢除、入仕無門、社會地位下降，種種實況都導致他們對現實不滿，並興起對故宋歷史的記憶與眷戀，所以懷舊就成了當時江南士人群體精神世界的一個重要内容。"元代江南士人的懷舊情結，實際上是對南宋時期士人的社會尊嚴以及南宋政權與士大夫'共治天下'的統治方式的懷念，這些正是元朝蒙古統治所忽略和欠缺的内容"①。

《補題》詞人是南宋亡國歷史的參與者，對於亡國，他們只能面對，别無選擇，完全是被動、被逼的。詞人聚首唱和，拈題分詠，似與亡國之前無異，但實際上，社課唱和的性質已經産生了變化。唱和當然是宋人高雅文化的延續，不過，對於《補題》詞人而言，唱和更是一種召唤儀式。詞人藉着唱和的儀式，召唤亡國前的繁華盛世，召唤曾經享受過的美好時光，進而告訴自己，同時也互相告訴對方：我們是屬於過去的，不屬於當下，卻又無奈地活到當下。賦詠龍涎香，無非是藉一縷熟悉的香味和一個焚香的情景來激起情感，從而在情感的記憶中重現過去的歲月，儘

---

① 申萬里：《元初江南士人的懷舊情結初探》，載《武漢大學學報》（人文科學版）2012 年第 2 期，頁 115—122。按：申萬里在文中又指出："元代江南士人的大量懷舊言論，對於元朝江南地方政府改良統治方法，形成了一定的輿論壓力或輿論導向，對元朝江南統治的完善以及江南文化發展、教化推行産生了積極的影響。"（見頁 122）可見憶昔懷舊的個人行爲一旦匯聚起來，足以成爲一股改變現況的精神力量。

管昔日的重現是一種記憶的“錯覺”。詞人重温舊夢之後,仍要爲當下而感傷。

二、慵懶與嘆老:當下的無力感

陳得芝先生曾統計理宗、度宗兩朝進士在宋元之際事迹較明者有328人,其中以身殉國者則71人,佔21.65%;歸降出仕者83人,佔25.3%;隱遁不仕者174人,佔53.05%[①]。可見“遺民”是士人的主要選擇。蕭啓慶先生把宋遺民分爲“激進型”、“温和型”和“邊緣型”等三種類型,並指出“温和型”和“邊緣型”的言行都不如“激進型”的激烈,他們大多數都没有參加過抗元的實際行動;其中“邊緣型”遺民更不拒絶與北人爲友,還與降元的士人保持交往,“政治態度模棱兩可,雖然忠於宋,卻又不排斥元的統治”。蕭啓慶又把張炎歸類爲“温和型”,把周密歸類爲“邊緣型”[②]。他的歸類容或可以商榷,不過,現存的文獻確實没有張炎或周密參加抗元行動的記載。事實上,《補題》詞人當中最激動人心的,是唐珏瘞埋帝后遺骨的義舉,不過仍未若謝枋得爲拒絶蒙元召聘而餓死的激烈。至於其他詞人就更是無可考了。面對國破家亡,《補題》詞人選擇的也是元初江南士人的主流選項——隱遁不仕。

一旦選擇了隱遁不仕,詞人就須要面對現實生活的困境,這就難免會刺激起各種複雜的心情。除了憶昔懷舊之外,馮應瑞還感慨:

> 當年翠篝素被。拂餘薰、倦懷如水。
> 幾片金昏字古。向故篋、聊將伴憔悴。

唐藝孫没有回首過去,而是注視當下,而且用了整闋下片吟唱:

---

① 陳得芝:《論宋元之際江南士人的思想和政治動向》,載《南京大學學報》(哲學·人文·社會科學)1997年第2期,頁147—161。

② 蕭啓慶:《宋元之際的遺民與貳臣》,載氏著:《元史新論》(臺北:允晨文化實業股份有限公司,1999年),頁99—118。

芳杯惱人漸醉。碾微馨、鳳團閒試。滿架舞紅都换，懶收珠珮。幾片菱花鏡裏。更摘索、雙環伴秋睡。早是新涼，重薰翠被。

馮應瑞曰“倦懷”、“聊”、“憔悴”；唐藝孫曰“惱人”、“閒”、“懶”、“伴秋睡”，寫的都是慵懶的情緒，就在品嚐龍涎香茶或是焚爇龍涎香的過程中流露出來。品嚐龍涎香茶、焚爇龍涎香，本來是雅人的樂事，但在詞中所見的，是有樂事，無賞心。詞人不但提不起勁，而且自傷老大：

王沂孫：荀令如今頓老。總忘卻、尊前舊風味。
周密：悵朱閣、淒涼夢難到，誰念韓郎，清愁漸老。
吕同老：荀令風流未減。怎奈向、飄零賦情老。

八家詞人之中，上引五家都寫到慵懶和嘆老。憶昔懷舊是回首從前，慵懶和嘆老就是面向當下。

詞人這種情緒，實呼應著當時的歷史情境。詞人和一般士人一樣，入元之後，社會地位一落千丈，生活貧困不堪；不過，隨著時間的過去，有不少士人的取態亦因飢貧之故而與詞人漸生距離。故宋進士胡石塘（生卒未詳）“貧無以爲家，飢驅出山，不得不仰升斗禄，而挾其耿耿者”[①]，士人之如胡石塘者在元初實在不少。這是故宋遺民情不得已的選擇，當中應包含了他們的愧疚與無奈。

詞人不但要忍受飢貧，還要在蒙元統治日趨穩固的現實下堅持故國之思，就不免感慨萬端了。面對無法逆轉的歷史進程，詞人堅持志節的同時也自然會感到心疲力倦，所以表現得慵懶；而自己所認同的對象是過去了的趙宋，並非當下的蒙元，眼見遺民同志易節，遺民群體逐漸瓦解，就更容易有與世相違的落伍之感，所以自傷老大。除非詞人改變自己的政治立場，歸順蒙元，否則，對於眼前的處境詞人是無能爲力的。儘管王沂孫、仇遠和陳恕可最終也出仕，陳恕可甚至以承務郎平江路吴

---

① 張伯淳（1242—1302）：《送胡石塘北上序》，《養蒙文集》卷二，文淵閣《四庫全書》本，頁八上。

縣尹致仕,不過,就本題八首詞的内容來看,尚未見詞人流露出仕之想。可以説,詞人筆下的慵懶和嘆老,其實是一種當下的無力感。本題八家詞人之中,就只有李居仁强打精神説"素手金篝,春情未老",也可算是本調的一個變奏;但若與前面"幾度試拈心字,暗驚芳抱"並觀,更重要的是與當時的歷史語境並觀,則所謂"春情未老",是自我寬解的意味多於自我激勵了。

詞人對仕隱出處的感慨與思考,集中於《摸魚兒》詠蓴一題,因此,在詠蓴一題的討論中將有更集中的探討。本題所見的,是詞人的嘆老與慵懶。

三、由君到國的憶念:佳人之思的書寫

龍涎香是一種極珍貴的香品,龍涎真品更非常人可有,大概只宫廷有之,所以李彭老首就有"共説内家新製"之句。爲了切題,詞人也以龍入詞,王沂孫、周密、馮應瑞和李居仁在其詞作的上片都寫到龍的意象。龍是帝王的象徵,於是後世讀者就因爲龍的意象,特别是王沂孫"驪宫夜採鉛水"句,由龍涎香聯想到宫廷和龍,聯想到君主,再聯想到楊髡發陵事,並認爲詞中的龍是指宋陵諸帝。他們有這種聯想是很自然的事,可是經不起考證,以王沂孫一詞例其他七家,也有以偏概全之嫌,故"發陵説"不爲今人所採。然則,本題諸作之中,除了黍離之悲外,又有没有宋君之思?

以龍象徵帝王,可溯源至《周易》的象喻系統。若從詩學傳統來看,帝王還有另一個象徵:美人。以美人象徵君主,源於屈原的《離騷》。詞人以豔語詠物,故一定語涉佳人,不過詞中的佳人不見得全都是君主。王沂孫與李彭老在詞中都寫到佳人,這是以虚擬之筆寫出對昔日的懷念。然而,以下四家的詞句寫的不是懷念昔日,而是寄贈相思,與王沂孫、李彭老不同:

> 周密:悵朱閣、淒涼夢難到。誰念韓郎,清愁漸老。
>
> 王易簡:恨素被、濃薰夢無據。待翦秋雲,殷勤寄與。
>
> 吕同老:幾度酒餘重省,舊愁多少。……待寄相思,仙山路杳。

李居仁：螺屏酒醒夢好。繡羅幬、依舊痕少。幾度試拈心字，暗驚芳抱。隱約仙洲路杳，謾珮影、玲瓏護嬌小。素手金篝，春情未老。

先看周密的詞句。朱閣紅樓，自是佳人所在，親身往見已然没有可能，如今連造夢也不能夢見佳人，其思念之苦可以想像。宋徽宗(1082—1135)《宴山亭・北行見杏花》："天遥地遠，萬水千山，知他故宫何處。怎不思量，除夢裏、有時曾去。無據，和夢也、有時不做。"(第2册，頁898)徽宗去國悲涼，溢於言表，周密此句作意與徽宗異，而筆法運意則與之彷彿，可能是從徽宗詞得到啓發。在亡國一刻，去國的不是周密，而是三宫，此中最能代表趙宋的人物是宋恭帝趙㬎。汪元量(1241—1317)《湖州歌九十八首》其八十一：

僧道恩榮已受封，上庠儒者亦恩隆。
福王又拜平原郡，幼主新封瀛國公。[1]

詩中的幼主就是恭帝趙㬎。陶宗儀《南村輟耕録》卷二十"宋幼主詩"：

"寄語林和靖，梅花幾度開。黄金臺下客，應是不歸來。"此宋幼主在京都所作也。始終二十字，含蓄無限淒戚意思，讀之而不興感者幾希。[2]

"黄金臺"二句不無思歸之意。若説周密詞的"朱閣"佳人就是這位"黄金臺下客"，似乎也不爲過。如果此説不錯，則可以想像周密在此自傷年紀老大，慨嘆造夢也夢不見自己認同的趙宋幼主。王易簡詞"恨素被、濃薰夢無據。待翦秋雲，殷勤寄與"，構思可説與周密是同一機杼。宋遺民何夢桂(生卒未詳)亦曾以美人象徵宋君，他在《雪樓程御史次方

① 汪元量著，孔凡禮輯校：《增訂湖山類稿》(北京：中華書局，1984年)卷二，頁54。
② 陶宗儀：《南村輟耕録》卷二十"宋幼主詩"條，頁246。

山房韻見寄用韻答賦三首》其一云:

萬物委橋運,逝水無回波。美人渺何許,道遠空寤歌。
願言結瑶佩,乘虬下陽阿。陽阿有瑶草,爲我起宿痾。
行行望高臺,日暮將奈何。①

“逝水無回波”指的是趙宋已成一去不返的歷史。詩中的“美人”也是幼主恭帝,頗有蘇軾《前赤壁賦》“望美人兮天一方”的意味。何詩可視作周密和王易簡詞的參照。

吕同老的寫法異於周密和王易簡。吕同老也如其他詞友一樣借酒消愁,不過,“幾度酒餘重省,舊愁多少”。吕同老没有如周密等詞友那樣緬懷昔日的美好,而是省記着“舊愁”,至於“舊愁”所指爲何,儘管他没有交代,讀者也不難理解是指亡國前後種種痛苦的經驗與記憶。端宗趙昰(1269—1278)與少帝趙昺(1272—1279)入海不還就是其中一項爲當時人共有的痛苦記憶。吕同老謂“待寄相思,仙山路杳”,這裹“寄相思”的對象,字面理解當然是佳人,但從象徵的角度來解讀,卻不妨視作宋主。“待寄相思”就是待致忠愛;“仙山路杳”,是指宋主已經駕崩,早登仙界,而往仙山之路,卻杳不可知,無從致其忠愛了。同題李居仁首下片有“隱約仙洲路杳”句,此中的佳人寫得更隱晦,而大意與吕同老的“仙山路杳”相同,都是借“寄相思”來象徵“致忠愛”,而忠愛的對像已不在人世。

周密和王易簡以佳人象徵恭帝㬎,吕同老和李居仁以佳人象徵端宋昰或少帝昺,四家都是借佳人之思來寫忠愛之情。從古代的政治倫理來看,忠君就是愛國,詞人之所以憶念前朝幼主,是出於政治倫理的責任,在道德上應當如此。憶念幼主,其實就是懷念故宋。如果聯繫到詞人憶昔懷舊的情感來考慮,還可以再進一解。在政治倫理上言,詞人憶念宋主,懷念故國,是理所當然的;若就其當時的生存狀態言,之所以憶念宋君,是因爲宋君代表了一切美好的生活,也是從前美好制度與美

① 何夢桂:《潛齋集》卷一,文淵閣《四庫全書》本,頁十上。

好生活得以存在的保證，如今卻一去不返，留下的是當下無可改變的遺憾。那是詞人的遺憾，可以說，也是當時宋遺民的遺憾。

第三節　《水龍吟・浮翠山房擬賦白蓮》的寄託

《水龍吟》詠白蓮是《補題》的第二組詞，共九家十首：周密、王易簡、陳恕可、唐珏、吕同老、趙汝鈉、王沂孫、李居仁、張炎各填一首，王沂孫一人賦兩首。本題十首詞也用上不少强烈的抒情字眼，例如：泣露、淒涼、淒愁、淒迷、斷魂、憔悴、愁、倦、殘、冷。詞人以清麗雅潔之筆描寫白蓮，把白蓮想像成佳人、仙女、再結合這些抒情字眼，就營造出一種出塵、雅淡，卻又淒冷的形象。從賦物及抒情兩個元素來看，本題諸作上下片都兼顧到物與情，加之以虛筆、逆起、時序錯綜等筆法，寫法就較龍涎香一組更多變化；而詞作所呈現的，又是另一番情志寄託。當然，所謂另一番情志寄託，也與龍涎香一組那樣，都統攝於"亡國之痛"這主題之下。以下試再作討論。

一、亡國之痛：從"太液波澄"到"太液波翻"

就如龍涎香一組那樣，本題都用了李賀"金銅鉛淚"的典故：

> 周密：擎露盤深，憶君清夜，暗傾鉛水。
> 陳恕可：相思未盡，纖羅曳水，清鉛泣露。
> 張炎：人掌上芙蓉，娟娟猶濕金盤露。

亡國的主題甚是明顯[①]。周密曰"憶君"，陳恕可曰"泣露"，所流露的，是憶念故宋的傷感。除了"金銅鉛淚"之外，詞人也用了"太液池"來象徵故宋：

---

① 張炎《緑意》詠荷葉有"盤心清露如鉛水，又一夜、西風吹折"句，託意與此同。

唐珏:太液池空,霓裳舞倦,不堪重記。

吕同老:太液波翻,霓裳舞罷,斷魂流水。

王沂孫:太液荒寒,海山依約,斷魂何許。

三家詞句流露出不堪回首的斷魂之痛①。

太液池是古時皇宫禁苑中的人工池沼。《史記·封禪書》載漢武帝(劉徹,前156—前87)營建章宫,"其北治大池,漸臺高二十餘丈,命曰太液池,中有蓬萊、方丈、瀛洲、壺梁,象海中神山龜魚之屬"②。後來唐宋宫中所置池沼亦叫太液池,是君王遊賞行樂之處。唐玄宗與楊貴妃就曾經親臨太液池觀賞千葉白蓮。陳師道(1053—1101)《後山詩話》:

(宋)太祖(趙匡胤,927—976)夜幸後池,對新月置酒,問:'當直學士爲誰?'曰:'盧多遜(934—985)。'召使賦詩。請韻,曰:"些子兒。"其詩云:"太液池邊看月時,好風吹動萬年枝。誰家玉匣開新鏡?露出清光些子兒。"太祖大喜,盡以坐間飲食器賜之。③

盧詩"萬年枝"句歌頌太平之意甚明,所以博得"太祖大喜"。

柳永嘗製《醉蓬萊·慶老人星現》詞,詞中有"太液波翻"句,黄昇(南宋人,生卒未詳)《花庵詞選》謂:

永爲屯田員外,會太史奏老人星見,時秋霽宴禁中,仁宗(趙禎,1010—1063)命左右詞臣爲樂章。内侍屬柳應制。柳方冀進用,作此詞奏呈。上見首有"漸"字,色若不懌,讀至"宸遊鳳輦何處",乃與御製真宗(趙恒,968—1022)挽詞暗合,上慘然。又讀至

① 張炎《紅情》詠荷花有"料應太液,三十六宫土花碧"句,託意與此同。

② 司馬遷:《史記》(北京:中華書局,1959年),頁1402。

③ 陳師道:《後山詩話》,收入何文煥輯:《歷代詩話》(北京:中華書局,1981年),上册,頁313—314。

“太液波翻”，曰：“何不言波澄？”投之於地，自此不復擢用。[1]

“太液波澄”是祥和氣象，“太液波翻”就未免用語不祥了。宋徽宗政和癸巳(1113)，“會禁中嘉蓮生，分苞合趺，夐出天造，人意有不能形容者”，晁端禮(1046—1113)製《並蒂芙蓉》詞曰：

太液波澄，向鑒中照影，芙蓉同蒂。千柄綠荷深，並丹臉爭媚。天心眷臨聖日，殿宇分明敞嘉瑞。弄香嗅蕊。願君王，壽與南山齊比。　　池邊屢回翠輦，擁群仙醉賞，凴欄凝思。萼綠攬飛瓊，共波上遊戲。西風又看露下，更結雙雙新蓮子，鬭妝競美。問鴛鴦、向誰留意。(第1册，頁438)

晁詞賦詠的是並蒂蓮花，徽宗“覽之稱善，除大晟府協律郎”，可惜晁端禮“不克受而卒”[2]。太液池中有蓮花，本題詠的是白蓮，詞人以太液池入詞，並以之象徵故國，是有其歷史文化背景的。

“太液波澄”的典故到了臨安城陷之時，就真的成了“太液波翻”了。周密在《浩然齋雅談》就有記“宋謝太后北覲，有王夫人題一詞于汴涼夷山驛中”，這位王夫人就是宋度宗(趙禥，1240—1274)昭儀王清惠(1265—1294)。王清惠隨三宮北上大都，於夷山驛壁上題《滿江紅》詞一首，上片曰：

太液芙蓉，渾不似、舊時顏色。曾記得、春風雨露，玉樓金闕。名播蘭簪妃后裏，暈潮蓮臉君王側。忽一聲、鼙鼓揭天來，繁華歇。

① 黄昇：《花庵詞選》(北京：中華書局，1958年)卷五，頁93。

② 吴曾：《能改齋漫録》(上海：上海古籍出版社，1979年)卷十六“並蒂芙蓉詞”條：“政和癸巳，大晟樂成，嘉瑞既至。蔡元長(蔡京，1047—1126)以晁端禮次膺薦於徽宗，詔乘驛赴闕。次膺至都，會禁中嘉蓮生，分苞合趺，夐出天造，人意有不能形容者。次膺效樂府體，屬詞以進，名並蒂芙蓉。上覽之，稱善，除大晟府協律郎，不克受而卒。”頁479。

（第 5 册，頁 3344）

起調即曰“太液芙蓉，渾不似、舊時顏色”，已有花容失色之慨，歇拍曰“忽一聲、鼙鼓揭天來，繁華歇”，更有家國頓亡之痛。當時和王清惠詞者不少，文天祥、鄧光薦（1232—1303）與汪元量（1241—1317）都有和詞傳世[①]。這個“今典”在當時廣爲人知，所以周密能採之入《浩然齋雅談》。然則三家詞人以太液池入詞，曰“太液池空”，曰“太液荒寒”，吕同老甚至直用柳永“太液波翻”的成句，表面是賦詠白蓮，其實是抒發其黍離之悲。這就是詞人不堪重記的斷魂之痛。讀者在賞析本題之時，非唯有唐宋古典可據，亦有王清惠詞的今典可參。

二、思痛：驚破了霓裳羽衣曲之後

本題詞人用了唐玄宗與楊貴妃的故事詠白蓮。唐玄宗在太液池旁觀賞千葉白蓮時，曾謂白蓮比不上楊貴妃這朵“解語花”[②]。另一個著名的典故是“温泉出浴”。白居易《長恨歌》有“温泉水滑洗凝脂”句，“凝脂”喻貴妃白皙的肌膚。前人曾把出水蓮花描寫爲出浴真妃，例如杜衍（978—1057）《詠蓮》：“曉開一朵烟波上，似畫真妃出浴時。”[③]王同祖（1219—?）《郡圃觀白蓮》其一：“嬌羞處子臨妝後，淡淨佳人出浴時。”[④]詞人引用這兩個典故，主要是爲了切“白蓮”的題目。除了“解語花”和“温泉出浴”，九家詞人中還有五家用了《霓裳羽衣曲》的典故詠白蓮：

周密：素鸞飛下青冥，舞衣半惹涼雲碎……擎露盤深，憶君清夜，暗傾鉛水。

王易簡：當時姊妹，朱顏褪酒，紅衣按舞。

---

① 周密著，孔凡禮點校：《浩然齋雅談》（與葉寘《愛日齋叢抄》及陳世崇《隨隱漫録》合刊，北京：中華書局，2010 年）卷下，頁 55—56。

② 王仁裕著，曾怡芬點校：《開元天寶遺事》（與《安禄山事迹》合刊，北京：中華書局，2006 年）卷下，“解語花”條，頁 49。

③ （題）陳思編：《兩宋名賢小集》（文淵閣《四庫全書》本）卷六十九，頁一下。

④ （題）陳起編：《江湖小集》（文淵閣《四庫全書》本）卷廿七，頁十四下。

唐珏：太液池空，霓裳舞倦，不堪重記。嘆冰魂猶在，翠輿難駐，玉簪爲誰輕墜。

吕同老：太液波翻，霓裳舞罷，斷魂流水。

王沂孫：翠雲遥擁環妃，夜深按徹霓裳舞……太液荒寒，海山依約，斷魂何許。

在《補題》以前，已有詩人以"霓裳羽衣曲"的故事詠白蓮，例如釋居簡（1164—1246）《白荷花》："羽衣何處霓裳徧，翠蓋參差踏水雲。"[①]羅椅（南宋末人，周密《癸辛雜識・續集》略載其行事）《白蓮花》："白鷺仙人按羽衣，曲中弄影江南漪。"[②]

白居易《霓裳羽衣歌和微之》述《霓裳羽衣曲》的來歷曰："由來能事皆有主，楊氏創聲君造譜。"自注："開元中西涼府節度楊敬述造。"[③]王灼《碧雞漫志》曰："《霓裳羽衣曲》，説者多異，予斷之曰：西涼創作，明皇潤色，又爲易美名，其他飾以神怪者，皆不足信也。"[④]王灼所説的"神怪者"，指的是明皇中秋遊月殿事。明皇夜遊月殿，見素娥乘白鸞往來笑舞，因爲他素解音律，暗記仙樂音闋，故能歸作《霓裳羽衣曲》。這故事見載於《龍城録》、《玄怪録》、《異人録》等多種唐宋人筆記，周密《癸辛雜識・前集》"游月宫"條亦載此故事，以爲"皆荒唐之説，不足問也"[⑤]。不過，這故事卻又是詩家詞人喜愛採用的材料，上引周密本題起調就用了這個荒唐不足問的故事。

唐人詠及《霓裳羽衣曲》的詩作不少，當中更有與國運連在一起吟

---

① 釋居簡：《北磵詩集》，收入《宋集珍本叢刊》第七十一册（北京：綫裝書局，2004年），頁302上。

② 羅椅：《磵谷先生遺集》，收入《續修四庫全書》第1320册（上海：上海古籍出版社，1995年），卷二，頁五下。

③ 白居易著，朱金城箋校：《白居易集箋校》（上海：上海古籍出版社，1988年），卷二十一，頁1412。

④ 王灼對《霓裳羽衣曲》有詳細的考辨，並謂宋人樂譜已非唐人舊曲。詳《碧雞漫志》，卷三，頁51—56。

⑤ 周密：《癸辛雜識・前集》，頁29—30。

詠的,例如李益(746—829)《過馬嵬二首》其一尾聯:

世人莫重霓裳曲,曾致干戈是此中。[1]

李約(751—810?)《過華清宮》:

君王遊樂萬機輕,一曲霓裳四海兵。玉輦升天人已盡,故宫猶有樹長生。[2]

杜牧(803—852)《過華清宮絶句三首》其二:

新豐緑樹起黄埃,數騎漁陽探使迴。霓裳一曲千峰上,舞破中原始下來。[3]

吴融(850—903)《華清宫四首》其二:

漁陽烽火照函關,玉輦匆匆下此山。一曲羽衣聽不盡,至今遺恨水潺潺。[4]

王清惠《滿江紅》詞歇拍"忽一聲、鼙鼓揭天來,繁華歇"句,就是從白居易《長恨歌》"漁陽鞞鼓動地來,驚破霓裳羽衣曲"句化出。

如此看來,五家詞人之所以用《霓裳羽衣曲》的典故,應該是别有深意存焉。白居易《長恨歌》"緩歌慢舞凝絲竹,盡日君王看不足。漁陽鞞鼓動地來,驚破霓裳羽衣曲"之句,大有聲色招禍,繁華頓散之意。陳鴻

① 李益著,王亦軍,裴豫敏編注:《李益集注》(蘭州:甘肅人民出版社,1989 年),頁 174。
② 彭定求等編:《全唐詩》(北京:中華書局,1960 年),卷三百九,頁 3496。
③ 杜牧著,吴在慶校注:《杜牧集繫年校注》(北京:中華書局,2008 年),頁 225。
④ 彭定求等編:《全唐詩》,卷六八五,頁 7873。

(生卒未詳)《長恨歌傳》與樂史(930—1007)《楊太真外傳》都提到楊貴妃進見玄宗之日,奏《霓裳羽衣曲》。樂史《楊太真外傳》曰:"妃醉中舞《霓裳羽衣》一曲,天顔大悦,方知回雪流風,可以回天轉地。"[①]所謂"回天轉地",當然是指唐玄宗對楊貴妃舞姿的迷醉。

在不少唐宋人的筆下,玄宗因爲沉湎聲色,所以招來漁陽之禍、馬嵬之變,而最終有幸蜀之行。聲色招禍,就是唐宋人從中得到的教訓,因此,宋代史家已視《霓裳羽衣曲》爲亂亡之曲。鄭文寶(953—1013)《江表志》就説:"《霓裳羽衣曲》自兵興之後絶無傳者,周后(惠昭周后娥皇,936—965)按譜尋之,盡得其聲。"[②]馬令(生卒未詳)《南唐書》卷六"女憲傳":

> 唐之盛時,《霓裳羽衣》最爲大曲,罹亂,瞽師曠職,其音遂絶。後主獨得其譜,樂工曹生亦善琵琶,按譜粗得其聲,而未盡善也。后輒變易訛謬,頗去窪淫,繁手新音,清趣可聽……中書舍人徐鉉(916—991)聞《霓裳羽衣》曰:"法曲終慢,而此聲太急,何耶?"曹生曰:"其本實慢,而宫中有人易之,然非吉徵征也。"歲餘,周后子母繼死,後主國步浸微,音之所起,實由人心,而嘽緩噍殺,治亂應之,豈虚言乎?[③]

曹生説的"宫中有人易之",此人就是惠昭周后。事又見於陸游《南唐書》[④]。唐玄宗開創開元盛世,而竟致安史之亂,司馬光(1019—1086)《資治通鑑》就認爲足可作人君的鑑誡:

---

① 樂史:《楊太真外傳》,收入丁如明輯校:《開元天寶遺事十種》(上海:上海古籍出版社,1985年),頁135。

② 鄭文寶:《江表志》,收入傅璇琮、徐海榮、徐吉軍主編:《五代史書彙編》第九册(杭州:杭州出版社,2004年),卷下,頁5094。

③ 馬令:《南唐書》,收入傅璇琮,徐海榮,徐吉軍主編:《五代史書彙編》第九册,卷六"女憲傳",頁5301。

④ 陸游《南唐書》,收入傅璇琮、徐海榮、徐吉軍主編:《五代史書彙編》第九册,卷十六"列傳",頁5588—5589。

臣光曰:聖人以道德爲麗,仁義爲樂;故雖茅茨土階,惡衣菲食,不恥其陋,惟恐奉養之過以勞民費財。明皇恃其承平,不思後患,殫耳目之玩,窮聲技之巧,自謂帝王富貴皆不我如,欲使前莫能及,後無以逾,非徒娱己,亦以誇人。豈知大盗在旁,已有窺窬之心,卒致鑾輿播越,生民塗炭。乃知人君崇華靡以示人,適足爲大盗之招也。[①]

司馬光以儒家聖王的標準來衡量唐玄宗,自然得出以上的評論。後來顧炎武(1613—1682)説得更加簡潔:"玄宗造《霓裳羽衣》之曲,而唐室遂亂。"[②]

《資治通鑑》是趙宋皇家的治國寶鑑,書名更是宋英宗(趙曙,1032—1067)御賜,意在供後來繼承大統者資取治國經驗。不過,南宋的君主並没有吸取歷史的教訓,宋高宗(趙構,1107—1187)守住了半壁江山之後,就開始其歌舞昇平的生活。周密《武林舊事》記淳熙九年(1182)中秋,高宗與孝宗(趙昚,1127—1194)率后妃幸德壽宫香遠堂賞月觀百戲:

大池十餘畝,皆是千葉白蓮。凡禦榻、禦屏、酒器、香奩、器用,並用水晶。南岸列女童五十人奏清樂;北岸芙蓉岡一帶,並是教坊工,近二百人。待月初上,簫韶齊舉,縹緲相應,如在霄漢。既入座,樂少止。太上召小劉貴妃獨吹白玉笙《霓裳中序》,上(孝宗)自起執玉杯,奉兩殿(高宗與吴太后)酒,並以壘金嵌寶注碗、杯盤等賜貴妃(小劉貴妃)。侍宴官開府曾覿(1109—1180)恭上《壺中天慢》一首云:"素飆颺碧,看天衢穩送,一輪明月。翠水瀛壺人不到,比似世間秋别。玉手瑶笙,一時同色,小按霓裳疊。天津橋上,有

① 馬光編著,胡三省音註:《資治通鑑》(北京:中華書局,1956 年)卷二百一十八,頁 6994。

② 顧炎武著,黄汝成集釋,欒保群,吕宗力校點:《日知録》(上海:上海古籍出版社,2006 年)卷十三"家事"條,頁 798。

人偷記新闋。　　當日誰幻銀橋，阿瞞兒戲，一笑成癡絶。肯信群仙高宴處，移下水晶宫闕。雲海塵清，山河影滿，桂冷吹香雪。何勞玉斧，金甌千古無缺。"上皇(高宗)曰："從來月詞不曾用金甌事，可謂新奇。"賜金束帶、紫番羅、水晶注碗一副。上(孝宗)亦賜寶盞、古香。至一更五點還内。是夜隔江西興，亦聞天樂之聲。[①]

遊賞的盛況實不減唐玄宗，南宋"便把杭州作汴州"的治國基調已成，更"無復新亭之淚"了[②]。"大池十余畝，皆是千葉白蓮"，"劉貴妃獨吹白玉笙《霓裳中序》"，以及曾覿《壺中天慢》詞的内容，應該給了本題五家詞人詠白蓮不少啓示：高宗、孝宗中秋賞月，眼前的大池上有千葉白蓮，還有貴妃在旁，種種細節都與明皇貴妃的故事相似；當時高宗、孝宗聽賞的是《霓裳中序》，而曾覿詞又用了唐玄宗"偷記新闋"編成《霓裳羽衣曲》的典故，這些又不無明皇故事的意味。詞人看到：宋高宗、孝宗"香遠堂賞月"的故事，與唐代明皇貴妃的故事，有呼應之處，而千葉白蓮和《霓裳羽衣曲》就是連繫兩個朝代故事的關鍵。可以説，五家詞人雖然表面上用明皇貴妃的典故賦詠白蓮，但其實已把南宋的君主藏身唐玄宗的背後。畢竟，此則"香遠堂賞月"的記述者就是詞人周密本身。

前人的言行與抉擇不只是文學的典故，更是後人的文化記憶，能夠影響後人的情感生成、文學創作，與歷史檢討；後人的處世行事與是非判斷，很多時都以這些文化記憶作參照。五家詞人記得"香遠堂賞月"

---

① 周密：《武林舊事》卷七"乾淳奉親"，頁 204—205。

② 田汝成(1503—1557)："紹興、淳熙之間，頗稱康裕，君相縱逸，耽樂湖山，無復新亭之淚。士人林升者，題一絶於旅邸云：'山外青山樓外樓，西湖歌舞幾時休？暖風薰得遊人醉，便把杭州作汴州。'又湖南有白塔橋，印賣朝京路經，士庶往臨安者，必買以披閲，有人題一絶云：'白塔橋邊賣地經，長亭短驛甚分明；如何秖説臨安路，不數中原有幾程？'觀此，則宋時偏安之計，亦可哀矣。是以論者以西湖爲尤物，比之西施之破吴也。張志道詩云：'荷花桂子不勝悲，江介年華憶昔時；天目山來孤鳳歇，海門潮去六龍移。賈充誤世終無策，庾信哀時尚有詞；莫向中原誇絶景，西湖遺恨是西施。'"見《西湖遊覽志餘》(上海：上海古籍出版社，1980 年)卷二"帝王都會"，頁 14。

是南宋初年的盛事,而當天的盛事,就是今天的傷痛。詞人愈記得仔細清楚,就愈痛得深切難當!因此讀者又可以根據他們的文化記憶,斷定曾覿詞下片"香雪"、"無缺"二韻,就是王沂孫《眉嫵·新月》下片的主要依據[①]。

宋季之世,覬覦這半壁江山的,是比金人更强大的蒙古人。不過,宋理宗不但對外應對無方,還寵信奸佞,沉湎聲色。《宋史》記曰:

> 時理宗在位久,内侍董宋臣(?—1260)、盧允升(生卒未詳)爲之聚斂以媚之。引薦奔競之士,交通賄賂,置諸通顯。又用外戚子弟爲監司、郡守。作芙蓉閣、香蘭亭宫中,進倡優傀儡,以奉帝爲游燕。竊弄權柄。臺臣有言之者,帝宣諭去之,謂之"節貼"。[②]

畢沅(1730—1797)《續資治通鑑》對此有所補充:

> (理宗寶祐三年,1255)春,正月,己未,迅雷。先是望夕,内侍董宋臣引西湖妓入禁中,牟子才(生卒未詳)疏言:"元夕張燈侈靡,倡優下賤,奇技獻笑,媟汙清禁,此皆董宋臣輩壞陛下素履。今因震霆示威,臣願聖明覺悟,天意可回。"帝納其言。[③]

《宋季三朝政要》記理宗寵信奸佞與閻貴妃曰:

> 御史洪天錫(1202—1267)劾内官盧允升、董宋臣,疏不行而去國。巨璫董宋臣迎逢上意,起梅堂、芙蓉閣,奪豪民田,引倡優入宫,招權納賄,無所不至。人以"董閻羅"目之。時閻妃(生卒未詳)

---

① 王沂孫《眉嫵·新月》下片:"千古盈虧休問。嘆慢磨玉斧,難補金鏡。太液池猶在,淒涼處、何人重賦清景。故山夜永。試待他、窺户端正。看雲外山河,還老盡、桂花影。"

② 脱脱:《宋史》卷四百七十四,列傳第二百三十三"奸臣四·賈似道",頁13782。

③ 畢沅(1730—1797)著:《續資治通鑑》(北京:中華書局,1957)卷一七四,頁4748。

怙寵，馬天驥（生卒未詳）、丁大全（1191—1263）用事，有無名子書八字於朝門云："閻馬丁當，國勢將亡。"①

劉一清《錢塘遺事》又記：

臨安靈隱、淨慈上中下三天竺寺，皆宋朝祖宗功德寺也。淳祐庚戌，爲貴妃閻氏建功德寺於九里松，近靈隱寺前，名顯慶寺。土木之工過於諸寺，時人名之曰"賽靈隱"。寺成，建大鼓於法堂，忽有人掩入，不備，大書鼓上云："淨慈靈隱三天竺，不似閻妃兩片皮。"由此界限甚嚴，無故者不得復入矣。②

"進倡優傀儡"，"引西湖妓入禁中"，又豈止聲色而已，實在是不成體統。其寵信奸佞與閻貴妃，更引起朝臣不滿，無名子"國勢將亡"之書，可謂道出了當時朝野的憂慮。

宋度宗繼位之後，其治國的表現比理宗更不堪。《宋季三朝政要》評曰：

上自爲皇太子，以好内聞。既立，躭於酒色。賈似道以策立功制國命。上拱手而已。③

關於宋度宗"好内"及"躭於酒色"的具體情況不見於傳世的漢文文獻，卻見於馬可波羅（Marco Polo，1254—1324）的《遊記》。馬可波羅從一名曾經侍奉度宗的富商朋友口中得知，度宗的皇宮極盡富麗堂皇，分三部分，中部是正殿，正殿後有牆：

---

① 《宋季三朝政要箋證》卷二，頁 214。

② 劉一清：《錢塘遺事》卷一"顯慶寺"條，頁 24—25。《宋季三朝政要箋證》稱："臺臣交章，謂興土木之工，費國家財用。請節浮事，以備軍儲。"見《宋季三朝政要箋證》卷二"理宗辛亥淳祐十一年"，頁 188。

③ 《宋季三朝政要箋證》卷四，頁 359。

牆内餘二部,有小林,有水泉,有果園,有獸園,畜獐鹿、花鹿、野兔、家兔。國王(按:即度宗)携諸宫嬪遊此兩部,有駕車者,有乘馬者,男子不許擅入。有時携犬獵取上述之獸,宫嬪馳逐既疲,則入小林,盡去衣服,游泳水中,國王觀之甚樂,游畢皆還宫院。有時國王息於林中樹下,命諸宫嬪進食。由是日親女色,不識武器爲何物,怯懦至於亡國,土地悉爲大汗所得,蒙耻忍辱,如前所述也。①

所謂"如前所述",指的是《遊記》"第一三八章大汗之侵略蠻子地域"所述的伯顔入臨安。陳普(1244—1315)《壬辰日蝕》:

憶昔度宗皇帝時,十年十三日食之。似道贔屭湖海曲,天子宫庭耽樂嬉。滿朝翕翕皆婦人,禍來照鏡方畫眉。北軍順流日食既,兩國正爾爭雄雌。興亡豈必皆有數,百年以來士氣衰。文臣髀肉不識馬,武士驚魄怕見旗。②

壬辰即元世祖至元廿九年(1292),上距臨安城陷十六年。陳普回首從前,記得的是:强敵當前,卻竟是君不君,臣不臣!

陳恕可本題的下片有兩韻詞句不無"天子宫庭耽樂嬉"的意味,可以與諸家的《霓裳羽衣曲》典故作參照:

相思未盡,纖羅曳水,清鉛泣露。玉鏡臺空,銀瓶綆絶,斷魂何許。

"纖羅曳水,清鉛泣露"寫荷葉上的露珠,用"金銅鉛淚"典以寄亡國之慨。"玉鏡"句用《世説新語》"温公卻扇"典:温嶠(288—329)的從姑劉

---

① 馬可波羅述,比薩的魯斯蒂謙(Rustichello da Pisa,生卒未詳)記,沙海昂(A. J. H. Charignon,1872—1930)註,馮承鈞(1887—1946)譯:《馬可波羅行記》(北京:中華書局,1954年)"第一五一重章補述行在(出剌木學本)",頁588。

② 顧嗣立(1665—1722)編:《元詩選》(北京:中華書局,1987年),頁67。

氏因亂離而投靠他，並囑咐温嶠爲其女覓婿；温嶠"密有自婚意"，於是答應了，並"下玉鏡臺一枚"爲聘禮，當然，最終覓得的佳婿就是温嶠自己[①]。温嶠的色心昭然可見。"銀瓶"二句用了白居易的《井底引銀瓶》："井底引銀瓶，銀瓶欲上絲繩絶。石上磨玉簪，玉簪欲成中央折。瓶沉簪折知奈何，似妾今朝與君别……爲君一日恩，誤妾百年身。寄言癡小人家女，慎勿將身輕許人！"序曰："止淫奔也。"[②]王清惠等宫嬪正是"將身輕許"了度宗，致使要北上大都。陳恕可詞的亡國、好色、淫奔等反省是頗清楚的。

理宗"引西湖妓入禁中"已是不成體統，度宗卻更甚，不但讓其宫嬪"盡去衣服，游泳水中"，而且"觀之甚樂"！宜乎《宋史》評曰："宋至理宗，疆宇日蹙，賈似道執國命。度宗繼統，雖無大失德，而拱手權奸，衰敝寖甚。考其當時事勢，非有雄才睿略之主，豈能振起其墜緒哉！曆數有歸，宋祚尋訖，亡國不于其身，幸矣。"[③]與高宗、孝宗之賞月聽樂相比，理宗、度宗的聲色之娱簡直是荒淫了。司馬光批評唐玄宗因聲色而招來安史之亂，而宋理宗與宋度宗更因聲色而斷送江山，其下唐玄宗更遠。

宋亡之後，士人都反省過亡國的原因，各自提出了不同的答案[④]。五家詞人用《霓裳羽衣曲》的典故賦詠白蓮，周密詞甚至以《霓裳羽衣曲》與"金銅鉛淚"連用，唐珏詞、吕同老詞以《霓裳羽衣曲》與"太液池"連用，當然是爲了切合"白蓮"這題目，但更重要的，是爲了提出他們反

---

① 《世説新語》"假譎第二十七"："温公喪婦。從姑劉氏，家值亂離散，唯有一女，甚有姿慧，姑以屬公覓婚。公密有自婚意，答云：'佳婿難得，但如嶠比云何？'姑云：'喪敗之餘、乞粗存活，便足慰吾餘年，何敢希汝比。'卻後少日，公報姑云：'已覓得婚處，門地粗可，壻身名宦，盡不減嶠。'因下玉鏡臺一枚。姑大喜。既婚，交禮，女以手披紗扇，撫掌大笑曰：'我固疑是老奴，果如所卜。'玉鏡臺，是公爲劉越石長史，北征劉聰所得。"玉鏡臺後指婚娶聘禮。見余嘉錫著，周祖謨、余淑宜、周士琦整理：《世説新語箋疏》（北京：中華書局，2007 年），頁 1006—1007。

② 白居易著，朱金城箋校：《白居易集箋校》卷四，頁 245。

③ 脱脱：《宋史》卷四十六，本紀第四十六"度宗"，頁 918—919。

④ 張宏生：《感情的多元選擇》第三章"反省"，頁 43—63。

省的答案:君主聲色招禍,斷送大好江山。

一個王朝覆亡的原因是非常複雜的,君主固然是責無旁貸,卻不是唯一的因素。不過,詞人並非要議論亡國的原因,在雅化詞人的審美角度看,詞應該用來唱嘆抒情,而非議論。詞人主要是抒發感情,"聲色招禍"的反省只隱藏在《霓裳羽衣曲》、"金銅鉛淚"與"太液池"等典故之後,當中的因果推論没有也不須交代,因爲讀者會自行解讀出來。讀者應在意詞人的情感書寫是否深刻感人,是否切合題目,而不是詞人所提出的反省是否精闢獨到[①]。五家詞人的詞句,詞氣輕柔哀婉,怨而不怒,"聲色招禍"的寄託只是虛筆輕點而已,而且是藏在典故和白蓮之後,寫得含蓄,甚至隱晦,此中不無爲尊者諱的意味,讀者需要細心咀嚼,才能體會出詞句中的情感意蘊。這是雅化詞人詠物一貫的提空筆法。

上引五家詞人之中,王沂孫一人作兩首,"翠雲遥擁"一首用了霓裳羽衣曲典以寄託,已析述如上,此外,還有一首"淡妝不掃",也用了楊貴妃的故事,卻不是霓裳羽衣曲。詞的下片曰:

> 可惜瑶臺路迥,抱淒凉,月中誰認。相逢還是,冰壺浴罷,牙牀酒醒。步襪空留,羽衣微褪,粉殘香冷。望海山依約,時時夢想,素波千頃。

白蓮花落,重返瑶池,用的是陸龜蒙(? —881)《白蓮》詩[②];不過,"浴

① 事實上,把亡國歸因爲君主的"聲色招禍",也未免過於片面和簡化,只是士人按傳統儒家聖王理想所作的老生常談而已,對檢討歷史的裨益有限。要較全面地了解詞人對亡國的感想,應該看他們的其他著作,畢竟他們對文體是有所分工的。可惜諸家詞人的著作多已佚失,要了解他們的感想不易,可供後人細閱的,主要是周密的野史筆記。

② 陸龜蒙《和木蘭後池三詠 · 白蓮》:"素蘤多蒙别豔欺,此花真合在瑶池。還應有恨無人覺,月曉風清欲墮時。"見陸龜蒙著,宋景昌、王立群校點:《甫里先生文集》(開封:河南大學出版社,1996 年),頁 152。

罷”、“步襪”、“海山”等語碼，又分明指向楊貴妃[①]。很明顯，王沂孫綜合了不同的典故詠白蓮。詞的下片寫白蓮花落之後重返天界，“相逢”一韻虛擬與白蓮重逢再見於瑶臺的情景，由於有指向楊貴妃的語碼，所以不難推斷王沂孫是從白居易《長恨歌》得到啓發：臨邛道士爲明皇到海上仙山尋找已經仙去的楊貴妃。“冰壺”、“牙床”二句，可説是《長恨歌》“膚花貌參差是”句的另一種表述。

陳廷焯認爲王沂孫“翠雲遥擁”一首“亦指（王）清惠”，“亦”字似兼及“淡妝不掃”一首言[②]。而詹安泰則認爲：“《樂府補題》浮翠山房賦白蓮十首（沂孫兩首，餘人均一首）均係託喻后妃，語意均極相似，與楊髡發陵事有關，不徒爲清惠發也。兩首均有‘海山依約’。又第一首有‘步襪空留，羽衣微褪，粉殘香冷’句。第二首有‘甚人間别有，冰肌雪豔，嬌無那，頻相顧’之句，則悼亡之餘，兼有惜存”[③]按“發陵説”已被推翻，也不見得本題十首“均係託喻后妃”，不過，指出“不徒爲清惠發”，且有“悼亡惜存”之意，就解讀王沂孫“淡妝不掃”一詞而言，是很值得參考的[④]。陶宗儀《南村輟耕録》卷四“貞烈”條就記載了四位宋宫人的殉國故事。

王沂孫詞的典故確能呼應“悼亡”，至於“惜存”，則難以確定。汪元量《女道士王昭儀仙遊詞》：

---

① “浴罷”用楊貴妃“温泉出浴”典。“步襪”，樂史《楊太真外傳》：“妃子死日，馬嵬媪得錦袎襪一隻。相傳過客一玩百錢，前後獲錢無數。”頁 146。“海山”，白居易《長恨歌》：“臨邛道士鴻都客，能以精誠致魂魄。爲感君王展轉思，遂教方士殷勤覓。排空馭氣奔如電，升天入地求之徧。上窮碧落下黄泉，兩處茫茫皆不見。忽聞海上有仙山，山在虛無縹緲間。樓閣玲瓏五雲起，其中綽約多仙子。中有一人字太真，雪膚花貌參差是。”

② 陳廷焯《詞則・大雅集》卷四評“三十六陂”五句：“寫出幽貞，意者亦指清惠乎？”見陳廷焯：《詞則・大雅集》（上海：上海古籍出版社，1984 年），頁 141。按：此説又見陳氏《白雨齋詞話》卷二。

③ 詹安泰：《花外集箋注》（韶關：廣東人民出版社，1995 年），頁 42。

④ 張炎《緑意》詠荷葉有“回首當年漢舞，怕飛去、謾皺留仙裙摺”句，或可從這個方向解讀。

吴國生如夢,幽州死未寒。金閨詩卷在,玉案道書閑。
苦霧蒙丹旐,酸風射素棺。人間無葬地,海上有仙山。[①]

汪詩悼念王清惠,結句也用了白居易《長恨歌》"海上仙山"之句。然則,王沂孫賦詠白蓮時,王清惠是否仍然在世,實難確定,而其他宋宫人就更不可考了,不過,若謂"淡妝不掃"一詞是有感於宋宫人而作,"不徒爲清惠發",則是合理的解讀。本詞與"翠雲遥擁"一首同樣用了楊貴妃的典故,但本詞用的不是"霓裳羽衣曲",而是《長恨歌》的情節,藉以抒發對宋宫人遭遇的感慨。驚破了霓裳羽衣曲之後,宋宫人的遭遇相當悲慘。詞人反省君王聲色招禍,斷送江山的同時,又念及宫人北上大都的遭遇,是很自然的事。王沂孫一人作詞兩首,兼及了君王與宫人,可以説是亡國後的反省,痛未定,卻已思痛。

雖然詞人在詠龍涎香與詠白蓮兩組詞裏都有回首過去,但二者並不相同。在詠龍涎香一組詞中,詞人把往昔極力美化,流露出對往昔的無限眷戀,是一種憶昔懷舊的情懷,旨在暗示對當下生存狀況的不滿;詠白蓮則不同,詞中的《霓裳羽衣曲》、《長恨歌》的情節、"金銅鉛淚"和"太液池",都流露出輕淡的哀愁。這是宋亡之後,詞人直面歷史的痛楚,故曰思痛,有别於詠龍涎香懷舊的情懷。

三、寄心君王:洛神的象徵意義

把花比擬爲佳人神女,是詩家詞人常用的詠物手法。本題詞人更無一例外地用到這種手法賦詠白蓮,當中某些詞句還别有寄託。

詞人在詠白蓮時,有時會明言某仙女或某佳人的名號,有時則否;不過,只要詞人留下符碼作暗示,讀者還是可以按圖索驥的,例如讀到"浣紗人"便知是西施,讀到"出浴"、"解語"、"笑語"、"霓裳舞"便知是楊貴妃,讀到"淩波仙子"便知是洛神。當然,如果連符碼也没有,僅是泛言"素肌"、"淡妝",則讀者只能見到一個無名的仙女或佳人,無從指實,也難言當中是否有寄託了。試把詞人明言及暗示的神女與佳人整理

① 汪元量著,孔凡禮輯校:《增訂湖山類稿》卷三,頁108。

如下：

詞人	神女							佳人	
	洛神	許飛瓊	素姬	玉妃	蘂仙	湘妃	弄玉	西施	楊貴妃
周密	✓	✓							
王易簡	✓							✓	✓
陳恕可			✓						✓
唐珏	✓								✓
吕同老	✓								✓
趙汝鈉	✓			✓					✓
王沂孫（第一首）								✓	✓
李居仁		✓			✓		✓		
張炎						✓		✓	
王沂孫（第二首）	✓								✓
合計	6	2	1	1	1	1	1	3	7

從上表可見，洛神與楊貴妃的用例最多，九家詞人之中，除了李居仁和張炎以外，其他七家都用到。

詞人引用的不管是神女還是佳人，其目的首先是爲了賦物，達到此目的之後，不妨再求寄託和抒情。從賦物的角度看，上述的神女與佳人，或是用作比擬，或是用作襯託，都發揮了賦物的功能；若從寄託的角度看，則並非所有的神女與佳人都有寄意。然而，某些用到洛神與楊貴妃的詞句，如果連繫前後的詞句一起解讀，就不無寄託在其中了。有關楊貴妃典故的寄託上文已有討論，現在再討論有關洛神的詞句。六家用洛神典的詞人中，以下四家的詞句值得注意：

周密：擎露盤深，憶君清夜，暗傾鉛水……輕妝鬬白，明璫照影,紅衣羞避。……聽湘絃奏徹,冰綃偷翦,聚相思淚。

王易簡:芳容淡泞,風神蕭散,淩波晚步。……看明璫素襪,相逢憔悴,應當被、西風誤。

唐珏:太液池空,霓裳舞倦,不堪重記。嘆冰魂猶在,翠輿難駐,玉簪爲誰輕墜……珠房淚濕,明璫恨遠,舊遊夢裏。

王沂孫:太液荒寒,海山依約,斷魂何許。……羅襪初停,玉璫還解,早淩波去。

“淩波”、“羅襪”、“明璫”等見於曹植(192—232)《洛神賦》中的意象,詞人都有用到。

在賦文中,洛神“淩波微步,羅襪生塵”,形象脱俗出塵,可惜人神道殊,剛與曹植相遇就要立即分離,唯嘆:“悼良會之永絶兮,哀一逝而異鄉。無微情以效愛兮,獻江南之明璫。雖潛處於太陰,長寄心於君王。”[①]詞人用洛神“淩波”、“羅襪”的意象賦寫白蓮出水的形象,用的是比擬的手法。至於“明璫”,如果再聯繫“金銅鉛淚”、“太液池”、“霓裳羽衣”等典故一起閱讀,則詞人“寄心君王”之意就頗明顯了。例如周密詞上片曰“憶君”,煞拍曰“相思淚”,中間用了“金銅鉛淚”的典故,即使周密没有明言所思之“君”是誰,讀者也不難聯想到宋君;周密借洛神“明璫”的形象比喻白蓮,當中也隱約包含了“寄心君王”之意,詞中“憶君—寄心君王—聚相思淚”的情感脈絡,還是可以辨認出來的。

宋亡之後,詞人一面反省君王聲色招禍,一面又寄心君王,可見他們情感之複雜與矛盾。在君即是國的古代,詞人有這樣的情感表現不難理解。易代士人直面歷史的痛楚,檢討亡國之由,是對歷史教訓的總結;而寄心君王,則是士人心懷故國的表態,依古代的道德準則,士人實有此義務。詞人並没有表明寄心的是哪位君王,是否也包括理宗與度宗在内,這些都無法也不必深究,既然君即是國,忠君即是愛國,則寄心

① 曹植著,趙幼文校注:《曹植集校注》(北京:人民文學出版社,1984 年)卷二,頁 284—285。

君王就可以理解爲心繫故宋。南宋之世理學大盛,《四書》乃士人必讀之書,對於孟子"民爲貴,社稷次之,君爲輕"之説,詞人一定熟悉,不過實踐起來卻並不容易,畢竟,君即是國的觀念已經根深蒂固。在當時最能分清二者的,是文天祥。文天祥被俘擄之時,元相博羅(? —1313)曾質問天祥:"棄德祐嗣君(恭帝趙㬎)而别立二王(端宗趙昰、少帝趙昺),如何是忠臣?"文天祥説:"德祐吾君也,不幸而失國。當此之時,社稷爲重,君爲輕。吾别立君,爲宗廟社稷計,所以爲忠臣也。從懷、愍而北者非忠,從元帝爲忠;從徽、欽而北者非忠,從高宗爲忠。"[①]很難要求詞人也如文天祥那樣區分社稷與君王,然而詞人隱晦地指出君王對亡國也須負責,君實有負於國,則詞人對社稷與君王之别,也不是全無認識的。例如唐珏詞中的"翠輿"和"玉簪"分别比喻白蓮的葉和花,"冰魂"則喻白蓮之魂,結合"太液池"和"霓裳羽衣"的典故,就可知唐珏並非純然的賦形,而是别有寄託:君王聲色招禍(霓裳舞倦),以致國家覆亡(太液池空,玉簪爲誰輕墜),如今君王已去(翠輿難駐),而故國就只留在我的憶念之中(冰魂猶在)。君與國,還是隱約可分。

詞人寫白蓮多用洛神和楊貴妃的典故,是因爲有前文本作參照,以之詠白蓮,其實是在召喚前文本以切題。以洛神喻蓮花,唐人早已爲之,如皮日休(約 834—902)《詠白蓮》其一:"通宵帶露妝難洗,盡日淩波步不移。"何希堯(生卒未詳)《操蓮曲》:"錦蓮浮處水粼粼,風外香生襪底塵。"《洛神賦》:"淩波微步,羅襪生塵。"皮詩與何詩以"淩波"、"襪塵"代洛神,再轉喻蓮花,而諸家詞人則除了用"淩波"、"羅襪"外,還用了"明璫"。至於前人用楊貴妃典詠蓮花,更不乏例子,前引杜衍《詠蓮》、王同祖《郡圃觀白蓮》即是。前人已經用了洛妃和楊妃典詠白蓮,這些前文本都足以構成閲讀時的前理解,詞人只是承襲沿用而已,只要讀者曾經讀過這些典故和詩作,就知道詞人詠的是白蓮,並覺得詞人切題之極。

---

① 文天祥:《文天祥全集》(北京:中國書店,1985 年影 1936 年世界書局版)卷十七"宋少保右丞相兼樞密使信國公文山先生紀年録",頁 462。

四、落寞與焦慮:舊盟鷗鷺的離散

九家詞人之中,有六家引入了鷗鷺意象:

王易簡:別浦重尋,舊盟惟有,一行鷗鷺。

陳恕可:幾點沙邊飛鷺,舊盟寒、遠迷烟雨。相思未盡,纖羅曳水,清鉛泣露。

吕同老:月影淒迷,露華零落,小闌誰倚。共芳盟猶有,雙棲雪鷺,夜寒驚起。

趙汝鈉:暗想淒愁別岸,粉痕消、香腮凝汗。雪空冰冷,此情唯許,鷺知鷗見。

李居仁:雪鷗沙鷺,夜來同夢,曉風吹醒。

張炎:淡妝照水,纖裳玉立,無言似舞。幾度銷凝,滿湖烟月,一汀鷗鷺。

鷗鷺是水禽,所以詩家詞客有時以之襯託蓮花,當然也包括白蓮,例如王同祖《郡圃觀白蓮》其四有"飛入白鷗花一色,暗香來處月如鈎"句①;曾覿《隔浦蓮·詠白蓮》有"多少芳心待怨訴。無語。飛來一片鷗鷺"句(頁1317—8),用的都是襯託手法。鷗鷺意象在後世的文學作品裏,具有忘機出世,閑適自在的象徵意義,這就是"鷗鷺忘機"的典故。因此,除了襯託之外,詩人更可以藉鷗鷺寄託。

"鷗鷺忘機"的典源首先可追溯至《列子·黄帝》。篇中的"好鷗鳥者"本來如鷗鳥一樣的没有機心,所以能與鷗鳥相親同遊;一俟他心生捕取之念,鷗鳥就"舞而不下"②。"機心"出自《莊子·天地》:"機心存

---

① (題)陳起編:《江湖小集》卷廿七,頁十四下至十五上。

② 《列子·黄帝》:"海上之人有好漚(鷗)鳥者,每旦之海上,從漚鳥遊,漚鳥之至者百住(數)而不止。其父曰:"吾聞漚鳥皆從汝遊,汝取來,吾玩之。"明日之海上,漚鳥舞而不下也。"見楊伯峻著:《列子集釋》(北京:中華書局,1979年),頁67—68。

於胸中,則純白不備。"[①]至於白鷺的形象,固然可追溯至《詩經》,例如《周頌·振鷺》起句即曰"振鷺于飛,于彼西雝"[②]。不過,這只是起興之辭而已,真正具有"忘機"之意的佳作,較早也較有名的應是張志和(生卒未詳)《漁父歌》其一:"西塞山邊白鷺飛,桃花流水鱖魚肥。青箬笠,綠蓑衣,斜風細雨不須歸。"[③]漁父的形象源自《楚辭·漁父》與《莊子·漁父》,他們是與時俯仰或者潔身自好的悟道者,於是白鷺又因漁父的形象而被賦予出世忘機的意義。"鷗鷺忘機"一典應是糅合了不同的典源而成的。在後世的詩詞裏,往往以鷗鷺象徵出世忘機或者閒適自在;又以"盟鷗"指人與鷗鳥訂盟,象徵退隱。

宋季詞人藉鷗鷺以寄慨者不少,例如陳允平(生卒未詳)《一寸金》:

> 浩嘆飄蓬,春光幾度,依依柳邊泊。念水行雲宿,栖遲羈旅,鷗盟鷺伴,歸來重約。滿室凝塵澹,無心處、宦情最薄。(頁 3129)

蔣捷《梅花引·荆溪阻雪》:

> 白鷗問我泊孤舟。是身留。是心留。心若留時、何事鎖眉頭。(頁 3440)

---

① 《莊子·天地》:"子貢南遊於楚,反於晉,過漢陰,見一丈人方將爲圃畦,鑿隧而入井,抱甕而出灌,搰搰然用力甚多而見功寡。子貢曰:'有械於此,一日浸百畦,用力甚寡而見功多,夫子不欲乎?'爲圃者卬而視之曰:'奈何?'曰:'鑿木爲機,後重前輕,挈水若抽。數如泆湯,其名爲槔。'爲圃者忿然作色而笑曰:'吾聞之吾師,有機械者必有機事,有機事者必有機心。機心存於胸中,則純白不備;純白不備,則神生不定;神生不定者,道之所不載也。吾非不知,羞而不爲也。'子貢瞞然慚,俯而不對。"見郭慶藩著:《莊子集釋》(北京:中華書局,1961 年),頁 433—434。

② 孔穎達(574—648)著:《毛詩正義》(臺北:新文豐出版公司影嘉慶二十年阮元重刊《十三經注疏》本)卷十九之三,頁 730。

③ 曾昭岷,曹濟平等編著:《全唐五代詞》,上册,頁 25。按:李德裕(787—850)《玄真子漁歌記》謂唐憲宗(李純,778—820)曾"寫真求訪玄真子漁歌,歎不能致",可見張詞之名重。

吴潛(1195—1262)《水調歌頭・聞子規》:

> 休更□,世途惡,宦久羈。□深林密,去路人物兩忘機。昨日既盟鷗鷺,今日又盟猿鶴,終久以爲期。蜀魄不知我,猶道不如歸。(頁 2744)

張炎《木蘭花慢・趙鶴心問余近況,書以寄之》:

> 投閒。寄傲怡顔。要一似、白鷗閑。且旋緝荷衣,琴尊客裏,歲月人間。(頁 3491)

易代之際,特别是在取消了科舉的元初,江南士人根本就難以覓得出路。陳允平等人提到的"閒",提到的"宦情薄",都只不過是一種自我開解或者自我鼓勵而已,並非如張志和那樣的超然出世。在亡國與思痛的情感結構之下,本題六家詞人筆下的鷗鷺更不可能是超然心境的象徵。

六家詞人筆下的鷗鷺仍有退隱的象徵意味,但寫的已不是超然瀟灑的情懷。王易簡入元後隱居不仕,貫徹其宋遺民的立場。他在詞中重尋别浦,見到堅守"舊盟"的是"一行鷗鷺",而非同志友人;同盟舊友早已棄盟而去,獨留他一人站在别浦之上,望著這"一行鷗鷺"與滿浦白蓮,吞嚼一懷的落寞。落寞,就不會是瀟灑,更遑論出世了。再看趙汝鈉詞,謂"雪空冰冷",致使白蓮花落。這"雪空冰冷"其實也是賞花人身處的環境。面對惡劣的環境,看見白蓮花葉凋殘,人就更加心情複雜,"此情唯許,鷺知鷗見",真實的思想感情與人生走向,只容許同志友人知道。趙詞的鷗鷺,可理解爲退隱的同志,用的是借喻手法。張炎也用鷗鷺比喻前盟舊友:"幾度銷凝,滿湖烟月,一汀鷗鷺。"所謂"幾度",就是不止一次。意謂曾經幾度池邊銷凝放眼,當時但見湖上烟月,汀上鷗鷺,如今已成陳迹,前盟舊友已經不在。張炎落寞之情,也隱然可感。這種落寞,吴潛在《念奴嬌・詠白蓮用實月韻再和》中也寫過:

爲嫌塗抹，向萬紅叢裏，淡然凝素。非粉非酥能樣別，只是淩波仙女。隋沼濃妝，漢池冶態，争似滄浪浦。淨鷗潔鷺，有時飛到佳處。　　夢繞太華峰巔，與天一笑，不覺躋攀苦。十丈藕船遊汗漫，何惜浮生孤注。午鼓驚回，依然塵世，撲簌疏窗雨。起來寂寞，倚闌一餉愁佇。（頁 2758）

吴潛也是詠白蓮，也用了洛神與鷗鷺襯託白蓮的出塵潔淨，結句曰“起來寂寞，倚闌一餉愁佇”，抒情比本題諸家更直白。面對“依然塵世”，生出落寞之情的，又豈止《補題》詞人？

詞人在本題所説的“舊盟”、“芳盟”，可以理解爲同志友人之間效忠故宋，拒仕蒙元的承諾。如果各人都堅守承諾，可以產生互相砥礪的强化作用；不過，如果當中有人把持不住，出仕新朝，不管是出於什麼原因，遺民群體會因此瓦解。劉壎（1240—1319）《壽文堂賦》序謂：“大元革命初，兵禍頻仍，士學都廢，往往易節。”①不管是心甘情願還是迫於無奈，士人“往往易節”應是當時的實況。在詞中，陳恕可看見只有“幾點沙邊飛鷺”，於是感慨“舊盟寒、遠迷烟雨”；堅守盟約是如此的困難，人有没有堅持的能耐，更是一言難盡了。陳得芝先生的觀察是：“理、度兩朝進士中能以身殉國或堅守氣節、拒仕元朝者只占少數，卻有相當多人熱衷於謀求新朝官職。”②世事無常，人心難料，難怪陳恕可曰“遠迷烟雨”。這不只是落寞，還帶有一點焦慮。

宋遺民群體的處境甚是嚴峻，正如蕭啓慶先生所言：“宋亡之初，遺民抗節自高，對貳臣往往嚴詞譴責。但隨著歲月更易這種情形在二、三十年間便發生甚大變化。一方面，元朝統治早已鞏固，故國復興則已絶望，而遺民對故主的孤忠也爲時間浪潮所沖淡；另一方面，權位的誘惑、貧窮的煎熬以及對元朝統治性質認知的改變，驅使甚多遺老接受徵召，

---

① 劉壎：《水雲村稿》卷一，文淵閣《四庫全書》本，頁四下至五上。

② 陳得芝：《論宋元之際江南士人的思想和政治動向》“摘要”，頁 147。

重登仕途,而遺民思想也在江南士大夫詩文中消失無蹤。"[①]不難想像那些要堅守遺民立場的士人所承受的心理壓力有多大,吕同老以爲猶有"雙棲雪鷺"與他共守"芳盟",卻竟是"夜寒驚起";李居仁與"雪鷗沙鷺,夜來同夢",最終也被"曉風吹醒"。曰"驚起",曰"吹醒",說的是盟約將要瓦解,要面對一個不想接受的現實:遺民群體面臨崩潰。吕同老和李居仁的焦慮,表達得比陳恕可更清晰。

面對仕隱出處的抉擇,《補題》詞人的感受是很複雜的,在龍涎香一題中表現爲嘆老與慵懶,在本題則表現爲落寞與焦慮。如果讀者相信人對其所處困境的感受會隨著時間的過去而愈演愈烈,繼而又慢慢冷静下來,則白蓮一題之所以編在龍涎香之後,就可以理解了。

第四節　《摸魚兒·紫雲山房擬賦蓴》的寄託

《補題》的第三組詞是《摸魚兒》詠蓴,共五家五首,依次爲:王易簡、佚名、唐珏、王沂孫、李彭老。五首皆上片詠物,並爲下片抒情伏筆;下片則抒情以應上片,仍是宋代詠物詞的典型結構。

本題五首詞也用了淒楚、淒涼、愁、怕、笑、謾等直接抒情的字眼,不過,用得並不密集[②]。龍涎香和白蓮兩題的抒情强烈,表現出一片悲淒愁苦;而本題則是感慨蒼涼,抒情的風格有别於前二題,但卻是同樣的深刻。

---

① 蕭啓慶:《宋元之際的遺民與貳臣》,頁 117。按:勞延煊也提出過類似的說法:"時間的過去,使得宋代遺民體驗到故國之思的無用,逼得他們面對現實。在這情形之下,他們雖然不可能忘記全部的過去,但也必需漸漸的變得實際起來。"見氏著:《元初南方知識分子——詩中所反映出的片面》,載《中國文化研究所學報》1979 年第 10 卷,頁 129—159。引文見頁 154—155。勞說較早提出,但較簡略。

② "淒楚"王易簡用了一次;"淒涼"佚名用了一次;"愁"佚名和唐珏二家各用了一次;"笑"李彭老用了一次;"謾"佚名、王沂孫和李彭老三家各用了一次。最突出的是"怕",王沂孫一首用了兩次。

亡國的總主題當然也見於本題，唐珏一首就有“奈回首、姑蘇臺畔愁波暝”之句，用“吴臺游鹿”的典故來抒發盛衰興亡之慨①。不過，亡國只是本題的大背景，在這個大背景之下，詞人聚焦於仕隱出處的主題上搦管寫懷，並藉着唱和作對答。以下試作探討。

一、期望、質疑與失望及心底深處的寂寞與焦慮：蓴鱸勸歸的複雜心情

蓴是江南美食，也是士人的雅食，更重要的，是蓴别具“辭官”、“歸隱”、“適志”、“見機”、“思歸”、“還鄉”等象徵意義。詞人詠蓴，應該是呼應著當時所處的歷史語境。

雅人詠物，必然用典，不過與蓴直接相關的典故卻不多，最有名的是張翰（生卒未詳）的“蓴鱸之思”，本題五家都用了這個典故：

> 張翰，字季鷹……翰有清才，善屬文，而縱任不拘，時人號爲“江東步兵”。會稽賀循（260—319）赴命入洛，經吴閶門，於船中彈琴。翰初不相識，乃就循言譚，便大相欽悦。問循，知其入洛，翰曰：“吾亦有事北京。”便同載即去，而不告家人。齊王冏（司馬冏，？—302）辟爲大司馬東曹掾。冏時執權，翰謂同郡顧榮（？—312）曰：“天下紛紛，禍難未已。夫有四海之名者，求退良難。吾本山林間人，無望於時。子善以明防前，以智慮後。”榮執其手，愴然曰：“吾亦與子采南山蕨，飲三江水耳。”翰因見秋風起，乃思吴中菰菜、蓴羹、鱸魚膾，曰：“人生貴得適志，何能羈宦數千里以

---

① 春秋末，越王勾踐用大夫文種計，向吴王夫差獻神木一雙，以興土木。伍子胥諫，以爲不可接受。夫差不聽，接受神木以築姑蘇臺。後勾踐又向吴請糴糧，伍子胥再諫，以爲危害社稷，若應承，則豕鹿將遊於姑蘇臺。暗含亡國之意。詳《越絶書》卷五《請糴内傳第六》，卷十二《内經九術第十四》，《吴越春秋·勾踐陰謀外傳第九》。唐宋人登臨姑蘇臺懷古，間有用此故事，以寓盛衰興亡之慨，如劉禹錫（772—842）《姑蘇臺》：“故國荒臺在，前臨震澤波。綺羅隨世盡，麋鹿占時多。築用金鎚力，摧因石鼠窠。昔年雕輦路，唯有采樵歌。”又如吴文英《八聲甘州·姑蘇臺和施芸隱韻》下片有“問當時遊鹿，應笑古臺非”句，也是感慨盛衰。

要名爵乎!"遂命駕而歸。……人皆謂之見機。然府以其輒去,除吏名。翰任心自適,不求當世。或謂之曰:"卿乃可縱適一時,獨不爲身後名邪?"答曰:"使我有身後名,不如即時一杯酒。"時人貴其曠達。[①]

張翰縱任曠達,見機知退的形象甚是鮮明;而蓴菜與鱸魚的象徵意義就是從這個故事而來的。

張翰蔽屣功名,存真保性,其高蹈的舉措往往爲亂世士人所讚賞,在他們的詩詞裏,或以張翰自勵,或表示願意效法。然而,《補題》詞人在本題裏並非這樣運用"蓴鱸之思"的典故,而是用作對友人的規勸。先看以下四家的詞句:

王易簡:功名夢,消得西風一度。高人今在何許。鱸香菰冷斜陽裏,多少天涯意緒。誰記取。……尊前起舞。算唯有淵明,黄花歲晚,此興共千古。

佚名:淒涼味,酪乳那堪比並。吴鹽一筯秋冷。當時不爲鱸魚去,聊爾動渠歸興。還記省。是幾度西風,幾度吹愁醒。鷗昏鷺暝……。

唐珏:功名夢,曾被秋風唤醒。故人應動高興。悠然世味渾如水,千里舊懷誰省。空對景。……但只有芳洲,蘋花共老,何日泛歸艇。

李彭老:歸期早,誰似季鷹高致。鱸魚相伴菰米。紅塵如海邱園夢,一葉又、秋風起。……舊遊謾記。但望裏江南,秦鬟賀鏡,渺渺隔烟翠。

王易簡與唐珏説得很清楚:"功名夢"。既然功名如夢,就不如歸去。對於宋元之際的江南士人而言,除非易節投向蒙元,否則,功名確是一場夢,因爲元初廢除科舉,所以未有功名的遺民無科舉可應,更無功名可

① 《晉書》卷九十二《文苑傳·張翰》。

言;至於已有功名的遺民則不會出仕,名功於此時亦無用。詞人説功名如夢,並非故作瀟灑,而是身處特定歷史語境的情緒反應。

王易簡問"高人(張翰)今在何許",問"誰記取",又以"隱逸詩人之宗"的陶淵明作襯託,無非是勸人歸隱;只提古,不説今,就更有今人無張翰之風的感慨。唐珏則以爲功名夢醒之後,"故人應動高興",何況"悠然世味渾如水",既然世情冷淡,更應見機知退;可惜友人仍未回歸,於是有"千里舊懷誰省","何日泛歸艇"之問。二家站在宋遺民的立場向人提問,儘管没有明言是誰,但從佚名的一句"鷗昏鷺暝"可以推知,應該包括他們的前盟舊友。元廷廢除科舉,但同時又徵召人才。這對宋遺民來説無疑是一大衝擊。可以設想,詞人的前盟舊友中有立場不堅定者,甚至有出仕者,詞人對這些同志友人寄予期望,希望友人可以效法張翰,見機知退,以保其真。

徵召人才是蒙元加强統治的一項重要政策。《元史・儒學二・熊朋來》:"世祖初得江南,盡求宋之遺士而用之,尤重進士,以故相留夢炎爲尚書,召甲戌狀元王龍澤爲江南行臺監察御史。"[①]至元二十三年(1286),程鉅夫(1249—1318)向忽必烈上《好人》奏,謂:"臣往在江南,屢聞明詔,一則曰求好秀才,二則曰求好秀才,而以好秀才致之陛下者幾何人?江南非無士也,亦非陛下不喜士也,是群臣負陛下也。且陛下遣使江南,丁寧之曰'求好人'。"[②]當時地方官吏借平定土匪爲藉口,肆意貪殘虜掠,於是程鉅夫又上《公選》奏,稱:"朝廷於江南設行臺、按察,正欲察訪利病,果得其人,何至如此?非惟官不得人,亦緣南北事體不同,所用皆北人而無南人,故不能諳悉各處利害,如舟車之於水陸,不能易地以爲功也。臣愚欲望聖慈特降睿旨,御史、行臺自中丞以下,隨路按察司自察使以下,並合公選南方曉事耆舊及清望有風力人員,每路或一或二不定員數,與北方官員同共講論區畫,庶幾諳悉江南事體,周知遠人情僞。内臺侍御史至監察御史等官,亦合參用一二南官,以備采

---

① 《元史》卷一百九十,列傳第七十七《儒學二・熊朋來》,頁4664。

② 程鉅夫:《雪樓集》(文淵閣《四庫全書》本)卷十,頁十四下至十五上。

訪,不勝生民之幸。”[1]忽必烈接受了程鉅夫混一南北人才的建議,並派他到江南採訪,結果訪得宋宗室趙孟頫、孔子後人孔洙(1128—1287)等二十餘位江南士人[2]。

面對朝廷徵召的壓力,接受還是拒絕就成了士人能否保存名節的關鍵。《補題》詞人的舊友中也曾有人面對徵召的壓力,臨安詞人陳允平(字君衡,生卒未詳)是其中一位。周密《高陽臺・送陳君衡被召》:

> 照野旌旗,朝天車馬,平沙萬里天低。寶帶金章,尊前茸帽風欹。秦關汴水經行地,想登臨、都付新詩。縱英遊,疊鼓清笳,駿馬名姬。　　酒酣應對燕山雪,正冰河月凍,曉隴雲飛。投老殘年,江南誰念方回?東風漸緑西湖柳,雁已還、人未南歸。最關情,折盡梅花,難寄相思。(第 5 册,頁 3291)

王沂孫《高陽臺・陳君衡遠遊未還,周公謹有懷人之賦,倚歌和之》:

> 駝褐輕裝,狨韉小隊,冰河夜渡流澌。朔雪平沙,飛花亂拂蛾眉。琵琶已是淒涼調,更賦情、不比當時。想如今,人在龍庭,初勸金巵。　　一枝芳信應難寄,向山邊水際,獨抱相思。江雁孤回,天涯人自歸遲。歸來依舊秦淮碧,問此愁、還有誰知。對東風,空似垂楊,零亂千絲。(第 5 册,頁 3360)

陳允平是宋季臨安詞人之一,與周密及王沂孫是詞友,元初以人才徵至北都,不受官,放還。就如周密的詞題所言,詞是爲送陳君衡被召而作的。王沂孫的詞題補述了周密的心意:因爲陳允平“遠遊未還”,所以周密“有懷人之賦”。俞陛雲(1868—1950)評周密詞曰:“觀其詞

---

① 《雪樓集》卷十,頁十六下至十七上。

② 程鉅夫所舉薦的人數有二十二、二十三及三十等説法,參見《元史・程鉅夫傳》、《宋史・謝枋得傳》、謝枋得《上程雪樓禦史書》、程鉅夫《故建昌路儒學教授蔣君墓誌銘》及《故國子助教李性學墓碑》。

意，當是受北朝干旌之召，爲當時顯宦。故上闋言旌旗笳鼓，駿馬名姬，極寫行色之壯。下闋但賦離情，於陳君衡出處，不加褒貶之詞，僅言江湖投老，見兩人窮達殊途，新朝有振鷺之歌，而故國無歸鴻之信，意在言外也。"[①]至於王沂孫詞"更賦情"與"想如今"二韻，則諷喻剴刻，"歸來依舊"一韻，更設想日後之追悔，故陳匪石(1883—1959)謂此詞"有勸善規過之雅焉"[②]。最後陳允平也不負友人所望，不受官而還。周密和王沂孫的《高陽臺》唱和，就如上引四家詠蓴詞一樣，都是對友人的規勸，勸他們拒絶出仕蒙元，以示對故宋的效忠，以保其名節不失。

對於元廷的徵召，宋遺民堅拒不仕是意料中事，不過，高尚其志者如果没有穩固的經濟基礎，還要朝夕忍受飢貧，困於力役，就未必可以堅持下去。採訪徵召固然是一種壓力，但卻又未嘗不是一條解決生計困難的出路。程鉅夫之採訪江南，上距臨安淪陷已經十年，江南遺民在這十年之間，可謂飢貧交迫，難以維生；而程鉅夫之舉薦，就爲他們實際的生活困境打開了一扇門，遺民惶惑是否應該走出去。有人選擇堅守立場，當然也有人選擇出仕。戴表元曾謂："書生不用世，什九隱儒官。抱璞豈不佳，居貧良獨難。"[③]仇遠把出仕的原因説得更清楚："干禄本爲貧，元非慕輕肥……時艱士失業，十家九寒饑。豈無禹稷思，力薄願乃違。"[④]要貫徹遺民立場，誠非易事。程鉅夫之後仍有舉薦的事例，應

---

① 俞陛雲:《唐五代兩宋詞選釋》，頁 550。

② 陳匪石:《宋詞舉(外三種)》(南京:江蘇古籍出版社，2002 年)，頁 29。

③《送陳養晦赴松陽校官》:"書生不用世，什九隱儒官。抱璞豈不佳，居貧良獨難。陳子剡中秀，盛年早彈冠。嘗搴丹丘雲，亦窺滄海瀾。仙真願喜笑，魚龍從盤桓。天風一吹激，卻步赤松關。諒子太宇定，悠然置悲歡。但令懷居輩，極目勞追扳。"戴表元:《剡源文集》(文淵閣《四庫全書》本)卷二十七，頁二十一下。

④《予久客思歸以秋光都似宦情薄山色不如歸意濃爲韻言志約金溧諸友共賦寄錢唐親舊》其十一:"未仕每願仕，既仕複思歸。了知歸來是，宜悟求仕非。干禄本爲貧，元非慕輕肥。已昧好爲戒，複貽素餐譏。時艱士失業，十家九寒饑。豈無禹稷思，力薄願乃違。吾門可羅雀，載酒人來稀。下考劣已書，歸心癡如飛。眷言長途馬，老矣思脱鞿。晝短歌意長，式微兮式微。"仇遠:《仇遠集》，頁 21。

薦者亦不乏其人,戴表元就於元成宗(鐵穆耳,1265—1307)大德八年(1304)被執政者舉薦,先後出仕信州、婺州教授。

面對飢貧與徵召,士人的心情是很複雜的。張觀光(生卒未詳)於亡國時曾隨三宮北上[①],對於社稷覆滅亦有很深刻的感受;不過,在他的《漫述》十首中,卻有前後齟齬之句:

百拙懶營生計事,一貧方識丈夫心。
簞瓢陋巷皆真樂,何用多藏郿塢金。(其一)
對客莫談當世事,閉門且讀舊時書。
蓬萊獻賦心猶在,只恐無人薦子虛。(其三)
逢人休要説公卿,老去無心慕寵榮。
李不封侯劉不第,千年青史亦傳名。(其五)[②]

他一面要安於簞瓢陋巷,不悦公卿,不慕寵榮,但另一面卻猶有獻賦之心,只恐無人舉薦。其矛盾之情,昭然可想。及後張觀光得婺學教授。劉詵(1267—1350)描述當時的風氣謂:"自宋科廢而游士多,自延祐科復而游士少,數年科暫廢而游士復起矣。蓋士負其才氣,必欲見於用世,不用於科則欲用於游,此人情之所同。"[③]士人"必欲見於用世,不用於科則欲用於游",應該是很普遍的。徵召是被動的,游卻是主動的。一旦主動求"見於用世",就不能再説是爲勢所逼,而遺民群體步向瓦解,亦勢所必然了。

一般的士人求仕,舉足輕重的,甚或備受關注的人物,亦不免要出仕。大理學家吴澄曾堅持過一段頗長的時間不仕,不過最終卻出任了蒙元的國子司業、國史院編修、集賢院直學士、經筵講席等儒師之職。大學者出仕,忠臣烈士的子侄亦出仕。陶宗儀有以下的一則記述:

---

① 周密:《癸辛雜識·續集下》"入燕上人"條,頁173—174。

② 三詩俱見張觀光:《屏巖小稿》(文淵閣《四庫全書》本),頁六十一上至下。

③ 劉詵:《送歐陽可玉》,《桂隱文集》(文淵閣《四庫全書》本)卷二,頁八下。

至元間，宋文丞相有子，出爲郡教授，行數驛而卒，人皆作詩以悼之。閩人翁某一聯云："地下修文同父子，人間讀史各君臣。"獨爲絶唱。[1]

文天祥一生忠烈，寧死不屈，其事跡曾激勵過當時不少遺民義士，但他的兒子卻"出爲郡教授"，並卒於上任道上。後人或從全祖望之説，認爲教授這樣的學官並非命官，"無所屈"，因此仍可視文天祥子爲遺民，然而，若與文天祥相比，就已經稍遜一籌了。這不啻是歷史的播弄，翁某"各君臣"之句，讀之更是欷歔。吴澄與文天祥子並非當時游士，卻同樣都因爲種種壓力而出仕蒙元，就如劉壎《壽文堂賦》序所説的"士學都廢，往往易節"。不管是心甘情願還是迫於無奈，士人"往往易節"應是當時的實況。鄧文原(1258—1328)被徵召，戴表元作《送鄧善之序》曰："大德戊戌(1298)春，巴西鄧善之以材名被徵，將抵役於京師。於是甘泉近臣，乘軺而致詞，瀛州先官，揚鑣而先途。友朋星羅，從徒蟻奔。披末光、附餘聲之士餞善之於郊者，退而無不頌善之於家曰：嘻乎偉哉！善之其果能去此而行其志也乎哉！"[2]戴表元的描述，就是士人"往往易節"的形象化展現。陳得芝先生的觀察是："理、度兩朝進士中能以身殉國或堅守氣節、拒仕元朝者只占少數，卻有相當多人熱衷於謀求新朝官職。"[3]

宋遺民眼看昔日的同志友人一一易節，自然要起來勸止。本題佚名謂："淒涼味，酪乳那堪比並。吴鹽一筯秋冷。當時不爲鱸魚去，聊爾動渠歸興。""鱸魚"二句用的是張翰典，上文已有析述。"酪乳"、"吴鹽"二句用的是另一個典故。《晉書・陸機傳》：

至太康末，(陸機，261—303)與弟雲(262—303)俱入洛，造太常張華(232—300)。華素重其名，如舊相識，曰：'伐吴之役，利獲

① 陶宗儀：《南村輟耕録》卷二十"挽文教授詩"條，頁 246。
② 戴表元：《剡源文集》(文淵閣《四庫全書》本)卷十四，頁一上至下。
③ 陳得芝：《論宋元之際江南士人的思想和政治動向》"摘要"，頁 147。

二俊。'又嘗詣侍中王濟(246? —291),濟指羊酪謂機曰:'卿吴中何以敵此?'答云:'千里蓴羹,未下鹽豉。'時人稱爲名對。張華薦之諸公。"①

陸機"羊酪蓴羹"的故事又見《世説新語·言語》。詞人用這個典故以切蓴,並勸勉友人還歸。陸機與張翰都是吴人,晉滅吴後,陸、張先後北遊出仕,陸機最終見殺,而張翰卻因爲見機知退而得免於禍。詞人謂一筯秋蓴,歸思所繫,此中滋味,並非酪乳可比。味曰"淒涼",頗堪細玩。酪乳在帝京,秋蓴在故里,帝京是進取求仕之地,故里是退隱保真之鄉,進退之間,五情内熱,五味俱陳,故曰"淒涼"。詞人謂"酪乳那堪比並",可見他認爲進不及退,勸歸之意甚明確。不過,詞人又曰"當時不爲鱸魚去,聊爾動渠歸興",這就有質疑友人無心歸來之意。友人功名未遂,所以宦遊未歸,以致生出愁緒,於是詞人以張翰蓴鱸相勸。詞人固然希望西風可以吹醒友人的愁緒,及早還歸,可是友人的取態卻不明確,所以説"鷗昏鷺暝"。鷗鷺本無機心,如今鷗鷺也昏暗不明,則機心之有無就更不可知了。"鷗昏鷺暝"是"鷗鷺忘機"典的反用,質疑前盟舊友的心志難測。

比質疑更難堪的,是失望。李彭老問"歸期早,誰似季鷹高致?"運意與王易簡"高人今在何許"之問相同,意謂今人不能效法張翰的高致,所以又有"紅塵如海邱園夢"之歎。《周易·賁》:"六五,賁於丘園,束帛戔戔。吝,終吉。"王肅(195—256)注:"失位無應,隱處丘園。蓋蒙闇之人,道德彌明,必有束帛之聘也。"②孔穎達(574—648)疏:"丘謂丘墟,園謂園圃。唯草木所生,是質素之處,非華美之所。"③後世以"丘園"指隱居之處。人世似海難測,歸鄉如夢難期,一葉飄零,秋風又起,但友

① 房玄齡(579—648)等:《晉書》(北京:中華書局,1974 年)卷五十四《陸機傳》,頁 1472—1473。

② 王肅:《周易王氏注》,收入馬國翰(1794—1857)編:《玉函山房輯佚書·經編·易類》卷上,頁七下。

③ 孔穎達:《周易正義》(臺北:新文豐出版公司影嘉慶二十年阮元重刊《十三經注疏》本),頁 63。

人似乎没有動其歸興，於是生出“舊遊謾記”的感慨。“謾”，就是“徒然”的意思。詞的歇拍寫烟翠瀰漫，望不見江南故國，望不見前盟舊友，則憶念故人，也只是徒然。李彭老在此流露的已非佚名的質疑，而是失望。

王易簡等四家詞人都勸勉友人歸來，這固然是爲了友人的名節著想；不過，如果連繫到當時遺民群體逐漸瓦解的事實來考慮，並與詠龍涎香的嘆老及慵懶，還有詠白蓮的落寞及焦慮等情感一起推敲，則詞人的規勸，應該有更深層次的動機：“我拒仕蒙元，我效忠故宋，友人如我者越多，遺民群體就越團結，我們之間就可以互相倚靠，没有人需要獨自面對蒙元；但如今易節者多，遺民群體面臨崩潰，還有多少人效忠故宋？還有多少人持守華夏文化？”若此推敲不遠詞人的心境，則所謂規勸，其實就是詞人充滿焦慮的呼號。不管是王易簡和唐珏的期望、佚名的質疑，還是李彭老的失望，其實都源自共有的，心底深處的寂寞與焦慮。畢竟，當遺民，是逆勢而行的道德實踐，同時也是一種寂寞終身的人生事業。

二、陳悔疚，求諒解：王沂孫的哀辭苦調

易代之際，士人難免要面對仕與隱的取捨抉擇。除了佚名無可考之外，本題王易簡、唐珏和李彭老等三人都拒絶出仕，而王沂孫卻出任了慶元路學正[①]，今天學術界多據全祖望學官非命官的觀點，仍視王沂孫爲宋遺民，認爲他大節未虧；然而，王沂孫自己的感受又如何？王沂孫賦本題曰：

> 玉簾寒、翠絲微斷，浮空清影零碎。碧芽也抱春洲怨，雙捲小緘芳字。還又似。繫羅帶相思，幾點青鈿綴。吴中舊事。悵酪乳爭奇，鱸魚謾好，誰與共秋醉。　　江湖興，昨夜西風又起。年年輕誤歸計。如今不怕歸無準，却怕故人千里。何況是。正落日垂虹，怎賦登臨意。滄浪夢裏。縱一舸重遊，孤懷暗老，餘

① 袁桷：《延祐四明志》（文淵閣《四庫全書》本）卷二，頁三十五上。

恨渺烟水。

上片“吴中”至全詞結束,寫的應是他對自己出仕後的感受。

陳廷焯(1853—1892)在《白雨齋詞話》評此詞曰:“碧山詠蓴云:‘碧芽也抱春洲怨,雙捲小緘芳字。’下云:‘江湖興,昨夜西風又起。年年輕誤歸計。如今不怕歸無準,卻怕故人千里。’玉田《長亭怨》云:‘故人何許。渾忘了、江南舊雨。’下云:‘如今又、京國尋春,定應被、薇花留住。’自甘終隱,而亦不願其友之枉道徇人,同一用意忠厚。”[①]不過,如果讀者承認王沂孫曾經出任學正的事實,則“不願其友之枉道徇人”之評,就應該修訂,不願枉道徇人的應是王沂孫自己,不是其友;事實是他已經“徇人”,並爲此悔疚不已。上片結句問“誰與共秋醉”,其實是没有人與他共醉,是自傷寂寞。下片“江湖”至“千里”五句應上片“誰與共秋醉”句,並開啓下片文意。“年年”與“如今”二句,直寫隱衷,意謂出仕蒙元,非其本意,其實早有歸來之志,可是人事蹉跎,所以歸計年年輕誤,未能成行。這是解釋語。“不怕歸無準”是表示去意已決,擺落人事,不復再有任何疑慮。這是表態語。解釋與表態的背後,是悔疚。王沂孫又謂“却怕故人千里”,他固然怕與故人相隔千里,更怕的是被故人拒於千里,不被諒解。然則本題諸家所規勸者,應該包括王沂孫在内。細閲王沂孫這五句,可以推斷本題的唱和,自有往來對答之意,不止各自抒懷[②]。

在與周密的《高陽臺》唱和之中,王沂孫把陳允平描寫成一個和蕃的漢女,“想如今,人在龍庭,初勸金卮”三句,更是寫得卑屈下賤,儘管

---

① 陳廷焯:《白雨齋詞話》,唐圭璋編:《詞話叢編》卷七“碧山詠蓴”條,頁3946。

② 有些研究者也注意到本題四家詞人與王沂孫的唱和有往來對答的特點。牛海蓉:“詠蓴當作於王沂孫慶元歸來的盟友聚會,有對王沂孫的贊賞,也有抱定終隱的表白。”見前揭氏著:《也談〈樂府補題〉的寄託》,《元初宋金遺民詞人研究》第二章第三節第二分節“南宋遺民詠物專集——《樂府補題》”。路成文:“《摸魚兒·紫雲山房擬賦蓴》乃爲王沂孫的出處而發。”見前揭氏著:《〈樂府補題〉考論》。按:牛、路二家對本題五家對答的理解略有不同。

“有勸善規過之雅焉”，陳匪石也認爲這三句是“詼諧而劖刻”[①]。在本題，勸人者卻從道德的高地上跌滑下來，成了被勸者，在“君子有諸己而後求諸人，無諸己而後非諸人”的道德原則之下[②]，試問王沂孫又情何以堪？周密曾賦《憶舊遊・寄王聖與》，當中有“天涯未歸客，望錦羽沈沈，翠水迢迢。歎菊荒薇老，負故人猿鶴，舊隱誰招”之句（第5册，頁3290），勸歸之意甚是明確，而用語温厚，詞不迫切，不難想像王沂孫讀此詞時的難以爲懷了。因此，他在詞中向友人陳悔疚，求諒解，也是人之常情。

王沂孫最終都回來了，並填了一首《醉蓬萊・歸故山》：

> 掃西風門徑，黄葉凋零，白雲蕭散。柳换枯陰，賦歸來何晚。爽氣霏霏，翠蛾眉嫵，聊慰登臨眼。故國如塵，故人如夢，登高還懶。　　數點寒英，爲誰零落，楚魄難招，暮寒堪攬。步屧荒籬，誰念幽芳遠。一室秋燈，一庭秋雨，更一聲秋雁。試引芳樽，不知消得，幾多依黯。（第5册，頁3364—3365）

所謂“歸來何晚”，其實就是太晚，回首故國故人，更有如塵如夢的感慨。對於出仕，王沂孫是很後悔的。下片“一室秋燈，一庭秋雨，更一聲秋雁”三句，呼應著上片的故國故人句，多少有本題的“却怕故人千里”的意味，寫的是無邊的孤獨與寂寞。煞拍寫愁腸百結，唯有借酒消愁，只是愁緒太濃，不知美酒能“消得幾多依黯”。萬般滋味，無法排遣，只能獨自承受[③]。

王沂孫自言“年年輕誤歸計”，而且早就有歸來的“江湖興”，“如今

---

① 陳匪石：《宋詞舉》，頁29。

②《四書章句集注・大學章句・傳之九章釋齊家治國》，頁9。

③ 王沂孫尚有一首《齊天樂・四明别友》，流露的也是這種朋友離别與後悔出仕的情懷：“十洲三島曾行處，離情幾番悽惋。墜葉重題，枯條舊折，蕭颯那逢秋半。登臨頓懶。更葵箑難留，苧衣將换。試語孤懷，豈無人與共幽怨。　　遲遲終是也别，算何如趁取，凉生江滿。挂月催程，收風借泊，休憶征帆已遠。山陰路畔。縱鳴壁猶蛩，過樓初雁。政恐黄花，笑人歸較晚。”（第5册，頁3357）

不怕歸無準”,所以“歸故山”後,再填一闋《醉蓬萊》。若如其所言,則出任學正應該不是他的本意,與戴表元所説的“從徒蟻奔”之輩不同。然而,不管是出於心甘情願還是爲勢所逼,出任學正卻是事實,王沂孫爲此深感悔疚,是很正常的。

除了王沂孫之外,十四家《補題》詞人之中,陳恕可與仇遠亦曾出仕。陳恕可如何看待自己,文獻無徵,只好暫置不論。至於仇遠,他的表白比王沂孫更清楚直接,例如《答陳宗道見寄》:

> 蹇予山澤臞,飄飄一鷗似。天風忽假便,飲此金瀨水。
> 朝隨章句儒,暮逐副墨子。肯嘆飯不足,可戀惟酒美。
> 賦茅亦聊復,久矣忘喜怒。尾寧曳塗中,人生行樂耳。
> 懷人耿不寐,一夕三四起。江東暮雲合,渺渺隔秋水。
> 遺我詩兩章,意古音粹美。敢謂義熙餘,及見黄初體。
> 君閑恥食粟,我出慚爲米。流品敻不同,黄河貴清濟。①

《予久客思歸以秋光都似宦情薄山色不如歸意濃爲韻言志約金溧諸友共賦寄錢唐親舊》其七:

> 威鳳巢深林,神龍潛巨壑。泥塗困螻蟻,城市防彈繳。
> 小草不自貴,已鑄出山錯。豈知甘苦淡,有味俱不惡。
> 霜降水澤枯,歲晚木葉落。榮枯識寒暑,是非悟今昨。
> 不見粘壁蝸,甘以退爲樂。二休行且三,可但耐辱莫。②

《歲窮早睡》:

> 驥尾流光不可追,山中小草合知非。臘餘四日春先到,官滿三年客早歸。暗雨隨風茅屋漏,荒城争米燎盆稀。明朝又赴公筵賀,

① 仇遠:《仇遠集》,頁 4。
② 仇遠:《仇遠集》,頁 20。

燈下醒眠懶解衣。[1]

曰“慚”,曰“錯”,曰“不自貴”,曰“合知非”,都是自悔之辭。可見不管是自寫情懷還是寄贈朋友,仇遠都有流露出這種悔疚。

並非所有出仕的江南士人都深感悔疚,留夢炎、程鉅夫就不曾表示過有此感受;然而深感後悔者亦不少,例如戴表元《丙午二月十五日以府檄出宿了巖》:

衰年慕棲息,役役殊未休。天明發東郭,日晏泊西州。
豈其千金軀,爲此一餐謀。宿麥青已鬱,穉桑黄亦稠。
欣然一會意,所愧非吾丘。悔日諒不遠,誓言良未酬。
揮手謝還往,伊嚘自伊嚘。[2]

即使是趙孟頫,也曾作《自警》以抒懷:

齒豁童頭六十三,一生事事總堪慚。唯餘筆硯情猶在,留與人間作笑談。[3]

所謂“一生事事總堪慚”,主要是指出仕蒙元。趙孟頫也自知一旦出仕,就不免供人“作笑談”。趙孟頫尚且有悔意,其他被迫出仕的江南士人就更可想了。

《宋季三朝政要》云:“蓋死者,人之所難,而得其死者尤難也。主憂臣辱,義在必死。則食君之禄,死君之難,不以生死易其節,此誠烈丈夫也。”[4]然而殉節的“烈丈夫”畢竟只佔少數,後人也不會要求所有士人

① 仇遠:《仇遠集》,頁 92。

② 戴表元:《剡源文集》卷二十七,頁二十二下。

③ 趙孟頫著,錢偉強點校:《趙孟頫集》(杭州:浙江古籍出版社,2012 年)卷七,頁 151。

④《宋季三朝政要》卷六,頁 509。

皆當“烈丈夫”,卻希望見到遺民能貫徹立場,爲後世樹立楷模;全祖望“非命官,無所屈”之説,也是出於他對王應麟(1223—1296)的崇敬,認爲即使王應麟曾出任蒙元的山長,仍無害於是宋遺民。全祖望的説法,應該是爲了保存王應麟的名節。今人亦曾就王沂孫是否出任學正的問題作過討論,例如黄俊賢就認爲宋之慶元府入元後更名慶元路,而元人又將宋遺民當作本朝人,則《四明志》中“至元中”三字,“乃後人妄自附會,擅增以元之年號”,使王沂孫受冤,而碧山詞流露的黍離之悲正是他未嘗仕元的證據。可是黄俊賢始終未能提出文獻爲證作論述,故被施蟄存先生(1905—2003)批評“太偏於主觀”[①]。葉嘉瑩先生則因爲《延祐四明志》版本甚少,流傳不廣,而一般人只從《絶妙好詞箋》的轉引得知王沂孫曾出任學政,所以親往日本東京文庫查檢《延祐四明志》原書,如果原書没有王沂孫之名,就可以否定《絶妙好詞箋》的轉引,保全了王沂孫的遺民身份;不過在原書的卷二《職官考上》果然有王沂孫之名,於是援引全祖望“非命官,無所屈”之説,仍視王沂孫爲宋遺民[②]。學者的討論,無非是希望見到王沂孫能貫徹遺民的立場,人品與文品一致。

王沂孫無法預知後人對他的評價,他對自己的出仕卻是深感悔疚的。這可從他的詞作細味出來。戴表元《送屠存博之婺州教序》就道出了士人出仕的無奈:

> 古之君子可以仕乎?曰可以仕而可以不仕者也。今之君子不可以仕乎?曰不可以仕而不可以不仕者也。……今之君子,其材不及古矣,師不必皆良也,學之之法不必皆備也,其可仕也,上之人不必皆仕之也,然而皆有欲仕之心焉,以爲不仕而爲民,則其身將不免於累也……今之君子,其仕者既無以心服不仕之民,而不仕者

---

① 黄俊賢:《王碧山四考》之“未仕元考”,《詞學》第 6 輯,頁 81—88。施評見黄文後附記,頁 102。

② 葉嘉瑩:《碧山詞析論》,載《迦陵論詞叢稿》(上海:上海古籍出版社,1980 年),頁 217—218。

至於無以自容其身。[①]

在易代之際,很多士人都免不了這種無奈。施蟄存先生認爲:“王碧山做過一任慶元路學正,衹是一個寧波中學的訓導主任而已。雖然名爲學官,或教官,畢竟不是行政官。做這樣一任官職,就説他是失節文人,未免厚於責人,薄於責己。從古以來,文人在易代之際,出處各有不同,我們對每一個人,都應當略迹原心,區别對待。即以入仕新朝的文人來講,劉向、錢牧齋是一個類型,華歆、吴梅村又是一個類型,這些人之間,豈可不加區别?”[②]施説甚得人情之實,不同的士人是不同的個案,應該加以區别,而全祖望對王應麟的評論,就是考慮每個個案時的參照。或者可以這樣看:今人不再視王沂孫爲“失節文人”,而王沂孫則視自己的出仕爲污點。王沂孫的經歷,大可視作當時出仕遺民的縮影,是很值得同情的。

第五節　《齊天樂·餘閒書院賦蟬》的寄託

《齊天樂》詠蟬是《補題》的第四組詞,共八家十首:吕同老、王易簡、周密、唐珏、仇遠、唐藝孫各填一首,陳恕可與王沂孫二人各賦兩首。本題十首詞所用的抒情字眼十分强烈,例如:淒淒、淒涼、悽惋、淒淒切切、腸斷、斷魂、惆悵、憔悴、餘悲、愁、倦、殘、冷、恨、怨、咽、怕、怯;情感濃烈、低沉、陰鬱,情調與《摸魚兒》詠蓴的感慨蒼涼不同,也和《水龍吟》賦白蓮的雅淡淒冷有别,比《天香》賦龍涎香更深沉哀怨。本題諸作上下片都兼顧了賦物與抒情,這與《天香》和《摸魚兒》上片賦物下片抒情的結構不同,卻與《水龍吟》相似。就如其他各題一樣,本題十首詞作都别有寄託。

---

① 戴表元:《剡源文集》卷十三,頁一上至二上。

② 《詞學》第 6 輯,頁 102—103。

一、直面記憶中的血與淚:詞人的身世之感

1. 感慨、欷歔與厭倦:亡國哀音的情緒閃現

陸雲(262—303)《寒蟬賦並序》謂蟬有五德,其中一德是"清":"含氣飲露,則其清也。"[①]在前代文人筆下,蟬多用作清高的象徵,虞世南(558—638)《蟬》、駱賓王(約619—約687)《在獄詠蟬》和李商隱(約813—約858)《蟬》就是寫其清高的詠蟬名作。然而,本題所賦詠的並不是蟬的清高或者五德,詞人著墨最多的也不是蟬蛻、蟬翼,或者棲高飲露,而是蟬聲,十首詞的上下片都寫到:

呂同老:緑陰初蔽林塘路,淒淒乍流清韻。倦咽高槐,驚嘶別柳,還憶當時曾聽。歎絃絶重調,珥空難整……餘音未盡,早枯翼飛仙,暗嗟殘景。

王易簡:聽盡殘聲,爲誰驚起又飛去。商量秋信最早,晚來吟未徹,却是淒楚。斷韻還連,餘悲似咽,欲和愁邊佳句。……古木斜暉,向人懷抱苦。

王沂孫第一首:緑陰千樹西窗悄,厭厭晝眠驚起。嫩翼風微,流聲露悄,半翦冰箋誰寄。淒涼倦耳。謾重拂琴絲,怕尋冠珥。……殘虹收盡過雨,晚來頻斷續,都是秋意。

周密:槐陰忽送清商怨,依稀乍聞還歇。故苑愁長,危弦五調苦,前夢蛻痕枯葉。……淒淒切切。漸迤邐黄昏,砌蛩相接。露洗餘悲,暮寒聲更咽。

陳恕可第一首:碧柯摇曳聲何許,陰陰晚涼庭院。……琴絲宛轉。弄幾曲新聲,幾番悽惋。……清虚襟度漫與,向人低訴處,幽思無限。

唐珏:蛻痕初染仙莖露,新聲又移涼影。珮玉流空,綃衣翦霧,幾度槐昏柳暝。……亂咽頻驚,餘悲漸杳,摇曳風枝未定。秋期話

① 陸雲《寒蟬賦並序》謂蟬有"文、清、廉、儉、信"五德。劉運好校注:《陸士龍文集校注》(南京:鳳凰出版社,2010年),頁182—211。

盡。又抱葉淒淒，暮寒山静。付與孤蛩，苦吟清夜永。

唐藝孫：漸理琴絲，誰調金奏，淒咽流空清韻。虹明雨潤，正乍集庭柯，凭闌新聽。……殘聲送暝。恨秦樹斜陽，暗催光景。淡月疏桐，半窗留鬢影。

陳恕可第二首：蜕仙飛珮流空遠，珊珊數聲林杪。薄暑眠輕，濃陰聽久，勾引淒涼多少。……斷響難尋，餘悲獨省，葉底還驚秋早。

仇遠：夕陽門巷荒城曲，清音早鳴秋樹。……奈一度淒吟，一番淒楚。尚有殘聲，驀然飛過别枝去。齊宫往事謾省，行人猶與説，當時齊女。……離情正苦。甚懶拂冰弦，倦拈琴譜。

王沂孫第二首：乍咽涼柯，還移暗葉，重把離愁低訴。西園過雨，漸金錯鳴刀，玉箏調柱。……餘音更苦，甚獨抱清高，頓成淒楚。

十首詞的調子是一致的淒涼低暗。其實，蟬聲無所謂淒涼，淒涼的是詞人自己。這樣高度的一致性在其他四題裏是没有的，實在值得注意。

最早寫到蟬聲並以之與家國興衰聯繫在一起的，是《大雅・蕩》第六章："文王曰咨，咨女殷商，如蜩如螗，如沸如羹。小大近喪，人尚乎由行。内奰於中國，覃及鬼方。"蜩螗就是蟬。詩序曰："《蕩》，召穆公傷周室大壞也。厲王無道，天下蕩蕩，無綱紀文章，故作是詩也。"①蟬聲"如沸如羹"，即怨聲載道之意，故曰"天下蕩蕩"；"中國"、"鬼方"二句，指的是内憂外患。本題諸家之所以著力詠蟬聲，應是從《蕩》第六章得到啓發。

詞人聚首唱和之時，蒙元已經滅趙宋。"鬼方"既然統一了"中國"，就再没有所謂内憂外患了。不過趙宋雖亡，但遺民仍在，他們清楚記得亡國的過程，更藉詞中的典故傷懷故國。在整部《補題》中，詠龍涎香、詠白蓮和本題這三組詞有五首用到李賀"金銅鉛淚"的典故。本題用這

① 孔穎達：《毛詩正義》(臺北：新文豐出版公司影嘉慶二十年阮元重刊《十三經注疏》本)卷十八之一，頁641,643。

個典故的詞作有兩首:

> 唐珏:蜕痕初染仙莖露,新聲又移涼影。
>
> 王沂孫第二首:銅仙鉛淚似洗,嘆攜盤去遠,難貯零露。

古人以爲蟬飲露不食,所以飲露就成了蟬的特徵。唐珏和王沂孫就是藉着這滴"露水",把蟬與高擎承露盤的金銅仙人聯繫起來,以抒發其亡國之痛。易代的歷史語境、《蕩》第六章、詩序、"金銅鉛淚"的典故,共同構成了蟬聲的頻道,讀者只要調校到這個頻道,就能聽清詞中的蟬聲,其實是一片亡國哀音。

從上引詞句可見,諸家詞人都以琴聲借喻蟬聲。古人詩詞以樂音比喻蟬聲,用的是"蔡邕聽琴"的典故。范曄(398—445)《後漢書》卷六十下《蔡邕傳》:

> 初,邕在陳留也,其鄰人有以酒食召邕者,比往而酒以酣焉。客有彈琴於屏,邕至門試潛聽之,曰:"憘!以樂召我而有殺心,何也?"遂反。將命者告主人曰:"蔡君向來,至門而去。"邕素爲邦鄉所宗,主人遽自追而問其故,邕具以告,莫不憮然。彈琴者曰:"我向鼓弦,見螳蜋方向鳴蟬,蟬將去而未飛,螳蜋爲之一前一卻。吾心聳然,惟恐螳蜋之失之也,此豈爲殺心而形於聲者乎?"邕莞然而笑曰:"此足以當之矣。"[①]

螳螂捕蟬事始見於《莊子·山木》,後來又見於《韓詩外傳》卷十及《説苑》卷九,都不涉撫琴鼓瑟[②];不過《韓詩外傳》卷七與《孔叢子·記義第

---

① 范曄:《後漢書》(北京:中華書局,1965年)卷六十下《蔡邕傳》,頁2004—2005。

② 郭慶藩集釋,王孝魚校點:《莊子集釋》(北京:中華書局,2013年),頁693;屈守元箋疏:《韓詩外傳箋疏》(成都:巴蜀書社,1996年)卷十"楚莊王將興師伐晉"條頁870;向宗魯校證:《説苑校證》(北京:中華書局,1987年)卷九《正諫》"吴王欲伐荆"條,頁212—213。

三》卻有孔子撫琴鼓瑟時見貓捕鼠的故事，情節與《蔡邕傳》的螳螂捕蟬同[①]，《蔡邕傳》應是後人合螳螂捕蟬事與孔子撫琴鼓瑟事而成，而范曄採之入傳。

《韓詩外傳》、《孔叢子》和《後漢書》三書所記都是"殺心形於聲"者。"殺心形於聲"才是"蔡邕聽琴"故事的核心。前人用蔡邕典詠蟬，都是只用琴聲來比喻蟬聲，而略去了"殺心"這層意思。本題除了唐珏一首和陳恕可第二首(蜕仙飛珮)之外，其他八首都用了"蔡邕聽琴"的典故；不過，在蒙元代宋的歷史語境之下，在朋友唱和與交心的特定語境之下，就未必八首詞的詞意都全與"殺心"無關了。有三家詞人的詞句頗值得注意，吕同老曰"歎弦絶重調"；王沂孫第一首曰"謾重拂琴絲"；仇遠曰"甚懶拂冰弦，倦拈琴譜"。"弦絶重調"何以要"歎"？"重拂琴絲"何故是"謾"？"拂冰弦，拈琴譜"爲何令詞人"懶"與"倦"？"重"即是"再"之意，撫琴理弦何以要强調是"再"？詞人對此都没有解釋。從實證的角度看，固然可以認爲詞人在鼓琴之外别無他事，不過，十首詞中八首都鼓琴，而且都是用同一個典故，那分明不是實證的角度可以索解的。用典自然是爲了詠物，但同時也可以寄託。"歎"、"謾"、"懶"、"倦"四個修飾詞，都是用來描述情緒和心理狀態的，當中流露出三家詞人的感慨、欷歔與厭倦。詞人藉鼓琴抒情詠蟬，而事實上又没有鼓琴之事，

① 《韓詩外傳》卷七："昔者孔子鼓瑟，曾子、子貢側門而聽。曲終，曾子曰：'嗟乎！夫子瑟聲殆有貪狼之志，邪僻之行，何其不仁趨利之甚？'子貢以爲然，不對而入。夫子望見子貢有諫過之色，應難之狀，釋瑟而待之。子貢以曾子之言告。子曰：'嗟乎！夫參，天下賢人也。其習知音矣。鄉者，丘鼓瑟，有鼠出游，貍見屬屋，循梁微行，造焉而避，厭目曲脊，逆色獲而不得。丘以瑟爲其音，参以丘爲貪狼邪僻，不亦宜乎！'《詩》曰：'鼓鐘於宫，聲聞於外。'"見屈守元箋疏：《韓詩外傳箋疏》卷七，頁 659。《孔叢子・記義第三》："孔子晝息於室而鼓琴焉。閔子自外聞之，以告曾子，曰：'嚮也，夫子之音，清徹以和，淪入至道；今也，更爲幽沈之聲。幽則利欲之所爲發，沈則貪得之所爲施，夫子何所感之若是乎？吾從子入而問焉。'曾子曰：'喏。'二子入問孔子，孔子曰：'然，汝言是也。吾有之，嚮見貓，方取鼠，欲其得之，故爲之音也，汝二人者孰視諸？'曾子對曰：'是閔子。'夫子曰：'可與聽音矣。'"見傅亞庶校釋：《孔叢子校釋》(北京：中華書局，2011 年)卷一，頁 54—55。

可見鼓琴只是一種象徵而已。

典故中有人皆熟知,託意清晰者,“金銅鉛淚”是一例;也有情節豐富,意向多端,可從不同方向發揮者,“蔡邕聽琴”是一例。用“蔡邕聽琴”詠蟬聲而略去原來的“殺心”,是一種發揮;兼及“殺心”,不略去,也是一種發揮。詞人並非真的在鼓琴,而是與朋友聚首唱和,用同一典故詠蟬,有不涉“殺心”者,亦有兼及“殺心”者。若從這個角度看,要理解三家詞鼓琴的寄託,就應以蔡邕典爲據,重置詞人於當時的歷史語境,並以比興讀之。三家詞人理琴調弦之所以説“歎”、“謾”、“懶”、“倦”,之所以流露出感慨、欷歔與厭倦的情緒心態,之所以强調“重”,全都因爲鼓琴之故。鼓琴説“重”,意味曾經有“初”,而鼓琴在此只是一個象徵,象徵一件曾經有“初”,如今又“再”的事。此事爲何,詞人没説,頗有不堪重提的況味,這是雅化詞人提空的筆法,不過,如果重置詞人於當時的歷史語境,再參照蔡邕典的内容,則此事應該與“殺心”有關。

在詞人的生命歷程中,與“殺心”最有關的往事,無疑是宋元易代。所謂“初”,指的就是這件已經發生了易代之事;而“再”,就是對這件事的回憶。事實上,蒙古軍滅宋時的殺伐是非常慘烈,令人顫慄心驚的。例如姚訔(?—1275)與劉師勇(?—1278)力守常州,蒙古軍未能順利攻破常州城,於是常州百姓就付出了沉重的代價:

> 常州雖能保城,而管下屬縣屋宇焚蕩,人民擄掠殆盡,生獲百姓,殺之,爨其肉,煎油作砲,擲入常州城下,使膏油散在牌杈木上,積日,使火箭射之,牌杈自焚。又俘其人,使之運土於城外,築堡傾泥,並其人填之。常州屬縣之民,遭此横禍。十一月,糧盡,城始破。①

因此三宫北狩時,“舟次常州,燬餘之屋無路,殺死之尸滿河,臭不可聞,

① 劉一清:《錢塘遺事》卷七“五木之敗”條,頁154—155。

惟此最多。"[①]亡國之際,殉節赴死者難以計數,趙文《長沙死事本末後序》就描述了這樣的一個片段:

嗚呼!丙子之事,長沙郡死事者,不可勝數,其大者帥肯齋李公芾、總漕泉岩鍾公蜚英,不至一時,溝瀆如趙府園池,赴水死者數千;運司園樹,自絶脰者如偃仰纍纍。城破日,城中無虛井,而家自相屠,縱火焚尸者比比而是。圍城三月,死鋒刃,死矢石,復不知幾千人!是何楚之多鬼雄也![②]

宋亡之後,即使受鐵蹄蹂躪較少的富庶地區,百姓的生活也極窘迫不堪,鄭思肖《大義略叙》:

杭蘇湖秀,不戰於賊,擄掠之後,民雖空虛,幸丁丑至壬午,歲歲薄稔,未大狼狽;諸處窘於韃酋苛取,物價驟騰涌,人民極窘。四方假"大義"之名,行劫婦而賣、殺人而食之,盜縱橫甚熾,已難耕種,或加水旱,人之種亦逮絶矣![③]

劫後餘生,必定令人百感交雜。戴表元《兵後復還白岩山所舍作》:

脱命歸來意恍然,餘生堪喜復堪憐。　財逢亂世真如土,人到窮途始信天。問訊比鄰晡爨後,呻吟兒女夜燈前。　明朝又作安西計,飯後誰家沁雪田?[④]

戴表元自喜死裏逃生,同時也自憐生逢亂世。不難想像蒙古軍殘忍的燒殺場面,是如何令人顫慄心驚。烽煙已靖,八家詞人聚首唱和,吕同

---

① 劉一清:《錢塘遺事》卷九"丙子北狩"條,頁197。
② 周南瑞編:《天下同文集》(文淵閣《四庫全書》本)卷十三,頁二上至下。
③ 鄭思肖:《鄭思肖集·大義略叙》,頁186—187。
④ 戴表元:《剡源戴先生文集》卷三十,頁九下。

老等三家就以“殺心形於聲”的琴音來象徵這段不堪重提的回憶。他們没有述及回憶的内容細節,詞這種短小的文體也不適用於記叙,所以詞人只是用虛筆輕點這段回憶給他們的感受,“歎”、“謾”、“懶”、“倦”就是回憶的情緒閃現。汪元量《錢塘》云:

> 躑躅吞聲淚暗傾,杖藜徐步浙江行。　青蕪古路人烟絶,緑樹新墟鬼火明。事去玉環沉異域,愁來金盌出佳城。　十年草木都糜爛,留得南枝照淺清。①

頷聯寫景抒情,頸聯叙事抒情,寫的都是這段回憶。汪詩寫得實而沉痛,詞人則寫得虛而哀怨;汪詩鄭重特寫,詞人則憑虛輕點。正因爲有吕同老等三家詞人微露了消息,諸家的蟬聲才顯得更哀切。蟬聲是亡國哀音,而蔡邕典中的琴聲,正與淒楚的蟬聲相切。

2. 惶惑、羞愧與倦怠:出處的抉擇

應舉入仕原是古代士人的生命常軌,但對於身處蒙元統治下的宋遺民來説,出處卻是一個艱難的抉擇,這在詠蓴一組詞的論述中已有探討;在本題之中,亦有詞人詠及,吕同老曰:“珥空難整”,王沂孫第一首曰“怕尋冠珥”,陳恕可第一首曰:“塵情已倦,任翻鬢雲寒,綴貂金淺。”三家詞人都用了侍中貂蟬冠上附蟬金璫的故實②。陸雲《寒蟬賦並序》謂蟬五德之一是“容”,故“加以冠冕,取其容也。君子則其操,可以事

---

① 孔凡禮:《增訂湖山類稿》,頁 119。

② 附蟬金璫是侍中所戴貂蟬冠上的裝飾。因爲蟬象徵高潔,所用蟬的形象作帽飾。應劭(約 153—196)《漢官儀》曰:“侍中金蟬左貂。金取堅剛,百鏈不秏。蟬居高食潔,目(口?)在腋下。貂内勁悍而外温潤。”附蟬金璫間有出土,多是晉人遺物。1972 年,南京大學北大樓東晉墓出土附蟬金璫帽飾一組四件,分别飾於官帽之前後左右,飾於前者就是附蟬金璫。金璫爲山形(五邊形)黄金片,尖頂,溜肩,兩邊内收,底邊平直,鏤空作蟬紋,這就是所謂的附蟬。《宋史》卷一百五十二《輿服四·諸臣服上》:“貂蟬冠一名籠巾,織藤漆之,形正方,如平巾幘。飾以銀,前有銀花,上綴玳瑁蟬,左右爲三小蟬,御玉鼻,左插貂尾。”可見宋制較晉人更華美。

君，可以立身，豈非至德之蟲哉”[①]？崔豹《古今注》卷上：“貂蟬，胡服也。貂者，取其有文采而不炳煥，外柔易而内剛勁也。蟬，取其清虚識變也。在位者有文而不自耀，有武而不示人，清虚自牧，識時而動也。”[②]詞人用“附蟬金璫”，並非真的要位至侍中，只是象徵入仕而已。

吕同老可能在宋時已有功名，不過入元之後不仕，從前的官服帽飾已經無用，所以説“珥空難整”[③]。曰“空”曰“難”，當中包含了甚深的感慨。林景熙也寫過類似的感慨，《聞蟬二首》其二：

> 近交紙薄雲翻手，舊夢冠空雪滿顛。卻憶畫船曾聽處，夕陽高柳斷橋邊。[④]

林景熙與吕同老一樣，都是借詠蟬來抒懷。林詩第二句的“冠”即貂蟬冠。“舊夢冠空”就是宦業成空之意。吕同老曰“珥空難整”，説的也是宦業無成，與林景熙“舊夢冠空”句意近。吕詞上句曰“歎弦絶重調”，與此句連讀，當中的託意可以這樣理解：“我記得，蒙元滅了我的大宋，也扼殺了我的仕宦理想，實在令我感慨不已。”對於已有功名的宋遺民來説，已無君可事；前半生的努力、理想，更重要的是所效忠的對象，如今全都成爲過去，人生的意義成夢成空，生命無處掛搭，心靈無處安頓，這種惶惑，林詩説得直接，吕詞説得含蓄。

王沂孫和陳恕可的心境又與吕同老不同。王沂孫由於某些難以稽考的原因，未能貫徹遺民的立場，出任慶元路學正，不過他又抱持着傳統士人的道德觀念，自覺應該效忠趙宋[⑤]，所以視出任學正爲一生的遺憾，儘管他最後也辭官歸隱。他在《摸魚兒》詠蓴中向詞友陳悔疚，求諒

---

① 劉運好校注：《陸士龍文集校注》，頁 183。

② 崔豹：《古今注》，頁 5。

③ 珥，蟬珥，即附蟬金璫。

④ 林景熙著，章祖程注，陳增傑補註：《林景熙集補注》（杭州：浙江古籍出版社，2012 年），頁 315。

⑤ 這從他的《高陽臺・陳君衡遠遊未還，周公謹有懷人之賦，倚歌和之》一詞可以窺見。

解,又賦《醉蓬萊・歸故山》及《齊天樂・四明別友》以表深衷,一說"賦歸來何晚"(《醉蓬萊・歸故山》),再說"政恐黄花,笑人歸較晚"(《齊天樂・四明別友》),寫的都是後悔之情。王沂孫本題第一首說:"凄涼倦耳,謾重拂琴絲,怕尋冠珥","重拂琴絲"强調是"謾",意謂重憶亡國時的殺伐是徒然的;至於"怕尋冠珥",就是怕尋問仕途之意。怕重提仕宦,就是不想重提過去,怕面對那個人格斷裂的自己,可是,不想重提,卻又不曾忘記,就如他本題第二首所說的:"甚獨抱清高,頓成凄楚!"如此看來,這個"怕"字,就包含了王沂孫深沉的羞恥與愧疚,是他感傷身世之辭,難怪蟬聲在他聽來也是"凄涼倦耳"。

陳恕可的生平可考者甚少,主要的文獻根據是陳旅的《陳如心墓志銘》,可惜這篇墓志銘没有交代陳恕可出仕蒙元的心態,以及他對故宋的態度。他的著作絶少傳世[①],可作佐證的資料不多,不過,他的生命軌跡的輪廓多少可以幫助讀者解讀他在詞句中流露的心境。陳恕可在宋時曾以恩蔭補官,咸淳十年(1274)中銓試,授迪功郎,泗州虹縣主簿。入元後卜居西湖之上,原擬以此終身。他又曾被編入儒户,與一般儒户一樣,被地方官員驅遣役使[②]。後爲徐琰所徵而出仕,然而他没有像王沂孫那樣辭官歸隱,最後更以平江路吴縣尹致仕。他爲官期間興學治民,頗有時譽,對地方百姓也算是有貢獻。他的門人蔣震孫稱他爲人清介,不以黜陟榮辱累其心,可以側面見到他應該曾遭受旁人的非議;這些非議可能來自官場,也可能來自宋遺民。陳恕可身丁末世,一生升沉起跌,中經喪亂;在政治效忠的取捨上没有貫徹遺民的立場,不過出仕治民卻有時譽;他心懷故宋,卻又出仕蒙元,唯有編輯《樂府補題》以作補償與救贖[③]。雖然要士人在易代之際作出處的抉擇是很艱難的,但路卻又是陳恕可自己選的,既然選了,就只能繼續走下去。回顧種種經

---

① 除了所編《樂府補題》中的四首詞外,尚有朱存理(1444—1513)《珊瑚木難》卷一所收題擊蛇笏詩一首,張照(1691—1745)等編《石渠寶笈》卷三十二所收題馬和之《袁安卧雪圖》詩一首。

② 佚名:《廟學典禮》(文淵閣《四庫全書》本),卷六《籍定儒户免役》,頁九下至頁十六下。

③ 詳第一章第四節"補償與救贖:陳恕可編纂《樂府補題》動機臆説"。

歷,咀嚼時譽與非議,就不免心歇力疲,所以他説"塵情已倦";陳恕可的抉擇,就是戴表元所説的"不可以仕而不可以不仕者也"[①]。他站在自主自決與身不由己的交匯點上,作了一個招來議論的抉擇。在自行抉擇的同時又爲時勢所揀選,究竟人能否自主,實在説不清楚,陳恕可暮年回首,覺得出仕是他無奈的選擇,故曰"任翻鬢雲寒,綴貂金淺",這是聽天由命之後的倦怠心態。

對古代的士人而言,在改朝换代之後的出處抉擇,是政治表態,也是道德考驗。吕同老作的是一種選擇,王沂孫和陳恕可作的是另一種選擇。出仕新朝當然會招來當時和後世的非議,而尚有道德良知者,更要承受自己的道德審判;正因爲此,他們的詞作才流露出種種的感傷。從這個角度看,王沂孫和陳恕可還是願意承認自己的過錯的。

3. 與世相違的悲涼和記憶的焦慮及傷痛:老大詞人的秋蟬喟嘆

自宋玉悲秋之後,後世不少文士都藉秋景秋物來自傷身世,感傷老大,包括本題的六家詞人七首詞:

> 吕同老:不知身世易老,一聲聲斷續,頻報秋信。……見洗冰奩,怕翻雙翠鬢。
>
> 王易簡:幽期與語。怕寒葉凋零,蜕痕塵土。
>
> 王沂孫第一首:病葉難留,纖柯易老,空憶斜陽身世。
>
> 周密:輕鬢猶記動影,翠奩應怪我,雙鬢如雪。枝冷頻移,葉疏猶抱,空負好秋時節。
>
> 陳恕可第一首:敗葉枯形,殘陽絶響,消得西風腸斷。塵情已倦。任翻鬢雲寒,綴貂金淺。
>
> 唐藝孫:蜕翦花輕,羽翻紙薄,老去易驚秋信。
>
> 王沂孫第二首:病翼驚秋,枯形閲世,消得斜陽幾度。

詞人在詠龍涎香一組詞中也曾寫過老大與慵懶,那是詞人藉憶昔懷舊來抒發當下的無力感,託意頗集中;本題也嘆老,但當中的情緒要比詠

① 戴表元:《送屠存博之婺州教序》,《剡源文集》卷十三,頁一上。

龍涎香一組詞複雜。

時世已换,蒙元的統治已經穩固下來,而且徵召士人出仕。故宋士人需要重新調整自己在新朝的生活,爲自己定位,有人堅守遺民立場,效忠故宋,如唐珏、王易簡;有人迫於無奈,出仕新朝,如王沂孫、仇遠;當然更多人是自願,甚至踴躍響應徵召。對宋遺民來説,蒙元的徵召是一種壓力,也是一種誘惑,對甘願出仕的士人來説,更是一個機會,這就是周密詞所説的"好秋時節"。周密自言"雙鬢如雪","空負好秋時節",是指自己年邁力衰,與世相違,不再適應新世代,新朝的官職與他無關。"枝冷頻移,葉疏猶抱"句中的"移"與"抱",可以理解爲詞人避開新朝的徵召與抱定既有的原則宗旨;不過,枝仍是冷的,葉仍是疏的,外在的環境依然惡劣。"空負好秋時節"的"空"字,看似是自嘲昧於形勢,不識時務,其實是一種悲涼的感慨。

周密藉嘆老抒發與世相違的悲涼感慨,另外的五位詞人也嘆老,寫的是更深沉的傷痛。

寒蟬秋至而鳴[①],所以吕同老説蟬"不知身世易老,一聲聲斷續,頻報秋信"。詩家詞人好以寒蟬詠秋,以蟬鳴比喻爲報秋信,例如許棠(822—?)《聞蟬十二韻》"報秋涼漸至,嘶月思偏清"[②];姜夔《惜紅衣》:"高柳晚蟬,説西風消息。"(第3册,頁2182)然而秋信又是甚麽?歐陽修《秋聲賦》:"商聲主西方之音,夷則爲七月之律。商,傷也,物既老而悲傷;夷,戮也,物過盛而當殺。"[③]回顧當時的歷史語境,再參讀吕詞上片的"弦絶重調"句,以及歐陽修《秋聲賦》的文句,則所謂秋信,就頗有世運滄桑的意味了。在吕同老筆下,蟬自夏至秋都鳴噪不絶,是如此的堅持,而且不知身世已老。此處的"身世",亦蟬亦詞人,煞拍"怕翻雙翠鬢"句可以參讀。其實,蟬身世已老,詞人亦身世已老,老則老矣,卻呼

---

① 《禮記·月令》謂孟秋之月"涼風至,白露降,寒蟬鳴。"見《禮記注疏》(臺北:新文豐出版公司影嘉慶二十年阮元重刊《十三經注疏》本),卷十六,頁323。

② 《全唐詩》卷六百三,頁6974。

③ 歐陽修著,洪本建校箋:《歐陽修詩文集校箋》(上海:上海古籍出版社,2009年),卷十五,頁478。

號如故，誠然是“不知老之將至”；“不知身世”句應該是用了《論語》孔子自評的典故[①]。詞句的字面是蟬報秋信，實則是詞人呼號：“世運滄桑，未之或忘。”詞人與蟬是一樣的堅持，拒絶忘記亡國之痛。“不知身世”三句，不僅是詞人夫子自道，也是士之宏毅者的心曲。

如果詞人願意忘記過去，心靈的痛苦是應該可以減輕的。畢竟，調整記憶是治療心靈傷痛的一種有效方法；不過，詞人堅持直面自己的記憶，拒絶“記憶漂移”(drifting of memory)的影響，這就意味着他必須承受巨大的痛苦[②]。詞人已老，再强調“不知身世易老”，也只不過是自勵之辭。儘管詞人拒絶忘記亡國的種種經歷，但當時易節者衆，到了詞人故去之後，又有誰再憶記這段悲痛的歷史？再細味“不知身世”三句，就不難體會拒絶忘記的後面，是害怕遺忘的焦慮。

除了亡國之痛外，仕隱出處的抉擇，物質生活的貧乏，社會地位的低落，對於詞人來説，都是身心的折磨，陳恕可第一首説“塵情已倦，任翻鬢雲寒，綴貂金淺”，自然是年邁力衰之嘆。周濟《宋四家詞選》評王沂孫第一首是“身世之感”，評第二首是“家國之恨”[③]。其實兩首詞都

---

① 《論語·述而》：“葉公問孔子於子路，子路不對。子曰：‘汝奚不曰：其爲人也，發憤忘食樂以忘憂，不知老之將至云爾。’”見朱熹：《四書章句集注》，頁 97—98。

② 二次大戰倖存者普利莫·萊維(Primo Levi，1919—1987)指出，不少人在經歷過長期的、極沉痛的身心創傷之後，會傾向調整自己的記憶來安慰自己，因爲没有多少人願意駐足於痛苦的回憶面前仔細鑑别自己的傷痛，所以愈堅信調整後的記憶，就愈能治療心靈的傷痛。萊維把受創者這種心理機制稱作“記憶漂移”，並説很少受創者能不受“記憶漂移”影響，萊維本人是其中一個。按：依萊維所言，人如果不受“記憶漂移”影響，就意味着他必須永遠面對自己的記憶，承受所帶來的痛苦，萊維如此，《補題》詞人亦如此。Primo Levi，“The Memory of the offense”，*The Drowned and The Saved*，translated from the Italian by Raymond Rosenthal (1915—1995) (New York：Vintage International，1989，c1988)pp23—35. 中譯本參楊晨光譯：《被淹没和被拯救的》(上海：上海三聯書店)，第一章“罪之記憶”，頁 2—17。按：中譯本把 drifting of memory 譯作“記憶遷移”，譯法不夠準確，本書譯作“記憶漂移”。

③ 周濟：《宋四家詞選》，收入尹志騰校點：《清人選評詞集三種》(濟南：齊魯書社，1988 年)，頁 278。

有詞人的身世之感,第一首説:“病葉難留,纖柯易老,空憶斜陽身世。”第二首説:“病翼驚秋,枯形閲世,消得斜陽幾度。”病,是心靈的病;斜陽,是自覺生命將盡的傷痛。王易簡“怕寒葉凋零,蜕痕塵土”;陳恕可第一首“敗葉枯形,殘陽絶響,消得西風腸斷”;唐藝孫“老去易驚秋信”,抒發的也是這種傷痛。西風、斜陽、殘葉、寒蟬,這些秋景秋物,都觸動了詞人的神經,就如《秋聲賦》所説:“物既老而悲傷”,“物過盛而當殺”。

詞人久經憂患,遍嚐苦辛,到了暮年,卻没有看破世情,心靈仍然患病,這是因爲詞人拒絶“記憶漂移”,不想提起自己種種的經歷,卻不想忘記屬於自己的種種經歷;不管是故國的衰亡,還是自己出仕的抉擇,詞人都要一一記着,而記憶的代價就是無邊的傷痛,遲暮的心境就把這記憶的傷痛加倍放大,藉着蟬聲訴説出來。

詞人曾經藉一縷龍涎香回到繁華的過去,書寫老大與慵懶不過是抒發當下的無力感;如今,寒蟬淒切,詞人無力正乾坤,卻有心力記着自己的過去。詠蟬一組詞之嘆老,確實比詠龍涎香複雜得多。

二、惆悵憔悴,怨恨悲愁:齊后化蟬與故宋宫人

除了詞人的身世之感外,本題的寄託還有家國之慨,而“齊后”就是寄託之所繫:

> 吕同老:墜葉山明,疏枝月小,惆悵齊姬薄倖。
>
> 王易簡:翠雲深鎖齊姬恨,纖柯暗翻冰羽……聽盡殘聲,爲誰驚起又飛去……古木斜暉,向人懷抱苦。
>
> 王沂孫第一首:夢短宫深,向人猶與訴憔悴。
>
> 周密公:故苑愁長,危弦調苦,前夢蜕痕枯葉。傷情念别。是幾度斜陽,幾回殘月。轉眼西風,一襟幽恨向誰説。
>
> 陳恕可第一首:過雨高槐,爲渠一洗故宫怨。
>
> 唐珏:奈欲斷還連,不堪重聽。怨結齊姬,故宫烟樹翠陰冷。
>
> 陳恕可第二首:齊宫路杳。歎往事魂消,夜闌人悄。
>
> 仇遠:齊宫往事謾省,行人猶與説,當時齊女。

王沂孫第二首：一襟遺恨宫魂斷，年年翠陰庭宇。乍咽涼柯，還移暗葉，重把離愁低訴。

除了唐藝孫之外，以上七家九首，都同樣用了"齊后化蟬"的典故。崔豹(西晉人，生卒未詳)《古今注》卷下"問答釋義第八"：

牛亨問曰："蟬名齊女者何也？"(董仲舒)答曰："齊王后忿而死，尸變爲蟬，登庭樹，嘒唳而鳴，王悔恨。故世名蟬曰齊女也。"[①]

這個典故在《補題》以前並不常用[②]，可説是一個頗冷僻的詠蟬典故，即使用了此典，也只作襯託之用，當中别無寄託。然而本題七家九首都用到這個典故，陳恕可與王沂孫更是一用再用，如此頻繁密集，是很值得注意的。本題諸作突出了蟬的鳴噪，而典故中"登庭樹，嘒唳而鳴"之句與《蕩》第六章"如蜩如螗，如沸如羹"之句，寫的也是蟬噪，這可以構成解讀本題的"前理解"，很容易令讀者覺得詞中應該别有寄託。

没有詞論家全面解説過十首詞的寄託，他們主要評論的是王沂孫的兩首詞，其中又以"一襟遺恨"詞的評論最豐富，彷彿這首詞就是本題十首的代表。今人多認爲前人對"一襟遺恨"詞的評論多是穿鑿附會，或是過於坐實，例如劉永濟先生就批評端木埰(1816—1892)的詞評"必切宋事，恐非作者本意"，"雖似可比附，實非可盡信"，並認爲"蓋端木生當清末，目睹清廷於庚子八國聯軍入京之後，仍然歌舞昇平，心有感觸，

① 崔豹：《古今注》，《叢書集成初編》(北京：中華書局，1985年)，頁23。

② 初步查考《全唐詩》與《全宋詩》可知，唐詩用此典者，有三家三首：劉兼《新蟬》、皎然《南湖春泛有客自北至説友人岑元和見懷因叙相思之志以寄焉》、李商隱《韓翃舍人即事》；宋詩用此典者，有五家六首：丁謂《蟬》、李宗諤《清風十韻》、楊億《館中新蟬》、宋祁《聞杜宇》、《秋陰》、徐照《柳下聞蟬》。詞則除了本題諸七家九首外，未見有用此典者。

故於讀此詞時一發洩之,遂不免摻入個人主觀感覺也"[①]。端木埰之評廣爲人知,卻不是廣受贊同,曾經一度爲讀者所看重的,是發宋陵事、全太后爲尼事、王清惠入道事,例如陳廷焯就懷疑"緑陰千樹"詞是"指全太后祝髮爲尼事","一襟遺恨"詞"當指王昭儀改裝女冠"[②];而陶爾夫和劉敬圻則認爲"一襟遺恨""這首詞通過咏蟬對南宋滅亡表示深深哀悼,對帝后陵墓的盜發表示極大悲痛"[③]。可見"必切宋事"者,不獨端木埰爲然。不過,"發陵"、"爲尼"、"入道"等説法盛行一時之後,又遭到質疑[④]。

諸家只是就王沂孫詞而論,如果綜觀本題諸作,"發陵"、"爲尼"、"入道"等説法就更難令人信服了。張宏生先生在討論"一襟遺恨"詞的寄託時,特别强調了"齊后化蟬"這個典故:"從上引三首唐詩看(虞世南

---

① 劉永濟:《微睇室説詞》,頁 127—129。按,端木埰評"一襟遺恨"詞曰:"詳味詞意,殆亦黍離之感也。首句'宫魂'字點清命意。'乍咽'、'還移',慨播遷也。'西窗'三句,傷敵騎暫退,宴安如故也。'鏡暗'二句,殘破滿眼,而修容飾貌,側媚依然。衰世臣主全無心肝,真千古一轍也。'銅仙'三句,宗器重寶均被遷敓澤不下究也。'病翼'二句,更是痛哭流涕,大聲疾呼,言海徼棲流,斷不能久也。'餘音'三句,遺臣孤憤,哀怨難論也。'漫想'二句,責諸臣到此尚安危利災,視若全盛也。"見王鵬運(1849—1904)《四印齋所刻詞》本《花外集》跋文引。

② 陳廷焯:《白雨齋詞話》卷二,頁 3811。

③ 陶爾夫、劉敬圻:《南宋詞史》(哈爾濱:黑龍江人民出版社,2005 年),頁 462。

④ 詳細討論可參考:

(1) 蕭鵬:《樂府補題寄託發疑——與夏承燾先生商榷》,載《文學遺産》,1985 年第 1 期,頁 66—71。

(2) 劉榮平:《釋"知君種年星在尾"——對楊髡發陵時間之堅證的考辯兼論樂府補題寄託發陵説不能成立》,載《新宋學》2001 年第 1 輯,頁 157—166。

(3) 丁放:《〈樂府補題〉主旨考辨-兼論'比興寄託'説詞論在清代以來的演變》,《安徽師範大學學報》(人文社會科學版),2001 年 11 月,第 29 卷,第 4 期,頁 531—538。

(4) 郭鋒:《論〈樂府補題〉的詞學思想》,載《南昌大學學報》(人文社會科學版),2006 年 1 月,第 37 卷,第 1 期,頁 109—112。

(5) 牛海蓉:《也談〈樂府補題〉的寄託》,載《鄭州大學學報》(哲學社會科學版),2006 年 3 月,第 39 卷,第 2 期,頁 148—152。

《蟬》、駱賓王《在獄詠蟬》、李商隱《蟬》），雖然有寫蟬的傳統意象，但在用典上，王沂孫的詞卻是後來居上，尤其是用了齊后忿而死，屍化蟬的典故，這就使得作品的意藴與皇室可能發生關聯。"宏生先生既肯定了詞中有寄託，卻又没有坐實到某一件事上，而是謹慎地點出易代之際趙宋皇室的種種遭遇，並認爲時人對這些事都是刻骨銘心的。"按照這樣理解，王沂孫用這個典故，寫出了當事人的一種深悲積怨，其情感所指，可以有所對照。"[①]宏生先生據"齊后化蟬"的典故指出了解讀王沂孫詞的寄託方向。這解讀的方向也適用於本題諸作。

除了"齊后化蟬"之外，諸家還頻繁地用到"宫人蟬鬢"一典。崔豹《古今注》卷下：

> 魏文帝宫人絶所寵者，有莫瓊樹、薛夜來、田尚衣、段巧笑四人，日夕在側，瓊樹乃制蟬鬢。縹眇如蟬翼，故曰蟬鬢。[②]

詩家詞客之所以用宫鬢詠蟬翼，或者用蟬翼詠女子髮鬢，即本此典。本題八家十首詞作之中，除王易簡一首外，其他七家九首都用了這個典故，當中有五家的詞句還可以和"齊后化蟬"典參讀：

> 唐珏："怨結齊姬，故宫烟樹翠陰冷。當時舊情在否，晚妝清鏡裏，猶記嬌鬢。
>
> 唐藝孫：殘聲送暝。恨秦樹斜陽，暗催光景。淡月疏桐，半窗留鬢影。
>
> 陳恕可第二首：齊宫路杳。歎往事魂消，夜闌人悄。謾想輕盈，粉奩雙鬢好。
>
> 仇遠：薄翦綃衣，涼生鬢影，獨飲天邊風露。朝朝暮暮。奈一度凄吟，一番凄楚。……齊宫往事謾省，行人猶與説，當時齊女。

---

① 張宏生：《秋蟬聲態與亡國之痛》，《讀者之心——詞的解讀》（北京：中華書局，2013 年），頁 228。

② 崔豹：《古今注》，頁 21。

王沂孫第二首:一襟遺恨宮魂斷,年年翠陰庭宇。乍咽涼柯,還移暗葉,重把離愁低訴。……鏡掩殘妝,爲誰嬌鬢尚如許。

以上五家,除了唐藝孫,其他四家都同時用了這兩個典故。

"齊后化蟬"的典故"與皇室可能發生關聯",而"宮人蟬鬢"的典故就突出了皇室中的宮人[①]。在這兩個典故互相映照之下,本題寄託的解讀範圍就可以進一步收窄:詞人的寄託應與故宋宮人有關,卻與發宋陵事無涉。謝桃坊先生在討論王沂孫"一襟遺恨"詞時曾謂:"(《慶宮春・水仙》和《水龍吟・白蓮》〔淡妝不掃〕詞)這兩詞與《齊天樂・蟬》其悼念宮人之意都是較爲明顯的。如果説它們有寄託,顯而易見的是對宋舊宮人的哀悼。"又認爲"宋亡時以身殉國的宮人是很多的,在宋遺民的詩詞裹時見吟咏。王沂孫對宋舊宮人的悼念也許有具體的對象,但現已無以考知,似乎也無此必要了。從這些詞裹,我們可以見到作者借此以極宛曲地表達了亡國之痛和故國之思。"[②]其實,從上引詞句可見,本題諸作也可以循這個方向探討,而不只"一襟遺恨"詞爲然。

臨安城陷,蒙古軍入宮"索宮女、内侍、樂官諸色人等,宮女赴蓮池死者不可計。"[③]殉國者除了這些無名宮女外,還有流亡海上的楊淑妃。《宋史》載:"至元十四年(1277),大軍圍昰(宋端宗趙昰)於海上。明年(1278)四月,昰卒,昺(少帝趙昺)代立。十六年(1279)春二月,昺投海死,妃聞之大慟,曰:'我艱(間)關忍死者,正爲趙氏祭祀尚有可望爾,今天命至此,夫復何言!'遂赴海死。其將張世傑(?—1279)葬之海濱。"[④]宮人殉國的歷史記載,可以爲解讀本題的寄託提供了一些參照。

宮人在亡國一刻毅然殉國固然慘烈,而被元兵俘擄至大都的宮人,其境況也相當悲慘。度宗昭儀王清惠在北上途中賦《滿江紅》"太液芙

① 在唐宋時期,上至嬪妃,下至宮婢,都可以統稱爲宮人。

② 謝桃坊:《宋詞概論》(成都:四川文藝出版社,1992年),頁441—442。

③ 劉一清:《錢塘遺事》卷八"京城歸附"條,頁187。

④ 《宋史》卷二百四十三,《后妃下》,頁8662。事又見卷四十七,《本紀・瀛國公》,頁945—946。

蓉”詞以書寫其亡國之痛，就是爲人熟悉的故事。北上大都之後，故宋宫人就開始其亡國囚徒的屈辱生活。“侍臣已寫歸降表，臣妾僉名謝道清。”[①]謝太后因此成了投降亡國的代表人，不免要受故宋臣民的是非批評。謝枋得義憤填膺的説：

> 太母（即謝太后）輕信二三執政之謀，挈祖宗三百年土地人民，盡獻之皇帝，無一字與封疆大臣議可否，君臣之義亦大削矣。三宫北遷，乃自大都寄帛書曰：“吾已代監司帥臣，具姓名歸附，宗廟尚可保全，生靈尚可救護。”三尺童子知其必無是事矣，不過給群臣以罷兵耳。以宗社爲可存，以生靈爲可救，陽給臣民以歸附，此太母之爲人君，自盡爲君之仁也。知祖宗不可存，生靈不可救，不從太母以歸附，此某爲人臣自盡爲人臣之義也。[②]

言辭甚是激烈。即使死後，汪元量仍説：“事去千年速，愁來一死遲，”[③]批評她怕死投降。謝太后要承受的心理壓力可想而知。

陶宗儀《南村輟耕録》卷四有“貞烈”一篇，記宋末宫人之貞烈者五人，民婦三人，其中昭儀王清惠入道，餘皆自殺，八人都是貞烈婦人。陶宗儀記宫人事迹云：

> （至元十三年丙子）五月二日，（謝全兩太后）抵上都，朝見世皇（忽必烈）。十二日夜，故宋宫人安定夫人陳氏，安康夫人朱氏，與二小姬，沐浴整衣焚香，自縊死。朱夫人遺四言一篇於衣中云：“既不辱國，幸免辱身。世食宋禄，羞爲北臣。妾輩之死，守於一貞。忠臣孝子，期以自新。丙子五月吉日，泣血書。”明日，奏聞，上命斷其首懸全后寓所。夫此四人之貞烈，視前日之託隱憂於辭章者，相

---

① 汪元量《醉歌》十首之五，《增訂湖山類稿》，頁 14。

② 謝枋得：《上丞相留忠齋書》，《謝疊山全集校注》（上海：華東師範大學出版社）卷一，頁 8。

③ 汪元量《太皇謝太后挽章》二首之一，《增訂湖山類稿》，頁 107。

去蓋萬萬矣。[①]

入道的王清惠與自縊的陳氏四人,都是陶宗儀眼中宋宫人之貞烈者。陶宗儀感慨道:"噫!使宋之公卿將相貞守一節若此數婦者,則豈有賣降覆國之禍哉!宜乎秦(檜)賈(似道)之徒爲萬世之罪人也。"[②]

除了幾則筆記之外,故宋宫人在大都的生活已不能詳考,幸而王清惠與隨三宫北上的汪元量卻保留了一些片斷在他們的詩詞裏[③],後人將之與零星的史書記載及筆記參讀,或可從中窺見宫人生活的一鱗半爪。故宋宫人到了大都之後,入道或爲尼者不少。不過史書所載未免太簡略,《宋史》只言全太后"爲尼正智寺而終"一句而已[④];《元史》所載稍詳,也不過謂:至元二十八年(1291)十二月己巳,"宣政院臣言:'宋全太后、瀛國公母子以爲僧、尼,有地三百六十頃,乞如例免徵其租。'從之。"[⑤]汪元量有《全太后爲尼》詩:

南國舊王母,西方新世尊。頭顱歸妙相,富貴悟空門。
傳法優婆域,誦經孤獨園。夜闌清磬罷,趺坐雪花繁。[⑥]

富貴與空門,對比何其强烈!苟非國變,有多少個太后與君主同時甘心

① 陶宗儀:《南村輟耕録》卷四"貞烈",頁38。

② 陶宗儀:《南村輟耕録》卷四"貞烈",頁40。

③ 汪元量詩能補史乘之闕,故歷來號稱"詩史",其中大型組詩《湖州歌》九十八首就記録了元軍南下,直逼臨安,宋室投降,再到被俘大都,世祖款待的整個過程;當中的第九、十五、十六、十七、十九、廿八、三十、卅一、卅三、卅五、卅七、卅八、卅九、四十、四十二、四十三、五十、五十二、五十四、五十六、六十四、八十二、八十五,以及八十八等廿四首詩專寫宫人的種種起伏心理及舉止情狀甚細。詞方面,汪元量《水龍吟·淮河舟中夜聞宫人琴聲》及前引王清惠《滿江紅》更是宋宫人的心靈與情感的紀録。

④《宋史》卷二百四十三,《后妃下》,頁8661。

⑤《元史》卷十六,《世祖十三》,頁353。

⑥ 孔凡禮:《增訂湖山類稿》,頁110。

“母子以爲僧尼”？夜闌清磬，趺坐雪花，於空寂之中隱約透出一絲悲戚。汪元量又有《宫人爲尼》詩：

白髮今如此，無依實可憐。聖恩空舊想，佛相又新圓。
鏡曉容顔别，鐘昏夢寐懸。百年心上事，懷古淚漣漣。[①]

全太后爲尼，尚有體面的頭顱妙相，而一般的宫人爲尼，卻是涕淚漣漣。她們白髮無依，唯有遁入空門；眼前是青燈杳卷，心裏是舊日聖恩，百年心事，空自懷想而已。

宫人的不幸不僅入道爲尼而已。汪元量《宋宫人分嫁北匠》：

皎皎千嬋娟，盈盈翠紅圍。輦來路迢遞，梳鬢理征衣。
復采鴛鴦花，綴之連理枝。憂愁忽已失，歡樂當自茲。
君王不重色，安肯留金閨。再令出宫掖，相看淚交垂。
分配老斲輪，强顔相追隨。舊恩棄如土，新寵豈所宜。
誰謂事當爾，苦樂心自知。含情理金徽，煩聲亂朱絲。
一彈丹鳳離，再彈黄鵠飛。已恨聽者少，更傷知音稀。
吞聲不忍哭，寄曲宣余悲。可憐薄命身，萬里榮華衰。
江南天一涯，流落將安歸。向來承恩地，月落夜烏啼。[②]

宫人不能自主自己的命運，只能任人擺佈，分嫁北匠，流落天涯，薄命可憐，吞聲忍哭，唯有在月落烏啼之夜，懷想“向來承恩地”。

本題十首詞作，只有唐藝孫詞一首没有用“齊后化蟬”典，然而他卻用了“宫人蟬鬢”典，讀者也不妨從故宋宫人這角度解讀詞意。唐藝孫詞上片有句云：

---

① 孔凡禮：《增訂湖山類稿》，頁 122。

② 孔凡禮：《增訂湖山類稿》，頁 63。又《湖州歌》九十八首之八十二：“金屋粧成物色新，三宫日用御廚珍。其餘宫女千餘個，分嫁幽州老斲輪。”見同書頁 55。

漸理琴絲,誰調金奏,淒咽流空清韻……午夢驚回,有人嬌困酒初醒。

下片有句云:

殘聲送暝。恨秦樹斜陽,暗催光景。淡月疏桐,半窗留鬢影。

上片“誰調”一問,引出歇拍“有人嬌困”句,然則調金奏的,應該就是這位嬌困初醒的佳人。方此蟬鳴之際,有嬌困佳人午夢酒醒,並且調理金奏,也未免事太湊巧。“金奏”句、“有人”句,或可視作想像虛寫,即使是實寫,也是詞人的借題發揮,藉以詠蟬而已。佳人嬌困酒醒,驚回午夢,自然也是詞人的虛寫。王鎡(宋遺民,生卒未詳)《秋宫辭》:“蟬錦涼生玉漏秋,夢回空憶到龍樓。妾身恨不如黄葉,得趁流泉出御溝。”[①]龍樓喻宋故宫,御溝喻大都皇宫。王詩“夢回空憶”句可與詞人的“午夢”、“初醒”二句參讀。下片有“秦樹斜陽”之句,詩家詞客,多以秦楚相對,以示天遥地遠;單説秦,楚已暗藏其中。諸家詞人在餘閑書院唱和,地在江南,就是楚,然則秦指的應是北方。所謂“秦樹斜陽,暗催光景”,是説時光催人老之意。江南人老去,北地人亦老去。綜合上引兩片的詞句,不妨把嬌困佳人讀作是宋宫人的比喻,意謂身在北方的故宋宫人,有去無歸,只能老死異地。“淡月”二句,想像宫人月夜倚窗未寢,尚見其半窗鬢影,思量無限的情狀。

種種不幸遭遇都令故宋宫人更懷念從前,更懷念故國。王清惠《秋夜寄水月水雲二昆玉》:

萬里倦行役,秋來瘦幾分。因看河北月,忽憶海東雲。[②]

又《搗衣詩呈水雲》:

---

① 王鎡:《月洞吟》(文淵閣《四庫全書》本),頁九下。

② 孔凡禮:《增訂湖山類稿》附録一(三)詩詞之屬“亡宋宫人詩”,頁207。

妾命薄如葉,流離萬里行。黄塵燕塞外,愁坐聽衣聲。[1]

塞外流離,自傷薄命。王清惠詩道出了一衆宫人的心聲。

羈留在大都的宫人可憐,流落在民間的宫人亦可憫。汪元量《歌樓感事》:

昔年同輦載花仙,此日登樓籍妓員。恩賜舞衣香未歇,御書歌扇墨猶鮮。碧雲翼翼金釵滑,紅雪翩翩玉珮圓。卻把向來供奉曲,酒邊對客續朱弦。[2]

從前的同輦花仙,今日竟淪爲歌樓妓員;從前只唱給君王后妃聽的供奉曲,如今竟用來酒邊勸客。歌者的無奈與悲痛,不難想像。馬臻(1254—?)也有《贈歌者》二首,可與汪元量的《歌樓感事》參讀:

憶曾供奉獨超羣,怕問當年樂府名。唱到燈詞如有感,亂敲檀板却吞聲。一聲河滿遏行雲,恨逐飛花委路塵。莫道樽前無淚下,聽歌不是舊時人。[3]

所謂"舊時人",自然是指故宋的君王與后妃了。時移世换,亡國之痛未必會長留在尋常百姓的心裏,卻鐫刻在故宋宫人的記憶中,"六宫宫女淚漣漣,事主誰知不盡年"[4],汪元量、王清惠和馬臻的詩爲宋宫人保存了一份心靈創傷的紀録,足以補史乘之缺。

易代之際,婦女難免受辱。陶宗儀記述了一則臨海婦人王氏爲拒千夫長污辱而投崖自盡的故事,王氏在投崖前以血書一詩於石上云:

① 孔凡禮:《增訂湖山類稿》附録一(三)詩詞之屬"亡宋宫人詩",頁207。
② 孔凡禮:《增訂湖山類稿》,頁121。
③ 馬臻:《霞外詩集》(文淵閣《四庫全書》本)卷三,頁五下至六上。
④ 汪元量《醉歌》十首之四,《增訂湖山類稿》,頁14。

君王無道妾當災,棄女抛男逐馬來。　夫面不知何日見,此身料得幾時回。兩行清淚偷頻滴,一對愁眉怎得開。　回首故山看漸遠,存亡兩字實哀哉。[①]

“君王無道妾當災”一句,悲憤怨恨之極,直指君王。雖然宫人與民女同一命運,但《補題》詞人在抒情的處理上卻不激憤,而是哀怨。陳恕可詞上片歇拍曰:“過雨高槐,爲渠一洗故宫怨”,换頭及第二韻即接道:“清虚襟度漫與,向人低訴處,幽思無限。敗葉枯形,殘陽絶響,消得西風腸斷。”意謂蟬襟抱清高之説是隨意之談,蟬本非如此,而是有無限幽微深衷,並不瀟灑超然。蟬墮於敗葉之間,直至殘陽晚照,難禁西風,衷腸斷盡,其響方絶。可見“故宫怨”之深。陳恕可反用蟬清高之象徵,以襯託蟬的“故宫怨”,於是倍增其哀怨,而且寫來怨而不怒。又如唐珏詞上片歇拍曰:“怨結齊姬,故宫烟樹翠陰冷。”换頭曰:“當時舊情在否,晚妝清鏡裏,猶記嬌鬢。”齊姬舊情,自是對齊王言;若謂齊姬影射宋宫人,則舊情當對宋君言。齊姬忿死,當時對齊王的舊情未知在否;宫人北上大都,對宋君的舊情亦未知在否。借齊姬提問,而且問而不答,是怨而不怒的另一種表現手法。再如王易簡詞起調曰:“翠雲深鎖齊姬恨。”上片歇拍曰:“聽盡殘聲,爲誰驚起又飛去?”詞人之問,既問蟬,也問齊姬。齊姬當時已爲齊王忿死化蟬,今日又是爲誰驚起飛去?按上文論述,應該是爲宋主。齊姬恨齊王,宫人恨宋主,昔恨今再恨,如此,“爲誰”句的“又”字方有落脚處。王易簡的手法與唐珏相似,都是有問無答,怨而不怒。同樣是書寫“君王無道妾當災”,寫來卻少了一股怒氣。這是詠物雅詞的寄託特點。

宋宫人或身殉故國,或入道爲尼,或分嫁斵輪,或淪爲歌妓,遭逢各異,命蹇則一,都是宋元易代的犧牲品。從諸家詞人密集地使用“齊后化蟬”這個冷僻的典故可以推知,本題諸家詞人所吟詠的對象表面是蟬,其實應該是宋宫人。詞人謂“齊姬薄倖”、“齊姬恨”、“一襟幽恨”、“故宫怨”、“怨結齊姬”、“一襟遺恨”;又説“夢短宫深”、“齊宫路杳”,一

---

① 陶宗儀:《南村輟耕録》卷四“貞烈”,頁 38。

懷心事,"向人猶與訴憔悴"、"行人猶與説,當時齊女",寫來滿紙惆悵憔悴,怨恨悲愁,雖不能坐實到某個宫人或某件史事上,但都可以從上述的宫人的遭遇探知箇中寄託的情感指向。本題八家十首詞作,都可以從這個指向解讀。這樣一致的寄託指向,在《補題》其他四題裏是没有的。俞陛雲謂吕同老詞"含有傷離感逝之懷,借蟬聲而一洩"[①];謝桃坊先生説王沂孫"一襟遺恨"詞是"對宋舊宫人的哀悼"。其實,本題諸作在不同程度上寄託了詞人對故宋宫人傷離感逝的哀悼。亡者可哀,存者更可悲,宋遺民就是存者之一,他們從"君王無道妾當災"的宫人身世中看到自己的影子,在易代之際中一樣的身不由己,都是時代的犧牲品,哀悼宫人,多少有自我哀悼的意味。大概是因爲這個緣故,所以八家詞人都一無例外地藉齊女詠蟬來寄託他們對宫人的哀悼。這又隱約聽到屈原"香草美人"的遠古聲音在騷雅詞中的回響。

第六節　《桂枝香·天柱山房擬賦蟹》的寄託

《補題》的最後一組詞是《桂枝香》詠蟹,只有四家四首,規模是整部《補題》中最小的。四家依次是:陳恕可、唐藝孫、唐珏、吕同老。本題上下片均抒情賦物,與《水龍吟》賦白蓮及《齊天樂》賦蟬同。四首詞用到的抒情字眼,在性質上與前四題有同有異,其同者如枉、恨、相思、幽獨、斷魂、淒涼、愁、謾、岑寂;都是傷痛的抒情字眼。不過,本題還用到喜、笑、開顔等字眼,這就把傷痛的濃度沖淡。此爲異者。正因爲兩種字眼本題都有用到,甚至見於同一位詞人的筆下,所以情調與前四題頗有不同。總體而言,本題寫出了一種强自寬慰的悲涼與落寞,而在悲涼與落寞之中,别有寄託存焉。

---

① 俞陛雲:《唐五代兩宋詞選釋》,頁 604。

一、東流恨:陳恕可的灰色遺憾[①]

詞人在天柱山房唱和之時,宋已覆亡了一段日子。這次出席唱和的詞人只四位,其他詞人是否已經逝世,還是因爲其他緣故而缺席,已經無從稽考。即使詞友老大故去,歲月冷卻了詞人的激動,種種經歷也仍然沉淀在他們的心底。回首前塵,感慨繫之。陳恕可詞曰:

> 西風故國。記乍免内黄,歸夢溪曲。還是秦星夜映,楚霜秋足。無腸枉抱東流恨,任年年、褪匡微緑。草汀篝火,蘆洲緯箔,早寒漁屋。　　叙舊别、芳篘薦玉。正香擘新橙,清泛佳菊。依約行沙亂雪,誤驚窗竹。江湖歲晚相思遠,對寒燈、謾懷幽獨。嫩湯浮眼,枯形蜕殼,斷魂重續。

---

① 普利莫·萊維在"灰色地帶"("The Gray Zone")一章中提到,德國納粹集中營中的囚犯被黨衛軍指派去負責不同的工作,於是獲得了某些權力,成爲了特權囚犯,也因此形成了囚犯之間的權力分配。他仔細討論了奥斯維辛集中營(Auschwitz concentration camp)中納粹黨衛軍與囚犯以及囚犯之間的權力結構。在這個權力結構之中,没有道德與人性可言,黨衛軍可以隨意摧殘人的尊嚴與性命,而囚犯爲了活下去,也倣效黨衛軍,隨意摧殘其他囚犯的尊嚴與性命,藉以討好黨衛軍,並將自己既有的痛苦轉嫁他人以尋求心理補償,因此受虐者同時也是施虐者。囚犯就在這種情況下漸次被同化爲黨衛軍的"合作者"(collaborator),"主僕"既有區别又合在一起,呈現出一種"人的模糊性"(human ambiguity)。萊維認爲這種情況難以作非黑即白的評斷,並以"灰色地帶"來形容呈現這種人的模糊性的情況(如特權囚犯向普通囚犯施虐)以及地方(例如奥斯維辛集中營);又用"灰色的人"(gray men)一詞來形容那些向最高權力爭取部分小小權力的人,這些人不是普通人,也不是惡魔,對於爭取權力,他們先是出於盲目,繼而是犯罪。Primo Levi ,"The Gray Zone", *The Drowned and The Saved* pp36—69. 另參楊晨光譯:《被淹没和被拯救的》,頁 19—63。本節擬借用萊維的"灰色地帶"、"合作者"、"人的模糊性"和"灰色的人"四個概念來解讀陳恕可詠蟹詞所呈現的心態。按:中文譯本把 human ambiguity 譯作"道德的模糊性",儘管根據上下文意可推斷萊維也有這個意思,但譯法不準確,本書譯作"人的模糊性"。

陳恕可詞起調曰"西風故國",煞拍曰"枯形蜕殻,斷魂重續。"這就爲整組詞定下了基調:故國之思,身世之感。

蟹生長至秋天才肥美,所以起筆即曰"西風"。借西風影射蟹,是詠物切題常用的側面下筆手法。詞人又提到"東流恨",這個抒情的片語就更值得注意。傳説蟹在秋冬之交,執稻穗入海以朝見魁長。詞人就是用了這個傳説來寄託。陸龜蒙《蟹志》:

> 蟹始窟穴於沮洳中,秋冬交,必大出。江東人云:稻之登也,率執一穗以朝其魁,然後從其所之也。蚤夜觱沸,指江而奔。漁者緯蕭承其流而障之,曰斷(籪),斷其江之道焉爾。然後扳援越,遯而往者十六七。既入於江,則形質寖大於舊。自江復趨於海,如江之狀,漁者又斷(籪)而求之,其越遯去者又加多焉。既入於海,形質益大,海人亦異其稱謂矣。嗚呼!穗而朝其魁,不近於義耶?舍沮洳而之江海,自微而務著,不近於智耶?①

高似孫(1158—1231)《蟹略》卷一《郭索傳》:

> 歲至西風高爽,霜深月峭,嘉穀登實之秋,更甚得志,至采雙穗以朝其魁,是爲智且義者。②

可見蟹在詠物比德的書寫之中,有義與智的象徵意義。蟹"穗而朝其魁"就是義。這就是詞人的寄託所繫。

夏承燾先生認爲詞中的蟹指的是宋帝③。蟹何以指宋帝,夏先生没有討論;不過,宋帝確實入了海,而且一去不返,其播遷路綫亦班班可考:

---

① 陸龜蒙著,宋景昌、王立群點校:《甫里先生文集》,頁283—284。

② 高似孫:《蟹略》(文淵閣《四庫全書》本)卷一,頁二上。

③ 夏承燾:《〈樂府補題〉考》,《唐宋詞人年譜》附録二,《夏承燾集》第一册,頁374。

1276 年正月,臨安城陷,是月十二日,益王趙昰與廣王趙昺離開臨安,逃亡南下,先後逃至婺州、温州、福州。五月趙昰登位於福州,是爲端宗。後再逃至泉州、潮州、至惠州之甲子門暫駐,十二月又逃至廣州、官富場。

1277 年逃至井澳,於海上遇颶風,帝舟損壞,端宗幾溺死,因此得疾。十二月逃至謝女峽。

1278 年四月逃至硇州,端宗病殁,趙昺繼位,是爲祥興帝;是年六月,帝昺遷至崖山。

1279 年二月,宋蒙兩軍戰於崖門海上,宋軍不敵覆没,陸秀夫(11236—1279)負帝昺赴海死。後宫及諸臣從死者甚衆,浮屍出於海十餘萬人。楊太后(即楊淑妃)聞帝昺死,撫膺大慟,亦赴海殉國。①

宋帝從離開臨安到赴海殉亡的經過,文獻都記載得頗清楚。蟹入海,宋帝亦入海;蟹被漁人捕去,宋帝亦被元軍追殺,二者不無相似之處。大概是因爲二者有這樣的相似之處,所以夏承燾先生就認爲蟹指的是宋帝。不過,如果細讀《蟹志》,蟹與漁人的所指,恐怕要重新考慮了。

蟹入海的目的是“穗而朝其魁”,這是蟹之所以象徵“義”的緣故。然而,宋帝本身就是魁長,除了他自己之外,更無魁長要朝見。他南下是爲了逃命,並冀幸他日可以中興趙宋;可惜趙宋大勢已去,唯有在崖門海上

① 以上只舉其要者。詳《宋史》卷四十七,本紀第四十七,《瀛國公・附二王》;《宋季三朝記政要》卷六,《廣王本末》及《衛王本末》。按:楊淑妃事見前第五節“《齊天樂・餘閒書院賦蟬》的情志寄託”第二小節“惆悵憔悴,怨恨悲愁:齊后化蟬與故宋宫人”。又按:簡又文先生(1896—1978)著有《宋末二帝南遷輦路考》,考宋帝播遷路綫甚詳。見簡又文編:《宋皇臺紀念集》(香港:趙族宗親總會,1960年),頁 122—174。簡文後抽出單行,由香港趙族宗親總會於 1960 出版。饒宗頤教授《九龍與宋季史料》卷一《宋元間人所記海上行朝史料評述》、卷二《宋史元經世大典填海録二王本末厓山集五種史料所記二帝行踪撰異》亦有詳細考證,可補證簡又文先生的《宋末二帝南遷輦路考》。詳饒宗頤著:《九龍與宋季史料》(香港:萬有圖書公司,1959 年),頁 1—23。

與元軍拚死一戰。《宋季三朝記政要》稱之曰"航海"[①],其實是他走投無路,亡身海上的委婉説法而已。因此,若認爲蟹指宋帝,就需要有更具説服力的解釋。

陳恕可詞上片的命意在於蟹的入海朝魁。起筆即代蟹立言,意謂蟹於西風中回首從前,記得離開內黄,彷彿是不久前的事,如今,又夢回溪曲故地。然後筆鋒一轉,引入捕蟹。先説巨蟹星宫依然映照秦地夜空,楚霜已降,秋意彌足,捕蟹時節又到了,這是過渡之筆;"草汀篝火"三句寫漁人捕蟹的佈置:陷阱已經準備好了。蟹既爲漁人捕去,就無由入海以朝其魁長。若謂蟹之朝魁是象徵了"義",則被漁人捕去,就無從行義了。下片有"江湖歲晚相思遠"三句、"斷魂重續"句,可見令陳恕可"相思遠"的自有人在。下片大意謂詞人因眼前與朋友叙舊的情景而想到遠方繫念之人,當此殘年急景,應是流落江湖,無由相見,徒增滿懷相思孤獨;煞拍借蟹眼茶湯,引出蟹褪殼寖大,可重續那入海朝魁的心願。若將下片詞意與起調的"西風故國"句參讀,或者可以推斷,這個令陳恕可"相思遠"的人應該是亡身海上的宋帝。

要解讀詞中的蟹與漁人的象徵意義,除了典故的原文之外,還要參照當時的歷史語境。崖門戰敗,宋帝入海不歸,"海角崖山一綫斜,從今也不屬中華"[②];而元初立國,又有徵召故宋士人出仕的政策,當時爲勢所迫或甘心降志者不少,總之出仕者衆,遺民群體已經土崩瓦解。如此看來,詞中的漁人應是象徵蒙元,而蟹則象徵仕元者,包括陳恕可自己。士人之見迫於蒙元,就如蟹之見補於漁人,無由再朝覲亡身海上的魁長宋帝。蟹入海朝魁本是義的表現,如今被捕去,就行義不卒了。因此,如果仍然認爲蟹指宋帝,也應該是海中的魁長,而不是東流入海,被漁人捕去的蟹。

考迹有助原心。陳恕可是故宋舊臣,像一般的士人一樣,入元後饑貧交煎,又被編入儒户,遭受地方官員施加的力役之苦;因爲得到徐琰的

---

① 《宋季三朝記政要》卷六《廣王本末》,頁 451。

② 錢謙益(1582—1664)《後秋興之十三》其二,《牧齋雜著》(上海:上海古籍出版社,2007 年),頁 73。

舉薦而出仕,此後逐步升遷,終至縣尹。饑貧與力役等持續的窘逼與壓力足以引起"人的模糊性"(human ambiguity),而政治的壓迫和生存的憂慮不但能夠激化這種模糊性,而且可以令人格扭曲。陳恕可出任蒙元的命官,就意味着可以擺脱饑貧與力役,也不需要再承受徵召的政治壓力,而代價就是當一個蒙元的"合作者"(collaborator),做一個"灰色的人"(gray man),協助蒙元政府治理地方百姓。陳恕可説自己"塵情已倦"(《齊天樂》詠蟬第一首),對宋帝"相思遠",都應該不假;不過,他出任蒙元的命官,甚至以縣尹致仕,卻又是千真萬確。他與留夢炎、程鉅夫等甘心仕元者不同,他們没有被自己的故宋舊臣的身份左右了在新朝的仕途發展,而陳恕可則站在模糊的"灰色地帶"(gray zone)上,一面拒絕了"記憶漂移",一面又"見世之黜陟榮辱,一不以累其心"①。他既在地方上用心興學治民,贏得時譽;又在拈題唱和中憑吊故宋,撫今追昔。畢竟要等到生命的威脅消失,可以重新做一個普通人之後,拒絕"記憶漂移"的"灰色的人"才會追悔自責,責問自己何以如此軟弱,經受不起時局與身心之苦的考驗②。陳恕可如是,王沂孫、仇遠,乃至明末清初的吴偉業(1609—1672)亦如是。

東流恨,當然可以指宋帝的入海不歸,但更多的是感慨故宋士人應蒙元的徵召出仕,不克貫徹遺民立場。陳恕可在《齊天樂》詠蟬第一首寫出了他的倦怠,在本題則寫出了他那種妥協的羞愧與灰色的遺憾:"無腸枉抱東流恨";至於編纂《樂府補題》,就是他的補償與救贖。

---

① 陳旅:《陳如心墓志銘》,《安雅堂集》卷十二,頁十七下。

② 萊維在"羞恥"("Shame")一章中提到,解放對於集中營的囚犯來説並不是喜悦和輕鬆,恰好相反,當他們感覺到自己再次成爲人之後,傷痛也會隨之而來。Primo Levi, "Shame", *The Drowned and The Saved* pp70—74. 另參楊晨光譯:《被淹没和被拯救的》,頁 66—67。按:如果結合"記憶漂移"、"灰色地帶"和"灰色的人"等三個概念來看,人爲了生存而扭曲自己的人格,做出種種他們明知是錯誤的行爲,例如做統治者的"合作者"。若他事後選擇"記憶漂移",修訂甚至僞造一些記憶來自我欺騙,他是可以活得比較安心的;若他拒絕"記憶漂移",則事過境遷之後,就會感到羞恥。本段據此討論陳恕可的心態。

二、一言難盡：面對仕元舊友的複雜心情

在《補題》的五題之中，只有本題詠及朋友叙舊，而且没有詞人例外：

> 陳恕可：叙舊别、芳簃薦玉。正香擘新橙，清泛佳菊。
>
> 唐藝孫：漸嫩菊、新簃緑酒，歎風味尊前，瀟洒如舊。幾度金橙香霧，玉盤纖手。
>
> 唐珏：更喜薦、新簃玉液。正半殼含黄，一醉秋色。纖手香橙風味，有人相憶。
>
> 吕同老：休嫌郭索尊前笑，且開顔、共傾芳液。翠椳含霧，玉葱涜雪，嫩黄初擘。

朋友叙舊，拈題唱和，把盞持螯，自然是賞心樂事。正因爲詞中有此一筆，本題才不至如前四題那樣的哀痛。

當宋亡的事實逐漸遠去，蒙元的統治鞏固下來，生活似乎又可以回復正常。然而，詞人没有受"記憶漂移"所影響，對於故宋的衰亡、自身及友人的生活經驗與出處抉擇，仍然記得很清楚。四位詞人是久經憂患的朋友，他們入元之後際遇各異，政治取向似乎没有影響他們的友誼，出仕者與不仕者仍然在聚首唱和時互相表白，不過，已不再像《摸魚兒》詠蓴那樣規勸友人辭官歸隱，而是在半殼含黄，香橙佳菊之餘，通過詠蟹間接地寫出他們對出仕者的態度，當然也是爲了陳恕可而發：

> 唐珏：西風有恨無腸斷，恨東流、幾番潮汐。夜燈争聚，微光掛影，誤投簾隙。……纖手香橙風味，有人相憶。江湖歲晚聽飛雪，但沙痕、空記行跡。至今茶鼎，時時猶認，眼波愁碧。
>
> 吕同老：松江岸側。正亂葉墜紅，殘浪收碧。猶記燈寒暗聚，簖疏輕入。休嫌郭索尊前笑，且開顔、共傾芳液。……常是籬邊早菊，慰渠岑寂。如今謾有江山興，更誰憐、草泥踪迹。但將身世，浮沉醉鄉，舊遊休憶。

就如陳恕可那樣,唐珏和吕同老都以漁人象徵蒙元,以蟹象徵故宋士人,以漁人捕蟹象徵蒙元徵召士人。不同的是,陳恕可以蟹喻人兼自喻,而唐、吕二家則只是喻人。

唐珏説蟹"夜燈爭聚","爭"字微有諷刺之意,諷刺降志士人爭相仕元;"微光掛影"是漁人誘捕蟹,於是蟹"誤投簾隙",意謂亦有士人誤被蒙元誘騙,蒙元的徵召壞了他們的志節。"纖手"、"相憶"二句,"相憶"者應指未仕元的遠方友人,字面是憶念"纖手香橙風味",其實是唐珏想像與友人互相憶念對方。"江湖"二句感慨悲涼,蟹本擬入海朝魁,卻於中途被漁人捕去,所以"沙痕空記行迹"。意謂舊友已爲蒙元召去,我空自記得仕元舊友的思宋心迹。如此看來,唐珏對逼於仕元者似乎是諒解的。煞拍三句,意謂至今烹茶之時,猶從蟹眼茶湯裏認出蟹眼生愁;兩眼生愁的蟹,應指逼於仕元的士人。唐珏同情他們,所以想像他們兩眼生愁。陳恕可詞有自傷自辯之意,而唐珏此詞則兼有諷刺與同情。

吕同老詞寫來與唐珏意近而略有不同。起調寫秋至捕蟹。他還記得曾見蟹聚於篝火之下,入於蟹籪之中。"籪疏輕入",喻士人輕率地應蒙元的徵召出仕,不自深思,不顧名節。唐珏用"誤投",吕同老用"輕入",義近而意不同,唐詞略有同情之意,吕詞則微有責備之意。接着"休嫌郭索"三句寫啖蟹,擘蟹本是樂事,卻説"休嫌",暗示之前應該曾經有所嫌棄;蟹既然象徵仕元者,則之前所嫌棄的,應是仕元舊友了;"休嫌",就是"莫再嫌"之意,此處又略有原宥之意。下片説記得那日新詩換蟹之後,已久不逢舊友了,然則"慰渠岑寂"的"渠"應是換蟹的舊友;著一"慰"字,頗有思念及體諒之意。"如今"、"踪迹"二句,意謂蟹已被漁人捕去,空餘行迹,竟至無人憐憫;一念及此,則縱使持螯對江山,亦興味索然。可見吕同老對這位逼於仕元的舊友也是同情的。至此,吕同老的詞意還與唐珏相近,但煞拍卻嘆息世事人情,紛繁糾結,難言難辨,唯借一醉以忘卻從前身世,至於舊人舊事,也不再追憶了。由"猶記"蟹之見捕至"休嫌郭索",至追想新詩換蟹,至"謾有江山興",再至"舊遊休憶",吕同老可謂已經心疲慮竭之極了。這種心情又是唐珏詞所無的。

從唐珏和吕同老的詞可以看到他們對仕元舊友的態度,當中有諷刺,有責備,但也有思念、有同情、有諒解,更有原宥,誠然是一言難盡了。

對於仕元者，不同的人有不同的態度。趙孟頫仕元是一個十分矚目的個案。趙孟頫是宋宗室，他出仕蒙元自然令士林大失所望，牟巘(1227—1311)《簡趙子昂》有“餘事到翰墨，藉甚聲價喧；居然難自藏，珠玉走中原”之句[①]；《別趙子昂》又有“荆州利得習鑿齒，江左今稱庾子山”之句[②]，都是對他的譏評。趙孟頫有《送王月友歸杭州》詩曰：

雲本無心漫出山，歸來依舊與雲閑。何當從子東南去，掃地焚香晝掩關。[③]

結果他都没有“從子東南去”，没有重返故國杭州。蔣捷《念奴嬌・壽薛稼堂》下片云：

人道雲出無心，纔離山後，豈是無心者。自古達官酣富貴，往往遭人描畫。只有青門，種瓜閑客，千載傳佳話。稼翁一笑，吾今亦愛吾稼。(第5册，頁3438—3439)

“豈是無心”與“達官富貴”二句，針鋒相對之意甚明，也表明了蔣捷對趙孟頫的不屑。

批評趙孟頫者雖然不少，但《補題》詞人周密卻與他保持友好的關係。趙孟頫《次韻周公瑾見贈》有“新詩使我和，臏里忘己醜。平生知我者，頗亦似公否”之句[④]，可見他視周密這位前輩爲平生知己，二人互有答贈。趙孟頫更爲周密作《鵲華秋色》圖，圖中有跋曰：

公謹父，齊人也。余通守齊州，罷官來歸，爲公謹説齊之山川，獨華不注最知名，見於《左氏》。而其狀又峻峭特立，有足奇者，乃爲

① 牟巘：《陵陽集》(文淵閣《四庫全書》本)，卷一，頁六下。
② 牟巘：《陵陽集》卷四，頁六下至七上。
③ 趙孟頫：《趙孟頫集》，頁140。
④ 趙孟頫：《趙孟頫集》，頁44。

作此圖。其東則鵲山也。命之曰《鵲華秋色》云。元貞元年(1295)十有二月吴興趙孟頫製。[①]

《鵲華秋色》圖繪製於元貞元年年末,上距臨安城陷幾近二十年,而周、趙的交情依然深摯。可見宋遺民對仕元者的態度都未必一律的拒絕。

趙孟頫仕元,可能是爲了經世濟民,也可能是爲了養家活命[②],又或是二者兼之,已難稽考。楊載(1271—1323)爲他寫的《行狀》又提到:

生母丘夫人董公使爲學曰:"汝幼孤,不能自强於學問,終無以覬成人,吾世則亦已矣!"話已,淚下沾襟。公由是刻厲,晝夜不休,性通敏,書一目輒成誦。……皇元混一後,閑居里中。丘夫人語公曰:"聖朝必收江南才能之士而用之,汝非多讀書,何以異於常人?"公益自力於學,時從老儒敖繼公質問疑義,經明行修,聲聞涌溢,達於朝廷。[③]

然則,趙孟頫之仕元,還應該有"孝親"這個因素。經世、貧窮、孝親等,可能還有其他原因,甚或是藉口,都可以驅使趙孟頫出仕。總之,趙孟頫和陳恕可一樣是"灰色的人",先是如吕同老所説的"齗疏輕人",繼而是泥

① 趙孟頫:《趙孟頫集》,頁 398。

② 趙孟頫在《送吴幼清南還序》中説:"士少而學之於家,蓋亦欲出而用之於國,使聖賢之沛然及於天下,此學者之初心。然而往往淹留偃蹇,甘心草萊巖穴之間,老死而不悔,豈不畏天命而悲人窮哉!誠退而省吾之所學,於時爲有用耶?爲無用耶?可行耶?不可行耶?則吾出處之計,瞭然定於胸中矣,非苟爲是棲棲也"(《趙孟頫集》,頁 170—171)。這是求用於世之言。《罪出》又有"向非親友贈,蔬食常不飽。病妻抱弱子,遠去萬里道"之句(《趙孟頫集》,頁 22),其出仕又是爲了養家活命。《題歸去來圖》又曰"棄官亦易耳,忍窮北窗眠"(《趙孟頫集》,頁 25),則不辭官退隱,又是因爲貧困。

③ 楊載(1271—1323):《大元故翰林學士承旨榮禄大夫知制誥兼修國史趙公行狀》,收入《趙孟頫集》附録三"傳記",頁 516—525。上引文見頁 516—517。

足深陷，不能自拔[1]，只是他比陳恕可名氣更大，所以更易招來當時與後世的批評。然而，周密對趙孟頫的心理狀態應該是了解，甚至是諒解的，唯其如此，趙孟頫才稱周密爲"平生知我者"。

正因爲有這樣的了解與諒解，不仕的周密才與仕元的趙孟頫結交。這是一個值得參考的個案。唐珏與吕同老對仕元舊友的態度，包括對陳恕可的態度，或可以從這個角度解讀。唐、吕入元不仕，唐珏更是瘞埋帝骨的義士，二人宗宋之心毋庸置疑，所以他們在詞中流露出諷刺與責備；但他們對仕元舊友也有一定的了解，隨著時間過去，亡國的激動漸次平静下來之後，對蒙元取代趙宋的事實即使不認同，也不至於否認，唐珏與吕同老對舊友的出仕，也較願意去理解，多少也明白舊友處身於"不可以仕而不可以不仕"的"灰色地帶"[2]，所以在詞中又流露出思念、同情、諒解、原宥。出仕新朝是一個很複雜的問題，除了實際的生活逼人之外，出仕的動機也各有不同，不宜一概而論，王沂孫就爲自己的出仕後悔不已，明末清初的吴偉業就頗與之相似，而後人卻不大深責吴偉業。可見同是出仕新朝，也適宜在考迹之外原作者之心。畢竟，黑與白之間還有灰，黑與白容易評價，至於灰色的個案，還是以個别考慮爲宜。當然，不同的讀者持有不同的標準，是嚴是寬也難求一律，清人也知道王沂孫曾出仕蒙元，卻仍然視他爲宋遺民，這是傾向於原心體諒；而胡適卻斥他算不得遺民，這就只重考迹了。

三、淒涼裏的清愁：唐藝孫的繁華記憶

王夫之(1619—1692)《薑齋詩話》説："以樂景寫哀，以哀景寫樂，一倍

---

① 依萊維的意見，人之所以成了"灰色的人"，是外在環境的壓力與個人的軟弱及權力慾相互作用的結果，先是出於盲目，繼而是犯罪，不過犯罪並不是他們的本意，而是"人的模糊性"的表現。本書借用"灰色的人"一詞來形容趙孟頫和陳恕可，是因爲仕元也不是他們的本意，而是向現實妥協的結果，也是"人的模糊性"的表現。Primo Levi，"The Gray Zone"，*The Drowned and The Saved* p67. 另參楊晨光譯：《被淹没和被拯救的》，頁 59—60。

② 戴表元：《送屠存博之婺州教序》，《剡源文集》，卷十三，頁一上。

增其哀樂。”[1]唐藝孫本題之作就是此中一例:

> 收帆渡口。認遠岸夜篝,松炬如晝。還見沙痕雪外,水紋霜後。秦宫夢到無腸斷,望明河、月斜疏柳。瑣窗相對,茶邊猶記,眼波頻溜。　　漸嫩菊、新篘緑酒,歎風味尊前,瀟洒如舊。幾度金橙香霧,玉盤纖手。清愁小醉淒涼裏,拚今生、容易消瘦。草心春淺,年年相憶,看燈時候。

起調到“霜後”寫捕蟹。“秦宫”至“疏柳”二句寫夜觀巨蟹星宫。“秦宫”即陳恕可説的“秦星”。黄庭堅《秋冬之間鄂渚絶市無蟹今日偶得數枚吐沫相濡乃可憫笑戲成小詩三首》其一:“雖爲天上三辰次,未免人間五鼎烹”,任淵(1090—1164)注:“陰陽家以井鬼之分爲巨蟹宫。”[2]許昂霄《詞綜偶評》補充:“井鬼分野屬秦。”[3]蟹别稱“無腸公子”[4],所謂“無腸斷”,是“無腸公子”與“斷腸”的整合;大意謂夢到天上的巨蟹星宫,腸已斷盡,更無可斷,唯有隔箇疏柳,空望明河斜月而已。由於詞人隱去了句子的主語,所以做夢者亦蟹亦人,一語雙關。夢到秦宫,即夢回故國之意,詞人應是以天上的巨蟹星宫影射人間的故宋宫城,一夢到此,就難怪説“無腸斷”了。“瑣窗”至“頻溜”三句盪開一筆,轉寫蟹眼茶湯。

下片先寫朋友叙舊,“幾度”二句回憶從前佳人纖手擘蟹。“清愁”至“消瘦”抒情,是爲前句佳人纖手而發的感慨,而更深的感慨,卻是爲後文的“看燈時候”而發的。詞人“年年相憶”的,是“草心春淺”的“看燈時候”,即是元宵。這也是詞人的寄託所在,正好呼應上片的“秦宫夢到無腸斷”

---

① 王夫之著,戴鴻森箋注:《薑齋詩話箋注》(上海:上海古籍出版社,2012 年),卷一,頁 10。

② 黄庭堅著,任淵、史容、史季温注,黄寶華校點:《山谷詩集注》(上海:上海古籍出版社,2003 年),頁 456—457。

③ 許昂霄:《詞綜偶評》,唐圭璋:《詞話叢編》,頁 1567。

④ 葛洪(284—363?)《抱朴子内編·登涉》論凡人入山宜忌甚詳,謂山中有山精,其於辰日自稱“無腸公子者,蟹也。”見王明校釋:《抱朴子内編校釋》(北京:中華書局,1985 年),頁 304。

之句,而下片“清愁小醉淒涼裏”一句,又頗能概括出整首詞的情調。

唐宋時期的元宵,可謂繁華熱鬧之極,即使到了南宋偏安的時候,盛況亦不減前代。周密《武林舊事》卷二就有“元夕”一篇,記臨安元宵的繁華盛況頗詳,自禁中至市面,自官家至平民,都有寫到,並以前輩和友人的詩詞作扼要的概括,例如記舞隊獻技就引姜夔詩云[①]:

> 燈已闌珊月色寒,舞兒往往夜深還。只應不盡婆娑意,更向街心弄影看。

又云:

> 南陌東城盡舞兒,畫金刺繡滿羅衣。也知愛惜春遊夜,舞落銀蟾不肯歸。

引吴文英《玉樓春》云:

> 茸茸貍帽遮梅額,金蟬羅翦胡衫窄。乘肩爭看小腰身,倦態强隨閑鼓笛。問稱家在城東陌,欲買千金應不惜。歸來困頓殢春眠,猶夢婆娑斜趁拍。

記鬧市遊人則引李彭老詩:

> 斜陽盡處蕩輕煙,輦路東風入管弦。　五夜好春隨步暖,一年明月打頭圓。香塵掠粉翻羅帶,蜜炬籠綃鬥玉鈿。　人影漸稀花露冷,踏歌聲度曉雲邊。

記“幽坊静巷好事之家,多設五色琉璃泡燈,更自雅潔,靚妝笑語,望之如

① 元宵盛況,見周密:《武林舊事》,頁 49—56。下引姜夔、吴文英及李彭老的詩詞,分見頁 51、52、53、54、55。

神仙",引姜夔詩二首云:

> 沙河雲合無行處,惆悵來遊路已迷。　卻入静坊燈火空,門門相似列蛾眉。遊人歸後天街静,坊陌人家未閉門。　簾裏垂燈照樽俎,坐中嬉笑覺春温。

記三竺宫禁所賜花燈,又引姜夔詩云:

> 珠珞琉璃到地垂,鳳頭銜帶玉交枝。君王不賞無人進,天竺堂深夜雨時。

記商販再引姜夔詩云:

> 貴客鈎簾看禦街,市中珍品一時來。簾前花架無行路,不得金錢不肯回。

這是亡國前的繁華景象,不僅周密,所有《補題》詞人都曾經身歷其境,是如此的熱鬧繁盛,令人印象深刻,諸家所寫,似是一派昇平氣象,又豈會料到不久之後,就國破家亡?

然而,詞人在秋天叙舊,嚐蟹詠蟹,都是"沙痕雪外,水紋霜後"的時節,唐藝孫卻以"草心春淺","看燈時候"的元宵作結,是否偏離詠蟹的題目? 其實不然。高似孫《蟹略》卷二"燈蟹"條云:

> 吴越及中都以上元時蟹爲貴,謂之"燈蟹"。踈寮(高似孫)詩:"風流誇老看元宵。"①

原來元宵也有蟹可嚐,唐藝孫以元宵作結,其實是暗藏了"燈蟹"於詞句背後。這不但没有離題,反而是切題,當中更寄託了詞人的感慨。《大元

---

① 高似孫:《蟹略》(文淵閣《四庫全書》本)卷二,頁十二下。

聖政國朝典章》"刑部卷之十九・典章五十七"載,世祖忽必烈早在中統五年(1264 年)已有禁夜之設,當時尚未滅宋。同卷有"講究開禁燈火"條,謂前潭州路榷茶司同提舉鄧撝言南方開禁,時禮部之議有云:

江南初定之時,爲恐人心未定,因此防禁。今歸附年深,尚未蠲除,所害不淺。若蒙移咨江南各省,講究開禁相應。①

因禁夜而禁燈火,則元宵亦廢。當時商議的情況是:

會集耆老、儒人講究:今江南已附後一十八年,人心寧一,燈火之禁,似宜寬弛。若依提舉鄧撝所言開禁相應。②

"江南已附後一十八年",若以臨安城陷,三宫北上計,則應該是至元三十一年(1294)。本題四家詞人詠蟹,應在此年之前,而《補題》的編纂應在此年之後。

元宵是高興、熱鬧的節日,臨安中的各樣節慶品類,都展示了南宋繁華鼎盛的一面,曾經置身其中的詞人,一定是印象深刻的,這從上引姜夔等人的詩詞就可以見到。元宵的盛况其實是南宋高度文明的呈現,是百年文物積累的成果;然而亡國之後,就被蒙元禁絶了,故宋臣民失去了昔日的繁華,更重要的是失去了自己的文明,文化斷絶了,故宋遺民自然有萬般感慨,而詞人就藉詞曲來抒發。劉辰翁《卜算子・元宵》云:

不是重看燈,重見河邊女。長是蛾兒作隊行,路轉風吹去。

十載廢元宵,滿耳番腔鼓。欲識尊前太守誰,起向尊前舞。(第 5 册,頁 3193)

---

① 佚名編:《大元聖政國朝典章》(北京:中國廣播電視出版社,1998 年影印元刊本),頁 2067。

② 佚名編:《大元聖政國朝典章》,頁 2067。

上片寫亡國前的風流俊賞,下片寫今日的欷歔。“十載廢元宵”,指的就是禁夜事。除了這首《卜算子》外,劉辰翁還有好幾首詞寫到禁夜,例如《望江南・元宵》:

> 春悄悄,春雨不須晴。天上不知燈有禁,人間轉似月無情。村市學簫聲。(第5册,頁3186)

“天上不知燈有禁”,所以讓無情明月照人間。《江城梅花引・辛巳洪都上元》:

> 幾年城中無看燈。夜三更。月空明。野廟殘梅,村鼓自春聲。長笑兒童忙踏舞,何曾見,宣德棚,不夜城。　去年今年又傷心。去年晴。去年曾。不似今年,閑坐處、卻不曾行。憶去年人、彈燭淚縱横。想見西窗窗下月,窗下月,是無情,是有情。(第5册,頁3212—3213)

“幾年城中無看燈”,是因爲燈火已禁之故,以致“去年今年又傷心”。

元宵可説是故宋繁華的象徵,所以遺民詞人又藉元宵寫盛時不再的悲痛。例如蔣捷《女冠子・元夕》:

> 蕙花香也。雪晴池館如畫。春風飛到,寶釵樓上,一片笙簫,琉璃光射。而今燈漫掛。不是暗塵明月,那時元夜。況年來、心懶意怯,羞與蛾兒爭耍。　江城人悄初更打。問繁華誰解,再向天公借。剔殘紅灺。但夢裏隱隱,鈿車羅帕。吴牋銀粉砑。待把舊家風景,寫成閒話。笑緑鬟鄰女,倚窗猶唱,夕陽西下。(第5册,頁3434)

“問繁華”二句,就是今不如昔的慨嘆。又如汪元量《傳言玉女・錢塘元夕》:

一片風流，今夕與誰同樂。月臺花館，慨塵埃漠漠。豪華蕩盡，只有青山如洛。錢塘依舊，潮生潮落。　　萬點燈光，羞照舞鈿歌箔。玉梅消瘦，恨東皇命薄。昭君淚流，手撚琵琶絃索。離愁聊寄，畫樓哀角。（第5冊，頁3339）

“豪華蕩盡”，悲痛自多；“東皇”、“昭君”二句，寫的就是入海的宋帝與北上的三宫。還有劉辰翁的名作《寶鼎現》（紅妝春騎），也是藉元宵來悼念故宋，感傷當下[①]。

如此看來，唐藝孫借詠蟹來憶念“看燈時候”啖燈蟹，都只是一個幌子而已，若與上片“秦宫夢到無腸斷”參讀，則他的寄意其實也與劉辰翁等人相同：繁華逝水，盛時不再；文化墮落，徒嘆奈何。在他們眼中，宋亡，百年文物乃至漢人文化也隨之而亡。王夫之説的“以樂景寫哀，以哀景寫樂”，箇中的哀樂，對宋遺民而言，並不只是一種文章技法，而是他們的親身經歷，所謂“一倍增其哀樂”，恐怕多的是哀，少的是樂。

第七節　結　語

有關古典詩詞的“寄託”的討論，學術界已有豐碩的成果，所謂“寄託”，學術界歸納到的結果，不外是“家國情懷，身世之感”。確實，所有被視爲别有寄託的作品，都收攝在這個歸納之内，可見這個歸納有高度的概括性。歸納的特點是找出所有個案之間的共性，因此，個案自身的個性就會被擱置。“家國情懷，身世之感”的歸納有助讀者站在高度理性的角度認識寄託，然而，不同時代的不同個案都有其獨特之處，朝代與朝代之間，個案與個案之間，都只是相似，而不是相同；因此，要具體把握個案的個性特點，要理解作家如何回應他所處的時代，要體察作家的情感、心態和心路歷程，還得作個案獨立研究。本章討論了《樂府補題》五調五題三十七首詞的情志寄託，也是這樣的獨立研究。

---

① 《須溪詞》題“春月”，《元草堂詩餘》則題“丁酉元夕”。

一、歷史語境與典故:寄託的解讀依據

雖然《樂府補題》只有三十七首詞,但當中的寄託相當豐富,並非發掘宋陵、全后爲尼,或者某件史事所能兼賅的。事實上,詞人有意删去了當中的本事和人物,讀者很難把《補題》的寄託坐實到某件史事或者某個歷史人物之上,若要强行坐實,就只會招來穿鑿附會之譏。不過,這裏要强調的是:即使没有本事,也一樣可以有寄託,詞人的心境情意就是寄託,關鍵在於情感的生發必須有政治意涵,必須"以政治爲前提",甚至有政治時諱。因此,本事之有無,不足以界定寄託之有無。

否定本事並不等於否定歷史對解讀《補題》的作用,相反,歷史對解讀《補題》至關重要,它應被理解爲一個語境,即歷史語境,而不是某件本事。歷史語境由衆多的人與事在某個特定時空裏建構而成,而歷史語境、詞人心境和詞作三者組成了一個結構,要解讀寄託,就應以詞作做根據,參照歷史語境,再聚焦到詞人心境上。本章所論,正是按此解讀原則而作的嘗試。

騷雅詞人詠物必然用典,所謂以詞作做根據的解讀,應該以典故爲切入點。從所詠題目的角度看,詠物詞所用的典故可分兩類,第一類典故是直接正面切題的,可稱爲"應題典故",例如詠龍涎香詞中的鮫人採香傳説,詠蓴詞中的張翰故事;第二類典故是側面烘託題目的,與題目的關係較"應題典故"間接,可稱爲"烘題典故",例如詠白蓮詞中的鷗鷺,與白蓮只有間接關係,只因爲蓮花生於水中,而鷗鷺是水禽,故詞人藉"水"把二者聯繫起來。不管是"應題典故"還是"烘題典故",詠物,是典故的第一個功能。另一方面,用典又可以寄託抒情。詞人有何寄託,本章已有詳細的討論,此處不再重覆贅述了。簡言之,寄託抒情,是典故的第二個功能;讀者正是根據這第二個功能來判斷詞中是否有寄託。可見典故的功能在詠物詞中實有二重性:詠物是必須的,基本的;而寄託抒情是附加的,如果詞人要有所寄託,才用到這第二個功能。就《補題》而言,典故功能的二重性都得到卓越的發揮。

"應題典故"和"烘題典故"的託意不一定是穩定的,所以詞人在典故的二重功能上就可以有不同的發揮,或是既詠物又寄託,或是只詠物,或

是取典故的某個情節或者意象作寄託。例如"金銅鉛淚"一典的託意十分穩定,歷代詩人都用以抒發亡國之痛,詞人在賦詠龍涎香、白蓮、蟬等三種物象時,就用到這個典故。細心的讀者一定注意到,就龍涎香、白蓮、蟬等三個題目而言,"金銅鉛淚"是託意穩定的"烘題典故",與所賦的物象只有一絲聯繫,只是間接相關,而"烘題典故"亦因此與物象之間就形成了一個間隔,詞人就是利用這個間隔來作寄託,那怕這個間隔只有一個句子的空間,也已經足夠。另一些典故的託意並不穩定,特別是故事内容豐富的典故,可供詞人選擇的情節及發揮的方向就更多了,例如詠蟬詞中的"蔡邕聽琴"就是一個託意不穩定的"應題典故",吕同老、王沂孫第一首和仇遠選用了典故中"殺心"這個情節作寄託,而其他詞人只用來描寫蟬聲。詠白蓮詞又用到《洛神賦》,這是託意不穩定的"烘題典故",周密用賦中的"明璫"寫"寄心君王",唐珏用以寫北去的宫人,而趙汝鈉則只是用賦中的"凌波"詠白蓮而已。當然,讀者最易解讀的是託意穩定的"應題典故",張翰的"蓴鱸歸興"就是一例。簡言之,典故與託意可以建構成一個解讀的框架,以下試繪製出這個框架,並附以《補題》中的例子:

概念組合		託意	
		託意穩定	託意不穩定
典故	應題典故	詠蓴中的"蓴鱸歸興"	詠蟬中的"蔡邕聽琴"
	烘題典故	詠龍涎香、白蓮、蟬中的"金銅鉛淚"	詠白蓮中的《洛神賦》諸典

《補題》詞人詠物,還有"典故鎔鑄"的技法,即把與物象相關而又不同的典故組合起來,以達到其詠物寄託的目的。例如《水龍吟》詠白蓮一題,詞人將"霓裳羽衣"和"解語花"鎔鑄在楊貴妃的形像之中,並置之於"太液池"之上,一方面是詠白蓮,一方面是反省亡國之由。又如《桂枝香》詠蟹一題,詞人把"無腸公子"與蟹的"入海朝魁"鎔鑄在一起,以寫其因没有貫徹遺民立場而自悔自責的斷腸之痛。典故原文是前代文本的聲音,詞中的典故則是當前文本的聲音,前代文本的聲音制約着當前文本的聲音,兩個聲音在合唱同一首詞的不同聲部,因此讀者必須辨

别兩個聲音,方能更全面地欣賞到詞作如何詠物,如何抒情,如何寄託。换言之,閲讀這些詠物詞,固然要知道每個典故的意思,因爲詞人可以簡單地直接用某個託意穩定的"應題典故"寄託;但如果詞人用了"典故鎔鑄"的技法,則讀者還要細味典故鎔鑄後的推陳出新處,方可聽到詞人的心聲。

或者可以這樣理解:歷史語境影響了作者心境,作者因此産生了某種情感,而時諱逼使作者以寄託出之,物象(即作者所詠之物)和典故就是寄託的載體。它們的關係如下圖:

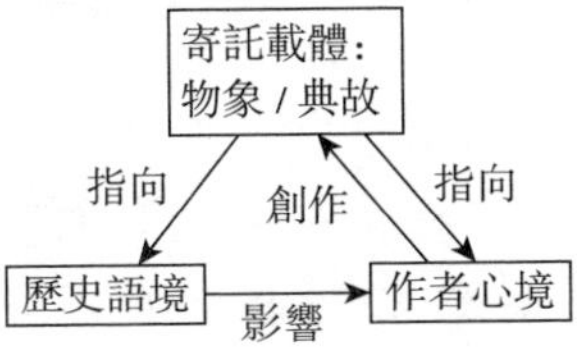

物象和典故既指向作者心境,同時也指向歷史語境。可以這樣説:典故是古典,歷史語境是今典;典故協助讀者判斷詞中有否寄託,而歷史語境則協助讀者推敲詞人有何寄託。

《補題》詞人的書寫方式很隱晦,雅詞的傳統寫作手法固然是原因之一,不過,詞人對當時政治社會語境的認知,恐怕更具决定性。在蒙元的統治之下,詞人因實際的生活與不可知的前景而感到焦慮,也爲蒙元的管治手法而感到畏懼,一種被迫害的感覺油然而生,於是更有意識地採用這種書寫方式,把真正的詞旨隱藏在"字裏行間"(between the lines),就如列奥・施特勞斯(Leo Strauss,1899—1973)在《迫害與寫作藝術》中討論哲學著作時所説的:

> 由此可見,迫害産生出一種獨特的寫作技巧,從而産生出一種獨特的著作類型:只要涉及至關重要的問題,真理就毫無例外地透過字裏行間呈現出來。這種著作不是寫給所有讀者看的,其針對範圍僅限於值得信賴的聰明讀者。它具有私下交流(private communication)的各種優點,同時免於私下交流最大的弊端:在私下

> 交流中,惟有作者的熟人才能讀到它。它又具有公共交流(public communication)的全部優點,同時免於公共交流的最大的弊端:作者有可能被處以極刑。通過自己的著作對少數人説話,同時又對絶大多數讀者三緘其口,這真是一個奇迹。一個人何以能做到這一點呢?[①]

哲學著作如是,文學亦如是。《補題》詠物隱晦,而且只在私下流傳,應該是詞人爲了免禍的一種書寫策略。

二、亡國之痛的情感樣態和仕隱出處的艱難抉擇

《補題》詞人聚首唱和,拈題賦詠,他們就着相同的題目各自抒懷,當中有同有異。全書的總主題當然是亡國,而展示出來的,是亡國之痛的各種情感樣態,有憶昔懷舊,眷戀繁華(龍涎香、蟹);有反省亡國之由(白蓮);有血與淚的回憶(蟬);有對宫人的感嘆(白蓮、蟬);有自傷老大(龍涎香、蟬);有憶念故君故國(龍涎香、白蓮、蟹)。這些情感樣態的書寫都十分細致感人。

除了這些情感樣態之外,更令讀者注意的,是詞人對仕隱出處的强烈感受與複雜心情,在整部《補題》中,就只有詠龍涎香一組詞没有觸及這個主題,其他四組詞都有詠及,特别是詠蓴和詠蟹兩組詞,更是集中地展現了他們的思考,而且隱約之間表現出諸家詞人以王沂孫和陳恕可爲具體的對話對象,當中有朋友的規勸之言,也有出仕者的自悔之辭;有諷刺責備,也有自辯自傷,形成了同題賦詠之下情感的差異與張力。然則,從寄託的角度看,貫穿整部《補題》的總主題固然是亡國,但在這個總題之下,還可以再具體區分出"亡國之痛的情感樣態"和"仕隱出處的艱難抉擇"兩個主題。此二者是宋遺民共有的情感,因此,不妨説,《補題》的情感結構在一定程度上反映出宋遺民的情感結構,而這部

---

① 列奥·施特勞斯著,劉鋒譯:《迫害與寫作藝術》(北京:華夏出版社,2012年),頁19。引文原著見 Leo Strauss, *Persecution and the Art of Writing* , Chicago: University of Chicago Press, 1988, p25.

薄薄的詠物詞集則是宋遺民情感的微觀結構。

詞人的情感樣態貫穿了五組詞,但出處的思考只見於其他四題,不見於第一題的詠龍涎香,這大概是因爲賦詠龍涎香之時,詞人及其舊友尚未需要面對蒙元的徵召壓力,所以詞中没有這方面的流露,只是書寫亡國的痛。到了第二題詠白蓮,詞人已藉鷗鷺詠及出仕者,當中可能包括詞人的舊友;第三題的詠蓴,更是四家詞人與已經出仕王沂孫之間的對話;第四題詠蟬,詞人也詠及出仕,當中陳恕可亦出仕了,並在詞中感慨"塵情已倦";最後一題詠蟹,除了唐藝孫一首外,其他三首就如詠蓴一題那樣,是唐珏和吕同老與已出仕的陳恕可的對話。隱約可見五題是順創作先後排序的。再從情感樣態這主題觀察。第一題詠龍涎香感傷亡國,第二題詠白蓮反省亡國之由,第三題詠蓴抒發對遺民群體面臨崩潰的憂慮,第四題詠蟬最複雜,除了哀悼宫人外,詞人也自書身世,大有生不逢時之慨;最後一題詠蟹,唐藝孫寫出對舊日繁華的憶念。這多少也見到情感起伏的順序性。綜合兩個主題的觀察,可以看到:儘管現在仍不能考出五題確鑿的創作時間,但仍可相信《補題》的五調五題是據創作先後編排的。

第四章　形神與物我:《樂府補題》的解讀之二

《樂府補題》甫一復出就得到詞論家的推崇,這當然是因爲詞中的寄託與題外的感慨。然而,讀者所欣賞的,還有詞人的詠物技法,畢竟,詠物詞要寫得成功,就必須從物象的形與神兩端着眼。謝章鋋《賭棋山莊詞話》説:"宋人詠物,高者摹神,次者賦形。"把宋人詠物詞的成功之處作了極簡要的概括。《補題》是宋人詠物詞的代表作,其賦形與摹神均有出色的示範,以下試再討論《補題》中的形神摹寫。

第一節　物象之神與詞人的主體意識:神的兩層含意與四種書寫表現

一、物象之神的兩層含意

"神"是一個很抽象的審美概念,大多數的研究皆指"神"就是"精神"。這解釋固然不錯,不過仍是很抽象,以"精神"一詞作論述也很籠統。蘇軾在《傳神記》中説:

> 凡人意思各有所在,或在眉目,或在鼻口。虎頭云:"頰上加三毛,覺精采殊勝。"則此人意思蓋在鬚頰間也。優孟學孫叔敖抵掌談笑,至使人謂死者復生。此豈舉體皆似,亦得其意思所在而已。使畫者悟此理,則人人可以爲顧、陸。[①]

① 蘇軾著,孔凡禮點校:《蘇軾文集》(北京:中華書局,1986 年),第二册,第十二卷,頁 401。

所謂“神”,就是蘇軾所説的“意思”。蘇軾認爲,人的“意思”或在眉目,或在鼻口,或在鬚頰,或在抵掌談笑間,而眉目、鼻口、鬚頰和抵掌談笑本身並不就是“意思”,並不就是“神”。换言之,“神”只是藉着眉目、鼻口、鬚頰和抵掌談笑顯現出來而已。蘇軾詠物,不僅傳神,還引人深思,例如他的《卜算子》詠雁就是一首被認爲别有寄託的詠物詞。然則,依蘇軾所論與實踐,則所謂“神”,應有以下兩層含意。

(1) 第一層含意:物象在五塵以外的特徵

人通過感官來認知外在的事物,即所謂視覺、聽覺、嗅覺、味覺、觸覺五感。而物象則以其形貌、聲音、氣味、味道、質感等五項本有的特徵示人。當中物象的形貌具體可見,而聲音、氣味、味道、質感等四者,雖不可見,卻可以感知。此五者,借用佛家語説,就是“五塵”:色聲香味觸,都是人可以直接感知的。一切客觀的物象,不外乎可見者(如新月、梅影),可感者(如秋聲、龍涎香),可見可感者(如白蓮、蓴、蟬、蟹)三類,不管是哪一類物象,其示人者,都不離色聲香味觸,而物象之神的第一層意義,就是物象在五塵以外的特徵。

(2) 第二層含意:象徵意義

第二層是指作者賦予給物象的象徵意義。這一層通常是作者由物象的某些特徵,或是由人們對物象的認識引申類比出來的,作者一般用比興的手法引出他要賦予給物象的象徵意義,並以人情作點染。

作者用作引申類比的物象特徵,有時候就是第一層的物象之神。也就是説,作者把象徵意義賦予給第一層的物象之神。這往往就是詞人的寄興所在,必定著有主體所附加的色彩,所以詞人的主體意識與物象的神是同時呈現出來的。做到這一層,就會被認爲是寫出了該物象的“精神”。梅花就是個典型的例子。梅花開於冷冬,不與繁花共時,而且入春不久便凋謝。這些都不是梅花形貌上的特徵,而是它生長方面的特徵,也是人們對梅花的認識。梅花開時,香氣清淡細長,並不强烈觸鼻,若不留意細聞,就容易忽略。這是梅花在嗅覺上的特徵。後人把這些認識和特徵綜合起來,概括出梅花第一層的神:冷淡。不少詩家詞客以此特徵作引申類比,用以象徵人的自甘寂寞,與世無争的品格,陸游《卜算子》詠梅(驛外斷橋邊)就是一首典型的具象徵意義的範例:梅是陸游自家"高格勁節"的品格象徵,也是他給予梅的象徵意義。象徵意義的著墨之處,是梅樹所處的情景(驛外斷橋與黄昏風雨)、先春而開("無意苦争春")、不與繁花共時("一任群芳妬"),以及春至便凋謝("零落成泥碾作塵")等特性,都是梅在色(形貌)以外的特徵,亦即人對梅花的認識,凡此皆藉由梅花的香氣("只有香如故")召喚出來。陸游正是借香以顯神。這個層次的神,既照應着物象本身,同時又具有象徵意義,達到了一語雙關的效果。

在文學史上,某些具有象徵意義的物象因爲經過歷代文人的一再使用而凝定成語言符號,具備了特定的文化記憶及價值指向,其象徵用法也相當穩定,於是就能夠引起讀者某些已成定型的聯想(association)①,梅花、菊花、松、竹等物象,就是這樣的語言符號,其象徵意義已廣爲人知,不易動摇。换言之,如果讀者對中國文化陌生,就不易讀懂吟詠這些物象的作品了。

陸游並非第一個以梅象徵高尚品格的作者,他只是運用既有的語言符號而已。這些語言符號本來就由歷代作者所創造,某一作者當然可以沿用既有的語言符號,但他同時也可以反過來豐富這些語言符號。物象之神無盡,只要作者觀察得到,把握得住,並以自己的思想感情與之作類比,即所謂的"契合",然後筆之於書,就可以豐富這些語言符號了。例如在周敦頤(1017—1073)之前,詠蓮花之作甚多,陸龜蒙的《和襲美木蘭後池三詠·白蓮》也是傳神之作,但不曾用作君子的象徵;自周敦頤《愛蓮説》之後,"出淤泥而不染"就成了一種美好品格的比喻,而蓮花之象徵君子,亦爲後世讀者所接受,就成了今天人所共知的語言符

---

① 葉嘉瑩先生根據洛特曼(I. M. Lotman)的"文化符碼"(cultural code)説及艾柯(Umberto Eco)的"顯微結構"(microstructure)説,指出詩歌的語言可以分兩種:第一種詩歌語言符號"在某種文化中被使用得多了以後,便會携帶有豐富的文化信息,從而引起説詩者對文化傳統方面某些已成定型的聯想"。第二種語言符號"並没有文化中某種定型的聯想關係,但卻在語言符號的結構中包含了許多可以引發讀者之聯想的細致而豐美的質素"。詳氏著:《對常州詞派張惠言與周濟二家詞學的現代反思》,載香港中文大學中國語言及文學系編:《中文學刊》,1997 年第 1 期,頁 151—160。

號了。可見作者在沿用既有的語言符號的同時，也可依自行創新，以豐富這些語言符號，只要讀者接受就可以了。

第一層含意的物象之"神"，當然是經過作者的設計，至於第二層的"神"，更是作者的寄興所在。因此可以説，摹神，不管是哪一個層次的神，其實都是創作主體意識的展現。

二、摹寫物象之神的四種書寫表現

物象之"神"的兩層含意已論述如上，在實際的寫作中，"神"還有以下四種比較明顯的書寫表現：

(1) 情景置設

物象的"神"一般只在某個特定的情景中才會展現出來，單是静態地着意其色聲香味觸，是不能發現其神的。作者須在特定的情景中仔細觀察，方能把握得到這些特徵。其實，這些特徵本來就已經存在，一般常人也曾見過，卻未必特別注意，又或者無法描述，一旦經作者拈出並加以描寫，讀者就有"正是如此"的讀後感。這是作者與讀者的共同經驗，也是詠物"離形得似"的前提。將物象設置在特定的情景中以突顯其神或者"意思"，前代畫家早已爲之。《世説新語・巧藝》云：

> 顧長康畫謝幼輿在巖石裏。人問其所以，顧曰："謝云：'一丘一壑，自謂過之。'此子宜置丘壑中。"①

巖石是顧愷之虚擬出來的情景，用以突出謝幼輿超乎丘壑的神。顧愷之這種以情景作襯託的手法對後世詠物詩詞的創作應有一定的啓發。其實，安排物象於某個特定的情景中，是作者有意識的設計，因此，在描寫的過程中，物象必定著有作者的主體色彩，所以讀者心中所呈現的，是經過作者設計的，理想化了的物象，而並非實物本身。

---

① 劉義慶著，劉孝標注，余嘉錫箋疏，周祖謨，余淑宜，周士琦整理：《世説新語箋疏》(北京：中華書局，2007年)，頁848。

能夠寫出物象五塵以外的特徵，就是摹寫到物象第一層的神。這一層是基本，作品做到這一層，已可達致“傳神”的效果。史達祖的《雙雙燕・詠燕》就是這個層次的公認的佳作：“飄然快拂花梢，翠尾分開紅影”二句，“愛貼地争飛，競誇輕俊”二句，是體物語，但史達祖主要摹寫的不是燕子的形貌，而是用以形寫神的手法刻劃一雙燕子或飛或止時的形態[①]。詞人以簾幕、舊巢、雕樑、花叢、芳徑、紅樓等幾個室内及室外的情景作襯託，由於這些情景在詞中急速地轉换，所以就能夠襯託出燕子或飛或止時形態的俊巧迅捷。這俊巧迅捷的形態，就是燕子形貌(色)以外的特徵，亦即是燕子的神。

應該注意到的是，作者在作品中極力摹神，卻又不曾直接點破物象之神，而是把它藏在字裏行間，讓讀者自行體會。假如作者明言點破，描寫就變成了説明，因此，史達祖只是極力寫燕子或飛或止時形態，卻不曾點出“俊巧迅捷”四字，此四字是要讀者通過字面的描寫領會出來的。詩家詞人詠物摹神，並不會告訴給讀者知，因爲直接告訴就容易流於抽像的説明，而是用描寫示現給讀者看，因爲示現才是具體的圖像化呈現[②]。

面對具形貌的物象，詞人固然可以用以形寫神之法摹神，因爲神就附麗在物象之上，但如果詞人要遺貌取神，不著形貌一筆，則神將焉附？神之所附，仍是情景，神就在詞人的情景設置中透現出來，而非附麗於物象的形相之上。情景之重要，於斯可見。情景是一個視覺上的空間描寫，呈現在讀者眼前的，是一個畫面，詞人把物象措置於其中，而又不對它作正面描寫，以期達到離形得似，虚處傳神的效果。因此，只要讀到冰天雪地裏(情景)傳來淡淡幽香，就知道作者寫的物象是梅花。從一個情景的描寫聯想到某一個物象，是閱讀古典詠物詩詞時很容易出現的讀者反應。因爲作者没有正面寫過梅花一筆，故能做到“不即”。

---

① 以形寫神本是畫家繪畫人物的技法，此名由顧愷之提出。詳張彦遠(815—907)著，岡村繁譯注，俞慰剛譯：《歷代名畫記譯注》(上海：上海古籍出版社，2002年)，頁289。

② “直接告訴”近似英語中“tell”一詞的意思；“示現”則近似“show”一詞的意思。

不即其形,於是離形可以得似,前引陸游《卜算子》詠梅,還有蘇軾《卜算子》詠雁,就是範例。情景是物象之神透現的空間,對詠物詞的寫作十分重要,所以詞人經常用到這種手法。

(2) 運用共同經驗與文化記憶

在作者筆下,物象之神又常與讀者的生活經驗及閱讀經驗相呼應。例如草間蟲鳴,若聯繫到捕捉蟋蟀的童年經驗,以及《詩・豳風・七月》已詠及蟋蟀、蟋蟀又名促織等書上知識,即知姜夔《齊天樂》"正思婦無眠,起尋機杼"、"豳詩漫與,笑籬落呼燈,世間兒女"諸句寫的正是蟋蟀,而不是其他昆蟲。這就是作者在詠物時徵引典故和前文本的原因。典故和前文本是作者給讀者的提示,提示讀者他所詠的物象爲何。因爲有生活經驗與典故和前文本作閱讀框架,所以即使姜夔没有正面寫過蟋蟀一筆,也能做到"不離"。其實,典故和前文本是作者和讀者共享的文化資源,是共同的文化記憶,所以即使作者約略輕提一下某個典故,讀者也可以立即會意。可見,離開了傳統文化,離開了共同的記憶,閱讀詠物詞就會有一定的困難。

(3) 藉感官描寫以傳神

作者一般通過感官的描寫來呈現物象的神。從人的感官來把握物象的"神",以視覺可把握者最容易爲人所感知,因爲視覺可把握的"神"一般都附麗於物象的某個形相之上,所以作者往往用以形寫神之法作描寫。前引史達祖詠燕詞就是一例,又例如周邦彦《蘇幕遮》"葉上初陽乾宿雨。水面清圓,一一風荷舉",王國維《人間詞話》就認爲"此真能得荷之神理者"[1]。周邦彦描寫的焦點不是荷花荷葉的形貌,而是一大片荷挺直於風中水上,徐徐擺動的形態。動詞"舉"字化静爲動,配合前面的主語"一一風荷",於是荷彷彿懂得主動挺直於風中水上;而"風"字作形容詞用,也是爲了加强動感,寫出了荷葉的隨風擺動。綜合而言,就是"摇曳生姿",這形態才是荷花的"神",只是因爲它附麗於荷莖荷葉之上,於是周邦彦就以形寫神,透過一大片的荷莖、荷葉與陣陣清風寫"荷之神理",進而引動鄉思,最後"夢入芙蓉浦"。要之,就是以體物入,以

① 王國維:《人間詞話》,唐圭璋:《詞話叢編》,頁 4247。

摹神出。由周詞此例可見,寫静態之物,多用化静爲動的比擬之法,關鍵在選取恰當的動詞,有時也會用到擬人法。若寫動態之物,就更多地用到擬人手法,史達祖詠燕詞"還相雕梁藻井,又軟語、商量不定"諸句就是很好的例子。

從描寫的角度看,詞人吟詠具形貌(色)的物象可以用以形寫神的手法,至於聲香味觸四者,既無形可賦,要摹寫其神就不容易了,詞人固然會運用情景設置,此外更會借用其他物象來作側筆烘託。例如王沂孫《掃花游·秋聲》:

> 商飆乍發,漸淅淅初聞,蕭蕭還住。頓驚倦旅。背青燈吊影,起吟愁賦。斷續無憑,試立荒庭聽取。在何許。但落葉滿階,惟有高樹。　　迢遞歸夢阻。正老耳難禁,病懷淒楚。故山院宇。想邊鴻孤唳,砌蛩私語。數點相和,更著芭蕉細雨。避無處。這閑愁、夜深尤苦。(第 5 册,頁 3360)

王沂孫把風聲、落葉聲、蟬噪、雁鳴、蛩吟、雨打芭蕉等聲音,和青燈、人影、荒庭、落葉、高樹、芭蕉、細雨等意象,措置在一個秋夜逆旅的情景中,通過聽覺和視覺來烘託秋聲的"神":無處可避的寂寞與悲涼。劉熙載(1813—1881)《詩概》云:"山之精神寫不出,以煙霞寫之;春之精神寫不出,以草樹寫之。"[1]王沂孫此詞正可與劉説印證。可見吟詠無形的物象,仍然要用到感官描寫,仍要以色聲香味觸作中介。然則,物象自身無形,就不妨借他物之形來透現其神,《補題》第一題詠龍涎香,正是用了借形顯神的手法。

可以再推論:既然色聲香味觸只是詠物摹神的中介,則有形者亦不一定非以形寫神不可,只要是有助於摹神的中介,作者都可以用。虞世南(558—638)詠蟬,有"居高聲自遠"之句,正是借聲顯神,而不是以形寫神,儘管蟬有清晰的形貌可見。

---

① 劉熙載著,袁津琥校注:《藝概注稿》(北京:中華書局,2009 年)上册,頁 393。按:上引文後尚有"故詩無氣象,則精神無所寓也"二句。

(4) 以人情點染

趙尊嶽(1898—1965)討論到詠物詞的寫作時，就鄭重指出以人情作點染的箇中三昧："詠物首貴對所詠之物，無限珍秘，無限憐惜，而所以抒此珍秘憐惜之情緒，或明寫、或暗寫，或工寫，或旁寫，均無成軌。惟於點題之處，亦即正寫之處，最易犯庸滯之弊。"[①]因爲作者以人情點染物象的"神"，導引物象之神，使之情感化、品格化、處境化，再配合相應的情景，並用語言符號與典故來調動讀者的生活經驗及閱讀經驗，藉以引導讀者向某個特定的方向聯想，所以物象就可以用作寄託或者人格的象徵。例如鄭思肖《寒菊》："寧可枝頭抱香死，何曾吹落北風中。"[②]虚詞"寧可"、"何曾"，動詞"抱"、"死"，是情感化、品格化的處理，而"北風"就是處境化的比喻。簡單地説，所謂"以人情點染"，就是以物象的特徵來比附某種人格的特徵。

其實鄭思肖也是有所本的。朱淑真(約 1135—約 1180)《黄花》："土花能白又能紅，晚節由能愛此工。寧可抱香枝上老，不隨黄葉舞秋風。"[③]鄭思肖正是在調動讀者的生活經驗及閱讀經驗以詠菊。這也是作者在詠物時徵引典故的第二個原因。經過長期的習用，不少物象的象徵意義就穩定下來，成爲了人所共知的語言符號，雪中梅之所以象徵貞士、水中蓮之所以象徵君子、孤雁之所以象徵遷客、澗底松之所以象徵不遇之士，原因在此。

上述有關"神"的兩層含義和四種書寫表現，是從前人的創作和評賞中歸納出來的一些閱讀經驗，綜合運用這些經驗來解讀詠物摹神之作，不但可以欣賞詞人的詞藝，而且可以進一步體味詞人的題外感慨，亦即詞人的主體意識。

---

① 趙尊嶽：《填詞叢話》卷五，收入《詞學》第 5 輯，頁 225。

② 鄭思肖著：《鄭思肖集》，頁 290。

③ 朱淑真著，張璋、黄畬注：《朱淑真集》(上海：上海古籍出版社，1986 年)，頁 257。

第二節　"將自身站在旁邊":龍涎香、蓴與白蓮

李重華《貞一齋詩話》説:"詠物詩有兩法:一是將自身放頓在裏面,一是將自身站在旁邊。"他所説的詠物之法,其實是兩種詠物的原則,主要是從物我的措置着眼。這是一個頗具操作性的分析向度。若從這個分析向度看《補題》的五題詞作,龍涎香、白蓮與蓴三題可以歸入"將自身站在旁邊"一法。以下試就此三題作討論。

一、無形可賦的龍涎香

詠物而賦其形,自是題中應有之義,不過,如果物象本身就很抽象,或者形體没有標準,作家又如何處理?龍涎香就是這樣的題目。把握龍涎香的,是嗅覺而不是視覺。嗅覺虛無漂渺,寫之不易;龍涎香形貌如何,也難以指陳,蔡絛(生卒未詳)《鐵圍山叢談》謂"奉宸庫"中有龍涎香二琉璃缶,"其模制甚大而質古,外視不大佳",於是宋徽宗把它分賜大臣①。這些龍涎香可能是未經加工的材料,故"外視不大佳",何況材料没有標準的形貌,"模制甚大而質古"云云,也難以令人想像出其形相,詞人要賦寫其形,並不容易。

龍涎香原是抹香鯨的腸道病變分泌,是一種動物香料。詞人對此應該是不認識的,他們所認識和見到的,也不是"奉宸庫"中的材料,而是龍涎合香的製成品:香餅、香茶、香飾;還有焚香時的縷縷輕烟,更重要的是聞到的香氣。詞人正是以他們的所知入詞,詳下表:

---

① 蔡絛著,馮惠民、沈錫麟校點:《鐵圍山叢談》(北京:中華書局,1983 年)卷五,頁 97。

詞人／詞句／所知	王沂孫	周　密	王易簡	馮應瑞	唐藝孫	吕同老	李彭老	李居仁
香餅	化作斷魂心字。還乍識、冰環玉指。	麝月雙心，鳳雲百和，寶玦珮環爭巧。金餅著衣餘潤。			縹緲結成心字。金猊旋翻纖指。		葉翻蕉樣。	幾度試拈心字。
香飾			好是芳鈿翠嫵。謾省珮珠曾解。	幾片金昏字古。	仙娥鈿小。懶收珠珮。幾片菱花鏡裹。更摘索、雙環伴秋睡。	珮珠寒、滿懷清峭。	不似寶珠金縷，領巾紅墜。	謾珮影、玲瓏護嬌小。
香茶					碾微馨、鳳團閒試。			
煙縷	一縷縈簾翠影，依稀海山雲氣。	一縷舊情空趁、斷烟飛繞。	纖痕透曉，銀鏤小、初浮一縷。待翦秋雲。	春霖未就，都化作、淒涼雲氣。斷續風流，柔情縷縷。	麝煤候暖，載一朵、輕雲不起。	簾影垂風不動，屏深護春宜小。	火初温、翠爐烟細。	纖雲漸暖，凝翠席、氤氳不了。
香氣	謾惜餘薰。	濃薰淺炷。羅袖餘馨漸少。	餘馨惱人最苦。恨素被、濃薰夢無據。	拂餘薰、倦懷如水。		金篝候火，無似有，微薰初好。	風酣百和花氣。清潤俱饒片腦，芬馥半是沉水。	

這些都來自龍涎香，卻又不是龍涎香本身，而且，其他香品也一樣可以製成香餅、香飾、香茶，一樣有烟縷和香氣。可見詞人所寫的只是香品的共性，不見得必定是龍涎香。

龍涎香無形可賦，詞人能精細地寫出香品的共性已經很難得，特别是諸家詞人以體物語描寫烟縷的形態，可謂生動逼真之極，至少讀者可以確定詞人所寫的是香品的烟縷而不是其他物象；不過，只是摹寫香品的共性並不能緊扣題目。既然賦形不易，詞人就從"龍涎"二字構想。以題目字面鋪衍成篇，前人已作過這方面的嘗試，蘇軾的《喜雨亭記》就是一個成功的範例。

有關龍涎香的典故和傳説不多，前人詠龍涎香的詩也不多[①]，至於詞，除了本題諸家之外，就只有楊无咎(1097—1171)《醉落魄》(雙心小萼)一首，可供資取的憑藉是很少的。可見對詞人而言，龍涎香是個新題目。不過，憑藉少反而讓詞人有更大的想像空間創作。没有人見過龍，於是，龍、探採龍涎、製作龍涎香，三者便成了詞人發揮想像的切入點。詞人根據他們對龍涎香的認識，並通過龍的意象、探採龍涎和製作龍涎香的情節，寫出龍涎香的個性特徵，亦即是龍涎香的神：

王沂孫：孤嶠蟠烟，層濤蜕月，驪宫夜採鉛水。汛逝槎風，夢深薇露，化作斷魂心字……一縷縈簾翠影，依稀海山雲氣。

周密：碧腦浮冰，紅薇染露，驪宫玉唾誰擣。

王易簡：烟嶠收痕，雲沙擁沫，孤槎萬里春聚。蠟杵冰塵，水研花片，帶得海山風露。

馮應瑞：枯石流痕，殘沙擁沫，驪宫夜蟄驚起。海市收時，鮫人分處，誤入衆芳叢裏。

唐藝孫：螺甲磨星，犀株杵月，蕤英嫩壓拖水。海蜃樓高，仙娥鈿小，縹緲結成心字。

---

① 唐以前没有以龍涎香爲題的詩作，宋人始有之，初檢《全宋詩》，得：方岳《葉秘書致白龍涎》、王洋《龍涎香》、劉子翚《邃老寄龍涎香》二首(其中〔瘴海驪龍〕一首或題楊炎正)、楊萬里《謝胡子遠郎中惠蒲大韶墨報以龍涎心字香》、姚勉《梁新恩送龍涎香杯》、姜特立《覓龍涎巧石》二首、喻良能《陳知府體仁和予七夕試院詩並以龍涎數十餅爲餉次韻奉酬陳每講會甚盛》、曾幾《廣南韓公舶使致龍涎香三種數珠一串戲贈》二首、曾豐《除日送龍涎香與宋評事》二首。此十四首詩當中，真正賦詠龍涎香的，只有王洋和劉子翚二家三首。

呂同老：冰片鎔肌，水沉换骨，蜿蜒夢斷瑶島。剪碎腥雲，杵匀枯沫，妙手製成翻巧。

李彭老：搗麝成塵，薰薇注露，風酣百和花氣……波浮海沫，誰唤覺、鮫人春睡。清潤俱饒片腦，芬馥半是沉水。

李居仁：瀛嶠浮烟，滄波挂月，潛虬睡起清曉。萬里槎程，一番花信，付與露薇冰腦。

詞人所詠的，並非龍涎真品，而是龍涎合香，即和以其他香料者，所以詞中所詠，除了龍涎香外，尚有薔薇水、麝香、百和香、螺甲、沉水香等諸種香料[1]。詞人還用了"擣"、"杵"、"研"、"壓"、"拖"、"鎔"、"换"、"剪"、"搗"、"注"等動詞，可見他們寫的是製作龍涎香。要用到這些配料和工序的，似乎就只有龍涎香，寫這些，自然是爲了扣題。這些配料非常名貴，工序也十分繁複，於是就暗示出龍涎香並不是一般的香品。

龍涎香確實極爲珍貴難得。張知甫（北宋末人，生卒未詳）《可書》云：

僕見一海賈，鬻真龍涎香。二錢，云三十萬緡可售鬻。時明節皇后閤酬以二十萬緡，不售。[2]

葉寘（南宋人，生卒未詳）《坦齋筆衡》云：

有吴氏者，以香業于五羊城中，以龍涎著名，香有定價。家富日饗如封君。人自叩之，彼不急于售也。[3]

---

① 宋人香品以"龍涎香"爲名者不少，不過多數都没有龍涎香，陳敬（南宋人，生卒未詳）《陳氏香譜》（文淵閣《四庫全書》本）卷二"凝和諸香"載諸龍涎香配方共廿五條，僅三條有龍涎香。

② 張知甫著，孔凡禮校點：《可書》（與張邦基《墨莊漫録》及范公偁《過庭録》合刊，北京：中華書局，2002 年），"龍涎香"條，頁 399。

③ 葉寘：《坦齋筆衡》，收入陶宗儀《説郛》（北京：中國書店 1972 年 11 月據涵芬樓本影印），第十八卷，"品香"條，頁四下。

龍涎香之貴重，即使是皇后也未必買到。那缶“外視不大佳”的龍涎香，更是宋人製作香佩的緣起。蔡絛《鐵圍山叢談》曰：

> 每以一豆火爇之，輒作異花氣，芬鬱滿座，終日略不歇，於是太上（宋徽宗）大奇之，命籍被賜者，隨數多寡復收取以歸中禁，因號曰“古龍涎”，爲貴也。諸大璫爭取一餅，可直百緡，金玉穴而以青絲貫之，佩於頸，時於衣領間摩挲以相示。坐此遂作佩香焉。今佩香蓋因古龍涎始也。①

顧文薦（南宋人，生卒未詳）《負暄雜録》云：

> 紹興光堯（宋高宗）萬機之暇，留意香品，合和奇香，號“東閣雲頭”。其次則“中興復古”，以古臘沉香爲本，雜以腦、麝、梔花之類，香味氳氤，極有清韻。②

1978年江蘇武進村前南宋墓有香品兩件出土：（一）包銀邊香塊佩飾一件，扁圓形，周緣以銀環包之，上有小環，可繫戴，與《鐵圍山叢談》金玉穴而以青絲貫之之説合。（二）香餅一方，其上正範“中興復古”四字，與《負暄雜録》的記載合③。這兩件出土文物就是馮應瑞詞“幾片金昏字古”句的最佳的注脚。可見詞人以香飾入詞，仍然是指向龍涎香這個題目。知道了龍涎香在宋代的雅玩語境之後，就明白何以詞人以其他名貴配料、製作工序，和香佩香珠等香飾入詞了，原來詞人正在書寫龍涎香的一個特徵：華貴。

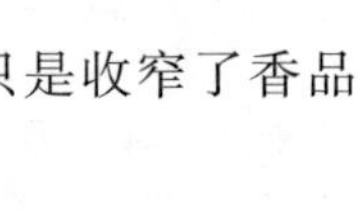

“中興復古”香餅

龍涎香華貴，不過，檀香、水沉香也華貴，僅是華貴只是收窄了香品

① 《鐵圍山叢談》卷五，頁97。

② 顧文薦：《負暄雜録》，收入陶宗儀《説郛》卷十八“龍涎品香”條，頁十八上。

③ 陳晶，陳麗華著：《江蘇武進村前南宋墓清理紀要》，載《考古》1986年第3期，頁247—260，接頁268。

的範圍,還未足以突出是龍涎香。既然龍涎香無形可賦,於是詞人就另作考慮:通過情景的設置來凸顯其神。情景設置是摹神常用的手法。從上引詞句可以看到,詞人一起調就採用龍涎香獨有的傳説入詞。周去非(1135—1189)《嶺外代答》云:

> 大食西海多龍,枕石一睡,涎沫浮水,積而能堅。鮫人採之以爲至寶。新者色白,稍久則紫,甚久則黑。因至番禺嘗見之,不薰不蕕,似浮石而輕也。人云龍涎有異香,或雲龍涎氣腥能發衆香,皆非也。龍涎於香本無損益,但能聚煙耳。和香而用真龍涎,焚之一銖,翠煙浮空,結而不散,座客可用一翦分煙縷。此其所以然者,蜃氣樓台之餘烈也。①

顧文薦《負暄雜録》云:

> 或云龍睡于石上,數月不起,起則有雲覆其頂。土人候其去則取之。②

龍本身已很神秘,若説有人,甚至有鮫人採得龍的口涎以製香,就更覺奇異了。這些傳説不多,而且是人皆熟知的,因此,詞意指向龍涎香就非常清楚了。

龍、龍涎、大海、雲氣、鮫人、翠煙浮空、結而不散、翦分煙縷、蜃樓餘烈,都是很神秘奇麗的意象,卻没有多少是詞人真實見過的,而詞人採之入詞,出以虚擬之筆,把傳説形象化,目的是爲了營造疑幻疑真的效果。詞人又把虚擬的情景(龍枕石而睡、人乘槎採香)和生活的情景(製香、焚香)安排在月夜或者破曉,就更能加强疑幻疑真的效果了。在描寫烟縷時,詞人又和海山雲氣、海市蜃樓結合來寫,既呼應着龍涎香的

---

① 周去非著,楊武泉校注:《嶺外代答校注》(北京:中華書局,1999年)卷七"寶貨門·龍涎"條,頁266。

② 顧文薦:《負暄雜録》,收入陶宗儀《説郛》卷十八"龍涎品香"條,頁十七下。

傳説,又把眼前焚香的實景虛幻化,於是,這種香品就不是其他,只可以是龍涎香。龍涎香無形可賦,烟縷卻有形可象。諸作的上片把傳説形象化,而下片烟縷的描寫則與之呼應,“龍涎”和“香”至此終於合而爲一。詞人找到了一個借形顯神的機會,借助烟縷,聯繫上片的龍、龍涎等意象,以及鮫人採香的情節想像,寫出了龍涎香的一大特徵:神秘奇幻。

烟縷的形態是諸家詞人都有描寫到的。他們以烟縷和香氣作回憶的媒介,追念從前,感傷當下,藉以抒發其憶昔懷舊、慵懶嘆老的情感;而金銅鉛淚和荀令、韓郎等烘題典故,既烘託着龍涎香,又把詞人的傷感指向了亡國的歷史語境,於是龍涎香又著有詞人感傷的色彩,詞人的主體意識在此也呈現出來。這是摹神手法中,感官描寫與人情點染兩種手法的綜合運用,而龍涎香在詞中的功能也十分清楚:作爲描寫的對象、作爲抒情的觸媒。

詞人没有化身成龍涎香,而是“將自身站在旁邊”詠龍涎香,是一種“物旁詞中”的處理。只是龍涎香無形可賦,於是詞人就緊扣題目字面構思,調動種種傳説,調動前朝的雅玩記憶,更重要的是融入自己的個人記憶,鑄就了龍涎香的神:神秘奇幻,華貴傷感。至於摹神的手法也很清楚:情景設置、借形顯神。

二、體物瀏亮的蓴

龍涎香無形可賦,所以詞人集中筆力摹寫其神。至於其他四題的物象卻形貌昭然,詞人可以著力經營物象的形與神。不過,對詠蓴一題,詞人並不如此處理,而是賦形爲主,摹神的詞句極少,處理與龍涎香不同。在結構上,詠蓴卻又與詠龍涎香一樣,同樣是上片以描寫物象爲主,下片以抒情爲主,用的都是詠物詞的傳統結構,五題之中,就只有這兩題的結構是如此一致。因爲兩題的結構相同,而詠物的焦點各異,所以對比甚是鮮明。“高者摹神,次者賦形”,前文討論了摹神的龍涎香,以下再討論賦形的蓴,應該有助於再一步討論形神俱寫的其他三題,因此,先討論詠蓴,以見詞人的賦形筆法,形神俱寫的白蓮則置後再論。

雖然《魯頌·泮水》已有"薄采其茆"之句[①],唐詩也詠到蓴,但以蓴爲題的詩作,嚴格而言,應始於宋人[②]。然而宋人傳世的詩作也不多;[③]至於詞,就只有本題的五家五首。可見蓴也是一個新題目。與蓴有關的典故也很少,除了張翰和陸機之外,似乎再没有其他故事可供詞人遣調了。從抒情寄託的角度看,本題比龍涎香一題明確得多,因爲張翰和陸機典是託意穩定的應題典故;從詠物的角度來看,可資採用的憑藉卻又比龍涎香一題更少。龍虚幻不實,所以詞人還可以用虛擬之筆自行發揮;蓴則人皆共見,詞人下筆就必須寫出蓴的特徵來。在憑藉太少而又要受物象形貌所拘限的情況下,下筆並不容易,況且詞人對詠物本來就有很高的要求,張炎《詞源》卷下"詠物"條謂:"詩難於詠物,詞爲尤難。體認稍真,則拘而不暢,模寫差遠,則晦而不明。"

蓴菜屬睡蓮科水生草本植物,浮葉性,一大片的生於水澤中,花小;葉片呈橢圓形,葉面深緑色,葉背紫色,浮於水面;葉在萌芽時沉於水中,稱沉水葉;根莖甚長,浸於水中。蓴的嫩莖和葉背有透明膠質分泌

---

① 陸璣《毛詩草木鳥獸蟲魚疏》:"茆與荇菜相似,葉大如手,赤圓,有肥者,著手滑不得停,莖大如匕柄,葉可以生食,又可鬻,滑美。江南人謂之蓴菜,或謂之水葵,諸陂澤中皆有。"見丁晏校正:《毛詩草木鳥獸蟲魚疏校正》,收入《續修四庫全書》第71册,經部詩類,頁443。

② 唐以前未見以蓴爲詩題。晚唐羅隱有詩題曰《覽晉史》,一本題下注曰:"張翰思吴中鱸鱠蓴羹。"可見羅詩是一首詠史詩,而不是詠物詩。

③ 初檢《全宋詩》,得:方岳《羹蓴》、楊萬里《松江蓴菜》、《與子仁登天柱岡過胡家塘蓴塘歸東園》四首、楊冠卿《癸丑仲冬十日蚤晴從中使過蓴湖未幾風雪交往》、楊蟠《蓴菜》、陳傅良《嘗語客蓴鱸橙蟹的對或言今年門門堅寒故蟹不上又今秋風急鱸魚亦鮮余發一笑因成二十八字》、徐似道《蓴菜》二首、秦觀《寄蓴薑法魚糟蟹》、袁説友《泊吴江食蓴鱸菇菜》二首、袁燮《久不見竹堂高篇輒以湘蓴索之兩詩繼至因用其韻》二首、郭祥正《食紫蓴赤鱘示王博士》二首、彭汝礪《元祐元年十二月庚子雪夏首蓴湖結冰鶺鴒群集於上者至不可數感而作是詩也》、曾豐《義寧産蓴菜中秋大熟副以六絶送楊伯子》六首、程公許《爲玉汝賦蓴湖借田家樂府韻》,其十三家廿六首,當中詠蓴的,只有方岳《羹蓴》、楊萬里《松江蓴菜》、楊蟠《蓴菜》、徐似道《蓴菜》二首等四家五首。

物包裹。這是用今天植物學的眼光觀察蓴所得到的印象[①]。古人把蓴的透明膠質分泌物稱作"肥",陸璣《毛詩草木鳥獸蟲魚疏》:"有肥者,著手滑不得停。"蓴自古就是文人的雅食,因爲蓴有"肥",所以吃起來口感肥美細滑。詞人就這樣賦寫蓴:

王易簡:怪鮫宮、水晶簾捲,冰痕初斷香縷……伴點點荷錢……恨洛浦娉婷,芳鈿翠蒻,奩影照淒楚。……但枯豉紅鹽,溜玉凝秋筋。

佚名:過湘皋、碧龍驚起,冰涎猶護鬢影。……獨占暮烟千頃。呼短艇。試蒻取纖條,玉溜青絲瑩。尊前細認。似水面新荷,波心半捲,點點翠鈿浮。淒涼味,酪乳那堪比並。吴鹽一筋秋冷。

唐珏:漸滄浪、凍痕銷盡,瓊絲初漾明鏡。鮫人夜蒻龍鬢滑,織就水晶簾冷。鳧葉淨。最好似,嫩荷半捲浮晴影。玉流翠凝。早枯豉融香,紅鹽和雪,醉齒嚼清瑩。

王沂孫:玉簾寒、翠絲微斷,浮空清影零碎。碧芽也抱春洲怨,雙捲小緘芳字。還又似。繫羅帶相思,幾點青鈿綴。

李彭老:腥波十里吴歈遠,緑蔓半縈船尾。連復碎,愛滑卷,青綃香裊冰絲細。……看采擷芳條,際曉隨漁市。

上引詞句用了不少借喻和襯託作描寫,都是典型的體物語。

蓴葉浮於水面,根莖浸於水中,莖葉還有"肥"包裹。這些形貌上的特徵就成了詞人的描寫焦點:

---

① 中國科學院《中國植物志》編輯委員會編:《中國植物志》(北京:科學出版社,1979年)第27卷,頁5—6;林春吉,黄朝慶著:《浮葉性的湖沼植物——蓴菜》,收入《自然保育季刊》,1993年第25期,頁22—25。

詞人	描寫焦點			描寫手法
	根莖	蓴葉	"肥"	
王易簡	怪鮫宮、水晶簾捲,冰痕初斷香縷	恨洛浦娉婷,芳鈿翠翦,奩影照淒楚	但枯豉紅鹽,溜玉凝秋筯	比喻
		伴點點荷錢		襯託
佚名	冰涎猶護髯影試翦取纖條,玉溜青絲瑩	似水面新荷,波心半捲,點點翠鈿淨	冰涎猶護髯影試翦取纖條,玉溜青絲瑩	比喻
唐珏	漸滄浪、凍痕銷盡,瓊絲初漾明鏡。鮫人夜翦龍髯滑,織就水晶簾冷	嵬葉淨。最好似,嫩荷半捲浮晴影	醉齒嚼清瑩	比喻
王沂孫	玉簾寒、翠絲微斷縈羅帶相思	碧芽也抱春洲怨,雙捲小緘芳字幾點青鈿綴		比喻
		浮空清影零碎		白描
李彭老	緑蔓半縈船尾青綃香裊冰絲細			比喻
		連復碎,愛滑卷,青綃香裊冰絲細	愛滑卷,青綃香裊冰絲細	白描

詞中簾、絲、帶、蔓、新荷、鈿、溜玉(玉溜)、玉瑩等,都是很精到的比喻,特别是簾子的比喻,很能寫出一大片蓴的細長的根莖聯在一起,浸於水中的形象;新荷、鈿就寫出了蓴葉的形象;溜玉(即冰掛)更寫出了"肥"在視覺上的質感。詞人又用了"翠"、"青"、"緑"、"玉"等修飾詞寫其色;用"冰"、"水晶"、"清瑩"寫"肥"的透明,都可謂色相俱到,體物瀏亮,與植物學的描述頗接近。俞陛雲評佚名詞曰:"上闋較前首體物尤

工，喻以新荷半掩，殊肖。以下餘波蕩漾，句意並到。"[1]

讀者一定注意到王易簡、佚名和唐珏三家的詞句中又用到"龍髯"、"冰涎"、"髯影"等比喻，還有"鮫宮"、"鮫人"等意象。這些都是幻想虛構的意象，並非經驗世界中的真實事物。比喻一般都是以已知喻未知，簾、絲、水晶等意象已經是精到的比喻，虛構的意象似無助於形象的把握。詞人這樣寫，其實是有所本的。楊萬里《松江蓴菜》：

> 鮫人直下白龍潭，割得龍公滑碧髯。　曉起相傳蕊珠闕，夜來失却水精簾。一杯淡煮宜醒酒，千里何須更下鹽。　可是士衡殺風景，却將羶膩比清纖。
>
> （沈虞卿云："太湖有白龍，嘗横水上，不知丈數。"）[2]

原來，不僅是龍髯，就是水晶簾的比喻，也是來自楊萬里詩的。詞人引楊詩入詞，當然是緊扣了題目。

蓴是熟悉不過之物，楊萬里要寫出其形而人又會肯首，實在不易，就如張炎説的："模寫差遠，則晦而不明。"既然不易，楊萬里就以虛筆詠蓴，於是"髯"與"水精簾"等實在的比喻因爲"鮫人"、"白龍潭"、"龍公"、"蕊珠闕"的出現而虛幻化："髯"是"龍公"的，而且是"滑"、"碧"，還被"鮫人"割下；"水精簾"則來自"蕊珠闕"，是仙家之物。熟悉的蓴因爲虛幻化的筆法而陌生化。

楊詩是少數可供詞人調遣的憑藉。詞人把楊詩的意象拓展成"龍髯"、"冰涎"、"髯影"、"鮫宮"、"鮫人"，既用楊詩作應題典故，同時也承用了楊詩的虛筆。詞人的簾、絲、溜玉等比喻，以及翠、青、緑、玉等修飾詞，都用得很準確，逼近了蓴的形貌，卻因爲引入了楊詩而在某程度上虛幻化、陌生化，不過又呼應着題目。詞人的寫法，應該是試圖在"體認稍真"與"模寫差遠"之間取得平衡。

由此可見，典故對詠物有兩個很明顯的作用：一是扣題。因爲有典

---

① 俞陛雲：《唐五代兩宋詞選釋》，頁 599。按：俞陛雲以爲此首是王易簡之作。
② 《楊萬里集箋校》，頁 1488。

故這個前文本作解讀的框架,所以讀者可以根據典故的提示得知詞人所詠的物象究竟爲何。二是調節物象與讀者之間的審美距離。因爲有一段距離,所以更需要讀者的參與,發揮想像力,以及運用典故所提供的文化涵義,把這段距離拉近,而審美經驗亦因此產生。

王沂孫和李彭老没有用楊萬里詩入詞,他們當然也用典,但没有用典故描寫蓴的形貌;要避免"體認稍真",還有别的方法。王沂孫用"幾點青鈿綴"句賦形,然後立即接曰:

> 吴中舊事。悵酪乳争奇,鱸魚謾好,誰與共秋醉。

這是應題典故,但不是賦形,而是用襯託之筆,借啖蓴抒情,爲下片伏筆。俞陛雲評曰:

> 前四句賦"蓴",細膩熨帖。"羅帶"二句喻新而句秀。"吴中"四句以酪乳、鱸魚爲"蓴"作陪賓,佐秋來之一醉,筆致生動。下闋因蓴鱸而動鄉思,兼有蒹葭憶遠之情。因前半徵實,故後半課虚,虚實相乘,乃布局揣稱處。後路託想迢遞,詞客秋懷,與烟水同其浩渺矣。①

李彭老用的手法也一樣,以"青絹香裊冰絲細"句賦形,即接曰:

> 山人雋味。笑杜老無情,香羹碧澗,空祇賦芹美。

這是烘題典故。杜甫(712—770)《陪鄭廣文遊何將軍山林十首》其二頸聯:"鮮鯽銀絲膾,香芹碧澗羹。"②李彭老用的也是襯託之筆,意謂香芹不及蓴絲美。俞陛雲就很扼要地指出:"'緑蔓'四句詠物工細,旋用香

---

① 俞陛雲:《唐五代兩宋詞選釋》,頁 577。

② 杜甫著,仇兆鰲注:《杜詩詳注》(北京:中華書局,1979 年),頁 148。

芹碧潤羹詩作襯,以開宕局勢。"[①]其實,同題的其他詞人也用到這種手法,王易簡"澄波"二句、"恨洛浦"三句、佚名"春洲"二句,就是用採蓴作襯託;佚名的"淒涼味"三句則用啖蓴作襯託。

從詞人的示範可見,要避免"體認稍真",除了用典故調節距離之外,還可以在賦形之後,接以襯託,宕開一筆,把讀者的視點引離蓴,轉移到其他事物上。可以説,調節距離和移開視點,是詞人在創作時避免"體認稍真"的方法,用典與襯託只是表現的手法而已,换言之,用典與襯託以外,還可以有别的手法,例如王易簡詞下片有"溜玉凝秋筯"句,描寫也頗形象化,而此句之後立即接以"尊前起舞",引出陶淵明"此興共千古",是以抒情作結的手法移開視點。

從賦形的角度看《補題》五組詞作,龍涎香無形可賦,而蓴則形象瀏亮,在五組詞之中最爲突出,不過,詞人並非没有摹神的詞句,只是賦形較突出,而摹神較簡略而已。細讀上引詞句,就知道唐珏、王沂孫和李彭老有精簡而傳神的描寫。唐珏詞曰"鳧葉淨。最好似,嫩荷半捲浮晴影",寫的是水面的蓴葉,"嫩荷"是比喻,喻蓴菜似新荷,仍是賦形;而動詞"半捲"描狀嫩葉未曾舒張的形態,動詞"浮"則摹寫蓴葉影子在水中輕蕩微動的形態。寫形態,就是寫神,用的是以形寫神的手法,即摹神手法中的感官描寫。王沂孫也用這種手法:"玉簾寒、翠絲微斷,浮空清影零碎。""玉簾"、"翠絲"喻一大片蓴莖,"清影"是蓴葉的影子;"浮空"並非指蓴葉的影子真的懸浮於空中,而是懸浮於水中,水清澈見底,故曰"空"。可見王沂孫寫的是水中沉葉懸浮的形態。沉葉細小,詞人卻聚焦於浮葉的"清影",並以"零碎"作修飾,正好寫出"清影"的小,更重要的是寫出"清影"在水中忽明忽昧,或隱或顯的形態。王沂孫就如唐珏那様,寫的不是蓴的形貌,而是蓴的形態,寫來比唐珏更傳神。二家詞句與周邦彦的"水面清圓,一一風荷舉"之句一樣,都是用一言半語就能傳神,關鍵之處,在於他們都善用動詞的比擬功能。

李彭老也寫蓴的神。他不僅善用動詞和比喻以形寫神,還用了情景設置的摹神手法。李詞曰:"腥波十里吴歈遠,緑蔓半縈船尾。連復

① 俞陛雲:《唐五代兩宋詞選釋》,頁528。

碎,愛滑卷,青綃香裊冰絲細。"這兩韻設置了一個採蓴的情景:遠處傳來吴歈歌聲,採蓴人回看船尾的一片蓴,注視着水面的蓴菜和水底的蓴莖。"緑蔓"比喻蓴莖,蓴本不動,因船動而動,而動詞"半縈"卻化被動爲主動,能夠"半縈"船尾的水生植物就只有蓴。人採蓴故水波動,蓴被水波蕩開之後又聚攏,聚攏之後又蕩開,"連"和"碎"兩個動詞寫的正是這種動態,也是化静爲動的寫法,連接詞"復"則點出了這種動態的連續性和持續性。"半縈"、"連復碎",寫出了蓴被採摘時一連串的情態。這種情態,就是蓴的神。

本題也有摹神之句,不過篇幅較小,只是三數句而已,而賦形的詞句卻甚多,亦甚精彩,更明顯的是,詞人以體物語重點描寫蓴的葉、莖和"肥",而且反覆見於五家詞人筆下,因此蓴的外貌特徵的刻劃在五題中最爲鮮明,讀者的閲讀焦點也就被吸引過去了。

詞人賦寫蓴的形貌,寫採蓴,寫啖蓴,當中"我"的主體意識十分清楚,這些都表現出他們"將自身站在旁邊",仍是"物旁詞中"的處理。詞人賦形而不乏摹神之句,不過他們主要是以蓴作爲觸媒,是傳統詩學"興"的運用。以蓴起興,再引出下文的用典與抒情。與蓴有關的典故不多,張翰和陸機的故事是經常連在一起運用的,是一組託意穩定的應題典故,詞人詠蓴,應該是爲了藉蓴帶出這兩個典故,以表達其歸隱不仕的遺民志節,和規勸友人見機知退;王沂孫更以這兩個典故自表心跡,以示愧疚。可見蓴是詞人刻意安排的題目,其功能與龍涎香一樣:作爲描寫的對象、作爲抒情的觸媒。

三、側筆摹神的白蓮

宋以前已有不少詠蓮的詩賦。自白居易的詩至宋人的詞,更有標明詠白蓮的作品。可見白蓮並不是一個新題目。從賦形和摹神兩個角度看,白蓮一題可堪玩味者不少,以下再作討論。

蓮花的形貌人皆熟見。白蓮的最大特徵是其花瓣的潔白,至於花形、花莖、蓮葉和蓮房,以及高出水面的生態特點,都與一般的紅蓮無異。"白"必然是詞人的首要考慮,因爲"白"才是殊相。不過,單寫"白"還不見得就是蓮花,賦形畢竟是視覺上形貌的描寫,所以詞人還寫到蓮葉、蓮房等共相,在此共相的基礎上突出其"白",才能應題。

賦寫白蓮,離開了花,則"白"無著落處;不寫其色調,則蓮花可紅可白。於是詞人就把花和顔色結合來寫,並以不同的描寫手法出之:

詞人	詞句	描寫手法
周　密	素鷺飛下青冥,舞衣半惹涼雲碎	比喻:素鷺喻白蓮,舞衣喻花瓣
	藍田種玉	比喻白蓮
	輕妝鬬白,明璫照影,紅衣羞避	擬人:全句擬人 直接形容:白 借代兼比喻:輕妝代佳人,喻白蓮;明璫喻白蓮,代洛神 襯託:以紅蓮羞避襯白蓮
	霽月三更,粉雲千點	襯託:以三更霽月襯白蓮 比喻:粉雲喻白蓮
王易簡	翠裳微護冰肌	比喻兼擬人
	芳容淡泞	借代兼擬人:芳容代佳人,擬白蓮 直接形容:淡泞
	西子殘妝,環兒初起,未須勻注	比喻兼擬人:以西施、楊貴妃喻白蓮,全句擬人
	看明璫素襪	比喻兼借代:明璫喻白蓮,代洛神 借代兼比喻:素襪代楊貴妃,喻白蓮
	十里雲愁雪妒	襯託兼擬人:以白雲白雪襯白蓮,全句擬人
	當時姊妹,朱顔褪酒,紅衣按舞	襯託兼擬人:以紅蓮襯白蓮,全句擬人
	伴玉顔月曉,盈盈冷豔	借代兼比喻:玉顔代佳人,喻白蓮 擬人、襯託:伴……月曉,以月色襯白蓮 借代兼比喻:冷豔代佳人,喻白蓮

續表

詞人	詞句	描寫手法
陳恕可	珮環誤落雲深處	比喻白蓮
	洗妝湘渚,天姿淡泞	擬人兼比喻:以洗妝佳人喻白蓮,全句擬人 直接形容:淡泞 借代兼擬人:天姿代佳人,擬白蓮
	玉冠迎曉	借代兼擬人:玉冠代佳人,迎曉擬人
	只愁被,嬋娟誤	擬人兼襯託:只愁被月色(嬋娟)所誤
唐珏	淡妝人更嬋娟,晚奩淨洗鉛華膩	比喻:以淡妝佳人喻白蓮 擬人兼比喻:佳人淨洗鉛華,以喻白蓮
	泠泠月色,蕭蕭風度,嬌紅斂避	襯託:以泠泠月色襯白蓮 擬人兼襯託:以回避的紅蓮(嬌紅)襯白蓮
	玉簪爲誰輕墜	比喻白蓮花瓣
	綃衣半脱	比喻白蓮花瓣
吕同老	素肌不汙天真	借代兼比喻:素肌代佳人,喻白蓮
	亭亭翠蓋,盈盈素靨,時妝淨洗	借代兼比喻:素靨代佳人,喻白蓮 擬人:以淨洗時妝之佳人擬白蓮
	甚依然舊日,濃香淡粉	直接形容
	只愁回首,冰奩半掩,明璫亂墜	比喻兼借代:明璫喻白蓮,代洛神
	月影淒迷,露華零落	襯託:以淒迷月色襯白蓮
趙汝鈉	露華洗盡凡妝,玉妃來侍瑶池宴	擬人:以洗盡凡妝之玉妃是白蓮
	風裳水珮,冰肌雪艷,清涼不汗	比喻:以玉珮喻白蓮 借代兼比喻:冰肌雪艷代佳人,喻白蓮
	解語情多,淩波步穩,酒容消散	比喻:以消散之酒容喻白蓮略帶微紅

續表

詞人	詞句	描寫手法
	想温泉浴罷，天然真態，渾疑是，宫妝淺	比喻：以楊貴妃浴罷淺著宫妝喻略帶微紅之白蓮
	暗想淒愁别岸，粉痕消、香腮凝汗	比喻：以佳人粉痕之消卻喻蓮之白
	待夜深，月上闌干，更邀取，姮娥伴	襯託：以月色襯白蓮
王沂孫（第一首）	淡妝不掃蛾眉	擬人兼比喻：以淡妝不掃之佳人喻白蓮
	真妃解語，西施淨洗，娉婷顧影	擬人：以楊貴妃及洗妝西施擬白蓮
	薄露初勻，纖塵不染，移根玉井	襯託：以纖塵不染襯蓮之白
	可惜瑶臺路迥，抱淒涼，月中誰認	襯託：以月色襯白蓮
	羽衣微褪，粉殘香冷	比喻：以霓裳羽衣及佳人殘粉喻零落之花瓣
	望海山依約，時時夢想，素波千頃	襯託：以素波襯白蓮
李居仁	蕊仙羣擁宸遊，素肌似怯波心冷	比喻：以素肌之蕊仙喻白蓮
	霜裳縞夜，冰壺凝露，紅塵洗盡	比喻：以霜裳喻花瓣，以冰壺喻白蓮
	弄玉輕盈，飛瓊綽約，淡妝臨鏡	比喻兼擬人：以弄玉及飛瓊喻白蓮，全句擬人
	酒暈全消，粉痕微漬，色明香瑩	比喻：以佳人酒暈全消後之白皙喻及微漬之粉痕喻蓮之白 直接形容：色明
	問此花，盍貯瑶池，應未許，繁紅並	襯託：以紅蓮襯白蓮
張炎	淡妝照水，纖裳玉立，無言似舞	借代、比喻兼擬人：淡妝纖裳代佳人，喻白蓮，全句擬人
	記小舟清夜，波明香遠，渾不見，花開處	襯託：以月光、水光之白襯蓮之白
	應是浣紗人妒，褪紅衣、被誰輕誤	襯託：以西施之妒正襯，以褪卻紅衣反襯花之美與白
	閑情淡雅，冶容清潤，憑嬌待語	直接形容：清潤

續表

詞人	詞句	描寫手法
王沂孫（第二首）	翠雲遥擁環妃,夜深按徹霓裳舞。鉛華淨洗,娟娟出浴,盈盈解語	比喻兼擬人:以洗妝出浴之楊貴妃喻白蓮,全句擬人
	甚人間別有,冰肌雪豔,嬌無那,頻相顧	借代、比喻兼擬人:冰肌雪豔代佳人,喻白蓮,全句擬人
	如今謾説,仙姿自潔,芳心更苦	比喻:以仙女喻白蓮 直接形容:潔
	羅襪初停,玉璫還解,早淩波去	借代兼比喻:羅襪代楊貴妃,喻白蓮 比喻兼借代:玉璫喻白蓮,代洛神
	試乘風一葉,重來月底,與修花譜	襯託:以月色襯蓮之白

以上是詞人賦白蓮之形的詞句,當中用的手法主要是比喻、擬人和襯託。詞人把白蓮比喻爲素鸞、玉珮、玉冠;不過,詞人更愛把白蓮比喻爲神女(如洛神)和佳人(如楊貴妃),於是就可以和擬人結合起來運用,把静態的白蓮寫成動態,想像成淡妝照水的美人,進而引入相關的典故,藉以摹神和寄託。

如果從摹神的角度看,詞人的寫法當然很值得讀者細味欣賞,但如果從賦形的角度看,則可以見到,詞人没有寫過白蓮之形,主要寫的是白蓮的"白"。詞中的形容詞如白、淡、素、潔、清;作修飾詞用的名詞如玉、冰、雪、雲等,都是指向"白"。詞人又用皎潔的月色襯託白蓮,也是指向"白",正因爲花月俱白,難以辨清,所以王沂孫才説"月中難認",張炎才説"渾不見,花開處"。然而,詞人只寫出了花之白,卻没有寫出花之形,和詠蓴的寫作效果很不一樣。這是因爲兩題所用的比喻的性質有明顯的區别。在詠蓴一題裏,詞人用簾子、絲綫、冰掛、水晶等喻體,視覺性甚强,在日常生活中尋常可見,也就是説,喻體取材自讀者身邊的熟悉之物,讀者只要把自己的生活經驗與詞人所詠之物(蓴)作視覺上的類比,就會産生形似之感,所以説詠蓴一題是體物瀏亮。詠蓮所用的比喻則不然。佳人神女與白蓮的形貌毫無相似之處,以之爲喻,可以引起讀者意態的類比,卻無法唤起視覺上的聯繫,所以寫作效果與詠蓴不同。既然佳人神女與白蓮在形貌上毫不相似，讀者就必須改置於一個更廣闊的範疇之下①，才可見出他們的相似之處。這範疇就是“審美”。在“審美”的範疇下，儘管他們形貌不同，卻都美，而白蓮的神，正寄寓在於這種美之中。

詞人不曾寫過白蓮之形，光是“白”也不見得就是蓮花，然則，詞人又如何導引讀者聯想到白蓮？主要是靠蓮花的共相來確認。例如，詞人把蓮葉比喻爲雲（涼雲、碧雲）、車蓋（碧蓋、翠蓋）、盤（擎露盤、金盤）、裙裳（翠裳、風裳、纖裳）等等；又把蓮莖比喻爲碧簪。這些喻體與佳人神女不同，卻與詠蓴中的簾子、絲綫一樣，都是取材自現實生活的具體物象，能産生視覺上的類比，所以寫來很形象化。周密和唐珏更用了“緑房”、“珠房”，這與直用“蓮房”已相去不遠。另一方面，詞人又設置了月下秋塘的情景，這當然不是單純的寫景，而是在召喚陸龜蒙的《和襲美木蘭後池三詠・白蓮》；又寫到泛舟試採，讀者自然也聯想起前代衆多的採蓮詩賦。詞人更不忘以紅蓮作襯託，畢竟説到蓮花，一般人首先想到的是紅蓮，而不是白蓮，用紅蓮作襯，正好表明寫的不是紅蓮，是白蓮。從蓮葉蓮莖到秋塘試採，再到紅蓮襯託，全都是側筆。詞人正是以這些側筆引導讀者去確認，那冰清勝雪的不是别的花，正是白蓮。詞人賦形，但賦寫的卻是蓮葉與蓮莖之形，至於白蓮花，詞人就把它想像成佳人神女，用的是比喻和擬人的綜合寫法，所以就靠側筆、典故和前文本來導引讀者去確認白蓮花。

詞人没有正面寫過白蓮之形，卻極力摹寫其神。物象在五塵以外的特徵是第一層意義的物象之神，而白蓮的生物形態特點正是這類特徵之一，這自然就成了詞人摹神的取材。周邦彦“一一風荷舉”之句寫出了荷花在水上隨風擺動，摇曳生姿的形態，於是被王國維稱讚他得荷

---

① 所謂“廣闊的範疇”並非無限放寬，而是有所限制的。作者要考慮的是，在該範疇之下，物象與比喻或者象徵之間必須要有所聯繫，一般來説，發揮連繫功能的，是典故、前文本，以及傳統寫作上的習用。在白蓮一題中，白蓮與佳人神女固然都美，但更重要的是楊貴妃和洛神的典故，以及宋人用了這些典故詠白蓮，而楊貴妃和洛神正又好是詞人的寄託所繫。明白了此中的原委，才理解詞人以佳人神女詠白蓮是很自然的取材。

花的“神理”。這種形態本題諸家詞人也寫過,而且以擬人出之:

周密:舞衣半惹涼雲碎。
王易簡:芳容淡泞,風神蕭散,淩波晚步。
陳恕可:碧蓋吹涼,玉冠迎曉,盈盈笑語。
吕同老:亭亭翠蓋,盈盈素靨,時妝淨洗。
趙汝鈉:解語情多,淩波步穩,酒容消散。
張炎:淡妝照水,纖裳玉立,無言似舞
王沂孫第二首:鉛華淨洗,娟娟出浴,盈盈解語。……嬌無那,頻相顧。

周密句中的“舞衣”是花瓣,“涼雲”是蓮葉,風吹花葉輕摇,或動或止不一,故曰“碎”。陳恕可、吕同老和王沂孫都以“盈盈”形容白蓮;“盈盈”即儀態美好之意,如漢樂府《陌上桑》“盈盈公府步”句即是,在此指白蓮摇曳生姿,與形容蓮葉的“亭亭”(挺立貌)可謂互相輝映。王沂孫“嬌無那,頻相顧”之句,更是寫得生動,白蓮不懂互相回顧,只是風吹花動,故望之若相顧,而王沂孫以擬人出之。王易簡和趙汝鈉又用洛神的凌波微步作比擬,張炎更以“無言似舞”作比喻,所寫的仍是白蓮隨風擺動,摇曳生姿的形態。白蓮這種形態,只有置之於風中水上的情景中方能看見,而且也只有蓮花才有此形態,由此就可見詞人摹神的筆力了。

詞人還寫到露水,唐珏的“珠房淚濕”句、李居仁的“冰壺凝露”句、趙汝鈉的“香腮凝汗”句,寫的就是花上的凝露。不過,還是露荷傳神:

周密:擎露盤深,憶君清夜,暗傾鉛水。
王易簡:翠裳微護冰肌,夜深暗泣瑶臺露。
陳恕可:相思未盡,纖羅曳水,清鉛泣露。

露水聚於蓮葉之上,滚滚如走珠,風吹則葉傾露瀉。這也只是蓮花才有的形態，再加上前後文指向“白”的詞句，就必然是白蓮無疑了。三家詞人就把握到這個形態，並把瀉下的清露比喻爲泣下的清淚，不但隱含了把白蓮比擬成佳人神女的想像，而且順勢引入金銅鉛淚的典故作寄託，因爲蓮葉確實像個盤子，那金銅仙人捧着的，正是承露盤。

詞人捕捉到白蓮的形態，其傳神的筆力實不下於周邦彦的“風荷舉”。然而，這只是物象之神的第一層意義，詞人再在這層意義的基礎上付與白蓮以象徵意義，寫出其神的第二層意義，關鍵在於詞人把白蓮想像成佳人神女，和月下秋塘的情景設置。

佳人已逝，神女更是子虛烏有，後人不曾見過她們的真容實貌，只能從前代文本或傳説中得知她們很美，美得世間難求，進而想像她們的美，甚至畫成畫像；而白蓮，則是直接地看到它的美。因此，説佳人神女美，只是閱讀後的認知結果，和某些氣質意態的想像，可謂美得抽象；至於説白蓮美，則是直觀的審美結果，美得具體。不曾見過的美是最圓滿的，於是詞人就可以按自己的寫作需要來想像佳人神女的美，想像她們的氣質意態，然後轉嫁給白蓮，把抽象的美寄寓到具體的美之中：

詞人	詞句	氣質意態
周　密	輕妝鬬白，明璫照影，紅衣羞避。	明豔
	聽湘弦奏徹，冰綃偷翦，聚相思淚。	幽怨
王易簡	翠裳微護冰肌，夜深暗泣瑶臺露。	幽怨
	芳容淡泞，風神蕭散，凌波晚步。	雅淡
	看明璫素襪，相逢憔悴。	幽怨
	抱凄涼、盼嬌無語。	幽怨
	伴玉顔月曉，盈盈冷豔，洗人間暑。	明豔
陳恕可	碧蓋吹涼，玉冠迎曉，盈盈笑語。	明豔
	相思未盡，纖羅曳水，清鉛泣露。	幽怨

續表

詞人	詞句	氣質意態
唐　珏	泠泠月色,蕭蕭風度,嬌紅斂避。	雅淡
	太液池空,霓裳舞倦,不堪重記。嘆冰魂猶在,翠輿難駐,玉簪爲誰輕墜。……奈香雲易散,綃衣半脱,露凉如水。	幽怨
吕同老	亭亭翠蓋,盈盈素靨,時妝淨洗。	明豔
	太液波翻,霓裳舞罷,斷魂流水。……只愁回首,冰奩半掩,明璫亂墜。	幽怨
趙汝鈉	風裳水珮,冰肌雪艷,清涼不汗。解語情多,淩波步穩,酒容消散。想温泉浴罷,天然真態,渾疑是,宫妝淺。	明豔
	暗想淒愁別岸,粉痕消、香腮凝汗。	幽怨
王沂孫(第一首)	淡妝不掃蛾眉,爲誰佇立羞明鏡。真妃解語,西施淨洗,娉婷顧影。	明豔
	可惜瑶臺路迥,抱淒凉,月中誰認。相逢還是,冰壺浴罷,牙牀酒醒。步襪空留,羽衣微褪,粉殘香冷。	幽怨
李居仁	蕊仙羣擁宸遊,素肌似怯波心冷。	嬌弱
	霜裳縞夜,冰壺凝露,紅塵洗盡。	雅淡
	弄玉輕盈,飛瓊綽約,淡妝臨鏡。更多情一片,碧雲不掩,籠嬌面,回清影。……酒暈全消,粉痕微漬,色明香瑩。	明豔
張　炎	淡妝照水,纖裳玉立,無言似舞。	明豔
	應是浣紗人妒,褪紅衣、被誰輕誤。	幽怨
	閑情淡雅,冶容清潤,憑嬌待語。	雅淡
	隔浦相逢,偶然傾蓋,似傳心素。	幽怨
王沂孫(第二首)	鉛華淨洗,娟娟出浴,盈盈解語。	明豔
	太液荒寒,海山依約,斷魂何許。……三十六陂烟雨,舊淒涼,向誰堪訴。如今謾説,仙姿自潔,芳心更苦。羅襪初停,玉璫還解,早淩波去。	幽怨

佳人神女明豔、雅淡、淒涼、嬌弱。這全都寄寓在白蓮的形態之美當中,於是抽象的氣質和意態就有了具體的形象,這是以人情作點染的摹神手法,而白蓮的形象也因此有了象徵的意義。這就是白蓮之神的

第二個層次的書寫，因此説，白蓮的神，正寄寓在其美之中。

再以白蓮的倒影爲例略作説明。上表中周密"輕妝"一韻、王沂孫第一首"淡妝""真妃"二韻、李居仁"弄玉""更多情"二韻、張炎"淡妝"一韻，寫出了一個由水上蓮花與水中倒影構成的畫面，而出之以擬人之筆：把水比喻爲鏡，把白蓮比喻爲臨鏡照影的佳人神女。動詞"照"、"顧"、"臨"把佳人神女和鏡子聯繫起來，是化静爲動的寫法，描畫出佳人神女鏡前顧盼自己的明豔。詞人把花、水、倒影聯繫，做成一個構圖，把這個構圖措置在月下秋塘之中，只見花月一色，那就必然是白蓮了。可見月下秋塘是摹寫白蓮之神的重要情景設置。

蘇軾對詠物摹神有極深刻的體會，其説足以啓迪後人，有關月下秋塘的討論就從他對前人的評價開始。他曾教導其子蘇過（1072—1123）謂：

> 詩人有寫物之功。"桑之未落，其葉沃若。"他木殆不可以當此。林逋《梅花》詩云："疏影横斜水清淺，暗香浮動月黄昏。"決非桃、李詩。皮日休《白蓮》詩云："無情有恨何人見，月曉風清欲墮時。"決非紅蓮詩。此乃寫物之功。若石曼卿《紅梅》詩云："認桃無緑葉，辨杏有青枝。"此至陋語，蓋村學中體也。元祐三年十二月六日，書付過。[①]

蘇軾在此舉了《詩經・衛風・氓》、林逋（967—1028）《山園小梅》、陸龜蒙《和襲美木蘭後池三詠・白蓮》[②]、石延年（992—1040）《紅梅》四例，藉以説明詩人的"寫物之功"。石詩把紅梅與桃、杏作了比較，卻未寫出紅梅的特徵，更遑論其神，故被蘇軾評爲"陋語"。至於前三例無疑是前代的詠物名句。細加比較，這三例的描寫是不同的。《氓》以"沃若"形容桑葉，是體物語；林逋（967—1028）詩的"疏影横斜"與"暗香浮動"是側寫梅，"水清淺"與"月黄昏"是梅所在的情景，雖然梅仍有影可見，有

---

① 蘇軾：《評詩人寫物》，《蘇軾文集》第六十八卷，第五册，頁 2143。

② 此詩作者，蘇軾誤作皮日休。

香可聞，但已非梅花形貌的直接描寫，而是用梅影與梅香作側筆襯託，已不是純然的直接賦形了。林詩所寫的情景在後人的閱讀過程中已被固定成一個構圖：水邊月下，樹影橫斜。後世詠梅詩詞，只要用到這個構圖，哪怕是約略一提水邊橫枝，閱讀的經驗都會令讀者聯想起林逋詩，把林逋詩召喚出來，進而聯想到梅，所以詞人根本就不必提個"梅"字。至若陸龜蒙詩，詠物更是空靈。"月曉風清"是白蓮所在的情景，"無情有恨"是人情的點染，"何人見"即無人見，側面寫蓮之白，謂白蓮之飄摇欲墮正在凌晨時分，希望讀者能藉此自行想出：月光與白蓮二者俱白，且白蓮在凌晨欲墮，所以無人知見，於是生出"無情有恨"之歎。"欲"字寫白蓮之將墮未墮，固然是煉字之佳例，但白蓮之墮無所謂"欲"與"不欲"，此"欲"者是詩人；一"欲"字，主體意識便呈現出來，若與上聯"素蘤多蒙别艷欺，此花端合在瑶池"合觀，讀者就可以隱約感覺到詩人别有寄意：白蓮冷淡雅潔，才質甚美，可是寂寞無聞，空自萎落，令人惋惜。這就是所謂的"無情有恨"，即人世無情，白蓮有恨。當中不無自況的意味，而"冷淡雅潔"就是陸龜蒙賦予白蓮的象徵意義，亦是白蓮的"神"，蘇軾評曰"決非紅蓮詩"，是有深刻的體味的。值得注意的是，陸龜蒙只寫了一個"月曉風清"的情景，白蓮"無情有恨"的遭遇，就在此情景中發生。白蓮"冷淡雅潔"之神也在此情景中透現出來。詩人不曾寫過白蓮的花葉，略去了白蓮的色與香，連花影也没有，走得比林逋的詠梅更前，寫出了一首離形得似的詠物詩，而所似者，已不是植物學意義的白蓮花，而是具有象徵意義的人文世界的白蓮。

陸龜蒙的白蓮詩廣受後人讚賞，"月曉風清"和白蓮欲墮的構圖也因此成了一個語言符號，足以調動後世讀者的閱讀經驗，所以後人的詠白蓮之作很多時都會用到這個情景設置，《補題》詞人也不例外，而召唤前文本，調動讀者的閱讀經驗，也是摹神的一種手法：

詞人	詞句	召喚陸龜蒙詩
周　密	藍田種玉，綠房迎曉，一奩秋意。	月曉風清
	露月三更，粉雲千點，静香十里。	月曉風清
	聽湘弦奏徹，冰綃偷翦，聚相思淚。	白蓮欲墮
王易簡	看明璫素襪，相逢憔悴，應當被、西風誤。	白蓮欲墮
	伴玉顔月曉，盈盈冷豔，洗人間暑。	月曉風清
陳恕可	碧蓋吹涼，玉冠迎曉，盈盈笑語。	月曉風清
	記當時乍識，江明夜静，只愁被，嬋娟誤。	月曉風清
唐　珏	泠泠月色，蕭蕭風度，嬌紅斂避。	月曉風清
	嘆冰魂猶在，翠輿難駐，玉簪爲誰輕墜。	白蓮欲墮
	奈香雲易散，綃衣半脱，露涼如水。	白蓮欲墮
吕同老	素肌不汙天真，曉來玉立瑶池裏。	月曉風清
	只愁回首，冰奩半掩，明璫亂墜。	白蓮欲墮
	月影淒迷，露華零落，小闌誰倚。	月曉風清
趙汝鈉	待夜深，月上闌干，更邀取，姮娥伴。	月曉風清
王沂孫（第一首）	可惜瑶臺路迥，抱淒涼，月中誰認。	月曉風清
	步襪空留，羽衣微褪，粉殘香冷。	白蓮欲墮
李居仁	雪鷗沙鷺，夜來同夢，曉風吹醒。	月曉風清
	問此花，盍貯瑶池，應未許，繁紅並。	盍在瑤池
張炎	記小舟清夜，波明香遠，渾不見，花開處。	月曉風清
	怕湘皋珮解，綠雲十里，捲西風去。	白蓮欲墮
王沂孫（第二首）	羅襪初停，玉璫還解，早淩波去。	白蓮欲墮
	試乘風一葉，重來月底，與修花譜。	月曉風清

上引詞句都是由陸龜蒙詩點化而來的，詞中"月"、"曉"、"風"諸字是較明顯的標記；至於白蓮欲墮，在詞句裏就演繹成白蓮萎落。詞人不會完全移録陸詩而不自創作，事實上，陸詩中的瑤池在詞人筆下已被改

寫成蓮塘,並置之於秋風之中,明月之下,如此,一個月下秋塘的情景就呈現在讀者眼前。

陸龜蒙詩是詠白蓮的前代文本,自蘇軾以還就被公認爲佳作,其寄意、意象、構圖早就成了閲讀和創作的前理解,詞人引陸詩入詞,一方面固然是爲了切合題旨,提示讀者,他們所詠的是白蓮;另一方面更是爲了召唤其"無情有恨"的詩旨和"冷淡雅潔"的白蓮之神,因爲這些就是重塑白蓮之神的最佳素材。前人評論《補題》詠白蓮諸作,雖然主要是從寄託着眼,但未嘗没有論其詞藝者,許昂霄《詞綜偶評》評張炎詞"記小舟清夜"一韻曰:

何減魯望(陸龜蒙)月曉風清之句。①

以爲張詞不下於陸詩。俞陛雲評王易簡詞曰:

處處不脱本題,詠"白"字而皆有蓮花淡逸之致,非泛論白色之花,是其工切處。結句尤超脱。②

所謂"淡逸",就是陸龜蒙詩的"冷淡雅潔"。畢竟,陸詩是後世詠白蓮者無法繞過的,要超越它首先就是面對它。有宋一代的詞人大都如此,《補題》詞人也不例外。這自然也是主體意識的一種呈現。詞人把"無情有恨"和"冷淡雅潔"進一步拓展,以之和佳人神女及白蓮的形態綜合起來,置於月下秋塘之中,於是白蓮之神得到重塑。物象之神的兩層意義與四種書寫,在詠白蓮一題中詞人都有用到,在他們筆下,白蓮之神是:盈盈雅潔,淡逸幽怨。幽怨,就是詞人所寄寓的心境。

詞人主體意識的呈現,不只體現於直面陸龜蒙詩,他們寫到採蓮,寫到賞蓮,王易簡更謂與白蓮"相逢憔悴";吕同老"欲唤淩波仙子";李居仁"問此花,盍貯瑶池";張炎説"隔浦相逢,偶然傾蓋,似傳心素",把

① 許昂霄:《詞綜偶評》,唐圭璋:《詞話叢編》,頁1565。
② 俞陛雲:《唐五代兩宋詞選釋》,頁600。

白蓮想像成能言解語，可以與之交談，當中"我"的主體意識更是清楚。就與詠龍涎香和詠蓴一樣，詞人"將自身站在旁邊"，在"物旁詞中"詠白蓮。詞人通過白蓮和佳人神女的疊影，感傷其亡國之痛，反省亡國之由；他們心繫故宋，更憂慮遺民群體潰散於旦夕。吕同老"欲喚淩波仙子"，張炎說白蓮"似傳心素"，或者諸家詞人說自己在池旁賞蓮不去，其實都是他們黍離之悲的流露，讀者不難想像詞人對着白蓮自言自語的情態。然則白蓮在此的功能應該是：作爲描寫的對象、作爲抒情的觸媒、作爲抒情的對象。

第三節　"站在旁邊"與"放頓在裏面"：蟬與蟹

雖然詞人充滿感情地吟詠龍涎香、白蓮和蓴，但在這三題中，物與我的距離仍然是很明顯的：詞人是焚香者、賞蓮者、採蓮者、採蓴者、啖蓴者；而物象則是描寫的對象、抒情的觸媒、抒情的對象。總之就是李重華所說的"將自身站在旁邊"。至於蟬和蟹，部分詞人的處理卻有不同，以下試就此二題再作討論。

一、借聲顯神的蟬

前人留下了不少有關蟬的典故，而蟬也是前人詩賦經常寫到的題目。宋人當然也有不少詠蟬詩，然而以詞詠蟬者卻不多見[①]。就詞而言，蟬可算是個冷題目。因此，有關蟬的典故和前人豐富的詠蟬詩賦就成了詞人命筆時的重要參考。大致而言，前人詠蟬的特徵主要有三：棲高飲露、薄翅蟬蛻、長鳴不絶。《補題》詞人亦綜合了這三個特徵詠蟬。從描寫的角度看，棲高飲露和薄翅蟬蛻兩個特徵都有形可繪，是賦形的直接寫作材料，詞人對此自然不會忽略。事實上，諸家都寫到這兩個特徵，只是有些詞句寫得較含蓄，有些則寫得很直接：

---

① 宋詞之詠蟬者，有陳著《綺羅香・詠柳外聞蟬》三章、陳德武《清平樂・詠蟬》，共四首；另辛棄疾《江神子・聞蟬蛙戲作》亦詠及蟬。

詞人	棲高	飲露	薄翅	蟬蛻
吕同老	倦咽高槐,驚嘶別柳	夜深誰念露華冷	綽約冰綃	早枯翼飛仙
王易簡	纖柯暗翻冰羽 記槐影初涼,柳陰新雨	聊飲人間風露	纖柯暗翻冰羽 綃衣乍著	蛻痕塵土
王沂孫(第一首)	緑陰千樹西窗悄 纖柯易老	流聲露悄	嫩翼風微 半翦冰箋誰寄	尚餘枯蛻
周　密	槐陰忽送清商怨 枝冷頻移,葉疏猶抱	露洗餘悲	/	前夢蛻痕枯葉
陳恕可(第一首)	碧柯摇曳聲何許	露濕身輕	風生翅薄,昨夜綃衣初翦	敗葉枯形 蛻羽難留
唐　珏	幾度槐昏柳暝 故宫烟樹翠陰冷	蛻痕初染仙莖露	綃衣翦霧	蛻痕初染仙莖露
唐藝孫	柳風微扇閑池閣,深林翠陰人静	向枝頭占得,銀露千頃	羽翻紙薄	蛻翦花輕
陳恕可(第二首)	珊珊數聲林杪 想猶怯高寒,又移深窈	滿身風露正清曉	與整綃衣	/
仇　遠	清音早鳴秋樹	獨飲天邊風露	薄翦綃衣,涼生鬢影	淺莎尋蛻羽
王沂孫(第二首)	年年翠陰庭宇。乍咽涼柯,還移暗葉	銅仙鉛淚似洗,嘆攜盤去遠,難貯零露	病翼驚秋	枯形閲世

蟬翼薄,於是詞人就把蟬翼比喻爲冰箋、薄紙、綃衣、冰綃。這些比喻和蟬翼都有相似之處:通透、輕盈、細薄;再加上詞人把這些比喻鑲嵌在擬人的句子之中,以人情作點染,蟬就更顯得别有情致了。確實,薄翅是蟬外貌上一個引人注目的特徵。細讀這些比喻可知,詞人的着眼點不是蟬翼的形狀,而是蟬翼的透亮和質感,不過,除了蟬翼之外,其他

棲高飲露和蟬蛻的形貌特徵，詞人就只是點出而已，没有細寫。因此，蟬的形貌就主要靠其一雙薄翅來表現。可以説，雖然諸家詞人都一無例外地寫到了蟬的形貌，除了周密外，其他詞人也頗能寫出蟬翼的透亮和質感，但如果與詠蓴相比，他們在蟬的賦形上所花的筆墨並不算多。

筆墨少卻無害於賦形。因爲前人有大量的詠蟬詩賦予典故傳世，而前人筆下的蟬的特徵詞人都有詠到，所以，即使詞人没有像詠蓴那樣的詳細賦形，讀者也能够立即知道詞人詠的是蟬。詩賦和典故等前文本是解讀本題的框架，能調動讀者的閲讀經驗，也能調節物象與讀者之間的距離，在本題中，蟬與讀者之間的距離因前文本而拉近了，所以，詞人不賦寫蟬的形貌而蟬已在詞句中。至於薄紙、綃衣等比喻，就是詞人給予前文本的蟬的一對薄翅，這些比喻來自日常生活，能够唤起讀者的視覺和觸覺經驗，進而類比透亮輕盈的蟬翼，於是字面認知上的蟬就轉化爲視覺上的蟬，讀者既"知道"詞人詠的是蟬，也藉着這些比喻而"看到"蟬。這已經很足够。畢竟，讀者對現實生活中的蟬和文化史上的蟬都已很熟悉，在諸家的詞句裏，蟬的形象雖未至於如印之印泥，但也因爲蟬翼的描寫而顯得清晰，若再花筆墨，恐怕容易犯上張炎所説的"體認稍真，則拘而不暢"的毛病。讀者對蟬的前理解足以解讀詞句，而詞人亦點到即止，只寫一對蟬翼而已。

詞人詠蟬，賦形的筆墨少，摹神的筆墨卻很多。蟬的神，主要是通過長鳴不絶的蟬聲和情景的設置透現出來，當中更呈現出詞人的主體意識：

詞人	詞句		情景設置	詞人的主體意識
呂同老	上片	緑陰初蔽林塘路，淒淒乍流清韻。倦咽高槐，驚嘶別柳，還憶當時曾聽。	初夏林間	聽蟬感舊
	下片	不知身世易老，一聲聲斷續，頻報秋信。墜葉山明，疏枝月小，惆悵齊姬薄倖。餘音未盡，早枯翼飛仙，暗嗟殘景。	日暮秋枝	蟬我合寫，感傷身世

續表

詞人		詞句	情景設置	詞人的主體意識
王易簡	上片	翠雲深鎖齊姬恨……錦瑟重調,綃衣乍著…… 相逢甚處,記槐影初涼,柳陰新雨。聽盡殘聲,爲誰驚起又飛去。	夏日林間	聽蟬感舊
	下片	商量秋信最早,晚來吟未徹,却是淒楚。斷韻還連,餘悲似咽,欲和愁邊佳句。……古木斜暉,向人懷抱苦。	斜陽古木	蟬我兩淒楚
王沂孫(第一首)	上片	緑陰千樹西窗悄,厭厭晝眠驚起。……淒涼倦耳……夢短宫深,向人猶與訴憔悴。	夏日林間	聽蟬傷感
	下片	殘虹收盡過雨,晚來頻斷續,都是秋意。病葉難留,纖柯易老,空憶斜陽身世。山明月碎,甚已絶餘音,尚餘枯蜕。	秋暮纖柯	蟬我合寫,感傷身世
周　密	上片	槐陰忽送清商怨,依稀乍聞還歇。故苑愁長,危弦調苦,前夢蜕痕枯葉。	夏日林間	聽蟬傷感
	下片	枝冷頻移,葉疏猶抱,空負好秋時節。淒淒切切。漸迤邐黄昏機,砌蛩相接。露洗餘悲,暮寒聲更咽。	日暮秋枝	聽蟬傷感
陳恕可(第一首)	上片	碧柯摇曳聲何許,陰陰晚涼庭院。……琴絲宛轉。弄幾曲新聲,幾番悽惋。	夏暮庭柯	聽蟬傷感
	下片	清虚襟度漫與,向人低訴處,幽思無限。敗葉枯形,殘陽絶響,消得西風腸斷。	秋暮敗葉	聽蟬傷感
唐　珏	上片	蜕痕初染仙莖露,新聲又移涼影。珮玉流空,綃衣翦霧,幾度槐昏柳暝。幽窗睡醒。奈欲斷還連,不堪重聽。	夏日林間	聽蟬傷感

續表

詞人	詞句		情景設置	詞人的主體意識
	下片	亂咽頻驚,餘悲漸杳,搖曳風枝未定。秋期話盡。又抱葉淒淒,暮寒山静。	日暮秋枝	聽蟬傷感
唐藝孫	上片	柳風微扇閑池閣,深林翠陰人静。……虹明雨潤,正乍集庭柯,凭闌新聽。	夏日庭柯	聽蟬傷感
	下片	蛻翦花輕,羽翻紙薄,老去易驚秋信。殘聲送暝。恨秦樹斜陽,暗催光景。淡月疏桐,半窗留鬢影。	日暮疏桐	聽蟬傷感
陳恕可(第二首)	上片	蛻仙飛珮流空遠,珊珊數聲林杪。薄暑眠輕,濃陰聽久,勾引淒涼多少。長吟未了。想猶怯高寒,又移深窈。	夏日林間	聽蟬傷感
	下片	微薰庭院晝永,那回曾記得,如訴幽抱。斷響難尋,餘悲獨省,葉底還驚秋早。	早秋葉底	聽蟬傷感
仇　遠	上片	夕陽門巷荒城曲,清音早鳴秋樹。……奈一度淒吟,一番淒楚。尚有殘聲,驀然飛過別枝去。	日暮秋樹	聽蟬傷感
	下片	齊宮往事謾省,行人猶與説,當時齊女。雨歇空山,月籠古樹,彷彿舊曾聽處。	月下古樹	聽蟬傷感
王沂孫(第二首)	上片	乍咽涼柯,還移暗葉,重把離愁低訴。西園過雨,漸金錯鳴刀,玉筝調柱。	夏日涼柯	聽蟬傷感
	下片	病翼驚秋,枯形閱世,消得斜陽幾度。餘音更苦,甚獨抱清高,頓成淒楚。	秋日斜陽	蟬我合寫,感傷身世

僅從篇幅的詳略已可看到,蟬的形貌不是詞人的寫作重點,詞人主

要借蟬聲來透現蟬的神。

借聲顯神,張鎡與姜夔的詠蟋蟀唱和已導夫先路。張詞調寄《滿庭芳》,姜詞調寄《齊天樂》,本題詞人用調正與姜夔相同。詞人對姜、張的唱和是很熟悉的,從前輩的詞作得到啓發,是很自然的事。沈雄(清初人,生卒未詳)《古今詞話》評張鎡詞是"詠物之入神者"[①]。張鎡没有正面描寫蟋蟀的形貌,而是把握着蟋蟀的斷續鳴叫,把它置於月下草叢之間,並以不同的人物作襯託。蟋蟀的鳴叫就是蟋蟀之神的所在,而蟋蟀鳴叫所引起的秋夜哀愁,就是詞人賦予給蟋蟀的象徵意義,亦即是蟋蟀的神,比鳴叫更抽象。姜夔同樣也把蟋蟀置於秋月之下。許昂霄《詞綜偶評》曰:"將蟋蟀與聽蟋蟋者,層層夾寫,如環無端,真化工之筆也。(候館吟秋三句)音響一何悲。(笑籬落呼燈二句)高絶。"[②]張、姜二家在詞中流露的主體意識有别,卻同樣都藉情景的設置寫出了蟋蟀之神:清秋月夜裏的一片哀愁。這種借聲顯神的手法,應該給了《補題》詞人一定的啓示。

前人詠蟬,多寫其飲露不食和蟬蜕濁穢,藉以稱頌人的高潔,其象徵意義很是穩定;至於蟬聲,其象徵意義就比較多變。施補華(1835—1890)《峴傭説詩》曰:"《三百篇》比興爲多,唐人猶得此意。同一詠蟬,虞世南'居高聲自遠,端不藉秋風',是清華人語;駱賓王'露重飛難進,風多響易沈',是患難人語;李商隱'本以高難飽,徒勞恨費聲',是牢騷人語。比興不同如此。"[③]與蟋蟀相似,鳴噪也是蟬的特徵,詩人借聲顯神是很恰當的。三位詩人在不同程度上刻劃了蟬的神——清。不過,虞、駱、李三家際遇不同,情感各異,由於主體不同,筆下的蟬就各具面貌,所以比興之用亦隨之不同。蟬之神是清,駱賓王以之喻自己的清高與清苦;虞世南以之喻清華;李商隱以之寫清高、清苦與清貧。詩詞詠蟬,體裁各異,但同樣都是藉摹神以顯主體。《補題》詞人也寫蟬噪,但已非牢騷人語,亦非患難人語,更不可能是清華人語,八家所寫的,是亡

① 沈雄:《古今詞話·詞評上》,唐圭璋:《詞話叢編》,頁999。

② 唐圭璋:《詞話叢編》,頁1558。

③ 丁福保編:《清詩話》(上海:上海古籍出版社,1963年),下册,頁974。

國人語[①]。主體不同,物之神貌亦隨之不同。

在詞人筆下,蟬的神再不是清,藉以襯託蟬之神的情景也較三位唐代詩人豐富,主要是夏日林間與日暮秋枝,其他的情景設置也與此二者相去甚近,當中的夏秋兩季和黄昏日暮是完全相同的。除了仇遠只寫秋天夕陽之外,諸家詞人都是以上片寫夏,以下片寫秋和日暮,可見詞人藉着這些情景寫夏蟬、秋蟬和暮蟬,此三者都是唐宋詩人詠蟬時經常寫到的三個時節的蟬。情景的設置具有指示功能,指向了所詠之物,這與前人詠蟬詩賦等前文本有直接關係,畢竟夏、秋與日暮黄昏等情景,早已見於前人的詠蟬作品中,詞人只是承用而已,當然同時也是要調動讀者的前理解。然而,情景的設置不僅如此,讀者順序從上片讀至下片,其實就是聽着蟬從初夏白晝叫到深秋日暮。蟬鳴始於夏,至秋而盡。讀者根據這樣的認識解讀諸家的詞作,就不難讀到:蟬竭盡一生之力鳴叫!加上詞人花了極大的篇幅在上下片寫其鳴噪,讀者就更能聽到滿紙蟬聲,響徹腦際。蟬之鳴噪,就是其神之所在:蟬盡其一生叫出了堅執的個性。這就是蟬的神,已不僅是唐人的"清",而是再轉化爲"貞"了,陳恕可第一首詞下片曰"清虚襟度漫與",其實已道出了箇中的分别。

蟬當然没有所謂堅執,堅執的應是詞人,亦即是詞人主體意識的流露。詞人以人情點染的手法寫蟬聲,實不只堅執而已,他們用十分强烈的抒情字眼形容蟬聲,例如:淒淒、淒涼、淒楚、悽惋、淒淒切切、惆悵、憔悴、餘悲、愁、倦、殘、冷、恨、怨、嘶、嗟、咽、驚。感情濃烈、低沉、陰鬱,深沉、哀痛。蟬聲就是詞人的心聲。詞人的主體意識投射爲蟬的神。與夏秋日暮的蟬聲合觀,可以這樣概括蟬的神:茹悲嚼苦,抱恨堅執。這

---

① 張宏生曾藉虞、駱、李三家詩討論過王沂孫"一襟遺恨"詞的寄託問題,指出:"清高當然是一種人格,也可以和氣節相關聯。因此,從個人的氣節而到民族的氣節,原是一個順理成章的過程,有其充分的合理性。況且,王沂孫的詞也對此有集中的描寫。"而且,"從上引三首唐詩看,雖然有寫蟬的傳統意象,但在用典上,王沂孫的詞卻是後來居上,尤其是用了齊后忿而死,屍化蟬的典故,這就使得作品的意藴與皇室可能發生關聯。"張宏生:《秋蟬聲態與亡國之痛》,《讀者之心——詞的解讀》(北京:中華書局,2013年),頁223—229。

當然也是詞人的心境。

詞人以聽蟬者的身份出現,很明顯也是物旁詞中的安排,主體意識甚是清晰。詞人站在蟬的旁邊,聽着蟬的鳴噪,觸發無限感慨,或是憶昔嘆老,或是感傷身世,又或是二者兼之:

呂同老:倦咽高槐,驚嘶別柳,還憶當時曾聽。……歎弦絶重調,珥空難整……不知身世易老,一聲聲斷續,頻報秋信……餘音未盡,早枯翼飛仙,暗嗟殘景。見洗冰奩,怕翻雙翠鬢。

王易簡:記槐影初涼,柳陰新雨。聽盡殘聲,爲誰驚起又飛去。

王沂孫第一首:淒涼倦耳。謾重拂琴絲,怕尋冠珥。……晚來頻斷續,都是秋意。病葉難留,纖柯易老,空憶斜陽身世。山明月碎,甚已絶餘音,尚餘枯蜕。鬢影参差,斷魂青鏡裏。

周密:槐陰忽送清商怨,依稀乍聞還歇。……傷情念別。是幾度斜陽,幾回殘月。轉眼西風,一襟幽恨向誰説。輕鬢猶記動影,翠奩應怪我,雙鬢如雪。……淒淒切切。漸迤邐黄昏機,砌蛩相接。露洗餘悲,暮寒聲更咽。

陳恕可第一首:碧柯摇曳聲何許,陰陰晚涼庭院。……向人低訴處,幽思無限。敗葉枯形,殘陽絶響,消得西風腸斷。塵情已倦。任翻鬢雲寒,綴貂金淺。

唐珏:奈欲斷還連,不堪重聽。怨結齊姬,故宫烟樹翠陰冷。當時舊情在否,晚妝清鏡裏,猶記嬌鬢。亂咽頻驚,餘悲漸杳,摇曳風枝未定。秋期話盡。又抱葉淒淒,暮寒山静。

唐藝孫:蜕翦花輕,羽翻紙薄,老去易驚秋信。殘聲送暝。恨秦樹斜陽,暗催光景。

陳恕可第二首:蜕仙飛珮流空遠,珊珊數聲林杪。薄暑眠輕,濃陰聽久,勾引淒涼多少。……微薰庭院晝永,那回曾記得,如訴幽抱。斷響難尋,餘悲獨省,葉底還驚秋早。齊宫路杳。歎往事魂消,夜闌人悄。

仇遠:齊宫往事謾省,行人猶與説,當時齊女。雨歇空山,月籠古樹,彷彿舊曾聽處。離情正苦。甚嬾拂冰弦,倦拈琴譜。

王沂孫第二首：乍咽涼柯，還移暗葉，重把離愁低訴。……餘音更苦，甚獨抱清高，頓成淒楚。謾想薰風，柳絲千萬縷。

姜夔與張鎡寫蟋蟀聲，還藉不同的人物作襯託，而《補題》詞人寫蟬聲，卻没有藉别的聽蟬者作襯託，詞中的聽蟬者就只有詞人自己，主體意識的書寫更見集中。他們從聽蟬聯想到前朝故國，爲仕隱抉擇而惶惑，爲年紀老大而感傷，也爲故宋宫人而憤恨難平。可見蟬在本題的功能與龍涎香等三題的功能相同：描寫的對象、抒情的觸媒。

在詠白蓮一題中，詞人以佳人神女比喻或比擬白蓮，因此白蓮的形象是通過佳人神女間接地呈現的。詠蟬則不然，詞人没有把蟬比喻或比擬成其他物象，而是直接描摹蟬的形象。不過，王沂孫的某些詞句，卻又把自己家身影疊加到蟬之上：

第一首：病葉難留，纖柯易老，空憶斜陽身世。
第二首：病翼驚秋，枯形閲世，消得斜陽幾度。

兩組詞句的主語都是蟬，緊扣着題面。不過，這些詞句中的意象亦可作比喻讀：病葉與纖柯就是留不住的前朝故國，病翼指的是人的老病殘軀，秋是晚年暮景。若此讀可通，則詞句的主語表面是蟬，而實際上也可以改作“我”，即詞人自己。换言之，在這幾句詞句裏，物我是合一的。

在詠蟬一題中，諸家詞人自書身世的意味甚是强烈清晰。詞學家對此早有指陳，特别是王沂孫詞，評論就更多了。自周濟以還，詞學家即以“身世之感”評王沂孫的第一首[①]，例如陳廷焯評曰：

較草窗一作稍覺婉雅，其借題抒寫身世之感，情則一也。有骨

---

① 周濟：《宋四家詞選》，收入尹志騰校點：《清人選評詞集三種》，頁278。

有韻,不獨哀感。後半直與草窗作無二。[1]

俞陛雲評曰:

起筆二句便得聞蟬神理。“嫩翼”二句詠本題。“冰箋”至“憔悴”六句是蟬是人,同抱身世之感。轉頭處三句虹收殘雨、驚耳秋聲,即寫景亦是佳句,況詠蟬耶!“病葉”三句無限蒼涼之思,尤耐吟諷。結筆‘枯蛻’、“斷魂”四句詠蟬固佳,何淒清乃爾耶?[2]

至於第二首,唐圭璋先生有詳細的分析,其中論到下片曰:

換頭,嘆盤移露盡,蟬愈無以自庇,喻時易事異,人亦無以自容也。“病翼”三句,寫蟬之難久,即寫人之難久。“餘音”三句,寫蟬之悽音,不忍重聽,即寫人之婉轉呼號,亦無人憐惜也。末句,陡着盛時之情景,振動全篇。[3]

唐圭璋先生説得很清楚,“寫蟬之難久,即寫人之難久”,人蟬是合一的。這種物我交融的表現實在太過鮮明,日本的漢學家也注意到這點,萩原正樹就認爲:

在這首詞中,蟬是作爲雖暗含有亡國之怨情,卻活到了秋天,而又懷念着美好的過去的東西而受到吟咏的。而且,蟬的這種形象,與在南宋滅亡後還倖存於元代的王沂孫自己的形象,似乎是密

---

① 陳廷焯:《雲詔集輯評》,收入孫克强編:《白雨齋詞話全編》(北京:中華書局,2013年),卷九,頁205。

② 俞陛雲:《唐五代兩宋詞選釋》,頁577。

③ 唐圭璋:《唐宋詞簡釋》,頁239。

切相關的。[1]

萩原正樹説蟬的形象與王沂孫密切相關，其實也是人蟬合一，物我交融之意。對於王沂孫之所以有這樣的寫作表現，萩原正樹强調了詞人“感情移入”的創作心理：

> 王沂孫是將物置入自己的心中加以吟咏的。因此，他在自己的心中想像蟬，在詞裏既寫出了蟬，又寫出了自己的心情。在這首詞中，蟬之所以被吟咏得具有相當特殊的特徵，不外是由於其中注入了王沂孫自己的感情。可以認爲，正因爲這種感情移入是異常强烈的，所以蟬是作爲王沂孫的内心世界的象徵而在詞中受到歌咏的。[2]

讀者也一定注意到，王沂孫並非整首詞都是人蟬合一的。事實上，不少詠物佳作，例如蘇軾《卜算子》詠雁、朱敦儒《卜算子》詠梅，都只在下片才表現出物我交融，王沂孫只是繼承前人的寫法而已。從物我措置的角度看，王沂孫兼用了“放頓在裏面”與“站在旁邊”兩種手法詠蟬，就上片言，主體在物旁詞中，蟬與我的位置是平行對等的；至於上引王沂孫詞的詞句，既是蟬的自白，也是詞人的心聲，蟬可以説是詞人心境的象徵，物與我已站在同一個位置上。然則，蟬的功能，除了是描寫的對象和抒情的觸媒外，還應該是王沂孫心境的象徵。

物我措置往往是探討作者主體意識的切入點。物我交融固然能夠得到讀者的青睞，而物我交感也同樣值得讀者細味欣賞，因爲物我交感能夠帶給讀者另一種審美感受，是呈現詞人主體意識的另一種方式。王易簡詞就是這樣的一首作品。王易簡詞云：

---

① 萩原正樹：《王沂孫的咏物詞》，收入王水照、保苅佳昭編：《日本學者中國詞學論文集》（上海：上海古籍出版社，1991 年），頁 308—320，引文見頁 316。

② 萩原正樹：《王沂孫的咏物詞》，頁 316。

翠雲深鎖齊姬恨,纖柯暗翻冰羽。錦瑟重調,綃衣乍著,聊飲人間風露。相逢甚處,記槐影初涼,柳陰新雨。聽盡殘聲,爲誰驚起又飛去。 商量秋信最早,晚來吟未徹,却是淒楚。斷韻還連,餘悲似咽,欲和愁邊佳句。幽期與語。怕寒葉凋零,蜕痕塵土。古木斜暉,向人懷抱苦。

俞陛雲曾以王易簡此作與王沂孫的"一襟餘恨"詞比較,指出:"起句宜虛罩全首,此作起筆用齊姬事,不能越'一襟餘恨宫魂斷'之意。"[①]就命意寄託言,王易簡或者"不能越"王沂孫,不過,王易簡的運意構思,卻又有别出心裁之處。

王易簡起調用齊姬寄託。"相逢"至"又飛去"五句寫聽蟬。詞人聞蟬聲而興情,意謂今之聽蟬,已非昔比,寫出了昔盛今衰之慨。蟬則聲殘,詞人則聽盡,詞人與蟬俱是心疲力倦,頗似王沂孫詞的"淒涼倦耳"句。"爲誰"一句是詞人向蟬提問,不過有問無答,未免令人失望,這就可以加强抒情的效果。在此,詞人主動與蟬交流。下片"商量"至"佳句"六句續寫蟬鳴,由淒楚的蟬鳴轉筆到詞人的愁邊佳句。大意謂蟬自夏至秋鳴噪不絶,似是在商量秋信,其聲如哽似咽,其韻似斷還連,聽在詞人耳裏,彷彿是要和應詞人的愁邊佳句。可見在詞人眼中,蟬回應了詞人的主動交流。這大概就是劉勰(約 465—522)《文心雕龍·物色》所謂的"情往似贈,興來如答"[②]。"幽期"至"懷抱苦"五句虛擬人蟬答贈。大意謂詞人告蟬以幽隱之期,而蟬則怕届時木葉凋零,蜕殼塵土,難以應約,所以在此古木之間,斜暉之下,向詞人訴説其懷抱之苦。此五句再次寫人蟬之間的贈答,情往興來,再唱再嘆。人是故國之遺,滿腹黍離之悲;而蟬則是齊姬所化,亦一腔宫人之恨,所以煞拍有"向人懷抱苦"之句。王易簡此詞示範了一次物我交感,所呈現的主體意識,一如其他諸家詞作那樣的强烈;而讀者也看到,詞中所流露的感情隨著人蟬之間的往還答贈逐步深化。只要讀者把王易簡詞與王沂孫詞並讀,

---

① 俞陛雲:《唐五代兩宋詞選釋》,頁 599。

② 劉勰著,范文瀾注:《文心雕龍注》(北京:人民文學出版社,1958 年),頁 695。

就可以讀到二家的詞作帶給讀者兩種不同的審美感受：王沂孫是人蟬合一，情深一往；王易簡是人蟬交感，層層深化。然則，蟬在王易簡的筆下，是描寫的對象，更是抒情的對象。

詞人以蟬象徵宋宫人，爲她們的悲慘遭遇感慨；同時亦借蟬自書身世，感傷老大。這都是黍離之悲的書寫。可以説，詠蟬一組詞不僅摹神得妙，主體意識强烈，而且呈現主體意識的手法也頗多變化。

二、神寄情景的蟹

唐宋人的詠蟹詩不少，但詠蟹詞卻不多，《補題》之前，有方岳（1199—1262）的《滿庭芳・擘蟹醉題》和李曾伯（1198—1268）的《滿庭芳・壬子謝吕馬帥送蟹》，而純然詠蟹的詞作，就只有本題四家四首。可見就詞而言，蟹是一個新題目。蟹的形象簡單而鮮明：雙螯八跪，甲殼横行。唐代李貞白（生卒未詳）《詠蟹》詩云："蟬眼龜形脚似蛛，未曾正面向人趨。如今飣在盤筵上，得似江湖亂走無。"[①]雖然諧謔，亦非佳構，但總算寫出了蟹的特徵和食蟹這個常見的題材。然則，作者是完全可以從色香味觸等角度來描寫蟹的。

《補題》四家詞人都以食蟹入詞，也一無例外的寫香橙新酒，寫出了文人雅食的風味，同時也藉着半殼含黄來互表心衷，而花的篇幅也不少；不過，從賦形圖貌的角度看，詞人的著墨卻不多。他們没有寫八跪横行，卻寫到蟹眼，然而所謂"蟹眼"，其實是初沸的茶湯，並非真是蟹的眼睛，寫蟹眼茶湯主要是爲了切題而已。於是，蟹的形貌就剩下雙螯與甲殼了。四家詞人之中，只有陳恕可和唐珏直接寫到雙螯與甲殼：

> 陳恕可：任年年、褪匡微緑。
>
> 唐珏：還見青匡似繡，紺螯如戟。

---

① 《全唐詩》，頁 9873。按題注云："建帥陳誨之子德誠，罷管沿江水軍，入掌禁衛，頗患拘束。方宴客，貞白在坐，食蟹，德誠顧貞白曰：'請詠之。'貞白云云，衆客皆笑。"

詞人在此只是輕輕一提而已,没有詳加描寫。詞人詠蟬的形貌,所花的筆墨也不算多,但描寫卻頗清晰,寫出了蟬翼透亮細薄的質感;至於本題詠蟹,除了唐珏"紺螯如戟"的比喻稍覺形像化之外,其他句子就未必能引起讀者多少蟹的形像的聯想。其實,只要細讀四家詞作即可知道,詞人用以扣題的不是賦形,而是捕蟹和食蟹。既然賦形並非詞人詠蟹的重點,以下就轉而討論摹神。

前人也曾寫過蟹的品格,例如《荀子・勸學》就説:"蟹六跪而二螯,非蛇蟺之穴無可寄託者,用心躁也。"[①]在荀子筆下,蟹的品格是"躁"。又如唐彦謙(？—893?)七古《蟹》結曰:"物之可愛尤可憎,嘗聞取刺於青蠅。無腸公子固稱美,弗使當道禁横行。"[②]説的是蟹無所忌憚。他們都是借蟹的螯跪横行來賦以象徵意義,藉以寫蟹之神。文同(1018—1079)《寇君玉郎中大蟹》云:"蟹性最難圖,生意在螯跪。伊人得之妙,郭索不能已。"[③]原來畫家寫蟹之神,主要的關鍵也在於蟹的雙螯八跪,即所謂"生意在螯跪"。然而,詞人並不措意於雙螯,甚至不提八跪,又如何摹寫蟹之神？這還得借助於情景設置。蟹之神,就寄寓在情景的設置之中。

四家詞人都寫到漁人捕蟹的情景:

陳恕可:西風故國。記乍免内黄,歸夢溪曲。還是秦星夜映,楚霜秋足。無腸枉抱東流恨,任年年、褪匡微緑。草汀篝火,蘆洲緯箔,早寒漁屋

唐藝孫:收帆渡口。認遠岸夜篝,松炬如晝。

唐珏:松江舍北。正水落晚汀,霜老枯荻。還見青匡似繡,紺螯如戟。西風有恨無腸斷,恨東流、幾番潮汐。夜燈争聚,微光掛影,誤投簾隙。

---

① 王先謙集解;沈嘯寰,王星賢點校:《荀子集解》(北京:中華書局,1988 年),頁 8—9。按:"六跪"之"六"應是"八"之訛。

② 《全唐詩》,頁 7681。

③ 文同:《丹淵集》卷十九,《四庫全書》本,頁一下。

呂同老：松江岸側。正亂葉墜紅，殘浪收碧。猶記燈寒暗聚，斷疏輕入。

蟹就像飛蛾等夜行昆蟲那樣有趨光性(phototaxis)，只要點起篝火，蟹就自然被火光所吸引，墮入漁人的陷阱。趨光性是蟹的生態特徵，詞人自然不知道何謂趨光性，但看見蟹走向火光卻是他們的生活經驗，上引詞句正是他們的生活經驗的叙寫。除了篝火誘捕之外，上引陳恕可和唐珏的詞句同時還寫到蟹東流入海的生態現象。蟹東流入海本是爲了繁殖，而古人卻以爲是爲了入海朝其魁長，於是詞人就藉此寄託其不忘故君之情。詞人把東流入海與篝火誘捕結合起來，進而賦予蟹另一種象徵意義，有别於荀子的"躁"與唐彦謙的無所忌憚。

蟹東流入海是命定的，自有其必然性，而蟹的趨光習性也是必然的。漁人在蟹的入海途中設篝火誘捕，這無疑是人爲的横禍。兩種必然性就在漁人的佈置下産生了衝突：蟹無法不入海，也無法抗拒篝火的吸引。對蟹而言，必然性意味着别無選擇，亦不曾想過有别的選擇，是如此的憨愚質直。若無誘捕，蟹便可爲德以卒，但篝火一舉，蟹就必然趨向火光，被漁人捕去，結果是爲德不卒。一切都是如此的簡單，全都在漁人的掌握之中。可以説，兩種必然性的衝突正展現出蟹憨憨耿耿的個性。爲德不卒的悲劇就是種個性招致的結果，於是，蟹就在"草汀篝火"、"松炬如晝"的佈置下"斷疏輕入"，生出"枉抱東流恨"、"恨東流、幾番潮汐"的遺憾，徒然追悔"誤投簾隙"了。

詞人没有措意於雙螯八跪，而是把握着蟹趨光與入海的特徵，設置了東流入海與篝火誘捕的情景，藉此賦予蟹以新的象徵意義，摹寫出他們心目中的蟹之神：憨憨致憾，耿耿追悔。這當然是詞人的寄意所在。

詞人給蟹賦以新的象徵意義，當然是主體意識的流露。首先值得注意的是上引陳恕可詞"西風"至"漁屋"諸句。這正是陳恕可詞的上片。"無腸枉抱東流恨"一句，曰"枉"曰"恨"，正寫出了蟹爲德不卒的抱憾。上片的主語是蟹，固然是陳恕可代蟹立言，但其實他也是在自寫悔疚。陳恕可本有忠宋之心，卻終被蒙元徵去，與蟹一樣，都是爲德不卒。

他借蟹來自我表白,當然是主體意識的流露。陳廷焯評此詞曰:“悽怨不勝,如讀《詩》之變雅。襯染處亦清微有味。結得淒咽。”[①]既然是代蟹立言與自我表白合一,則主語表面是蟹,而實際上卻可以換成“我”。如果用比興解讀上片,把所謂“乍免内黄”、“草汀篝火”等等讀作陳恕可人生際遇的比喻,則主語换作“我”,就更覺順適了。及至下片,陳恕可轉寫與詞友叙舊食蟹,人與蟹就分開了,結曰“斷魂重續”,是表示他仍然心繫故宋,所以陳廷焯評曰“結得淒咽”,而主體意識的呈現就更清楚了。

從物我措置的角度看,陳恕可的詠蟹詞與王沂孫的兩首詠蟬詞一樣,都是兼用了“放頓在裏面”與“站在旁邊”兩種手法詠物。就陳恕可詞上片言,主體在物裏詞中,上片既是蟹的自白,也是詞人的心聲,蟹可以説是詞人心境的象徵,物與我站在同一個位置上。至於下片,蟹與我的位置是平行對等的,主體在物旁詞中,可見蟹的功能,是描寫的對象,也是陳恕可心境的象徵。

唐珏詞上片也把篝火誘捕與東流入海合寫,不過,從“還見”一韻可知,主體在物旁詞中,是“站在旁邊”的寫法,因爲見到蟹“青匡似繡,紺螯如戟”的,正是唐珏。前人頗欣賞唐珏此詞,清初先著(生卒未詳)評曰:“詠蟹諸作,多是説人食蟹,惟此調不偏枯。‘西風有恨無腸斷’,此一警語足矣。”[②]陳廷焯更把此詞與陳恕可詞作比較,認爲“‘西風’句與行之‘無腸枉抱東流恨’同一妙絶。餘波亦好。”[③]曰“警語”,曰“妙絶”,都是就“西風有恨無腸斷”一句而發。此句寫出了唐珏對蟹的理解。唐珏知道漁人早就準備好捕蟹,而蟹卻“夜燈爭聚,微光掛影,誤投簾隙”。“争”微有諷刺之意,而“誤”字就頗有“一失足成千古恨”的況味,亦略有原宥的意思。陳廷焯把唐、陳二家詞比較,提示了後人可將二詞對讀。只要把二詞對讀,就不難發現,陳恕可以蟹自喻,唐珏則是以蟹喻人;陳恕可詞有自傷自辯之意,而唐珏詞則兼有同情與諷刺。唐珏詞大概是爲陳恕可而作,主體意識當然是清晰的。

---

①③ 陳廷焯:《雲韶集輯評》,收入孫克强編:《白雨齋詞話全編》卷十,頁223。
② 先著:《詞潔輯評》,唐圭璋《詞話叢編》,頁1365。

除了唐珏詞外，吕同老詞也頗有爲陳恕可而發的意味。吕詞"松江"至"輕入"五句也寫捕蟹，當中"籪疏輕入"句，"輕入"一語，喻士人之輕率不深思者，應蒙元之徵召，如蟹之就逮了。吕同老對陳恕可等仕元者的態度不似唐珏那樣的理解包容，在他的詞中，不但嚴分人蟹，還説"但將身世，浮沈醉鄉，舊遊休憶"，所謂"舊遊"，大概也包括陳恕可在内。可見吕同老用"站在旁邊"的寫法，主體則在物旁詞中；而蟹就是詞人描寫的對象、抒情的觸媒。

唐藝孫詞並不爲仕元者而作，寫捕蟹也頗簡略，他主要借蟹爲抒情的觸媒，藉以抒發對故宋的懷念："草心春淺，年年相憶，看燈時候。"唐藝孫也是"站在旁邊"，置自己於物旁詞中，感慨其繁華不再，抒發黍離之悲。

方智範先生曾經從物我的關係討論過宋人詠物詞的審美層次，提出三個層次之説：第一個層次是"以物觀物，境餘於意"，認爲這個層次是"見山是山，見水是水"，雖然詠物逼真，但同時也局限了讀者的聯想，史達祖《雙雙燕》詠燕就是有名的例子。第二個層次是"以我觀物，意餘於境"，認爲這個層次的詞作意甚明，理路清晰，卻非即目入詠，所以筋脈顯露，義可相附，喻可專指，有特定的指向性，是"見山不是山，見水不是水"，仍不能引起讀者的多方面的審美感受，《樂府補題》就是這個層次的作品。第三個層次是"物我同一，意境兩渾"，認爲這是最上乘的詠物詞，蘇軾"多義性"的《卜算子》詠雁、賀鑄"自寫進退出處之節"的《芳心苦》詠蓮、陸游《卜算子》詠梅就是這層次中"以客寓主的静態結構"；而周邦彦《六醜·薔薇謝後作》則是"主客相向對流的動態結構"。最後更指出蘇軾等四家之作已經達到了"見山只是山，見水只是水"的境界①。

方先生的説法很值得深思。就整部《樂府補題》言，確實有特定的指向性。即使讀者無法把詞作坐實到具體的歷史事件或歷史人物之上，仍可清楚地感受到十四家詞人藉五調五題寄寓其亡國之痛和身世之感。如此看來，《補題》並不如蘇軾詠雁詞那樣的具有"多義性"。不

---

① 方智範：《論宋人詠物詞的審美層次》，《詞學》第6輯，頁176—192。

過,方先生眼中第二個層次的賀鑄《芳心苦》,"自寫進退出處之節",也明顯是一種特定的指向,實與《補題》無異,但亦無害於賀詞的"物我同一"。事實上,王沂孫兩首詠蟬詞、陳恕可的詠蟹詞也不乏"物我同一"之句,而王易簡詠蟬詞的物我交感,也未嘗不是"主客相向對流的動態結構"。應該指出的是,在方先生眼中只屬第二個層次的《樂府補題》,一樣有"物我同一"的詞作。不妨這樣説:整部《樂府補題》有其特定的指向性,當中部份詞作更做到"物我同一",也能做到"主客相向對流的動態結構",全書同時體現了"見山不是山,見水不是水"以及"見山只是山,見水只是水"兩重境界。

第四節　結　語

物我與形神是詩家詞客詠物時必須處理的,因此,詞人就需要有詠物的策略。所謂詠物策略,也不外是李重華所説的"站在旁邊"與"放頓在裏面"兩種詠物原則的具體實踐。以下試總結本章的討論。

鄒祗謨(1627—1670)《遠志齋詞衷》曰:"詠物固不可不似,尤忌刻意太似。取形不如取神,用事不若用意。宋詞至白石、梅溪,始得個中妙諦。"[①]《補題》詞人生於姜夔(白石)、史達祖(梅溪)之後,繼承了前輩的詠物經驗,詠物的技巧就更加純熟了。詠物之"不可不似"和"太似",應該是就賦形而言。不似,則讀者莫知所言;太似,則有膠柱鼓瑟之嫌,李貞白"蟬眼龜形脚似蛛"之句可謂肖似蟹了,卻不見得是詠物佳句,這是因爲太似之故。《補題》詞人詠物,首先是極力在"體認稍真"和"模寫差遠"之間取得平衡,期望能夠做到不即不離。在他們的筆下,既可以寫出體物瀏亮的蓴,而不流於太似;也能刻鏤無形,賦寫虛無飄杳的龍涎香,而不會不似。具體言之,就是體物語和側筆襯託的綜合運用。體物語如直接描寫、比喻、比擬等,在各詞作中用得非常嫻熟,特别是詠蓴一題,視覺效果十分强烈,賦形可謂非常成功。此外,詠龍涎香中的煙

① 鄒祗謨:《遠志齋詞衷》,唐圭璋:《詞話叢編》,頁653。

縷、詠白蓮中的荷葉，還有詠蟬中的蟬翼蟬聲，也非常生動，這當然是詞人從色聲香味觸等詠物角度細加體察物象的結果。體物語運用之嫻熟，於斯可見。然而，體物語用得太密，就容易流於"體認稍真"，於是詞人又以側筆烘託作平衡。試舉例如下：

詠龍涎香

詞人	側筆烘託的例句
王沂孫	更好故溪飛雪，小窗深閉。
馮應瑞	幾片金昏字古。向故篋、聊將伴憔悴。
唐藝孫	幾片菱花鏡裏。更摘索、雙環伴秋睡。
吕同老	簾影垂風不動，屏深護春宜小。

詠白蓮

詞人	側筆烘託的例句
王易簡	當時姊妹，朱顔褪酒，紅衣按舞。
唐　珏	泠泠月色，蕭蕭風度，嬌紅斂避。
吕同老	月影淒迷，露華零落，小闌誰倚。
趙汝鈉	待夜深，月上闌干，更邀取，姮娥伴。
王沂孫(第一首)	可惜瑶臺路迥，抱淒凉，月中誰認。
張　炎	記小舟清夜，波明香遠，渾不見，花開處。

詠　蟬

詞人	側筆烘託的詞例句
吕同老	緑陰初蔽林塘路，淒淒乍流清韻。
王易簡	相逢甚處，記槐影初凉，柳陰新雨。
王沂孫(第一首)	緑陰千樹西窗悄，厭厭晝眠驚起。
周　密	槐陰忽送清商怨，依稀乍聞還歇。
陳恕可(第一首)	碧柯摇曳聲何許，陰陰晚凉庭院。

續表

詞人	側筆烘託的詞例句
唐藝孫	柳風微扇閑池閣,深林翠陰人静。
陳恕可(第二首)	薄暑眠輕,濃陰聽久,勾引淒涼多少。
仇　遠	夕陽門巷荒城曲,清音早鳴秋樹。
王沂孫(第二首)	乍咽涼柯,還移暗葉,重把離愁低訴。

詠　蟹

詞人	側筆烘託的例句
陳恕可	依約行沙亂雪,誤驚窗竹。
唐藝孫	還見沙痕雪外,水紋霜後。
唐　珏	松江舍北。正水落晚汀,霜老枯荻。……江湖歲晚聽飛雪,但沙痕、空記行迹。
吕同老	松江岸側。正亂葉墜紅,殘浪收碧。……如今謾有江山興,更誰憐、草泥踪迹。

當然,不是每首詞都用側筆烘託的,詠蓴一題基本上就用體物語賦形。然則,如何避免"體認稍真"? 那就要善用典故和前文本了。運用典故和前文本能調節物象與讀者之間的距離。這在詠龍涎香及詠蟬兩題有很好的示範。此外就是宕開一筆,移開讀者的視點,詠蓴一題正是如此。

《補題》詞人賦物之形,不會不似,亦不會太似,然而他們所措意的,還是物象之神,就如鄒祗謨所説的"取形不如取神"。在《補題》五調五題之中,物象兩個層次的神詞人都有顧及,例如龍涎香煙縷的飄杳、蓴在水中的盪漾、白蓮在風中的摇曳,種種形態,都是物象之神的第一層次的描寫,以形寫神非常成功。不過,最吸引讀者的,是詞人賦予各種物象的象徵意義,亦即是第二個層次的物象之神。正因爲詞人賦予了物象以象徵意義,藉以抒發其黍離之悲,所以詞人的主體意識就相當清晰的呈現出來。物象在詞人的筆下,是描寫的對象,是抒情的觸媒,在王沂孫蟬我合一的詞句中,是詞人心境的象徵,王易簡更以蟬爲抒情的對象。"站在旁邊"與"放頓在裏面"兩種詠物原則，在《補題》那裏有很好的示範，而詞人對物象功能的運用，當然也是主體意識的流露。

詞人摹寫物象之神，離不開情景的設置和人情的點染，而第二個層次的物象之神又往往與詞人的情志寄託重疊。二者之所以能夠重疊，前文本和典故實起了關鍵的作用。情景的置設固然可以是眼前實景的重現，不過，也可以是前文本如前人的詩賦、前代的傳説的改寫。採蓴採蓮等前人詩賦；鮫人探採龍涎、蟹入海朝魁長等傳説；太液池、霓裳羽衣、月曉風清、金銅鉛淚等典故，都被詞人設置成情景。特別是典故，在雅化詞人的詞作裏，更演示出其詠物的功能：

切題。這包括了應題典故及烘題典故。
調節物象與讀者之間的距離。
幫助摹神的書寫。
幫助物象與寄託融合爲一。

鄒祗謨謂詠物"用事不若用意"，在《補題》那裏，是"事"與"意"俱到。典故和前文本之所以能夠導引讀者，是因爲二者往往負載着一般人的共同生活經驗與文化記憶。

《補題》諸作，是騷雅詞人詠物雅詞的理想示範，當中别有寄託自不待言，即就選題言，品香、賞蓮、啖蓴、聽蟬、食蟹，從雅玩、雅事到雅食，詞人都命之筆下，彷彿時移世换亦不損其雅致，頗有白頭宫女話當年的況味；而題目則是從熟題、冷題到新題都有顧及，其勇於開新的意識，也給了後人一些啓示，清人的和作、擬作，就不囿於此五題。至若審音協律、用字雅正，更是騷雅詞人雅詞樂語的本色，也是後世賞玩之處。《補題》三十七首詞的成就，自不下於姜夔與史達祖。

《樂府補題》是騷雅詞人的一部唱和詞集、詠物專集，詞人在此互表深衷，抒發亡國哀思，雖不能坐實於某人與某事，卻肯定是寄託遥深。至於賦形摹神的詠物策略，雅詞樂語的純熟運用，自是繼承臨安詞人一貫的雅人作風，而幽咽傷感的風格，就應該是時代的烙印了。

下编　接受研究

第五章　詠物與國運：清人詠物詞對《樂府補題》的接受

《樂府補題》在元明兩代只有抄本傳世，期間曾被收入吴訥編《唐宋名賢百家詞》及題西崖主人編《南詞》中，不過流傳不廣，知之者鮮。既然元明人知《補題》者不多，則有關的評論自然也少了。清人王奕清（生卒未詳）編《歷代詞話》引王世貞（1526—1590）語曰："李五松（李居仁）詠白蓮詞，與唐菊山（唐珏）同一妙手。"[①]又引陳子龍對《補題》"潛葬諸陵骨，樹以冬青"的評語。雖然陳子龍未明言唐珏詞是因宋陵事而作，不過，他把詞人、詞作與宋陵事並言，就足以啓發清人的詮釋方向了。元明間人對《補題》的接受，暫可見者，就只有王、陳之評而已，文獻闕如，討論《補題》的接受問題，還得從清代入手，元明只好暫略。

自《補題》復出之後，有清一代，和作與擬作不斷，甚至到了民國初年，徐致章、蔣兆蘭、程適等詞人結白雪詞社，社課唱和的詞作結集成書，仍名爲《樂府補題後集》。《補題》影響之大，可以想見。以下嘗試就清人的和作和擬作做一簡要的素描，以見《補題》對清代詠物詞創作影響的大概。

第一節　盛世來臨的前夕：康熙初年的《補題》追和

入清之初，《補題》尚未爲人所知，康熙十七年（1678），朱彝尊進京應考博學鴻詞科時，把它帶上京師，由蔣景祁鏤刻刊行，才得以流佈，結果令在京應試的"輦下諸公爲之詞體一變，繼此復擬作'後補題'，益見

① 王奕清編：《歷代詞話》，唐圭璋：《詞話叢編》，頁1260。

洞筋擢髓之力”。

在擬作“後補題”之前，清人還有大規模的追和，由“輦下諸公”作主導，當中包括了應考博學鴻詞科者。他們當中有不少是由明入清的士人，經歷過易代鉅變，當他們讀到《樂府補題》這部別寓遺民寄託的詠物詞集時，應該激起其故國之思，至少後世的讀者就有此期待。

追和《樂府補題》的詞人不少，嚴迪昌先生謂：“僅康熙二十年至三十年間，擬《補題》五詠的詞家即有近百人之夥。”[①]可惜嚴先生未詳列百家名氏，讀者莫知其詳。今據《全清詞・順康卷》及《順康卷補編》，查得和作者四十五家，和作一百五十二首（見本章附表一），雖未及百人之衆，然和作亦甚多。當然，佚失或未經發現者應還有不少。

一、寄託之有無

《樂府補題》是宋遺民的寄託之作，看在明遺民眼裏，自然會引起悸動。浙西詞派領袖朱彝尊（1629—1709）和陽羨詞派領袖陳維崧（1625—1682）都爲《補題》的刊本寫過序。朱序謂《補題》詞人“大率皆宋末隱君子也”，而《補題》則是“騷人《橘頌》之遺音”[②]。陳序更明確指《補題》“皆趙宋遺民作也。”[③]既然二家把握着《補題》的精神，則讀者對他們的和作自然有所期待，期待他們的和作能够如《補題》那樣詠物而別有寄託。陳維崧《天香・龍涎香》云：

> 萬斛蛟漦，千堆蜃沫，沉沉碧海今夜。湘娥倚殿，貴主還宫，新擣都梁無價。金盆煎處，趁月裏、桂華初謝。濃染鮫人茜淚，小襯馮彝水帕。　　天風彩鸞斜跨，杜蘭香、水邊閑話。幾遍龍堂游戲，蓬

---

① 嚴迪昌：《〈樂府補題〉與清初詞風》，載《詞學》第 8 輯，頁 41—59。引文見頁 47。

② 朱彝尊《樂府補題序》見四庫本《樂府補題》前，又見朱彝尊著，王利民、胡愚、張祝平、吴蓓、馬國棟校點：《曝書亭全集・曝書亭集》（長春：吉林文史出版社，2009 年），卷三十六，頁 421。

③ 陳維崧《樂府補題序》見四庫本《樂府補題》前，又見陳維崧著，陳振鵬標點，李學穎校補：《陳維崧集》（上海：上海古籍出版社，2010 年），頁 400—402。

萊乾也。多少望陵愁夢，空剩得、分香雀臺瓦。散與人間，鬬他檀麝。[1]

陳詞上片寫的仍是製香的過程，與《補題》原唱同。下片因物興情，"蓬萊乾也"以下，特别是"望陵"、"雀臺瓦"句，懷念故明之意頗是清楚，所謂"望陵"，當然是望明帝諸陵。又如《水龍吟·白蓮》：

水明樓下相看，涼荷一色瓏鬆地。赤欄低壓，緑裳輕蘸，月明千里。小苑梨花，重門柳絮，算來相似。傍前汀白鷺，幾番飛下，尋不見，迷花底。　　無數弄珠人戲，小酥娘、水天閑倚。明粧束素，非關只愛，把穠華洗。爲怕秋來，滿湖紅粉，惹人憔悴。拚年年玉貌，江潭夜悄，凝如鉛淚。

"月曉風清"的情景與鷗鷺意象又一次見於白蓮詞。下片結句的"凝如鉛淚"，用的仍是"金銅鉛淚"的典故，效法《補題》原唱之迹甚是明顯。陳維崧當時在京師，即將應考博學鴻詞科，也就是説，能否保持他的明遺民的身份實屬成疑。在這個時候讀到《補題》，因而生出故國之思，是在讀者的期待之中。他曾致書吴兆騫（1631—1684）謂："不意五十之年，頭鬚盡白，復同諸賢豪長者來入長安也。行年老大，萬事俱灰，惟待明歲試筆，即返故園，一水一山，以圖終老。□兄知我定非誑言也。"[2]

---

① 本書所引清初至乾隆間人的《補題》和作，悉用南京大學中國語言文學系全清詞編纂委員會編：《全清詞·順康卷》、張宏生編：《全清詞·順康卷補編》及《全清詞·雍乾卷》，詳見本節附表一"《全清詞·順康卷》及《全清詞·順康卷補篇》所收《樂府補題》和作"，及第二節附表二"《全清詞·雍乾卷》所收《樂府補題》和作"。如有需要，再參考詞人原集。

② 陳維崧：《寄吴漢槎書》，載吴兆騫著，麻守中校點：《秋笳集》（上海：上海古籍出版社，2009 年），附録五，頁 372—373。按：信中還提到："又《樂府題》，弟輩在京俱有和章，欲刻一集。原詞奉覽，乞每題各和一首，覓便寄我。"今未見吴詞，未知吴兆騫的和作是否完成。陳維崧提到"欲刻一集"，指的應是和作，可見當時人對《補題》以及詠物詞的喜愛，蔣景祁所謂"輦下諸公爲之詞體一變"，在此可得知一二消息。

雖然他在信中也説“聖天子崇文愛士，千載一時”，但“明歲試筆，即返故園”之願，應是不假。陳維崧在詞中流露的，可信是他當時的真實感受。

徐釚（1636—1708）的和作也别寓寄託。他的《摸魚兒・蓴》下片云：

> 堪驚也，惟有波漂蘋末。那禁幾番風雨。還從碧澗憶蓴羹，脂滑晶瑩無數。休回顧。君不見、蘆花瑟瑟迷寒渚。猶聞人語。問食品廚娘，銀絲冰縷，應爲爾添箸。

“堪驚也”一句很觸目。“蘆花”、“人語”諸句，用的應是伍子胥（前559—前484）“蘆中人”典[①]。徐釚從兄徐鑛（生卒未詳）參與了吴易（？—1646）等人的反清活動，事敗後，徐釚一家也被牽連，後經徐釚父斡旋，才得免禍[②]。“蘆花”、“人語”、“堪驚也”，指的應是此事。

相較而言，像陳維崧、徐釚那樣别寓寄託的和作並不算多，朱彝尊的和作就被認爲無所寄託了。詞學界常舉以爲例的是他的《臺城路・蟬》第一首：

> 苓根化就初無力，温風便聞凄調。藕葉侵塘，槐花糝徑，吟得井梧秋到。一枝潛抱。任吹過鄰牆，餘音猶嫋。驀地驚飛，金梭爲避栗留小。　長堤翠陰十里，冠緌都不見，只喚遮了。斷柳亭邊，空山雨後，愁裏幾番斜照。昏黄暫悄。讓弔月啼蛄，號寒迷鳥。飲露方殘，曉涼嘶恁早。

---

① 楚平王（？—前516）誤信讒言，要殺伍奢（？—前522）、伍子胥父子；伍子胥逃吴，至江遇漁父，“漁父欲渡之，適會旁有人窺之，因而歌曰：‘日月昭昭乎侵已馳，與子期乎蘆之漪。’”渡江後，漁父爲他備飯食，不過“子胥疑之，乃潛身於深葦之中。”至漁父“因歌而呼之，曰：‘蘆中人，蘆中人，豈非窮士乎？’如是至再，子胥乃出蘆中而應。”周生春：《吴越春秋輯校匯考・王僚使公子光傳》（上海：上海古籍出版社，1997年），頁28—29。

② 徐釚：《南州草堂集》（清康熙三十四年刻本），卷三十，《先府君事略》，頁二下至頁九上。

嚴迪昌先生以此詞與陳維崧的《齊天樂・蟬》作比較，認爲朱詞"側重'蟬'之生命歷程的描寫，僅狀其形"，而陳詞則"沿承《補題》的傳統脈絡"；言下之意，就是指朱彝尊的和作背離了《補題》的傳統，"僅狀其形"而無寄託[①]。嚴先生更進一步指出，不僅朱彝尊如此，他開創的浙西詞派亦如此，這是因爲朱彝尊及浙西詞人順應了當時的政治形勢，而詠物之風熾盛，"乃是借取《補題》原是深寄故國之思的那個隱曲的外殼，發揮着淡化當時尚存延續的家國之恨、身世之感的情思"[②]。嚴先生又認爲，這就是爲何朱彝尊敢於在應考期間把《補題》帶上京師，並與諸家追和的原因[③]。嚴説頗具影響力，學界多採用其觀點。于翠玲更進一步指他的追和是擺出"一種具有象徵意義的姿態"，旨在"以一種委婉的方式，來向周圍人表達自己的心志"[④]。若是如此，則朱彝尊的動機就更叵測了。

朱彝尊年輕時致力抗清，與黄宗羲（1610—1695）、顧炎武（1613—1682）、屈大均（1630—1696）等著名的明遺民互通聲氣；只是到了中年以後，求取功名之心强於堅守志節之心，於是應考鴻博，準備踏上仕途。屈大均曾譏刺他曰："未嫁堂前已目成。"[⑤]

朱彝尊上京後不久，就在戊午年（1678，即康熙十七年）九月三日致家人：

> 我到京後，朝廷又問過葉、高諸人幾次，并大官進場，朝廷都曉

---

① 嚴迪昌：《〈樂府補題〉與清初詞風》，頁 56。此説又見氏著：《清詞史》（南京：江蘇古籍出版社，2001 年，第 2 版），頁 252。

② 嚴迪昌：《〈樂府補題〉與清初詞風》，頁 53。此説又見氏著：《清詞史》，頁 253。

③ 嚴迪昌：《清詞史》，頁 253。

④ 于翠玲：《朱彝尊〈詞綜〉研究》（北京：中華書局，2005 年），頁 124。

⑤ 屈大均《賦寄富平李子》譏曰："河華高居早有名，鶴書頻使羽毛輕。三秦豪傑哀王猛，一代詩歌恨少卿。絶塞雖將黄鵠返，空山無複白雲迎。鴛湖朱十嗟同汝，未嫁堂前已目成。""李子"、"汝"，指的是李因篤（1632—1692）；"朱十"就是朱彝尊。見屈大均著，陳永正箋校：《屈大均詩詞編年箋校》（廣州：中山大学出版社，2000 年），頁 458。

得的。奈文章雖人人叫好，不中試官意，如何？明中堂相見，待我甚好。據彼竟云朝廷第一注意是我。然我目昏，不能作楷字，□□□都非少壯時，正恐考不上。[①]

求進之心甚是殷切："正恐考不上"。他在《解珮令・自題詞集》中也曾感嘆過："落拓江湖，且分付、歌筵紅粉。料封侯、白頭無分。"[②]原來"封侯"之念縈繫心頭已久。到了應考之後，又再致書家人訴説不平：

三中堂及掌院所取，皆意中私人，文有極不堪者，詩有出韻重韻者，皆在我前。上心不甚悦，遂有一等二等皆修《明史》之局。[③]

朱彝尊大概也不滿意，所以向有司請辭，卻不獲答允：

大約再辭不脱，只得在此受苦，須得二年工夫，史乃可完。在京百無一有，力難支，吾意不必説，家中十口如何是好？冀或天無絶人之路，别有機會，也憂不得許多。[④]

除了一己的仕進之外，朱彝尊還承擔着家庭經濟的壓力。在此情況下，要堅持遺民志節，隨了要有極大的意志外，家庭的支持和足够的經濟條件，更是不可或缺的。《補題》詞人仇遠之出仕，就是因爲貧窮難耐之故。

古代士人的維生選項不多，他們所面對的情況確實是十分艱難。黄霖教授就指出了箇中的人情之實：

行有餘裕、不必爲柴米發愁的寬鬆的生活環境是一般人堅持自己道德理想所不可或缺的物質前提。當"隱"和"逸"不能維持之

---

① 朱彝尊：《曝書亭全集・曝書亭集外詩文補輯》，卷十一，頁1016。
② 朱彝尊：《曝書亭全集・江湖載酒集中》，卷二十五，頁304。
③④ 朱彝尊：《曝書亭全集・曝書亭集外詩文補輯》，卷十一，頁1017。

> 時該何去何從？遺民節操屬一種集體的、道德的概念，而生存則是現實的個體生命能展開種種活動的基本前提。[①]

把"遺民節操"定性爲集體的、道德的概念，並與"個體生命"作對照，就能突出二者之間的張力了。可以這樣看：士人必須以其"個體生命"來填滿這個集體的道德概念，方能滿足自己、時人和後世的期待。這是何其艱難的一項人生事業！家境迫人，加上心態改變，朱彝尊的言行與創作也就隨之而變了。這固然令人失望，卻又在意料之中。朱彝尊所面對的情況及選擇，在一定程度上與《補題》詞人陳恕可相似，都是因爲生存的窘逼與壓力而引起了"人的模糊性"；他應考鴻博，就是選擇去當一個滿清的"合作者"，做一個"灰色的人"。從"遺民節操"這個集體的道德概念看，朱彝尊等應考鴻博甚至出仕清廷的明遺民，都不會被原諒，因爲他們的"個體生命"未能填滿這個集體的道德概念；然而，從"人的模糊性"看，卻又不難理解。所幸的是，他往後所展開的"種種活動"，不論在經學和文學上，都還是有傑出貢獻的。

朱彝尊深明《補題》别有寄託，同時也深知自己前後異軌[②]，他把《補題》帶上京，爲之寫序、追和，被人視作"一種具有象徵意義的姿態"，也合於常情。不過值得注意的是，追和者當中也有不少與他一樣是應考鴻博的易代士人，朱彝尊邀人和作，固然是爲了向人推廣《補題》這部書，同時也是要其他易代士人表態，藉以把道德責任攤分到别人身上，以減輕自己的心理負擔。在諸家的和作中，當然有别寓寄託者，而更多的和作别無懷念前明的寄託。既然人皆如是，不獨朱彝尊一人爲然，則追和就可以減少時人對他的指摘，前後異軌的不安也就得以減輕了。朱彝尊所做的，無疑是一種"記憶漂移"的策略。《補題》詞人王沂孫、陳恕可和仇遠都曾出任學政、博士，甚至縣尹，卻都拒絕了"記憶漂移"，所

---

① 黄霖爲朱麗霞《明清之交文人游幕與文學生態——以徐渭、方文、朱彝尊爲個案》(上海：上海古籍出版社，2008 年)一書寫的序文。頁 4。

② 朱彝尊後來向黄宗羲説："予之出，有愧於先生。"見《黄徵君壽序》，《曝書亭全集・曝書亭集》卷四十一，頁 464。

以一生後悔痛苦；而看朱彝尊的行事，就不能與《補題》詞人相提並論了。

二、"情見乎詞"

從寄託的標準看，朱彝尊詞自不能與陳維崧、徐釚的和作相比，更遑論《樂府補題》了；然而，朱詞没有讀者所期待的寄託，不等如就没有要抒發的感情。朱彝尊在應考鴻博期間患得患失，也不免萌生去意。鈕琇（？—1704）《觚賸》有一則"竹垞詞"，正道出了他當時的心態及後來的改變，當中引用的正好是朱彝尊的兩首和《補題》之作，即《桂枝香》詠蟹和《齊天樂》詠蟬。其詠蟹一闋云：

> 緯蕭截水，見半漾湖波，半撐湖嘴。此際菱歌漸少，滿塍香穗。魚師菰飯新炊後，任攲斜、㯱頭船艤。爬沙響處，連江露白，一燈紅細。　便八跪、雙螯都利。被篘筐掩就，仄行無計。試放閑塘蓼岸，描成秋意。須愁解甲隨潮去，添瘦葦、一枝扶起。履霜聽遍，聲聲宛似，玉琴絲裏。

詠蟬云：

> 蜕餘不作遊仙夢，炎天愛浮涼吹。抱柳眠慵，棲槐影合，隨分小園堪寄。緑陰滿地，慣獨自悠颺，一絲風裏裏。咽住殘聲，哀吟又聽别枝起。　柴門亂喧雨後，濕雲斜照，落霞斷魚尾。南陌離亭，西風故國，多少愁人盈耳。兒童此際，罥蛛網檐牙，篘竿樹底。爲恁驚飛，弦桐移素指。

鈕琇説：

> 玩兩詞意，豈縈懷簪紱者？迨其入芸局，典棘闈，珥筆禁近，受

卷最隆，非常之遇，不且過於扶醉尋鈿，一朝釋褐哉！①

“試放閑塘蓼岸”與“西風故國”之句不無歸去之意，不過“一朝釋褐”之後，就難免“縈懷簪紱”了。這就是嚴迪昌先生所説的順應政治形勢而作的改變。然而鈕琇“豈縈懷簪紱者”的反問，卻正好表示出朱彝尊的和作也有真情實感的流露，也並非全然是擺姿態而已。

在當時的和作中，也確實有非寄託而卻又富感情的詞作，例如尤侗(1618—1704)的《樂府補題》和作序云：

宋人有《樂府補題》五闋，都門諸子多和之者。予方有悼亡之痛，故情見乎詞。若此，覽者憫其情而略其詞可也。②

“情見乎詞”就不一定是寄託的了。尤侗《齊天樂·咏蟬》云：

小園疏柳斜陽晚，凄然數聲低喚。吸露頻啼，迎風乍咽，迸出悲絲急管。宫商偷换。和五夜寒螿，一天哀雁。恨殺螳蜋，驚回焦尾鵾弦斷。　　當年齊女曾變，故宫衰草外，何限秋怨。羅袂無聲，玉墀塵滿，落葉幾番零亂。餘音宛轉。想動影低鬟，妝殘簾捲。杜甫山妻，夜飛人不見。③

尤侗在煞拍下自注曰：

予去歲九月病中詞，有“不見夜飛蟬，山妻劇可憐”之句。今年九月婦亡，亦詞讖也。

① 鈕琇著：《觚賸》，收入沈雲龍主編《近代中國史料叢刊續編》第94輯(臺北：文海出版社有限公司，1982年)，卷四“燕觚·竹垞詞”，頁75—76。

② 尤侗：《西堂詩集·哀絃集·悼亡詩》，康熙刻本，頁十下。按：“情見乎詞”一語亦見朱彝尊《紅鹽詞序》，《曝書亭全集·曝書亭集》，卷四十，頁453。

③ 尤侗：《西堂詩集·哀絃集·悼亡詩》，頁十一下。

尤詞下片亦用了齊女典，頗有步趨《補題》原唱之跡，不過已不是寄託宫人的不幸；齊女典是託意不穩定的應題典故，齊后忿死化蟬，尤侗只取其"死"之一義，以悼念其亡妻。尤侗的詞藝未必特别出衆，但"羅袂"至"簾捲"三韻寫得也頗真摯感人。在清初的《補題》和作中，有政治寄託如陳維崧者確是不多，不過，没有寄託的和作，只要"情見乎詞"如尤侗者，也不宜輕易否定。

"情見乎詞"的悼亡之作是個别的。既没有寄託，也不是悼亡的詞，也一樣可以"情見乎詞"。再以毛際可(1633—1708)的和詞略作説明。毛際可本任河南彰德府推官，卻也要上京應鴻博，只是不中下第。他的《齊天樂・蟬》謂：

> 蕭森庭院初晴後，梧桐曉來飄砌。薄翅方齊，新聲乍轉，客歲此時曾記。悠揚摇曳。勝塞雁鳴悲，階蛩吟細。破壁疏櫺，爲誰驚醒旅人睡。　　不思年歲易往，却薰風纔過，便催秋至。清畏人知，饑餐墜露，金掌玉盤如洗。孤高風味。問掠鬢輕盈，何堪比擬。羽化登仙，葉邊形蜕矣。

全詞没有用多少典故，寫得比較疏朗。曰"客歲"，曰"驚醒旅人"，可見毛際可當時身在京師；"清畏人知"、"孤高風味"二句寫的是個人想望，似乎對鴻博並不十分熱衷。他的《桂枝香・蟹》或可作補充的參讀：

> 將逢重九。正稻熟深秋，橙香清晝。猶憶横行郭索，沙洲爲偶。莫言公子無腸，好厭人生，幾多機彀。夜闌誤到燈邊，緯箔荆筐相守。　　但願監州去久。恰杖掛青蚨，樽浮紅友。更喜嫩黄初擘，動勞纖手。蓴羹鱸魚皆佳味，對西風、益懷鄉舊。中年自笑，持螯已足，浮名何有。

此詞用典較前一首詠蟬多，但詞意卻更顯露："益懷鄉舊。"懷鄉之情之所以如此殷切，是因爲"好厭人生，幾多機彀"。"但願監州去久"句用的是錢昆(生卒未詳)典。俞弁(1488—1547)《逸老堂詩話》卷上：

> 宋初置通判,分知州之權,謂之監州。宋人有錢昆者,性嗜蟹,嘗求外補,語人曰:"但得有蟹之處無監州則可。"此語有晉人風味。東坡詩有"欲問君王乞符竹,但憂無蟹有監州"。昆去東坡未遠,即用其事爲詩,良愛其語也。①

"但願監州去久"句正呼應着"幾多機彀"句。監州在旁,就没有"杖掛青蚨,樽浮紅友"的逍遥自在了,煞拍"中年自笑"三句,寫的正是箇中滋味。這又透露出毛際可對官場的感受,也應該算是"情見乎詞"了。

感慨人生"幾多機彀"的,也見於汪森(1653—1726)的和作,例如他的《摸魚兒・蓴》云:

> 幾東風、霽光吹暖,青鈿交漾湖水。千絲嫩長連縈處,顛倒不分頭尾。牽易碎。又欸乃、漁歌一道穿波細。流滋别味。算浦合菠蔆,角萌拳蕨,那不讓君美。　林中伴,恰稱脩然清致。劍頭曾笑炊米。扁舟張翰知機早,不獨膾鱸興起。塵埃外。待倩取、羹調一問形鹽市。香芹更記。過何氏園亭,留餐杜老,莫也較芳翠。

起調至"牽易碎"句描寫頗生動,與下片"香芹"幾句都應是從《補題》李彭老的原唱化出。下片用"劍頭炊"及張翰典,就是主旨所在。張翰是應題典故,而"劍頭炊"則是烘題典故。《世説新語・排調》記桓玄(369—404)、殷仲堪(? —399)和顧愷之共作危語,桓玄有"矛頭淅米劍頭炊"之句②。米固可使人飽足,但要是炊在劍頭,就未免太危險了,不若選擇遠離權力的蓴羹,更樂得逍遥自在,所以詞中又説"扁舟張翰知機早,不獨膾鱸興起"。膾鱸與蓴羹,大概也只是遠離權力的藉口而已,"知機早"與"不獨"二語正道出箇中深意,與毛際可"幾多機彀"的主旨相去頗近。

康熙十一年(1672),汪森十九歲,因文行兼優而入國子監,進京後

---

① 俞弁:《逸老堂詩話》,收入《續修四庫全書》,第1695册,頁237。

② 余嘉錫:《世説新語箋疏》,頁964。

以其品學才華名噪一時。他對官場的觀察與體會由此開始。汪森購得《樂府補題》後交與朱彝尊，因此他比朱彝尊更早讀到《補題》；他又與朱彝尊一起編《詞綜》，並爲之寫序，可謂深於詞藝與詞學。他就以其出色的詞藝，寫出了他對官場的觀察與體會，而與前輩毛際可的詞旨相似。詞人因爲宦途多險而生出思歸之意，在《補題》的和作中多有體現，這都與思念前明無關，卻也是"情見乎詞"之作。事實上，清初詞人藉追和《補題》書寫了不同的主題，而不只限於寄託①。

在上引的追和詞人當中，尤侗年輩最長，明亡時已經廿六歲，陳維崧與朱彝尊則是十來歲的年青人，毛際可大概十一歲，徐釚大概只有八歲，鈕琇年歲待考，而汪森則未出生。可見康熙初年追和《補題》的，是年輩不同的詞人，而且也並非所有詞人都應考鴻博（如汪森），這可能是因爲太年輕之故，未够資格應考。對於明亡，不同年輩的詞人，特別是年輕一輩的詞人，感受自有不同。讀者可以責問爲何朱彝尊没有寫出懷念前明的寄託之作，卻不大好以此質問當時尚未出世的汪森。經歷不同，對時代的感受不同，於是寫出了不同的和作，是合乎常情的，没有亡國經歷卻要寫亡國哀思，即使寫來動人，也只是别人的經驗與自己的想像，這未必是批評家所樂見的，何況别無寄託的和作中，也不乏"情見乎詞"者，一樣呈現出詞人的主體意識。如此，則是否應該以寄託作爲最高的，甚至是唯一的評價標準，就值得再考慮了。

三、盛世的前夕：《補題》追和的歷史語境

雖然《補題》的追和不乏"情見乎詞"之作，但是後世讀者卻仍嫌寄託之篇太少，彷彿追和没有寄託，就是一種遺憾。葉嘉瑩先生曾爲《補題》"這本書被發現的時間太晚了"而感慨：

---

① 劉東海對清初《補題》追和之作的主題有較詳細的考述。詳氏著：《從"樂府擬補題"看清初士人心態》，載《史林》，2008 年第 5 期，頁 70—80；《順康詞壇〈樂府擬補題〉主題考述》，載《貴州社會科學》2008 年第 9 期，頁 104—110；《順康詞壇群體步韻唱和研究》（上海：上海古籍出版社，2013 年），第三節"附'擬《樂府補題》'唱和"，頁 291—316。

> 如果它在清朝初年、明朝剛剛滅亡的時候，這本詞集就被人發現，那個時候的那些明末的遺民，一定能够寫出來非常動人的好詞。可是現在，清朝已經安定了中原，已經到了康熙的盛世，這些詞人也都是"一隊夷齊下首陽"了。他們看了《樂府補題》的詞以後心中是也有感動，但他們寫不出來了，寫不出來剛剛亡國的那種痛徹心肺的感情，那種感情因時間過得太久而淡薄了，消失了。[①]

當時尚未收復臺灣，所以嚴格而言，真正的康熙盛世要稍後才到。康熙五十一年(1712)頒佈"滋生人丁，永不加賦"的詔令後，人口增加，經濟生產提升，清朝更見富强繁盛，那時才更像盛世；不過，盛世確實步近了，開博學鴻詞科就是一個標志。詞人就在盛世的前夕開始追和《補題》。

葉嘉瑩先生感慨《補題》的追和太少寄託之作，認爲"這本書被發現的時間太晚"，這是時不湊巧所致，只能說是歷史的偶失，文學史家對此除了感慨之外，也莫可奈何。像朱彝尊這樣的有意淡化故國之思，是因爲他的心志已變，陳維崧就並不如此。至於說亡國之痛是"因時間過得太久而淡薄了，消失了"，則當中除了時間不巧與個人因素之外，還有時代的因素。

說到時代因素，一般都不離清初的高壓與懷柔兩項統治政策。高壓政策的表現是"丁酉科場案"、"通海案"和"江南奏銷案"等大案獄，旨在鉗制士人的思想與言論；而懷柔政策主要是開科取士，利誘漢人，特别是開博學鴻詞科來籠絡前明士人，旨在要士人歸順。這些都是人所熟知的觀點。兩項政策並施，當然可以使一部份士人歸順。不過，要更多漢族士人接受滿清的統治，甚至認同其統治，康熙皇帝還要從文化政策着手，特别是對漢文化的尊重，以示期望做到滿漢一家。這和元朝開國時的治國方略大有不同。

---

① 葉嘉瑩：《詞之美感特質的形成與演進》(北京：北京大學出版社，2007 年)，頁 203—204。

今天回顧歷史,就知道康熙帝的文化政策極成功①。這當然是就康熙整朝而論,不過,即就康熙初期而言,其文化政策亦足以觸動漢族士人。輦下詞人及其詞友在康熙十七年(1678)開始追和《補題》,以下試舉出鴻博開科前及稍後文化政策的大要者,以見梗概:

1. 崇儒重道。康熙八年(1669)四月十五日,"上幸太學,釋奠先師孔子",以示尊孔崇儒。康熙九年(1670)正月"予宋儒程顥、程頤後裔五經博士"。同年十月九日,頒下以"敦孝悌以重人倫"等儒家價值觀爲首的《聖諭十六條》②。凡此舉措,都是表示清政府以儒家"聖人之道"治國。康熙二年(1663)曾廢除制義,七年(1668)恢復。康熙廿四年(1685)"給事中楊爾淑請,禮闈及順天試《四書》題俱欽命。"③這無疑是明制的復現,此後士子又再次重視《四書》了。換言之,在價值觀念上和仕宦制度上,都用了漢人的一套標準,這對士人自然有吸引力。其實,早在康熙十六年(1677),康熙帝已在《日講四書解義序》中定下崇儒重道的政策方針,而《四書》則起了關鍵的作用:

> 朕惟天生聖賢,作君作師,萬世道統之傳,即萬世治統之所繫也。自堯、舜、禹、湯、文、武之後,而有孔子、曾子、子思、孟子;自《易》、《書》、《詩》、《禮》、《春秋》而外,而有《論》、《大學》、《中庸》、《孟子》之書,如日月之光昭於天,岳瀆之流峙於地。猗歟盛哉!蓋有四子而後二帝三王之道傳,有四子之書而後《五經》之道備。四子之書,得《五經》之精意而爲言者也。④

---

① 有關康熙及清初文化政策的研究頗多,已出版的專著如葉高樹著:《清前期的文化政策》(臺北:稻香出版社,2002年)。李明軍著:《文統與政統之間:康雍乾時期的文化政策和文學精神》(濟南:齊魯書社,2008年)。賴玉芹著:《博學鴻儒與清初學術轉變》(北京:中國社會科學出版社,2010年)。至於單篇論文太多,不煩詳列。

② 趙爾巽等:《清史稿·本紀六·聖祖本紀一》(北京:中華書局,1976年),頁177、179—180。

③ 趙爾巽等:《清史稿·志八十三·選舉志三》,頁3149。

④《皇清文穎》(文淵閣《四庫全書》本),卷二頁一上至下。

《四書》不僅是《五經》的津梁,而且是治統與道統之所繫:

此聖賢訓辭詔後皆爲萬世生民而作也。道統在是,治統亦在是矣!歷代賢哲之君,創業守成,莫不尊崇表章,講明斯道。朕紹祖宗丕基,孳孳求治,留心問學,命儒臣撰爲講義,務使闡發義理,裨益政治,同諸經史進講經歷寒暑罔敢間輟,兹已告竣,思與海内臣民共臻至治,特命校刋,用垂永久。爰製序言,弁之簡首,每念厚風俗,必先正人心,正人心必先明學術,誠因此編(《日講四書解義》)之大義,究先聖之微言,則以此爲化民成俗之方,用期夫一道同風之治,庶幾進於唐虞三代文明之盛也夫?

傳治統與道統,講學問與人心,無不是傳統士人念兹在兹的儒家精神,而康熙帝就以治統與道統的繼承者自居,以示滿清已繼承此正統。

2. 禮謁孝陵。康熙帝曾六次南巡,每次或親謁明太祖朱元璋(1328—1398)明孝陵,或派員往謁。王士禛(1634—1711)《池北偶談》就記述了康熙廿三年(1684)"親謁明太祖孝陵"時,"上行三跪九叩頭禮,詣寶城前行三獻禮",當時"父老從者數萬人,皆感泣";"己巳(康熙廿八年,1689)春,南巡,再謁明孝陵,古今未有之盛舉也"①。謁陵既是向士人表示對前明的尊重,也表明了清已經繼承正統,是天命之所歸。從"父老從者數萬人皆感泣"和"古今未有之盛舉"二句可見,康熙帝的謁陵已足可感動人心了。

3. 纂修《明史》。康熙十八年(1679),令考中鴻博者與布衣學者共修《明史》,朱彝尊就是其中一人。《明史》之纂,對明遺民來説别具重要意義。康熙帝曾徵召顧炎武、黄宗羲等著名遺民參加;二人推辭不就,卻命自己的晚輩、學生代替。顧炎武外甥徐乾學(1631—1694)聘黄宗羲的學生萬斯同(1643—1702)上京纂修《明史》,萬斯同原擬推辭,黄宗羲卻説:"一代是非,能定自吾輩之手,勿使淆亂,白衣從事,亦所以報故

---

① 王士禛:《池北偶談》(北京:中華書局,1982年),頁74。

國也。乃行。"[①]因此萬斯同自己也説:"吾此行非他志,顯親揚名,非吾志也。但願纂成一代之史,可藉手以報先朝矣。始終以布衣從事。"[②]纂修《明史》花了很長時間。即使到了康熙四十三年(1704),康熙帝仍説:"《明史》關係極大,必使後人心服,乃佳。"[③]正因爲"《明史》不可不成,公論不可不採,是非不可不明,人心不可不服,關係甚鉅"[④],所以才叮囑:

> 卿等皆老學素望,名重一時,《明史》之是非,自有燭見。卿等衆意爲是即是也。刊而行之,偶有斟酌,公同再議,朕無一字可定,亦無識見,所以堅辭以示不能也。[⑤]

可見纂修《明史》是滿清統治人心的一項長期工程。康熙對《明史》的纂修工作以及對諸老的尊重,不管是出於真誠還是擺姿態,已足可慰藉遺民之心,進而收到羈縻人心,化解滿漢矛盾的政治功效。若説開科舉、考《四書》及八股文,謁明孝陵等可以籠絡一般的士人,則纂修《明史》就可以緩和遺民的對抗了。

康熙帝一直鼓勵學術,後來更編訂了多種大型叢書,以示稽古右文,其中《欽定詞譜》和《御選歷代詩餘》都是今天詞學研究者經常參考的典籍。這樣的文化政策,並非《補題》詞人所面對的蒙元可比。

清政府不僅有針對士人的政策,更有針對民生的措施。清初有圈地之政,到康熙八年(1669)即廢止,更重要是實施多項恢復經濟生產的政策。例如鼓勵墾荒。順治六年(1649),順治帝宣佈"無主荒田,州縣官給印信執照,開墾耕種,永准爲業;有主荒田,令原主開墾,官給牛、

---

① 黄嗣艾:《南雷學案》卷七"及門·萬石園先生"(臺北:正中書局,1947年),頁462。

② 楊天咎:《萬季野先生墓志銘》,萬斯同《石園文集》卷首(《續修四庫全書》影《四明叢書》本),第1415册,頁441。

③《清實録·聖祖實録》(北京:中華書局,1986年),卷二一八,頁205。

④⑤《清實録·聖祖實録》卷二一八,頁206。

種”[1]。康熙二十二年(1683)，康熙帝更規定：“凡地土有數年無人耕種完糧者，即係抛荒。以後如經墾熟，不許原主複問。”[2]這自然有助農業生産的恢復，再輔以荒地免徵的政策，恢復就更快了。民生逐漸安定下來，生活又恢復了秩序，與明末的民不聊生相比，康熙治世實在遠勝得多了。

高壓的大型案獄、懷柔的科舉，還有具規劃性的文化政策，三者並施，再加上明亡日久，時間撫平了亡國的激動，立場堅定的故老也日漸凋零，更重要的是民生的安樂，眼前儼然是一派國泰民安的氣象，而康熙帝又儼然是繼承了治統、道統，甚至正統的聖主賢君了。這就令不少漢族士人逐漸接受滿清的統治，而一些堅拒滿清的著名遺民，態度也開始轉變，黄宗羲就在《與徐乾學書》中説：“古今儒者遭遇之際，蓋未有兩，五百年名世，於今見之。”[3]黄宗羲尚且如此，更遑論朱彝尊了。貫徹遺民立場如王夫之、屈大均者，固然仍有人在，不過，大勢是傾向接納滿清。宋遺民所經歷過的故事，在明遺民那裏又再重演一次：原初堅守立場的遺民到了後來就人各有志，遺民群體走向崩潰。

宋遺民所面對的蒙元尚有發陵的暴行，尚有把人民分作四等的暴政，於是他們的堅持還有實際的歷史語境與之對應，其合理性與道德感仍有著落處。康熙年間的明遺民所處的歷史語境卻不同。畢竟，時代已經改變，明遺民當然也强調華夷之辨，然而昔日的夷狄卻繼承了治統、道統與正統，並且以儒家的聖賢之道治國，百姓的生活更在其統治下安定下來，如此，明遺民所堅持的道德原則就没有多少實際的歷史語境可以與之對應了。《補題》就在這個時候再現人間，它也没有多少實際的歷史語境與之對應；另一方面，隨著時間的過去，前明故老逐漸凋零，而新一輩的詞人也登上了詞壇，他們甚至没經歷過亡國，没有情感記憶，也就很難要他們寫出亡國的哀痛。在這樣的歷史語境之下，康熙

---

① 《清實録·世祖實録》，卷四十三，頁 348。

② 《清實録·聖祖實録》，卷一〇八，頁 100。

③ 黄宗羲著，吴光整理釋文：《黄宗羲南雷雜著稿真迹附釋文》(杭州：浙江古籍出版社，1987 年)，頁 159。

年間的《補題》追和没有多少懷念前明的政治寄託，也就可以理解了。顧貞觀(1637—1714)曾"竊嘆天下無一事不與時爲盛衰"：

> 即以詞言之，自國初輦轂諸公，尊前酒邊，借長短句以吐其胸中。始而微有寄託，久則務爲諧暢。香巖、倦圃，領袖一時。唯時戴笠故交，擔簦才子，并與讌遊之席，各傳酬和之篇。而吴越操觚家，聞風競起，選者作者，妍媸雜陳。[①]

原來，當時的詞家早已有"始而微有寄託，久則務爲諧暢"的感慨。嚴迪昌先生批評朱彝尊没有寄託是合乎今人的評價準則的，不過，如果再考慮當時的歷史語境，以及登上詞壇的新一輩詞人没有亡國的經歷，則批評就應該更全面了。或者就如葉嘉瑩先生所感慨的："那種感情因時間過得太久而淡薄了，消失了。"《補題》確是出不逢時。

附表一　《全清詞·順康卷》及《全清詞·順康卷補篇》所收《樂府補題》和作

詞人	詞作	首句	册頁
王　庭	1. 天香·咏龍涎香	歷品群芬，俄驚異馥，麝蘭遂覺無味。	第一册，頁 292
	2. 水龍吟·白蓮	摇風映日吹香，天然誰似仙姿好。	第一册，頁 296
	3. 齊天樂·蟬	爲因花落銜思切，清林影裏羣訴。	第一册，頁 296
	4. 摸魚兒·咏蓴	正晴湖、幾番煙雨，春光都在流水。	第一册，頁 296
	5. 桂枝香·蟹	躁心偏拙。	第一册，頁 297
	6. 天香·咏龍涎香，因徵事再作	雲罩山頭，經年不散，怪他嗜睡如許。	第一册，頁 299
尤　侗	7. 天香·咏龍涎香	雲氣盤山，雨痕黏草，海天遥識龍睡。	第三册，頁 1551
	8. 桂枝香·咏蟹	漫尋爾雅。	第三册，頁 1557

---

① 顧貞觀：《與栩園論詞書》，收入納蘭性德撰，趙秀亭、馮統一箋校：《飲水詞箋校》(北京：中華書局，2005 年)，頁 509。

續表

詞人	詞作	首句	册頁
尤　侗	9. 齊天樂・咏蟬	小園疏柳斜陽晚，淒然數聲低唤。	第三册，頁 1558
	10. 水龍吟・咏白蓮	誰家淥水銀塘，湲波扶出霓裳女。	第三册，頁 1558
	11. 摸魚兒・咏蓴	問江姝、寶釵半股，又繞青絲一縷。	第三册，頁 1568
吴　晉	12. 天香・龍涎香	睡鴨爐前，描鸞鏡畔，幻成蜃氣樓閣。	第四册，頁 2535
徐喈鳳	13. 齊天樂・蟬	偏能蜕化離塵坌，癖愛濃陰嘉樹。	第五册，頁 3089
	14. 摸魚兒・咏蓴	念曾遊：五湖三泖，波痕浮翠無數。	第五册，頁 3098
董元愷	15. 水龍吟・白蓮	炎窗絮滿池塘，風鬟露鬢紅衣卸。	第六册，頁 3346
周　篔	16. 齊天樂・蟬	柳深深處纖軀掩，憑高鑒鳴無歇。	第六册，頁 3480
毛奇齡	17. 水龍吟・白蓮	前湖十里，芙蓉到門，皦皦明如練。	第六册，頁 3743
	18. 摸魚兒・蓴	但秋風；有誰還憶，夏瓜冬菜春韭。	第六册，頁 3743
陳維崧	19. 天香・龍涎香	萬斛蛟漦，千堆蜃沫，沉沉碧海今夜。	第七册，頁 4065
	20. 桂枝香・蟹	蔞蒿淺渚。	第七册，頁 4137
	21. 水龍吟・白蓮	水明樓下相相看，涼荷一色瓏鬆地。	第七册，頁 4144
	22. 齊天樂・蟬	高柯一碧無情極，誰遞晚來秋信。	第七册，頁 4149
	23. 摸魚兒・蓴	憶家鄉、此時節物，四圍槲葉攢錦。	第七册，頁 4264
陸　進	24. 天香・龍涎香	鮫市争收，驪宫探取，海帆曾掛明月。	第八册，頁 4374
	25. 桂枝香・蟹	深秋霜後。	第八册，頁 4378
	26. 水龍吟・白蓮	池塘深處花香，水天交映渾如拭。	第八册，頁 4380

續表

詞人	詞作	首句	册頁
陸　進	27. 齊天樂・蟬	新涼初透西風裏，欲睡偏愁頻響。	第八册，頁 4380
	28. 摸魚兒・蓴	記東吴，布帆停處，湖波一夜初滿。	第八册，頁 4385
黄虞稷	29. 水龍吟・白蓮	翠雲香裡神仙，瑶臺别降飛瓊侶。	第九册，頁 5232
朱彝尊	30. 天香・龍涎香	泓下吟殘，波中燄後，珠宫不鎖癡睡。	第九册，頁 5317
	31. 其二	擣就花房，鏤成棗印，匀摹七寶痕淺。	第九册，頁 5317
	32. 桂枝香・蟹	新霜晚渡。	第九册，頁 5343
	33. 其二	緯蕭截水。	第九册，頁 5344
	34. 摸魚子・蓴	記湘湖、舊曾游處，鴨頭新漲初醱。	第九册，頁 5327
	35. 水龍吟・白蓮	緑雲十里吹香，輕紈剪出機中素。	第九册，頁 5325
	36. 臺城路・蟬	苓根化就初無力，温風便聞淒調。	第九册，頁 5342
	37. 其二	蜕餘不作游仙夢，炎天愛浮涼吹。	第九册，頁 5342
沈爾景	38. 天香・龍涎香	槎使曾探，寶牀睡起，九天咳唾猶潤。	第九册，頁 5468
	39. 水龍吟・白蓮	三生浣盡鉛華，紫泥不向冰肌污。	第九册，頁 5468
陸　棻	40. 天香・龍涎香	白沁蘭膏，烏縹黛兓。	第十册，頁 5752
	41. 水龍吟・白蓮	月中第一瑶臺，夜明簾外飛銀鐲。	第十册，頁 5752
	42. 摸魚子・蓴	望江南、旅愁如織，紫絲摇漾千頃。	第十册，頁 5752
	43. 齊天樂・蟬	掖垣暮隱婆娑影，含風倦摇纖羽。	第十册，頁 5752
	44. 桂枝香・蟹	涼颸寥廓。	第十册，頁 5753

續表

詞人	詞作	首句	册頁
徐嘉炎	45. 天香·龍涎香	燕脯難尋,蛟腥易厭,冰綃乍傾珠子。	第十册,頁 5839
	46. 水龍吟·白蓮	水雲鄉裹風流,霞姿横點瓊酥雨。	第十册,頁 5839
	47. 摸魚兒·蓴	問湘湖、幾重烟雨,橋邊雙槳纔度。	第十册,頁 5839
	48. 齊天樂·蟬	畫欄沉緑濃陰早,碧陰新桐初老。	第十册,頁 5839
	49. 桂枝香·蟹	霜清稻熟。	第十册,頁 5840
龔勝玉	50. 天香·賦龍涎香	逸虬潛時,蚴虬騰後,非雲非雨非霧。	第十册,頁 6101
丁　煒	51. 天香·龍涎香	花樹風寒,玉淵月瞑,眠回尺木初醒。	第十一册,頁 6210
	52. 水龍吟·白蓮	炎風不到瑶池,亭亭玉立矜高潔。未	第十一册,頁 6210
	53. 摸魚兒·蓴	麴波平、淨浮新碧,蔚藍遥挂天鏡。	第十一册,頁 6211
	54. 齊天樂·蟬	園林過雨喧遮了,重重翠陰成幄。	第十一册,頁 6211
	55. 桂枝香·蟹	三津渡口,記雪岸蘆荒,碧痕潮落。	第十一册,頁 6211
高層雲	56. 摸魚兒·蓴	憶西風、晚烟吹徹,愛看紺玉千頃。	第十一册,頁 6347
	57. 齊天樂·蟬	枕屏曉嫦行雲夢,却早被伊催斷。	第十一册,頁 6347
	58. 天香·龍涎香	濺沫珠輕,浮膏粉薄,回波試挹凝乳。	第十一册,頁 6351
	59. 水龍吟·白蓮	涼風纔度銀塘,霓裳竝舞驚鴻影。	第十一册,頁 6351
毛際可	60. 摸魚兒·蓴	漾平湖、忽開朝鏡,波間空翠如湔。	第十一册,頁 6431
	61. 齊天樂·蟬	蕭森庭院初晴後,梧桐曉來飄砌。	第十一册,頁 6431
	62. 桂枝香·蟹	將逢重九。	第十一册,頁 6431

續表

詞人	詞作	首句	册頁
曹貞吉	63. 天香·龍涎香	孤嶼荒寒，斷潮嗚咽，抱珠神物濃睡。	第十一册，頁 6492
	64. 桂枝香·蟹	風清露細。	第十一册，頁 6502
	65. 齊天樂·蟬	前身疑是空山侶，遺蜕杳然仙去。	第十一册，頁 6502
	66. 水龍吟·白蓮	平湖煙水微茫，箇人彷彿横塘住。	第十一册，頁 6503
	67. 摸魚子·詠蓴	好清秋、江湖滿眼，畫船鷗鳥爭路。	第十一册，頁 6523
宋犖	68. 天香·龍涎香	島嶼蟠沙，煙波抱月，潛虬吐沫如許。	第十一册，頁 6570
	69. 水龍吟·白蓮	田田漫舞銀塘，魚牀捧出黎雲好。	第十一册，頁 6570
	70. 摸魚兒·蓴	甚江東、緑波無際。	第十一册，頁 6570
	71. 齊天樂·蟬	西園漸届清商節。	第十一册，頁 6570
	72. 桂枝香·蟹	江湖歲晚。	第十一册，頁 6571
李良年	73. 天香·龍涎香	截竹聲收，啗芝脣滑，探珠試約同去。	第十一册，頁 6638
	74. 摸魚子·蓴	記年時、千絲縈釜，名泉催汲寒溜。	第十一册，頁 6638
	75. 齊天樂·蟬	滿階榆莢墻竹，日長初掃三徑。	第十一册，頁 6638
	76. 水龍吟·白蓮	陂塘五月風來，水葓花外娟娟别。	第十一册，頁 6639
	77. 桂枝香·蟹	早秔刈了，正墜葉點溪，半篙秋水。	第十一册，頁 6639

續表

詞人	詞作	首句	册頁
徐　釚	78. 天香・龍涎香	璇室瑶窗，海天良夜，睡鴨朦朧初起。	第十二册，頁6801
	79. 水龍吟・白蓮	銀塘斜織疏烟，薰風吹送湘娥面。	第十二册，頁6801
	80. 齊天樂・蟬	疏林遥挂斜陽淡，抱葉哀吟淒楚。	第十二册，頁6802
	81. 桂枝香・蟹	香秔初熟。	第十二册，頁6802
	82. 摸魚兒・蓴	惹江東、季鷹歸坎，只三泖五湖路。	第十二册，頁6802
周卜年	83. 水龍吟・白蓮	瓊姿不染輕塵，露葉水月渾同趣。	第十二册，頁6826
	84. 齊天樂・蟬	蕭齋吟罷斜陽黯，驚風乍來深院。	第十二册，頁6829
	85. 桂枝香・蟹	金風蕭颯。	第十二册，頁6830
陸次雲	86. 齊天樂・蟬	緑緌已化金蟬去，遺蜕依然抱樹。	第十二册，頁6868
	87. 摸魚兒・蓴	鏡湖中、縠紋縐處，蓴絲摇曳清淺。	第十二册，頁6874
	88. 摸魚兒・白蓮	衆花中，蓮花最異。	第十二册，頁6875
先　著	89. 水龍吟・白蓮	煙汀月轉無聲，深飛鷺起人纔見。	第十二册，頁7249
李　符	90. 天香・龍涎香	星拄浮槎，珠探遠島，蟠螭碎沫輕杵。	第十三册，頁7501
	91. 水龍吟・白蓮	天孫織就輕綃，問誰翦綴銀塘冷。	第十三册，頁7502
	92. 摸魚兒・蓴	主滄浪、翠痕涼浸，絲似結連理。	第十三册，頁7502
	93. 齊天樂・蟬	薰風池館啼鵑歇，緑窗夢驚嘶早。	第十三册，頁7502

續表

詞人	詞作	首句	册頁
李　符	94. 桂枝香・蟹	秋宵月白。	第十三册，頁 7519
周在浚	95. 天香・擬宛委山房賦龍涎香，用王聖與韵	海嶼吹雲，蘇門涌浪，驪龍戲弄舞春水。	第十四册，頁 7928
	96. 水龍吟・擬浮翠山房賦白蓮，用周公瑾韵	一天雨洗空濛，湘妃夜剪玻璃碎。	第十四册，頁 7928
	97. 摸魚兒・擬紫雲山秀賦蓴，用唐玉潛韵	鼓蘭橈、晚來雨過，衝破碧天秋鏡。	第十四册，頁 7929
	98. 齊天樂・擬於閑書院賦蟬，用練行之韵	柳陰斜矗池塘暮，門掩寥深院。	第十四册，頁 7929
	99. 桂枝香・擬天柱山房賦蟹，用唐英發韵	楓摇渡口。	第十四册，頁 7929
沈皞日	100. 天香・龍涎香	雀尾無腥，紫茸餘瀝，蛛絲畫屏初暝。	第十四册，頁 7947
	101. 摸魚兒・蓴	向南塘、風吹魚浪，麴塵不染深碧。	第十四册，頁 7948
	102. 水龍吟・白蓮	薰風庭院吹涼，南塘雨過初生緑。	第十四册，頁 7955
	103. 齊天樂・蟬	水亭樹樹濃陰外，西山夕陽將落。	第十四册，頁 7955
	104. 桂枝香・蟹	分湖野闊。	第十四册，頁 7955
	105. 桂枝香・再賦蟹	菱塘風老。	第十四册，頁 7956
	106. 摸魚兒・再賦蓴	問湘湖、曲橋涵碧，縠紋落日波碎。	第十四册，頁 7956

續表

詞人	詞作	首句	册頁
鄒　溶	107. 桂枝香・詠蟹	西風還又。	第十四册，頁 8314
蔣景祁	108. 天香・賦龍涎香	大石孤蟠，遊鱗群聚，鮫人夜泣長守。	第十五册，頁 8744
鈕　琇	109. 天香・龍涎香	杵月千年，槎雲萬里，驪宫唾成珠老。	第十五册，頁 8914
	110. 水龍吟・白蓮	蟾宫素女三千，誰教舞向瑶池裏。	第十五册，頁 8915
	111. 摸魚子・蓴	過桃花、水痕初漲，吴天遥寫晴鏡。	第十五册，頁 8915
	112. 齊天樂・蟬	微薰天氣濃於酒，萬緑陰陰催晚。	第十五册，頁 8915
	113. 桂枝香・蟹	蘆花颭雪。	第十五册，頁 8915
沈岸登	114. 天香・龍涎香	沫濤沉沙，吟翻亂窟，鮫人迸淚相並。	第十六册，頁 9067
	115. 水龍吟・白蓮	晚涼吹遍蘋風，瓊田一片渾無迹。	第十六册，頁 9067
	116. 摸魚兒・蓴	剪新芽、碧痕弦細，一篙湖上催發。	第十六册，頁 9067
	117. 齊天樂・蟬	西窗已漸鳴風葉，斜陽又横高樹。	第十六册，頁 9068
	118. 桂枝香・蟹	虹梁雨洗。	第十六册，頁 9068
顧仲清	119. 水龍吟・白蓮	銀塘匹練平鋪，月華淨洗芙蓉面。	第十六册，頁 9230
	120. 天香・龍涎香	瘴海饞龍，垂涎何物，噴珠唾沫團聚。	第十六册，頁 9230
汪　森	121. 摸魚兒・蓴	幾東風、霽光吹暖，青鈿交漾湖水。	第十六册，頁 9256
	122. 水龍吟・白蓮	銀塘一片空明，參差圓掌擎珠露。	第十六册，頁 9263

續表

詞人	詞作	首句	册頁
汪森	123. 天香・龍涎香	鵲腦研霜，蟾華錬粟，芬馥最贏濃氣。	第十六册，頁 9265
	124. 齊天樂・蟬	瑣窗卧窗聽流商近，香篆蕙爐纔闋。	第十六册，頁 9266
	125. 桂枝香・蟹	五湖左側。	第十六册，頁 9269
邵瓊	126. 水龍吟・白蓮	水晶簾裹梳頭，輕姿小立風前動。	第十六册，頁 9318
	127. 齊天樂・蟬	花房春裹遊蜂鬧，哀音又來枝上。	第十六册，頁 9349
	128. 桂枝香・蟹	菱歌未遠。	第十六册，頁 9349
高不騫	129. 天香・龍涎香	冰窟浮膠，珠宫濺沫，層層碧浪扶起。	第十七册，頁 9704
	130. 桂枝香・蟹	西風斷浦。	第十七册，頁 9706
	131. 水龍吟・白蓮	水晶簾外娟娟，玉奴初步凌波韈。	第十七册，頁 9706
	132. 齊天樂・蟬	森森白雨垂銀竹，槐庭静無喧吹。	第十七册，頁 9706
	133. 摸魚子・蓴	挂秋風、布帆低亞，平原村畔還在。	第十七册，頁 9712
曹寅	134. 天香・龍涎香	手撚黄花笑。	第十七册，頁 10018
龔翔麟	135. 水龍吟・白蓮	素瓊太液凌波，分香映浦嬌難定。	第十七册，頁 10132
	136. 摸魚子・蓴	動西風、季鷹歸興，江鄉夜雨初霽。	第十七册，頁 10132
	137. 齊天樂・蟬	綠陰幾日濃如幄，新聲又喧嘉樹。	第十七册，頁 10132
	138. 天香・龍涎香	泛水層波滲沙，鮫人獨木争赴。	第十七册，頁 10146

續表

詞人	詞作	首句	册頁
龔翔麟	139. 桂枝香·蟹	吴淞夜雨。	第十七册，頁 10146
吴　瀠	140. 摸魚兒·賦蓴	趁西風，芰荷斜卷，冰絲晴漾清影。	第十八册，頁 10252
屠文漪	141. 桂枝香·蟹	荒烟野渡。	第十八册，頁 10664
鄒天嘉	142. 天香·龍涎香（以下五闋和宋人《樂府補題》）	腥採鮫宫，沫探蜃渚，紅薇浥露輕搗。	第二十册，頁 11612
	143. 水龍吟·白蓮	素娥映日開奩，亭亭靚飾偏葱蒨。	第二十册，頁 11612
	144. 摸魚兒·蓴	溯春波，幾番新漲，纖纖錦帶初膩。	第二十册，頁 11613
	145. 齊天樂·蟬	喬林蔭美忘身化，茫茫舊宫何許。	第二十册，頁 11613
	146. 桂枝香·蟹	清秋隴首。	第二十册，頁 11613
李　鏡	147. 桂枝香·蟹	孤蹤任遇。	補編第三册，頁 1494
王　霖	148. 天香·龍涎香	鮫室波恬，驪宫浪息，乖龍夜半酣睡。	補編第四册，頁 2200
	149. 水龍吟·白蓮	依稀群山玉頭，瑶臺月下相逢處。	補編第四册，頁 2200
	150. 摸魚兒·蓴	聽秋風、又蕭蕭也，何人曾動歸興。	補編第四册，頁 2200
	151. 齊天樂·蟬	飛仙蜕骨今何處，齊宫舊恨銷歇。	補編第四册，頁 2200
	152. 桂枝香·蟹	潮痕落後。	補編第四册，頁 2201

按：詞人以他調賦《補題》題目者，如談九叙《南浦·蓴》、《瑞龍吟·龍涎香》（第十八册 10485、10497）；徐葆光《滿庭芳·龍涎香》（補編第四册 1890），皆是《補題》的呼應，而非和作，故不列在表中。

第二節　康乾盛世的醇雅之音：和作與擬作的模式化、學問化及雅玩化

滿清的國運繼續興隆，康、雍、乾三朝持續百多年的大治，造就了所謂的“康乾盛世”。歷史語境正表現出一派承平氣象。生活在太平盛世的詞人，除了受案獄牽連者如顧貞觀外，其他多數都是有功名或官職在身的，更無論追和《補題》的“輦下諸公”了。自康熙初年朱彝尊與諸公唱和開始①，詞人就一直追和《補題》。今考《全清詞・雍乾卷》，雍、乾兩朝的追和詞人與詞作就有五十家一百五十五首（見本章附表二），規模之大，更勝康熙朝。

風氣所至，不少詞人都熱衷於追和《補題》，不過，當中亦有人不以追和爲滿足，他們還有所開拓。浙西詞人李良年（1635—1694）、厲鶚、查爲仁（1695—1749）等詞人就以《補題》爲參照，另發起“後補題”、“擬補題”的唱和，與《補題》的追和之作一起，合奏出“康乾盛世”的醇雅之音。

雖然這醇雅之音不乏“情見乎詞”之作，但卻因爲懷念前明的寄託之作太少而未能得到多少後人的肯定。不過，當時的詞人未必以此爲憾。他們當然肯定《補題》的寄託，這從朱彝尊和陳維崧所寫的序文可以看到，況且陳維崧和徐釚的追和也是寄託之作；只是普遍的追和並不以寄託爲鵠的，而是另有追求。然則，這個時期的《補題》和作與擬作還表現出哪些風貌？自康熙初年至乾隆之世，超過一百年的時間，和作與擬作不斷，詞人樂此不疲的情況實在很有值得探討。以下試加討論。

---

① 《浙西六家詞》於康熙十八年（1679）由龔翔麟（1658—1733）刊行，時間略稍後於《補題》的出版一年，《浙西六家詞》中已有諸家詞人追和《補題》的詞作，可見追和應該更早就開始，至《補題》正式刊行之後，追和就蔚成風氣。

一、模式化傾向

《補題》十四家詞人從不同的角度描寫了五種物象。對於清人而言，這是詠物描寫的典範，不論在立意、賦形、摹神、物我等方面，都揭示了重要的寫作竅門。這已足以吸引詞人心追手摹了。除了寄託之有無外，清人的詠物詞又從《補題》那裏又接受了些甚麽，進而發展出自己的風貌？試以《天香》詠龍涎香的和作爲例作討論。李良年詞曰：

> 截竹聲收，啗花脣滑，探珠試約同去。遠市浮銀，長魚漾淥，掠取夢中鉛露。輕圓纔印，儘麝水、蘭芬同炷。依舊難馴心性，濛濛吹作煙霧。　　脂盒粉奩曾伍。小鬟携、畫屏遮處。簫局横陳付與，縈迴千縷。今日篆痕重裊，嘆雨絶、雲垂渺無據。鬢草平鋪，欲熏還住。

李符（1639—1689）詞曰：

> 星掛浮槎，珠探遠島，蟠螭碎沫輕杵。旋裹鮫綃，試温鳳炭，心字氤氲千縷。輸他睡鴨，頻覷著、剥葱添炷。雨暗恐來，鱗爪東風，莫吹煙去。　　憑肩小窗月午。記濃熏、隔花迷霧。袖惹餘馨銷盡，又增愁緒。夢入鈿牀尋覓，空贏得、韓郎斷腸句。嚙鎖金蟾，知抛甚處。

沈岸登（1650—1702）詞曰：

> 沫濺沉沙，吟翻亂窟，鮫人迸淚相並。暗魄潮平，峭帆風落，搗取露花成餅。金凫比翅，强唤得、深幃睡醒。縷縷横波透也，疑他午窗先暝。　　屏山裊時未定，做鵝溪、樹梢雲影。還傍鬢鴉添膩，畫眉人省。雨後香分玉乳，憶小閣、茶鐺沸初静。别久篝衣，莫教乍冷。

以上是浙西六家詞人其中三家的和作。李良年詞上片依次寫：佳人採香—製香—焚香；下片寫佳人未定熏香與否的猶疑心態。寫來頗是生動。李符詞上片寫：採香—製香—試香—焚香；下片寫佳人焚香後的閒愁。沈岸登詞上片寫：採香—製香—焚香—煙縷；下片也是寫佳人焚香後的閒愁，只是煞拍多了一個熏衣的情節而已。

從上面的三家詞作可以清楚看到清人追和的一個明顯傾向：對《補題》原唱亦步亦趨。三家詞的結構都是上片賦物，下片興情，是宋以來的傳統寫法，與《補題》原唱無異。特別是上片的賦物角度，都有採香—製香—焚香的情節，也與《補題》原唱相似，只是在字面上有所調整而已。

當然，除了字面之外，詞人也嘗試在描寫角度作調整。沈皞日(1640—1678)詞曰：

雀尾無腥，紫茸餘瀝，蛛絲畫屏初暝。四角微温，八蠶小炷，纖甲輕分鸞餅。雲槎寄去，還識得、蛟宫風韻。複帳徐開，縷縷菱花，半邊旋暈。　　月明露庭酒醒。賸熏爐、年時荀令。舊事秋奩零落，不堪重省。縱返芳魂一夢，奈十二、瓊樓路猶迥。空裊餘煙，蓬山雲影。

沈詞上片賦物，由日色初暝寫起，然後寫焚香，接着是煙縷。下片寫的也是芳魂舊事一類的思念。與李良年等三家相較，描寫角度没有太大的分别，他的調整策略是聚焦於焚香和煙縷的描寫，而事實上，諸家詞人所賦寫的，《補題》詞人早已經寫過，清人只在《補題》原唱裏揀選某些描寫角度作搭配組合，總體而言，他們的組合結果大同小異，當中也有些人就着某個描寫角度聚焦書寫，不過仍不越原唱的藩籬。

不僅康熙年間的詞人如是，即使到了乾隆年間的詞人亦如是。吴錫麒(1746—1818)的龍涎香和詞曰：

泊月槎横，浮煙路遠，靈漦採自瑶島。半晌銷寒，幾番候火，小試那人纖爪。微熏乍透，漸折入、簾絲徐裊。被底纔醒殘醉，依稀蜃窗燈悄。　　無端雨聲促曉。映秦篝、尚餘紅小。不盡温馨，多向袖羅閒繞。莫認巫雲易散，但萬里，珠宫夢誰到。寄與心心，書空一笑。

吴詞上片賦物：採香—試香—煙縷。“被底”二句宕開一筆。下片寫思念“寄與”之情。“秦篝”、“紅小”、“温馨”應“香字”；“珠宫”應“龍”字。

禮學家淩廷堪(1757—1809)也曾遍和《補題》，其龍涎香一題曰：

幽可潛珠，芳偏韞鬣，何時頷下偷取。既冷還添，將銷更爇，織就翠綃千縷。珊瑚半捲。恰幾陣、簾纖微雨，薰畢彀素手，重吟個儂佳句。　　相思倩誰寄與。噴金猊、滿庭春霧。漫説水晶宫遠，馭風能去。花外濛濛散了，乍髣髴、湘煙夢龍女。唤起洪芻，來評雋語。

淩廷堪詞上片賦物：採香—添香—焚香—試香；下片寫的是仍格套化的相思閒愁。結引《香譜》作者洪芻來與他“評雋語”，旨在應題，但抒情的語調卻因此而帶有些自炫的意味了：我的“雋語”如何？

從以上的追和可見，自康熙初年到乾隆年間，追和《補題》之作迭出，可謂蔚然成風，在促進清人詠物詞創作的同時也明顯地表現出一種模式化的傾向，即使有所突破，還是被原唱的影子籠罩，像陳維崧、徐釚，或者尤侗那樣的和作，也是愈來愈少。

模式化的傾向當然會引來詞家自身的不滿。謝章鋌(1821—1904)《賭棋山莊詞話・續編五》“詞非意内言外之意”條批評了詞人的習氣，謂：

又近人詞集，不曰“箏語”，即曰“琴雅”。不曰“梅邊吹笛”，即曰“月底修簫”。淩仲子(淩廷堪)謂爲習氣，不信然乎？而開卷必有詠物之篇，亦必和《樂府補題》數闋，若以此示人，使知吾詞宗南宋，吾固朱、厲之嫡冢也。究之滿紙陳因，毫無意致，此尤習氣之不可解者矣。[①]

“滿紙陳因，毫無意致”，就是對這種模式化傾向的嚴厲批評。謝章鋌引用凌廷堪“習氣”之説指摘詞人集名“不曰‘箏語’，即曰‘琴雅’。不曰‘梅邊吹笛’，即曰‘月底修簫’”，而厲鶚就有詞集題曰《秋林琴雅》，凌廷堪自己的詞集就名曰《梅邊吹笛譜》！可見習氣之不易除。清初的追和或尚有“情見乎詞”之作，不過到了後來，就主要是“習氣”的“例作”了。謝章鋌對此也有不滿。他曾評論戈載(1786—1856)詞曰：

開卷即有龍涎香、白蓮、蓴、蟹等題，此近來學南宋者幾成例作，習氣愈可厭。[②]

模式化的《補題》追和至清中葉依然有作，就是吴中詞派名家戈載，也不免於有“習氣”的“例作”，“可厭”之評，似非無據。

二、學問化

清人爲學務實，不尚空談，特别到了乾嘉之世，考據學更是學術的主潮。這種樸實的學風對文學創作也産生了深遠的影響，桐城文派的姚鼐(1731—1818)就提出義理、考據與詞章並重，認爲寫文章必須兼顧義理與考據。至於對詩詞的影響，就是學問化。

吴梅《詞學通論》謂：“浙派詞喜詠物，徵故實，爲後人操戈之地。”又曰：“然如《龍涎香》、《白蓮》、《蓴》、《蟬》等篇，嘉道以後，詞家率喜學步，而所做未必工也。”[③]原來到了清中葉的“嘉道之後”仍有人“學步”《補題》，大概是因爲“滿紙陳因，毫無意致”，所以詞作“未必工”。至於“徵故實，爲後人操戈之地”，就是對詞家藉追和《補題》來炫耀學問的一個

① 謝章鋌：《賭棋山莊詞話》，唐圭璋：《詞話叢編》，頁 3569。

② 謝章鋌：《賭棋山莊詞話・續編五》“戈載詞平庸少味”條，唐圭璋：《詞話叢編》，頁 3558。

③ 《詞學通論》，頁 119。

概括。自康熙初年，追和已成風氣，後人的和作其實是對《補題》原唱及前輩和詞的挑戰，當中自有争雄競勝的意味。

學問化在詠物詞中的具體表現是用典繁富、冷僻；又常加自注，或者在詞作前有一篇繁富的詞序，以示自己所言有典有據，博覽群籍。詠物不一定要用典，不過，用典卻又是詠物的寫作傳統，並不是清人的新創；姜夔、吴文英及《補題》詞人等清人推崇的詠物詞家，都善於用典，加之在考據學的氛圍之下，力求言必有據，不空談，於是清人也繼承並拓展了詠物用典的寫作傳統。這當然也是特定歷史語境下的文學現象。例如厲鶚的龍涎香和詞，上片起調有"苦竹潭深，枯桑島遠"句；下片有"焚出青蘆雨裏。伴小舫涼聲静敲碎。松石圖開，餘煙半紙"句。自注：

> 《霏雪録》：尤溪縣西苦竹潭中多龍涎。《梁四公記》：洞庭山南龍穴通枯桑島。《雲林遺事》：倪元鎮爲催科所擾，逃去匿菰蘆中，焚龍涎香。柯敬仲詩云："夜雨推篷寫竹石，焚香何處獨題詩。"蓋紀實也。

注中引的鎦績（生卒未詳）《霏雪録》和顧元慶（1487—1565）《雲林遺事》皆是明人書；《梁四公記》則是張説（667—730）的傳奇小説。

徐志鼎（1745—1799）也遍和《補題》，五首和作皆有自注。如詠蟬和詞上片有"緑煙初印仙蟲社，餘音暗驚平楚"句；下片有"樂賣還青，妝飛不夜，消受蘭房離緒"句。自注：

> 《清異録》：唐時京師遊手，夏月捕蟬貨之，只賣青林樂。《放懷集》：杜甫每朋友至，引見妻子，韋侍御史婦送夜飛蟬，以助妝飾。

這些都是較冷僻的詠蟬典故。

女詞人戴珊（1769—1808）追和了蓴、蟹二題，還更改題目曰"憶蓴"、"憶蟹"，其"憶蟹"一題下片有"翻笑當年卓女，被人狂惑"句，自注：

> 王吉夢一蟛蜞舍都亭。翌日，相如至，吉曰："此人文章當横行

一世。"因即呼蟛蜞爲長卿。文君終身不食。

用卓文君不食蟛蜞典,頗能博人一燦;下文即接曰:"而今空憶家鄉好,便蟛蜞、近來疏闊。"情感徙然直下,應"憶"字、"蟹"字。文君典於此自有鋪墊蓄勢的作用,也很切合詞人的女性身份;題目增一"憶"字,詞中用文君典,在學問之外,又見出女性的慧心巧思。

最令讀者覺得有炫耀學問意味的,是王昶(1724—1806)的五題追和,除了詠蟹一題外,其他四題都有自注,當中《天香·龍涎香》一詞更集中表現了模式化與學問化的特點,詞曰:

孤島蟠雲,窮洋蹴浪,蛟宫凍蟄初起。睡後遺痕,春餘留沫,遠泛瘦槎天際。番人採取。都集向、沙街海市。好伴琉璃香藥,裝成内宫新制。　　淒涼奉宸舊事。裹紅羅、燭枝香膩。共翦青絲一縷,翠囊輕佩。莫向鳧鑪漫試。待掛向、南軒愛涼思。曉夢回時,黄花意味。

上片很明顯是從王沂孫、馮應瑞和李彭老的原唱化出,寫的仍是採香、市香與香餅,都是《補題》詞人所設下的模式,王昶詞步武原唱之跡較然。上、下片都是多個典故的綴合,可説是王昶以學問挑戰前人的嘗試。他在詞後有一長注:

《星搓勝覽》:"龍涎嶼,望之峙南巫里洋中。每至春間,群龍來集於上,交戰而遺涎沫,番人駕獨木舟登此采歸。"《稗史彙編》:"諸香中,龍涎香最貴。出大食國。近海常有雲氣罩住山間,即知有龍睡其下,候雲散,往觀之,必得龍涎。"《宋史·禮志三》:"佛國有進貢龍涎、琉璃、香藥。"《鐵圍山叢談》:"奉宸庫得龍涎香二缶,真廟朝物也。諸大璫爭取一餅,而以青絲貫之,遂作佩香焉。"《花木考》:"宋代宫燭,以龍涎香貫其中,而以紅羅纏柱。燒燭則灰飛而香散。"《杜陽雜編》:"同昌公主暑時取澄水帛挂於南軒,滿座皆思挾纊,云其中有龍涎,故能消暑毒也。"朱松《菊花》詩:"香近龍涎曉夢知。"

文句的精巧雅致不下於《補題》原唱,而用典更加繁富。長注固然是幫助讀者讀懂詞句,不過,更重要的是展示自己學問的淵博,以示所寫有典有據,由正史到野史筆記,再到前人的詩句,都被他共冶一爐了。

詠物用典本是詩家詞人的慣技,在詞中加注宋人亦早已爲之,姜夔《齊天樂》詠蟋蟀就自注曰:"宣、政間有士大夫制《蟋蟀吟》",旨在讓人讀到他的題外感慨。不過,用典詠物到了繁富、冷僻的境地,甚至要自加注釋以幫助讀者讀懂詞中的典據,則是清人獨有的現象。

典故可以拉開詞作與讀者之間的距離。讀者之所以有"典雅"的讀後感,不但因爲詞人所寫的於典籍有據,是古已有之,而且因爲典故所製造的閱讀距離。這個閱讀距離令一般的讀者不易立即讀懂,能夠讀懂的讀者,本身就有一定的學問修養。可見,詠物詞的閱讀無疑就是把讀者的閱讀能力作層次區分的過程,因此,能够讀懂,甚至享受閱讀詠物詞的讀者,多少有一種與衆不同的優越感。這就是雅化的感覺。如果説,詠物詞對讀者有一定的要求,則對作者的要求就更高了。詠物詞之所以在清代流行,其中一個原因,是清代詞人有不少本身就是學者,他們以學問相高,學問好自不待言,若兼善詩詞,就顯露出具才情的一面了。因此,創作與品鑑詠物詞,就是學問與才情的炫耀。士人在讀與寫詠物詞的過程中産生優越感,再加之以拈題唱和,競勝的意味就更濃,得到的優越感就更强烈了。至此,詩家詞人詠物已不再是爲了寄託。陳衍(1856—1937)《石遺室詩話》批評次韻、疊韻之詩時,就説到:

> 大抵承平無事,居臺省清班,日以文酒過從,相聚不過數人,出游不過此數處,或即景,或詠物,或展觀書畫,考訂金石版本,摩挲古器物,於是争奇鬥巧,竟委窮源,而次韻、疊韻之作夥矣。①

① 陳衍著,鄭朝宗、石文英校點:《石遺室詩話》(北京:人民文學出版社,2004年),卷十六,頁251。

原來,"承平無事"時代的詠物之作只不過是"爭奇鬥巧,竟委窮源"的一種。

學問可以力致,不過有學問卻不一定有才情。江湜(1818—1866)的古體詩《小湖以詩見問戲答一首》有句云:"詞曰詩者情而已,情不足者乃説理。理又不足徵典故,雖得佳篇非正體。"①説理徵典之篇是否"非正體"可以商榷,不過詩以抒情爲主,應無爭議。方貞觀(1679—1747)《方南堂先生輟鍛録》謂:"作詩不能不用故實,眼前情事,有必須古事襯託而始出者。"又曰:"若本無用意處,徒取經史字面,鋪張滿紙,是侏儒自醜其短,而固高冠巍屐緑衣紅裳,其惡狀愈可憎也。"②喬億(生卒未詳)《劍溪説詩》也説:"《詩品》曰:吟詠情性,亦何貴於用事。愚謂情性有難以直抒者,非假事陳詞則不可,顧所用何如耳。"③可見在詩論家眼中,典故應該服務於抒情。詩如是,詞亦然。像戴珊的憶蟹詞自是徵典與真情兼備之作,可是相對而言,還是徐志鼎、王昶那樣的學問之作較多。情不足,理不足,於是徵典故,甚至加自注。可見才情不足,還可以借學問作掩飾。

三、雅玩化:以《樂府後補題》及《擬樂府補題》爲中心

蔣景祁謂"得《樂府補題》而輦下諸公爲之詞體一變,繼此復擬作《後補題》,益見洞筋擢髓之力"。毛奇齡(1623—1716)也曾提過"迦陵陳君(陳維崧)偏欲取南渡之後,元明以前,與竹垞朱君(朱彝尊)作《樂府補題》諸倡和,而詞體遂變。"④可見詞體一變之説並非蔣景祁的一家之言。

"輦下諸公"詞體之變的表現,一方面固然是如顧貞觀所説的"始而微有寄託,久則務爲諧暢";另一個人皆熟知的表現,就是詠物之風熾

① 全詩見江湜著,左鵬軍點校:《伏敔堂詩録》(上海:上海古籍出版社,2008年),頁238—239。

② 方貞觀:《方南堂先生輟鍛録》,《清詩話續編》,頁1937—1938。

③ 喬億:《劍溪説詩》,《續修四庫全書》,卷下,頁227。

④ 毛奇齡:《雞園詞序》,《西河集》(文淵閣《四庫全書》本),卷三十八,頁四下至五上。

盛。從蔣、毛之言及諸家之作來看,清人詠物詞的學習對象主要是南宋人的詞作,特别是姜夔、張炎和《補題》。學習的第一步是熟讀,《補題》和朱彝尊及汪森編的《詞綜》就是清人研習的讀本。第二步是練筆,先是仿作,所以有諸家的《補題》追和;接着是自擬,即嘗試自出機杼,《補題》只是參照而已,蔣景祁"洞筋擢髓"一語正點出了詞家務求突破的自覺。求自樹立以出新貌,是不少作者的共同心理。因此,面對《補題》,除了追和之外,清人還希望另有突破。

蔣景祁説"益見洞筋擢髓之力"的,是繼追和《補題》以外,詞人"復擬作"的"後補題"。這是另一組由李良年發起的唱和詞作。李集(生卒未詳)等的《鶴征録》云:

> 先生(陸棻)性愛詞,在京師與竹翁(朱彝尊)並和宋末《樂府補題》諸調,時先公(李良年)自制《樂府後補題》五闋,先生見之曰:"此詞家仙筆也"。遍和之,且爲刻箋。叙云:"去歲竹垞表兄自金陵來,攜《樂府補題》一卷,皆南宋名家之作,偕余屬和。余(陸棻)時適館東安門北,友朋罕往還。詞成不以示人,今夏移榻寓齋,淨几陳編,相對忘暑。讀李十九兄自制《樂府後補題》五調。余又同寓齋倚而和之,不啻青蠅聲雜鳳凰響也。[①]

《樂府後補題》也是五調五題:《尾犯·筍》、《催雪·珍珠蘭》、《惜秋華·牽牛花》、《留客住·鷓鴣》、《瑣窗寒·倭奩》。唱和者有陸棻、曹貞吉、李良年、李符、沈皞日、沈岸登、邵瑸、龔翔麟,共八家卅五首(見本章附表三)。

《後補題》五調題目的擬定,應是從《補題》原唱得到啓發。《補題》所詠的五題,以詩論,除了龍涎香之外,其他四題唐宋人早已詠及,若以詞論則未必然。宋詞詠蓮者甚多,標明詠白蓮的卻不算很多,而龍涎香

---

① 李集輯,李富孫、李遇孫續輯:《鶴征録》(與《後録》合刊),《四庫未收書輯刊》,第二輯,第 23 册(北京:北京出版社,2000 年),卷一,頁 573。按:《鶴征録》三位編者皆李良年後人,故文中稱李良年爲先公。

和蟬則是詞中的冷題，除了《補題》之外，今可見的宋人詠龍涎香和蟬的詞作極少[①]，至於蓴和蟹，就只有《補題》之作。可以説，《補題》詞人不嫌舊題的同時又勇於開拓新題。要處理龍涎香、蓴和蟹等冷題及新題已不容易，因爲可供參考的前人之作不及蓮、蟬那樣的豐富，可資使用的相關典故也不多，還要兼顧賦形與摹神，下筆就更困難了。不過十四家詞人不但能夠從不同的角度賦詠同一物象，寫來形神兼備，而且用典自然嫻熟，辭氣雍容，可説是詠物雅詞的典範。

《補題》寄託遥深自不待言，即就選題與詞藝言，《補題》的五調五題也給清人做了因難見巧的示範，很適合模仿，甚至挑戰，於是李良年在追和原唱之外，又"自制《樂府後補題》五調"，詠笋、珍珠蘭、牽牛花、鷓鴣和倭奩。以詩論，五題當中，笋、牽牛花和鷓鴣是熟題，唐宋人早已詠之。以詞論，此三題則是冷題。至於珍珠蘭和倭奩，則不論詩或詞，都是新題。可見在擬題方面言，李良年比《補題》詞人走得更遠。

李良年等的《樂府後補題》以一種開新拓展的態度來接受《補題》，把《補題》所藴含的雅趣發揮出來，務求新穎别致。這種求新求變的嘗試開啓了後人的思路，到了乾隆年間，又出現了查爲仁與厲鶚等詞家《擬樂府補題》的唱和，他們承用了《樂府補題》的原調而另擬新題，並且刊刻成書。查爲仁《擬樂府補題序》曰：

> 賦物詞以宋人《樂府補題》爲極詣，其語清雋，其旨遥深，不可一覽輒盡。浙西六家多和之。此絶唱，不當和也。樊榭、南香諸君迺即其詞别擬一題，織綃泉底，杼軸自我。鏘洋乎雅奏矣！予禪喜餘，結習未忘，頗有繼聲之作，因並付開雕，以諗世之諸曲者。乾隆戊辰中秋澹宜居士查爲仁書。[②]

---

① 《補題》之外，宋人詠龍涎香有楊无咎《醉落魄》(雙心小萼)一首；專蟬者有陳著《綺羅香・詠柳外聞蟬》三章、陳德武《清平樂・詠蟬》，共四首。

② 查爲仁編：《擬樂府補題》，《蔗塘未定稿・蔗塘外集》，卷首，頁一上。按：本書所引《擬樂府補題》詞作即據此本，不另出注，以省篇幅。詳附表四"《蔗塘未定稿・蔗塘外集》本《擬樂府補題》諸家唱和"。

查爲仁深知《補題》"其旨遥深"，並明言"此絶唱，不當和也"，卻最終又和成了一部詠物詞集，並標舉集中之作都是"雅奏"。《擬補題》所詠五題是：《天香・賦薛鏡》、《水龍吟・賦漳蘭》、《摸魚兒・賦芡》、《齊天樂・賦絡緯》、《桂枝香・賦銀魚》。唱和者有厲鶚、陸培、閔華、張弈樞、陳皋、張雲錦、萬光泰、查爲仁、吴廷采、樓錡。全書共十家五題四十一首（見本章附表四）。

《擬補題》的"别擬一題"，頗有跟《補題》原題比并與挑戰的意味。試略加比較即可看到二書的異中之同：

詞調	《補題》所咏	《擬補題》所咏	異中之同
天香	龍涎香	薛鏡	俱爲室内雅玩
水龍吟	白蓮	漳蘭	俱爲澤生芳草
摸魚兒	蓴	芡	俱爲水生草本雅食
齊天樂	蟬	絡緯	俱爲昆蟲之雅者
桂枝香	蟹	銀魚	俱爲水族雅食

既然《補題》是"絶唱"，"不當和"，於是詞人就另辟蹊徑，在題目上作異中之同的開拓，以示"織綃泉底，杼軸自我"。這五題之中，絡緯、漳蘭、芡和銀魚，宋、明詩人早已詠之；詠鏡之作固多，但標明薛鏡則詠之者又極少，是冷題。然而以詞而論，這些都是新題。詩人早已詠之，故有典與句可援；詞人未嘗詠之，則又是"杼軸自我"的嘗試。

從《後補題》到《擬補題》，詞人選題的雅致傾向愈覺明顯。像笋、牽牛花、鷓鴣、漳蘭、芡、絡緯、銀魚等題，都於前代典籍有據，又有前人詩句可徵。有古可稽，是造成典雅效果的一個要素，加之這些題目都是傳統用作"比德"的載體，或者是抒情的觸媒，是前人早已擬出的雅題，而諸家則以詞體來演繹。至於珍珠蘭、倭奩和薛鏡，前者是芳草，倭奩是日本來的異國之物，薛鏡是古玩，三者與漳蘭一樣，都是書齋案頭的清供，與營營役役的生活無涉，以之作題目，是符合當時士人風雅生活的嘗試。詞人以長調詠物，駕馭已經不易，要賦形摹神、徵事用典，以顯示自己學問與才情兼備，就更難。因難見巧就是他們的開新之處。詞人既好新，又崇古，表面上看似矛盾，其實是要在審美和品味上與時流區分開來，進而經營出自己雅人的形象。尚雅是清代詞人自我造型的一個策略，藉以建構他們的雅人身份，與當年臨安詞人的做法相似。

選題雅固然重要，不過，運筆雅，能寫出自家的學問與才情更重要。李良年的《後補題》之作頗受時人和後人的稱許，吴衡照（1771—?）就特地點出他的《催雪·詠珍珠蘭》和《惜秋華·詠牽牛花》"細意熨貼，雖《茶煙閣體物》，亦無以過也"[1]。其《催雪·詠珍珠蘭》云：

> 碎雨跳荷，連星綴柳，楚畹别箋蘭譜。想三斛曾量，芳名借汝。開也只如含蕊，趁月影、微黄黏清露。紋紗静掩，一珠蜂背，卻教偷去。　闌暑。眠正午。又生結半奩，小鬟催煮。甚坐遠偏聞，細尋無處。記得漳江乍買，有嶺外、人家迷香路。見十十、五五釵梁，風顫晚街遊女。

珍珠蘭簡稱珠蘭，是産於閩廣的文人的消費品，詞中"漳江乍買"句是紀實之辭。袁學瀾（1804—1879）《吴郡歲華紀麗》"珠蘭花市"條：

> 珠蘭一名魚子蘭，蓓蘽如珠花成穗，香甚濃。四月内，節邊斷二寸，插之即活，以魚腥水澆之，則茂。花戴之髻，香聞甚遠。生於閩廣，葉能斷腸。吴中茶葉鋪撮取其子，號爲撇梗，以爲配茶之用。山塘花市於六月間稱衡論價，售廣利蕃。[2]

詞的上片賦形，袁學瀾"蓓蘽如珠花成穗"句可與之參讀。下片"小鬟催煮"，是因爲珍珠蘭可作"配茶之用"。"甚坐遠偏聞"至末，是"香甚濃"，"香聞甚遠"的形象化書寫。全詞没有任何特别的寄意，卻又是寫得"細意熨貼"，所以不但陸棻很欣賞李良年這組《後補題》，要依題遍和，王士

---

① 吴衡照：《蓮子居詞話》卷二，唐圭璋：《詞話叢編》，頁2427。

② 吴景瀾著，甘蘭經、吴琴校點：《吴郡歲華紀麗》（南京：江蘇古籍出版社，1998年），卷六"六月"，頁211。

禎(1634—1711)也"愛其工絶",曾作詩題曰《見李武曾〈樂府後補題〉愛其工絶檃括詞意成五絶句》[1],是對李良年詞的肯定。

從袁學瀾"珠蘭花市"一則筆記可見,珍珠蘭不是尋常山野可見的花卉,而是從南方花市買來的盆栽。陸棻的珍珠蘭和作有"問渡曾過小欖"句,自注曰:

> 小欖,香山縣地名。……江南所植珠蘭,彼中名爲鷄爪,殊不貴也。

這側面説明了物離鄉貴的道理。珍珠蘭到了花市就"稱衡論價,售廣利蕃"了。

自明中葉以降,城市商品消費興盛,各地的産物都匯集到城市銷售,當中就有以文人爲銷售對象的商品,除了書畫文玩之外,花石盆景也很受明清文人歡迎,史學家對此也頗有關注[2]。錢謙益(1582—1664)曾謂:

> 士大夫閑居無事,相與輕衣緩帶,留連文酒。而其子弟之佳者往往蔭藉高華,寄託曠達。居處則園林池館,泉石花藥;鑒賞則書法名畫,鐘鼎彝器。又以其閑,徵歌選伎,博簺蹴鞠,無朝非花,靡夕不月。[3]

這彷彿是宋末臨安詞人生活的重現。錢謙益在此明確地指出,"花藥"

① 《帶經堂集》卷卅四(《續修四庫全書》本),"漁洋續詩"卷十二,頁247。

② 明清文人的花卉消費頗受文化史學家的注意。詳宋立中:《閑雅與浮華:明清江南日常生活與消費文化》(北京:中國社會科學出版社,2010年),第十三章"閑隱與雅緻—明末清初江南士人鮮花鑒賞文化",頁358—378。巫仁恕:《優游坊厢:明清江南城市的休閑消費與空間變遷》(臺北:"中央研究院"近代史研究所,2013年),第六章第三節"士大夫的購物行爲與男性特質",頁308—321。

③ 錢謙益:《瞿少潛哀辭》,《牧齋初學集》(上海:上海古籍出版社,2009年)卷七十八,頁1690。

是文人的愛好之一。文人之愛好花卉,當然是因爲花卉的天然之美,以及歷代文化積淀下來的“比德”及象徵意義,所以文人很願意羅致花卉,置之書齋几案,以寄閑情,賞心目。賞花是審美品味的一種,於是花卉又可用作雅人身份的點綴與象徵。這一點,明清文人的表現實與臨安詞人很一致。屠隆(1543—1605)《考槃餘事》、高濂(1573—1620)《遵生八箋》、陳繼儒(1558—1639)《小窗幽記》、文震亨(1585—1645)《長物志》、李漁(1611—1680)《閑情偶記》等書,就有不少篇幅談到賞花的宜忌;張謙德(1577—1643)的《瓶花譜》和袁宏道(1568—1610)的《瓶史》二書更是討論花卉這種齋頭清供的專著。毋庸置疑,花卉是明清文人書齋裏的尋常雅玩。

錢謙益提到“鐘鼎彝器”是另一樣文人雅玩,不過《後補題》没有“鐘鼎彝器”的題目,只有倭奩。這異國風物也是雅玩,而且與珍珠蘭一樣都是新題。李良年的詠倭奩詞曰:

> 鳳嘴匀初,鴉翎染遍,暗藏銀孕。塵飛不上,閃閃研光如鏡。鏤旋螺慣填小幅,雲峰花鳥纖毫釘。料瑣魚深貯,鷓斑蛾緑,鎮教相並。　　几淨。看交映。想浮天一葉,海帆風猛。鈿工市罷,估客乍添歸興。甚求仙、徐福不還,秦女曉梳猶未省。待清吟、試續香奩,衍波牋寫贈。

上片賦形,細寫倭奩的圖案紋飾與色彩光澤,下片“想浮天”至“歸興”諸句設想商人帶來倭奩。徐福典應“倭”字,秦女典應“奩”字。結句寫倭奩可以收藏書函詩箋,是從倭奩的其他用途着筆。諸家的和詞構思也頗相似。沈皞日倭奩詞曰:

> 市舶晨飄,靈槎夜泛,海天風信。携來新様,乍愜蘭閨心性。是麟膠、巧匀細填,嵐低樹密添烟景。又黛痕如鑑,苔枝冰蕊,翠禽棲並。　　隱隱。光初凝。比括鏤純銀,輸他晶瑩。玉蜍銅雀,百福瑶窗相稱。記層濤、萬里南雲,小鬟説與仙路迥。畫雙眉、京兆催妝,長伴菱花鏡。

"市舶"至"心性"五句，謂遠自日本而來的倭奩很愜佳人的心意，伏下片"層濤"、"仙路"句；"記層濤"至"仙路迴"用徐福東渡求仙典，應上片起調及"倭"字；"畫雙眉"至末寫佳人攬鏡，應"奩"字；此外全是賦形，特寫倭奩上的構圖和光澤，寫得十分細緻。從李良年、沈皞日的詞作可見，詞人對倭奩觀察入微，所以能作細致的描寫，同時流露出詞人的閑情鑑賞的心情，寫來辭氣温宛閑雅。

從選題看，倭奩固然是一個雅玩，然而選題是雅玩並不等於雅玩化書寫，以閑情鑑賞的心態命筆，才是雅玩化的書寫。以此角度看，前引李良年的《催雪・詠珍珠蘭》一樣是閑情鑑賞的雅玩化書寫：詞人抱着鑑賞的態度，心平氣和地觀察物象的形貌特徵與用途，然後把觀察心得透過類型化的感情文字（如相思念遠）和典故書寫出來；當中没有寄託，旨在呈現詞人風雅的品味與才情。

雅玩化與學問化的書寫有時會同時呈現。陸棻的倭奩詞曰：

> 黝鑑琴光，膏凝芍蕊，致如新沐。輕填細鏤，繪出烏絲欄幅。倩雙鬟、玉尖徐揭，林巒覆手明霞簇。想鶏彌遠使，蠡舟初到，侏離潛讋。　簫局。香雲緑。展晶壺紫研，蟾蜍鸜鵒。碧紗縈水，消受瑣窗幽獨。寫相思、十樣濤箋，錦鱗寄遠三十六。且携將、春雪弓衣，并客愁重束。

陸棻自注：

> 宣和七年，學士王寓，一夕草四制。上以御物十三事賜之，中有琴光漆螺甸匣一。瓊州出海漆，花開如芍藥。鶏彌，日本國王之稱。蠡舟，出宛渠國。唐時閻羅鳳，俘蜀匠三十六行，製髹剔等器。東坡監湞井時買一蠻布弓衣，其文織成梅聖俞春雪詩，因製爲琴囊。

没有陸棻的自注，要索解詞意並不容易。這無疑是學問化的書寫。把"鶏彌"、"蠡舟"、"閻羅鳳"等注文與詞句參讀，可知陸棻想寫出一種異國的風味。鏡奩除了供佳人攬照外，還可用作收藏物件，詞中的晶壺、紫研、蟾蜍、鸜鵒，都應是佳人的不同造型的心愛飾物，當中最重要的，可能是寫了相思字句的"十樣濤箋"了。這些都是想像之辭，陸棻在此向讀者展示的，是傳統詠物"言用不言名"的寫法，而流露的仍是閑情鑑賞的心態。

倭奩是異國風物，不是"鐘鼎彝器"等的古董，查爲仁等的《擬補題》有"薛鏡"一題，那才是骨董古玩。"薛鏡"調寄"天香"，當中有三家的詞句寫到所詠薛鏡的來歷：

> 陸培：方圓揔好，有小印、新銘鐫背……流傳遠從隔代。
>
> 張奕：鑄出良工，藏來異代，不遣苔雲留點。塵灰歷盡，還冷看、人間眉眼。
>
> 查爲仁：光徹鷗波，輪週桂户，雙溪客到持贈。隱約盤龍，參差飛鵲，更著藻菱交映。

湖州薛家世代製鏡，在明清時甚著名。劉沂春（生卒未詳）《烏程縣志》："湖之薛鏡馳名。薛，杭人，而業於湖，以磨鏡必用湖水爲佳。"[①]從上引三家詞句可知，這薛鏡是"雙溪客"送贈的"隔代"、"異代"之物，也就是古玩。古玩當然是雅玩了。吴其貞（生卒未詳）《書畫記》曾謂晚明之風曰：

> 憶昔我徽之盛，莫如休、歙二縣，而雅俗之分，在於古玩之有無，故不惜重值争而收入。時四方貨玩者聞風奔至，行商於外者搜尋而歸，因此所得甚多。[②]

---

① 劉沂春：《烏程縣志》，《中國罕見地方志叢刊》（北京：書目文獻出版社，1991 年）卷四，頁 303。

② 吴其貞：《書畫記》（上海：上海人民美术出版社，1963 年）卷二"黄山谷行草殘缺詩一卷"條，頁 160。按：此條寫於己卯年（1639），即崇禎十二年。

《補題》詞人早就以古玩的品鑑爲雅人活動，而吴其貞説的"雅俗之分，在於古玩之有無"，錢謙益説的"鐘鼎彝器"，或者陳衍説的"摩挲古器物"，則表明古玩品鑑到了明清時期已是蔚成風氣。

《擬補題》的詠薛鏡絶不遜色於《後補題》的詠倭奩。厲鶚的薛鏡詞云：

藍浪浮花，青銅淬彩，空明大好無翳。樣巧裁菱，面平揩粉，不數尚方新製。吴船載取，縈繡帶、疑回鸞翅，低挂蘇潭片月，如描弁峰晴翠。　　華年誤人似此。杜郎看、鬢絲難避。幾對淺渦梨暈，笑臨秋水。勳業平生付與，最愛是、長宜舊銘字。聽罷懷中，窺余睡起。

上片賦形，"青銅"、"空明"、"裁菱"、"面平"、"片月"應"鏡"字。"吴船"應"胡州"，藏"薛"字。"繡帶"、"鸞翅"寫其裝飾。下片抒情，"華年誤人"、"鬢絲難避"，感慨時光催人，原是類型化的情感，不過加入了"勳業"句之後，就立即成爲了個人化的書寫了。厲鶚也本着閑情鑑賞的心態詠物，不過閑情之上，再加入輕輕的一筆個人感慨，就令得抒情更深刻了。張雲錦的薛鏡和詞曰：

桂月涵精，菱花耀彩，白蘋洲上新製。粉潔休磨，塵輕不染，識取夜來名字。留痕顧影，省借鑑、清溪流水。螺黛須描筆下，空明勝看簾裏。　　客窗一規乍啓。似銀蟾、冷光初洗，配箇紫檀香匣，伴人吟几。翻笑熏爐著姓，甚百鍊、鎔成價無比。小篆新銘，玲瓏諦視。

張詞也是閑情鑑賞之作。結句"小篆新銘，玲瓏諦視"，頗能寫出其愛賞的神態。"識取夜來名字"句，用魏文帝美人"薛靈芸"改名"夜來"典[①]，

---

① 王嘉撰，蕭綺録，齊治平校注：《拾遺記》（北京：中華書局，1981 年），頁 159—160。

應"薛"字。厲鶚自謂對這首詞深感於懷,其《書柘湖張龍威長短句後二首》之二云:

> 樂笑翁今不可回,補題五闋屬清才。
> 薛家鏡子塵昏後,悽絶何人唤夜來。

厲鶚自注:

> 龍威有和予《續樂府補題》五闋,其《天香·賦薛鏡》云:"粉潔休磨,塵輕不染,識取夜來名字",深有感於予懷也。[1]

厲鶚廿九歲鄉試中式,之後屢試不第,其詞曰:"勳業平生付與,最愛是、長宜舊銘字。"輕淡的詞句,卻是感觸之辭,隱然有名垂不朽的期望;而張雲錦詞"識取夜來名字"句,正好觸動了厲鶚的期望。可見儘管閑情無關乎家國政治,但亦不一定是類型化的感情,也可以是真實的個人感觸。

《擬補題》又有"漳蘭"一題,與《後補題》的珍珠蘭一樣,寫的都是從福建來的齋頭清供。此題共七首,寫得最出色的,仍是厲鶚。厲詞曰:

> 海帆吹送瓊姿,一番又拆秋前信。雲衣裊裊,冰心的的,高情占盡。著意扶持,青瓷架小,素甌茶嫩。向風亭水檻,炎光不到,搴香夢,今纔準。　　可惜幽芳易近。有誰知、楚天閑恨。逢迎只許,靈均水佩,湘娥煙鬢。驛荔程遥,蠻花種杳,不堪重問。向山空、露下瑶琴,獨按寫,深林韻。

寫蘭花而提到屈原(靈均)及湘娥,自是《楚辭》"香草美人"的傳統。"楚天"、"蠻花",指漳蘭來自遥遠的南方楚地,同時又關照屈原。上片曰:

---

① 厲鶚:《樊榭山房集》,頁1174。

“著意扶持,青瓷架小,素甌茶嫩。”正寫出了詞人案頭品茗,閑對瓶花的鑑賞情致。其他和詞大致也取徑相似。張奕樞和詞曰:

天南載到芳蘭,炎窗只博幽人賞。黄甆斗淺,熟梅雨細,客愁摇颺。劍葉芊芊,冰姿濯濯,一庭踈爽。羨郎官握遍,美人搴後,涼風透,仙留長。　　海闊江空波浪,想靈均、孤魂來往。春暉無分,赤輪正午,亭亭直上。故國煙消,他鄉韻冷,不愁秋瘴。待繁英落盡,柔心尚吐,向琴臺傍。

“黄甆斗淺”、“靈均來往”、“琴臺相傍”,與厲鶚運思相似,寫的仍是閑情鑑賞。再如查爲仁的和詞:

芳香吹遍漂榆,海門又報洋帆卸。輸他伴載,糖霜荔顆,幾番評價。緑玉叢深,紫綃莖茁,買栽長夏。向房櫳曲處,瑣窗佰畔,微馨逗風來乍。　　漫説移根易化,笑踰淮、橘奴休訝。冰弦自理,同心夢好,循陔共把。借取生綃,還須瀋墨,仲姬添畫。悵風亭客遠(自注:爲槐塘去閩中),釭花坐對,永清秋夜。

“房櫳曲處,瑣窗佰畔”,自是書齋的擺設;此外,查詞又增加了“仲姬添畫”的襯託,以示漳蘭與美人俱可入畫,閑賞的興致就更濃了。

《後補題》的珍珠蘭、倭奩;《擬補題》的薛鏡、漳蘭,都以典型的雅玩爲題。雅玩可置諸書齋几案,甚至可置諸掌中把玩,純然是鑑賞品評的對象,所着重的是給人的美感愉悦,而非實用。就雅玩的功能而言,清人與《補題》詞人無異,可謂古今如一,都是雅人身份的象徵,都是用以建構雅人身份的道具。詞人藉着雅玩的品鑑與書寫來區分雅俗。因此,所謂雅玩化的書寫,可以這樣界定:透過詠物來展現詞人的閑雅品味、鑑賞識力,以及才情筆力,務求詠物“細意熨貼”,而不在乎寄託之有無。

正因爲雅玩化書寫不講求必須寄託,所以這些詞作所抒發的大多是相思念遠,韶光流逝之類的類型化的情感,像厲鶚的薛鏡詞那樣的詞作並不很多。

雅玩化書寫不僅適用於寫雅玩，雅玩以外的物象，甚至傳統的題目，一樣適用。例如李良年《惜秋華・詠牽牛花》曰：

亂插疏�，訝西風吹挂，碧綃如剪。昨夜露華，涓涓冷波盈盞。生來只戀秋河，開不到、斜陽都捲。誰伴。有流螢半檐，涼蛩一院。

婉約儘堪翫。甚朝朝暮暮，把鉛容頻换。微雨乍晴，低翠幾番深淺。年時憶控簾鉤，映小窗、暑殘清簟。休唤。怕停梭、那人愁見。

司馬光有詩題曰《花庵多牽牛清晨始開日出已瘁花雖甚美而不堪留賞》，故上片有"開不到、斜陽都捲"句。上片"戀秋河"句、下片"朝朝暮暮"二句及結句，用的是牛郎織女典。李良年由牽牛花聯想到牽牛星，再想到牛郎織女故事，以及秦觀《鵲橋仙》"兩情若是久長時，又豈在朝朝暮暮"的名句，於此題而言，是烘題典故，而且一典貫穿上、下片；"怕停梭"句，亦織女亦凡人，一語雙關，運思巧妙，吴衡照"細意熨貼"之評，可謂恰當，難怪曹貞吉、沈皞日、龔翔麟的和作都用到牛郎織女典。全詞展現的，是李良年的才情筆力。牽牛花的身價不能與珍珠蘭相比，但經過李良年"碧綃如剪"、"生來只戀秋河"的品評之後，就立即有了出塵的意態。换言之，雅玩化書寫不在乎所詠的物象是否雅玩，而是在於作者的創作態度：用閑静的心情，品鑑的眼光，看出物象的不凡處、堪賞處，然後以"細意熨貼"之筆出之。

正因爲詞人以這種態度創作，所以非雅玩的物象也可以被雅玩化，即視非雅玩之物爲雅玩，上引牽牛花就是一例。再以厲鶚的詠烟詞略作説明。厲鶚詠烟詞不是《補題》的擬作，卻寄調《天香》。前有一長序：

烟草，《神農經》不載，出於明季，自閩海外之吕宋國移種中土，名淡巴菰，又名金絲薰。見姚旅《露書》：食之之法，細切如縷，灼以管而吸之，令人如醉，祛寒，破寂風，味在麴生之外。今日偉男髫女，無人不嗜，而予好之尤至，恨題詠者少，令異卉之湮鬱也。暇日斐然命筆，傳諸好事。

詞曰：

瀛嶼沙空，星槎翠翦，耕龍罷種瑶草。秋葉頻翻，春絲細吐，寄與繡囊函小。荷筩漫試，正一點、温馨相惱。纔近朱櫻破處，堪憐蕙風初裊。　　嬌寒戰回料峭。勝檳榔、爲銷殘飽。旅枕半攲熏透，夢闌人悄。幾縷巫雲尚在，濺唾袖、餘花未忘了。唤剔春燈，暗縈醉抱。[1]

詞序交代了烟草的來歷，又引姚旅《露書》，這是學問化的表現。厲鶚説"恨題詠者少"，於是"暇日斐然命筆，傳諸好事"，其實就是要表現自己的才情筆力。詞起調實從王沂孫龍涎香詞化出。"秋葉"至"初裊"寫抽烟，"朱櫻破處"寫燃點烟草的火苗，因吸烟而燃得紅亮，像一朵剛開的"朱櫻"；"蕙風初裊"寫香氣隨烟縷升起，曰"相惱"，曰"堪憐"，寫的是抽烟時的享受。下片是"好之尤至"的具體描寫。"嬌寒"至"殘飽"，寫"祛寒"。"旅枕"至末，寫旅夜抽烟，香烟在燈前縈迴不散，厲鶚還回味着"令人如醉"，"味在麴生之外"的風味。"好之尤至"之情，寫得相當細緻。厲鶚以閑賞之情，以"細意熨貼"之筆，寫出了他的閑雅品味與鑑賞識力，是雅玩化書寫的一例，也展現了他的學問與才情。李漁《閑情偶寄·器玩部》曾謂：

人謂變俗爲雅，猶之點鐵成金，惟具山林經濟者能此，烏可責之一切？予曰："壘雪成獅，伐竹爲馬，三歲童子皆優爲之，豈童子亦抱經濟乎？有耳目即有聰明，有心思即有智巧，但苦自晝爲愚，

① 厲鶚：《樊榭山房集》，頁 698。

未嘗竭思窮慮以試之。"[1]

變俗爲雅,存乎一心。人有聰明巧智,只要善加利用,雪獅竹馬,亦是雅玩。可以説,雅玩化書寫既是對詠物詞的一大拓展,也是李漁這類行樂思想的體現。詠物詞的雅玩化與學問化,無疑是一種語言遊戲。語言遊戲並不容易駕御,法爾布(Peter. Farb)謂:"心智愚鈍的人無法玩語言遊戲,因爲玩語言遊戲需要智慧和創發力,才知道如何從完整而正確的文句中斷章取義,如何巧妙地破壞語言規則。"[2]還有的就是建立新的語言規則。詠物詞的雅玩化與學問化,是詞人樂此不疲的語言遊戲,以示他們出類拔萃,這當然是爲了雅人身份的建構。

浙西詞人藉《補題》的追和與模擬,開拓出詠物詞的醇雅之境,建立了一時的典範,後人詠物,不能視若無睹;他們也藉着唱和建立起詞人之間的群體網絡與師承關係,成就了浙西詞派。《補題》在清初原是在"輦下諸公"之間流傳,隨著唱和與模擬的規模超出了"輦下諸公"的範圍,超出了"輦下諸公"一代,再加上《補題》之作被編入流通極廣的《詞綜》,《補題》就邁向全國,影響着整個清代的詞人,奠定了它經典的地位。

四、醇雅之音的歷史語境

《補題》詠物精致,寄託遥深。可是重現人間之時,已是清人鼎定天下之世,大部分漢族士人都接受了清的統治。面對《補題》,他們仍會感動,然而,除了少數詞人如陳維崧之外,大多數人都不循"寄託遥深"一路發展,而是向"詠物精致"一路開拓。所謂醇雅之音,就是以學問化和雅玩化爲審美標準,而不是詠物寄託,展現出來的,是太平盛世之下士人雍容閑賞的意態風度與行樂心態。陸棻讀到李良年的五闋《樂府後

① 李漁:《閑情偶寄》,載李漁著,單錦珩校點:《李漁全集》(杭州:浙江古籍出版社,1992年)卷三,頁202。

② 法爾布著,龔淑芳譯:《語言遊戲》(臺北:遠流出版事業股份有限公司,1975年),頁87。

補題》之後，不但認爲“此詞家仙筆也”，而且“遍和之，且爲刻箋”，即把五闋詞刻印在私人用的箋紙之上。箋紙，正是文人雅玩的一種。陸棻那閑賞之情不難想像，就如錢謙益説的，“士大夫閑居無事”就“居處則園林池館，泉石花藥；鑒賞則書法名畫，鐘鼎彝器”。或如陳衍説的：士人在“承平無事”之時，“或即景，或詠物，或展觀書畫，考訂金石版本，摩挲古器物，於是争奇鬥巧，竟委窮源”。

“康乾盛世”催生了醇雅之音。朱彝尊曾經説：“善言詞者，假閨房兒女之言，通之于《離騷》、變雅之義。此尤不得志于時者所宜寄情焉耳。”[1]然而不久之後，他在《紫雲詞序》中卻説：

> 昌黎子曰：“歡愉之言難工，愁苦之言易好。”斯亦善言詩矣。至于詞，或不然，大都歡愉之辭工者十九，而言愁苦者十一焉耳。故詩際兵戈俶擾流離瑣尾，而作者愈工。詞則宜于宴嬉逸樂，以歌詠太平。此學士大夫並存焉不廢也。[2]

由“不得志于時”的《離騷》變雅到“歌詠太平”，態度完全不同。這一方面是因爲朱彝尊已放棄遺民立場之故；另一方面，是因爲太平盛世確實已經開始，於是士大夫又重過其既應世又逸樂的生活。朱彝尊《萬柳堂記》謂：

> 古大臣秉國政，往往治園圃於都下。蓋身任天下之重，則慮無不周，慮周則勞，勞則宜有以佚之，緩其心，葆其力，以應事機之無窮，非僅資遊覽燕嬉之適而已。[3]

畢竟，園圃與書齋是士人在朝堂以外，用以調整心靈的私人空間。

康、雍、乾三朝持續了百多年的大治，期間没有停止過文化政策的

---

① 《紅鹽詞序》，《曝書亭全集・曝書亭集》卷四十，頁 453。

② 《曝書亭全集・曝書亭集》卷四十，頁 454。

③ 《曝書亭全集・曝書亭集》卷六十五，頁 650。

調整，目的是爲滿清的統治建立繼承正統的理據，以消弭明遺民“夷夏之辨”的論述。康熙之後，雍正帝借曾静(1679—1735)策動岳鐘琪造反(1686—1754)案，編纂頒行《大義覺迷録》，謂：“不知本朝之爲滿州，猶中國之有籍貫，舜爲東夷之人，文王爲西夷之人，曾何損於聖德乎？”[①]只有那些不“向化”者才是夷狄[②]。《清世宗實録・雍正十四年》云：“我朝肇基東海之濱，統一諸國，君臨天下，所承之統，堯舜以來中外一家之統也，所用之人，大小文武，中外一家之人也，所行之政，禮樂征伐，中外一家之政也。”[③]雍正帝謂“舜爲東夷之人，文王爲西夷之人”，又謂“中外一家之人”，“中外一家之政”，無非是想借“堯舜以來”中華文化的認同以論述清的正統性。

雍正之後，乾隆帝又提出以“中華之主”爲正統的論述。楊維楨(1296—1370)著《宋遼金正統辨》，以元承宋統而排斥遼金；乾隆時四庫館臣以女真爲滿洲先世，於是以清承遼、金、元爲正統，擬删去《宋遼金正統辨》。乾隆帝以爲不然：“蓋嘗論之，《春秋》大一統之義，尊王黜霸，所以立萬世之綱常，使名正言順，出於天命人心之正，紫陽《綱目》，義在正統”，並認爲楊維楨“持論頗正”，明確提出：“夫正統者，繼前統受新命也”，而“遼金皆自起北方，本無所承統，非若宋元之相承遞及，爲中華之主也。”[④]依此論述，則明承元之統，清承明之統，都是“繼前統受新命”，“相承遞及”的“中華之主”了[⑤]。乾隆帝以“綱常”論史，非一偶見，例如他認爲南明士大夫的抗清是出於“各爲其主”之故，自是“綱常”的一種表現，應該得到表彰[⑥]，遂有《欽定勝朝殉節諸臣録》的編纂，以“褒揚忠

---

① 《大義覺迷録》卷一，頁二下至三上。

② 《大義覺迷録》卷一，頁五上。

③ 《清實録・世宗實録》卷一三〇，頁 696。

④ 《命館臣録存楊維禎〈正統辨〉喻》，載楊維禎《東維子集》(文淵閣《四庫全書》本)卷首，頁一上至三下。

⑤ 孔定芳：《清初朝廷與明遺民關於“治統”與“道統”合法性的較量》對清政府如何建立其正統性有較仔細的討論。孔文載《江蘇社學》2009 年第 2 期，頁 189—197。

⑥ 乾隆三十一年五月甲午諭旨，《清實録・高宗實録》卷七六一，頁 383。

貞,風勵臣節"[①];與之相對的,是《貳臣傳》的編纂,以示貳臣"大節有虧","雖孝子慈孫,百世不能改者"[②]。《諸臣録》與《貳臣傳》,一褒一貶,對比强烈鮮明。

易代之初,顧炎武倡"亡國與亡天下"之辨,意在嚴夷夏之大防;而康熙帝之謁明孝陵及對修《明史》的重視,初步贏得漢人的認同;至雍、乾二帝的論述,先是證立"中外一家"與清"中華之主"的正統性,再以"各爲其主"的"君臣大義"取代明遺民的"華夷之辨"。清爲"中華之主"是既成的事實,漢族士人接受清的統治,並且出仕清廷,也是事實;换言之,正統性與君臣關係已然確立,以"君臣大義"取代"華夷之辨",也就勢所必然了。《樂府補題》充滿黍離之悲,自然是"君臣大義"的體現;而書中諸作本事難求,亦無諷刺蒙元異族的文字供人坐實,不但與"華夷之辨"無涉,而且與清帝的主張若合符契,這就是《補題》之作之所以被選入《御選歷代詩餘》,全書之所以被收入《四庫全書》而没有被删改的原因所在。

在古代,官方的觀點,往往得到民間的響應。全祖望在《宋王尚書畫像記》中提出"山長非命官,無所屈"之説,力辯即使王應麟曾經出任過蒙元的山長,仍無害於是宋遺民。"非命官"就是非"貳臣"之意。换言之,全祖望認爲王應麟並非"貳臣",没有背叛故宋,没有違背"各爲其主"的"君臣大義",所以王應麟還是宋遺民。可見全祖望的遺民觀與乾隆帝的遺民觀是互相呼應的。當代學者多視做過蒙元學政的王沂孫爲宋遺民,所據的是全祖望的"非命官"説,而全祖望的説法其實是以乾隆

① 乾隆帝在御製序後有七律一首,概括了《欽定勝朝殉節諸臣録》的編輯用意:"信史由來貴癉彰,勝朝殉節與臚薌。五常萬古既雲樹,潛德幽光允賴揚。等度早傳遼及宋,後先直邁漢和唐。諸臣泉壤應相慶,捨死初心久乃償。"見《欽定勝朝殉節諸臣録》(文淵閣《四庫全書》本)卷首,頁二上。

② 詳乾隆四十一年十二月庚子諭旨,《清實録·高宗實録》卷一〇二二,頁 693—694。按:陳永明《〈欽定勝朝殉節諸臣録〉與乾隆對南明殉國者的表彰》,及《〈貳臣傳〉、〈逆臣傳〉與乾隆對降清明臣的貶斥》二文,對《欽定勝朝殉節諸臣録》、《貳臣傳》和《逆臣傳》的編輯意圖有較仔細的討論,見氏著:《清代前期的政治認同與歷史書寫》(上海:上海古籍出版社,2011 年),頁 183—219;頁 220—259。

帝的"君臣大義"説爲背景的。

清的正統性與滿漢的君臣關係已經確立，再加上"康乾盛世"的民豐物阜，士大夫就如常地上朝議事，退朝之後就返回書齋，與三數師友談文論藝，重過其風流儒雅的士人生活。宅邸與書齋是一個私人空間，士大夫在這裏調整自己的心靈以應對外面的紛紛俗世，就像當年的臨安詞人一樣。畢竟，盛世的朝廷也一樣有黨争[①]，士人之間也難免有互異的利益與立場，官場的紛擾突顯了書齋的安閑。回到書齋，與師友品鑑雅玩，對士大夫來説，不啻是一服心靈之藥，就如朱彝尊説的："緩其心，葆其力，以應事機之無窮。"

盛世的詞壇由朱彝尊及其浙西詞派主導。浙西詞派推崇醇雅的詞風，以姜、張與臨安詞人的雅致爲審美的標準，莫不與"康乾盛世"的時代精神相呼應，而醇雅之音就成了一時的風尚。在詞人看來，《補題》的深刻寄託很值得欣賞，卻没有必要繼承。在閑逸的書齋裏，士大夫更看重的是《補題》詠物的精巧，於是透過和作來揣摩詠物的技法，争雄競勝，展示學問，並仿效《補題》詞人，勇於開拓新題。在新題的開拓過程中，當然有可議之作，例如陳玉基與朱彝尊都各有一套《沁園春》詞詠美人的身體部位，就不無惡趣之嫌，然而更多的是雅玩化的精巧之製。

雅玩化之作，寫的是閑情逸致與品味才情，没有後世讀者所期望的寄託意涵，只展現詞人的審美情趣，純然是精致工巧，也是詠物詞去政治化的書寫。這些詞作固然比不上《補題》原唱，也未必得到後人的肯首，卻無疑是詠物詞的一大拓展。等到盛世一過，清的國運走向下坡，詠物寄託才被再次提倡。

---

① 例如朱彝尊在家書中説："不期馮中堂（馮溥）怪我不往認門生，杜中堂（杜立德）極貶我詩，李中堂（李霨）因而置我及汪（琬）于一等末，又對上言説我卷不好。上謂一日短長，亦不足定人生平。三中堂及掌院（葉方藹）所取，皆意中私人，文有極不堪者，詩有出韻重韻者，皆在我前。"見《曝書亭全集·曝書亭集外詩文補輯》卷十一，頁 1017。

附表二　《全清詞・雍乾卷》所收《樂府補題》和作

詞人	詞作	首句	册頁
葉之溶	153. 水龍吟・白蓮	華山玉芬分根,仙葩一洗臙脂紫。	第一册,頁106
	154. 齊天樂・蟬	苦吟只是悲淒調,聲聲似添愁思。	第一册,頁107
	155. 天香・龍涎香	絶島收雲,洪波泛石,鮫人采入龍舍。	第一册,頁107
	156. 摸魚兒・蓴	喜青青、嫩浮甘脆,千絲霧縈口。	第一册,頁107
	157. 桂枝香・蟹	雙螯並聳。	第一册,頁107
陸　培	158. 水龍吟・白蓮	插秧歌繞陂塘,炎天吹到香風冷。	第一册,頁156
	159. 桂枝香・蟹	滄江望極。	第一册,頁156
	160. 齊天樂・蟬	西風消息憑伊説,騷人最憐淒調。	第一册,頁157
	161. 摸魚兒・蓴	認釵莖、毿毿漾碧,平鋪波面零碎。	第一册,頁157
	162. 天香・龍涎香	遠泛秋槎,危探碧嶠,乖龍蟄睡遲醒。	第一册,頁157
厲　鶚	163. 天香・龍涎香	苦竹潭深,枯桑島遠,靈姝秋卧無味。	第一册,頁270
	164. 摸魚兒・蓴	過清明、第三橋畔,香鈿半漾平碧。	第一册,頁271
	165. 齊天樂・蟬	青林響接炎光水,垂緌不沾塵土。	第一册,頁271
	166. 齊天樂・蟬(其二)	一番枝背旁鳴起,池塘頓添清豔。	第一册,頁271
	167. 水龍吟・白蓮	綠羅萬笠高低,姑山雪擁横塘路。	第一册,頁272
	168. 桂枝香・蟹	江楓落早。	第一册,頁272
何夢瑶	169. 齊天樂・詠蟬	疏簾清簟看棋處,微吟暗飄涼吹。	第一册,頁322
金　焜	170. 齊天樂・蟬	前身壞木何時化,年年夏初鳴早。	第二册,頁812
	171. 水龍吟・白蓮	問誰淨浣妖紅,萬枝白瑩搖晴淥。	第二册,頁811
	172. 摸魚兒・蓴	漲平湖、一篙新雨,絲絲密罩千頃。	第二册,頁811

續表

詞人	詞作	首句	册頁
吴　烺	173. 天香・龍涎香	絶嶠寒煙,荒洲苦霧,濛濛吹作雲氣。	第二册,頁 1004
	174. 摸魚兒・蓴	望湘湖、一痕縹碧,絲絲點綴明鏡。	第二册,頁 1004
	175. 水龍吟・白蓮	風潭百頃漣漪,楚天寫出秋容淡。	第二册,頁 1004
	176. 齊天樂・蟬	井梧秋飄黄葉,聲聲晚來悽楚。	第二册,頁 1005
	177. 桂枝香・蟹	江空露白。	第二册,頁 1005
	178. 天香・龍涎香	銀葉翻殘,繡衾熏罷,縈成幾縷心字。	第二册,頁 1034
	179. 水龍吟・白蓮	玉冠蘸雪凝冰,廉纖寒雨終宵過。	第二册,頁 1034
	180. 摸魚兒・蓴	野艇横、淡煙初斂,晚潮新漲遥岸。	第二册,頁 1034
	181. 桂枝香・蟹	連宵月皎。	第二册,頁 1035
茹敦如	182. 水龍吟・白蓮	何來豔影娉婷,風前翦出輕紈素。	第二册,頁 1041
	183. 摸魚兒・蓴	記橋邊、淡煙横處,小帘初賣新醱。	第二册,頁 1046
	184. 桂枝香・蟹	秋湖欲渡。	第二册,頁 1058
	185. 桂枝香・蟹(其二)	連天白水。	第二册,頁 1058
	186. 天香・龍涎香	何處雷聲,桃此浪裏,驚他一覺酣睡。	第二册,頁 1059
	187. 天香・龍涎香(其二)	百種攢花,千聲搗玉,東官小女眉淺。	第二册,頁 1059
朱方藹	188. 天香・龍涎香	蜃市春回,驪宫睡醒,癡龍凍蟄驚起。	第二册,頁 1067
	189. 水龍吟・白蓮	涼波十里芳塘,分明擁出瑶臺景。	第二册,頁 1067
	190. 齊天樂・蟬	緑蔭匝地炎天永,聲聲亂嘶池館。	第二册,頁 1067
	191. 摸魚子・蓴	過西冷、三潭深處,一枝桃槳曾艤。	第二册,頁 1068
	192. 桂枝香・蟹	湖田秋老,見香穗舒芒,雙螯低抱。	第二册,頁 1068

續表

詞人	詞作	首句	册頁
王　昶	193. 天香・龍涎香	孤島蟠雲，窮洋蹴浪，蛟宫凍蟄初起。	第二册，頁 1163
	194. 水龍吟・白蓮	玉妃乍换新妝，無情有恨誰人見。	第二册，頁 1164
	195. 摸魚兒・蓴	正吴江、采菱歌罷，涼風一夜蕭槭。	第二册，頁 1164
	196. 臺城路・蟬	千秋未了齊宫怨，年年斷魂誰訴。	第二册，頁 1165
	197. 桂枝香・蟹	江楓欲舞。	第二册，頁 1165
朱　昂	198. 天香・龍涎香	蜃市盤雲，鮫宫涌沫，孤槎海月初滿。	第三册，頁 1309
	199. 水龍吟・白蓮	月移太液波明，秋風吹滴瑶池露。	第三册，頁 1309
	200. 摸魚兒・蓴	望湘皋、碧雲涼影，銀絲鋪水摇漾。	第三册，頁 1310
	201. 齊天樂・蟬	夕陽槐影閑庭院，孤高暗翻秋翅。	第三册，頁 1310
	202. 桂枝香・蟹	漁舟晚泊。	第三册，頁 1310
趙文哲	203. 天香・龍涎香	漲水鋪花，晴雲罩樹，何人獨木摇艇。	第三册，頁 1459
	204. 齊天樂・蟬	攔街自唱青林樂，軒窗便聞清喉。	第三册，頁 1459
	205. 摸魚兒・蓴	問江東、步兵何事，秋風纔憶歸路。	第三册，頁 1459
	206. 水龍吟・白蓮	雙鴛微步難尋，飄零玉玦銀塘畔。	第三册，頁 1460
	207. 桂枝香・蟹	相逢一笑。	第三册，頁 1460
戴文燈	208. 水龍吟・白蓮用草窗韻	冷雲吹落璚田，露欹翠蓋琉璃碎。	第三册，頁 1658
方成培	209. 齊天樂・蟬	陰陰吟遍千山緑，淒清遽驚秋至。	第三册，頁 1801
	210. 桂枝香・蟹	楚天空闊。	第三册，頁 1801
	211. 天香・龍涎香	黍纏紅絲，香遥脯燕，珠宫暖睡初起。	第三册，頁 1801
	212. 摸魚兒・蓴	漾波紋、落英如繡，柳陰初放煙艇。	第三册，頁 1802

續表

詞人	詞作	首句	册頁
張　素	213. 水龍吟·白蓮	仙人掌上分來，或疑種出瑶池裏。	第四册，頁 2053
徐志鼎	214. 水龍吟·白蓮	碧煙流水無情，陂塘調弄花容好。	第四册，頁 2110
	215. 桂枝香·蟹	秋江露白。	第四册，頁 2117
	216. 齊天樂·蟬	緑煙初印仙蟲社，餘音暗驚平楚。	第四册，頁 2121
	217. 天香·龍涎香	蜃海噴雲，鮫宫舞浪，癡龍幻出香氣。	第四册，頁 2126
	218. 摸魚兒·蓴	望秋江、一泓如鏡，蓴絲波面相接。	第四册，頁 2130
李汝章	219. 齊天樂·蟬	斜暉斂霽林逾静，單吟擬將簫嘒。	第四册，頁 2163
吴煜鳳	220. 天香·龍涎香	鯨島寒噓，鮫人曉采，沙痕已帶濃篆。	第四册，頁 2397
	221. 水龍吟·白蓮	蕊仙淨洗鉛華，天然玉質臨妝鏡。	第四册，頁 2397
	222. 摸魚子·蓴	怪鮫宫、龍髯注翦，絲絲疑帶煙浪。	第四册，頁 2397
	223. 齊天樂·蟬	午堂正續槐根夢，數聲又聞高樹。	第四册，頁 2398
	224. 桂枝香·蟹	江南水葩。	第四册，頁 2398
李　翮	225. 齊天樂·蟬	客窗四面清商起，聲聲翠煙深處。	第五册，頁 2437
江炳炎	226. 買坡塘	記年時、湖干信宿，隔窗夜雨聲驟。	第五册，頁 2675
	227. 齊天樂·蟬	者番恰又秋來矣，因秋頓添懷抱。	第五册，頁 2681
孫鼎煊	228. 天香·龍涎香	雨浥蕤英，雲淹草甲，蟄涎夜翦鮫女。	第五册，頁 2896
	229. 水龍吟·白蓮	若耶溪上徘徊，望中太液波光冷。	第五册，頁 2896
	230. 摸魚子·蓴	愛江鄉、露葵初長，晴絲青逼洲尾。	第五册，頁 2897
	231. 齊天樂·蟬	井欄初罷黄梅雨，薰風送來悽調。	第五册，頁 2897
	232. 桂枝香·蟹	明河渡鵲。	第五册，頁 2897
張奕樞	233. 摸魚兒·蓴	憶楓江、清宵涼席，羹湯調出煙渚。	第五册，頁 2956

續表

詞人	詞作	首句	冊頁
顧詒禄	234. 桂枝香・蟹	灘黄露白。	第六册，頁 3104
朱雲翔	235. 水龍吟・白蓮	銀塘風静漣漪，宓妃初學凌波步。	第六册，頁 3523。
	236. 臺城路・蟬	桐花散落閒階静，虚窗翠陰回繞。	第六册，頁 3526
田中儀	237. 天香・龍涎香	潮沫留沙，雲痕積石，鮫人夜取誰使。	第七册，頁 3692
	238. 桂枝香・蟹	秋風岸側。	第七册，頁 2716
	239. 水龍吟・白蓮	銀塘一望清漪，玉奴彷彿凌波穩。	第七册，頁 2719
	240. 齊天樂・蟬	有何新響人間訴，年年翠陰庭院。	第七册，頁 2719
	241. 摸魚兒・蓴	正清秋、蒼茫雲水、野塘摇漾冰綫。	第七册，頁 2720
陸　烜	242. 齊天樂・蟬	寓形宇内空如蜕，蕭瑟更逢秋暮。	第七册，頁 2755
張玉穀	243. 天香・龍涎香	鳳腦焚殘，麝臍爇罷，香傳大食尤最。	第七册，頁 4002
吴泰來	244. 天香・龍涎香	珠泊春回，瓊扉夜扃，依稀千點輕杵。	第八册，頁 4200
	245. 摸魚子・蓴	捲晴雲、翠奩開處，冰絲千縷相接。	第八册，頁 4200
	246. 桂枝香・蟹	連江露白。	第八册，頁 4200
顧懷德	247. 桂枝香・蟹	新楓古渡。	第八册，頁 4258
	248. 水龍吟・白蓮	素花綴向清池，水雲冷淡天無色。	第八册，頁 4259
	249. 齊天樂・蟬	晝長閑聽蟬鳴樹，餘音倍增疏亮。	第八册，頁 4260
	250. 摸魚兒・蓴	漾春波、碧澄湖水，幾莖釵股初展。	第八册，頁 4263
王元勳	251. 桂枝香・蟹	江干小市。	第八册，頁 4458
	252. 齊天樂・蟬	新霜纔到蕭蕭葉，林間便聞清語。	第八册，頁 4458

續表

詞人	詞作	首句	册頁
李　葵	253. 天香·龍涎香	海氣蒸雲,星槎泛島,蛟螭涌沫初起。	第八册,頁 4494
	254. 水龍吟·白蓮	虙妃何處歸來,珊珊仙珮留青影。	第八册,頁 4494
	255. 摸魚兒·蓴	翦霜痕、荻蘆洲畔,溪葵摇漾秋水。	第八册,頁 4495
	256. 齊天樂·蟬	雨餘嘒嘒流聲裏,高居緑槐煙杪。	第八册,頁 4495
	257. 桂枝香·蟹	輕舟晚泊。	第八册,頁 4495
王初桐	258. 水龍吟·白蓮	爲誰卸了紅衣,緑房迎曉霜綃翦。	第八册,頁 4664
	259. 摸魚兒·蓴	問何年、龍髯翦墮,冰涎猶自香凝。	第八册,頁 4664
	260. 齊天樂·蟬	蜕衣翦就冰綃薄,高林亂賡新吹。	第八册,頁 4664
	261. 桂枝香·蟹	魚村板屋。	第八册,頁 4665
	262. 天香·龍涎香	采沫鮫宫,漉漦蜑户,星查催送瀛島。	第八册,頁 4665
張塤	263. 水龍吟·白蓮	海珠有淚無波,西風漸老銀塘藕。	第九册,頁 4849
	264. 桂枝香·蟹	蘆村蓼舍。	第九册,頁 4919
李日華	265. 齊天樂·蟬	殘虹乍斂荷香逗,閑窗漸聞嘶近。	第十册,頁 5361
	266. 摸魚子·蓴	綺霞平、月澄南浦,梳雲鋪水凌亂。	第十册,頁 5362
	267. 桂枝香·蟹	霜澄暗葦。	第十册,頁 5362
	268. 天香·龍涎香	風曳長綃,雲迷錦,瑤宫記涉清淺。	第十册,頁 5363
	269. 水龍吟·白蓮	曩時暗哂詩人,鬧紅一舸斜陽陌。	第十册,頁 5364
孔繼涵	270. 摸魚兒·蟬	遍周遭、一聲聲叫,夕陽冷落高樹。	第十册,頁 5490
	271. 摸魚兒·蟹	正新霜、黄花衰柳,田家剛熟禾黍。	第十册,頁 5490
吴蔚光	272. 齊天樂·蟬	蜕來頭有雙緌戴,何曾再霑塵土。	第十一册,頁 6068

續表

詞人	詞作	首句	册頁
朱　棟	273. 臺城路・蟬	濃陰碧樹村村暗，旋閑一聲遮了。	第十一册，頁 6424
	274. 桂枝香・蟹	江湖秋老，正荻渚波清，菊花天氣。	第十一册，頁 6424
李　澧	275. 天香・龍涎香	波伏之間，涎流無礙，無礙，龍須名。	第十一册，頁 6443
	276. 水龍吟・白蓮	虹梁幾柄風荷，如何不見濃妝擁。	第十一册，頁 6443
	277. 臺城路・蟬	高蹤不逐金貂去，江村慣耽岑寂。	第十一册，頁 6443
	278. 桂枝香・蟹	蓴鱸休戀。	第十一册，頁 6443
	279. 摸魚子・蓴	雨初消、翠蓴漾處，湖光新沐如鏡。	第十一册，頁 6444
吴錫麒	280. 天香・龍涎香	泊月槎横，浮煙路遠，靈漦採自瑶島。	第十二册，頁 6571
	281. 摸魚兒・蓴	滿鷗波、罩煙拖雨，涼絲平織千頃。	第十二册，頁 6585
	282. 水龍吟・白蓮	水香何處尋來，一痕澹月微茫墜。	第十二册，頁 6592
	283. 齊天樂・蟬	翠雲不鎖遊仙夢，年年蜕餘催唤。	第十二册，頁 6600
	284. 桂枝香・蟹	空江月黑。	第十二册，頁 6603
程　瑜	285. 天香・龍涎香	駕海鯨飛，乘風蜃散，探奇直上瑶島。	第十二册，頁 6679
	286. 水龍吟・白蓮	縞妝澹竚銀塘步。	第十二册，頁 6679
	287. 摸魚兒・蓴	逗香波、小魚浮碧，冰涎涼曳清韻。	第十二册，頁 6680
	288. 齊天樂・蟬	五更曉樹涼陰嫩，淒淒便傳清響。	第十二册，頁 6680

續表

詞人	詞作	首句	册頁
程　瑜	289. 桂枝香・蟹	漁莊渡口。	第十二册，頁 6680
顧敏恒	290. 齊天樂・蟬	一身只愛依亭樹。	第十二册，頁 6854
費　融	291. 桂枝香・蟹	涼飔古渡。	第十三册，頁 7139
	292. 摸魚兒・蓴	愛吴淞、半篙新漲，桃花波面風軟。	第十三册，頁 7152
唐仲冕	293. 齊天樂・露蟬	恢台早秉清涼氣，消受淡腴滋味。	第十三册，頁 7312
殷如海	294. 齊天樂・蟬	濃陰幾樹藏哀響，聲聲只催斜照。	第十三册，頁 7470
汪世雋	295. 齊天樂・蟬	緑陽幾盈樹遥村外，鳴蟬嘶過斜照。	第十三册，頁 7545
凌廷堪	296. 天香・和《樂府補題》宛委山房擬賦龍涎香	幽可潛珠，芳偏韞鬣，何時頷下偷取。	第十四册，頁 7798
	297. 水龍吟・和《樂府補題》浮翠山房擬賦白蓮	粉痕吹滿銀塘，翠奩虚掩幽芳淨。	第十四册，頁 7798
	298. 摸魚兒・和《樂府補題》紫雲山房擬賦蓴	脱龍校、玉絲柔滑，空明深處幽翠。	第十四册，頁 7798
	299. 齊天樂・正宫和《樂府補題》餘閒書院擬	糞丸九轉初成後，輕身乍疑鴻漸。	第十四册，頁 7799
	300. 桂枝香・仙吕宫和《樂府補題》天柱山房擬賦蟹	菱湖半畝。	第十四册，頁 7799

續表

詞人	詞作	首句	册頁
張玉珍	301. 水龍吟・白蓮	銀塘十里波澄,仙人掌上芙蓉吐。	第十四册,頁7859
	302. 齊天樂・詠蟬	虚堂簾捲初聞處,重重緑陰低映。	第十四册,頁7859
王翰青	303. 買坡塘・蓴三泖漁莊第一敘	正吴江、采菱歌罷,涼風一夜蕭槭	第十五册,頁8296
史　蟠	304. 水龍吟・白蓮	一湖曉色通明,露華千點秋園定。	第十五册,頁8463
戴　珊	305. 摸魚兒・憶蓴	怪無端、蓴絲興起,吟來倚遍庭竹。	第十五册,頁8512
	306. 桂枝香・憶蟹	舊遊如昨。	第十五册,頁8512
江浩然	307. 天香・龍涎香	尺木沉淵,戛銅静谷,靈漦巧被蹤跡。	第十五册,頁8629

附表三　《全清詞・順康卷》載《樂府後補題》諸家唱和

詞人	詞作	册頁
陸　棻	1. 尾犯・筍	第十册,頁5753
	2. 催雪・珍珠蘭	第十册,頁5753
	3. 惜秋華・牽牛花	第十册,頁5754
	4. 留客住・鷓鴣	第十册,頁5754
曹貞吉	5. 惜秋華・牽牛花	第十一册,頁6489
	6. 留客住・鷓鴣	第十一册,頁6493
	7. 尾犯・筍	第十一册,頁6493
	8. 催雪・珍珠蘭	第十一册,頁6495
李良年	9. 尾犯・筍	第十一册,頁6635
	10. 催雪・珍珠蘭	第十一册,頁6636
	11. 惜秋華・牽牛花	第十一册,頁6636

續表

詞人	詞作	册頁
李良年	12. 留客住・鷓鴣	第十一册，頁 6636
	13. 瑣窗寒・倭奩	第十一册，頁 6636
李　符	14. 尾犯・筍。案此首以下《珍珠蘭》、《牽牛花》、《鷓鴣》、《倭奩》五首均爲和其家兄良年之作。	第十三册，頁 7530
	15. 催雪・珍珠蘭	第十三册，頁 7530
	16. 惜秋華・牽牛花	第十三册，頁 7530
	17. 留客住・鷓鴣	第十三册，頁 7530
	18. 瑣窗寒・倭奩	第十三册，頁 7530
沈皞日	19. 尾犯・筍	第十四册，頁 7959
	20. 惜秋華・牽牛花	第十四册，頁 7960
	21. 催雪・珍珠蘭	第十四册，頁 7960
	22. 留客住・鷓鴣	第十四册，頁 7960
	23. 瑣窗寒・倭奩	第十四册，頁 7960
沈岸登	24. 尾犯・筍	第十六册，頁 9068
	25. 催雪・珍珠蘭	第十六册，頁 9068
	26. 惜秋華・牽牛花	第十六册，頁 9069
	27. 留客住・鷓鴣	第十六册，頁 9069
	28. 瑣窗寒・倭奩	第十六册，頁 9069
邵　瓚	29. 催雪・珍珠蘭	第十六册，頁 9355
	30. 瑣窗寒・倭奩	第十六册，頁 9355
龔翔麟	31. 尾犯・筍	第十七册，頁 10153
	32. 催雪・珍珠蘭	第十七册，頁 10153
	33. 惜秋華・牽牛花	第十七册，頁 10153
	34. 留客住・鷓鴣	第十七册，頁 10154
	35. 瑣窗寒・倭奩	第十七册，頁 10154

附表四　《蔗塘未定稿・蔗塘外集》本《擬樂府補題》諸家唱和

《擬樂府補題》詞作	詞人										頁碼
	厲鶚	陸培	閔華	張弈樞	陳皋	張雲錦	萬光泰	查爲仁	吳廷采	樓錡	
天香・賦薛鏡	✓	✓	✓	✓	✓	✓	✓	✓	—	—	一上至三上
水龍吟・賦漳蘭	✓	✓	✓	✓	✓	✓	—	✓	—	—	三上至五上
摸魚兒・賦芡	✓	✓	✓	✓	✓	✓	✓	✓	—	—	五上至八上
齊天樂・賦絡緯	✓	✓	✓	✓	✓	✓	✓	✓	✓	✓	八上至十一上
桂枝香・賦銀魚	✓	✓	✓	✓	✓	✓	✓	✓	—	—	十一上至十四上

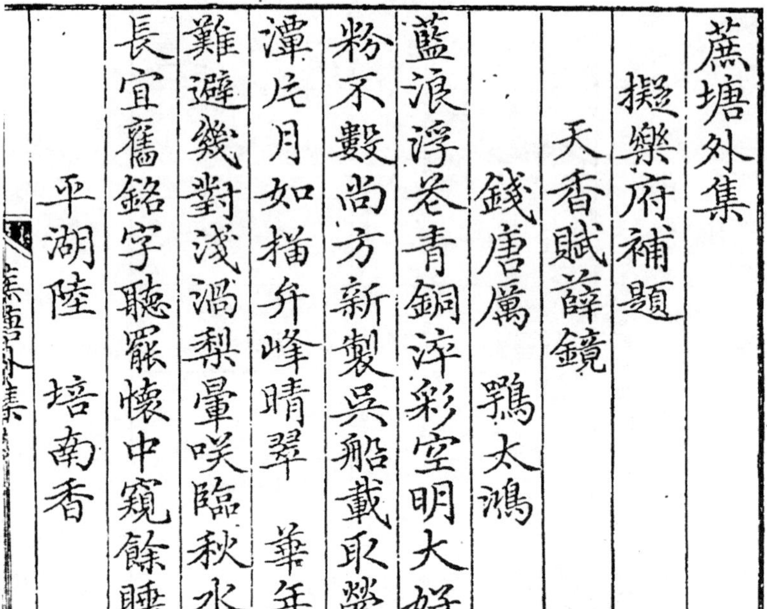
蕉塘外集
擬樂府補題
天香賦薛鏡
錢唐厲　鶚太鴻
藍浪浮卷青銅淬彩空明大好無翳樣巧裁菱面平揩
粉不數尚方新製吳船載取縈繡帶疑迴鸞翅低挂蘇
潭底月如描弁峰晴翠　華年誤人似此杜郎看鬢絲
難避幾對淺渦梨暈笑臨秋水勳業平生付与寂愛是
長宜舊銘字聽罷懷中窺餘睡起
平湖陸　培南香

查爲仁編《蔗塘未定稿·蔗塘外集·擬樂府補題》書影

第三節　八國聯軍入京與詠物詞:《春蟄吟》對《樂府補題》的回響

"康乾盛世"過後,清朝逐步衰落。清廷在鴉片戰爭(1839—1842)中敗給英國,簽訂了"南京條約",鎖國的大門從此被打開,中國所面對的不再是從前的外族,而是世界列强。中國近代史正式開始,清的國運也走向下坡。

到了晚清之世,中國已和列强簽訂了多個不平等條約。這不但加速了清的衰亡,而且令中國人與外國人的衝突日漸增多。光緒廿六年(1900)春發生了"庚子事變",義和團拳民殺死中國的天主教信徒,又燒毁教堂和教徒房屋。同年六月,清廷允許義和團進駐北京,由此危及列强的利益。同月,清廷向英、美、法、俄、德、義、奥、日、西班牙、比利時、荷蘭等十一國宣戰,結果導致英、美、法、俄、德、義、奥、日八國聯軍入京,而慈禧太后就挾持光緒帝逃往陝西西安。老大的帝國可謂病入膏肓了。

慈禧太后與光緒帝離開了京師,以王鵬運(1849—1904)、朱祖謀(1857—1931)、劉福姚(1864—?)爲核心的十多位詞人卻留了下來[①]。

---

① 除了王、朱、劉三位詞人外,唱和者尚有十一人。朱蔭龍(1912—1960)曰:此集刻本目録後有半塘書識語:"起庚子十二月朔,訖辛丑三月盡,凡閱百十八日,拈調四十六,得詞百二十四,附録三十五,共百五十九首。倡和者漢軍鄭叔問文焯,江夏張瞻園仲炘,揭陽曾剛主習經,儀徵劉譽棖恩黻,江都於穗平齊慶,夏買冷香璜,永定吴琴舫鴻藻,滿洲似園恩溥,山陰楊霞生福璋,滿洲南禪成昌,應山左笏卿紹佐也。"王鵬運著,朱蔭龍(1912—1960)校録:《春蟄吟》(《半塘七稿》第八卷)卷首。按:《春蟄吟》附於光绪二十七年(1901)刻本《庚子秋詞》後,唯今坊間及一般大學圖書館所見各本《庚子秋詞》均無《春蟄吟》附焉。王鵬運自編《半塘定稿》只選自己的《春蟄吟》唱和詞《天香》及《齊天樂》兩首,其他三題不録,所以除了《半塘定稿》外,本書還參考朱蔭龍編校《半塘七稿》第八卷《春蟄吟》。此本僅録王鵬運詞,未及其他諸家詞作,書名仍名《春蟄吟》。朱蔭龍編校《半塘七稿》成於民國三十一年(1942),書於朱氏專用"甘寂寞室"稿紙上,今藏(轉下頁)

他們目睹了八國聯軍入京的一幕,也知悉太后與皇帝西狩事、珍妃投井身殉事。詞人感傷時事,於是搦管書懷,同題唱和,並將詞作輯成《庚子秋詞》與《春蟄吟》二集。《庚子秋詞》是小令詞集,《春蟄吟》則長調多,小令少,還有多首詠物詞。《春蟄吟》中有五題詠物詞與《補題》原唱同調異題,可説是晚清詠物詞對《樂府補題》的回響,也是詞人課詞唱和,並向詠物寄託的回歸。以下試以王鵬運、朱祖謀和劉福姚的詞作爲例,略析《春蟄吟》這五組詠物詞的寄託大要。

一、回歸寄託:晚清時局的詞筆書寫

《庚子秋詞》成書之後,慈禧太后與光緒帝尚未回鑾,於是詞人又有《春蟄吟》的唱和。王鵬運《春蟄吟・序》曰:

> 春非蟄時,蟄無吟理。蟄於春,不容已於蟄也;蟄而吟;不容已於吟也。漆室之歎,魯嫠且然;曲江之悲,杜叟先我。蓋《庚子秋詞》斷手,又兩合朔,且改歲矣。春雷之啓,其有日乎?和聲以鳴,敬竢大雅君子,吾儕詹詹有余幸焉。光緒辛丑元日記。[①]

漆室悲嘯,嫠不恤緯。詞人留守圍城,就如杜甫之"春日潛行曲江曲"。他們期望"春雷之啓,其有日乎"?既是望兩宫回鑾,也是望國運復興。憂時傷事,溢於言表。

《春蟄吟》"起庚子(1900)十二月朔,訖辛丑(1901)三月盡,凡閲百十八日,拈調四十六",其中五調接連在一起,而且所用的詞調與《補題》相同。以下是《補題》、《擬補題》及《春蟄吟》的詞調和題目:

(接上頁) 廣西省桂林圖書館。桂林圖書館曾有多個舊名,其一爲"廣西僮族自治區(注:1965 年更名爲廣西壯族自治區)第一圖書館",故《半塘七稿》上蓋有"廣西僮族自治區第一圖書館藏書"圓形仿宋體藏書印章。

① 王鵬運著,朱蔭龍校録:《春蟄吟》,《半塘七稿》卷八。

詞調	《補題》	《擬補題》	《春蟄吟》
	題目	題目	題目
天香	龍涎香	薛鏡	鹿港香
水龍吟	白蓮	漳蘭	唐花
摸魚兒	蓴	芡	冬筍
齊天樂	蟬	絡緯	鴉
桂枝香	蟹	銀魚	銀魚

《擬補題》與《春蟄吟》同以《桂枝香》詠銀魚；《後補題》也有詠筍一題，而用的詞牌是《尾犯》。這些詞作都可以對照參讀。

1. 感傷國事

《春蟄吟》這五題詞作的第一題是《天香·鹿港香》。此題頗效法《補題》龍涎香之作。朱祖謀詞曰：

碧鷓收斑，玉龍翦唾，如雲細屑誰碾。小炷沈馨，雙煙同氣，蕩煐淺春一綫。花風送處，疑悄度、漳蘭新畹。著指賸拈銀甲，入懷尚溫珠串。　　鑾薰暗愁涴徧。料西家、翠匳春換。縷縷海東雲氣，半迷殘篆。倹味衣篝宛在，怕難喚、蓬山倩魂返。待寄相思，蘅蕪夢遠。①

朱詞與周密和吕同老《補題》原作的下片很相似。上片製香、焚香的構思也是來自《補題》。下片"難喚倩魂"一韻，很明顯是悼亡的句子，而悼亡的對象應是珍妃（1876—1900）。光緒二十六年七月二十一日（1900年8月15日），八國聯軍攻占北京城，慈禧太后、光緒帝和親貴大臣倉皇逃離北京，而珍妃亦於同日命殞。李希聖《庚子國變記》記曰：

珍妃有寵於上，太后惡之，臨行推墮井死。……諸宫人皆委之

① 朱祖謀：《彊邨詞賸稿》（《續修四庫全書》本）卷一，頁587。

而去，赴水死者數十人，其餘走出安定門，遇潰兵，被劫，多散失。①

羅惇曧(1871—1924)《庚子國變記》所記略異：

二十一日，天未明，太后青衣徒步泣而出，帝及后皆單袷從，至西華門外，乘騾車，……妃主宫人，皆委之以去。珍妃帝所最寵，而太后惡之，既不及從駕，乃投井死，宫人自裁者無數。②

不管是"推墮井死"還是"不及從駕，乃投井死"，珍妃死於八國聯軍入京之時，是當時人所皆知的事。劉福姚詞曰：

心事燒殘，回文篆就，仙山舊夢初斷。露沁紅薇，煙浮銀葉，留得繡幃春暖。西溪路杳，誰與寄、相思一綫。珍重湘簾密護，絲絲怕隨風散。　　十洲暗塵乍捲。泛仙槎、采芳人遠。欲問避寒消息，玉臺驚换。衫袖愁痕在否，莫更倚、瓊箏訴幽怨。惜取餘熏，芳心漸短。③

劉詞上片寫焚香，亦從周密和吕同老詞的下片化出，而"心事仙山"、"誰寄相思"，也是悼念珍妃之意；下片的"泛仙槎、采芳人遠。欲問避寒消息，玉臺驚换"，寫的是兩宫尚未有回鑾的消息；至於所謂"避寒"，其實是逃難。

劉福姚的《水龍吟・唐花》也是詠珍妃事而略有變化：

幾曾禁慣冰霜，一番點綴嬌無比。重帷密護，靚妝新門，東風羞避。顛倒春工，玉顔未老，芳心先死。訝雲霞萬色，繁華一瞬，偏

---

① 李希聖：《庚子國變記》，《續修四庫全書》，頁449。

② 羅惇曧：《庚子國變記》，載程演生等主編：《民國叢書》第五編(與《拳變餘聞》及《西巡回鑾始末記》合刊。上海：神州國光社，1947年)，頁15。

③ 曾德珪編：《粵西詞載》(桂林：漓江出版社，1993年)，頁990。

熏得，游人醉。　回首年時佳麗。點香塵、驚風吹起。樓臺似舊，何曾頃刻，催開紅紫。莫問春歸，開簾忍見，鶯嬌燕媚。剩封枝殘雪，明朝點點，化相思淚。①

上片"顛倒春工，玉顏未老，芳心先死"，寫珍妃青春命殞，死於非命，不過即使"繁華一瞬"，也可"熏得游人醉"。這是襯託的筆法，以"游人醉"襯託珍妃生命"一瞬"之淒慘。下片"莫問春歸，開簾忍見，鶯嬌燕媚"，設想光緒帝回鑾之後，已經物是人非，難以爲懷，故曰"莫問"、"忍見"，屆時"封枝殘雪"也要"化相思淚"了。

五題當中，最爲王鵬運與朱祖謀重視的，是《齊天樂·鴉》。兩位詞人都選了這題選入自己的詞集定稿，朱祖謀更只選此題。王鵬運詞曰：

城南城北雲如墨，紛紛點空零亂。落日呼羣，驚風墜翼，極目平林恨滿。蕭條歲晚。是幾度朝昏，玉顏輕换。露泣宫槐，夜寒相與訴幽怨。　新巢安否漫省，繞枝棲未定，珍重霜霰。壞堞軍聲，長天月色，誰識歸飛羽倦。江湖夢遠。記噪影檣竿，舵樓風轉。意緒何堪，白頭搔更短。②

朱祖謀詞曰：

半天寒色黄昏後，平林漸添愁點。倦影偎煙，酸聲噤月，城北城南塵滿。長安歲晏。又啼入延秋，故家啄遍。問幾斜陽，玉顏悽訴舊團扇。　南飛虚羡越鳥，亂烽明似炬，空外驚散。壞陣秋盤，虚舟暝踏，何處衰楊堪戀。江關夢短。怕頭白年年，舊巢輕换。獨鶴歸無，後棲休恨晚。③

---

① 曾德珪編：《粵西詞載》，頁990。

② 王鵬運編：《半塘定稿》（《續修四庫全書》本）卷二，頁401—402。

③ 朱祖謀：《彊邨語業》（《續修四庫全書》本）卷一，頁527。又見白敦仁：《彊邨語業箋注》（成都：巴蜀書社，2002年），頁67—68。

兩家都用了杜甫《哀江頭》典："黄昏胡騎塵滿城，欲往城南望南北。"詞人只須約略一提"城南城北"，讀者就自然想到滿城的胡騎胡塵，因爲《哀江頭》是詞人與讀者共享的文化記憶。所謂胡，當然是指八國聯軍。王鵬運《春蟄吟·序》就有"曲江之悲，杜叟先我"之句。《哀江頭》開頭即曰："少陵野老吞聲哭，春日潛行曲江曲。江頭宫殿鎖千門，細柳新蒲爲誰緑。"《春蟄吟》成於三月暮春，用杜詩典不但暗應暮春的節令，更重要的是"江頭"、"細柳"二句的詩意，就是所謂的"曲江之悲"。《序》、詞、杜詩，三者互相呼應。城南城北之所以與鴉相關，實本於漢樂府詩《戰城南》："戰城南。死郭北。野死不葬烏可食。爲我謂烏。且爲客豪。野死諒不葬。腐肉安能去子逃。"詞人"城南城北"之句，既用《戰城南》的應題典故，又用《哀江頭》的烘題典故，而兩個典故皆託意穩定：滿城烽火，死傷枕藉。

二家合用《戰城南》與《哀江頭》詠鴉，實有當時的歷史語境爲據。羅惇曧《庚子國變記》云：

> 時聯軍入都，各國劃界，分屯軍隊，美、日兩國兵，均嚴守紀律，不擾居民。德軍憤使臣之被害，其出師時，德皇誓於軍，謂破都城時，當以入野蠻國之法待之，故德軍淫掠殊甚。其他國軍隊，亦略同焉。[①]

又曰：

> 聯軍舉德大將瓦德西爲統帥，入居儀鸞殿，整隊入宫。見穆宗瑜妃，猶致敬禮。殿宇器物，戒勿毁掠。逮回鑾時，尚無恙也。城内外民居，則恣意搜括。廟觀曾設拳匪壇者，則焚之。拳匪亂時，積屍於道，聯軍則驅華人負屍出城。有達官貴族，被驅遣負屍，不順則鞭之。其掠人筐篋，則奪大車載之行。牲口不足，則執華人於

---

① 羅惇曧：《庚子國變記》，頁 17。

道,以代驟馬。[①]

詞人用虚筆,羅惇曧用實寫。"城南城北"的詞句所對應的,又豈止是"胡騎塵滿城"而已?

王鵬運詞"新巢"一韻指行在言,詞人擔心慈禧太后和光緒帝的情況,故有此數句。"壞堞軍聲"句,用李賀《潞州張大宅病酒遇江使寄上十四兄》典:"城鴉啼粉堞,軍吹壓蘆煙。"指滿城烽火。"朝昏玉顔"二句,用王昌齡(698—756)《長信秋詞》其三典:"玉顔不及寒鴉色,猶帶昭陽日影來。"指珍妃事。"宫槐"句用雍陶《秋懷》典:"古槐煙薄晚鴉愁,獨向黄昏立御溝。"詞人時在京城,亦有"立御溝"與鴉"相與訴幽怨"之意。"歸飛羽倦"句,用陶淵明《歸去來辭》典:"鳥倦飛而知還";"噪影檣竿"二句,用洪邁(1123—1202)《夷堅志》"神鴉兆順風"典[②],言思鄉欲歸,當時詞人身陷危城,故有此想,亦人之常情。結句直用杜甫《春望》尾聯出句,則"國破山河在"的寄意就相當清楚了。全首詞既有家國情懷,又有個人感慨,是典型的詠物寄託之作。

再看朱祖謀的詠鴉詞。朱詞上片所用典故多與王詞同,如"斜陽玉顔"句亦用王昌齡《長信秋詞》典寫珍妃事。值得細味的是"啼入延秋"二句,用杜甫《哀王孫》典:"長安城頭頭白烏,夜飛延秋門上呼。又向人家啄大屋,屋底達官走避胡。金鞭斷折九馬死,骨肉不待同馳驅。""延秋門"是唐代禁苑之門,此處借代紫禁城之門,胡思敬(1869—1922)《驢背集》亦有"啼烏飛入延秋門"的詩句,胡自注謂:

七月二十一日,太后聞警方晨起,髮未及櫛,微服登車,載瀾御之出德勝門,帝、后、大阿哥各以一乘隨其後,從者奕劻、載漪、載瀅、載勛、那親王彦圖、貝子溥倫、剛毅、趙舒翹、溥興凡十余人。宫

---

① 羅惇曧:《庚子國變記》,頁 17。

② 《夷堅志》"三志己"卷八:"李子永嘗自西下,舟次散花洲,有神鴉飛立檣竿,久之東去,即遇便風,晡時抵岸步;青蛇激箭而來,至舟尾不見,是夕艤泊。"何卓校點:《夷堅志》(北京:中華書局,1981 年),頁 1366。

娥、福晉皆攀哭不得隨行。[1]

朱詞"啼入延秋"句,指的正是西狩事。至於"故家啄遍",寫的當然也是八國聯軍入京後的情況。惲毓鼎(1862—1917)《崇陵傳信録》載:

京師既陷,承恩公崇綺走保定,其子葆初在宅作大坑,自瘞死,並老母幼子皆生葬土中。崇公聞變,自縊蓮池書院,竟絶嗣。兵部主事安徽王鐵珊跌宕有奇氣,憤時事危亂,七月十八日賦絶命詩,自縊於所居六安會館。遺書曰:"吾不忍見白旗也!"御史江蘇宋承庠,二十一日睹北城火發,疑爲宫禁,旁皇終夕,亦縊死。前侍郎景善,朝服將投井,徘徊井闌旁,子恩某自後推之墮,或謂將以邀恤蔭也。事爲日本軍官所聞,槍斃之。祭酒山東王懿榮投井死。祭酒熙元、大阿哥師傅寶豐、崇壽皆自經死。熙祭酒,直隷總督裕禄子,父子俱死國難。崇公謚文節,王謚文敏,熙謚文貞,寶謚文潔,崇謚文勤。(城内旗官恐受戮辱,闔門自焚者頗多。)[2]

鴉啄人家,達官避胡,不過更多的達官卻是避無可避。詞中的"故家",不是平民百姓,而是貴胄官宦之家,即杜詩中的"王孫"[3]。

下片"南飛"一韻,用《古詩》"越鳥巢南枝"及曹操《短歌行》"烏鵲南飛"典,曰"虚羡",其實是不羡之意。胡思敬《驢背集》記義和團初期逼近京師事,有"烽火連天徹夜明"的詩句,自注云:

其時京津驛路不通,朝臣避亂南旋,皆取道運河。舟行至河西務,洋兵百餘人入衛使館者,與拳匪相遇大戰,數百艘維繫河干,阻

---

① 胡思敬:《驢背集》(與吴魯《百哀詩》合刊,北京:北京古籍出版社,1990 年)卷三,頁 146。按:胡思敬詩:"鸜鵒來巢帝出奔,啼烏飛集延秋門,宫車夜逐螢光走,五百射生無一存。"

② 惲毓鼎:《崇陵傳信録》(北京:中華書局,2007 年),頁 69。

③ 按:胡思敬《驢背集》卷三亦有數首詩詠朝臣身殉,詩下有自注甚詳,可參。

遏不前。或遇盜刼，或全家散失，甚者誤中鎗砲以死，哭泣之哀聲震兩岸。①

早知有這樣的遭遇，大概没有多少朝臣願意"南飛"了，故曰"虚羡"。

"頭白年年"二句，用"白頭烏"童謡典。李商隱《人欲》："秦中已久烏頭白，却是君王未備知。"丘悦（生卒未詳）《三國典略》："侯景篡位，令飾朱雀門，其日有白頭烏萬許，集於門樓。童謡曰：'白頭烏，拂朱雀，還與吴。'"②羅惇曧《庚子國變記》：

載漪謀弒帝（光緒帝），御醫姚寶生泄之，乃下寶生獄，欲殺之以滅口。③

庚子禍首之一端郡王載漪（1856—1922），其子溥儁（1885—1942）曾被慈禧太后立爲大阿哥，以繼承光緒帝之統；如果載漪成功乘亂"弒帝"，則他就會是皇帝的親父了。不過事不成。原來朝臣有"君王未備知"的"篡位"之謀，故曰"怕"，曰"舊巢輕换"。

朱祖謀曾與衆大臣議論義和團事，甚至在朝堂上反對慈禧太后，以爲"義和拳終不可用，董福祥終不可用"。陳三立（1853—1937）謂當時"左右權倖主戰者，爭嫉公，竟得免危禍，幸也，然亦以此風節稱天下。"④此詞所負載的史事如此豐富，難怪詞人把它選入《彊邨語業》。

2. 思歸與思君

王鵬運詠鴉詞"歸飛羽倦"句有思鄉欲歸之意，其實朱祖謀和劉福姚的《摸魚子》詠冬筍也流露出這種心態。劉詞下片曰：

---

① 胡思敬：《驢背集》，頁 111。

② 《三國典略》原書已佚，此引文見郭子章（1543—1618）輯《六語・謡語》（《四庫全書存目叢書》本，臺南縣柳營鄉：莊嚴文化事業有限公司，1995 年）卷四，頁 223。

③ 羅惇曧：《庚子國變記》，頁 14。

④ 陳三立：《故清光禄大夫禮部右侍郎朱公墓志銘》，《彊邨語業箋注》附録二，頁 440。按：庚子事變之初，董福祥殺日本外交官杉山彬（？—1900），被八國指控爲"首凶"之一。

歸期晚，夢斷蔬香老圃。江皋佳約輕負。驚心一夜春雷起，殘籜縱橫當路。①

詞曰"佳約"，未必確有其事，設想佳人之約，只是加强抒情的效果而已，至於説"歸期晚"，則應該可信。當時的北京滿城烽火，詞人不願留下，也是人之常情。朱詞的下片説得更清楚：

鄉園夢，咀嚼冰霜幾度，櫻廚風味輸與。蟠胸千畝輪囷甚，根節歲寒休負。苕岸路。問那得、明朝便脱春衫去。②

直説"鄉園夢"之外，又借冬筍寫出自己的胸中有不負"歲寒"的"根節"，是臣子效忠君主的表態。

《春蟄吟》的冬筍詞很容易令讀者聯想起《後補題》中調寄《尾犯》的詠筍詞。同是詠筍，卻是兩種不同的心態，例如李良年詞有句云：

花乳甌香，朱櫻樹晚，相逢長是。待何日、玉版閑尋，青鞋重訪蕭寺。

又如沈岸登詞有句云：

記紫薑畦畔，載取腰鐮，山厨先煮。薦入春蒲叢，分野蕨，年時頻誤。可曾礙、斗草歸來，竹間綾襪微步。

再如沈暤日詞有句云：

長記燕來時候。洗蘭泉，籠翠袖。向山厨供客，擘玉堆盤，加餐還又。

---

① 曾德珪編：《粵西詞載》，頁991。

② 朱祖謀：《彊邨詞賸稿》（《續修四庫全書》本）卷一，頁587。

曰“玉版閑尋”、曰“竹間微步”、曰“擘玉堆盤”，寫的都是一派文人雅士的閑情風味；而劉福姚和朱祖謀寫的，卻是身陷危城的所感與所思。

詠筍是同題異調，而《春蟄吟》和《擬補題》卻都有“銀魚”一題，而且同是寄調《桂枝香》，是同題同調，可比較性更高。試看查爲仁的銀魚詞：

> 湖光欲曙。看小艇如梭，來往烟雨。出水纖鱗，寸寸雪花明聚。魚娃入市，分頭賣笑，持錢對人工數。柂樓烟晚，香秔淅後，黎祁留煮（自注：陸游詩注：蜀人名豆腐爲黎祁）。　　算風味、三津擬取。愛細結冰澌，條條晶筯。第一稱奇留薦，試燈尊俎。休教只説江南味，況蘆臺曾記名著（自注：寶坻出銀魚。寶坻即蘆臺軍也）。何時無事，圖經細勘，食單閑譜。

這是乾隆時代的銀魚詞，是一首典型的雅玩化詠物詞作，句下的自注展示了查爲仁的學問。上片寫捕魚、賣魚、烹魚；下片寫食魚。詞中没有寄託，結句謂希望閑來無事，可以“圖經細勘，食單閑譜”。

《擬補題》的銀魚詞共有八家八首，都没有寄託，卻不見得全都没有個人感慨。張奕樞的詠銀魚詞下片云：

> 記當日、虹橋雨猛。便帆卸荒臺，酒徒清興。唤箇鳴榔出水，試來添俊。纖鱗正入閑鷗夢，被烟波、惡風吹醒。故人何處，助愁風物，不堪回省。

在張詞之中，銀魚因“鳴榔”驚動，“出水”就捕，“被烟波惡風吹醒”其閑鷗之夢了。詞人因爲世途險惡而生出“故人何處”之嘆，頗有漢樂府《枯魚過河泣》之意：“枯魚過河泣，何時悔複及。作書與魴鱮，相教慎出入。”張詞可能有實事可據，惜未能詳考。

張奕樞身處乾隆盛世，他的“銀魚”只是“助愁風物”，所抒發的是他的個人感慨，與時局國運無涉；而到了光緒庚子，“銀魚”就别有另一番滋味了。

王、朱等詞人詠冬筍，有思鄉欲歸之意，詠銀魚亦然。不過，又不只於此。劉福姚詞下片云：

怕越網，千絲密罩。正水市聲喧，霜信催早。那得澄江如練，趁潮歸好。潛鱗莫傍鮫宫去，翦冰綃、凝淚多少。浦雲流汞，殷勤爲盼，素書頻報。

"莫傍鮫宫"，"趁潮歸好"，應是逃出危城之意，所謂思鄉欲歸者在此。結句用魚寄素書故事，是應題典故，而此素書頻報者，是詞人還是遠方之人，可借其他詞人之作來參證。王鵬運的《桂枝香・銀魚》曰：

丁沽夢繞。話膾玉晚秋，霜味嘗飽。約略江魚入饌，杜家詩好。長安風雪吾能説，配齏酸、絶憐春小。蟹青蚶赤，加餐喜共，故人書到。　　歎對案、清歡乍渺。憶割素心情，消減多少。休問冰鱗，江路一般愁抱。驚濤咫尺迷飛雪，怕撇波纖尾赬了。玉盤香縷，梅邊甚日，巨羅重到。[①]

上片"長安"句與"故人"句别寓寄託。長安借代北京，風雪比喻庚子之亂。至於謂"吾能説"，是因爲王鵬運本人就在北京。"故人書到"也是用魚寄素書故事，這"故人"應該是指兩宫，故人之書，指的是兩宫的消息。當時兩宫駐驛西安，尚未回鑾，究竟情況如何，詞人莫知其詳[②]。加之時局動盪，人人自危，於是又生出下片的"愁抱"，對着案前的銀魚也"清歡乍渺"，"割素心情"也不知"消減多少"了。再看朱祖謀的詠銀魚：

丁沽汛曉。正水市販鮮，烏板船到。戢戢銀刀忞躍，仨抛煙

---

① 朱蔭龍校録：《春蟄吟》，頁四。

② 《春蟄吟》"起庚子十二月朔，訖辛丑三月盡"，而慈禧太后和光緒帝回到北京，則是光緒廿八年（辛丑）十一月庚寅日的事。

罩。長安近局銷寒夜，問尊前、玉涎多少。鈒盤催飣，詩饞慰否，漫吟白小。　　記鄉味、羹調宋嫂。幾停箸思量，應是歸好。客話娵隅聽遍，正悽懷抱。冰鮮夢斷天廚賜，檢食單、零亂慵草。御箋沫冷，清愁好託，玉鱗緘報。①

所謂"近局"，當然是指王鵬運、劉福姚等一班詞友而言。朱詞上片言在此"長安近局銷寒夜"，即使有"鈒盤"美酒，也無心飲饌，因爲"長安風雪"，曾在廷上反對慈禧太后的朱祖謀也"能説"。下片曰"鄉味"、"歸好"，即思鄉欲歸之意，與詠冬筍意同。詞人説他聽遍"客話娵隅"之後"正悽懷抱"，是因爲"冰鮮夢斷天廚賜"。冰鮮即銀魚。天廚並非真的指天上的天廚星，而是指皇帝的御廚。天廚賜食銀魚，即蒙受君恩之意；曰"夢斷"，是因爲皇城已破，兩宮西狩未還，天廚賜食，不啻是夢。其實，諸家借冬笋與銀魚以寄慨，並不是偶然的題目。吴振棫（1792—1870）《養吉齋叢録》内務府負責進御膳食材，"十月進銀魚，十一月進冬筍"②。皇帝進膳有膳單，"每日膳畢，指出某物賜某處，賜某人"，而"入直大臣，皆間得被賜"③。朱詞説天廚賜食銀魚，未必是虚寫。結句的"御箋"與"玉鱗"，亦是用魚寄素書故事。御箋是箋紙之美者，不一定是皇帝的御用之物，不過聯繫到前面的天廚，則此託玉鱗緘報清愁的，乃至劉福姚詞中"素書頻報"的，也應指兩宮而言。可見在詠冬笋及詠銀魚中，詞人既思歸，亦思君。

冬筍與銀魚本是文人雅食，"康乾盛世"的詞人都以雅玩化的筆法出之，可是到了晚清衰世，雅玩之題就向寄託回歸，《補題》的精神也終於得以恢復。醇雅之音變爲騷雅之聲了。胡思敬《驢背集》有詩句曰："百年文物銷沈盡，相宅淒涼賣賜貂。"注云：

承平時，衣冠貴族争以奢侈相尚，凡四方珍愛可貴之物，悉輦

---

① 朱祖謀：《彊邨詞賸稿》卷一，頁 587。

② 吴振棫：《養吉齋叢録》（北京：中華書局，2005 年）卷廿四，頁 304。

③《養吉齋叢録》卷廿四，頁 301。

致都下。亂後物皆無主，諸貴宅大半逃亡，鼎彝圖書充積市上。有人於南橫街見一紫貂，出番銀十餅鬻去，額相國家中物也。[①]

畢竟，雅玩在太平盛世之時才是怡情養性之物，若在性命難保的衰世，恐怕只會是負累。

二、詠物寄託：王鵬運與朱祖謀詞體觀的一個側面呈現

《春蟄吟》這五組詞别寓寄託，而且文辭雅正，立意忠厚，家國情懷與個人身世都見諸詞中，詠物寄託的《補題》精神又重現於王鵬運、朱祖謀等詞人的筆下了。然而，當時兵荒馬亂，皇帝與太后都自顧不暇，朝臣或自殺，或逃命，没有人有閑暇理會詞人，甚至根本就没有時諱文網，詞人完全可以像辛棄疾、劉辰翁那樣直抒胸臆，何以他們不直言詞旨而仍然選擇寄託，並寫得如此雅致？這就要從詞人的詞體觀作探討了。以下試以王鵬運及朱祖謀的詞體觀爲中心略作討論。

清人推尊詞體，一方面要提高詞的地位，希望詞能與詩比肩；另一方面要釐清詞的文體特點，爲詞體定位，只要把握到詞的文體特點，就能確定寫出來的是詞，而不是詩或者曲。就文體特點這方面而言，清人作過不同的探討，例如李漁《窺詞管見》就把詞與詩及曲作比較，説："作詞之難，難於上不似詩，下不類曲，不淄不磷，立於二者之中。"[②]並提出"摹腔鍊吻之法"：

詩有詩之腔調，曲有曲之腔調，詩之腔調宜古雅，曲之腔調宜近俗，詞之腔調則在雅俗相和之間。如畏摹腔鍊吻之法難，請從字句入手。取曲中常用之字，習見之句，去其甚俗，而存其稍雅又不數見於詩者，入於諸調之中，則是儼然一詞，而非詩矣。[③]

---

① 胡思敬：《驢背集》卷三，頁155。

② 李漁：《窺詞管見》，《李漁全集》第二卷《笠翁一家言詩詞集·耐歌詞》附，頁506。

③ 李漁：《窺詞管見》，《李漁全集》第二卷，頁506—507。

"摹腔鍊吻"是就聲情風格言，至於"從字句入手"則是文章技法的層面了。聲情風格與文章技法，是清人在詞譜律調以外用以把握詞體的思考進路。

李漁謂詞之腔調"在雅俗相和之間"，不過"雅俗相和之間"，仍有一大片空間，如何詮釋，還視乎詞人的詞學觀而定。王鵬運與朱祖謀所秉承的，主要是常州詞派的詞學觀，所以主寄託。王鵬運在王沂孫《花外集》的跋文中，就特別引出張惠言、周濟和端木埰的評論云：

> 張皋文云："碧山詠物，並有君國之憂。"周止菴云："詠物最争託意，隸事處，以意貫串，渾化無痕，碧山勝場也。"年丈端木子疇先生釋碧山《齊天樂·詠蟬》云："詳味詞意，殆亦黍離之感。'宫魂'字點出命意。'乍咽'、'還移'，慨播遷也。'西窗'三句，傷敵騎暫退，宴安如故也。'鏡暗'二句，殘破滿眼，而修容飾貌，側媚依然。衰世臣主全無心肝，千古一轍也。'銅仙'三句，宗器重寶均被遷敓澤不下究也。'病翼'二句，更是痛哭流涕，大聲疾呼，言海島棲流，斷不能久也。'餘音'三句，遺臣孤憤，哀怨難論也。'漫想'二句，責諸臣到此尚安危利災，視若全盛也。"其論與周、張兩先生適合，詳録於後，以資學者之隅反焉。臨桂王鵬運識。①

王鵬運詳録諸説於《花外集》之後，是希望學者能據以讀王沂孫詞，以期收舉一反三之效。王鵬運之主詠物寄託，是十分清楚的。

朱祖謀没有多少論詞的文字留下，卻有《望江南·雜題我朝諸名家詞集後》廿三首②，當中有幾首可以側面看到朱祖謀也是重視寄託的，例如第二首就以"字字楚騷心"評王夫之詞，可見至少在朱祖謀眼中，王夫之詞是繼承了屈原《離騷》的忠愛精神的。較值得注意的是第十二首

---

① 王鵬運編：《四印齋所刻詞·花外集》(上海：上海古籍出版社，2012年，)頁246。

② 朱祖謀尚有兩首《望江南》論前代及當時詞家，前有小序云："意有未盡，再綴二章，紅友之律，順卿之韻，皆足稱詞苑功臣，新會陳述叔、臨桂況夔笙，並世兩雄，無與抗手也。"白敦仁：《彊邨語業箋注》卷三，頁382。

評張惠言和第十三首評周濟：

> 回瀾力，標舉選家能。自是詞源疏鑿手，横流一別見淄澠。異議四農生。[①]
>
> 金鍼度，《詞辨》止庵精。截斷衆流窮正變，一鐙樂苑此長明。推演《四家評》。[②]

張惠言與周濟都是常州詞派大家，以《詞選》、《詞辨》及《宋四家詞選》等詞選體現其理論主張，當中就包括了寄託，周濟更以《補題》詞人王沂孫爲領袖一代的四家之一，朱祖謀既以"回瀾力"和"截斷衆流"稱許二家，則他重視寄託，亦在意料之中，例如《望江南》第十四首評周之琦曰：

> 舟如葉，著岸是君恩。一夢金梁餘舊月，千年玉笥有歸雲。片席蛻巖分。[③]

"玉笥"就是玉笥山人王沂孫。朱祖謀以"玉笥"評周之琦的詞集《金梁夢月詞》，評價頗高，大概是因爲周詞不忘"君恩"，繼承了王沂孫詞的寄託精神之故。又如第二十首評王鵬運曰：

> 香一瓣，長爲半塘翁。得象每兼《花外》永，起孱差較茗柯雄。嶺表此宗風。[④]

《花外集》是王沂孫的詞集。朱祖謀讚賞王鵬運詞"得象每兼《花外》永"，也是因爲王鵬運詞有言外的感慨。

除了重視寄託之外，王、朱等詞人對詞的語言表達也有所要求。王

---

① 白敦仁：《彊邨語業箋注》卷三，頁 354。
② 白敦仁：《彊邨語業箋注》卷三，頁 356。
③ 白敦仁：《彊邨語業箋注》卷三，頁 358。
④ 白敦仁：《彊邨語業箋注》卷三，頁 373。

鵬運曾賦《沁園春》以“祭詞”，曰：

> 島佛祭詩，豔傳千古。八百年來，未有爲詞修祀事者。今年辛峯來京度歲，倡酬之樂，雅擅一時。因於除夕，陳詞以祭，譜此迎神，而以送神之曲屬吾弟焉。
>
> 詞汝來前！酹汝一杯，汝敬聽之。念百年歌哭，誰知我者，千秋沆瀣，若有人兮。芒角撑腸，清寒入骨，底事窮人獨坐詩。空中語，問綺情懺否？幾度然疑。　　玉梅冷綴落枝，似笑我、吟魂盪不支。歎春江花月，競傳宫體，楚山雲雨，枉託微詞。畫虎文章，屠龍事業，淒絶商歌入破時。長安陌，聽喧闐簫鼓，良夜何其。①

此詞很明顯是仿效辛棄疾同調“杯汝來前”的止酒詞，是一首遊戲之作。不過，儘管此詞語調諧趣，其内容卻是嚴肅認真的：“芒角撑腸，清寒入骨”的不僅有詩，還有詞。詞是空中綺語，表面是“楚山雲雨”的宫體微詞，内裹卻是“畫虎文章，屠龍事業”。可見辭兼比興，詞實不下於詩。换言之，認真創作的詞，就不會以這種諧趣的語調寫成，而應該是空中綺語，宫體微詞了。況周頤（1859—1926）《蕙風詞話》卷一“詞無庸勾勒”條云：

> 吾詞中之意，唯恐人不知，於是乎勾勒。夫其人必待吾勾勒而後能知吾詞之意，即亦何妨任其不知矣。曩余詞成，於每句下注所用典。半塘輒曰：“無庸。”余曰：“奈人不知何。”半塘曰：“儻注矣，而人仍不知，又將奈何。矧填詞固以可解不可解，所謂煙水迷離之致，爲無上乘耶。”②

---

① 王鵬運編：《半塘定稿》卷一，頁 390—391。按：王鵬運尚有《沁園春・代詞答》（詞告主人）一首，語亦諧趣，而且正言若反，不同意詞是“煙月文章格本低”，應該推尊詞體，“論少卑之”。見《半塘定稿》卷一，頁 391。

② 況周頤：《蕙風詞話》卷一，唐圭璋：《詞話叢編》，頁 4412—4413。

王鵬運詞極富學問,但不會如前人那樣,於句下加注以炫耀學問。因爲他認爲"無上乘"的詞,在"可解不可解"之間,如此才是"煙水迷離之致"。"煙水迷離",空中綺語,宫體微詞,"可解不可解",就是詠物寄託的典型語言風格,也是姜夔、臨安詞人、《補題》詞人,以致清代浙西詞派以還所建立的雅詞傳統。

朱祖謀詞對語言風格的主張,也頗近王鵬運。其《望江南》第十九評莊棫和譚獻云:

> 皋文説,沆瀣得莊譚。感遇霜飛憐鏡子,會心衣潤費爐煙。妙不著言詮。①

朱祖謀認爲,莊棫和譚獻的詞學實與張惠言(皋文)之説沆瀣一氣,其妙處就在"不著言詮"。朱祖謀的"不著言詮"與王鵬運的"煙水迷離",實是異曲同工,都是意有所指而又難以坐實,其淵源所自,應該是宋季諸家,特别是《樂府補題》的無本事而有寄託。

李漁教人從"摹腔鍊吻"和"字句入手"兩方面把握詞體。若據此衡量王、朱的詞體觀,則"不著言詮"與"煙水迷離"較傾向"字句入手";而空中綺語和宫體微詞就較傾向"摹腔鍊吻"了。然而,不管是"摹腔鍊吻"還是"字句入手",他們都重視寄託,且以雅怨的筆調出之,繼承的是《補題》的語言風格,即所謂微詞綺語。或者可以這樣看他們的詞體觀:在王鵬運等詞人眼中,詞可以傷時憂事,有題外感慨,所以能夠上攀風騷,可以與詩比肩;而詞的語言風格則是"煙水迷離","不著言詮",所以又能與詩劃境,自成體制。如此方是一首合乎標準的詞。職是之故,儘管晚清之世已無文網,但爲了寫出一首合乎標準的詞,詞人仍選擇寄託,而且力求寫得雅致。王鵬運有《相見歡》二首,詞曰:

> 夜涼哀角聲聲,斷疏更。愁對南飛孤雁帶參横。　　人不見,征塵遠,夢難成。又是絮蛩飄雨落秋鐙。

---

① 白敦仁:《彊邨語業箋注》卷三,頁 367。

> 枕函殘夢初驚，欲三更。愁聽星鴻霜角下重城。　　人何處，塵迷路，恨難平。還是淚痕和酒不分明。①

這兩首詞見於《庚子秋詞》。曰"人不見，征塵遠"，曰"人何處，塵迷路"，自然是指光緒帝的西狩；曰"夢難成"，曰"恨難平"，說的是詞人自己的心情。又如劉福姚的《望江南》：

> 春欲盡，記得別君時。强理心情愁對鏡，無多言語暗牽衣，含淚問歸期。　　關塞遠，消息近來稀。團扇不應嗟薄倖，迴文難得寄相思，惟有夢魂知。②

此詞亦見於《庚子秋詞》。詞人以閨情自擬，從"別君時"、"問歸期"、"消息稀"、"寄相思"等字眼可知，詞旨與王鵬運的《相見歡》同。這幾首詞都不是詠物詞，而是沿用了傳統閨怨相思的主題。可見寄託與雅致是詞人對詞體的要求，並不只限於詠物詞。胡思敬詩寫的也是光緒帝出奔：

> 鸜鵒來巢帝出奔，啼烏飛集延秋門。
> 官車夜逐螢光走，五百射生無一存。③

胡詩的風格與王鵬運等人的詞截然不同。並非詞人寫不出胡詩這樣風格的詞作，劉辰翁《六州歌頭》(向來人道)之譏評賈似道，正是這種噴礴而出的風格；而是這種風格並不符合他們的詞體觀。詞人在沒有文網的晚清之世之所以仍然選擇寄託而不選擇直言詞旨，正是因爲他們的詞體觀之故。詠物，就如閨怨一樣，是寄託的其中一個選項。

---

① 王鵬運等：《庚子秋詞》(臺北：臺灣學生書局，1972年)卷上，頁26。

② 王鵬運等：《庚子秋詞》卷下，頁201—202。

③ 胡思敬：《驢背集》，頁146。

附録：朱蔭龍校《半塘七稿·庚稿下·春蟄吟》書影

廿六年二月朔 年 辛 日 考

半唐七稿卷八　朱蔭龍校録

庚稿下　春蟄吟

者非蟄時，蟄無吟理，蟄於春，不容已於蟄也，蟄而吟，不容已於

吟也。漆室之歎，魯嫠而然；曲江之悲，杜叟先我。蓋自庚子秋闌

斷手，又兩今朔，且改歲矣。春宵之際，其有日乎？和聲以鳴，敢謨

大雅君子，吾儕詹詹有餘幸焉。光緒辛丑元日記

賣山亭　寄題叔問薊門秋柳圖

清角無端，吹起暗愁，一寫闌干催暮。回首舊游，漫想薰風披拂，萬

千絲縷。似此彫零，甚猶信、夕陽紅處。人去。又篋裏關山，舊情輕許。

誰道容易春歸，怕芳事難憑，岸容憔悴。輕煙巷陌，暝葉簾櫳，嫣

第四節　結　語

《樂府補題》復出之後，和作與擬作不斷，以上嘗試從詠物詞創作的角度討論清人對《補題》的接受。《補題》的編排組織、唱和方式、詞友之間的金蘭之志、諸詞作的抒情寄託、文辭音律的雅致温婉，還有賦形摹神等，都臻於絶詣，凡此皆足以令《補題》成爲詠物詞以及詞選編纂的典範，可供清人挹取者不少。然而，由於不同時期的詞人所處的歷史語境都不同，他們對《補題》的資取各異，所以寫出來的追和與擬作都有明顯的分别。可以説，左右着詞人接受《補題》的角度的，是歷史語境。

《補題》復出之時，歷史語境已經由天崩地裂的明清易代换成了國泰民安的康熙治世。當時的"輦下諸公"其實包括了不同年輩的詞人，他們不是每個人都經歷過易代，也不是每個人都抗拒滿清的統治。治世之下多樣化的心態令《補題》的追和與擬作都不可能統一在寄託前朝之思的大主題之下。在當時的詞人筆下固然不乏寄託之作，但更多的詞作與懷念前明無關。顧貞觀説"始而微有寄託，久則務爲諧暢"，應該是實況。這在後世看重寄託的詞學家眼中，自然是一種遺憾。葉嘉瑩先生感慨"這本書被發現的時間太晚"，以致亡國之痛"因時間過得太久而淡薄了，消失了"；嚴迪昌先生甚至指摘朱彝尊只是借用了《補題》"隱曲的外殼"，實際是背離了《補題》的傳統，"僅狀其形"而無寄託；于翠玲更認爲朱彝尊的追和只是擺出"一種具有象徵意義的姿態"而已；這都表明寄託在後人的心目中占了一個非常重要的位置，甚或是某些學者用以評價詠物詞的一個最重要的標準，難怪他們會認爲没有寄託的詠物詞是可以無作的。

康熙帝其中一個要處理的棘手難題是對漢人的治理。清初諸帝都明白，要治理漢人並不容易，他們實施了高壓與懷柔的管治手法，而更有效的，是具規劃性的文化政策。康、雍、乾三帝的文化政策一直致力於確立滿清繼承"中華之主"的正統，最終能成功地以"各爲其主"的"君臣大義"取代明遺民的"華夷之辨"。事實上，到了乾隆之世，明遺民已經凋零殆盡,再没有人排拒滿清。“康乾盛世”,一片繁華,此時的漢族士人基本上認同了滿清的統治,滿漢之間的君臣關係亦得到確立,以“君臣大義”取代“華夷之辨”已經不可逆轉了。雖然《樂府補題》一直吸引着清人,但這個時期的《補題》和作與擬作更難有寄託,因爲已没有與之相應的歷史語境。時代對詞人没有寄託的要求。浙西詞家等盛世詞人當然也欣賞《補題》的寄託,不過,他們更措意於《補題》的雅致筆調、深湛學問,以及賦形摹神。詞人在書齋裏拈題唱和,揣摩着詠物雅詞的寫法,而非寄託,於是所寫出來的儘管仍是雅製,但已不是騷雅之作,而是醇雅之音,具體言之,就是和作與擬作的模式化、學問化及雅玩化。

“康乾盛世”一過,歷史言境又再轉變。西方的堅船利炮打開了中國的大門,老大的中華帝國走向下坡;讀者所期望讀到的《補題》的寄託精神,又重現於王鵬運、朱祖謀等詞人的《春蟄吟》。晚清之世已没有文網,但因爲詞人繼承了常州詞派主寄託的詞學觀,而且要求詞要寫得“煙水迷離”,“不著言詮”,因此,即使當時已無文網,爲了寫出一首騷雅的詞,詞人仍選擇詠物寄託。

從康熙初年到晚清之世,《樂府補題》一直是詞人詠物的資取對象,而要求詞人詠物的同時别寓寄託,就必須要有相應的歷史與社會語境作情感的支撑。常州詞派主張寄託,强調“詞亦有史”的功能,很能回應没落帝國的歷史與社會語境,所以《樂府補題》的寄託精神才得以再度發揚,甚至民國成立之後,詠物須有寄託的觀念仍爲學者所重視,特别是在講究民族大義、對抗外敵、或是不向高壓統治者妥協等論述上,寄託往往得到學者的青睞。大概世衰道微才是寄託的前提。若從這個角度看,《樂府補題》以至《春蟄吟》,都是衰世之書。然則,趙翼“國家不幸詩家幸”之句,也適用於詞。

第六章　寄託論述的建構與詠物雅詞的作法：清代詞論對《樂府補題》的開發

清人從《樂府補題》中得到不少啓發。清中葉之前，詞壇由浙西詞派所主導。浙西詞人向姜夔及《補題》詞人等南宋名家學習詠物詞的寫法，又在揣摩的過程中拓展新題，促進了詞的學問化與雅玩化，於是開出了詠物詞的醇雅之境。清中葉之後，常州派詞人登上詞壇，他們面向自身所處的政治社會語境，認爲詠物詞應該別寓寄託，不應流連光景，於是詞的騷雅傳統又重新得到提倡。常州詞派的追隨者如王鵬運、朱祖謀等，在回顧前輩的創作經驗時，又發展出自己的詞體觀。可以説，《補題》不論在推尊詞體、詞體雅化、詞體探索、賦形摹神等方面，都是一個標準的讀本，也是清代詞人創作詠物詞時的學習對象、參照對象，甚至是挑戰對象。猶有進者，《補題》也是清代詞論家的開發對象。在後世學者的眼中，清代詞論家開發《補題》的重要成果，是對“寄託”論述的建構，特别是引入了“詞史”觀念之後，詞體得到進一步的推尊。此外，不宜忽略的，還有詠物雅詞的作法。以下試就“寄託論述的建構”和“詠物雅詞作法”這兩方面略作討論。

第一節　寄託論述的建構

自《補題》復出之始，詞家就認爲書中别寓寄託。陳維崧和朱彝尊分别爲《補題》寫過序文，確認諸家詞人都是宋遺民。陳序謂詞人“援微詞而通志，倚小令以成聲。此則飛卿麗句，不過開元宮女之閒談；至於崇祚新編，大都才老夢華之軼事也”。陳序鈎勒了一幅南宋亡國的圖像，以之作爲解讀《補題》的語境，感慨興亡，有異代同悲之嘆。朱序則說："誦其詞，可以觀志意所存，雖有山林朋友之娱，而身世之感，别有淒然言外者，其騷人《橘頌》之遺音乎？"兩家確認了《補題》别寓寄託，卻又没有坐實詞作的寄託内容，這就促使後人發掘《補題》的寄託内容，晚清出現的"發陵説"、王清惠説和全太后説，正是朝此方向發掘的結果。至於"援微詞而通志"、"《橘頌》之遺音"等説，則是對《補題》詠物寄託的技法描述，這又開啓了詠物寄託的理論探討。

一、詩與史、詞與史：寄託論述的文學史語境

不少經歷過明清易代的文人，都討論過詩與史的關係。例如吴偉業《且樸齋詩稿序》曰：

> 古者詩與史通，故天子採詩，其有關於世運升降、時政得失者，雖野夫游女之詩，必宣付史館，不必其爲士大夫之詩也。太史陳詩，其有關於世運升降、時政得失者，雖野夫游女之詩，必入貢天子，不必其爲朝廷邦國之史也。①

錢謙益《胡致果詩序》亦云：

> 孟子曰：《詩》亡然後《春秋》作。《春秋》未作以前之詩，皆國史也。人知夫子之删詩，不知其爲定史。人知夫子之作《春秋》，不知其爲續《詩》。《詩》也，《書》也，《春秋》也，首尾爲一書，離而三之者也。三代以降，史自史，詩自詩，而詩之義不能不本於史。……至今新史盛行，空坑、厓山之故事，與遺民舊老，灰飛煙滅。考諸當日之詩，則其人猶存，其事猶在，殘篇嚣翰，與金匱石室之書，並懸日月。謂詩之不足以續史也，不亦誣乎？②

---

① 吴偉業：《吴梅村全集》（上海：上海古籍出版社，1990 年）卷六十，頁 1205。按：序文寫於"庚子季秋"，即順治十七年（1660）。

② 錢謙益：《牧齋有學集》（上海：上海古籍出版社，1996 年）卷十八，頁 800—801。

依吴、錢之説，詩實與史同質：都能指向作者身處的政治社會語境，即所謂“有關於世運升降、時政得失者”，後人“考諸當日之詩，則其人猶存，其事猶在”。

這是易代時期詩學界所經營的文學語境。詞爲小道，要與詩相比肩，就要呼應此語境，以見詞亦“有關於世運升降、時政得失者”，詞體方能得尊。吴偉業嘗賦《望江南》十八首代其“長言詠嘆”，靳榮藩（乾隆十三年〔1748〕進士）《吴詩集覽》評曰：

> 有明興亡，俱在江南。固聲名文物之地，財賦政事之區也。梅村追言其好，宜舉遠者大者，而十八首中，止及嬉戲之具、市肆之盛、聲色之娱，皆所謂足供兒女之戲者，何歟？蓋南渡之時，上下嬉遊，陳卧子謂其“清歌漏舟之中，痛飲焚屋之内”。梅村親見其事，故直筆書之，以代長言詠嘆。十八首皆詩史也，可當《東京夢華録》一部，可抵《板橋雜記》三卷，或認爲煙花賬簿，恐没作者苦心矣！①

“十八首皆詩史也”之評，可謂得梅村之心。吴偉業又有《滿江紅·白門感舊》一詞，曹爾堪（1617—1679）評曰：“隴水嗚咽，作淒風苦雨之聲。少陵稱詩史，如祭酒可謂詞史矣。”②吴偉業大概是清代被譽爲“詞史”的第一人，他的十八首《望江南》以懷舊的筆調追憶明亡前的嬉遊聲色之盛，以反襯當下的感傷和悔疚，是明清易代文人好用的書寫策略，張岱（1597—1679）的《陶庵夢憶》就是此中的名著。這種書寫策略並非明遺民的新創，兩宋之際孟元老的《東京夢華録》早已爲之，宋元易代周密的《武林舊事》、吴自牧（生卒未詳）的《夢粱録》也是這類著作；以詞論，就是《補題》的龍涎香詞。明遺民繼承這種了書寫策略，藉追憶前朝之盛以感傷當下。吴偉業的十八首《望江南》也用了這種策略，而他感傷

① 靳榮藩：《吴詩集覽》（《續修四庫全書》本）卷十九上，頁221。又見《吴梅村全集》，頁538。陳繼龍箋注：《吴梅村詞箋注》（上海：上海古籍出版社，2008年），頁21。

② 《吴梅村全集》，頁564。《吴梅村詞箋注》，頁93。

當下的同時，也以詞的創作回應了他的"世運升降"的詩學語境。

易代詩人以詞回應此詩學語境者並不乏人，詩詞兼善且開出一派詞風的，是陳子龍。陳子龍是明末雲間詞派領袖，詞尚唐五代北宋、周邦彥、李清照，好填小令，明亡後詞每有寄託，其《唐多令・寒食。時聞先朝陵寢，有不忍言者》就是頗著名的一首：

> 碧草帶芳林，寒塘漲水深，五更風雨斷遥岑。雨下飛花花上溪，吹不去，兩難禁。　　雙縷繡盤金，平沙油壁侵，宫人斜外柳陰陰。回首西陵松柏路，斷腸也，結同心。①

既云"先朝陵寢"，則詞中别有寄託可知，可説是一首"有關於世運升降"之作。陳子龍曾論及《補題》，提出"潛葬諸陵，樹以冬青"之説，是把《補題》詞人、詞作與宋陵事並言的第一人，厲鶚的"冬青冢畔心"之説應源於此。陳維崧嘗謂："憶余年十四五時，學詩於陳黄門先生（陳子龍），於詩之情與聲，十審其六七矣。"②對於陳子龍的文學思想，陳維崧應有一定的了解，他在《樂府補題序》中鈎勒的宋亡圖像，也應與陳子龍對《補題》的評論有一定的關係。陳子龍重視寄託，可惜天不假年，來不及建構他的寄託論述，這項工作就由他的學生陳維崧來繼續。

陳維崧躬行實踐，以詞寄託，他的《補題》追和就是例子。再如他的《賀新郎》，也是一例。此詞諷刺前明"大司馬某"迎降李自成，前有序云：

> 余與于皇作自嘲詞竟，于皇復謂余曰：忽憶一事，大資嗢噱。昔甲申闖賊之變，迎降者大司馬某亦與焉。其人後官兩浙，開讌西湖。召梨園侑酒，即命演闖賊破都城故事，數齣後，闖賊入城，一人執手板，蒲伏道旁自唱："臣兵部尚書某迎接聖駕。"蓋即坐上某也。

① 陳子龍著，施蟄存、馬祖熙標校：《陳子龍詩集》（上海：上海古籍出版社，2006年）卷十八，頁611。

② 陳維崧：《許漱石詩集序》，《陳維崧集》，頁18。

某悵然不懌,良久曰:“嘻!亦太甚矣!某何至是。”遂罷酒去。余與于皇撫掌之次,同賦是詞,仍用前韻。①

陳維崧不但實踐寄託,還初步建構了寄託的論述。他的陽羡同里吴本嵩、吴逢原、潘眉合編《今詞苑》一書,陳維崧爲之作序。他在序文中提到當時文士不屑作駢文與小詞,於是陳維崧就從庾信《哀江南賦》説到辛棄疾詞,以示文體多變,即使劉勰以至鄭樵等文體論大家,也只是“僱部族其大略耳,至所以爲文,不在此間”,他認爲“天之生才不盡,文章之體格亦不盡”,於是要打破文體尊卑高下的成見:

鴻文巨軸固與造化相關,下而讕語危言,亦以精深自命。要之穴幽出險以厲其思,海涵地負以薄其氣,窮神知化以觀其便,竭才渺慮以會其通,爲經爲史,曰詩曰詞,閉門造車,諒無異轍也。②

既然詩詞與經史“諒無異轍”,則詞體並不卑微,所以他説:“即如詞之一道,而餘分閏位,所在成編”,進而謂:

然則余與兩吴子,潘子僅僅選詞云爾乎?選詞所以存詞,其即所以存經存史也夫。③

如此,詞體與詞選的價值,就與經史等同了。張宏生先生指出:

值得提出的是,以往詞的尊體,向詩歌領域尋找資源,大致表現在創作實踐的層面,進入理論探討者尚少。陳維崧提出“爲經爲史”和“存經存史”,直入“詩史”説的核心,成爲與詩壇共時性的回

① 《陳維崧集》,頁 1544。按:序中所謂“自嘲詞”、“前韻”,即同調《賀新郎・自嘲用贈蘇崑生韻同杜于皇賦有小序》;小序講述了自嘲之故。見同書頁 1543。
② 陳維崧:《詞選序》,《陳維崧集》,頁 54。
③ 陳維崧:《詞選序》,《陳維崧集》,頁 55。

> 應，這在以往詞壇上還少見。這一事實，充分説明，明清之際，關於詞的理論探討，已經進入了一個自覺的層面。[①]

“成爲與詩壇共時性的回應”，指的是回應了吴偉業和錢謙益的詩論。可以補充的是：詞選要發揮“存經存史”的功能，就必須指向選家身處的政治社會語境；選心醞釀於特定的政治社會語境，而選心所在，就是“存經存史”之所在。陳維崧説：“然則余與兩吴子，潘子僅僅選詞云爾乎？”正是强調讀者要體察《今詞苑》的選心。從這個角度看，《補題》即使不存經，也存史了。

“詞史”之説，實啓發自“詩史”[②]。清初詞人在創作和評論兩方面逼近了“詞史”這個概念，而陳維崧更是探討詞史理論的第一人[③]，連繫到他的《樂府補題序》和乃師陳子龍的《補題》評論，則詞史與寄託的關係就呼之欲出了：詞自有“史”的價值，這也是寄託的内涵，《補題》就是最佳的範例，就如張宏生先生所説的：

> “詞史”的觀念雖然是在清初出現的，但詞的發展歷史，也提供了認識這一觀念的可能，尤其是宋末的《樂府補題》，更是時人的重

① 張宏生：《清初“詞史”觀念的確立與建構》，載《南京大學學報》，2008年第1期，頁104。

② 徐釚編纂《詞苑叢談》，尤侗（1618—1704）爲之作序。他概述了詞的發展與“詞之見於話者”之後，説：“年友徐子虹亭，詞人之翹楚也，向曾續孟棨《本事詩》，予爲作序，今復輯成《詞苑叢談》一書，蓋撮前人之標而搜新剔異，更有聞所未聞者，洵倚聲之董狐矣！殆與《本事詩》相爲表裏，予故重爲之序。夫古人有“詩史”之説，詩之有話，猶史之有傳也。詩既有史，詞獨無史乎哉？”見徐釚著，王百里校箋：《詞苑叢談校箋》（北京：人民文學出版社，1988年），頁3。
又按：“詩史”這個概念的意涵代有發展，有關的論述甚多，較完備的論述見張暉著：《中國“詩史”傳統》（北京：三聯書店，2012年）。

③ 張宏生謂：“‘詞史’的觀念，作爲一種新的價值觀，雖然是詞的發展所提出的必然要求，但也和以前許多的詞學進展一樣，是從詩學的發展借鑒來的資源，但是，更多地由創作領域進入了理論領域，卻是明清之際所貢獻的新内容。”張宏生：《清初“詞史”觀念的確立與建構》，頁107。

要資源。①

可惜陳維崧没有進一步拓展其“存經存史”説,詞史與寄託的關係雖然呼之欲出,但卻是引而未申。要深化詞史觀念,藉以建構寄託論述,還是由常州詞派的周濟來接續。清初雲間、陽羨詞人的努力爲後人的論述建構作好了準備,等到“康乾盛世”一過,詞人從他們的書齋望向日漸衰敗的時局,詞史與寄託就不但再被提出,而且詳加論述,進而指導創作。

二、周濟論作者創作:“詞亦有史”與“詠物最爭託意”——常州詞派對《補題》的開發之一

《樂府補題》是朱彝尊《詞綜》的選源之一,事實上,除了王沂孫的兩首白蓮詞和詠蓴詞之外,其他卅四首《補題》詞作都被選進了《詞綜》。雖然朱彝尊没有爲《補題》的寄託内容詳加説明,《詞綜》對《補題》也只是選而不論,但他的《橘頌》遺音之評已是對《補題》高度的推崇了。厲鶚就按着這個思路,正式提出“一片冬青冢畔心”之説,把唐珏瘞帝骨事植入《補題》,是後來“發陵説”的開端。

浙西詞人肯定《補題》别有寄託,厲鶚還提出了他對寄託内容的理解,不過,他們更重視的,是《補題》的詠物手法與開拓新題的實踐,偶然涉及詞中某個典故的考證,這從許昂霄《詞綜偶評》的有關評論就可以看到。直至清中葉以後,常州詞派大倡寄託之説,對《補題》的“寄託”論述才有新的進展,而不只是着眼於賦形摹神和“摹腔鍊吻”的技術層面上。

常州詞人没有對整部《補題》作評論,而是對個别的詞人詞作提出意見,主要的評論對象是王沂孫。王沂孫在元明兩代没有多少人注意,到了清代,因爲《補題》的復出和《詞綜》的普及,就成了人所共知的宋季

① 張宏生:《清初“詞史”觀念的確立與建構》,頁 107。

大家[①]。汪森認爲他與周密、張炎等都是姜夔的景從者[②],嘗試爲王沂孫定出一個詞學譜系上的位置,可是整體而言,浙西詞家對王沂孫詞主要在於選和讀,而不是評論,許昂霄《詞綜偶評》中有關王沂孫的評論文字大概已算是最豐富的了。常州詞人則不然,不但選王沂孫的詞,還論他的詞,當然包括了王沂孫的《補題》之作。

王沂孫在《補題》中共有四題六首,數量最多,他的《天香》詠龍涎香、《水龍吟》詠白蓮二首和《齊天樂》詠蟬二首,不但是《補題》的代表作,常被清人採入選本中,而且評論也較多,從"選"和"論"兩個角度看,《補題》中的其他詞人詞作都不能與王沂孫相比;因此,視王沂孫爲《補題》的代表,亦不爲過。所以下文的討論就以詞論家對王沂孫《補題》詞作的評論爲主。

1."詞亦有史"

張惠言的《詞選》選詞極嚴,僅收詞一百十六首,王沂孫四首詞入選,可算是相當重視了。王沂孫《齊天樂》(一襟餘恨)詠蟬是四首入選的詞作之一,對於此詞,張惠言未有評,卻在前面的《眉嫵》詠新月有評曰:"碧山詠物諸篇並有君國之憂。此喜君有恢復之志,而惜無賢臣也。"[③]既曰"諸篇並有君國之憂",自然就包括《補題》中的詞作了。張惠言把寄託限定爲"君國之憂",應該是從厲鶚的"一片冬青冢畔心"所得的啓發。可見浙西與常州不完全是壁壘分明,在詞學建構的策略上是互相觀摩的[④]。

常州健將周濟繼承並拓展了張惠言的詞學觀,在其專論《介存齋論

---

① 張宏生曾討論過王沂孫在清代的接受情況。詳張宏生:《創作的厚度與時代的選擇——王沂孫詞的後世接受與評價思路》,《詞學》第23輯,頁141—154。

② 汪森《詞綜序》:"鄱陽姜夔出,句琢字煉,歸於醇雅。於是史達祖、高觀國羽翼之,張輯、吴文英師之于前,趙以夫、蔣捷、周密、陳允衡、王沂孫、張炎、張翥效之於後。"《詞綜》,頁2。

③ 張惠言編,王紗紗整理:《詞選·附續詞選》(南京:南京大學出版社,2011年),頁40。

④ 張宏生曾以周濟《宋四家詞選》和戈載《宋七家詞選》爲例作過初步的考察,詳《創作的厚度與時代的選擇——王沂孫詞的後世接受與評價思路》。

詞雜著》、選本《詞辨》和《宋四家詞選》中大加發揮寄託説。選本和理論互相印證，又與張惠言的《詞選》前後接續，於是進一步爲常州詞派建立起詞學的體系，比選多論少的浙西詞派更具規模了。

《詞辨》和《宋四家詞選》都選了《補題》之作，兩書合共選了三家五首，詳見下表：

《補題》詞人	《補題》詞作	《詞辨》	《宋四家詞選》
王沂孫	《齊天樂》（綠陰千樹）詠蟬		✓
	《齊天樂》（一襟餘恨）詠蟬	✓	✓
陳恕可	《齊天樂》（蜕仙飛珮）詠蟬		✓
唐　珏	《水龍吟》（淡妝人）詠白蓮	✓	✓
	《齊天樂》（蜕痕初染）詠蟬		✓

《宋四家詞選》評王沂孫的“綠陰千樹”詞曰：“此身世之感。”評“一襟餘恨”詞曰：“此家國之恨。”[①]“家國”與“身世”就是傳統士人所謂寄託的兩大綱目，不管寄託的内容如何千差萬别，大都不離此兩個綱目。

厲鶚的“冬青冢畔心”説把寄託坐實到一件本事上，張惠言的“君國之憂”説則劃定了寄託的範圍，而周濟對王沂孫詠蟬的評論，就在兩者之間斟酌：“家國之恨”是“君國之憂”更準確的重述，因爲在亡國前後皆可有“君國之憂”，“家國之恨”則只可在亡國之後。如此，就隱然照應着“冬青冢畔心”所負載着的亡國之痛，又可連繫到亡國遺民的“身世之感”，卻又不坐實寄託的内容。可以説，“家國”與“身世”是寄託的細化表述，而不是寄託的坐實。事實上，周濟評論宋詞是較少坐實其寄託内容的，儘管他曾以“刺朋黨日繁”評論王沂孫的《掃花游·綠陰》（卷帘翠濕）[②]，不過，這樣的評論不多。

張惠言只説王沂孫詞有“君國之憂”，而周濟就按此思路，把王沂孫

① 《清人選評詞集三種》，頁278—279。按：周濟没有在《詞辨》和《宋四家詞選》的正文中評論陳恕可及唐珏詞，卻在《介存齋論詞雜著》點論過唐珏的白蓮詞。

② 《清人選評詞集三種》，頁282。

的詠蟬詞區分爲"家國"與"身世",其目的不外强調詞的寄託具社會政治的意義,同時也限定了寄託的性質:指向詞人所處的政治社會語境。此論由"詞史"觀念的引入而完成。周濟在《介存齋論詞雜著》中説:

> 感慨所寄,不過盛衰:或綢繆未雨,或太息厝薪,或己溺己饑,或獨清獨醒,隨其人之性情、學問、境地,莫不有由衷之言。見事多,識理透,可爲後人論世之資。詩有史,詞亦有史,庶乎自樹一幟矣。若乃離别懷思,感士不遇,陳陳相因,唾瀋互拾,便思高揖温、韋,不亦恥乎!①

以上就是周濟的"詞史"説。周濟認爲"感慨所寄,不過盛衰",所謂"盛衰",指的是國運的興替,由此而生出的"感慨",自然就不離"家國"與"身世"二端;與國運興替無關的"離别懷思,感士不遇"之作,可謂累代皆有,容易予人以"陳陳相因,唾瀋互拾"的陳腔濫調之感,實不足以言寄託。寄託,應是有深刻感受的"由衷之言",更重要的是寄託之作須"見事多,識理透,可爲後人論世之資"。

對於周濟的"詞史"説,可以這樣理解:

> 周濟説的"其人之性情、學問、境地",是就詞人在特定時空之下的政治社會經歷言。"性情"是詞人獨特的先天秉賦與個性,"學問"是詞人後天的培養,而"境地"是詞人在其所處的政治社會語境中的經歷與際遇。周濟强調"見事多,識理透",就是要詞人深刻反省、體察自己種種的政治社會經驗,即不但要置身於自己的社會語境去體會感受,而且要心理上翻上一層,觀照審視自己的社會語境與自己的體會感受。"由衷之言"則是真情實感的流露,詞人對政治社會語境的觀照與體察藉"由衷之言"出之,就不會是冷漠的旁觀。如此,寫出來的詞就能夠既指向特定的時空,具時代意識,又富真情實感了。詞人所處的政治社會語境,就是後世讀者的歷史

---

①《清人選評詞集三種》,頁192。

語境，正因爲詞作具有時代意識，所以"可爲後人論世之資。"能夠以"由衷之言"寫出"後人論世之資"，就"庶乎自樹一幟矣。"

"由衷之言"，還可以用周濟對唐珏詞的評論作參照：

玉潛非詞人也，其《水龍吟》"白蓮"一首，中仙無以遠過。信乎忠義之士，性情流露，不求工而自工。①

"性情流露"就是"由衷之言"，故"不求工而自工。"應該看到，周濟是站在作者的角度討論"詞史"的。

周濟以其"詞史"作爲寄託的内涵，於是"家國"與"身世"得以座落到特定的歷史時空，詞作因而具有歷史意義，成爲"後人論世之資"，而不是"感士不遇"的一己呻吟。詞人本着"詞史"觀創作，置身於當下的政治社會語境中，以"由衷之言"寫出"後人論世之資"的詞作；因此，按着周濟的思路，讀者在閱讀"詞史"之作時，就應該用逆向解讀的方法，把詞作重置於詞人所處的歷史語境，詳加體會，資其詞以論其人所處之世，方能讀出詞旨。可見周濟的"詞史"觀雖然是站在作者的角度作討論，但實際上也給了讀者在品鑑方面的提示。清人建立詞學體系，品鑑前人詞作，最終的目的，無非是爲了寫出他們心目中理想的作品來。可以説，品鑑主要是爲了創作。

2. "詠物最爭託意"

寄託的内涵是"詞史"，而寄託的載體則多種多樣。張惠言《詞選序》就説："極命風謡里巷男女哀樂，以道賢人君子幽約怨悱不能自言之情，低徊要眇以喻其致。"②以"里巷男女"比附"賢人君子"，無疑是來自

---

① 《清人選評詞集三種》，頁198。

② 《詞選·附續詞選》，頁1。類似的意見更早的見於朱彝尊《紅鹽詞序》："善言詞者，假閨房兒女之言，通之于《離騷》、變雅之義。此尤不得志于時者所宜寄情焉耳。"

古老的詩騷比興傳統。張惠言説温庭筠的《菩薩蠻》"感士不遇"[1]，就是認爲温庭筠以"美人"爲其寄託的載體，表面説的是美人，實際要説的是士人。對於寄託這種象徵性的特點，古人早就有深刻的了解，例如葉燮（1627—1703）《原詩》就借"或曰"之言謂：

> 詩之至處，妙在含蓄無垠，思致微渺，其寄託在可言不可言之間，其指歸在可解不可解之會，言在此而意在彼，泯端倪而離形象，絶議論而窮思維，引人於冥漠恍惚之境，所以爲至也。[2]

"可言不可言之間"，"可解不可解之會"，"言在此而意在彼"等，都是寄託象徵性的特點，見諸詩，亦見諸詞，只要作者用上合適的載體，這些特點就能得到充分的體現。詠物無疑是寄託的一個相當重要的載體。周濟在《宋四家詞選目録序論》説：

> 詠物最爭託意，隸事處，以意貫串，渾化無痕，碧山勝場也。[3]

周濟很重視王沂孫的詠物詞，正因爲王沂孫善於運用這個載體。張宏生先生在討論王沂孫在清代的地位時，就觀察過周濟《宋四家詞選》的選詞，並指出：

> 從題材來看，周濟所選，也基本上是詠物詞（至少有十首），而且，在附於其後的二十四首詞中，詠物詞也至少有十首。這就説明，周濟以王沂孫作爲一代領袖，主要是從詠物的角度考慮的，而這個角度也是和朱彝尊以後，經過厲鶚等人大力提倡，詞壇上彌漫的詠物之風密切相關的。看他對幾首詠物詞的評價，如《南浦·春

---

① 《詞選·附續詞選》，頁 3。

② 葉燮著，霍松林校注：《原詩》（與薛雪《一瓢詩話》及沈德潛《説詩晬語》合刊，北京：人民文學出版社，1979 年），頁 30。

③ 《清人選評詞集三種》，頁 206。

水》（柳下碧粼粼），評云："碧山故國之思甚深，託意高，故能自尊其體。"《齊天樂・蟬》（緑槐千樹西窗悄），評云："此身世之感。"又同題（一襟余恨宫魂斷），評云："此家國之恨。"就都能看出他希望在立意上的提升。[①]

"詠物最爭託意"，作爲《補題》代表詞人的王沂孫就以詠物"勝場"。"周濟以王沂孫作爲一代領袖，主要是從詠物的角度考慮的"，他看到王沂孫詠物與寄託結合，並以詞史爲寄託的内涵。可見《樂府補題》對清人，特别是常州詞家，實具有開發理論的價值，王沂孫在清代地位的提高、不少有關詠物寄託的論述，都是常州詞家對《補題》的開發成果。畢竟，《補題》指向宋元易代的歷史語境是相當清楚的，而整部詞集本身就是一部公認别寓寄託的詠物詞集，以《補題》作爲詠物寄託的範例和立論根據，一定比姜夔的《暗香》、《疏影》或者史達祖的《雙雙燕》更具説服力[②]。

《宋四家詞選》對王沂孫諸作的評語足可印證"詠物最爭託意"之説，周濟的用心，就如宏生先生説的"希望在立意上的提升"。常州詞家很重視詠物詞的"意"，譚獻（1832—1901）《復堂詞話》教人學常州詞，亦在於其"意"："常州詞派，不善學之，入于平鈍廓落，當求其用意深雋處。"[③]這裏的"託意"、"立意"、"用意"，都是指詞人的寫作動機應是寄託。正因爲詠物要"渾化無痕"，詞人就更自覺地把要寄託的人與事虚化爲"意"，展現爲賦形摹神、情景設置，和典故運用。至於《補題》的

---

① 張宏生：《創作的厚度與時代的選擇——王沂孫詞的後世接受與評價思路》，頁147—148。

② 宋翔鳳《樂府餘論》評姜夔曰："詞家之有姜石帚，猶詩家之有杜少陵，繼往開來，文中關鍵。其流落江湖，不忘君國，皆借託比興，於長短句寄之"，而《暗香》、《疏影》就是"恨偏安也"。唐圭璋：《詞話叢編》，頁2503。鄧廷楨《雙硯齋詞話》評史達祖《雙雙燕》、《瑞鶴仙》、《金縷曲》、《玉蝴蝶》諸闋曰："大抵寫怨銅駝，寄懷毳幕，非止流連光景，浪作艷歌也。"唐圭璋：《詞話叢編》，頁2531。

③ 唐圭璋：《詞話叢編》，頁4009。按：此條原是鄭善長《高陽臺・柳》一詞下的評語，載《篋中詞・今集》卷三，《續修四庫全書》本，頁657。

"意"的内容,張惠言和周濟就没有明言,只是劃出一個"君國之憂"或者"家國"與"身世"的範圍而已,還不如厲鶚的"冬青冢畔心"清晰具體。不過,根據周濟的"詞史"觀,可以肯定的是,在他心目中,"意"是指向特定的政治社會語境的。後來不少讀者就是按此思路,逆向解讀王沂孫等宋季詞人的詠物詞,當然也包括《補題》諸作。讀者的解讀是逆向的,其解讀的結果,就是把詞作的"意"坐實爲"事"。此中最著名,對後世極具影響力的,是晚清詞家陳廷焯。

三、陳廷焯的逆向解讀:"託意"向"史事"實化——常州詞派對《補題》的開發之二

陳廷焯早歲學浙西,後改學常州,推崇張惠言、周濟、譚獻和姨表叔莊棫(1830—1878)的詞學,深明比興寄託的要旨。他在《白雨齋詞話》"中白論詞"條中説:

> 中白先生(莊棫)叙復堂詞有云:"夫義可相附,義即不深;喻可專指,喻即不廣。託志帷房,睠懷君國,温、韋以下,有迹可尋。然而自宋及今,幾九百載,少游、美成而外,合者鮮矣。又或用意太深,詞爲義掩,雖多比、興之旨,未發縹渺之音。近世作者,竹垞擷其華,而未芟其蕪;茗柯泝其原,而未竟其委。"又曰:"自古詞章,皆關比、興,斯義不明,體制遂舛。狂呼叫囂,以爲慷慨。矯其弊者,流爲平庸。風時之義,亦云渺矣。"先生此論,實具冠古之識,並非大言欺人。①

"義可相附,義即不深;喻可專指,喻即不廣"之説雖出自莊棫,但卻是陳廷焯所贊同的。换言之,陳廷焯明白:"喻"中有"義",而"喻"不專指,"義"亦不可比附。這是一個頗通達的看法,然而當他實踐起來的時候,又未能貫徹。《白雨齋詞話》曰:

---

① 陳廷焯著,孫克强主編:《白雨齋詞話全編》(北京:中華書局,2013年)卷六,頁1249—1250。

《詞選》云:“碧山詠物諸篇,並有君國之憂。”自是確論。讀碧山詞者,不得不兼時勢言之,亦是定理。或謂不宜附會穿鑿,此特老生常談,知其一不知其二。古人詩詞,有不容穿鑿者,有必須考鏡者,明眼人自能辨之。否則徒爲大言欺人,彼方自謂識超,吾則笑其未解。①

他認爲自己是既“知其一”也“知其二”的“明眼人”,於是就爲王沂孫詞“考鏡”。以下數則就是他爲王沂孫《補題》之作“考鏡”的結果:

碧山《天香》(龍涎香)一闋,莊希祖(莊棫)云:“此詞應爲謝太后作。前半所指,多海外事。”此論正合余意。惟後疊云:“荀令如今漸老,總忘卻尊前舊風味。”必有所興。但不知其何所指。讀者各以意會可也。②

碧山《齊天樂》諸闋,哀怨無窮,都歸忠厚,是詞中最上乘。詠螢云:“漢苑飄苔,秦陵墜葉,千古淒涼不盡,何人爲省。但隔水餘輝,傍林殘影。”詠歎蒼茫,深人無淺語。“隔水”二句,意者其指帝昺乎。詠蟬首章云:“短夢深宫,向人猶自訴憔悴。”言中有物,其指全太后祝髮爲尼事乎? 後疊云:“病葉難留,纖柯易老,空憶斜陽身世。山明月碎,甚已絶餘音,尚遺枯蜕。鬢影参差,斷魂青鏡裏。”意境雖深,然所指卻瞭然在目。次章起句云:“一襟餘恨宫魂斷。”下云:“鏡暗妝殘,爲誰嬌鬢尚如許。”合上章觀之,此當指王昭儀改裝女冠。後疊云:“銅仙鉛淚如洗,嘆攜盤去遠,難貯零露。病翼驚秋,枯形閲世,消得斜陽幾度。餘音更苦。甚獨抱清商,頓成淒楚。”字字淒斷,卻渾雅不激烈。“餘音”數語,或有感於“太液芙蓉”一闋乎?③

(詠白蓮第二首“三十六陂”五句)寫出幽貞,意者亦指清

①② 《白雨齋詞話全編》卷二,頁1188。
③ 《白雨齋詞話全編》卷二,頁1190。

惠乎?[1]

陳廷焯的解説把詞的“意”坐實爲可以指陳的人與事。“意”向“事”實化,不但令“喻”有專指,而且令“義”亦有所比附,後人認爲他的解説有附會之嫌,原因就在此。

自厲鶚以降,對《補題》託意的發掘是愈到後世就愈發具體。寄託由“意”向“事”實化的發展過程很清楚,當中的轉關處,是周濟的“詞史”説。從讀者的角度看,既然“詞史”肯定了詞作指向了某個特定的歷史語境,則再追問詞人所指向的究竟是何事,是一個合乎常理的延伸提問,不然,所謂“後人論世之資”云云,就不知從何論起了。意虛而事實,陳廷焯的逆向解讀就向後人作了一個化虛爲實的示範。就《補題》託意的探討而言,他的示範很具方向性,影響了近代讀者對《補題》的解讀。近人認爲陳廷焯的解説有附會之嫌,於是自爲新説,結果是衆説紛紜,丁放就歸納出古今説法六種[2],牛海蓉更歸納出十種[3]。種種説法不但都指向宋末元初的歷史語境,而且可以引出具體的歷史人物和歷史事件爲佐證,更有學者宣稱某詞寄託的是某人某事,最有名的是“發陵説”、王清惠説和全太后説了。不少學者批評陳廷焯的同時,用的仍是實化“意”爲“事”的思路。儘管諸家學者接受的是現代學術訓練,解説比陳廷焯更具操作性,更符合學術規範,但解説的方向和操作卻又與陳廷焯一脈相承。由此可見,常州詞派所建構的寄託論述是極具影響力的。

清人論詠物詞都注重寄託。浙西與陽羨詞人首倡《補題》别寓寄託,厲鶚更提出“一片冬青冢畔心”之説,他們的觀點固然重要,不過在寄託論述的建設方面,還不及常州詞派。常州詞家自張惠言開始,即重視詠物詞寄託的理論探討,並以王沂孫詞爲立論的基點,劃定了“君國

---

① 《白雨齋詞話全編》卷二,頁 747。

② 丁放:《〈樂府補題〉主旨考辨——兼論“比興寄託”説詞論在清代以來的演變》,頁 533—534。

③ 牛海蓉:《也談〈樂府補題〉的寄託》,頁 148—152。

之憂"的範圍;周濟進一步以"詞史"爲寄託的内涵,而立論的主要根據仍是"詠物最争託意"的王沂孫詞;陳廷焯推崇張、周,把詠物詞的"託意"向"史事"實化。經過他們幾代人的努力,逐步建構了寄託論述的體系及説解的操作方式,仍爲今天的學者所重視,而《補題》和王沂孫詞就提供了典範性的詞作爲寄託論述的基礎。

"詠物最爭託意",常州詞派藉《補題》和王沂孫詞建構起他們的寄託論述。就詠物詞而言,可以作如下的整理:

1. 寄託論述的構成元素:常州詞家認爲,物象是載體,詞史是内涵,"後人論世之資"是目的,寄託是立意,也是手法。

2. 作者的創作:作者須反省自己身處的政治社會語境中的人與事,據此醖釀作意,然後潛心獨往,"以無厚入有間"的把這些人與事植入物象,以"由衷之言"寫出來,寫作的過程須符合"隸事處,以意貫串,渾化無痕"的要求,把人與事虚化爲意(即寄意),務求做到"煙水迷離"的效果。

3. 讀者的解讀:讀者須先明白作者早已把具體的人與事虚化爲意,再表現爲物象的描寫,因此,讀者應該用逆向解讀的方法讀詠物詞,把詞中的意實化爲史,即還原詞人當日的政治社會語境中的人與事。

4. 物象與託意的組合結構:作者當時的事,就是後世讀者的史。"事"與"史"是一而二,二而一,在"物象"這個載體裏轉化爲"意"。此四者可以組成以下的結構:

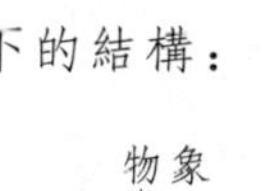

在"事—意—史"這個向度中,"事"的一端是作者,"史"的一端是讀者,中間的"意"則負載在"物象"裏。

詞的價值之所以可與詩比肩,詞體之所以被人推尊,浙西詞人的雅化之筆固然功不可没,而常州詞人所建構的寄託論述卻更有貢獻。

第二節　詠物雅詞的作法

《補題》甫復出就掀起了詠物之風，詞人藉詠物來展露學問與才情，通過唱和來建立群體關係，而《補題》就是他們學習詠物雅詞寫法的對象之一。學習的第一步是細讀與模仿，所以清人追和《補題》之作甚多。詞人通過追和摸索出詠物雅詞的寫法，進而自開新貌，寫出了"康乾盛世"的醇雅之音和晚清之世的騷雅之製。學習的第二步是整理既有的經驗，從中歸納出一些原理、通則、原則或者方法，作爲日後創作的指導，甚至理論的建立。

一、雅人的詠物技法：浙西詞家對《補題》的開發——以許昂霄《詞綜偶評》爲例

清人的讀詞心得主要表現爲詞話、選本評點，還有序跋提要。浙西詞人較早追和《補題》，對《補題》有精深的研讀，積累的閱讀心得也較豐富。許昂霄的《詞綜偶評》是對朱彝尊《詞綜》選詞的評論，由於只是評論某些詞作，並非每首皆評，故題曰"偶評"；是一部集中地展現浙西詞學觀的選本評點。此書在許昂霄生前並未刊行，身後四十餘年方由門人張載華"繕寫校讎"成書，原是許昂霄給張載華的課詞之作。許昂霄認爲《詞綜》是了解古人詞作最佳選本，"舍是無從入之方也"，於是取《詞綜》教授張載華：

> 迺漸次評點，授余讀之。每一闋中，凡抒寫情懷，描模景物，以及音韻法律，靡不指示詳明，直欲使作者洗發性靈，而後學得藉爲繩墨，洵詞家之鄭箋已。[①]

除了"抒寫情懷，描模景物，以及音韻法律"之外，書中對詞作的運意、典

---

① 張載華識語，見許昂霄：《詞綜偶評》，唐圭璋：《詞話叢編》，頁1579。

故、風格等方面又有所析述，内容可説是相當廣泛的，不過，從“繩墨”、“鄭箋”之評可以推斷，許昂霄的評點目的主要是宣揚主張，以及鑑賞與創作。

《詞綜》選詞，廣及唐至金元，題材極廣，當中也包括了詠物詞。雖然許昂霄並非每首詞都有評論，但足供學習的詠物佳作，他還是會拈出評説的，例如姜夔《齊天樂》詠蟋蟀、史達祖《齊天樂》詠橙、王沂孫《掃花遊》詠秋聲，他都有精彩的評説。《詞綜》收了《補題》卅四詞，他的評説也不少，當中有考釋典事者：①

(陳恕可)《桂枝香》【記乍脱内黄。】内黄，地名，此特借用。【還是秦星夜映。】陰陽家以井鬼之分爲巨蟹宫，井鬼分野屬秦。【正香擘新橙。】山谷蟹詩“忍看支解對薑橙”。遺山亦有“酒邊遣汝伴新橙”之句。

(唐珏)《摸魚兒》【凫葉淨。】字書云：“蓴葉似凫葵。”【千里舊懷誰省。】千里，湖名。【但只有芳洲蘋花與老。】“與”字疑訛，或是“共”字。

(王沂孫)《天香》。諸香龍涎爲最，出大食國。近海旁常有雲氣罩山間，即知有龍睡其下。或半載，或一二載，土人更相守視，候雲散則龍已去，往必得龍涎。又一説，大洋海中，龍在其下，湧出之涎，爲日所爍成片，風漂至岸，人得取之。

(李彭老)《桂枝香》【猶記燈寒暗聚四句。】《蟹譜》：“蟹隨潮解甲，更生新者。捕蟹者，緯蕭承其流而障之，名蟹簖。”《癸辛雜識》：“江南蟹處蒲葦間，一燈水滸，莫不郭索而來。”【自那日新詩换得。】東坡詩：“一詩换得兩尖團。”【草泥踪迹。】和靖詩：“草泥行郭索。”

詠物用典，本是詩家詞客的慣技，而考釋則旨在讀懂詞作。這原是注家的工作，如今由評點家來考釋典事，就不僅只是爲了讀懂，也是爲了鑑

① 以下四則引文依次見《詞綜偶評》，頁 1567、1577、1578。按：《桂枝香》誤題李彭老，應作吕同老。

賞，進而是指導創作。以上四則評説，除了是指出典故之外，還是用典詠物的例釋。許昂霄謂陳詞"此特借用"地名"内黄"；引字書"似梟葵"解唐詞"梟葉淨"句；引"湖名"解"千里舊懷"句，無非想指出詞人詠物，有用烘題典故之法，不僅是學問的展現而已。烘題典故是詠物三昧。從修辭的角度看，烘題典故是所詠物象的襯託；從賦物的角度看，烘題典故在所詠的物象旁邊製造了一個筆觸回旋的空隙，這空隙就在應題典故與烘題典故之間，詞人往往藉此空隙導入詞旨，陳詞詠蟹"内黄"句，唐詞詠蓴"千里"句，就是例子。

許昂霄釋王沂孫詞和吕同老（《詞綜》誤題李彭老）詞的名物甚詳，清楚介紹了龍涎香的特徵和蟹簖的功能，未能親見者亦可從中領略一二。這是清人詠物學問化之後的一個溯源式的解説，以示詞人以學問入詞，大量運用典故賦物，乃是上承南宋，其來有自，爲學問化書寫找出歷史根據，合理化他們的創作行爲。

典故與學問有助於詞體的雅化，不過，要寫出佳作還要表現出才情巧思。許昂霄就從章法組織作評論詞作：①

> （王沂孫）《齊天樂》（一襟餘恨）組織處一一工妙。【殘紅收盡過雨。】"紅"當作"虹"。
>
> （王易簡）《天香》【煙嶠收痕三句。】龍涎。【蠟杵冰塵三句。】製香。【纖痕透曉二句。】焚香。龍涎和衆香焚之，能聚香，煙縷縷不散。

他教人從組織處欣賞王沂孫詠蟬詞的工妙。所謂組織，應該指章法結構言。他正是從點題（龍涎）、製香、焚香等角度分析王易簡詞的結構，"和衆香焚之"數句，析王易簡詞煙縷描寫的依據。如果配合原詞細讀，就知道許昂霄討論的是王易簡詞的上片，也就是賦形摹神之所在。他在提示讀者，賦物須有章法。

賦物之外，還有寄託抒情。許昂霄就作過以下的比較：

① 以下兩則引文依次見《詞綜偶評》，頁1565、1567。

（唐珏）《桂枝香》【正半殼含黄四句。】出坡詩。結用蟹眼湯意，與陳作同。

“陳作”即陳恕可的詠蟹詞。唐珏、陳恕可二家都用“蟹眼湯”作結。陳恕可曰：“嫩湯浮眼，枯形蜕殼，斷魂重續。”唐珏曰：“至今茶鼎，時時猶認，眼波愁碧。”陳曰“斷魂”，唐曰“愁碧”，都是抒發故君之思，故曰意同。這是從取材（蟹眼湯）運用（寄託）與託意安排（作結）作比較。他從結構着眼，指出二家結句有託意。卒章顯志也是詠物詞的寫作慣例。

唐藝孫的詠蟹詞也用了“蟹眼湯”。許昂霄評曰：

（唐藝孫）《桂枝香》【眼波頻溜。】用蟹眼湯入妙。【嘆風味尊前。】山谷詩：“奈此尊前風味何。”

唐藝孫用“蟹眼湯”不在結句，而在上片歇拍：“瑣窗相對，茶邊猶記，眼波頻溜。”“相對”者誰，雖然詞人没有言明，但應該就是“眼波頻溜”者。這幾句與蟹如何相關？相關處就在於“茶邊”一句。許説曰“入”，即“引入”，而評曰“妙”，則蟹眼湯之引入，在他看來是巧妙之筆。這是很值得注意的提示，詠物筆法也在此評語中體會。品茶須先烹茶，這是第一層；烹茶須先煮湯，這是第二層；湯之佳者曰“蟹眼湯”，這是第三層；而湯名“蟹眼”，於是關涉到蟹，這是第四層。層層轉出，乃妙筆之一。詞人没有明言蟹眼湯，只著一“茶”字，著一“眼波”，就暗示了“蟹眼湯”，乃妙筆之二。以“瑣窗”起筆，以“茶”字過渡，至“眼波”才影射“蟹眼湯”，用的是逆入的筆法，乃妙筆之三。“眼波頻溜”者，亦人亦蟹，一語雙關，乃妙筆之四。運思如此曲折，自然是才情的表現，所以許昂霄特意拈出，教人效法。

與妙筆相對的，就是敗筆了，許昂霄也有指出，以警惕學者：

（趙汝鈉）《水龍吟》【雪空水冷。】微複。【清涼亭院。】清涼字複。結語似落套。①

“雪”已包含了“冷”的意思，故曰“微複”。趙詞上下片皆用了“清涼”，故曰“複”。詞結曰：“待夜深，月上闌干，更邀取，姮娥伴”，在許昂霄看來，是“似落套”。他批評趙詞“複”和“落套”，無非教人在作詞時要有創意和變化。

許昂霄又從風格作評論詞作：②

(周密)《臺城路》【槐陰】朗潤清越，詠物題中所難，碧山二作亦然。

(張炎)《水龍吟》【記小舟夜悄，波明香遠，渾不見、花開處。】何減魯望“月曉風清”之句。

(張炎)《水龍吟》“仙人掌上玉芙蓉”，王建《宫詞》。

“朗潤清越”是風格的概括，“月曉風清”之句與“王建《宫詞》”則是以唐人詩作爲風格的參照。“月曉風清”和“王建《宫詞》”都是怨而不怒，别有寄意，與“朗潤清越”都爲許昂霄所肯定。换言之，他在鼓勵人依此風格創作，而這些風格是浙西詞派一貫倡導的醇雅之音。

許昂霄認爲《詞綜》“搜羅廣而選擇精，舍是無從入之方”，並爲張載華“漸次評點”，使“後學得藉爲繩墨”，下筆創作。從上引諸評可見，舉凡典故運用、章法安排、詠物烘託、學問才情、風格表現，許昂霄都有論及，頗能體現浙西詞派主張醇雅的詠物觀。許評主要聚焦於賦物造型與章法運意的技術層面，旨在塑造詞人閑雅雍容的雅人形象。

然而，許昂霄評點的對象是《詞綜》，《補題》之作只是《詞綜》大量選詞中的小部份而已，而且《詞綜》的編排是以詞繫人，《補題》之作散入諸家詞人名下，與其他詞作編在一起，要看許昂霄對《補題》的意見，還須

① 《詞綜偶評》，頁 1567。按：“水”當作“冰”。

② 以下三則引文依次見《詞綜偶評》，頁 1564、1575、1577。按：《臺城路》，《齊天樂》别名。引張炎詞多一“玉”字。

從他對諸家詞作的評論輯出，他也不是對每首《補題》詞作都有評論。因此，儘管許昂霄對《補題》的評論能夠體現出浙西詞家的醇雅觀念與詠物技法，但也只是隨處指點而已，意見並不專爲《補題》而發。

二、“非寄託不入，專寄託不出”：常州詞派論詠物詞的寫法——以周濟詞論爲中心

浙西詞家論詠物詞的寫法固然爲人所重，不過，清中葉以後，中國要面對西方列强，提倡醇雅的浙西詞派似未能相當時的語境相應，其主導地位也就漸漸的讓予常州詞派。張惠言《詞選》開了常州一脈，卻没有討論詠物詞的寫法；有關的論述，還是周濟討論得較集中。

周濟在《宋四家詞選》的書眉上，以“身世之感”和“家國之恨”評價王沂孫的兩首詠蟬詞。這只是内容寄託的稱許，不是詠物技法的分析。技法的分析見諸《介存齋論詞雜著》和《宋四家詞選序論》。討論的起點仍是這則著名的評論：“詠物最争託意，隸事處，以意貫串，渾化無痕，碧山勝場也。”

“碧山勝場”不但是詠物有“託意”，而且“隸事處，以意貫串，渾化無痕。”這“以意貫串”的“意”就是首句的“託意”。“隸事處，以意貫串”，指的是用“託意”把與物象相關的典故“貫串”起來，如此詠物才有指歸而不散漫，還要做到“渾化無痕”。既要“以意貫串”，又要“渾化無痕”，就須按“有寄託入，無寄託出”的原則創作。《宋四家詞選序論》曰：

> 夫詞，非寄託不入，專寄託不出。一物一事，引而伸之，觸類多通，驅心若遊絲之罥飛英，含毫如郢斤之斫蠅翼，以無厚入有間。既習已，意感偶生，假類畢達，閲載千百，謦欬弗違，斯入矣。賦情獨深，逐境必寤，醖釀日久，冥發妄中，雖鋪叙平淡，摹繪淺近，而萬感横集，五中無主。讀其篇者，臨淵窺魚，意爲魴鯉，中宵驚電，罔識東西。赤子隨母笑啼，鄉人緣劇喜怒。抑可謂能出矣。[①]

---

① 《清人選評詞集三種》，頁 205。

事與物的特徵多種多樣，而詞人驅心含毫，從這些特徵"引而伸之"的聯想開去，可以無窮類比，一定能夠發現事物的特徵與自己想吟詠的情志有相應的契合處，這就是"觸類多通"的意思；如此沉思獨往，自能把握到植入託意於物象的切入點，只有一點切入已經足夠，"若遊絲之罥飛英"，也不過是一點而已；而且一發即中，託意與物象湊泊即合，"如郢斤之斫蠅翼"，毫釐不爽。這就是"以無厚入有間"。要不然，就自己用應題典故和烘題典故製造"有間"，因爲兩種典故可以構成一個"間隙機制"，所以一樣可以植入託意。可見"有寄託入"，主要是從立意構思言的。"賦情獨深"以下論"無寄託出"。詞人的情感"醖釀日久"，出語自能感人，但如何"出"，此則詞論言之未詳，應該再參考以下一則《介存齋論詞雜著》：

> 初學詞求有寄託，有寄託則表裏相宣，斐然成章。既成格調，求無寄託，無寄託，則指事類情，仁者見仁，知者見知。①

"指事類情，仁者見仁，知者見知"，即莊棫所説的"義"與"喻"的關係："喻"中有"義"，"喻"不專指，"義"不比附。"喻"不專指，即是"指事類情"；"義"不比附，即是仁知互見。然則，所謂"無寄託"，就是泯去一齊可供坐實的痕迹，因此，"事"就虚化爲"意"了。可見"無寄託出"是從技法言的。與許昂霄的隨處指點比較，周濟的説法要清楚得多，而且操作性也强得多。

用周濟的寄託出入説來對讀其"詠物最爭託意"這則詞話，就不妨推論：王沂孫"隸事處，以意貫串，渾化無痕"，不只是意與事結合無痕，還泯去了可供坐實之痕，做到"喻"不專指，"義"不比附的"無寄託"。陳廷焯正是這樣理解王沂孫的詠蟬：

> 或問比與興之别。余曰：宋德祐太學生《百字令》，《祝英台近》兩篇，字字譬喻，然不得謂之比也。以詞太淺露，未合風人之旨。

---

①《清人選評詞集三種》，頁193。

如王碧山詠螢、詠蟬諸篇，低回深婉，託諷於有意無意之間，可謂精於比義。①

詞不能"太淺露"，須"低回深婉，託諷於有意無意之間"，才算"精於比義"。王沂孫的詠蟬就符合這準則，而此準則正呼應着周濟的"無寄託"。陳匪石《宋詞舉》從鑑賞的角度作評論曰：

碧山《龍涎香》、《苔梅》、《紅葉》、《榴花》、《詠螢》、《詠蟬》諸作，論者多以爲各有所指，且求其事以實之……愚以爲詞境之高渾者，行乎其不得不行，不待規規於寄託。在讀者以意逆志，見仁見智，各有會心。②

對於王沂孫的詠物詞，陳匪石認爲"見仁見智，各有會心"。陳匪石此説與周濟的"無寄託，則指事類情，仁者見仁，知者見知"，其實是一致的。陳匪石仔細賞析了王沂孫的詠蟬之後説："其筆曲而不直，其意則回首前塵，無魂可斷，更爲弦外之音。"③能夠"曲而不直"，就不會"太淺露"；因爲"低回深婉，託諷於有意無意之間"，所以説有"弦外之音"。

王沂孫是《補題》的代表詞人，他的詠蟬詞（一襟餘恨）是《補題》的代表詞作。在《補題》諸作中，清人對此詞評論最多，而揣摩者亦不少，端木埰就是其中之一。他在《碧瀣詞自叙》中説到自己的學詞經歷：

初侍金先生（金鰲），首熟碧山《齊天樂》一闋，吟諷既熟，作輒

① 《白雨齋詞話全編》，頁1290—1291。
② 陳匪石：《宋詞舉》，頁24。
③ 《宋詞舉》，頁25。

倚之。[1]

端木埰聽從金鰲的教導,熟讀王沂孫的《齊天樂》詠蟬,而且"作輒倚之"。可見他鑑賞的目的是爲了創作,最終成就了他的《碧瀣詞》。《樂府補題》對清人創作的影響,於斯可見。

後人很欣賞周濟的寄託出入説。譚獻説:"周介存有'從有寄託入,以無寄託出'之論,然後體益尊、學益大。"[2]事實上,寄託出入説指導着不少晚清詞人的詠物詞創作,王鵬運、朱祖謀等的《春蟄吟》中的詠物詞就是最佳的例證。試再舉一例略作説明。朱祖謀《聲聲慢·辛丑十一月十九日味聃以落葉詞見示,感和》:

> 鳴螿頹堿,吹蝶空枝,飄蓬人意相憐。一片離魂,斜陽摇夢成煙。香溝舊題紅處,拚禁花、憔悴年年。寒信急,又神宫淒奏,分付哀蟬。　　終古巢鸞無分,正飛霜金井,拋斷纏綿。起舞迴風,纔知恩怨無端。天陰洞庭波闊,夜沈沈,流恨湘弦。摇落事,向空山、休問杜鵑。[3]

此詞詠落葉。朱祖謀的學生龍榆生(1902—1966)《彊邨本事詞》謂"此爲德宗還宫後恤珍妃作。'金井'二句,謂庚子西幸時,那拉后下令推置珍妃於宫井,致有生離死别之悲也。"[4]不過,就賦物論詞,此詞句句不離落葉。上片起調以螿蝶空枝襯起;"一片"句用許渾《經行廬山東林寺》"離魂斷續楚江壖,葉墜初紅十月天"句應題;"香溝"句用紅葉題詩典應題;"寒信"句用漢武帝《落葉寒蟬》曲典應題;下片"終古"句鎔鑄李

---

① 端木埰:《碧瀣詞》,收入陳乃乾輯:《清名家詞》(上海:上海書店,1982年)第九卷,頁2。

② 譚獻:《復堂詞話》"黄氏詞綜續編"條,唐圭璋:《詞話叢編》,頁3999。

③ 白敦仁:《彊邨語業箋注》卷三,頁90。

④ 龍榆生:《彊邨本事詞》,《龍榆生詞學論文集》(上海:上海古籍出版社,1997年),頁475。

賀《聽穎師琴歌》"芙蓉葉落秋鸞離"句、李商隱《碧城》其三"女牀無樹不棲鸞"句、張籍《楚妃怨》"梧桐葉下黄金井"句應題;"起舞"句用鎔鑄《洞冥記》漢宫人唱《回風曲》使"庭葉翻落如秋"事、《湘夫人》"洞庭波兮木葉落"句以應題;結句反用韓淲(1159—1224)《春浦》其二"緑葉陰陰啼杜鵑"句應題。句句都是落葉,當然詞中也有典故與宫庭、宫人一語雙關,紅葉題詩典、《落葉寒蟬》曲典、《回風曲》典就是較明顯的例子。然而詞中没有一語可以確指是寄託珍妃事,只藉《落葉寒蟬》曲或者《楚妃怨》等典故暗示别有寄託,事虚化爲意,讀者如何讀出詞中的託意内容?題目是重要的提示,時間(辛丑十一月十九日)、人物(味聃,洪汝沖,生卒未詳)、緣起(以落葉詞見示),感觸(感和),都很清楚,讀者可以把此詞重置於當時的歷史語境仔細揣摩,加上有同代詩家詞客的同題之作做參照、龍榆生的《彊邨本事詞》及其他時人的紀録作佐證,讀者就更可以相信此詞寄託的是珍妃事了。若果没有這些參照與佐證,恐怕讀者就只可以用看待《補題》的態度來看待此詞:有寄託,無本事。

清人以其體會解讀宋人的詠物詞,對某些詞作的解讀,例如鄧廷楨解讀史達祖的《雙雙燕》,其解讀結果被後人評爲附會,不過,清人卻是按照自己的體會來創作自己的詠物詞的。换言之,後世讀者以清人解讀宋人詠物詞的方法來解讀清人自己的詠物詞,特别是有政治社會語境作參照的詠物詞,應該比較容易切近詞旨,朱祖謀《聲聲慢》詠落葉就是較明顯的一例。

詞人以《補題》之作爲效法對象,以周濟的寄託出入説爲創作的指導原則,於是删去本事,泯去可供坐實之迹,"專寄託不出",於是寫出來的詠物詞,不少都有仁智互見,煙水迷離之妙。從文學審美的角度看,是能够做到"喻"不專指,"義"不比附的效果的,藝術形象的多義性也因此突顯出來;不過,從"詞亦有史"的角度看,"專寄託不出"就製造了"後人論世之資"的解讀困難了。當時的人已有此感慨。李岳瑞(1862—1927)《春冰室野乘》"都門詞事匯録"條曰:

> 二十年來,中外多故,詞人哀時閔世不敢顯言,往往託爲吊古、詠物之作,以寄其幽憂忠愛之志。非得同時人爲之箋解爬梳,數十

年後，讀者不復知爲何語矣。今夏溽暑逼人，聊取王佑遐黄門半塘詞及朱古微侍郎彊村詞讀之，見其中多有涉及時事者，爰就所記憶，拉雜録之，不能得其什一也。[①]

龍榆生的《彊邨本事詞》也是爲此而作。觀其篇名已可知，就是要爲乃師詞作補充"本事"，以免"讀者不復知爲何語"。文學有虛筆，史事尚真實，文史互證，虛實互補，可以折射出某個歷史時期的時代精神、價值觀念與社會心態，然而文史在互證與互補的同時，也産生了一定的張力，只要把周濟的"詞亦有史"與"專寄託不出"用於解讀同一首詞，這種張力就會突顯出來："煙水迷離"與"論世之資"始終是有距離的。

詞史之説，啓發自詩史。杜甫號稱詩史，他的《哀江頭》、《北征》、《自京赴奉先縣詠懷五百字》、《寄李十二白二十韻》、《三吏》、《三别》，特别是入蜀諸詩等等，都是正面直指當時的政治社會語境，詩中的人與事皆可考究，而詩中所述更可視爲杜甫對當時人與事的評論，所用的多是實寫，而不是虛筆，因此，這些詩作都可以與史書參讀，甚至可以補史書之缺遺。自宋以還，很多詩論家都從這個角度品評杜詩，除了少數人如王夫之者，大多都予以高度的贊揚，清人更主要用這個角度認識詩史，致使知人論世的讀詩方法廣爲人用，而清人論詞史，也希望詞能夠揮發詩史那樣的功能。然而，爲了推尊詞體，清人一方面要詞攀附詩教，要詞與史相通；另一方面又努力探討詞的文體特質與寫作要則，以示詩詞劃境。於是，除了格律詞譜之外，清人又强調詞的雅化之筆；既是雅化，詞人就要逮事用典，要講究學問，要辭氣温婉，要"渾化無痕"。凡此種種，都令詞人主力用虛筆而不是實寫，當中尤以詠物詞的創作更是如此，即使别有寄託，足以上承詩教，也不能如杜詩那樣直書當世的人與事。清人以"雅"來界定詞體的特徵，以"雅"爲"正"，稍異者爲"變"，此外就是二流之作，甚或不入流[②]，於是，詞體雅化了，在"專寄託不出"的

---

① 李岳瑞：《春冰室野乘》（臺北：文海出版社，1967 年）卷下，頁 273。按：同卷"詠珍妃殉國事"條亦載録了朱祖謀的落葉詞。

② 周濟《詞辨》原分十卷，正是按此思路編成。

指導下，“煙水迷離”的境界也達到了；然而史，亦即是詞的本事，也因此而被虚化爲“意”，只有在後世讀者解説之時，“意”才有機會再次向“事”實化，就如陳廷焯解説王沂孫詞那樣。不過，如果遇到文獻難徵的情況，解説者就不免各説各話，莫衷一是了，《補題》的託意之所以言人人殊，大概也因爲詞的雅化與文獻難徵之故。若非有龍榆生等人保存文獻本事，相信王鵬運、朱祖謀等的詠物詞的託意也難以知曉。

雖然“詠物最争託意”，而且“詞亦有史”，但在雅化的詞體準則之下，詞人還是選擇以虚筆出之。虚筆意味着象徵性强，能够建立詞作的想像空間，製造閲讀的空白，進而吸引讀者進入這個空間，運用自己的想像力和文化記憶來填補空白，審美要求也因此得到滿足。不過，“論世之資”的承諾就很容易變成一個啞謎，胡適正是從這個角度貶抑王沂孫的詠蟬詞，讀者最多只能説詞中別有寄託，卻不知託意爲何。這或者可以説是詞體雅化的代價。换言之，如果詞人放寬雅的要求，則詞還是可以直書現實的，文及翁的《賀新郎》（一勺西湖水）和劉辰翁的《六州歌頭》（向來人道）就是顯例；當然，放寬了雅的要求，詞體已經確立了的想像空間與審美效果就不一定可以確保了；而事實是，同光以後，報刊漸次興旺，能夠及時反映時事，也不一定要勞煩詩人詞客來當詩史詞史。到了民國，傳統詞人還没來得及調整對雅的要求，文學創作的主流就逐漸讓予白話文了。

三、一部標示詠物與寄託並體現師説的讀本：徐珂的《天蘇閣叢刊》本《樂府補題》

不論是浙西詞派還是常州詞派，主要都是通過選本來接受和發掘《補題》，而《補題》的藝術精藴，也是通過詞選傳播開去。詞家在選本裏以評點的方式表達他們對《補題》詞作的意見，如果詞家還有詞話相配合，則意見就更清楚了。可惜的是，詞家不能把整部《補題》都選進選本，只能選其心目中的代表之作，於是詞家對整部《補題》的看法就難以知曉了。一直到了民國初年，徐珂編纂《天蘇閣叢刊》，把自己校點的《樂府補題》收進叢刊，才出現第一部完整的《補題》圈點讀本。

徐珂師承譚獻，主常州詞學，重寄託，特别尊崇周濟和譚獻的詞論，詞學著有《近詞叢話》、《清代詞學概論》、《歷代詞選集評》等，詞作有《純飛館詞》（正續）。他爲自己校點的《樂府補題》寫了一篇短序，稱讚《樂府補題》"有騷辨之風，所謂寓意於物"，是"詞流精粹，足爲倚聲科律，與清空之旨，異流同源"。於是他以藏知不足齋本爲底本，"以《御選歷代詩餘》、《絶妙好詞箋》、《詞綜》互勘一過"，並遵照老師譚獻的"遺恉"圈點《補題》：

> 於其體物瀏亮者，用連點，託物寓意者，用句圈（按："圈"本作"圍"，不辭，今逕改），至連圈，則比興深遠，辭旨高奇，可以觸類引伸，尤可通知人論世之學。其句之沾滯或滑易者，則於每句末字之旁，以點别之。

譚獻評點《詞辨》，既有評語，亦有圈點，而徐珂現在主要做的工作是圈點。徐珂區分其圈點爲三類：

> 連點：用以標示"體物瀏亮者"。這是從詠物技法的角度看。詠物技法，浙西詞人論得比常州詞人多，而徐珂就在此彌補了常州派這方面的不足。
>
> 圈：標示"託物寓意者"，即比興寄託。以寄託的深淺再分句圈與連圈兩種，較淺者用句圈，較深者用連圈。
>
> 句末字旁點：標示"沾滯或滑易者"。這是指瑕，也是從詠物技法的角度着眼，而方向剛好與連點相反。連點是揚，此則爲抑。

徐珂總覽了《補題》的詠物技法與寄託，還指出了當中的瑕疵。他所説的"觸類引伸"，至少可以追溯到周濟的"引而伸之，觸類多通"，而"尤可通知人論世之學"，就與周濟的"論世之資"同旨趣了。

徐珂認爲自己的圈點體現了譚獻的"遺恉"，而譚獻論詞就主張"柔厚"。譚獻《詞辨跋》謂：

及門徐仲可中翰(徐珂),録《詞辨》索予評泊,以示集範。予固心知周氏(周濟)之意,而持論小異。大抵周氏所謂變,亦予所謂正也,而折衷柔厚則同。仲可比類而觀,思過半矣。①

他評晏幾道《臨江仙》(夢後樓臺)的下片曰:"所谓柔厚在此。"②"柔厚"即是"温柔敦厚"。晏詞下片追憶從前樂事,感慨物是人非,而以淡語出之,以"明月""彩雲"的寫景作結,絢麗如在目前。下片景樂、語淡、情深,照應起調的"夢後樓臺高鎖",則繁華如夢,一切皆空之慨油然而生,抒情有餘不盡,寫來辭氣不逼,很符合"柔厚"之旨。譚獻以"柔厚"論詞,自有他對現實的關懷。他在《明詩》一文中論文章、學術與世變的關係道:

今海内多事,前五十年之文章,已可測識。蓋賢者如汪容父(汪中)、龔定闇(龔自珍)、周保緒(周濟)諸君子,智足以知微也。亂端漸已,承平且復。學人潛心大道,折衷禮義,爲專門之箸述。於憂生念亂之時,寓温厚和平之教。使季札之聰,將卜天下復見太平,豈與文士競一日之短長哉?③

"於憂生念亂之時,寓温厚和平之教"一語,可以作"柔厚"的注脚。譚獻説"柔厚",是不離"憂生念亂"的。"温厚和平之教"即是温柔敦厚的詩教。"憂生念亂",卻"哀而不傷,怨而不怒",就是"温厚";辭氣不逼,言多比興,就是"和平"。比興的典型表現,就是詠物寄託。以此衡諸《補題》,當然也符合"柔厚"之旨。譚獻評點《詞辨》,旨在讓徐珂"比類而觀",體會"柔厚"。然則徐珂的《補題》圈點能否體現"柔厚"之旨?只要把他們師徒對同一首詞的意見稍作比較,就可以略知一二了。

周濟的《詞辨》只收王沂孫《齊天樂》詠蟬(一襟餘恨)和唐珏《水龍

---

① 《清人選評詞集三種》,頁 190。
② 《清人選評詞集三種》,頁 152。
③ 譚獻著,羅仲鼎、俞浣萍點校:《譚獻集》(杭州:浙江古籍出版社,2012 年),頁 9。

吟》詠白蓮兩首《補題》之作，以下就以譚獻和徐珂對這兩首詞的圈點評論略作比較。先看譚獻評點王沂孫的詠蟬詞：

全詞總評："此是學唐人句法、章法，'庾郎先自吟愁賦'遜其蔚跂。"

"一襟餘恨"一句，連圈。

"西窗過雨"句旁批："亦排宕法。"

"銅仙鉛淚"至"斜陽幾度"六句連圈。"銅仙鉛淚"三句旁批："極力排蕩。"

"病翼驚秋"三句旁批："玩其弦指收裹收，有變徵之音。"

結筆旁批："掉尾不肯直瀉，然未自在。"[1]

譚獻只是評和圈，没有點，也没有解釋他的評點體例，所圈者究竟是甚麽意思，還須讀者自行揣摩領會。徐珂的圈點是：

"一襟"至"庭宇"二句連圈。

"鏡掩"至"如許"二句連點。

"銅仙"至"斜陽幾度"六句連圈。

"謾想"至"千萬縷"二句連圈。[2]

兩相比較，譚、徐二家所圈的幾乎一致，就只有"年年翠陰庭宇"一句，譚獻没有圈。通過徐珂理解譚獻，不妨説，譚獻所圈的，主要是"託物寓意者"。王詞起調"一襟餘恨"與"年年翠陰"兩句是完整的一韻，兩句連綴一起，文意才連貫完足，徐珂多圈此句，比譚獻更圓滿。

至於譚獻的評和徐珂的點，都是從文章技法着眼。譚評的着眼點在於詞意如何藉句子内部和句子之間的照應安排表達出來，即所謂句法、章法；"排宕（蕩）"、"弦指收裹收"、"不肯直瀉"都是比喻的説法。而

---

① 《清人選評詞集三種》，頁 167—168。

② 徐珂校點：《樂府補題》，《天蘇閣叢刊》本，頁十三下。

徐珂所點者則是"體物瀏亮者",也就是詞人對物象的描寫。二家都看重文章技法,而切入點卻不一樣。

再看他們對唐珏《水龍吟》詠白蓮的圈點與評論。譚獻評點:

> 全詞總評:"汐社諸篇,當以江淹《雜詩》法讀之;更上,則郭璞《游仙》,元亮《讀山海經》。字字詄麗,字字瓏玲,學者取月,於此梯雲。"
>
> "太液池"至"不堪重記"三句,連圈。"太液池"旁批:"開。"
> "别有淩空"句旁批:"推闡以盡能。"
> "珠房淚濕"至"舊游夢裏"三句,連圈。"珠房淚"旁批:"合。"
> "奈香雲"至末三句,連圈。旁批:"一唱三嘆,有遺音者矣。"[①]

徐珂的圈點是:

> "太液池"至"輕墜"六句連圈。
> "珠房"至"夢裏"三句連圈。
> "羽扇"至"仙意"三句句圈。
> "奈香雲"至末三句連點。[②]

譚獻總評提到的"汐社"由謝翱創立。謝翱曾和唐珏參與瘞埋帝骨事,可知二人是認識的;然而説汐社與《補題》詞人有關,則於文獻無徵;"汐社諸篇"云云,更莫明其所以。徐珂編的《歷代詞選集評》也收了唐珏此詞,並有按語云:"汐社爲南宋遺民王沂孫、周密、……唐珏所結,以詠物之詞相唱和,其社作曰《樂府補題》。"[③]原來譚獻誤記汐社是《補題》詞人所創;然則,所謂"汐社諸篇",應是指《補題》諸作。他認爲要讀懂《補題》,就"當以江淹《雜詩》法讀之;更上,則郭璞《游仙》,元亮《讀山海

① 以上見《清人選評詞集三種》,頁172。
② 以上見徐珂校點:《樂府補題》,《天蘇閣叢刊》本,頁五上至五下。
③ 徐珂:《歷代詞選集評》(上海:商務印書館,1928年),頁206。

經》”。江淹(444—505)《雜體三十首》模擬前代名家之作,以爲各具其美,不宜軒輊,故《序》云:“蛾眉詎同貌,而俱動於魄;芳草寧共氣,而皆悦於魂,不其然歟?”又謂五言詩“但關西鄴下,既已罕同;河外江南,頗爲異法。故玄黄經緯之辨,金碧浮沉之殊,僕以爲亦各具美兼善而已。”[①]可見同中求異,方能得各家之美。按《補題》選調、題目、描寫角度、所用典故,乃至遣詞用字,意象安排,都非常接近,此爲同;然而十四家亦各有變化,此爲異。譚獻在此教人用“江淹《雜詩》法”讀《補題》,大概就是教人在同調同題,文辭極相近的大同之中,探求諸家各異的面貌。

至於“更上”,則是就寄託言。譚獻認爲應該要以讀郭璞《游仙》和陶淵明《讀山海經》之法讀《補題》。《游仙》與《讀山海經》看似虚幻之辭,但古人卻認爲這兩組詩别有寄託,例如鍾嶸(約468—約518)《詩品》就説郭璞《游仙》“乃是坎凜詠懷,非列仙之趣也”[②]。陳祚明(1623—1674)《采菽堂古詩選》説陶淵明“讀山海經詩,借荒唐之語,吐坌涌之情。相爲神怪,可以逆志”[③]。陳沆(1785—1826)《詩比興箋》甚至把《讀山海經》十二首分前七後二兩類,是爲上下篇,“正以定哀微詞,莊辛隱語,故託頌慕於前端,寄坎壈於末什”[④]。然則同以虚幻之辭寄託,寄託的内容重點也有不同。可見“更上”的讀《補題》之法,就是肯定詞中别有寄託的前題下,比較出諸家託意的相同與相異。如此一來,文辭與寄託兩個層次都各有同異了。譚獻在此提出了一個解讀《補題》的框架:文辭與寄託,求同亦求異。總評的“字字詄麗,字字瓏玲”,是指唐珏;“學者取月,於此梯雲”,就是教人據他的解讀框架《補題》,並從唐珏此詞入,就能有所收獲。

---

① 江淹著,胡之驥(明萬曆年間人,生卒未詳)註,李長路、趙威校點:《江文通集彙注》(北京:中華書局,1984年),頁136。按:“各具美兼善”句,原作“合其美兼善”,校勘記謂“《初學記》、叢刊本、梁本作‘各具美兼善’。”於義較勝,今據改。

② 鍾嶸著,曹旭集注:《詩品集注》(上海:上海古籍出版社,2011年),頁318。

③ 陳祚明著,李金松校點:《采菽堂古詩選》(上海:上海古籍出版社,2008年),頁431。

④ 陳沆:《詩比興箋》(上海:上海古籍出版社,1981年)卷二,頁70。

譚獻在上片“太液池”旁批曰“開”,在下片“珠房淚”旁批曰“合”,而所劃定的開合範圍,同時也是三組連圈的第一、二組。唐珏於此處以白居易《長恨歌》海上仙山詩意爲意脈,鎔鑄了楊貴妃霓裳羽衣典與洛神典以寄託,借貴妃霓裳舞倦作起點,故曰“開”;以貴妃仙去作結,故曰“合”。楊貴妃貫穿了開合寄託。下片起句“别有淩空”旁批曰“推闡以盡能”。此三句一韻,以泛舟採蓮引入下片,先推開一筆,再緊接以“珠房淚濕”一韻,即連圈標示寄託處,與上片結句“玉簪爲誰輕墜”呼應,似斷而意脈相連,且借泛舟逗出洛神典,自然而然,極盡其寄託之能事,故曰“推闡以盡能”。

“奈香雲”至末三句旁批曰“一唱三嘆,有遺音者矣”,是就抒情言。“綃衣半脱,露涼如水”,以寫景作結,把情感凝定於畫面,融情入景,確能收有餘不盡之效,故有此評。可見譚獻此處的連圈,並非從寄託言。因此,不能説譚獻所用的圈全然是標示寄託,不過,在他所評點的《詞辨》之中,確實有很多處用以標示寄託。

與譚獻相較,徐珂多圈了“嘆冰魂猶在”三句;另“羽扇生秋”三句用句圈;又“奈香雲”至末三句用連點而不用連圈。先看多圈的三句。此三句寫花殘葉落。“冰魂”喻凋落的白蓮,花無魂而人則有,於是“魂”字就可照應“霓裳舞倦”的楊貴妃;曰“魂”,則暗示貴妃仙去可知,如此就能召喚白居易《長恨歌》海上仙山的詩意,寄託即在此烘題典故中植入,“以無厚入有間”了。因此,徐珂多圈此三句以標示寄託,確比譚獻更爲完足;“羽扇生秋,璚樓不夜,尚遺仙意”三句,既曰“尚遺仙意”,則“仙去”之意就相當顯豁,用《長恨歌》詩意也更明顯。此處是寄託的强調而非另出新意,故徐珂用句圈是恰當的。

再看用連點的“奈香雲”至末三句。徐珂用連點,即認爲此三句是“體物瀏亮者”。此三句描寫花殘露冷的景象,結合上片“泠泠月色”的“月曉風清”詩意,確能把握到陸龜蒙詩的白蓮“欲墮時”的一刻化成畫面;只要讀者召喚陸龜蒙詩,就可以重現這個景象。此三句詠白蓮之所以是“體物瀏亮”,應該從傳統詩歌的閱讀史及士人的文化心理來理解,才容易明白徐珂用連點的背後考慮。以徐珂此三句的連點對照譚獻的連圈,不妨説,他們仍然是從不同的角度贊賞唐珏的以描寫作結:譚獻從抒情説，徐珂從描寫説。抒情與描寫不但不牴觸，而且應該融合爲一，不然，融情入景和情景交融就無從説起了。譚、徐師徒二人的評點正好互相補足。

徐珂還有指瑕的句末字旁點。即使是人皆贊譽的《樂府補題》，在他看來，仍不免有"沾滯或滑易者"。以下諸句皆末字加點，共四題七家八首十六句：

詞作	詞人	詞句
《天香》詠龍涎香	周　密	金餅著衣餘潤
		銀葉透簾微裊
	唐藝孫	金猊旋翻纖指
	李彭老	品重雲形（按："形"當作"頭"）
		葉翻蕉樣
		不似寶珠金縷
		領巾紅墜
《水龍吟》詠白蓮	趙汝鈉	粉痕消、香腮凝汗
	李居仁	載名娃、藕絲縈艇
	王沂孫	嬌無那（出"翠雲遥擁"首）
		頻相顧（出"翠雲遥擁"首）
《齊天樂》詠蟬	陳恕可	向人低訴處（出"碧柯摇曳"首）
		幽思無限（出"碧柯摇曳"首）
《桂枝香》詠蟹	唐藝孫	瑣窗相對
		茶邊猶記
		眼波頻溜

"沾滯"就是放不開，於是運意用筆就不够開闊，有拘束之嫌；"滑易"就是不夠厚重，於是詞句就留不住讀者的心眼，讀者在閲讀時不會

特別措意細讀。以上諸例是否都如此？李居仁的"載名娃、藕絲縈艇"句，南朝以還的採蓮詩賦已有不少類似的寫法，成了一種套式，運用套式自然是輕而易舉，卻也不够厚重，這或可説是"滑易"之例。趙汝鈉詞上片寫白蓮"冰肌雪艷，清凉不汗"，下片起句只以"暗想淒愁别岸"過渡，隨即就是"粉痕消、香腮凝汗"。上片寫"不汗"甚鮮明，而文意相反的"凝汗"則接得稍突兀，而且緊粘着"汗"字不放，就不够開闊了，這或可算是"沾滯"的一例。至於其他詞例，就恐怕未必人皆肯首了，例如許昂霄就特别拈出唐藝孫詠蟹詞的"眼波頻溜"句，評曰："用蟹眼湯入妙。"

句末字旁加點是明確的指瑕，然而，也有不點不圈者。全書就有四題五家八首詞没有連點：

> 《天香》詠龍涎香：唐藝孫、吕同老、李彭老
> 《摸魚兒》詠蓴：王易簡、李彭老
> 《齊天樂》詠蟬：陳恕可(碧柯摇曳)、唐藝孫
> 《桂枝香》詠蟹：吕同老

此五家八首並非没有賦寫物象之形，可能是徐珂認爲這幾首詞未能做到"體物瀏亮"，所以没有連點。如果與同題的其他詞人之作相比較，這八首詞容或有未盡完美之處。王沂孫詠龍涎香曰："一縷縈簾翠影，依稀海山雲氣。"徐珂連點。吕同老有類似的句子："簾影垂風不動，屏深護春宜小。"徐珂無點。唐珏詠蟹曰："夜燈争聚，微光掛影，誤投簾隙。"徐珂連點。吕同老曰："猶記燈寒暗聚，籪疏輕入。"徐珂無點。通過同題比較，可以看到詞人之間詠物手眼之别；然而，没有連點卻不表示詞人詠物遜色，只是"體物"的文句較短，發揮的空間較小，以致"體物"未夠"瀏亮"。

唐藝孫的龍涎香詞也没有連點，更没有句圈和連圈，放在同題諸作之間，就顯得異乎尋常了。不妨設想，這仍是同題比較的結果。不是説此詞没有詠物和寄託，而是不管詠物還是寄託，在徐珂眼中，此詞都不能與其他同題之作相比。王沂孫的龍涎香詞是《補題》的開卷之作，起

調即云："孤嶠蟠烟，層濤蜕月，驪宫夜採鉛水。"對於這三句，徐珂也没有圈，没有點。俞陛雲就認爲："此調前半體物瀏亮，後半即物寓情，詠物之名作也。起筆切合而極凝鍊，'蟠'字、'蜕'字尤工。'縈簾'二句狀香痕蕩漾，而以海山雲氣關合本題，在離合之間。後四句藉香以寓身世今昔之感，開合有致。"[①]俞陛雲特别指出"起筆切合而極凝鍊，'蟠'字、'蜕'字尤工"，意見就與徐珂不同。王沂孫"鉛水"一詞，用的是金銅鉛淚典，讀者之所以肯定王沂孫有所寄託，"鉛水"實起了關鍵作用，而徐珂於此没有圈，不作意見。何以如此看待王沂孫這首名作的起調，徐珂没有解釋，現在亦難考究，或者他别有會心，亦未可知。譚獻就説過："作者之用心未必然，而讀者之用心何必不然。"[②]可惜的是，徐珂只有圈和點，没有明文解説，若他能仿效譚獻的做法，既圈點，又評論，則讀者就更容易了解他的思路。詞的篇幅有限，既要"體物瀏亮"，又要"託物寓意"，實在不容易。按着徐珂的圈點的提示，通過諸家同題之作的比較閲讀，不但可以鑑别高下，也可以把握到"體物瀏亮"與"託物寓意"的措置安排，進而創作，所欠的，是文字論述。

徐珂繼承師説，一本寄託解讀《本題》，他的《天蘇閣叢刊》本《樂府補題》，是唯一一本全面圈點《補題》的讀本。他突出了寄託與詠物，標舉常州詞學之意甚明，不但體現了譚獻"遺恉"，而且也補足了師説。從書中的圈點可以看到，他的個人色彩也十分鮮明，可是因爲欠缺了文字論述，所以讀者一時間不易理清他的思路，而徐珂也没有機會在書中表達他對寄託與詠物以外的其他藝術特色的看法了。徐珂突出了寄託與詠物，卻遺落了其他，相較而言，譚獻的《詞辨》評點就全面得多了。

---

① 俞陛雲：《唐五代兩宋詞選釋》，頁568。

② 譚獻：《復堂詞録序》，載《復堂詞話》，唐圭璋：《詞語叢編》，頁3987。

第三節　結　語

對清人來説,《樂府補題》是一部詠物寄託的典範之作,不管是哪一個詞派,都能從中發掘到所需的資源。清人不但透過追和及模仿向《補題》學習詠物,還反省自己的所學,以期在理論上有所開拓。不同詞派的創作與理論建構都開出了不同的風氣。浙西詞人尚醇雅,雖然欣賞寄託,但更重視學問才情的展露,以及雅人風度的表現。這在許昂霄的《詞綜偶評》有比較集中的呈現。浙西詞人尚雅之風奠定了清代詠物詞寫法的基礎,後來的常州詞人就可以高屋建瓴了。

常州詞人起於清中葉之後,主張詠物須有寄託,不應視之爲餖飣雅玩,如此方能上接風騷,與詩比肩。他們也主張雅,不過,因爲重視寄託之故,於是就把文辭上的醇雅轉化爲内容與文辭並重的騷雅。

清初詞人早已有寄託的論述。常州詞人身處日漸步向衰敗的時代,思想觀念也出現變化,於是重新强調寄託,繼承清初前輩的精神。張惠言首倡之,周濟拓展之,陳廷焯、譚獻、端木埰、王鵬運、朱祖謀等晚清大家則在創作上實踐之,在詞論上推演之。在幾代常州派詞人的努力下,詠物詞多有寄託,寄託論述也日漸完備,詞史説就是一例。這些經驗不但表現於詞話,也表現於他們的評點讀本,徐珂的《天蘇閣叢刊》本《樂府補題》就是一本全面圈點《補題》的讀本。

從《補題》詞人到清代詞家,詠物寄託的創作原則已經被論述得相當清楚:詠物要做到不即不離,高者摹神,次者賦形;寄託則要做到指事類情,仁智互見,煙水迷離;而把詠物和寄託統一起來,做到人皆稱善的,就是《樂府補題》,當中王沂孫的詠蟬更被奉爲詠物詞的圭臬。

然而,常州詞家又希望詞與史相通,"可爲後人論世之資",而當詠物與寄託一旦結合無間,達到"煙水迷離"的境界之後,史就被虚化爲"意",只有在後世讀者解説之時,"意"才再次向"事"實化,這就容易招來附會之評了。

附録：徐珂《天蘇閣叢刊》本《樂府補題》書影

樂府補題　　天蘇閣叢刊一集之二

杭縣徐珂仲可校訂

天香

宛委山房擬賦龍涎香

玉笥王沂孫聖與

孤嶠蟠煙。層濤蛻月。驪宮夜採（一作探）鉛水。汛（珂按御選歷代詩餘作訊）逝（一作遠珂按御選歷代詩餘亦作遠絕妙好詞箋作汛逝）槎風。夢深薇露。化作斷魂心字。紅甆候火。還乍識冰環玉指。一縷。縈簾翠影。依稀海山。（珂按御選歷代詩餘作天）雲。氣。幾回殢嬌半醉。翦春燈夜寒花碎。

第七章　從詞人"遺軌"到文學史的邊緣:《樂府補題》在民國

清末民初是一個新舊交替,"三千年未有之變局"。封建帝制結束,中國正進入共和年代。不少舊制度,舊傳統,都被當時的人否定,認爲中國要在世界立足,民族要獨立自主,就必須革新中國文化,其激進者甚至要全盤西化。留學西方的知識份子提倡新文化運動,胡適更力主以白話文寫作,反對傳統的文言文,要與之決裂。在那個救亡圖存意識高漲的年代,這些主張都很得到當時知識界普遍的響應,形成了一股思潮,文學創作也因此逐漸由白話文主導。

其實,不少由前清進入民國的傳統文人仍然以文言文寫作,還在創作傳統詩詞。文學的體式與觀念也在那個時代新舊交替着,文言文和傳統詩詞没有頓然消失,事實上,當時用傳統體式寫成的作品有不少仍保留到今天。可以説,文言文學與白話文學並存是當時的實況,只不過,今天的文學史對民初文學的叙述以白話文學爲焦點,於是給後人的印象是,當時的文學家都在創作白話文學,彷彿傳統體式的文學就隨著清朝的覆亡而成爲歷史。

今天的讀者主要透過文學史認識過去的文學世界,也就是説,後人借文學史家所架設的視窗來觀看昔日的文學世界。不過文學史家自有其文學史觀與文學視野,他所看到和所描述的文學世界,必定不是昔日文學世界的全貌。文學史家與歷史學家一樣,都必須有史識,哪位文學家,哪部作品可以登録史册,地位與評價如何,無疑是文學史家篩選去取的結果,都反映出他的識力。如此,文學史家所描述的更不可能是文學世界鉅細靡遺的方方面面。求全求備,很可能招致無所去取,毫無識見的譏評。

宋元易代，王沂孫等詞人結社唱和，詠物抒懷，陳恕可將諸作編輯成《樂府補題》，是宋遺民亡國記憶的紀録。明清易代，漢人世界又一次倒海翻江，到了康乾盛世開始的一刻，《補題》復出，又攪動起某些明遺民剛剛平静下來的心湖，所以他們的追和之作絕非毫無故國之思。光緒末年，老大的中國再無法抵禦列强外侮，詞人哀時感事，真正繼承並發揚了《補題》詠物寄託的精神，"詠物最爭託意"，"詞亦有史"，都在他們的筆下綜合呈現出來。清末民初又是一個鉅變的時代，民初詞人如何接受《樂府補題》？文學史這門新學科伴隨著新式教育體制出現了，文學史家又如何看待《樂府補題》？以下試就此兩個問題略作討論。

第一節　"緜一綫之傳"：民初詞人對《樂府補題》的接受

——以白雪詞社《樂府補題後集》爲例

晚清四大家中的王鵬運在清亡前已經謝世，餘下的朱祖謀、鄭文焯(1856—1918)、況周頤(1859—1926)等三家就成了民初詞人的代表。除了這三位大詞人之外，還有其他地方詞人在創作詞。事實上，清末民初詞人結社唱和之風甚盛，並不亞於當時的現代文學社團，當中的宜興白雪詞社更表明是上繼王沂孫、唐珏等宋遺民的精神，所以社課之作即命曰《樂府補題後集》(以下簡稱《後集》)。晚清四大家當然推崇《補題》，卻没有像白雪詞社詞人那樣明言自己的詞作是繼承《補題》的。

一、"情感則一"：《後集》對《補題》的繼承與拓展

白雪詞社成立於庚申年(1920)年冬，創社成員有徐致章(1848—1923)、蔣兆蘭(1855—1932)、程適(1867—1937)、儲鳳瀛(1870—1927)和徐德輝(1873—?)等五人，徐致章任社長。詞社"名曰白雪，紀時也，亦著潔也"[①]。1921年四月以後，儲藴華(1870—?)、儲南强(1876—

---

① 蔣兆蘭：《樂府補題後集甲編・後序》，收入南江濤選編：《清末民國舊體詩詞結社文獻彙編》(北京：國家圖書館出版社，2013年)第22册，頁185。

1959)和任援道(1891—1980)陸續入社,成員增至八人。此外,曾參加唱和的社外詞友有李丙榮(1862—1938)、陳思(1873—1932)王朝陽(? —1932)、趙永年(生卒未詳)四人。這十二家或是姻親,或是表親,或是師隸,或是朋友,或是族親[①],關係相當密切。到了癸亥年(1923)秋,徐致章病歿,其他詞人亦各有去向,詞社活動因此中輟。白雪詞社的活動時間只有兩年多,卻有集會四十九次,寫下的詞作就編成了《樂府補題後集》甲、乙兩編。甲編收詞一百四十七首,乙編收詞一百五十七首,兩編共三百四首。

《後集》與《補題》一樣,都是感時傷事之作。徐致章爲甲編寫的序謂:

> 心有所感,不能無所宣;目有所觸,不能無所動,自然之流露,即風雲月露,花草蟲魚,皆足寄其興焉。心聲亦天籟也,如候蟲之鳴,不可遏抑也。至於姚冶誨淫之辭,放僻背道之作,皆所不取,以求合於宋賢唐(珏)、王(沂孫)、張(炎)、李(彭老)諸公之旨,此《樂府補題後集》之微意也。後之覽者,倘亦諒其心而憫其遇也夫?[②]

所謂“合於宋賢唐、王、張、李諸公之旨”,即是《補題》騷雅寄託之旨。程適和蔣兆蘭說得更清楚。程適序曰:

> 其必繼聲《樂府補題》者,則以宋賢玉潛、碧山、賓洲、篔房諸子,生丁末造,自署遺民;散髮陽阿,傷心川逝。……一往情深,寓之詠物,體繪工,寄託苦矣。以今視昔,雖時變不同,而情感則一。[③]

---

① 林立:《鄉邦傳統與遺民情結:民初白雪詞社及其唱和》,香港中文大學《中國文化研究所學報》2015 年第 60 期,頁 268。

②《樂府補題後集甲編》,頁 83—84。

③《樂府補題後集甲編》,頁 85—86。

蔣兆蘭後序曰：

> 名曰《樂府補題後集》，蓋欲上繼碧山、草窗、玉田、玉潛諸賢遺軌，爲風雅緜一綫之傳。雖才或弗逮，不敢與宋賢抗，而志操純白，心迹湛然，抑未必與宋賢異。①

"雖時變不同，而情感則一"，就是異代同悲之意；"緜一綫之傳"，即是以繼承《補題》諸賢自任。

《後集》既是承《補題》之緒，集内自然有不少詠物之作。《補題》有詠蟬詞，《後集》也有詠蟬詞。甲編第十五集有《水龍吟》一調，"以秋蟲爲題"，在此總題下諸家再分一物賦詠，儲鳳瀛和徐德輝就"拈得秋蜩"。儲鳳瀛詞曰：

> 夕陽衰柳長隄，蟪蛄十里聲猶沸。淒淒苦訴，蕭騷滿腹，一般秋士。怯冷棲枝，驚寒抱葉，綃衣如紙。縱抗懷高潔，獨彈古調，誰憐爾，平生志？　　歷盡炎涼身世。對西風、依然長嘒。悲吟白髮，似曾傳説，賓王心事。感切蜩螗，噤聲亦好，免他憎忌。且餐風飲露，緑槐高處，把煩襟洗。②

徐德輝詞曰：

> 緑陰深處眠琴，淒涼更向西風裏。江潭漢柳，今看摇落，一般憔悴。翳葉驚寒，噪林咽露，夜涼如水。把一襟幽恨，清商譜入，悲秋意，同秋士。　　嘗盡炎涼滋味。賸枯形、浮生如寄。志明淡泊，心驚遲暮，蟪蛄身世。遺蜕人間，超然解脱，瀞然塵滓。漫繁華戀著，高冠飛上，競金貂貴。③

---

① 《樂府補題後集甲編》，頁 186。

② 《樂府補題後集甲編》，頁 141—142。

③ 《樂府補題後集甲編》，頁 142。

兩家詞都寫高潔自持,感傷身世。他們的運意遣詞,意象典故,例如"綃衣如紙"、"感切蜩螗"、"一襟幽恨"、"蟪蛄身世"等,都明顯受《補題》浸潤;而且行文騷雅,怨而不怒,也與《補題》的風格一致,確是"緜一綫之傳"。當然,他們的寄託之迹也實在太明顯,"有寄託入",卻未能"無寄託出";不過,即使在詞藝上未做到"煙水迷離"的效果,在寫作態度上,亦不損其對《補題》的繼承。

從儲、徐的詠蟬詞來看,《後集》步趨《補題》之迹顯然,甚或有爲《補題》所囿之嫌。其實不然。《後集》雖以"樂府補題"爲名,某些詞作確有學習《補題》的痕迹,但實際上,《後集》的題材内容是頗豐富的,諸如追懷鄉邦先賢、憑吊宜興古迹,題詠古物、紀述交誼、哭悼唁、感節序等等[①],都見於詞人筆下,而並不只限於詠物。《後集》甲編第十七集《念奴嬌・題盧忠肅雙玉印》一題,作者有蔣兆蘭、程適、儲鳳瀛、儲蘊華四家四首。盧忠肅就是明末抗清名將盧象昇(1600—1638),也是宜興的鄉先賢。此題既詠物,兼及人。題下有序曰:

> 印刻其兩端,曰"孝者竢忠而成";曰"迫生不若死";曰"大夫無境外之交";曰"取彼譖人,投畀豺虎"。[②]

雙印的兩端四句印刻,塑造出盧象昇忠臣死節的形象。四家詞主題與風格相同,當中以儲鳳瀛詞意最顯豁:

> 玉符蟲篆,賴神靈呵護,堅凝如鐵。大地滄桑經幾變,雙璧完全無缺。中散遺琴,椒山賸硯,同灑孤臣血。祠空人去,一灣溪水嗚咽。　　誰念重鎧身披,填膺悲憤,無計驅蛇蝎。鉅鹿城邊雲似墨,何處堪埋忠骨。色正芒寒,心長語重,百劫難磨滅。摩挲珍寶,

① 詳下文"繼承'遺軌':白雪詞社的社事活動"附表。另詳林立:《鄉邦傳統與遺民情結:民初白雪詞社及其唱和》,頁 277—280。袁志成:《白雪詞社與民初詞人心態》,載《蘇州大學學報》,2015 年第 3 期,頁 144—146。

② 《樂府補題後集甲編》,頁 149。

子孫傳示來葉。[1]

上片起調至"完全無缺"、下片"色正芒寒"至末詠雙印，其他詞句則詠盧象昇。盧象昇孤臣忠骨，正是遺民認同的對象。詞人以雄快之筆寫出悲憤之情，無疑是借古人以詠己懷；程適的同題之作上片有"斗大黄金成底用，軍閥纍纍誤國"句，"軍閥誤國"一語更有與當世時局雙關的意味。

既然題材不只詠物，詞人發揮的空間就更大了。例如在甲編第四集有《八聲甘州・訪徐竹逸先生願息齋故址》一題，共六家六首，借古人古蹟抒懷。蔣兆蘭詞下片云：

太息滄桑幾度，把銅仙移去，清淚難收。莽秦宫漢殿，禾黍也油油。休再提，故家喬木，只一天衰草委荒邱。還徯倖、有題楹在，萬楚風流。[2]

蔣詞用銅仙鉛淚典、黍離典，寄託亡國之意甚明。程適同題下片云：

二百年來遺址，歎蔭軒已杳，紅舫重描。數吾鄉文獻，落落順康朝。到而今，星移物換，更故家喬木盡蕭條。凝思久、最悽人處，月墮林梢。[3]

徐竹逸（生卒未詳）是順康年間宜興人，故有"數吾鄉文獻，落落順康朝"之句。可見書寫的空間比只詠物更大更靈活。

從詠蟬、詠雙印、訪徐竹逸願息齋故址可見，《後集》書寫遺民情懷的手法與風格，既有繼承《補題》之處，又不限於《補題》一路。有意思的是，詠物以外的其他題材，白雪詞人都認爲是《補題》的延伸，只要圍繞故國之思與身世之感即可，用程適的説法，就是"情感則一"。

---

① 《樂府補題後集甲編》，頁 151。

②③ 《樂府補題後集甲編》，頁 104—105。

二、繼承"遺軌"與"時變不同":白雪詞社的社事活動及其應對時局的有效性

《後集》諸作展現出詞人站在遺民的角度抒發情懷。不過實際上,他們的政治立場未必一致。詞社活動之所以中輟,其中一個理由就是任援道"應某軍府之招去"[①],他往後更參加了汪精衛(1883—1944)的政權;也有研究者説徐致章在1911年9月16日保安會成立大會上帶頭剪掉辮子,"以示與清廷決裂"[②]。此説未知然否,但詞人之間的政治立場不一致,或者立場前後起了變化,是完全可能的。因此,學界傾向用政治立場作區分,把清遺民分爲"政治遺民"和"文化遺民"兩大類。"政治遺民"傾向支持帝制;"文化遺民"則以維護傳統文化與道德價值爲己任[③]。正因爲"文化遺民"關懷的是傳統文化,而他們亦不介意與非遺民交往,所以有學者認爲白雪詞人之所以聚在一起唱和,抒發近似的情懷,應該從"文化遺民"的立場去理解[④],而不是"政治遺民";林立則認爲《後集》所流露的"失落和匱缺感",在一定程度上符合王德威所

① 程適:《樂府補題後集乙編序》,《樂府補題後集乙編》,頁192。

② 湯虎君:《辛亥革命宜興光復紀實》,《檔案與建設》2011年第10期,頁46。

③ 林志宏:《民國乃敵國也:政治文化轉型下的清遺民》(臺北:聯經出版事業股份有限公司,2009年),頁13—14。羅惠縉爲"文化遺民"下了定義:"'文化遺民'是指在因朝代的更替、時序的鼎革等因素導致的民族盛衰、學術興廢、文化價值被凌逼時,堅持以從事學術研究、賡續學術思想或從事文化典籍的考鏡、整理、出版等爲職志,借助自己的心智塑造,將固有的文化價值或思想觀念以潛隱或外顯的方式表現出來,從而使學術傳統和文化、思想得到挖掘、傳承、開拓或創造出新的文化產品之遺民。"見氏著:《民初"文化遺民"研究》(武漢:武漢大學出版社,2011年),頁16。按:某些歷史人物可身兼"政治遺民"和"文化遺民"兩重身份,如屈大均就是一個典型的例子。

④ 羅惠縉:《民初"文化遺民"研究》,頁204—205。袁志成:《白雪詞社與民初詞人心態》,頁147—148。

説的“後遺民”寫作[①]。學者的論述把遺民的性質區分得相當仔細，用“文化遺民”或者“後遺民”來解讀《後集》，都足以啓發思考，深化討論；可是，《後集》與《補題》之間的關係，卻所論未深，一般都只是指白雪詞人效法《補題》詞人拈題唱和，以寄託其遺民情懷而已。這固然正確無誤，然而蔣兆蘭卻説得很清楚：“蓋欲上繼碧山、草窗、玉田、玉潛諸賢遺軌，爲風雅緜一綫之傳。”這“一綫之傳”的“遺軌”，應該還可以再加探討。

1. 繼承“遺軌”：白雪詞社的社事活動

當年在蒙元的統治下，漢人世界飽受衝擊，漢族士人感到文化有懸於一綫的危機。到了民初之世，白雪詞人也有相同的憂慮。徐致章《後集》甲編序開首即曰：

> 嗚呼，神州陸沉，環瀛蕩潏，是何等世界也！獰鬼沙蜮，封豕長鯨，是何等景象也！鐵血涴地，銅臭薰天，是何等觀念也！集澤鴻嗷，泣途虎猛，是何等慘痛也！[②]

一連串的反問，很能寫出他的激憤，當世的景象與觀念，都被他質疑，“神州陸沉”更使他深感“慘痛”。不過，“獰鬼沙蜮”等意象，都只是比喻而已，所喻者何，徐致章卻没有明言，但可以肯定的是，這些比喻都是徐

① 林立：《鄉邦傳統與遺民情結：民初白雪詞社及其唱和》，頁 264—265。按：“後遺民”的概念由王德威提出：“所謂的‘後’，不僅可暗示一個世代的完了，也可暗示一個世代的完而不了。而‘遺’，可以指的是遺‘失’，是‘殘’遺，也可以指的是遺‘留’。”又説：“‘遺民’的遺字可以有數解：遺是遺‘失’——失去或棄絶；遺也是‘殘’遺——缺憾和匱乏；但遺同時是遺‘傳’——傳衍留駐。回顧以往的遺民論述，這三種解釋往往相與爲用，然而只有在清末民初這‘三千年未有之變局’裏，歷史的翻轉才不再只是一朝一代的遞嬗，而有了空前絶後的意義。遺民意識本身因此也必須經歷質變。它未必是封建思想的糟粕，而可以成爲主體進入現代，面對時間塌陷，所該肩負的倫理承擔。”詳氏著：《後遺民寫作》（臺北：麥田出版，2007 年），頁 6、36。

② 《樂府補題後集甲編》，頁 83。

致章對當時所見現象的批評。他的《拙廬詞草》前有一首《高陽臺》足供參證:

春老鶯悽,花殘蝶怨,詅癡一集新編。藏拙何妨,偏留綺語纏綿。經霜紅葉翻增豔,杜鵑聲啼瘦秋山。細看來、恨緒絲絲,血淚斑斑。　　浮生一霎渾如夢,問花開花落,底事相關。觸景生悲,無端便爾汍瀾。碧山樂府,蘋洲譜寄,遺民無限辛酸。比當年、陶令歸田,阮籍遊仙。①

"碧山樂府,蘋洲譜寄,遺民無限辛酸"之句,表面説的是王沂孫和周密,實際上是徐致章遺民身份與心志的自白。這首《高陽臺》正可與他的《後集》甲編序相互印證,同時也提示讀者,《拙廬詞草》實與《後集》是聲氣相通的。蔣兆蘭爲《拙廬詞草》寫序即云:

内兄徐焕琪(徐致章)孝廉以文壇宿將爲浙省宰官,六十後解組歸田。會丁國變。時賢争攘臂議國是,張民權而世道益棼亂。今又制字母,倡國語,胥詩若文而白話之,焕琪一付諸不聞不見。②

"制字母,倡國語,胥詩若文而白話之",全都是新文化運動的内容;再連繫到程適詠盧象聲雙印詞的"軍閥纍纍誤國"句,以及當時北洋軍閥混戰的事實,就可以推知,徐致章在《後集》甲編序中的比喻,所指的至少應該包括新文化運動和軍閥混戰。

對文化存亡的憂患感當然也在詞作中流露出來。第廿三集就以"分拈里中古蹟爲題",調寄《渡江雲》。程適拈得"虞山",下片云:

茫茫。岐山鳳杳,渴水龍潛。並高風三讓,應不數、叔齊槁餓,季札逋亡。紋身斷髮留遺俗,怪如今,風尚披倡。憑吊處、荒祠一

---

① 徐致章:《拙廬詞草》,民國癸亥(1923)宜興藝舟社代印本,頁二下。

② 蔣兆蘭:《拙廬詞草序》,徐致章:《拙廬詞草》,頁一上。

角斜陽。[①]

程式以吴太伯等古聖賢引入，再以斷髮紋身蓄勢，旨在逗出“怪如今，風尚披倡”之句。“風尚披倡”，大有世風日下之慨。任援道則“拈得言村”，詞下片云：

凝眸。雲封馬鬣，月朗凫鐙。指虞山聳秀，讓臣里、文開儲巷，學啓任邱。新村早向荒洲闢，甚而今，翻效西歐。憑吊處、弦歌誰嗣前修。[②]

文開學啓之句，謂言村文明早已開啓，不過，“甚而今，翻效西歐”，已無人“嗣前修”之業了。所謂“翻效西歐”，具體言之，就是蔣兆蘭《拙廬詞草序》所説的“制字母，倡國語，胥詩若文而白話之”。其實，在詞人唱和之時，西歐文明早已傳入中國多時，而且有主導中國思潮之勢，看在徐致章眼裏，就不免有“神州陸沉，環瀛蕩潏”之嘆。

白雪詞人覺得自己與《補題》詞人“情感則一”，於是仿效他們結社唱和，以期繼軌前賢；而從《補題》詞人那裏接過來的，是一份對傳統文化的憂患感與承擔感。

宋亡之後，《補題》詞人依然雅集。戴表元《楊氏池堂讌集詩序》記述了一次他與王沂孫、周密等十四位雅人在楊承之池堂讌集的情況。楊氏池堂前有曲水，堂背有一高樓，可以“俯納衆碧”。他們就在高樓上讌集：

公謹大出所蓄古器物享客爲好，或膝琴而弦，或手矢而壺，或目圖與書而口歌以呼。醉醒莊諧，駢譁競狎，各不知人世之有盛衰今古，而窮達壯老之歷乎其身也。[③]

---

① 《樂府補題後集甲編》，頁 174。
② 《樂府補題後集甲編》，頁 173。
③ 戴表元：《剡源文集》（文淵閣《四庫全書》本）卷十，頁十三上。

讌集由“雅”而“狂”,釋放出壓抑已久的亡國悲情,盛衰今古與窮達壯老,都是心照不宣的。座中有人認爲此次讌集是“蘭亭之變”,由是懷想晉人。古今對照,不禁悲從中來:

於是坐中之壯者茫然以思,長者愀然以悲,向之嘆者欲幡然以辭,既而讙曰:事適有所寄也。今日之事,知飲酒而已,非歎所也。且我何用遠知古人?盍各爲辭以達其志。辭之達志莫如詩,公謹遂取十四韻析爲之籌,使在者人探而賦之,不至者授之所探而徵之,得其韻爲古體詩若干言,得其韻爲近體詩若干言。[①]

他們以作詩來結束這次讌集,留下自己的記憶,再傳諸後人。遺民需要讌集,藉以互相肯定,互相認同,以此支撑起自己的人生;而作詩,既是保留記憶,也是傳遞文化。或者説,他們的雅集與創作,本身就是文化。所謂“文化遺民”,正是由此理解。

面對滄桑巨變,《補題》詞人仍然堅持從事宋亡以前的種種漢文化活動。結社唱和,雅集絃歌,品題書畫古玩,努力著書立説,周密就著有大量筆記野史,是“文化遺民”典型的舉措。這些文化活動就是“碧山、草窗、玉田、玉潛諸賢遺軌”,《樂府補題》只不過是詞人“遺軌”的一個片段而已。《補題》詞人致力於社集與著述,旨在維繫漢文化一綫不墜。他們身體力行,爲後人作了示範,甚得時人甚至出仕蒙元者景仰,最著名的例子,就是趙孟頫爲周密繪畫《鵲華秋色》。歷史告訴後人,《補題》詞人的努力並没有白費,唐珏的事見載於元人的筆記,周密、張炎、王沂孫也留下了他們的著作;到了明末清初,唐珏與周密的事迹更成了士人行事的參考。最重要的是,自元以還,漢文化就一直完好無缺的綿延下來。這對於白雪詞人而言,是一個極具説服力,也極具吸引力的參照點。從漢文化的立場看,《補題》詞人作爲文化的守護者、踐行者與傳承者,自有一定的貢獻,必須受到肯定。這種理解對白雪詞人來説,是更須繼承的“遺軌”:只要仿而效之,傳統文化一定能够綿延下去;對《補

① 戴表元:《剡源文集》卷十,頁十四上至下。

題》詞人"緜一綫之傳",同時就是對傳統文化"緜一綫之傳",士人的責任亦因此得以完成。

結社是爲了"緜一綫之傳",而具體的社事活動則可以從甲、乙兩編詞作的題材内容看到①:

甲編

集次	地點	詞牌	所詠内容	題材類屬	得詞
1	拙廬(徐致章家)	不限	凍瓜	詠物	4
2	雙溪草堂(徐德輝家)	一萼紅	雙溪草堂	賀新居	3
3	青蕤盦(蔣兆蘭家)	國香慢	蘭	詠物	6
4	宜興徐喈鳳願息齋故址	八聲甘州	願息齋故址	詠古蹟	6
5	雙溪草堂	永遇樂	禊飲	節令習俗	4
6	經畬堂	天香	牡丹	詠物	4
7	拙廬	不限	餞春	節令習俗	6
8	藥王廟前隙地亦園藥圃	倦尋芳	藥圃即事	紀遊	5
9	未詳	不限	陳維崧填詞圖	題圖	6
10	未詳	憶舊遊	竹醉日	節令習俗	5
11	未詳	瑞鶴仙	美人蕉	詠物	5
12	青蕤盦	不限	歐種秋海棠及六月菊	詠物	4

① 林立前揭文有附表兩個,整理《後集》甲、乙兩編的創作時地與内容甚詳。林文旨在指出《後集》雖然以詠物爲主,但"《樂府補題後集》最突出的作品,是有關宜興文化傳統的認同及感物自傷的遺民情結"這兩種主題,並根據整理所得"探究白雪詞社諸子如何以群體創作的模式,表達這兩種主題。"(見林立《鄉邦傳統與遺民情結:民初白雪詞社及其唱和》,頁278—280)。按:本書此處附表即以林文附表爲基礎修訂而成,删去林文附表"時間"一項,另增"題材類屬"一項,藉以從中看到白雪詞社社事活動的多元化,重點與林文不同。

續表

集次	地點	詞牌	所詠内容	題材類屬	得詞
13	拙廬	玉京秋	延秋	節令	6
14	未詳	惜紅衣	秋海棠	詠物	7
15	未詳	水龍吟	秋蟲	詠物	11
16	雙溪草堂	龍山會	重九	節令	7
17	未詳	念奴嬌	盧忠肅雙玉印	詠物	4
18	未詳	霜葉飛	黄葉	詠物	5
19	亦園	霜花腴	菊	詠物	4
20	宜興見山樓	山亭讌	望南山	寫景	6
21	未詳	翠樓吟	閨思	閨思	6
22	未詳	不限	朱母儲太君紡績課子圖	題圖	3
23	未詳	渡江雲	里中古迹	詠古蹟	14
24	浮紅石舫	千秋歲	東坡生日	懷古	7
25	未詳	不限	除夕祭詞	祭詞	9

乙編

集次	地點	詞牌	所詠内容	題材類屬	得詞
1	未詳	念奴嬌	諾瞿僧一蒲團外萬梅花圖册	題圖	10
2	無錫榮氏梅園	疏影	遊無錫榮氏梅園攝影名曰横山訪梅圖	紀遊、題圖	8
3	無錫管社山萬頃堂	不限	萬頃堂題壁等	紀遊、題壁	6
4	未詳	山亭柳	春柳	詠物	6
5	未詳	不限	弔五人墓、題延陵季子墓、謁玄墓、范墳、真孃墓、鴛鴦冢	詠古蹟	6

續表

集次	地點	詞牌	所詠内容	題材類屬	得詞
6	未詳	不限	井字硯	詠物	6
7	蘇州司徒廟	風入松	司徒廟古柏	詠物	6
8	未詳	露華	金絲桃	詠物	7
9	未詳	瀟瀟雨	喜雨	詠物	5
10	未詳	壺中天	壽徐德輝五十	祝壽	7
11	陳孝潔祠	滿庭芳	陳孝潔先生祠	詠古蹟	6
12	未詳	换巢鸞鳳	各種昆蟲	詠物	7
13	雙溪草堂	齊天樂	展重陽兼補壽觴酒罷赴亦園賞菊	節令、紀遊	6
14	未詳	無悶	雪意	詠物	7
15	蟄莽雪堂（程適家）	疏簾淡月	蟄莽雪堂落成	賀新居	7
16	未詳	不限	蔣兆蘭垂虹詞夢圖	題圖	6
17	未詳	訴衷情	無題目	—	7
18	雪堂	不限	人日	節令	11
19	雪堂	不限	元夕再讌	節令、享讌	
20	未詳	湘春夜月	春魂	詠物	8
21	陳孝潔祠	蘇幕遮	癸亥展上巳日飲孝潔祠	紀遊、節令	6
22	未詳	摸魚兒	鰣魚	詠物	7
23	未詳	不限	王文貞豐臺藥圃詩册爲王芍莊明府題	題册	6
24	未詳	不限	悼徐致章	哀悼	6

從上表可見詞作題材内容的多元化。又從所詠内容的類屬可見，詠物之作頗多，這當然是上繼《補題》的表現。值得注意的是，白雪詞人的社事活動很豐富，有訪古、出遊、賞花、賞畫、賞古册、度節慶、享讌、致

賀、哀悼等。與《補題》詞人相較,或者與戴表元《楊氏池堂讌集詩序》所記相較,甚至與臨安詞人相較,他們所從事的詞社活動都非常相似,而活動過後,都寫成詞作;當中有些活動,例如品題盧象昇雙玉印、品題圖册、訪古等,更飽含濃厚的文化與歷史情懷。程適在乙編序中追懷社事云:

> 人生之樂無逾友朋,友朋之叙莫若文字,文字而極之倚聲,意内言外,悱惻芬芳,往往能深入人心,纏緜固結而不自解,小道云乎哉? 白雪詞社昉於庚申漢臘,奉拙廬爲之主。月必再集,集凡八人,各出家肴相餉,禁用市脯,禁談時事。窮日之力,相與選聲研律,假物以攄懷,單詞隻句之未安,必更相糾正而後已。餘興所至,相將出遊藥圃、梅亭間,斜陽流水,人影三五,鴻爪歷歷可溯。同人尤愛雪堂近築,以爲西南一角,風景幽絶,每過其地,徜徉不忍去。蓋山川文藻之勝,若不知世間有理亂者。[①]

就如當年的周密、王沂孫那樣,白雪詞人也需要雅集與唱和,藉此互相肯定,互相認同,“人生之樂無逾友朋,友朋之叙莫若文字”兩句,正道出了箇中消息。“山川文藻之勝”掩蓋不了“世間有理亂者”,所生出的,仍是那種文化與歷史的情懷,强調“若不知”,正好反證是“知”。在創作與唱和的當刻,這種情懷抑塞在詞人的心頭,情感的重量擠壓出詞人的存在感:“我們也像《補題》詞人那樣的寫書記憶,傳承文化。”這就是繼承“遺軌”。

程適在序中説“禁談時事”,恐怕是言過其辭。乙編有《齊天樂・壬戌九月十七日寄廬讌同人於雙溪草堂展重陽兼補壽觴也酒罷赴亦園賞菊》一題,儲鳳瀛詞上片有句曰:“趁佳節良辰,漫談時事,老圃霜濃,座中澎澤雅懷寄。”[②]既然是“漫談時事”,就不會是“禁談時事”了。又有《摸魚兒・鰣魚》一題,儲鳳瀛詞下片有句曰:“天下事,恨只恨,忠言骨

---

① 《樂府補題後集乙編》,頁 191。

② 《樂府補題後集乙編》,頁 245。

鯁如喉刺。”[①]徐德輝詞下片也有句曰:“觸喉芒刺何多也,咀嚼耐人無盡。君莫恨。畢竟是、棱棱骨鯁留身分。”[②]骨鯁在喉,不吐不快,何況詞人深知“時局益棘”[③],即使明言“禁談時事”,時事還是禁不了要談的,因爲傳統文化必須有益於眼下與將來的世道人心,才有綿延下去的價值,而這種價值只能透過實際的人事踐履方可實現。“漫談時事”是意料中事,亦是白雪詞人繼承“遺軌”之後相應要承擔的責任。

2.“時變不同”:社事活動作爲應對方法及其有效性

白雪詞社的社事活動與當時其他文社一般無異,其獨特之處,就在於社員有清晰自覺的意識,以繼承《補題》詞人的“遺軌”自任,用《補題》詞人應對蒙元的方法在民初之世爲傳統文化“緜一綫之傳”。然而,所謂的繼承“遺軌”,也只不過是一種仿古行爲,一種自我防衛機制而已。

宋季詞人結社唱和,品題山水,原意是藉其文藝修養與審美品味來區分雅俗,建構其雅人身份,從而提升其優越感。入元之後,他們不但飽嘗巨變,而且貧無立錐之地,卻依舊風雅,因此,詞人對雅的堅持在性質上就起了變化,變成了守護漢文化的應對方法。到了數百年之後的清末民初,傳統文化又一次受到衝擊,徐致章等人茫然四顧,尋找應對時局與安身立命的方法。他們一眼就覷中《樂府補題》,是很自然的事,因爲《樂府補題》在清代赫赫有名,自復出之後就一直備受推崇。於是,徐致章等人就仿而效之,重複一次《補題》詞人在元初所做過的行爲,所以白雪詞社的社事活動與宋末元初詞人非常相似,這無疑是一種仿古行爲。他們的目的很清楚:像《補題》詞人那樣,做傳統文化的守護者。

易代之際,士人必須面對異族對漢文化的衝擊。正統被奪已是不可逆轉,道統卻不能讓他中輟。道統就是文化。因此,一種文化中輟的焦慮頓然而生。士人雖然無法改變政治現實,但面對文化中輟的危機,仍然自覺有事可爲,顧炎武的“亡國與亡天下”之辨正是爲此而提出。持守漢文化就是宋、明遺民給自己的責任,他們的生命意義亦建立

① 程適:《樂府補題後集乙編・序》,頁 276。
② 《樂府補題後集乙編》,頁 278。
③ 《樂府補題後集乙編》,頁 192。

於此。

對於持守漢文化,《補題》詞人,乃至其他宋季士人,還有明遺民,都是成功的。他們的思想、信念與行事甚得漢族人的認同,他們的生平事蹟被收入遺民録就是對他們的肯定。不過,成功不僅是因爲漢族士人的努力,也因爲蒙古人和滿州人的文化根本就無法取代漢文化。在元、清兩代,漢文化雖然受到異族文化的衝擊,但總的來説,漢文化從來没有被動摇過。既然蒙古人和滿州人不能否定漢文化,就唯有承認,進而利用漢文化。異族政權一樣要接受儒家思想,蒙元一樣要重開科舉,滿清皇帝一樣要推崇程朱理學,一樣要用君臣大義治國,遺民與烈士甚至得到異族統治者的認同,《欽定勝朝殉節諸臣録》的編纂就是明證。換言之,儘管遺民與異族統治者的政治立場針鋒相對,他們最終的文化價值取向卻是一致的。可見遺民分别得到漢族人和異族統治者的認同。文化價值取向的一致性把漢族和異族聯繫在一起,所以遺民可以成功,而且備受肯定,也因此建立了一種人格典型,垂範後世。道統彷彿真的是不變。於是,白雪詞人看到的歷史事實是:漢文化始終綿延不斷。

民初的歷史語境則大異於從前的朝代更替。文化中輟的危機來自世界列强,來自足可與傳統文化媲美的西歐文明。這都不是蒙古人和滿州人的文化所能比擬的。可是,危機最具摧毁性的核心,並非來自列强,而是來自中國人自己。王德威認爲:“作爲已逝的政治、文化的悼亡者,遺民指向一個與時間脱節的政治主體,他的意義恰巧建立在其合法性及主體性摇摇欲墜的邊緣上。”[①]然而歷代遺民的意義之所以能够建立在這“摇摇欲墜的邊緣上”,是因爲有傳統的文化價值作支撑,這個體系一旦被摧毁,遺民的意義就會受到質疑,甚或被否定。自鴉片戰争以還,中國飽受外侮,洋務運動等改革措施不足以自救,大清帝國與封建帝制同時畫上句號。天朝上國淪爲落後的國度。中國人對自己的文化失去了自信,要急起學習西方。這都是白雪詞人所知悉的:“甚而今,翻效西歐。”新文化運動方興未艾,“制字母,倡國語,胥詩若文而白話之”,其激進者更主張全盤西化,以爲苟非如此無以救中國,“制字母”更是從

① 王德威:《後遺民寫作》,頁 6。

根本上質疑傳統文化，所以白雪詞人慨嘆“憑吊處、弦歌誰嗣前修”。當時中國主流的知識份子因爲救亡心切，也因爲文化自卑，所以否定自己、遺民、傳統文化價值取向之間的一致性，使原有的支撑頓失，遺民的光輝形象由是黯然失色，道德性和認受性大爲削弱，變成了魯迅(1881—1936)筆下頭戴瓜皮小帽的遺老遺少[①]，淪爲被取笑的對象。文化自卑，就是文化中輟危機最具摧毀性的核心。

眼見“風尚披倡”，白雪詞人明白中國人在自我否定，作爲繼承《補題》詞人“遺軌”的遺民，也應該知道自己被否定，卻又否定這種否定，“焕琪一付諸不聞不見”，恰好説明了他們正處於這種多重否定的狀態；然而如何肯定，白雪詞人想到的，就是繼承《補題》詞人的“遺軌”，希望仿古的方法能够爲綿延傳統文化出力。可是，這種仿古方法與當時正進入共和年代的歷史語境不相應，所以得不到主流的認同。他們對此未必没有認識，程適就已經説了：“時變不同。”所謂“時變不同”，就是歷史語境不同：清末民初是“三千年未有之變局”，古人行之有效的方法已不再適用於當世。於是，從前挽救漢文化的方法只能供白雪詞人用來自我安慰：“我之繼承《補題》詞人‘遺軌’正是爲傳統文化‘緜一綫之傳’。”求取心理上的自我安慰，就是一種自我防衛機制。

“文化遺民”與“後遺民”論述處理的是不同類型的遺民及其回應時代的方法，而不處理其回應方法的有效性。從白雪詞人的經驗，或者可以看到遺民應對方法的有效性的關鍵。他們以仿古的行爲作爲應對時局、守護文化及安身立命的方法，卻因爲得不到當時中國人主流的認同而欠缺了文化價值取向的一致性，仿古行爲作爲應對時局的方法就因此而失效；傳統文化要更新成現代中國文化，也是大勢所趨，白雪詞人也守護不了多少；至於安身立命，他們至少已經求仁得仁，即使被新派知識份子取笑守舊落伍，也無愧於心了。

民初詞人學習《補題》寄託抒懷，除了朱祖謀等大家之外，尚有白雪詞人等地方作手，也寫下了不少佳作。作爲一部學習寫作的範本，《補

---

① 魯迅：《南腔北調集·無常》，收入《魯迅全集》(北京：人民文學出版社，2005年)第二卷，頁277。

題》在清亡之後仍被詞人看重;而把《補題》視爲前賢“遺軌”並用作一種應對時代巨變的方法,就顯得蒼白無力了。

第二節　邊緣化:新派知識份子對《樂府補題》的接受——從胡適的挑戰説起

傳統士人希望從古人的經驗中找到應對時局的方案,與此同時,另一批新派知識份子則認爲要救亡圖存就應該以西方爲師。他們有放洋留學的學習經歷,眼界自然與傳統士人不同,所採用的方法也與傳統士人南轅北轍。胡適是新派知識份子的代表人物,他認爲要救中國,就要推動新文化運動,要革去傳統中國文化的種種弊端,要普及文化,開啓民智,人人皆有知識,才可以令中國在世界立足,因此他又大力推動白話文運動,提倡白話文學觀。從白話文學觀的角度看《樂府補題》在民初的接受情況,又是另一番景象。

一、白話文學史觀下“詞匠的詞”:胡適的挑戰之一

民國十年(1921),白雪詞人仍在唱和的時候,胡適就應當時的教育部邀請,爲第三届國語講習所講授國語文學史。他爲此編了十五篇講義,後整理成《國語文學史》一書,1927 年由北京文化學社出版。他1928 年出版的名著《白話文學史》即以此書爲基礎。可是,《白話文學史》只完成了上卷。

胡適講白話文學史,自言首先是要人知道白話文學有一段很長的歷史,而不是三數年間突然出現的事,了解了這段歷史,便知道早已有無數先輩在前,後人可以繼續他們的未竟之功[①]。第二是“要大家知道白話文學史就是中國文學史的中心部分。中國文學史若去掉了白話文學的進化史,就不成中國文學史了,只可叫‘古文傳統史’罷了。”[②]有學

---

① 胡適:《白話文學史》“引子”(台北:啓明書局,1957 年),頁 1—2。

② 胡適:《白話文學史》“引子”,頁 3。

生問他爲何中國文學並非一個時代有一個時代的文學，胡適認爲這是錯讀文學史的結果：一般人只看到古文家的文學，而古文家都在模仿前人，學做前人的"肖子"，結果學成了同一個樣子；其實中國文學是有時代的文學的，不過要向"不肖"文學裏去找才可以找到，"因爲'不肖'古人，所以能代表當世。"[①]胡適鄭重地説：

> 這一千多年中國文學史是古文文學的末路史，是白話文學的發達史。[②]

胡適把中國文學分爲古文和白話兩類，並置之於矛盾對立的層面上，對比鮮明强烈。宇文所安（Stephen Owen）藉着胡適提出了很精闢的述評：五四的知識份子發明了文言與白話的區分，製造了"我們"與"他們"，"現代"與"傳統"的二元對立，"五四文學史家的最大成就，乃是勾畫出了一條白話文學與永遠在垂死狀態中的正統文學不斷較量的發展綫索"；白話文永遠都在上升，而五四作家則處身文學史發展的一個頂峰[③]。"在中國文化的進程裏，五四學者和批評家們對傳統的判斷代表了一個新的正統傳統的産生，而這種正統傳統的規模是前所未有地宏大。它和古典傳統的結束及其蓋棺論定緊密相關"[④]。五四的新派文化精英像是一群奮發果敢的年青人，自信能肩負起時代的責任，也自覺

---

① 胡適：《白話文學史》"引子"，頁 4。按：胡適認爲文學"能代表當世"，應該啓發自王國維的"一代之文學"説。王國維曰："凡一代有一代之文學：楚之騷、漢之賦、六代之駢語、唐之詩、宋之詞、元之曲，皆所謂一代之文學，而後世莫能繼焉者也。"見氏著：《宋元戲曲史・自序》（上海：上海古籍出版社，1998 年）頁 1。胡適《文學改良芻議》則説："文學者，隨時代而變遷者也。一時代有一時代之文學。周秦有周秦之文學，漢魏有漢魏之文學，唐宋元明有唐宋元明之文學。此非吾一人之私言，乃文明進化之公理也。"見《新青年》第二卷五號，頁 2。

② 胡適：《白話文學史》"引子"，頁 5。

③ 宇文所安：《過去的終結：民國初年對文學史的重寫》，載氏著，田曉菲譯：《他山的石頭記》（南京：江蘇人民出版社，2003 年），頁 312—314。

④ 宇文所安：《過去的終結：民國初年對文學史的重寫》，頁 318。

自己在開創歷史。

早在1917年和1918年,胡適已經先後在《新青年》上發表了《文學改良芻議》和《建設的文學革命論》,這兩篇文章是他重要的文學革命宣言,對文言文學的攻擊可謂不遺餘力。《白話文學史》則是他的文學革命工程的進一步拓展。他在《建設的文學革命論》中呼籲:

> 我想我們提倡文學革命的人,固然不能不從破壞一方面下手。但是我們仔細看來,現在的舊派文學實在不值得一駁。什麽桐城派的古文哪,《文選》派的文學哪,江西派的詩哪,夢窗派的詞哪,《聊齋志異》派的小説哪,——都没有破壞的價值。他們所以還能存在國中,正因爲現在還没有一種真有價值,真有生氣,真可算作文學的新文學起來代他們的位置。有了這種“真文學”和“活文學”,那些“假文學”和“死文學”,自然會消滅了。所以我望我們提倡文學革命的人,對於那些腐敗文學,個個都該存一個‘彼可取而代也’的心理,個個都該從建設一方面用力,要在三五十年内替中國創造出一派新中國的活文學。①

“夢窗派的詞”正是朱祖謀等詞人所喜愛的。胡適在較早的《文學改良芻議》中提出了“不模仿古人”、“不用典”、“不講對仗”等八事②。這八事可説是他衡量文學的八個準則。依此八個準則看,“夢窗派的詞”和詠物詞都必定是“假文學”和“死文學”。然而,《文學改良芻議》和《建設的文學革命論》並没有討論到詠物詞;《國語文學史》第三編有“南宋的

---

① 《建設的文學革命論》,頁289。

② 八事:“一曰,須言之有物。二曰,不摹仿古人。三曰,須講求文法。四曰,不作無病之呻吟。五曰,務去爛調套語。六曰,不用典。七曰,不講對仗。八曰,不避俗字俗語。”見《新青年》1917年第二卷五號,頁1。按:胡適在《建設的文學革命論》中重提到這八事,稱爲“八不主義”,文字略有調整:“一,不做‘言之無物’的文字。二,不做‘無病呻吟’的文字。三,不用典。四,不用套語爛調。五,不重對偶:——文須廢駢,詩須廢律。六,不做不合文法的文字。七,不摹仿古人。八,不避俗話俗字。”見《新青年》1918年第四卷第四號,頁289—290。

白話詞"一章，把南宋詞分白話和古典兩大派，主要論述的是白話詞，而古典派在他看來"實在没有甚麼價值，只可以代表文學史上一個守舊的趨勢"[①]，於是就以姜夔和吴文英爲例稍作貶評，張炎也是寥寥數筆帶過，王沂孫更只是具名而已；至於《白話文學史》也只寫到元稹白居易，尚未寫到宋代。因此，要了解他對詠物詞這種"死文學"的具體意見，還得看他的《詞選》。

胡適在《詞選》裏提出有名的"詞的歷史有三個大時期"的説法：

> 第一時期：自晚唐到元初(850—1250)，爲詞的自然演變時期。
>
> 第二時期：自元到明清之際(1250—1650)，爲曲子時期。
>
> 第三時期：自清初到今日(1620—1900)，爲模仿填詞的時期。[②]

他認爲第一期是"詞的'本身'的歷史"，第二期是"詞的'替身'的歷史"，第三期是"詞的'鬼'的歷史"，並謂"詞到了宋末，早已死了。"[③]《樂府補題》於元初問世，依此分期，應該屬於"已死"的詞；而清人的《補題》追和與擬作，就是"鬼"的詞了。

他的《詞選》只就第一個時期選詞。這個時期可再分"歌者的詞"、"詩人的詞"、"詞匠的詞"三個階段[④]。王沂孫等詞人正生於"詞匠的詞"階段，《補題》也就必然是"詞匠的詞"了。"詞匠的詞"有幾個特徵："第一是重音律不重内容。"這樣的詞"没有文學的價值"。"第二是重詠物，又多用典故"：

> 他們(詞匠)没有情感，没有意境，卻要作詞，所以只好作"詠

---

① 胡適：《國語文學史》，收入歐陽哲生編：《胡適文集》(北京：北京大學出版社，1988年)第八册，頁110。

② 胡適：《詞選》，頁2—3。

③ 胡適：《詞選》，頁3。

④ 胡適：《詞選》，頁5。

> 物"的詞。這種詞等於文中的八股,詩中的試帖;這是一班詞匠的笨把戲,算不得文學。在這個時代,張叔夏以南宋功臣之後,身遭亡國之痛,還偶然有一兩首沉痛的詞(如《高陽臺》)。但"詞匠"的風氣已成,音樂與古典壓死了天才與情感,詞的末運已不可挽救了。①

"八股"和"笨把戲"兩個比喻頗能表達他眼中的詠物詞:只是徒具形式的笨拙玩意。因此,他在《詞選》中没選一首《補題》之作。《補題》詞人只有王沂孫和張炎兩家入選。王沂孫選詞三首,張炎選詞十二首,當中只有王沂孫《無悶・雪意》一首詠物詞。只取這一首,"代表作者詠物詞的最好的方面。"②

王沂孫在清代被推許爲詠物大家,周濟更視他爲一代的領袖,但在白話文的視野下,在八事的準則下,王沂孫的詠物詞就只能被胡適批評:

> 其實我們細看今本《碧山詞》,實在不足取。詠物諸詞,至多不過是晦澀的燈謎,没有文學的價值。張惠言周濟等用漢儒説《三百篇》的方法,去看宋人的詠物詞,刻意求微言大義,故覺得碧山詠物的詞多君國之憂,黍離之感。③

"燈謎"這個比喻很有名,很能代表胡適所貶抑的詠物詞。清人詠物,"問塗碧山",力求煙水迷離;白話文學,清楚直接,力求明白如話④。這

---

① 胡適:《詞選》,頁 11。

② 胡適:《詞選》,頁 360。

③ 胡適:《詞選》,頁 357。

④ 胡適説:"我把'白話文學'的範圍放的很大,故包括舊文學中那些明白清楚近於講話的作品。我從前曾説過,'白話'有三個意思:一是戲臺上説白的'白',就是説得出,聽得懂的話;二是清白的'白',就是不加粉飾的話;三是明白的'白',就是明白暢曉的話。依這三個標準,我認定《史記》、《漢書》裏有許多白話,古樂府歌辭大部分是白話的,佛書譯本的文字也是當時的白話或很近於白話,(轉下頁)

是兩種完全截然相反的審美取向,"燈謎"一喻,無疑是要顛覆清人所推崇的"煙水迷離"。至此,胡適對王沂孫詠物詞的看法就已經相當清晰具體了:那只是燈謎玩意,不是文學。王沂孫尚且如此,《樂府補題》就更"不值得一駁"了。其實,詠物詞和白話文學的讀者對象並不一樣,詠物詞的讀者是士大夫;白話文學的讀者主要是一般大衆。兩類讀者階層不同,雅俗有别。在一般人看來,詠物詞也實在太深奥難懂,毫不通俗,於是胡適能近取譬,以"燈謎"爲喻,形象化地概括出一般人的讀後感:晦澀,唯有猜;也爲詠物詞定性:是玩意,不是文學。

燈謎之喻,前人早已用之。王夫之(1619—1692)《薑齋詩話》曰:"詠物詩齊梁始多有之。其標格高下,猶畫之有匠作,有士氣……又其卑者,餖湊成篇,謎也,非詩也。李嶠稱'大手筆',詠物尤其屬意之作,裁剪整齊,而生意索然,亦匠筆耳。"[①]袁枚(1716—1797)《隨園詩話》曰:"咏物詩無寄託便是兒童猜謎。"[②]王夫之旨在標舉"士氣",而袁枚則旨在提出寄託能够提升詠物詩的價值。胡適也不否定詠物應該要有所寄託,陸游的《卜算子》詠梅就被他稱贊是"詠物詩詞的正軌"[③],因爲與王沂孫詞相比,陸游詞的託意確實顯豁得多,符合了白話文學的準則。他貶抑王沂孫詞,一方面是因爲王詞"晦澀","又多用典故",不符合白話文學的準則;另一方面,他想藉此表達對張惠言和周濟的説詞方法的不滿,認爲是"刻意求微言大義",卻竟然有人跟隨張、周之法解説碧山的詠物詞。他舉的例,正是端木埰説王沂孫的《補題》名作《齊天樂》詠蟬。胡適引述了端木埰的解説之後,隨即批評道:

這真是信口開河,白日見鬼!作者不過是做了一個"蟬"字的

(接上頁) 唐人的詩歌——尤其是樂府絶句——也有很多的白話作品。這樣寬大的範圍之下,還有不及格而被排斥的,那真是僵死的文學了。"見《白話文學史》,頁12。

① 王夫之著,戴鴻森箋注:《薑齋詩話箋注》,頁157。

② 袁枚著,顧學頡校點:《隨園詩話》(北京:人民文學出版社,1982年),卷二,頁58。

③ 胡適:《詞選》,頁359。

笨謎,卻偏有這班笨伯去向那謎裏尋求微言大義![①]

“笨謎”就是“笨把戲”,一樣“没有文學的價值”。至於王沂孫究竟有没有寄託,究竟有何寄託,胡適就略而不談,而且轉移了討論的焦點:

> 凡詠物的詞或詩,固然“最爭託意”,但託意不是用典,也不是做謎。……至如姜夔,吴文英,王沂孫的詠物詞,以至朱彝尊的《茶煙閣體物集》等等,都只是做謎,都只是做八股,不是託意。[②]

很清楚,因爲王沂孫的詠物詞太晦澀,又用典,骶觸了白話文學的標準,於是連託意都被胡適否定,而“無寄託便是兒童猜謎”,結果就淪爲了“燈謎”。

張炎也遭到同樣的批評。胡適舉出了張炎幾首詠物詞的詞句,包括《南浦》詠春水、《解連環》詠孤雁、《探春》詠雪霽,還有《補題》名篇《水龍吟》詠白蓮,然後指諸作都是“做謎”:

> 這些是十分用氣力的刻劃。但從文學史的觀點看來,這種詠物詩詞只是一種做謎的遊戲,至多不過是初學的技術工夫。拈題詠物,刻意形容,離開了意境和情感,只是工匠的手藝而已。[③]

胡適所舉的張炎詞,都是清人讚譽的詠物名篇,卻被他貶爲“初學的技術工夫”,是“工匠的手藝”,評價與王沂孫一般無異,可見其立場之鮮明與一貫。

《詞選》的白話文學觀與當時仍然受詞人推重的常州詞學觀相去極遠。對此,胡適是相當自覺的:

---

① 胡適:《詞選》,頁 358。

② 胡適:《詞選》,頁 358—359。

③ 胡適:《詞選》,頁 368。

> 近年朱彊村先生選了一部《宋詞三百首》,那就代表朱先生個人的見解;我這三百多首的五代宋詞,就代表我個人的見解。[①]

《宋詞三百首》初版於 1924 年,《詞選》初版於 1927 年,兩書問世的時間相去甚近。兩個選本代表了兩種不同的詞學觀,在三年之間先後出版,各自面向不同的讀者。朱選的讀者是傳統的詞人、傳統的詞學愛好者;胡選的讀者是一般大衆和中學生,商務印書館初版《詞選》時,就同時發行了普通本和"新學制高級中學國語科用"本。就觀點的普及而言,至少在民初時期,《詞選》要比《宋詞三百首》成功得多,因爲現代出版業與現代學制在觀點的傳播上發揮了放大與加速的功能。宇文所安指出:

> 當初他們(五四知識份子)所做的判斷堪稱大膽,到了今天卻往往已經成了老生常談。這在很大程度上應該歸功於大衆出版業的發達,使得他們的著作得到大量發行;也應該歸功於他們編選的作品在學校系統内的廣泛應用。[②]

《白話文學史》和《詞選》由出版業界大量出版發行,更重要的是進入了現代學校教育系統,所以胡適的白話文學史觀流佈既廣且速。《宋詞三百首》初版時卻仍然使用傳統的刻本[③],印數不及《詞選》,讀者對象又是傳統文人,不是一般大衆和中學生,因此,即使《宋詞三百首》再受後人尊重,一時之間也不能與胡適的《詞選》相比。龍榆生曾謂:

> 自胡適之先生《詞選》出,而中等學校學生,始稍稍注意於詞;學校中之教授詞學者,亦幾全奉此書爲圭臬;其權威之大,殆駕任

---

① 胡適:《詞選》,頁 2。

② 宇文所安:《過去的終結:民國初年對文學史的重寫》,頁 311。

③ 有關《宋詞三百首》的版本和傳播情況,詳王兆鵬:《〈宋詞三百首〉版本源流考》,載《湖北師範學院學報》,2006 年第 1 期,頁 85—91。許菊芳:《〈宋詞三百首〉刊刻以來的傳播與誤讀探論》,載《武陵學刊》,2015 年第 2 期,頁 93—96。

何詞選而上之。①

這是同代人的描述。《詞選》在當日的地位,可謂一時無兩了。

再就選本的理論展現來看,《詞選》處處體現着白話文學的主張,而且有《文學改良芻議》、《建設的文學革命論》、《國語文學史》和《白話文學史》作理論後盾,選與論配合無間,觀點表達得明白易懂,立場鮮明一貫,讀者一目了然;《宋詞三百首》雖然思想深邃,植根於傳統詩教和常州詞學,可是只選不論,朱祖謀亦没有一部詞話傳世可供讀者印證,讀者必須自行體會其"渾成"之旨。下學難以上達,曲高不免和寡,所以《宋詞三百首》在當時流布的廣度與速度就比不上胡適的《詞選》了。

一種文學史觀,或者一部文學史,需要有一部相應的選本作例證支撑。新選本裏的作品就是新的經典。文學史的叙述與選本的選陣共同構作了一個視角框架,讀者就是透過這個視角框架來認識文學世界②。胡適身兼史家與選家,他編選的《詞選》與他的《國語文學史》及《白話文學史》配合得相當緊密,再透過出版業和學校教育制度,白話文學史觀很快就普及開去,成了一般學子的常識,新進青年很容易就接受這樣的判斷:王沂孫和張炎的詠物詞,乃至整個宋末的詠物詞,都是"詞匠的詞",都是"晦澀的燈謎,没有文學的價值"。

只要稍爲回顧歷史就可以知道,當時的文學史家並非全都是貶抑王沂孫和張炎的,鄭振鐸(1898—1958)就認爲王沂孫"詠物很工,有時意境也極高雋",而"玉田頗有憤語,卻深藏之於濃紅淡緑之中"③。不過,推動文學革命"不能不從破壞一方面下手"。王沂孫和張炎是清人建立的舊典範,而胡適就把他們重新界定爲抨擊的對象,於是所謂"假

---

① 龍榆生:《論賀方回詞質胡適之先生》,載《龍榆生詞學論文集》,頁 304。按:龍榆生在《研究詞學之商榷》中又説:"近人胡適輯《詞選》,獨標白話……其在現代文學界中,影響頗大。"見《龍榆生詞學論文集》,頁 99。

② 胡適没有爲《白話文學史》編出一部選本,不過,他在書中選了不少作品,所以他説"這部書不但是文學史,還可算是一部中國文學名著選本。"見《白話文學史》,頁 12。

③ 鄭振鐸:《插圖本中國文學史》(北京:人民文學出版社,1957 年),頁 596。

文學”和“死文學”的詠物詞就可以追尋到其始作俑者，批判的對象與範圍也因而清晰起來了：只要是王沂孫等人的詞，除了《詞選》所選的十五首之外，其他都是“假文學”和“死文學”。如果説選本是用認可的例子正面地證立一個觀點，則樹立箭靶就是用批判的對象反證同一個觀點。這正反互補的策略很成功，對讀者而言，辨識和評價詞作就變得簡明易懂，人皆能之了。操作簡易，是普及觀點的另一重要因素。讀《白話文學史》和《詞選》，一定要比讀《樂府補題》、《宋詞三百首》或者《樂府補題後集》容易得多。

當時仍然有傳統文人追隨《補題》一路的詞風創作，所以才有《樂府補題後集》等的社課詞集問世。如果考慮到這個事實，則胡適之批判王沂孫和張炎，其實是藉此批判現實中要針對的對象，就是那班仍然用文言創作的舊派文人。常州詞家教人作詞要“問塗碧山”，如今王沂孫這個入門階陛已不堪再問，甚至詠物詞也不應再作，則那班舊派文人的創作就更加没有意義了。五四知識份子的想法是：要建立新文學的傳統，就必須顛覆舊典範。白話文學史的話語霸權於斯可見。這種文學史觀與當時除舊革新的社會歷史語境緊密呼應，是革命意識在文藝思想界中的具體展現。胡適不但把握到這種時代脈絡和情緒結構，並筆之於書，而且結合了出版業和學校制度，放大其影響力，於是成就了一代文藝思潮，左右着往後文學發展的路向。王沂孫和張炎的詠物詞都被否定了，《樂府補題》就更不可能在白話文學的世界裏有立足的餘地，只有被某些館閣人員或者大學教授收容，例如俞陛雲的《唐五代兩宋詞選釋》就收了十八首《補題》之作；夏承燾也著有《樂府補題考》。他們當中有不少是從前清進入民國的詞人，《詞學季刊》上就有他們結社的報道；不過，這已無補於《補題》文學地位的下降了。

白雪詞人與胡適同是身處民初之世，但對時局，對傳統文化，對自身可以擔當的角色，都有截然不同的理解。作爲傳統文化的守護者，白雪詞人崇尚寄託，所以推尊《樂府補題》；然而他們也自知時不我與，所以徐致章對新文化事物才採取“一付諸不聞不見”的逃避態度。相較起來，胡適卻是當時得令。他從時人如陳獨秀的響應可以得知自己在領導着一代思潮，他亦樂於“但開風氣”，因此，作爲傳統文化的顛覆者和新傳統的建立者,胡適極力貶抑詠物詞,致力“從破壞一方面下手”。胡適的白話文學史觀傳播至全國,主導着當時的文藝思想;《樂府補題》則只在傳統詞人的圈子裹才有讀者,其景從者的《樂府補題後集》也未可以邁出宜興,走向全國。《樂府補題》即使再受詞人讚賞,也不復從前在清代的地位,抵抗不了新思潮的衝擊,就只好從詠物經典的地位移步下來,走向文學史的邊緣,被邊緣化了,聲名也漸漸沉寂,宋賢遺軌云云,只是詞人小圈子内的意見,並非五四時代的思想主潮。

儘管《樂府補題》在民初仍受傳統詞人尊崇,但等到傳統詞人辭世,《補題》就再不是後來作詞者的必讀學習範本,而是大學裹某些詞學愛好者的鑑賞讀本,甚至是詞學研究者的研究對象。社會語境變了,讀者也變了,讀者的人數也少了,《補題》文本的性質也必然隨之而變:創作範本——鑑賞讀本——研究對象。時代愈後,翻閱這部詠物詞集的人就愈少。時至今天,當然仍然有人寫詞,卻主要是大學裹文史專家在教研之餘的文藝活動,又或者是文學本科生的練習。文史專家和學生寫的是否雅詞,莫可詳究,但相信没有多少人寫詠物詞,更莫説搬弄典故來追和《補題》了。畢竟,白話文學才是創作的主流,今天寫文言文的,只是小衆而已。詞人結社,拈題唱和,已經成爲過去;若説寫文言文是小衆,則作詞更是小衆中的小衆。結果,在清代人皆熟悉的《樂府補題》,至今知之者已是不多,讀之者就更少了。地位之懸殊,真是何啻天壤。

二、“算不得什麽遺民遺老”:胡適的挑戰之二

除了不適應五四新思潮之外,《補題》還要面對另一個嚴峻的挑戰,就是詞人的遺民身份遭到胡適的否定。他要否定的,是王沂孫和張炎。

元世祖至元二十七年(1290),張炎北遊大都,繕寫金字藏經。對於張炎此行的動機,胡適認爲是爲了求官:

> 他於至元庚寅(1290)北游,僅留數月,次年即南歸。戴表元説他“以藝北游”,是他對元朝並没有多大的惡感。但他是宋功臣之後,身遭國變,故國之思和身世之感是不能免的。王昶説他“不屑

屈志新朝,僅而後免”(《書張叔夏年譜後》),那就不近事實了(許增駁正王昶之誤,見他的刻的《山中白雲詞》附録逸事)。

袁桷贈他詩,自注“玉田時來鄞,設卜肆”。此可見他的貧窮之狀。但這是因爲他的遭際不佳,並不是因爲他决心不仕新朝,自甘隱遯。舒岳祥於大德丁酉(1297)贈他小序,説他曾“北遊燕薊,上公車,登承明有日矣。一日思江南菰米蓴絲,慨然襆被而歸”。這可以證明他是一個不遇的趙孟頫,而不是鄭思肖一流人了。①

張炎畢竟没有正式仕元,所以胡適對他的批評不算嚴厲,可是,對王沂孫的批評就嚴厲得多了:

王沂孫曾做過元朝的官,算不得甚麼遺民遺老。②

言辭簡短,卻是斬釘截鐵的判詞。所謂“做過元朝的官”,是指王沂孫曾出任慶元路學政。王沂孫之出任慶元路學政見載於袁桷《延祐四明志》

① 胡適:《詞選》,頁 365—366。按:清人多認爲張炎並無失節。王昶(1724—1806)《書張叔夏年譜後》云:“其(張炎)來往江湖,巾幅拄杖,留連於詩酒翰墨之場,與遺民野老采薇餐菊,或歌或泣,志節可想見也……及己卯,宋亡。其時王公大臣子孫,必挾以北行。且是時議遷宋臣於内地,又訪江南人才,故叔夏以庚辰九月往北,訖庚寅始歸,在燕已歷十年。叔夏自以勛臣世裔,不屑屈志新朝,僅而後免,有不可備於文詞者,故孝思序云:‘幾經兵燹,獨自全璧。’幸之也。舒岳祥謂‘登承明有日’,乃爲叔夏解嘲,殊非實録。讀其詞小序,自《夜飛鵲》書大德外,其餘僅紀甲子,並未紀元,是乃師法柴桑。豈肯以承明爲志? ……”許增(1824—1903)《山中白雲詞跋尾》云:“……又謂‘叔夏以庚辰九月往北,訖庚寅始歸,在燕已歷十年’云云。按《白雲詞》卷一《臺城路》題庚寅,誤刊庚辰,述庵因而誤之……又謂‘讀其詞小序,自《夜飛鵲》書大德外,其餘僅紀甲子,並未紀元,是乃師法柴桑’云云,無論大德是元成宗紀年,距宋亡已二十年,況卷八《風入松》詞起云至大庚戌七月,似大德以外不盡無紀年者,述庵豈未之見歟? ……”王文及許文全文見吴則虞校輯:《山中白雲詞》(北京:中華書局,1983年),附録一“傳記”,頁 159—160、161—162。

② 胡適:《詞選》,頁 358。

卷二,後來厲鶚與查爲仁箋注周密的《絶妙好詞》時,就用過這則記載[①]。

雖然胡適只批評王沂孫和張炎,未有論及其他《補題》詞人,也没有提及到《補題》,但是,以舉足輕重的胡適來否定張、王,就足可動摇《補題》的地位,並引起了此後數十年的論争。

有些學者不同意胡適的説法,於是起來維護張炎和王沂孫。吴則虞(1913—1977)就認爲張炎乃循王之後,是可資利用爲籠絡南人的工具,而竟"不遇",是因爲張炎之北游寫經實出於被迫,並非向統治者獻媚投靠,加之是名將之後,必不會忘記故國舊君而爲新朝賣力;而且張炎的詞充滿故國之思,所以赢得遺民鄭思肖的稱賞,爲他撰寫《玉田詞題辭》,表示對張炎的肯定[②]。吴則虞之後,維護張炎者亦不少,例如楊海明先生就認爲張炎"還是個有民族感情的宋朝'遺民'。在民族矛盾尖鋭複雜的情況下,他終於保持了自己的節操"[③]。黄畬先生則指戴表元"嘗以藝北遊不遇,失意亟亟南歸"之説不確切,而胡適的説法更是"厚誣古人"[④]。

因爲張炎最終都没有出仕蒙元,而且反對胡適的學者也有文獻根據,所以要維護張炎並不特别困難。王沂孫的情況與張炎不同,他出任慶元路學政的事實見載於《延祐四明志》卷二,因此維護者便質疑《延祐

① 厲鶚、查爲仁:《絶妙好詞箋》(上海:上海古籍出版社,1983 年影印道光八年徐楙愛日軒刻本)卷七"王沂孫"下注:"《延祐四明志》:至元中,王沂孫,慶元路學政。"(頁十一上)按:王沂孫何時出任學慶元路學政,已難考究。大致而言,他送陳允平北上大都時,應尚未出任學政,故所賦《高陽臺》(駝褐輕裝)"有勸善規過之雅"(陳匪石《宋詞舉》評語)。自己身世清白,才有資格規勸朋友。至於唱和《補題》之初是否已經出任學政,也難詳究,不過,從他《摸魚兒》詠蓴的"如今不怕歸無準,却怕故人千里"句來看,頗有求友人見諒之意,則至少在詠蓴一題之時,已經出任學政。

② 吴則虞校輯:《山中白雲詞》"序言",頁 1—9。按:吴序寫於 1958 年 7 月,時在青島。

③ 楊海明:《張炎詞研究》(濟南:齊魯書社,1989 年),第二章第二節"中期生活",頁 29—40。

④ 黄畬:《山中白雲詞箋》(杭州:浙江古籍出版社,1994 年)"前言",頁 1—3。

四明志》記載的真確性。汪兆鏞(1861—1939)是較早的質疑者,他以《元史·百官志》並無"學政"之名而《宋史·職官志》卻有爲據,認爲王沂孫於"宋末掌慶元路學政,宋亡歸隱",是宋遺民,"無惑於《四明志》之説矣"①。不過"學政"又見於《元史·選舉志》,汪説之誤顯然。

葉嘉瑩先生也是王沂孫的維護者。她因爲《延祐四明志》版本甚少,流傳不廣,而一般人只從《絶妙好詞箋》的轉引得知王沂孫曾出任學政,所以親往日本東京文庫查檢《延祐四明志》原書,如果原書没有王沂孫之名,就可以否定《絶妙好詞箋》的轉引,保全了王沂孫的遺民身份。不過,在原書的卷二《職官考上》果然有王沂孫之名②。

至此,文獻已無從質疑,於是維護者就重新思考"出仕"這個概念。簡言之,就是把出任儒官與出任命官區分開來:出任命官才算是出仕,出任儒官只是士人爲勢所迫,並不算出仕。有兩則文獻是維護者必定引以爲據的,一是戴表元的《送屠存博之婺州教序》,另一是全祖望的《宋王尚書畫像記》。引用《送屠存博之婺州教序》的目的是爲了説明王沂孫等故宋士人之出任學政、山長等儒官,全是爲迫不得已,並非出於本心,希望後人能設身處地的體諒古人,不應苛求;而引用《宋王尚書畫像記》旨在界定"山長非命官,無所屈也"。吴則虞就是根據《宋王尚書畫像記》説:"胡適不知,直斥爲降志事仇(見《詞選》),且併其韻語而黜之,乃若所爲,所謂'放飯流歠,而問無齒決'者矣。"③

對於胡適有關王沂孫及張炎的評論 既有反對者,自然也有贊同者。最著名的贊同者是胡雲翼(1906—1965)。他在六〇年代初出版的《宋詞選》中承用並拓展了胡適之説:

王沂孫是宋末失節的詞人之一,這就注定了他的詞不可能像

---

① 汪兆鏞:《碧山樂府書後》,載《微尚齋雜文》,收入沈雲龍主編:《近代中國史料叢刊續編》第八十三輯(臺北:文海出版社,1981年),卷三,頁77—79。

② 葉嘉瑩:《碧山詞析論》,載《迦陵論詞叢稿》(上海:上海古籍出版社,1980年)頁217—218。

③ 吴則虞箋注:《花外集》(上海:上海古籍出版社,1988年),附録一"王沂孫事蹟考略",頁131。

杜甫那麽深切地“感時傷世”,也不可能像辛派詞人那麽有“劍拔弩張氣”。[1]

對於王沂孫的詠物詞,他認爲:

> 説他工於詠物未嘗不可;要説有託意的話,看來總是表達不明確(只好讓詞話家去猜謎),反映没有力量,不過是一點微弱的呻吟罷了。[2]

至於張炎,胡雲翼先引用舒岳祥的《山中白雲序》及戴表元的《送張叔夏西遊序》,然後再指出:

> 以上兩種記載都表明張炎是準備向新王朝屈膝的,雖然他事實上並没有做新王朝的官。正是由於作者政治態度的動摇性,缺乏强烈的民族意識作爲主導思想,他詞中反映的現實便顯得軟弱無力。[3]

胡雲翼没有言明,但只要稍加比較,即可看到他的意見其實是來自胡適《詞選》的。經過了二胡的批評之後,王沂孫和張炎等的詠物詞就難免少人研讀,更遑論《補題》了。

在廿世紀七〇年代以前,胡適與胡雲翼的説法極具影響力,直至八〇年代中,葉嘉瑩先生以海外學人的身份回大陸講學時,仍然對當時的大學師生説:“詠物詞是大家不注意的一個文類,王沂孫也是大家所不注意的一個作者。”[4]

---

① 胡雲翼:《宋詞選》(北京:中華書局,1962年),頁438—439。

② 胡雲翼:《宋詞選》,頁445—446。

③ 胡雲翼:《宋詞選》,頁446。

④ 葉嘉瑩:《唐宋詞十七講》(長沙:岳麓書社,1989年),《第十五講・王沂孫(上)》,頁430。

回顧這段有關王沂孫和張炎的論爭的歷史，可以看到，學者爭論的焦點由詠物詞的價值轉移到詞人遺民身份的確認上。短短幾十年間，新派文學史家就撼動了有清一代建立的詞人典範，完全體現了白話文運動的革命性。

王沂孫和張炎是詠物大家，是宋季作手，是《補題》的代表詞人；然而，在新派文學史家的眼中，他們只是做謎的詞匠，詞藝已不可取，人格更是成疑。胡適和胡雲翼的論述策略是：既然"算不得甚麽遺民遺老"，他們的詠物詞也就可以閒置不讀。詠物詞可以閑置，《補題》就更没有價值。把《補題》措置在文學史邊緣的一角，是時代的選擇，也是大勢之所趨，已經不可逆轉了。

三、强民壯國與人品即文品：挑戰者與回應者背後的共同理念

王沂孫與張炎在清代極具名氣，這除了因爲詞藝超群之外，更因爲他們的遺民身份，富有道德感召的力量，因此，否定他們的遺民身份，可説是從根本上否定詠物詞。吴則虞説"胡適不知，直斥（王沂孫）爲降志事仇，且併其韻語而黜之"，正好反映出胡適是基於傳統人品即文品的觀念的考量：王沂孫和張炎是古典文學的代表詞人，爲了貫徹白話文的理念就必須否定他們，打破貴族士人壟斷文化與文學的局面，讓中國文化得以更新，開出新的文明。

胡適推動白話文的苦心得到了陳獨秀（1879—1942）的響應。胡適發表了《文學改良芻議》之後，陳獨秀隨即又發表《文學革命論》，開首即謂："今日莊嚴燦爛之歐洲，何自而來乎？曰，革命之賜也。"中國也經歷了三次革命，不過，"吾苟偷庸懦之國民，畏革命如蛇蠍，故政治界雖經三次革命，而黑暗未嘗稍減。"他認爲主要原因：

> 則爲盤踞吾人精神界根深底固之倫理道德文學藝術諸端，莫不黑幕層張，垢污深積，並此虎頭蛇尾之革命而未有焉。此單獨政治革命所以於吾之社會，不生若何變化，不收若何效果也。推其總

因,乃在吾人疾視革命,不知其爲開發文明之利器故。①

於是他聲援友人胡適,願意與朋友一起共舉文學革命的大旗:

余甘冒全國學究之敵,高張“文化革命軍”大旗,以爲吾友之聲援。旗上大書特書吾革命軍三大主義:曰“推倒雕琢的,阿諛的貴族文學;建設平易的,抒情的國民文學”。曰“推倒陳腐的,鋪張的古典文學;建設新鮮的立誠的寫實文學”。曰“推倒迂晦的,艱澀的山林文學;建設明瞭的,通俗的社會文學”。②

推動文學革命,推動白話文,目的就是要改變“苟偷庸懦之國民”。只要除去“苟偷庸懦”的弊病,民智才會開啓,革命才有成功的可能。

改造國民必須從教育着手,方是治本之道。胡適深明箇中之義。早在留學美國之時,胡適就決心要爲救國“造因”。他在 1916 年 1 月 25 日的日記中説:

……適以爲今日造因之道,首在樹人;樹人之道,端賴教育。故適近來别無奢望,但求歸國後能以一張苦口,一支禿筆,從事於社會教育,以爲百年樹人之計:如是而已。

……明知樹人乃最迂遠之圖。然近來洞見國事與天下事均非捷徑所能爲功。七年之病,當求三年之艾。儻以三年之艾爲迂遠而不爲,則終亦必亡而已矣。……③

胡適深信教育可以開啓民智,民智開啓之後,就能夠救國。這與陳獨秀認爲文學革命可以改變“苟偷庸懦之國民”的信念,是完全一致的:强民以壯國。

他們推動白話文運動,提倡文學革命,爲的是要配合新文化運動,

①② 《新青年》1917 年第二卷六號,頁 1。

③ 胡適:《胡適留學日記》(上海:上海書店,1990 年),頁 833。

挽救危急的中國。在一班知識份子的共同努力之下，很快就見到成效。1919年，胡適發表了《新思潮的意義》一文，其中"研究問題"一節裏就提到當時"人人知道普及教育是不可少的"，而且漸漸明白到"單用白話做教科書是不中用的"，於是：

> 這些人主張：古文不但不配做教育的工具，並且不配做文學的利器；若要提倡國語的教育，先須提倡國語的文學。文學革命的問題就是這樣發生的。現在全國教育聯合會已全體一致通過小學教科書改用國語的議案，況且用國語做文章的人也漸漸的多了，這個問題又漸漸的不成問題了。[①]

"研究問題"是爲了解決問題，以適應時代的要求。文言文學就是文人的文學，也是貴族的古典文學，只有少數文人懂，一般人並不明白；而白話文學才是活的文學，有利於普及知識，達到革新文化，改造社會，强民壯國的目的。所謂"漸漸的不成問題"，是指普及白話文已見成效。

胡適的詞學觀到了廿世紀五、六〇年代仍然極具影響力，但因爲當時意識型態之争熾盛，胡適成爲了大陸學術界的批判對象，所以即使學者承用、發展了胡適的觀點，也不會提及他的名字。胡雲翼早年就認識胡適，又與胡適通信[②]，在一定程度上受到這位前輩影響，是意料中事。曾大興先生謂："胡雲翼的詞學思想大致上可以用三句話來概括：一，進化論的詞史觀；二，白話文學的價值標準；三，豪放詞的審美認同。"[③]從這個概括可以看到，胡適對胡雲翼應有一定的啓發。胡雲翼在《宋詞

---

① 胡適：《新思潮的意義》，《新青年》1919年12月1日第七卷第一號，頁8。

② 有關胡雲翼和胡適的交往，詳曾大興：《詞學的星空——世紀詞學名家傳》，（石家莊：河北人民出版社，2009年），頁59—60。另參氏著：《胡雲翼詞學思想的形成條件——胡雲翼獨特的人生經歷與學術道路》，載《廣州大學學報》2006年第8期，頁52—53。

③ 曾大興：《胡雲翼詞學思想的形成條件——胡雲翼獨特的人生經歷與學術道路》，頁51。另詳氏著：《胡雲翼先生的詞學貢獻》，載《文學遺産》2006年第2期，頁147—153。

選》的前言裏運用“豪放”和“婉約”兩個傳統的風格概念解釋宋詞的發展史[①]。這篇前言可説是一篇宋詞簡史,與《宋詞選》的詞作選陣共同構作起他的視角框架。《宋詞選》發行量極大,影響甚是深遠,不少讀者就是透過他這個視角框架來認識宋詞的。宋詞可分“豪放”和“婉約”之所以是今人的文學常識,與此不無關係。他將宋詞分爲“豪放”和“婉約”兩派之後,宋詞史就變成了派系史了。

胡雲翼對宋詞進一步的詮釋工作,就是把詞人的政治立場及其詞作的題材内容編派到“豪放”和“婉約”兩個派系之下,以“豪放”等同愛國、關懷民衆,以“婉約”等同消極、逃避現實、偏重格律形式,欠缺反抗精神[②]。因爲詞人的政治立場與階層出身在本質上已經決定了他的詞史地位,所以品評詞人詞作就變得簡明易了,就如當年胡適《詞選》一樣了。於是,胡雲翼批評張炎“準備向新王朝屈膝”,其“政治態度的動摇性,缺乏强烈的民族意識作爲主導思想,他詞中反映的現實便顯得軟弱無力”;而“王沂孫是宋末失節的詞人之一,這就注定了他的詞不可能像杜甫那麽深切地‘感時傷世’,也不可能像辛派詞人那麽有‘劍拔弩張氣’”[③]。軟弱的詞人和失節的詞人,是不可能寫出佳作的。可見人品即文品的觀念亦是胡雲翼的考量基點。就如白話文運動那樣,這觀點也是透過出版和教育制度而重複放大的。在那個時代,宋詞的品評有

---

① 詞之分豪放與婉約,由明人張綖(約 1487—1543)在其《詩餘圖譜》的凡例中正式提出:“按詞體大略有二:一體婉約,一體豪放。婉約者,欲其辭情醞藉;豪放者,欲其氣象恢弘。蓋亦存乎其人。如秦少游之作多是婉約,蘇子瞻之作多是豪放。大抵詞體以婉約爲正,故東坡稱少游爲今之詞手,後山評東坡詞雖極天下之工,要非本色。”(萬曆二十七年謝天瑞刻本,收入《續修四庫全書》,頁 473)廿世紀的詞論家沿用了豪放與婉約兩個概念,但並不“以婉約爲正”。

② 胡雲翼:《宋詞選》,“前言”,頁 1—25。

③ 其實早在三〇年代,胡雲翼在《詞學 ABC》中就有類似的説法,應該是啓發自胡適的:“王沂孫的詞不能説很好。周濟説他:‘碧山胸次恬淡,故黍離麥之感,只以唱歎出之,無劍拔弩張習氣。’正因爲作者缺乏一點劍拔弩張氣,所以哀感的表現,没有力量。”這應該是當時意識型態的一個反映。見胡雲翼著:《詞學 ABC》(上海:世界書局,1930 年),第八章“南宋的樂府詞”,頁 78。

很明顯的傾斜：重豪放而輕婉約、重思想而輕詞藝，以政治立場代替藝術評鑒。然而，只要稍加比較便可得知，胡雲翼的詞學觀點不但啓發自胡適，而且從他高舉豪放詞的理由來看，其終極關懷仍然與胡適無異：强民壯國，改造文化。

胡適爲了强民壯國而提倡白話，於是藉否定"詞匠"王沂孫和張炎的遺民身份來否定他們的詠物詞；胡雲翼也爲了强民壯國而宣揚革命抗争精神和民族主義思想，所以一開始就否定王沂孫和張炎的遺民身份，認爲他們軟弱失節，寫出來的詞遠不及辛棄疾。謝桃坊先生對此有很扼要的指陳：

> 從胡適、胡雲翼以來對豪放詞的贊賞和對婉約詞的貶抑的詞史觀點，這是與中國現代社會動亂不安和反傳統思潮所形成的文化背景分不開的。①

胡適與胡雲翼的分别，主要在意識型態的分歧，其終極關懷並無不同。他們都引文獻爲證，論證張炎是軟弱，王沂孫是失節，兩個詞人都不能抵禦外侮，與清末民初年的救亡意識及新中國的革命抗爭精神觝觸，讀他們的詞，實有損害國人志氣之虞，基於人品即文品的考慮，不管胡適與胡雲翼的意識型態有多大的分歧，他們都因爲否定了王沂孫和張炎的遺民身份，進而否定了二人的詞。在"中國現代社會動亂不安和反傳統思潮所形成的文化背景"下，王沂孫和張炎被劃爲"詞匠"，是婉約詞人，没有氣節，並非遺民。

當然，在"反傳統思潮"之外，仍有繼承傳統文化者，在他們的眼中，王沂孫和張炎都是宋遺民，是一代詞家，例如吴則虞先生在重豪放而輕婉約的五〇年代已謂："在宋末元初，曾出現了很多的愛國詞人，其中最

---

① 謝桃坊：《胡雲翼詞學觀點的歷史反思》，載《上海師範大學學報》，1990 年第 1 期，頁 98—102。

著名的有:劉辰翁、周密、張炎和王沂孫等。"[①]對王沂孫及張炎的評價正好與胡適、胡雲翼相反。民初的知識份子以西方爲師,西潮一時所向披靡,頗有事事以西方爲準之勢。到了八〇年代,葉嘉瑩先生就認爲把中國文化"放在世界的交通信息之中衡量","有的時候要用西方的眼光",才可以看清"自己的文化的地位和價值",並以吃維他命爲比喻,說:

> 如果一個人的身體已經死了,而且是自己親手把自己的生命、文化、傳統扼殺的,而你卻說要接受西方的營養,那是不可能的。[②]

因此,她"希望能夠做到對王沂孫等衡量既有一個宏觀的眼光,從我們整個歷史傳統之中去做宏觀的衡量,也從整個世界文化背景的宏觀中來做一番衡量"[③]。言下之意,就是要愛護中國固有的文化和傳統,那才是民族的"生命"所繫。由此看來,吴則虞、葉嘉瑩等學者所關懷的,仍是國家與民族,動機仍是强民壯國。他們維護王沂孫和張炎的遺民身份,贊賞二家的詞藝術價值高,肯定他們所流露的黍離之悲與身世之感。換言之,王沂孫和張炎仍算是實踐中國傳統道德價值的榜樣。於是,文品又再次得到人品作保證。這仍是人品即文品的考慮。

同一位文學家,同一部文學作品,在意識形態不同的文學史家眼中,得到的評價與定位自然會有差異,當中的分歧有時與審美無關。戴燕就指出:中國文學史一旦與意識形態及教育結合,就獲得了絶對的合理性和權威性,從而産生强烈的唯一性和排它性,即使到了另一個意識形態代興,選一批作家,排斥另一批作家的操作模式,都是改變不了的[④]。王沂孫、張炎,乃至《樂府補題》,就是在這意識形態作主導的文

---

① 吴則虞箋注:《花外集》,"前言",頁 1。按:"前言"末吴則虞自記"一九五八年七月于青島海濱"。頁 8。

② 葉嘉瑩:《唐宋詞十七講》,《第十五講・王沂孫(上)》,頁 430。

③ 葉嘉瑩:《唐宋詞十七講》,《第十五講・王沂孫(上)》,頁 431。

④ 戴燕著:《文學史的權力》(北京:北京大學出版社,2002 年),頁 96。

學史論述中被邊緣化的，而對立的意識形態不無共同的文化心態：人品即文品。畢竟，對立者同樣都是中國人。

胡適、陳獨秀、胡雲翼、吴則虞和葉嘉瑩的意識形態不同，對中國傳統文化的態度也不同，或是批判，或是繼承，都在争奪界定王沂孫和張炎遺民身份的話語權，並根據人品即文品的傳統觀念作論述。然而，分歧與爭論的背後，是殊途同歸的理想：從救亡强國，到抗爭自强，還有維護中國傳統文化，都是關懷國家與民族的不同表現。

意識形態之爭已暫告一段落，今天的詞學界已多視王沂孫和張炎爲宋遺民。確定了王沂孫和張炎的遺民身份之後，《樂府補題》的價值就重新得到了確認，研讀的人也漸漸多起來。人品即文品的傳統觀念，在一定程度上仍然影響着當代讀者對《補題》的接受，讀者仍然想解讀出詞中的遺民心史；不過，解讀詞中寄託的同時，更多了一份審美評判的自覺，而不再是意識形態先行。

法國文學史家朗松（Lanson Gustave，1857—1934）在《文學史的方法》中提出"文學史是文化史的一部份。"①又謂："同一國家中具有科學精神的人都在加强他們的祖國的知識的統一。"②因此，他覺得在科學精神的指導下從事文學史研究别具意義："我們不僅是在爲真理和人類而工作，我們也在爲祖國而工作。"③戴燕在回顧廿世紀的中國文學史論述時就根據朗松的提示，指出"清末民初，中國知識份子一開始接觸到的，便是這樣的文學史"④。那時中國飽受外侮，正在重新確認自己在世界中的位置。她認爲：

> 中國文學史的編寫，與近代中國努力在新世界格局裏，探索新的自我定位，正好同步。從語言、文字構成的歷史當中，尋找民族精神的祖先，建立國家文化的譜牒，以完成關於幅員遼闊、文明悠

① 朗松：《文學史的方法》，載居斯塔夫·朗松著，徐繼曾譯：《朗松文論選》（天津：百花文藝出版社，2009年），頁3。

②③《文學史的方法》，頁34。

④ 戴燕：《文學史的權力》，頁2。

> 久的"祖國"的想像,作爲國民的應有知識,中國文學史既爲近代中國找到了識別自我的文化標誌,也終於帶着自己獨特的面貌,融入了這個五大洲七大洋構成的世界。[①]

這個描述很能道出中國文學史在廿世紀初的時代任務,卻尚有一間未達。研究者大多聚焦於意識形態的分歧處,還有導致分歧的成因,這都是很重要的研究課題,不過,如果再探討對立的意識形態背後的共通之處,對文學史現象的認識應該會更全面。廿世紀左右兩派的文學史家雖然是立場不同,但都有共同的文化心理,就是以人品保證文品;也有共同的終極關懷,就是强民壯國。若此觀察不誤,則王沂孫與張炎遺民身份的論争、《樂府補題》的邊緣化,還有文學史對作家的去取與褒貶,都透露出不同意識形態的文學史家,甚至白雪詞人,其潛意識中都在問着一個相同的問題,而這個問題,即使踏進了廿一世紀的門檻還在問着:究竟怎樣的中國人才有能力復興國家民族?民初時期的文學史家隱約有一個信念:只要挑出了這個理想人物,就可以奉之爲國民的楷模,大家仿而效之,則民强國壯,指日可待。對此,白雪詞人自覺要繼承《補題》諸賢"遺軌";而民初文學史家理想中的人選,肯定不是王沂孫和張炎。或者就如朗松説的,文學史家"也在爲祖國而工作"。之所以要尋找理想楷模供國民效法,正是出於民初時期國與民皆貧弱之故;其更深一層的時代心態則是文化自卑與富强認識:愈是貧弱,愈是自卑,就愈想富强,愈需要有人帶領國家民族走向富强,赢得世人,主要是西方人的尊重,以洗雪百年國耻。

第三節　結　語

進入了民國之後,《樂府補題》的地位已大不如在清代時候的顯赫。在此新舊交替的時代,傳統士人與新派知識份子都在探索着中國及自

① 戴燕:《文學史的權力》,頁 2。

身的出路,還有傳統文化在當世的定位。《樂府補題》就是在"三千年未有之變局"中被邊緣化的。

不少由前清進入民國的傳統文人仍然以文言文寫作,還在創作傳統詩詞。白雪詞人覺得自己與《補題》詞人"情感則一",於是繼軌《補題》詞人,同時也繼承了一份對傳統文化的憂患感與承擔感。藉着對《補題》詞人"緜一綫之傳"來爲傳統文化"緜一綫之傳",是白雪詞人心目中的士人責任。他們要做的,是傳統文化的守護者。

自鴉片戰争以還,中國飽受外侮,中國人對自己的文化失去了自信,要以西方爲師。當時中國主流的知識份子因爲救亡心切,也因爲文化自卑,所以對傳統文化多所批評,很快就形成了一股反傳統的思潮,原本可以支撑起士人立身處世的傳統文化價值被推倒,白雪詞人等的前清遺老成了與共和時代格格不入的守舊派,一向爲傳統士人所尊崇的遺民形象黯然失色,其道德性和認受性也大爲削弱。他們回應世局的仿古方法與當時正進入共和年代的歷史語境不相應,所以得不到主流的認同,最終只成了一種自我安慰。

白雪詞人及其同代的傳統詞人是《補題》最後的繼承者。他們仍然視《補題》爲一部創作的範本。不過,文學創作的主流已不再是文言文,而是白話文學,不管他們如何堅持用傳統文體創作,也無改變不了歷史發展的方向。從白雪詞人的個案可以看到傳統士人守護文化的努力,應該得到尊敬,他們也無愧於心;只是把追軌《補題》當作一種應對時代巨變的方法,就無補於時世與自身了。

與白雪詞人同時並世的是新派知識份子,他們才是民初時代思潮的主導者。他們自信能肩負起時代的責任,也自覺自己在開創歷史。

胡適和陳獨秀等新派知識份子大力推動白話文,提倡文學革命,其目的也在救亡圖存。這股思潮衝擊着傳統士人與文言文學,衝擊着詞人與詠物詞。在胡適的白話文學史觀之下,王沂孫和張炎都是詞匠,他們的詠物詞都是燈謎,"没有文學的價值"。《補題》的代表詞人尚且如此不濟,《補題》就更"不值得一駁",連討論的價值都没有了。既然如此,繼軌《補題》詞風的傳統文人的創作就更加没有意義。王沂孫和張炎是胡適要批判的歷史對象,而那班仍然用文言創作的舊派文人是他實際上要針對的現實對象。

五四知識份子認爲,要建立新文學的傳統,就必須顛覆舊典範。因此,他們要顛覆清人爲王沂孫和張炎所樹立的典範地位,而且從根本上作否定,指王沂孫“算不得甚麽遺民遺老”,張炎是“一個不遇的趙孟頫”。於是争論的焦點就由詠物詞的價值轉移到詞人遺民身份的確認上,而且持續了幾十年。

這幾十年的論爭有很濃厚的意識形態色彩,不過,對立者背後是共通的文化心理:人品即文品;還有共同的家國理想:强民壯國。廿世紀初的文學史家都“在爲祖國而工作”,基於當時國與民皆貧弱的現實,也基於文化自卑與富强意識,他們都希望從文學史上找到理想的中國人作爲國民的楷模,希望達到改造文化,改造國民的目的。文學史家的苦心無疑是值得崇敬的。

詞人要守護文化,文學史家要改造文化,二者南轅北轍,但念兹在兹的,都是自己的國家民族。後世的學者對他們都有不同方面的批評,不過,説到他們的苦心與努力,都同樣的尊敬。只是中國的大門已經打開,帝制崩潰已是無可逆轉的事實,中外文化已在頻繁地交流着,中國須由傳統邁向現代的論述方興未艾,傳統士人也必然要蜕變成現代知識份子;换言之,進入了廿世紀之後,社會語境和讀者都變了,《補題》文本的性質也必然隨之而變:創作範本——鑑賞讀本——研究對象。在這個變化的過程中,《補題》被邊緣化了,這部在清代人皆熟知的詠物經典,在後世的文學史著作裏未必占有多少篇幅,甚至不必提及。

總　結

《樂府補題》篇幅不大，只有五調五題卅七首詠物詞，但涉及到的研究課題卻很豐富，從個人語境到歷史語境；從帝王政治到意識形態；從審美取向到文學史，這部詞集都有不同程度的關涉。《補題》出於宋遺民之手，卻能够下貫明遺民和清遺民，似乎就只有這部詞集可以如此緊密地貫串起三代遺民的議題，爲古代士人心態的研究提供了一條綫索。它在清代詞壇所引起的回響，也得到詞學研究者的注意，浙西詞派的興起固然與《補題》的復出密切相關，而詞學在清代中興，與《補題》的解讀及詮釋也不無關係。可以探討的課題不少，本書只討論了當中的基礎問題，現再作一總結如下。

第一節　《樂府補題》的生成語境

本書分别從“歷史語境”、“詠物詞史語境”、“詞學語境”和陳恕可的“個人語境”等四個層面，由廣而狹地逐步聚焦於《樂府補題》得以問世的因素。

宋元易代爲當時的士人準備了遺民的身份與創作的主題。這是政治社會的因素，也是《補題》之所以能够問世的必要條件。然而，只有易代這條件還不足以讓《補題》問世，必須有其他文學與編者個人的條件配合，方能竟其功。

所謂文學的條件，主要是指詞學内部的因素而言。自五代至南宋末，詠物詞經歷了數百年的發展，已經完全成熟，積累了極爲豐富的創作經驗，可資借鑑的前輩佳作甚多，《補題》詞人高屋建瓴，汲取了前人的經驗，善用詠物詞一語雙關、言此意彼的特質，把可以當作雅玩的詠物詞提升爲寄託之作，以寫其家國情懷與身世之感。另一方面，自張鎡、姜夔以還，詞人的雅人意識已然自覺，在文藝的修養上，他們互相促進，也自我培養，對於文藝雅玩有極高的審美和品味上的要求，對詞體也有其自家看法，並發展出他們的雅詞觀，張炎《詞源》就是具體的成果；而詠物詞就最能代表《補題》詞人的雅詞觀，體現出他們出衆的審美品味，並呈現出一派哀而不傷，怨而不怒的雅人風致，與《名儒草堂詩餘》是兩種不同的風格。詠物經驗的積累、雅詞觀念的秉承，雅人意識的自覺，就是政治社會因素以外，促使《補題》問世的文學條件。

《補題》之所以能夠成書，還須有陳恕可這位編輯者的個人因素。從陳恕可的個人語境看，他編輯《補題》是爲了保存自己和詞友之間共同的亡國記憶，並站在漢族士人的立場上，表示對故宋的懷念、表示對其漢族身份和文化的認同。但因爲陳恕可已經仕元，只能透過結社唱和和編纂詞選，間接地來表達心迹，所以《補題》没有序跋，成了是一部私密性頗强的社課唱和詞選。他之所以編纂《樂府補題》，應是對過去的一種補償和自我救贖，也是一種自我紀念。

第二節　《樂府補題》的文本

研讀古籍，必須講究版本，本書在這方面也作了基礎的討論。

一、版本傳播

《樂府補題》自編成之後，直至民國，可考的版本有二十六個，傳世的有十三個。從版本學的宏觀層面看，傳世的版本可歸爲兩個系統：《百家詞》系版本五個，包括抄本三個、刻本一個、排印本一個；《南詞》系版本七個，包括抄本一個、刻本四個、排印本兩個。從微觀層面看，兩系諸本各有價值，也各有優劣，當中四庫本及知不足齋本則是兩系的代表版本，同時也是校勘性的善本。

本書也從傳播史的角度考察了兩個版本系統在清代的流佈情況。從流布的先後來看，最早復出的版本屬《百家詞》系。《百家詞》系就主要透過不同的詞選流布，當中最重要的是《詞綜》。其傳播面固然深廣，但選本只能選部份作品，而且選源不一定是《補題》本身，也可以是詞人的專集，所以面目亦因此模糊了。可幸《四庫全書》又把《百家詞》系保存下來。《南詞》系則藉著《知不足齋叢書》保存下來，並以整部書的面目傳於後世。由此可知，清中葉以前，流佈的主要是《百家詞》系，清中葉以後，兩系並存，但由《南詞》系負責整部《樂府補題》的傳播。

二、寄託與典故

雖然《補題》只有三十七首詞，但當中的寄託相當豐富，並非個別的件史事所能兼賅的。因爲詞人有意刪去了當中的本事和人物，所以很難把《補題》的寄託坐實到某件史事或者某個歷史人物之上。

在此要强調的是：即使没有本事，也一樣可以有寄託，詞人的心境情意就是寄託，關鍵在於情感的生發必須有政治意涵，必須以政治爲前提，而當統治者地位權力還是鞏固時，寄託就更以時諱爲背景。因此，本事之有無，不足以界定寄託之有無。

《補題》五調五題無本事可供坐實，卻別寓深厚的寄託。《天香・宛委山房擬賦龍涎香》所寄託的是"憶昔懷舊"，這是對當下生存狀態的情感折射；也表現了當下的無力感的"慵懶與嘆老"，還有藉佳人之思來抒發"由君到國的憶念"。《水龍吟・浮翠山房擬賦白蓮》寄託亡國之痛，更深沉的是痛未定的"思痛"；詞人又借洛神以"寄心君王"，借"舊盟鷗鷺"的離散書寫"落寞與焦慮"。《摸魚兒・紫雲山房擬賦蓴》的寄託較特別，似是詞人之間的心迹表白與對話。諸家詞人用蓴鱸勸歸，對詞友表達了期望、質疑與失望，也寫出了自己心底深處的寂寞與焦慮；而勸歸對象似乎就是王沂孫。王沂孫則用哀辭苦調，向詞友陳悔疚，求諒解。《齊天樂・餘閑書院賦蟬》的寄託最沉痛，詞人一方面着力自寫身世之感，直面自己記憶中的血與淚；另一方面又用齊后化蟬的典故書寫故宋宫人的惆悵憔悴與怨恨悲愁。《桂枝香・天柱山房擬賦蟹》詞作最少，寄託的内涵頗有差異。陳恕可寄託自己的灰色遺憾；唐藝孫書寫了遺民的繁華記憶;而唐珏和吕同老則着意刻劃面對仕元舊友的複雜心情,在責備之中又有理解與原宥。

對於解讀《補題》一類的作品,本書建議可以採用“有寄託,無本事”的原則。不糾纏於尋求本事並不等於否定歷史對解讀《補題》的作用,相反,歷史對解讀《補題》至關重要,它應被理解爲一個語境,即歷史語境,而不是某件本事。歷史語境、詞人心境和詞作三者組成了一個結構,要解讀寄託,就應以詞作做根據,參照歷史語境,再聚焦到詞人心境上。

就寄託的解讀而言,歷史語境固然是重要的參照,但相較起來,詞作中的典故是更重要的參照。所謂以詞作做根據的解讀,就是以典故爲切入點,先立足於詞作中的典故,然後才參照歷史語境。詠物必然用典。詞人因應自身所處的政治社會語境和情感狀態選取合適的典故寄託抒懷;而寫成的詠物詞到了讀者手上,一切當日詞人的思維情感都已經藏在物象和典故背後,因此典故自有其在解讀上的優先性。典故與歷史語境互相比勘,才有可能判斷詞中是否有寄託。

詠物詞的典故可分兩類:“應題典故”和“烘題典故”。不管是“應題典故”還是“烘題典故”,詠物是典故的第一個功能;寄託抒情是典故的第二個功能。讀者根據第二個功能來判斷詞中是否有寄託。可見典故的功能在詠物詞中實有二重性:詠物是必須的,基本的;而寄託抒情是附加的,如果詞人要有所寄託,才用到這第二個功能。典故功能的二重性在《補題》中都得到卓越的發揮。

“應題典故”和“烘題典故”的託意不一定是穩定的,所以詞人在典故的二重功能上就可以有不同的發揮,或是既詠物又寄託,或是只詠物,或是取典故的某個情節或者意象作寄託。此外,《補題》詞人還用了“典故鎔鑄”的技法,把與物象相關而又不同的典故組合起來,以達到其詠物寄託的目的。

典故是前代文本的聲音,詞中的典故則是當前文本的聲音,前代文本的聲音制約着當前文本的聲音,兩個聲音在合唱同一首詞的不同聲部,因此讀者必須辨别兩個聲音,方能更全面地欣賞到詞作如何詠物,如何抒情,如何寄託。换言之,閱讀這些詠物詞,固然要知道每個典故的意思，因爲詞人可以簡單地直接用某個託意穩定的“應題典故”寄託；但如果詞人用了“典故鎔鑄”的技法，則讀者還要細味典故鎔鑄後的推陳出新處，方可聽到詞人的心聲。

歷史語境影響了詞人心境，詞人因此產生了某種情感，卻因爲時諱之故，於是以寄託出之，而詞人所詠之物和典故就是寄託的載體。物象和典故既指向詞人心境，同時也指向歷史語境。典故是古典，歷史語境是今典；典故協助讀者判斷詞中是否有寄託，而歷史語境則協助讀者推敲詞人有何寄託。

《補題》詞人拈題賦詠，各自抒懷，在亡國這個全書的總主題之下，展示出各種情感樣態，以及詞人對仕隱出處的態度，所以亡國這總主題之下，可以再具體區分出“亡國之痛的情感樣態”和“仕隱出處的艱難抉擇”兩個主題。此二者是宋遺民共有的情感，因此，不妨説，《補題》的情感結構在一定程度上反映出宋遺民的情感結構。原來，這部薄薄的詠物詞集是宋遺民情感的微觀結構。此外，儘管現在仍未能考出五題確鑿的創作時間，但如果從這兩個主題考察全書的編排，則可以看到，《補題》的五調五題是據創作先後編排的。

三、形神與物我

《補題》是詠物詞的典範。就詞藝言，毫不遜色於周邦彦、姜夔、史達祖等前輩名家，是宋代詠物詞的總結。《補題》詞人善用“站在旁邊”與“放頓在裏面”兩個原則來處理物我與形神。

《補題》詞人詠物，首先是極力在“體認稍真”和“模寫差遠”之間取得平衡，綜合運用體物語和側筆烘託，期望能夠做到不即不離。在他們的筆下，既可以寫出體物瀏亮的蓴，而不流於太似；也能刻鏤無形，賦寫虛無飄杳的龍涎香，而不會不似。體物語如直接描寫、比喻、比擬等，在各詞作中用得非常嫻熟，特别是詠蓴一題，視覺效果十分强烈，賦形可謂非常成功。此外，詠龍涎香中的煙縷、詠白蓮中的荷葉，還有詠蟬中的蟬翼蟬聲，也非常生動，這當然是詞人從色聲香味觸等五塵的角度細加體察物象的結果。

詞人又善用典故和前文本來調節物象與讀者之間的距離，避免“體認稍真”。這在詠龍涎香及詠蟬兩題有很好的示範。此外就是宕開一筆,移開讀者的視點,詠蓴一題正是如此。

詠物賦形,高者摹神。所謂“神”,應該包括兩層含意,第一層含意是指“物象在五塵以外的特徵”;第二層含意是指作者賦予給物象的“象徵意義”。在《補題》五調五題之中,物象兩個層次的神詞人都有顧及,例如龍涎香煙縷的飄杳、蓴在水中的盪漾、白蓮在風中的搖曳,種種形態,都是物象之神的第一層次的描寫,以形寫神非常成功。至於第二個層次的物象之神,就寫得更出色了。詞人賦與了物象以象徵意義,藉以抒發其黍離之悲,所以詞人的主體意識就相當清晰的呈現出來。物象在詞人的筆下,是描寫的對象,是抒情的觸媒,也是抒情的對象。“站在旁邊”與“放頓在裏面”兩種詠物原則,在《補題》那裏有很好的示範。詞人借物抒懷,“站在旁邊”,也“放頓在裏面”,物我的處理相當恰當,這當然是主體意識的呈現。

神虛難摹,所以詞人藉情景設置和人情點染來摹寫物象之神,而第二個層次的物象之神又往往與詞人的情志寄託重疊。二者之所以能夠重疊,前文本和典故實起了關鍵的作用。情景的置設可以是眼前實景的重現,也可以是前文本如前人的詩賦、前代的傳説的改寫。採蓴採蓮等前人詩賦;鮫人探採龍涎、蟹入海朝魁長等傳説;太液池、霓裳羽衣、月曉風清、金銅鉛淚等典故,都被詞人設置成情景,而這些典故本身又是詞人的的情志寄託所在。典故和前文本負載着一般人的共同生活經驗與文化記憶,詞人的寄託就通過典故傳遞出來,讓讀者體會,再加上人情點染,物象就更活靈活現,傳神之極了。物象之神與詞人的情志寄託重疊,正是物我處理中“放頓在裏面”的體現。

第三節 《樂府補題》的接受

《補題》在清代影響甚鉅,到了民國之初,又漸漸的被邊緣化。本書分别從清人的追和、擬作、詞論開發,以及民國初年傳統士人與新派知識份子對詠物詞的態度,探討了《補題》復出之後的接受情況。

一、清代詞人的《補題》追和與擬作

《樂府補題》復出之後，和作與擬作不斷。《補題》的編排組織、唱和方式、詞友之間的金蘭之志、諸詞作的抒情寄託、文辭音律的雅致温婉，還有賦形摹神等，都成爲清人詠物詞以及詞選編纂的典範。由於不同時期的詞人所處的歷史語境都不同，對《補題》的資取各異，所以寫出來的擬作與追和都有不同。

《補題》復出之時，已經是康熙治世，當時的“輦下諸公”包括了不同年輩的詞人，不是每個人都經歷過易代，也不是每個人都抗拒滿清的統治。治世之下多樣化的心態令《補題》的追和與擬作都不可能統一在寄託前朝之思的大主題之下。清初詞人的追和固然不乏寄託之作，但更多的詞作與懷念前明無關，演繹出來的，是太平盛世的醇雅之音。這被後世不少詞學家看作是一種遺憾，可見寄託在後人的心目中仍占了一個非常重要的位置，甚或是某些學者用以評價詠物詞的一個最重要的標準，所以他們認爲没有寄託的詠物詞是可以無作的。

别寓寄託的《補題》追和不多，除了因爲詞人身處治世之外，更因爲清初諸帝實施了具規劃性的文化政策。康、雍、乾三帝的文化政策一直致力於確立滿清繼承“中華之主”的正統，最終能成功地以“各爲其主”的“君臣大義”取代明遺民的“華夷之辨”。到了乾隆之世，明遺民已經凋零殆盡，再没有人排拒滿清。“康乾盛世”一片繁華，此時的漢族士人基本上已認同了滿清的統治，滿漢之間的君臣關係亦得到確立，以“君臣大義”取代“華夷之辨”已經成了事實。雖然《樂府補題》一直吸引着清人，但因爲已没有與之相應的歷史語境，時代對詞人没有寄託的要求，所以這個時期的《補題》和作與擬作更難有寄託。浙西詞家等盛世詞人很欣賞《補題》的寄託，不過，他們更措意於《補題》的雅緻筆調、深湛學問，以及賦形摹神，而非寄託，於是所寫出來的儘管仍是雅製，但已不是騷雅之作，而是醇雅之音，具體言之，就是和作與擬作的模式化、學問化及雅玩化。

到了晚清之世，西方的堅船利炮打開了中國的大門，歷史言境又再轉變。中國正走向下坡，讀者所期望讀到的《補題》的寄託精神，又重現於王鵬運、朱祖謀等詞人的《春蟄吟》。雖然當時已經没有文網，但因爲詞人繼承了常州詞派重寄託的詞學觀，而且要求詞要寫得“煙水迷離”，“不著言詮”，因此，即使當時已無文網，爲了寫出一首騷雅的詞，詞人仍選擇詠物寄託。

二、清代詞論對《補題》的開發

清人從《樂府補題》中發掘到所需的資源。他們不但透過追和及模仿向《補題》學習詠物技法，還反省自己的所學，以期在理論上有所開拓。不同詞派的創作與理論建構都開出了不同的風氣。浙西詞人尚醇雅，重視學問才情的展露，以及雅人風度的表現。浙西詞人尚雅之風奠定了清代詠物詞寫法的基礎，後來的常州詞人就在此基礎上作了進一步的拓展。常州詞人興起於清中葉之後，提倡寄託説，要上接風騷，與詩比肩。他們也主張雅，不過，因爲重視寄託之故，於是就把文辭上的醇雅轉化爲内容與文辭並重的騷雅。

清初人早已有寄託的論述，只是因爲“康乾盛世”没有寄託的要求，所以寄託的論述没有長足的發展。到了清中葉之後，常州詞人眼見國家日漸步向衰敗，於是重新强調寄託，繼承清初前輩的精神。張惠言首倡之，周濟拓展之，晚清大家則在創作上實踐之，在詞論上推演之。在幾代常州派詞人的努力下，詠物詞多有寄託；而周濟正式提出了“詞亦有史”之説後，寄託的論述也日漸完備，詞體也日見得尊。

然而，常州詞人爲了推尊詞體，一方面在内容上要詞攀附詩教，要詞與史相通；另一方面在詞藝上又要求“渾化無痕”，要“專寄託不出”，要達到“煙水迷離”的境界，於是史就被虚化爲“意”，只有在後世讀者解説之時，“意”才再次向“事”實化，這就容易招來附會之評了。

三、《樂府補題》在民國

進入了民國之後，《補題》的地位已大不如在清代時候的顯赫。在此新舊交替的時代，傳統士人與新派知識份子都在探索着中國及自身的出路，還有傳統文化在當世的定位。《補題》就這個時期被邊緣化。

不少傳統文人仍然以文言文寫作，仍然創作傳統詩詞。白雪詞人就是要繼軌《補題》詞人，藉着對《補題》詞人“緜一綫之傳”來爲傳統文化“緜一綫之傳”，要做的，是傳統文化的守護者。然而當時的中國人對自己的文化失去了自信，而主流的知識份子因爲救亡心切，也因爲文化自卑，所以要以西方爲師，對傳統文化多所批評，一股反傳統的思潮很快形成，衝擊了原本可以支撑起士人立身處世的傳統文化價值，白雪詞人等前清遺老的道德性和認受性也大爲削弱。他們回應世局的仿古方法與當時正進入共和年代的歷史語境不相應，所以得不到主流的認同，最終只成了一種自我安慰。

白雪詞人及其同代的傳統詞人是《補題》最後的繼承者。他們仍然視《補題》爲一部創作的範本。不過，文學創作的主流已不再是文言文，而是白話文學。儘管如此，傳統士人守護文化的努力，還是應該得到尊敬。

在同一個時空裏，胡適等新派知識份子在大力推動白話文，提倡文學革命，其目的也是救亡圖存。他們否定文言文學，否定詠物詞。在胡適的白話文學史觀之下，王沂孫和張炎都是詞匠，他們的詠物詞都是燈謎，“没有文學的價值”，如此，繼軌《補題》的傳統文人的創作就更加没有意義。胡適表面是批判王沂孫和張炎，其實是批判那班仍然用文言創作的舊派文人。

五四知識份子認爲，要建立新文學的傳統，就必須顛覆舊典範。因此，指王沂孫“算不得甚麽遺民遺老”，張炎是“一個不遇的趙孟頫”，爲的是要從根本上顛覆清人爲王沂孫和張炎所樹立的典範地位，於是引起了持續了幾十年的論爭。雖然論爭有很濃厚的意識形態色彩，但爭論者背後是共同的“人品即文品”的文化心理和“强民壯國”的家國理想。民初的文學史家其實是希望從文學史上找到理想的中國人作爲國民的楷模，希望達到改造文化，改造國民的目的。他們的苦心也是值得崇敬的。

詞人要守護文化，文學史家要改造文化，二者相反，但都是爲了自己的國家民族着想。他們的苦心與努力，都應該同樣得到尊敬。只是政治社會語境和讀者都轉變了，《補題》文本的性質也必然隨之而變：創作範本——鑑賞讀本——研究對象。在這個演變的過程中，《補題》被邊緣化了,這部詠物經典在後世的文學史著作裏已没有多少篇幅述及。

《樂府補題》自從復出以來,一直就是詞人詠物的資取對象,而要求詞人詠物的同時又别寓寄託,就必須要有相應的歷史與社會語境作情感的支撑。常州詞派主張寄託,强調"詞亦有史"的功能,很能回應没落帝國的歷史與社會語境,因此《補題》的寄託精神又得以再度發揚。到了民國成立之後,詠物須有寄託的觀念仍爲學者所重視,特别是在講究民族大義、對抗外敵、或是不向高壓統治者妥協等論述上,寄託説都得到學者的青睞,不妨再説:世衰道微是寄託的前提。若從這個角度看,《樂府補題》、《春蟄吟》和《樂府補題後集》,都是衰世之書。

第四節 《樂府補題》的經典化與去經典化

《補題》在元明兩代寂寂無聞,但在康熙初年復出之後,卻立即引起轟動,"輦下諸公爲之詞體一變"。經過從浙西到常州諸派的追和與詞論開發,《補題》建立了其典範地位,直至進入了民國,才被文學史家措置到文學史的邊緣。回顧這段歷史,可以清楚看到,《補題》走過了從經典化(canonization)到去經典化(decanonization)的歷程。

有關文學經典化的討論相當複雜,一個文本能否成爲經典,並非某一兩因素可以決定;大致而言,學術界較多從本質主義或者建構主義的角度探討文學經典化的問題①。

本質主義者相信,因爲作品具備了人類共通的審美、道德和人性的元素,而且挖掘得非常深刻,在藝術表達上也達到了完美的境界,所以能夠赢得經典的地位。從這個角度看,《補題》在賦形摹神方面,確實做到了不即不離,題外見人的審美理想。詞人綜合運用"放頓在裏面"、"站在旁邊"、體物語、側筆烘託、比擬、情景設置、用典、引用前文本、虚筆、實寫等不同層次,不同方面的詠物技法,既寫出了體物瀏亮的尊,也

① 童慶炳,陶東風主編:《文學經典的建構、解構和重構》"導言"(北京:北京大學出版社,2007 年),頁 1—14。

寫出了離形得似的白蓮,頗耐細嚼;而且詞人刪去了寄託的本事,並以含蓄雋永的騷雅筆法出之,閱讀與詮釋的空間因此得到擴大,這就更能容讓讀者參與文本意義的建構了。至於道德與人性,《補題》所流露的故國之思與身世之感,對出仕蒙元的責備與愧疚,都曾經感動過不少讀者。正因爲《補題》具備了成爲經典的内在條件,所以能夠在清代就建立起它的經典地位,得到不同的詞人和詞派的推崇;而不同的詞人詞派都從《補題》那裏開發出自己所需的創作或理論資源,《補題》的經典地位就更鞏固:這是一部創作詠物詞必讀的範本;這是一部推尊詞體,講求寄託理論的詞集。即使進入了廿一世紀,仍然有人欣賞《補題》。

建構主義者强調社會政治因素和歷史因素對經典成立的影響。杜衛·佛克馬(D. W. Fokkema)謂:

> 確立經典是非常有意思的,但是更令人興奮的是觀察不同社會文化下不同的經典之間的區别,並對這種差别給予解釋。如我所言,文本的選擇是建立在一個相對清晰的標準上的,這個標準往往來自某一特定的世界觀或社會政治實踐。從歷史和社會的角度來看,所有的經典都是平等的,但它們所得以産生的價值觀和世界觀理由並不是對每個人都有吸引力。①

討論文學經典化的學者常問的問題是:"誰的經典?"參考了佛克馬的意見之後,還可以再追問:"誰有權決定哪部作品是經典?"

對於以上兩個問題,每部經典的情況都有不同。《補題》詞人應該没想過這部私密的詞集會否成爲後世的經典,它的經典地位是在清代建立的。然則,《補題》應是清代詞人的經典,決定奉之爲經典的,也是清代詞人自己。詞人考慮的是詠物寄託、詠物技法、醇雅、騷雅、尊體、詞史等詞學議題,這些議題當然都在不同程度上回應着當時的歷史語境,不過,首先還是詞學内部的審美思考。直到乾隆帝修纂《四庫全

---

① 佛克馬著,李會芳譯:《所有的經典都是平等的,但有一些比其他更平等》,載童慶炳,陶東風主編:《文學經典的建構、解構和重構》,頁19。

書》,把《補題》收進集部詞曲類並且予以肯定之後,其經典地位就得到了官方的確認。於是,《補題》既是詞人所選的經典,也是朝廷所選的經典,而經典的性質也因此起了變化:《補題》的遺民意識被官方挪用爲"君臣大義"的體現。詞人的審美思考結果無意中回應了朝廷的意識形態。官與民在有意無意間作了一次文學經典化的合作。

到了民國之初,社會政治和意識形態都産生了極大的變動,傳統文化備受質疑,甚至被否定。爲了强民壯國,文學史家提倡白話文,否定古典文學,否定貴族文學,詠物詞也在其否定之列;同樣爲了强民壯國,民國政府建立現代學制以普及教育,也採用了白話文。新派知識份子和民國政府似乎不再視《補題》爲經典了,等到傳統的詞人逐漸老去凋零之後,《補題》的讀者人數就會減少,一定不如在清代那時之多。没有讀者支持,其經典地位就無法確保了。至此,即使仍然有人奉《補題》爲經典,他所抱持的只是一己之見而已,再没有影響力;而選擇作此決定的,是文學史家與民國政府。這一次,官與民所作的是文學去經典化的合作。

政治社會語境和意識形態對經典的影響力無庸置疑,但不見得對每部經典都可以起到"操控"的作用。郭沫若(1892—1978)的《李白與杜甫》是一部文革期間出版的古典文學研究論著。郭著很配合當時的官方意識形態,也緊隨著當時的政治社會語境作議論。郭沫若認爲,杜甫能夠寫出"朱門酒肉臭,路有凍死骨"的詩句,是對階級矛盾的"難能可貴"的認識,郭沫若爲此追問杜甫如何處理這個認識:"你(杜甫)究竟是站在哪一個階級的立場,爲誰服務?"杜甫不能起於九泉回答,於是郭沫若提出他的推論:

> 他(杜甫)是站在地主階級的立場、統治階級的立場,而爲地主階級、統治階級服務的。[①]

郭沫若的官方意識形態的表述甚是鮮明,他要貶抑杜甫的用意也相當

---

① 郭沫若:《李白與杜甫》(北京:人民文學出版社,1971年),頁193。

清楚。然而,杜甫詩的經典地位卻不曾動摇過,文學史仍然要用上很大的篇幅來論述杜甫和他的詩,杜甫的讀者並没有因官方的意識形態而減少。

杜甫的例子或可用作《補題》的參照。《補題》是雅人雅製,本來的讀者就只限於十四家詞人自己,其私密性是相當强的。能够讀得懂這部詞集的其他讀者,首先是同代的雅人,然後是後世的雅人。换言之,《補題》的生成語境決定了它的讀者對象是士大夫中的雅人,而不是一般人。士大夫是帝制時代獨有的階層,帝制崩潰之後,士大夫就成爲歷史,代之而起的是現代知識份子,他們大可專精於不同的學術部門,而不必再局限於傳統的典籍文藝,雅人也因此成爲知識界的小衆,到了廿世紀中葉以後,雅人也成了過去,《補題》的讀者就只剩下某些詞學研究者,讀者人數不能與杜甫詩相比,也不能與它在清代之時相比。《補題》在問世一刻已規限了讀者對象,而制度的崩潰導致特定階層讀者的消失,結果動摇了它的經典地位,至於意識形態,無疑是加速了《補題》的去經典化。

從宋末元初到民國,《補題》經歷了經典化與去經典化的歷程,如今被閒置在文學史的邊緣,不過,卻又没有離開過文學史家的視野。但凡研究詠物詞的學者,都不能無視《樂府補題》,備受後世讀者看重的詠物元素,諸如情志寄託、體物瀏亮、側筆摹神、清空雅致、幽婉含蓄等等,都可以在這三十七首詞中找到範例。可以説,在悠長的詞學史上,《樂府補題》是一部詠物詞的集大成之作,不論在創作和理論拓展方面,《補題》都産生過深刻的影響,遠遠超過了文學史上任何一部詠物詩集。

附録一:《知不足齋叢書》本《樂府補題》白文

天香　宛委山房擬賦龍涎香

玉笥　王沂孫聖與

孤嶠蟠烟,層濤蜕月,驪宫夜採鉛水。汎逝槎風,夢深薇露,化作斷魂心字。紅甆候火,還乍識、冰環玉指。一縷縈簾翠影,依稀海山雲氣。

幾回殢嬌半醉。翦春燈、夜寒花碎。更好故溪飛雪,小窗深閉。荀令如今頓老。總忘却、尊前舊風味。謾惜餘薰,空篝素被。

蘋洲　周密公謹

碧腦浮冰,紅薇染露,驪宫玉唾誰擣。麝月雙心,鳳雲百和,寶玦珮環爭巧。濃薰淺炷,疑醉度、千花春曉。金餅著衣餘潤,銀葉透簾微裊。

素被瓊篝夜悄。酒初醒、翠屏深杳。一縷舊情空趁、斷烟飛繞。羅袖餘馨漸少。悵朱閣、淒涼夢難到。誰念韓郎,清愁漸老。

天柱　王易簡理得

烟嶠收痕,雲沙擁沫,孤槎萬里春聚。蠟杵冰塵,水研花片,帶得海山風露。纖痕透曉,銀鏤小、初浮一縷。重翦紗窗暗燭,深垂繡簾微雨。

餘馨惱人最苦。染羅衣、少年情緒。謾省珮珠曾解,蕙羞蘭妒。好是芳鈿翠嫵。恨素被、濃薰夢無據。待翦秋雲,殷勤寄與。

友竹　馮應瑞祥父

枯石流痕,殘沙擁沫,驪宫夜蟄驚起。海市收時,鮫人分處,誤入衆芳叢裏。春霖未就,都化作、淒涼雲氣。惟有清寒一點,消磨小窗殘醉。

當年翠篝素被。拂餘薰、倦懷如水。謾惜舞紅猶在,爲誰重試。幾片金昏字古。向故篋、聊將伴憔悴。□□□□□□□□。

瑶翠　唐藝孫英發

螺甲磨星,犀株杵月,蕤英嫩壓拖水。海蜃樓高,仙娥鈿小,縹緲結成心字。麝煤候暖,載一朵、輕雲不起。銀葉初生薄暈,金猊旋翻纖指。

芳杯惱人漸醉。碾微馨、鳳團閒試。滿架舞紅都换,懶收珠珮。幾片菱花鏡裏。更摘索、雙環伴秋睡。早是新涼,重薰翠被。

紫雲　呂同老和甫

冰片鎔肌，水沉换骨，蜿蜒夢斷瑶島。翦碎腥雲，杵匀枯沫，妙手製成翻巧。金篝候火，無似有，微薰初好。簾影垂風不動，屏深護春宜小。

殘梅舞紅褪了。珮珠寒、滿懷清峭。幾度酒餘重省，舊愁多少。荀令風流未減。怎奈向、飄零賦情老。待寄相思，仙山路杳。

篔房李彭老商隱

搗麝成塵，薰薇注露，風酣百和花氣。品重雲形，葉翻蕉樣，共説内家新製。波浮海沫，誰喚覺、鮫人春睡。清潤俱饒片腦，芬馥半是沉水。

相逢酒邊雨外。火初温、翠爐烟細。不似賓珠金縷，領巾紅墜。荀令如今憔悴。消未盡、當時愛香意。燼暖燈寒，秋聲素被。

五松　李居仁師吕

瀛嶠浮烟，滄波挂月，潛虬睡起清曉。萬里槎程，一番花信，付與露薇冰腦。纖雲漸暖，凝翠席、氤氳不了。銀葉重調火活，珠簾日垂風悄。

螺屏酒醒夢好。繡羅幬、依舊痕少。幾度試拈心字，暗驚芳抱。隱約仙舟路杳，謾珮影、玲瓏護嬌小。素手金篝，春情未老。

水龍吟　浮翠山房擬賦白蓮

蘋洲　周密公謹

素鸞飛下青冥，舞衣半惹涼雲碎。藍田種玉，緑房迎曉，一奩秋意。擎露盤深，憶君清夜，暗傾鉛水。想鴛鴦正結，梨雲好夢，西風冷、還驚起。　　應是飛瓊仙會，倚涼飈、碧簪斜墜。輕妝鬬目，明璫照影，紅衣羞避。霽月三更，粉雲千點，静香十里。聽湘弦奏徹，冰綃偷翦，聚相思淚。

天柱　王易簡理得

翠裳微護冰肌，夜深暗泣瑶臺露。芳容淡泞，風神蕭散，淩波晚步。西子殘妝，環兒初起，未須匀注。看明璫素襪，相逢憔悴，當應被、西風誤。　　十里雲愁雪妒，抱淒涼、盼嬌無語。當時姊妹，朱顔褪酒，紅衣按舞。别浦重尋，舊盟唯有，一行鷗鷺。伴玉顔月曉，盈盈冷豔，洗人間暑。

宛委　陳恕可行之

素姬初宴瑶池,珮環誤落雲深處。分香華井,洗妝湘渚,天姿淡泞。碧蓋吹涼,玉冠迎曉,盈盈笑語。記當時乍識,江明夜静,只愁被,嬋娟誤。　　幾點沙邊飛鷺,舊盟寒、遠迷烟雨。相思未盡,纖羅曳水,清鉛泣露。玉鏡臺空,銀瓶綆絶,斷魂何許。待今宵試探,中流一葉,共淩波去。

菊山　唐珏玉潛

淡妝人更嬋娟,晚奩淨洗鉛華膩。泠泠月色,蕭蕭風度,嬌紅斂避。太液池空,霓裳舞倦,不堪重記。歎冰魂猶在,翠輿難駐,玉簪爲誰輕墜。　　别有淩空一葉,泛清寒、素波千里。珠房淚濕,明璫恨遠,舊遊夢裏。羽扇生秋,璚樓不夜,尚遺仙意。奈香雲易散,綃衣半脱,露涼如水。

紫雲　吕同老和甫

素肌不污天真,曉來玉立瑶池裏。亭亭翠蓋,盈盈素靨,時妝淨洗。太液波翻,霓裳舞罷,斷魂流水。甚依然舊日,濃香淡粉,花不似,人憔悴。　　欲唤淩波仙子,泛扁舟,浩波千里。只愁回首,冰簾半掩,明璫亂墜。月影淒迷,露華零落,小闌誰倚。共芳盟猶有,雙棲雪鷺,夜寒驚起。

月洲　趙汝鈉真卿

露華洗盡凡妝,玉妃來侍瑶池宴。風裳水珮,冰肌雪艷,清涼不汗。解語情多,淩波步穩,酒容易散。想温泉浴罷,天然真態,渾疑是,宫妝淺。　　暗想淒愁别岸,粉痕消、香腮凝汗。雪空冰冷,此情唯許,鷺知鷗見。羽扇微摇,翠帷低擁,清涼庭院。待夜深,月上闌干,更邀取,姮娥伴。

玉笥　王沂孫聖與

淡妝不掃蛾眉,爲誰佇立羞明鏡。真妃解語,西施淨洗,娉婷顧影。薄露初匀,纖塵不染,移根玉井。想飄然一葉,颼颼短髪,中流卧,浮烟艇。　　可惜瑶臺路迥,抱淒涼,月中誰認。相逢還是,冰壺浴罷,牙牀酒醒。步襪空留,羽衣微褪,粉殘香冷。望海山依約,時時夢想,素波千頃。

五松　李居仁師吕

蕊仙群擁宸遊，素肌似怯波心冷。霜裳縞夜，冰壺凝露，紅塵洗盡。弄玉輕盈，飛瓊綽約，淡妝臨鏡。更多情一片，碧雲不掩，籠嬌面，回清影。　　菱唱數聲乍聽，載名娃，藕絲縈艇。雪鷗沙鷺，夜來同夢，曉風吹醒。酒暈全銷，粉痕微漬，色明香瑩。問此花，盍貯瑶池，應未許，繁紅並。

玉田　張炎叔夏

仙人掌上芙蓉，娟娟猶濕金盤露。淡妝照水，纖裳立玉，無言似舞。幾度銷凝，滿湖烟月，一汀鷗鷺。記小舟清夜，波明香遠，渾不見，花開處。　　應是浣紗人妒，褪紅衣、被誰輕誤。閑情淡雅，冶容清潤，憑嬌待語。隔浦相逢，偶然傾蓋，似傳心素。怕湘皋珮解，緑雲十里，捲西風去。

玉笥　王沂孫聖與

翠雲遥擁環妃，夜深按徹霓裳舞。鉛華淨洗，娟娟出浴，盈盈解語。太液荒寒，海山依約，斷魂何許。甚人間别有，冰肌雪豔，嬌無那，頻相顧。　　三十六陂烟雨，甚淒涼，向誰堪訴。如今謾説，仙姿自潔，芳心更苦。羅襪初停，玉璫還解，早淩波去。試乘風一葉，重來月底，與修花譜。

摸魚兒　紫雲山房擬賦蓴

天柱　王易簡理得

怪鮫宫、水晶簾捲，冰痕初斷香縷。澄波蕩槳人初到，三十六陂烟雨。春又去。伴點點荷錢，隱約吴中路。相思日暮。恨洛浦娉婷，芳鈿翠翦，奩影照淒楚。　　功名夢，消得西風一度。高人今在何許。鱸香菰冷斜陽裏，多少天涯意緒。誰記取。但枯豉紅鹽，溜玉凝秋筯。尊前起舞。算唯有淵明，黄花歲晚，此興共千古。

佚　名

過湘皋、碧龍驚起，冰涎猶護鬐影。春洲未有菱歌伴，獨占暮烟千頃。呼短艇。試翦取纖條，玉溜青絲瑩。尊前細認。似水面新荷，波心半捲，點點翠鈿淨。　　淒涼味，酪乳那堪比並。吴鹽一筯秋冷。當時不爲鱸魚去,聊爾動渠歸興。還記省。是幾度西風,幾度吹愁醒。鷗昏鷺暝。謾換得霜痕,蕭蕭兩鬢,羞與共秋鏡。

菊山　唐珏玉潛

漸滄浪、凍痕銷盡,瓊絲初漾明鏡。鮫人夜翦龍髯滑,織就水晶簾冷。凫葉淨。最好似,嫩荷半捲浮晴影。玉流翠凝。早枯豉融香,紅鹽和雪,醉齒嚼清瑩。　功名夢,曾被秋風喚醒。故人應動高興。悠然世味渾如水,千里舊懷誰省。空對景。奈回首、姑蘇臺畔愁波暝。烟寒夜静。但只有芳洲,蘋花共老,何日泛歸艇。

玉笥　王沂孫聖與

玉簾寒、翠絲微斷,浮空清影零碎。碧芽也抱春洲怨,雙捲小緘芳字。還又似。繫羅帶相思,幾點青鈿綴。吴中舊事。悵酪乳争奇,鱸魚謾好,誰與共秋醉。　江湖興,昨夜西風又起。年年輕誤歸計。如今不怕歸無準,却怕故人千里。何況是。正落日垂虹,怎賦登臨意。滄浪夢裏。縱一舸重遊,孤懷暗老,餘恨渺烟水。

篔房　李彭老商隱

過垂虹、四橋飛雨,沙痕初漲春水。腥波十里吴歈遠,緑蔓半縈船尾。連復碎,愛滑卷,青綃香裊冰絲細。山人雋味。笑杜老無情,香羹碧澗,空祗賦芹美。　歸期早,誰似季鷹高致。鱸魚相伴菰米。紅塵如海邱園夢,一葉又、秋風起。湘湖外。看采擷芳條,際曉隨漁市。舊遊謾記。但望裏江南,秦鬟賀鏡,渺渺隔煙翠。

齊天樂　餘閑書院擬賦蟬

紫雲　吕同老和甫

緑陰初蔽林塘路,淒淒乍流清韻。倦咽高槐,驚嘶别柳,還憶當時曾聽。西窗夢醒。歎弦絶重調,珥空難整。綽約冰綃,夜深誰念露華冷。　不知身世易老,一聲聲斷續,頻報秋信。墜葉山明,疏枝月小,惆悵齊姬薄倖。餘音未盡,早枯翼飛仙,暗嗟殘景。見洗冰奩,怕翻雙翠鬢。

天柱　王易簡理得

翠雲深鎖齊姬恨,纖柯暗翻冰羽。錦瑟重調,綃衣乍著,聊飲人間風露。相逢甚處。記槐影初涼，柳陰新雨。聽盡殘聲，爲誰驚起又飛去。　　商量秋信最早，晚來吟未徹，却是淒楚。斷韻還連，餘悲似咽，欲和愁邊佳句。幽期誰語。怕寒葉凋零，蜕痕塵土。古木斜暉，向人懷抱苦。

玉笥　王沂孫聖與

緑陰千樹西窗曉，厭厭晝眠驚起。嫩翼風微，流聲露悄，半翦冰箋誰寄。淒涼倦耳。謾重拂琴絲，怕尋冠珥。夢短宫深，向人猶與訴憔悴。　　殘虹收盡過雨，晚來頻斷續，都是秋意。病葉難留，纖柯易老，空憶斜陽身世。山明月碎，甚已絶餘音，尚餘枯蜕。鬢影参差，斷魂青鏡裏。

蘋洲　周密公謹

槐陰忽送清泠怨，依稀乍聞還歇。故苑愁長，危枝調苦，前夢蜕痕枯葉。傷情念别。是幾度斜陽，幾回殘月。轉眼西風，一襟幽恨向誰説。　　輕鬢猶記動影，翠奩應怪我，雙鬢如雪。枝冷頻移，葉疏猶抱，空負好秋時節。淒淒切切。漸迤邐黄昏，砌蛩相接。露洗餘悲，暮寒聲更咽。

宛委　陳恕可行之

碧柯摇曳聲何許，陰陰晚涼庭院。露濕身輕，風生翅薄，昨夜綃衣初翦。琴絲宛轉。弄幾曲新聲，幾番悽惋。過雨高槐，爲渠一洗故宫怨。　　清虚襟度漫與，向人低訴處，幽思無限。敗葉枯形，殘陽絶響，消得西風腸斷。塵情已倦。任翻鬢雲寒，綴貂金淺。蜕羽難留，頓覺仙夢遠。

菊山　唐珏玉潛

蠟痕初染仙莖露，新聲又移涼影。珮玉流空，綃衣翦霧，幾度槐昏柳暝。幽窗睡醒。奈欲斷還連，不堪重聽。怨結齊姬，故宫烟樹翠陰冷。　　當時舊情在否，晚妝清鏡裏，猶記嬌鬢。亂咽頻驚，餘悲漸杳，摇曳風枝未定。秋期話盡。又抱葉淒淒，暮寒山静。付與孤蛩，苦吟清夜永。

瑶翠　唐藝孫英發

柳風微扇閑池閣，深林翠陰人静。漸理琴絲，誰調金奏，淒咽流空清韻。虹明雨潤。正乍集庭柯,凭闌新聽。午夢驚回,有人嬌困酒初醒。　西軒晚涼又嫩,向枝頭占得,銀露千頃。蜕翦花輕,羽翻紙薄,老去易驚秋信。殘聲送暝。恨秦樹斜陽,暗催光景。淡月疏桐,半窗留鬢影。

宛委　陳恕可行之

蜕仙飛珮流空遠,珊珊數聲林杪。薄暑眠輕,濃陰聽久,勾引淒涼多少。長吟未了。想猶怯高寒,又移深窈。與整綃衣,滿身風露正清曉。　微薰庭院晝永,那回曾記得,如訴幽抱。斷響難尋,餘悲獨省,葉底還驚秋早。齊宫路杳。歎往事魂銷,夜闌人悄。謾想輕盈,粉奩雙鬢好。

山村　仇遠仁近

夕陽門巷荒城曲,清音早鳴秋樹。薄翦綃衣,涼生鬢影,獨飲天邊風露。朝朝暮暮。奈一度淒吟,一番淒楚。尚有殘聲,驀然飛過別枝去。　齊宫往事謾省,行人猶與説,當時齊女。雨歇空山,月籠古樹,彷彿舊曾聽處。離情正苦。甚懶拂冰弦,倦拈琴譜。滿地紅霜,淺莎尋蜕羽。

玉笥　王沂孫聖與

一襟遺恨宫魂斷,年年翠陰庭宇。乍咽涼柯,還移暗葉,重把離愁低訴。西園過雨,漸金錯鳴刀,玉箏調柱。鏡掩殘妝,爲誰嬌鬢尚如許。　銅仙鉛淚似洗,歎攜盤去遠,難貯零露。病翼驚秋,枯形閲世,消得斜陽幾度。餘音更苦,甚獨抱清高,頓成淒楚。謾想薰風,柳絲千萬縷。

桂枝香　天柱山房擬賦蟹

宛委　陳恕可行之

西風故國。記乍免内黄,歸夢溪曲。還是秦星夜映,楚霜秋足。無腸枉抱東流恨,任年年、褪匡微緑。草汀篝火,蘆洲緯箔,早寒漁屋。　敘舊别、芳簪薦玉。正香擘新橙,清泛佳菊。依約行沙亂雪,誤驚窗竹。江湖歲晚相思遠,對寒燈、謾懷幽獨。嫩湯浮眼,枯形蜕殼,斷魂重續。

瑤翠　唐藝孫英發

收帆渡口。認遠岸夜篝，松炬如晝。還見沙痕雪漲，水紋霜後。秦宮夢到無腸斷，望明河、月斜疏柳。瑣窗相對，茶邊猶記，眼波頻溜。

漸嫩菊、新篘綠酒。歎風味尊前，瀟灑如舊。幾度金橙香霧，玉盤纖手。清愁小醉淒涼裏，拚今生、容易消瘦。草心春淺，年年相憶，看燈時候。

菊山　唐珏玉潛

松江舍北。正水落晚汀，霜老枯荻。還見青匡似繡，紺螯如戟。西風有恨無腸斷，恨東流、幾番潮汐。夜燈爭聚，微光挂影，誤投簾隙。

更喜薦、新篘玉液。政半殼含黃，一醉秋色。纖手香橙風味，有人相憶。江湖歲晚聽飛雪，但沙痕、空記行迹。至今茶鼎，時時猶認，眼波愁碧。

紫雲　吕同老和甫

松江岸側。正亂葉墜紅，殘浪收碧。猶記燈寒暗聚，簖疏輕入。休嫌郭索尊前笑，且開顏、共傾芳液。翠根絲霧，玉葱浣雪，嫩黃初擘。

自那日，新詩換得。又幾度相逢，落潮秋色。常是籬邊早菊，慰渠岑寂。如今謾有江山興，更誰憐、草泥踪迹。但將身世，浮沉醉鄉，舊遊休憶。

附録二:《四庫全書》本《樂府補題》白文

天香　宛委山房賦龍涎香

玉笥　王沂孫聖與

孤嶠蟠烟,層濤蜕月,驪宫夜採鉛水。汎遠槎風,夢深薇露,化作斷魂心字。紅甆候火,還乍識、冰環玉指。一縷縈簾翠影,依稀海山雲氣。

幾回殢嬌半醉,剪春燈、夜寒花碎。更好故溪飛雪,小窗深閉。荀令如今頓老,總忘却、尊前舊風味,謾惜餘熏,空篝素被。

蘋洲　周密公謹

碧腦浮冰,紅薇染露,驪宫玉唾誰擣。麝月雙心,鳳雲百和,寶玦珮環爭巧。濃熏淺炷,疑醉度、千花春曉。金餅著衣餘潤,銀葉透簾微裊。

素被瓊篝夜悄,酒初醒、翠屏深窈。一縷舊情空趁,斷烟飛繞。羅袖餘馨漸少,悵朱閣、淒涼夢難到。誰念韓郎,清愁漸老。

天柱　王易簡理得

烟嶠收痕,雲沙擁沫,孤槎萬里春聚。蠟杵冰塵,水研花片,帶得海山風露。纖痕透曉,銀鏤小、初浮一縷。重剪紗窗暗燭,深垂綉簾微雨。

餘馨惱人最苦。染羅衣、少年情緒。謾省珮珠曾解,蕙羞蘭妒,好是芳鈿翠嫵,恨素被、濃熏夢無據。待剪秋雲,殷勤寄與。

友竹　馮應瑞祥父

枯石流痕,殘沙擁沫,驪宫夜蟄驚起。海市收時,鮫人分處,誤入衆芳叢裏。春霖未就,都化作、淒涼雲氣。惟有清寒一點,消磨小窗殘醉。

當年素篝翠被。拂餘熏、倦懷如水。謾惜舞紅猶在,爲誰重試。幾片金昏字古,向故匣、聊將伴憔悴。斷續風流,柔情縷縷。

瑶翠　唐藝孫英發

螺甲磨星,犀株杵月,蕤英嫩壓拖水。海蜃樓高,仙娥鈿小,縹緲結成心字。麝煤候暖,載一朵、輕雲不起。銀葉初生薄暈,金猊旋翻纖指。

芳杯腦人漸醉,碾微馨、鳳團閑試。滿架舞紅都换,懶收珠珮。幾片菱花鏡裹,更摘索、雙環伴秋睡。早是新涼,重熏翠被。

紫雲　吕同老和甫

冰片鎔肌，水沉换骨，蜿蜒夢斷瀛島。剪碎腥雲，杵匀枯沫，妙手製成翻巧。金篝候火，無似有、微熏初好。簾影垂風不動，屏深護春宜小。

殘梅舞紅褪了，珮珠寒、滿懷清峭。幾度酒餘重省，舊愁多少。荀令風流未減，怎奈向、飄零賦情老。待寄相思，仙山路杳。

篔房　李彭老商隱

搗麝成塵，熏薇注露，風酣百和花氣。品重雲頭，葉翻蕉樣，共説内家新製。波浮海沫，誰唤覺、鮫人春睡。清潤俱饒片腦，芬馡半是沉水。

相逢酒邊雨外，火初温、翠爐烟細。不似寶珠金縷，領巾紅墜。荀令如今憔悴，消不盡、當時愛香意。爐暖燈寒，秋聲素被。

失名氏

瀛嶠浮烟，滄波掛月，潛虬睡起清曉。萬里查程，一番花信，付與露薇冰腦。纖雲漸暖，凝翠席、氤氲不了。銀葉重調火活，珠簾日垂風悄。

螺屏酒醒夢好，綉羅幬、依舊痕少，幾度試拈心字，暗驚芳抱。隱約仙洲路杳，謾珮影、玲瓏護嬌小。素手金篝，春情未老。

水龍吟　浮翠山房賦白蓮

蘋洲　周密公謹

素鸞飛下青冥，舞衣半惹涼雲碎。藍田種玉，綠房迎曉，一奩秋意。擎露盤深，憶君清夜，暗傾鉛水。想鴛鴦正結，梨花好夢，西風冷，還驚起。　　應是飛瓊仙會，倚涼飈、碧簪斜墜。輕妝鬭目，明璫照影，紅衣羞避。霽月三更，粉雲千點，静香十里。聽湘絃奏徹，冰綃偷剪，聚相思淚。

天柱　王易簡理得

翠裳微護冰肌，夜深暗泣瑶臺露。芳容澹泞，風神蕭散，淩波晚步。西子殘妝，環兒初起，未須匀注。看明璫素襪，相逢憔悴，應當被，熏風誤。　　十里雲愁雪妒，抱淒涼、盼嬌無語。當時姊妹，朱顏褪酒，紅衣按舞。别浦重尋，舊盟惟有，一行鷗鷺。伴玉顔月曉，盈盈冷艷，洗人間暑。

宛委 陳恕可行之

素姬初宴瑶池,珮環誤落雲深處。分香華井,洗妝湘渚,天姿瀸泞。碧蓋吹涼,玉冠迎曉,盈盈笑語。記當時乍識,江明夜浮,只愁被,嬋娟誤。　　幾點沙邊飛鷺,舊盟寒,遠迷烟雨。相思未盡,纖羅曳水,清鉛泣露。玉鏡臺空,銀瓶綆絶,斷魂何許。待今宵試採,中流一葉,共淩波去。

菊山 唐珏玉潛

淡妝人更嬋娟,晚奩浮洗鉛華膩。泠泠月色,蕭蕭風度,嬌紅欲避。太液池空,霓裳舞倦,不堪重記。嘆冰魂猶在,翠輿難駐,玉簪爲誰輕墜。　　别有淩空一葉,泛清寒、素波千里。珠房淚濕,明璫恨遠,舊游夢裏。羽扇生秋,瓊樓不夜,尚遺仙意。奈香雲易散,綃衣半脱,露涼如水。

紫雲 吕同老和甫

素肌不污天真,曉來玉立瑶池裏。亭亭翠蓋,盈盈素靨,時妝浮洗。太液波翻,霓裳舞罷,斷魂流水。甚依然舊日,濃香淡粉,花不似,人憔悴。　　欲唤淩波仙子,泛扁舟、浩波千里。只愁回首,冰奩半掩,明璫亂墜。月影淒迷,露華零落,小闌誰倚。共芳盟猶有,雙棲雪鷺,夜寒驚起。

月洲 趙汝鈉真卿

露華洗盡凡妝,玉妃來侍瑶池宴。風裳水珮,冰肌雪艶,清涼不汗。解語多情,淩波步穩,酒容消散。想温泉浴罷,天然真態,渾疑是,宫妝淺。　　暗憶淒愁别岸,粉痕消、香腮凝汗。雪空水冷,此情唯許,鷺知鷗見。羽扇微摇,翠帷低擁,清涼亭院。待夜深、月上闌干,更邀取,姮娥伴。

玉笥 王沂孫聖與

瀸妝不掃蛾眉,爲誰佇立羞明鏡。真妃解語,西施淨洗,娉婷顧影。薄露初匀,纖塵不染,移根玉井。想飄然一葉,颼颼短髪,中流卧,浮烟艇。　　可惜瑶臺路迥,抱淒涼、月中難認,相逢還是,冰壺浴罷,牙牀酒醒。步襪空留,羽衣微褪,粉殘香冷。望海山依約,時時夢想,素波千頃。

五松　李居仁師呂

蕊仙群擁宸遊，素肌似怯波心冷。霜裳縞夜，冰壺凝露，紅塵洗盡。弄玉輕盈，飛瓊綽約，淡妝臨鏡。更柔情一片，碧雲不捲，籠嬌面，目清影。　　菱唱數聲乍聽，載名娃、藕絲縈艇。雪鷗沙鷺，夜來同夢，曉風吹醒。酒暈全消，粉痕微漬，色明香瑩。問此花、盍貯瑶池，應未許，繁紅並。

玉田　張炎叔夏

仙人掌上芙蓉，娟娟猶滴金盤露。淡妝照水，纖裳玉立，無言暗舞。幾度消凝，滿湖烟月，一汀鷗鷺。記小舟清夜，波明香遠，渾不見，花開處。　　應是浣紗人妒，褪紅衣、被誰輕誤。六郎意態，何郎標格，泠然意趣。待折瓊芳，楚江難涉，謾搖心素。怕湘娥珮解，緑雲十里，捲西風去。

玉笥　王沂孫聖與

翠雲遥擁環妃，夜涼按徹霓裳舞。鉛華淨洗，娟娟出浴，盈盈解語。太液荒寒，海山依約，斷魂何許。甚人間別有，冰肌雪艷，嬌無奈，頻相顧。　　三十六陂烟雨，舊凄涼、向誰堪訴。如今謾説，仙姿自潔，芳心更苦。羅襪初停，玉璫還解，早臨波去。試乘風一葉，重來月底，與修花譜。

摸魚兒　紫雲山房賦蓴

天柱　王易簡理得

怪鮫宫，水晶簾捲，冰痕初斷香縷。柔波蕩槳人初到，三十六陂烟雨。春又去。伴點點荷錢，隱約吴中路。相思日暮，恨洛浦娉婷，芳鈿翠剪，奩影炤凄楚。　　功名夢，消得西風一度。高人今在何許。鱸香菰冷斜陽裏，多少天涯意緒。誰記取。但枯豉紅鹽，溜玉凝秋筯。尊前起舞。算唯有淵明，黄花歲晚，此興共千古。

失名氏

過湘皋，碧龍驚起，冰涎猶護鬌影。春洲未有菱歌伴，獨占暮烟千頃。呼短艇。試剪取纖條，玉溜青絲瑩。尊前細認。似水面新荷，波心半捲，點點翠鈿淨。　　凄涼味，酪乳那堪比並。吴鹽一筯秋冷。當時不爲鱸魚去,聊爾動渠歸興。還記省。是幾度西風,幾度吹愁醒。鷗昏鷺暝。漫換得霜痕,蕭蕭兩鬢,羞與共秋鏡。

菊山 唐珏玉潛

漸滄浪,凍痕消盡,瓊絲初漾明鏡。鮫人夜剪龍髯滑,織就水晶簾冷。凫葉淨。最好似,嫩荷半捲浮晴影。玉流翠凝。早枯豉融香,紅鹽和雪,醉齒嚼清瑩。　　功名夢,曾被秋風喚醒。故人應動高興。悠然世味渾如水,千里舊懷誰省。空對景。奈回首、姑蘇臺畔愁波瞑。烟寒夜静。但只有芳洲,蘋花共老,何日泛歸艇。

玉笥 王沂孫聖與

玉簾寒,翠絲微斷,浮空清影零碎。碧芽也抱春洲怨,雙卷小緘芳字。還又似。繫羅帶相思,幾點青鈿綴。吴中舊事,悵酪乳爭奇,鱸魚漫好,誰與共秋醉。　　江湖興,昨夜西風又起。年年輕誤歸計。如今不怕歸無準,却怕故人千里。何況是。正落日垂虹,怎賦登臨意。滄浪夢裏。縱一舸重遊,孤懷暗老,餘恨渺烟水。

篔房 李彭老商隱

過垂虹,四橋飛雨,沙痕初漲春水。腥波十里吴歈遠,緑蔓半縈船尾。連復斷。愛滑卷,青綃香裊冰絲細。山人雋味,笑杜老無情,香羹碧澗,空抵賤芹美。　　歸期早,誰似季鷹高致。鱸魚相伴菰米。紅塵如海丘園夢,一葉又,秋風起。湘湖外,看采擷芳條,際曉隨漁市。舊遊漫記。但望裏江南,秦鬟賀鏡,渺渺隔烟翠。

齊天樂 餘閑書院賦蟬

紫雲 吕同老和甫

緑陰初蔽林塘路,淒淒乍流清韻。倦咽高槐,驚嘶别柳,還憶當時曾聽。西窗夢醒。歎絃絶重調,珥空難整。綽約冰綃,夜深誰念露華冷。　　不知身世易老,一聲聲斷續,頻報秋信。墜葉山空,疏枝月小,惆悵齊姬薄倖。餘音未盡。早枯翼飛仙,暗嗟殘景。見洗冰奩,怕翻雙翠鬢。

天柱 王易簡理得

碧雲深鎖齊姬恨,纖柯暗飛冰羽。錦瑟重調,綃衣乍著,聊飲人間風露。相逢甚處。記槐影初涼，柳陰新雨。聽盡殘聲，爲誰驚起又飛去。　　商量秋信最早。晚來吟未徹，都是淒楚。斷韻還連，餘悲似咽，欲和愁邊佳句。幽期與語。怕寒葉凋零，蜕痕塵土。古木斜暉，向人懷抱苦。

玉笥　王沂孫聖與

緑陰千樹西窗悄，厭厭晝眠驚起。嫩翼風微，流聲露悄，半剪冰牋誰寄。淒涼倦耳。謾重拂琴絲，怕尋冠珥。夢短宫深，向人猶與訴憔悴。　　殘紅收盡過雨。晚來頻斷續，都是秋意。病葉難留，纖柯易老，空憶斜陽身世。山明月碎。甚已絶餘音，尚遺枯蜕。鬢影参差，斷魂青鏡裏。

蘋洲　周密公謹

槐陰忽送清商怨，依稀乍聞還歇。故苑愁深，危枝調苦，前夢蜕痕枯葉。傷情念别。是幾度斜陽，幾回殘月。轉恨西風，一襟幽恨向誰説。　　轉鬢猶記動影，翠娥應怪我，雙鬢如雪。枝冷頻移，葉疏猶抱，空負好秋時節。淒淒切切。漸迤邐黄昏，砌蛩相接。露洗餘悲，暮寒聲更咽。

宛委　陳恕可行之

碧柯摇曳聲何許，陰陰晚涼庭院。露濕身輕，風生翅薄，昨夜綃衣初剪。琴絲宛轉。弄幾回新聲，幾番悽惋。過雨高槐，爲渠一洗故宫怨。　　清虚襟度漫與，向人低訴處，幽思無限。敗葉枯形，殘陽絶響，消得西風腸斷。塵情已倦。任翻鬢雲寒，綴貂金淺。蜕羽難回，頓覺仙夢遠。

菊山　唐珏玉潛

蜕痕初染仙莖露，新聲又移涼影。珮玉流空，綃衣剪霧，幾度槐昏柳暝。幽窗睡醒。奈欲斷還連，不堪重聽。怨結齊姬，故宫烟樹翠陰冷。　　當時舊情在否，晚妝清鏡裏，猶記嬌鬢。亂咽頻驚，餘悲漸杳，摇曳風枝未定。秋期話盡。又抱葉淒淒，暮寒山静。付與孤蛩，苦吟清夜永。

瑶翠　唐藝孫英發

柳風微扇閑池閣，深林翠陰人静。漸理琴絲，誰調金奏，淒咽流空清韻。虹明雨潤。正乍集庭柯,凭闌新聽。午夢驚回,有人嬌困酒初醒。　　西軒曉涼又嫩,向枝頭占得,銀露千頃。蜕剪花輕,翼翻紙薄,老去易驚秋信。殘聲送暝。恨秦樹斜陽,暗催光景。淡月疏桐,半窗留鬢影。

宛委　陳恕可行之

蜕仙飛珮流空遠,珊珊數聲林杪。薄暑眠輕,濃陰聽久,勾引淒涼多少。長吟未了。想猶怯高寒,又移深窈。與整綃衣,滿身風露正清曉。　　微熏庭院晝永,那回曾記得,如訴幽抱。斷響難尋,餘悲獨省,葉底還驚秋早。齊宫路杳。歎事往魂消,夜闌人悄。謾想輕盈,粉奩雙鬢好。

山村　仇遠仁近

夕陽門巷荒城曲,清音早鳴秋樹。薄剪綃衣,涼生鬢影,獨飲天邊風露。朝朝暮暮。奈一度淒吟,一番淒楚。尚有殘聲,驀然飛過别枝去。　　齊宫往事謾省,行人猶與説,當時齊女。雨歇空山,月籠古柳,彷彿舊曾聽處。離情正苦。甚嬾拂冰牋,倦拈琴譜。滿地霜紅,淺莎尋蜕羽。

玉笥　王沂孫聖與

一襟遺恨宫魂斷,年年翠陰庭樹。乍咽涼柯,還移暗葉,重把離愁低訴。西園過雨。漸金錯鳴刀,玉箏移柱。鏡掩殘妝,爲誰嬌鬢尚如許。　　銅仙鉛淚如洗,嘆移盤去遠,難貯零露。病翼驚秋,枯形閲世,消得斜陽幾度。餘音更苦。甚獨抱清商,頓成淒楚。漫想熏風,柳絲千萬縷。

桂枝香天柱山房賦蟹

宛委　陳恕可行之

西風故國。記乍免内黄,歸夢溪曲。還是秦星夜映,楚霜秋足。無腸枉抱東流恨,任年年、祼筐微緑。草汀篝火,蘆洲緯箔,早寒魚屋。

料舊别、芳蒻薦玉。正香擘新橙,清泛佳菊。依約行沙亂雪,誤驚窗竹。江湖歲晚相思遠,對寒燈、謾懷幽獨。嫩湯浮眼,枯形蜕殼,斷魂重續。

瑤翠 唐藝孫英發

收帆渡口。認遠岸夜篝,松炬如晝。還見沙痕雪漲,水紋霜後。秦宮夢到無腸斷,望明河、月殘疏柳。瑣窗相對,茶邊猶記,眼波頻溜。

漸嫩菊、新篘緑酒。嘆風味尊前,瀟洒如舊。幾度金橙香霧,玉盤纖手。清愁小醉淒涼裏,拚今生、容易消瘦。草心春淺,年年相憶,看燈時候。

菊山 唐珏玉潛

松江舍北。正水落晚汀,霜老枯荻。還見青筐似綉,紺螯如戟。西風有恨無腸斷,悵東流、幾番潮汐。夜燈争聚,微光掛影,輕投簾隙。

更喜薦、新篘玉液。正半殼含黄,一醉秋色。纖手香橙風味,有人相憶。江湖歲晚聽飛雪,但沙痕、空記行迹。至今茶鼎,時時猶記,眼波愁碧。

紫雲 吕同老和甫

松江岸側。正亂葉墜紅,殘浪收碧。猶記燈寒暗聚,簖疏輕入。休嫌郭索尊前笑,且開顔、共傾芳液。翠橙含霧,玉葱涴雪,嫩黄初擘。

與那日、新詩换得。又幾度相逢,落潮秋色。常是籬邊早菊,慰渠岑寂。如今漫有江湖興,更誰憐、草泥踪迹。但將身世,浮沈醉鄉,舊遊休憶。

徵引書目

一、古籍

經部:

1. 孔穎達:《毛詩正義》。臺北:新文豐出版公司影嘉慶二十年阮元重刊《十三經注疏》本。

2. 孔穎達:《周易正義》。臺北:新文豐出版公司影嘉慶二十年阮元重刊《十三經注疏》本。

3. 孔穎達:《禮記注疏》。臺北:新文豐出版公司影嘉慶二十年阮元重刊《十三經注疏》本。

4. 王肅:《周易王氏注》,收入馬國翰編:《玉函山房輯佚書》,臺北:文海出版社,1967 年。

5. 朱熹:《四書章句集注》。北京:中華書局,1983 年。

6. 屈守元:《韓詩外傳箋疏》。成都:巴蜀書社,1996 年。

7. 陸璣著,丁晏校正:《毛詩草木鳥獸蟲魚疏校正》,收入《續修四庫全書》,上海:上海古籍出版社,1995 年,第 71 册。

史部:

1. 丁丙:《善本書室藏書志》,收入《續修四庫全書》,上海:上海古籍出版社,1995 年,第 927 册。

2. 王端來:《宋季三朝政要箋證》。北京:中華書局,2010 年。

3. 司馬遷:《史記》。北京:中華書局,1959 年。

4. 永瑢等:《四庫全書總目》。北京:中華書局,1965 年。

5. 田汝成:《西湖遊覽志餘》。上海:上海古籍出版社,1980 年。

6. 吴自牧著,傅林祥注:《夢粱録》。濟南:山東友誼出版社,2001 年。

7. 吴昌綬:《宋金元見存詞集見存卷目》。上海:鴻文書局,1907 年。

8. 吴振棫:《養吉齋叢録》。北京:中華書局,2005 年。

9. 吴景灝:《吴郡歲華紀麗》。南京:江蘇古籍出版社,1998 年。

10. 宋濂等:《元史》。北京:中華書局,1976 年。

11. 李希聖:《庚子國變記》,收入《續修四庫全書》,上海:上海古籍出版社,1995 年,第 446 册。

12. 李希聖:《雁影樓題跋》(與汪璐《藏書題識》、傅以禮《華延年室題跋》合刊)。上海:上海古籍出版社,2009 年。

13. 李廷相:《濮陽蒲汀李先生家藏目録》,收入林夕編:《中國著名藏書家書目匯刊》,北京:商務印書館,2005 年,第 1 册,第 2 種。

14. 李燾:《續資治通鑑長編》,《四庫全書》本。

15. 曹寅著:《楝亭書目》,收入金毓黻輯:《遼海叢書》,臺北:藝文印書館,1971 年,第 8 集。

16. 周去非著,楊武泉校注:《嶺外代答校注》。北京:中華書局,1999 年。

17. 周生春:《吴越春秋輯校匯考》。上海:上海古籍出版社,1997 年。

18. 周密:《武林舊事》。北京:中華書局。

19. 房玄齡等:《晉書》。北京:中華書局,1974 年。

20. 范曄:《後漢書》。北京:中華書局,1965 年。

21. 倪燦:《補遼金元藝文志》,光緒辛卯廣雅書局刻本。

22. 孫星衍等:《漢官六種》。北京:中華書局,1990 年。

23. 晁瑮:《晁氏寶文堂書目》。上海:古典文學出版社,1957 年。

24. 袁桷:《延祐四明志》。《四庫全書》本。

25. 馬令:《南唐書》。收入傅璇琮,徐海榮,徐吉軍主編:《五代史書彙編》,杭州:杭州出版社,2004 年,第 9 册。

26. 馬光編著，胡三省音註：《資治通鑑》。北京：中華書局，1956 年。

27. 崔豹：《古今注》。北京：中華書局 1985 年影叢書集成初編本。

28. 清世宗胤禛：《大義覺迷録》。武英殿本。

29. 畢沅：《續資治通鑑》。北京：中華書局，1964 年。

30. 脱脱等：《宋史》。北京：中華書局，1977 年。

31. 陸游《南唐書》，收入傅璇琮，徐海榮，徐吉軍主編：《五代史書彙編》，杭州：杭州出版社，2004 年，第 9 册。

32. 彭元瑞：《宋未刻詞跋》，載《知聖道齋讀書跋尾》，收入中國國家圖書館編：《國家圖書館藏古籍題跋叢刊》，北京：北京圖書館出版社，2002 年，第 4 册，第 4 種。

33. 惲毓鼎：《崇陵傳信録》。北京：中華書局，2007 年。

34. 舒赫德：《欽定勝朝殉節諸臣録》。《四庫全書》本。

35. 鈕琇：《觚賸》，收入沈雲龍編《近代中國史料叢刊續編》，臺北：文海出版社有限公司，1982 年，第 94 輯。

36. 黄嗣艾：《南雷學案》。臺北：正中書局，1947 年。

37. 黄虞稷：《千頃堂書目》。上海：上海古籍出版社，2001 年。

38. 趙爾巽等：《清史稿》。北京：中華書局，1976 年。

39. 劉一清：《錢塘遺事》。上海：上海古籍出版 1985 年社影印嘉慶洞庭掃葉山房席氏校訂本。

40. 劉沂春：《烏程縣志》，收入《中國罕見地方志叢刊》，北京：書目文獻出版社，1991 年，第 7 册。

41. 鄭文寶：《江表志》，收入傅璇琮，徐海榮，徐吉軍主編：《五代史書彙編》，杭州：杭州出版社，2004 年，第 9 册。

42. 繆荃孫、吴昌綬、董康撰，吴格整理點校：《嘉業堂藏書志》。上海：復旦大學出版社，1997 年。

43. 瞿鏞：《鐵琴銅劍樓藏書目録》，收入《續修四庫全書》，上海：上海古籍出版社，1995 年，第 926 册。

44. 羅惇曧：《庚子國變記》，載程演生等主編：《民國叢書》第五編（與《拳變餘聞》及《西巡回鑾始末記》合刊），上海：神州國光社，

1947 年。

45.《大元聖政國朝典章》。北京：中國廣播電視出版社，1998 年影印元刊本。

46.《清實録》。北京：中華書局，1986 年。

47.《廟學典禮》。《四庫全書》本。

子部：

1. 王仁裕：《開元天寶遺事》（與《安禄山事迹》合刊）。北京：中華書局，2006 年。

2. 王嘉撰，蕭綺録，齊治平校注：《拾遺記》。北京：中華書局，1981 年。

3. 朱存理：《珊瑚木難》，《四庫全書》本。

4. 吴曾：《能改齋漫録》。上海：上海古籍出版社，1979 年。

5. 周密：《癸辛雜識》。北京：中華書局，1988 年。

6. 周密：《齊東野語》。北京：中華書局，1983 年。

7. 洪邁：《夷堅志》。北京：中華書局，1981 年。

8. 淩迪知：《萬姓統譜》，《四庫全書》本。

9. 荀卿著，王先謙集解：《荀子集解》。北京：中華書局，1988 年。

10. 高似孫：《蟹略》。《四庫全書》本。

11. 張知甫：《可書》（與張邦基《墨莊漫録》及范公偁《過庭録》合刊）。北京：中華書局，2002 年。

12. 張彦遠著，岡村繁譯注，俞慰剛譯：《歷代名畫記譯注》。上海：上海古籍出版社，2002 年。

13. 張鎡：《仕學規範》，《四庫全書》本。

14. 郭子章：《六語》，收入《四庫全書存目叢書》，臺南：莊嚴文化事業有限公司，1995 年，第 251 册。

15. 郭慶藩著：《莊子集釋》。北京：中華書局，1961 年。

16. 陳敬：《陳氏香譜》。《四庫全書》本。

17. 陶宗儀：《南村輟耕録》。北京：中華書局，1959 年。

18. 傅亞庶：《孔叢子校釋》。北京：中華書局，2011 年。

19. 楊伯峻著:《列子集釋》。北京:中華書局,1979 年。

20. 葉寘:《坦齋筆衡》,收入陶宗儀《説郛》,北京:中國書店 1972 年。

21. 葛洪著,王明校釋:《抱樸子内編校釋》。北京:中華書局,1985 年。

22. 劉向著,向宗魯校證:《説苑校證》。北京:中華書局,1987 年。

23. 劉義慶撰,劉孝標注,余嘉錫箋疏:《世説新語箋疏》。北京:中華書局,2007 年。

24. 蔡絛:《鐵圍山叢談》。北京:中華書局,1983 年。

25. 羅大經:《鶴林玉露》。北京:中華書局,1983 年。

26. 顧文薦《負暄雜録》,收入陶宗儀《説郛》,北京:中國書店 1972 年。

27. 顧炎武著,黄汝成集釋:《日知録集釋》。上海:上海古籍出版社,2006 年。

集部:

1. 仇遠:《仇遠集》。杭州:浙江大學出版社,2012 年。

2. 尤侗:《西堂詩集》。康熙刻本。

3. 戈載:《宋七家詞選》。臺北:河洛圖書出版社,1978 年。

4. 文天祥:《文山集》,《四庫全書》本。

5. 文天祥:《文天祥全集》。北京:中國書店,1985 年影 1936 年世界書局版。

6. 文同:《丹淵集》。《四庫全書》本。

7. 方貞觀:《方南堂先生輟鍛録》。收入《清詩話續編》,上海:上海古籍出版社,1983 年,下册。

8. 毛奇齡:《西河集》。《四庫全書》本。

9. 王士禎:《池北偶談》。北京:中華書局,1982 年。

10. 王士禛:《帶經堂集》,收入《續修四庫全書》,上海:上海古籍出版社,1995 年,第 1414 册。

11. 王夫之著,戴鴻森箋注:《薑齋詩話箋注》。上海:上海古籍出版社，2012 年。

12. 王沂孫著，吴則虞箋注：《花外集》。上海：上海古籍出版社，1988 年。

13. 王沂孫著，詹安泰箋注：《花外集箋注》。韶關：廣東人民出版社，1995 年。

14. 王灼《碧雞漫志》，收入唐圭璋編：《詞話叢編》。北京：中華書局，2005 年，第 2 版，第 1 册。

15. 王奕清：《歷代詞話》，收入唐圭璋編《詞話叢編》。北京：中華書局，2005 年，第 2 册。

16. 王若虛：《滹南集》。沈陽：遼海出版社，2006 年。

17. 王國維：《人間詞話》，收入唐圭璋編《詞話叢編》。北京：中華書局，2005 年，第 5 册。

18. 王猷定《四照堂集》，收入嚴一萍編：《叢書集成續編》。臺北：藝文印書館，1970 年，第 151 册。

19. 王鵬運等：《庚子秋詞》。臺北：臺灣學生書局，1972 年。

20. 王鵬運著，朱蔭龍校録：《春蟄吟》，收入廣西省桂林圖書藏《半塘七稿》第八卷。

21. 王鵬運編：《半塘定稿》，收入《續修四庫全書》。上海：上海古籍出版社，1995 年，第 1727 册。

22. 王昶著：《春融堂集》，收入《續修四庫全書》。上海：上海古籍出版社，1995 年，第 1437 册。

23. 王鎡：《月洞吟》。《四庫全書》本。

24. 白居易著，朱金城箋校：《白居易集箋校》。上海：上海古籍出版社，1988 年。

25. 先著：《詞潔輯評》，收入唐圭璋編《詞話叢編》。北京：中華書局，2005 年，第 2 册。

26. 全祖望著，朱鑄禹彙校集注：《全祖望集彙校集注》。上海：上海古籍出版社，2000 年。

27. 朱祖謀著，白敦仁箋注：《彊邨語業箋注》。成都：巴蜀書社，2002 年。

28. 朱祖謀:《彊邨詞賸稿》,收入《續修四庫全書》。上海:上海古籍出版社,1995 年,第 1727 册。

29. 朱祖謀:《彊邨語業》,收入《續修四庫全書》。上海:上海古籍出版社,1995 年,第 1727 册。

30. 朱淑真:《朱淑真集》。上海:上海古籍出版社,1986 年。

31. 朱彝尊:《詞綜》。北京:中華書局,1975 年。

32. 朱彝尊:《曝書亭全集》。長春:吉林文史出版社,2009 年。

33. 江淹著,胡之驥注:《江文通集彙注》。北京:中華書局,1984 年。

34. 江湜:《伏敔堂詩録》。上海:上海古籍出版社,2008 年。

35. 牟巘:《陵陽集》。《四庫全書》本。

36. 何夢桂:《潛齋集》。《四庫全書》本。

37. 吴兆騫:《秋笳集》。上海:上海古籍出版社,2009 年。

38. 吴其貞:《書畫記》。上海:上海人民美术出版社,1963 年。

39. 吴偉業:《吴梅村全集》。上海:上海古籍出版社,1990 年。

40. 吴偉業著,陳繼龍箋注:《吴梅村詞箋注》。上海:上海古籍出版社,2008 年。

41. 吴偉業著,靳榮藩注:《吴詩集覽》,收入《續修四庫全書》。上海:上海古籍出版社,1995 年,第 1396 册。

42. 吴衡照:《蓮子居詞話》,收入唐圭璋編《詞話叢編》。北京:中華書局,2005 年,第 3 册。

43. 宋翔鳳:《樂府餘論》,收入唐圭璋編《詞話叢編》。北京:中華書局,2005 年,第 3 册。

44. 李岳瑞:《春冰室野乘》。臺北:文海出版社,1967 年。

45. 李重華:《貞一齋詩話》。收入丁福保輯:《清詩話》。上海:上海古籍出版社,1978 年,下册。

46. 李清照著,徐培均箋注:《李清照集箋注》。上海:上海古籍出版社,2002 年。

47. 李賀著,吴企明箋注:《李長吉歌詩編年箋注》。北京:中華書局,2012 年。

48. 李集輯,李富孫、李遇孫續輯:《鶴征録》(與《後録》合刊),《四庫未收書輯刊》。北京:北京出版社,2000 年,第 2 輯第 23 册。

49. 李漁:《閑情偶寄》。載《李漁全集》。杭州:浙江古籍出版社,1992 年,第 3 卷。

50. 李漁:《窺詞管見》,載《李漁全集》。杭州:浙江古籍出版社,1992 年,第 2 卷。

51. 杜甫著,仇兆鰲注:《杜詩詳注》。北京:中華書局,1979 年。

52. 杜牧著,吴在慶校注:《杜牧集繫年校注》。北京:中華書局,2008 年。

53. 沈辰垣,王奕清等:《御選歷代詩餘》。《四庫全書》本。

54. 沈雄:《古今詞話》,收入唐圭璋編:《詞話叢編》。北京:中華書局,2005 年,第 2 版,第 1 册。

55. 汪元量著,孔凡禮輯校:《增訂湖山類稿》。北京:中華書局,1984 年。

56. 汪兆鏞:《微尚齋雜文》,收入沈雲龍主編:《近代中國史料叢刊續編》。臺北:文海出版社,1981 年,第 83 輯。

57. 汪灝等:《御定佩文齋廣群芳譜》。《四庫全書》本。

58. 周南瑞:《天下同文集》。《四庫全書》本。

59. 周密:《浩然齋雅談》(與葉寘《愛日齋叢抄》及陳世崇《隨隱漫録》合刊)。北京:中華書局,2010 年。

60. 周密:《草窗韻語六稿》,蔣氏密韻樓本。

61. 周濟:《介存齋論詞雜著》,收入唐圭璋編:《詞話叢編》。北京:中華書局,2005 年,第 2 版,第 2 册。

62. 周濟:《宋四家詞選》,同治十二年(1873)潘祖蔭刻滂喜齋叢書本,收入《續修四庫全書》。上海:上海古籍出版社,1995 年,第 1732 册。

63. 周濟:《宋四家詞選目録序論》,收入唐圭璋編:《詞話叢編》。北京:中華書局,2005 年,第 2 版,第 2 册。

64. 周濟:《詞辨》,收入《續修四庫全書》。上海:上海古籍出版社,1995 年,第 1732 册。

65. 屈大均著,陳永正箋校:《屈大均詩詞編年箋校》。廣州:中山大学出版社,2000年。

66. 拙廬等:《樂府補題後集》,收入南江濤選編:《清末民國舊體詩詞結社文獻彙編》。北京:國家圖書館出版社,2013年,第22册。

67. 林景熙著,章祖程注,陳增傑補注:《林景熙集補注》。杭州:浙江古籍出版社,2012年。

68. 俞弁:《逸老堂詩話》,收入《續修四庫全書》。上海:上海古籍出版社,1995年,第1695册。

69. 俞德鄰:《佩韋齋集》,載故宫博物院編:《天禄琳瑯叢書》。臺北:"國立故宫博物院"1932年,第1集。

70. 姜夔:《白石道人詩説》,收入何文焕編:《歷代詩話》。北京:中華書局,2004年,下册。

71. 查爲仁、厲鶚:《絶妙好詞箋》。上海:上海古籍出版社,1984年。

72. 查爲仁:《擬樂府補題》,中國國家圖書館藏《蔗塘未定稿》本。

73. 查禮:《銅鼓書堂詞話》,收入唐圭璋編:《詞話叢編》。北京:中華書局,2005年,第2版,第2册。

74. 胡思敬:《驢背集》(與吴魯《百哀詩》合刊)。北京:北京古籍出版社,1990年。

75. 徐釚著,王百里校箋:《詞苑叢談校箋》。北京:人民文學出版社,1988年。

76. 徐釚:《南州草堂集》。清康熙三十四年(1695)刻本。

77. 浦起龍:《讀杜心解》。北京:中華書局,1961年。

78. 納蘭性德撰,趙秀亭、馮統一箋校:《飲水詞箋校》。北京:中華書局,2005年。

79. 袁枚:《隨園詩話》。北京:人民文學出版社,1982年。

80. 袁桷:《袁桷集校注》。北京:中華書局,2012年。

81. 馬臻:《霞外詩集》。《四庫全書》本。

82. 張伯淳:《養蒙文集》。《四庫全書》本。

83. 張廷玉:《皇清文穎》。文淵閣《四庫全書》本。

84. 張宗橚:《詞林紀事》(與楊寶霖《詞林紀事補正》合刊)。上海:上海古籍出版社,1998 年。

85. 張炎:《詞源》,收入唐圭璋編:《詞話叢編》。北京:中華書局,2005 年,第 2 版,第 1 册。

86. 張炎著,吴則虞校輯:《山中白雲詞》。北京:中華書局,1983 年。

87. 張炎著,黄畬注:《山中白雲詞箋》。杭州:浙江古籍出版社,1994 年。

88. 張惠言:《詞選·附續詞選》。南京:南京大學出版社,2011 年。

89. 張惠言:《詞選》。收入《續修四庫全書》。上海:上海古籍出版社,1995 年,第 1732 册。

90. 張德瀛:《詞徵》,收入唐圭璋編《詞話叢編》。北京:中華書局,2005 年,第 2 版,第 5 册。

91. 張觀光:《屏巖小稿》。《四庫全書》本。

92. 張綖:《詩餘圖譜》,收入《續修四庫全書》。上海:上海古籍出版社,1995 年,第 1735 册。

93. 張翥:《蜕巖詞》,收入鮑廷博編:《知不足齋叢書》,第六集第五種。

94. 曹植著,趙幼文校注:《曹植集校注》。北京:人民文學出版社,1984 年。

95. 許昂霄:《詞綜偶評》,收入唐圭璋編:《詞話叢編》。北京:中華書局,2005 年,第 2 版,第 2 册。

96. 陳子龍:《陳子龍詩集》。上海:上海古籍出版社,2006 年。

97. 陳廷敬,王奕清等:《欽定詞譜》。北京:中國書店,2010 年。

98. 陳廷焯:《白雨齋詞話》,收入唐圭璋編:《詞話叢編》。北京:中華書局,2005 年,第 2 版,第 4 册。

99. 陳廷焯:《詞則》。上海:上海古籍出版社,1984 年。

100. 陳廷焯《雲韶集輯評》。收入孫克强編:《白雨齋詞話全編》,北京:中華書局,2013 年。

101. 陳沆:《詩比興箋》。上海:上海古籍出版社,1981 年。

102. 陳思:《兩宋名賢小集》。《四庫全書》本。

103. 陳衍:《石遺室詩話》。北京:人民文學出版社,2004 年。

104. 陳郁:《藏一話腴》,《四庫全書》本。

105. 陳師道:《後山詩話》,收入何文焕編:《歷代詩話》。北京:中華書局,1981 年,上册。

106. 陳恕可編著:《樂府補題》。《四庫全書》本。

107. 陳恕可編著:《樂府補題》。《知不足齋叢書》本。

108. 陳恕可編著:《樂府補題》。《彊邨叢書》本。

109. 陳恕可編著:《樂府補題》。天津圖書館藏明紅絲欄抄本。

110. 陳恕可編著:《樂府補題》。日本東京港區大倉文化財團大倉集古館藏彭元瑞知聖道齋藏《南詞》本。

111. 陳恕可編著:《樂府補題》。王雲五編《叢書集成初編》本,1937 年。

112. 陳恕可編著:《樂府補題》。中國國家圖書館藏《漱六編》本。

113. 陳恕可編著:《樂府補題》。中國國家圖書館藏汲古閣抄本。

114. 陳恕可編著:《樂府補題》。中國國家圖書館藏梁啓超傳抄明《唐宋名賢百家詞》本。

115. 陳恕可編著:《樂府補題》。香港中文大學圖書館藏徐珂《天蘇閣叢刊》本。

116. 陳恕可編著:《樂府補題》。商務印書館排印林大椿校《唐宋名賢百家詞》本,1940 年。

117. 陳旅:《安雅堂集》,《四庫全書》本。

118. 陳旅:《安雅堂集》,元抄本,收入《元代珍本文集彙刊》。臺北:"國立中央圖書館",1970 年,第 14 册。

119. 陳祚明:《采菽堂古詩選》。上海:上海古籍出版社,2008 年。

120. 陳起:《江湖小集》。《四庫全書》本。

121. 陳夢雷:《古今圖書集成》。臺北:文星書店,1964 年。

122. 陳維崧:《陳維崧集》。上海:上海古籍出版社,2010 年。

123. 陸文圭:《牆東類稿》,《四庫全書》本。

124. 陸雲著,劉運好校注:《陸士龍文集校注》。南京:鳳凰出版社,2010 年。

125. 陸龜蒙:《甫里先生文集》。開封:河南大學出版社,1996 年。

126. 喬億:《劍溪説詩》,收入《續修四庫全書》。上海:上海古籍出版社,1995 年,第 1701 册。

127. 彭定求等:《全唐詩》。北京:中華書局,1960 年。

128. 程鉅夫:《雪樓集》。《四庫全書》本。

129. 賀裳:《皺水軒詞筌》,收入唐圭璋編:《詞話叢編》。北京:中華書局,2005 年,第 2 版,第 1 册。

130. 黄宗羲著,吴光整理釋文:《黄宗羲南雷雜著稿真迹附釋文》。杭州:浙江古籍出版社,1987 年。

131. 黄昇:《唐宋諸賢絶妙詞選》,四部叢刊本。

132. 黄昇:《花庵詞選》。北京:中華書局,1958 年。

133. 黄庭堅著,任淵、史容、史季温注:《山谷詩集注》。上海:上海古籍出版社,2003 年。

134. 黄蘇:《蓼園詞選》,收入程千帆主編:《清人選評詞集三種》。濟南:齊魯書社,1988 年。

135. 楊萬里著,辛更儒箋校:《楊萬里集箋校》。北京:中華書局。

136. 楊維禎:《東維子集》。《四庫全書》本。

137. 萬斯同:《石園文集》,收入《續修四庫全書》。上海:上海古籍出版社,1995 年,第 1415 册。

138. 葉夢得:《石林詩話》,收入何文煥輯:《歷代詩話》。北京:中華書局,1981 年,上册。

139. 葉燮著,霍松林校注:《原詩》(與薛雪《一瓢詩話》及沈德潛《説詩晬語》合刊)。北京:人民文學出版社,1979 年。

140. 葛立方:《韻語陽秋》。上海:上海古籍出版社 1984 年影上海圖書館藏宋刻本。

141. 鄒祇謨:《遠志齋詞衷》,收入唐圭璋編《詞話叢編》。北京:中華書局,2005 年,第 1 册。

142. 端木埰:《碧瀣詞》,收入陳乃乾輯:《清名家詞》。上海:上海書店,1982 年,第 9 卷。

143. 趙孟頫:《趙孟頫集》。杭州:浙江古籍出版社,2012 年。

144. 趙翼:《甌北集》。上海:上海古籍出版社,1997 年。

145. 劉熙載著,袁津琥校注:《藝概注稿》。北京:中華書局,2009 年。

146. 劉勰著,范文瀾注:《文心雕龍注》。北京:人民文學出版社,1958 年。

147. 劉壎:《水雲村稿》。《四庫全書》本。

148. 劉詵:《桂隱文集》。《四庫全書》本。

149. 厲鶚著,董兆熊注:《樊榭山房集》。上海:上海古籍出版社,1992 年。

150. 樂史:《楊太真外傳》,收入丁如明輯校:《開元天寶遺事十種》。上海:上海古籍出版社,1985 年。

151. 歐陽修著,洪本建校箋:《歐陽修詩文集校箋》。上海:上海古籍出版社,2009 年。

152. 歐陽修著,洪本健校箋:《歐陽修詩文集校箋》。上海:上海古籍出版社,2009 年。

153. 蔣敦復:《芬陀利室詞話》,收入唐圭璋編《詞話叢編》。北京:中華書局,2005 年,第 2 版,第 4 册。

154. 蔣景祁編:《瑶華集》。北京:中華書局,1982 年。

155. 鄭思肖:《鄭思肖集》。上海:上海古籍出版社,1991 年。

156. 鄧廷楨:《雙硯齋詞話》,收入唐圭璋編《詞話叢編》。北京:中華書局,2005 年,第 3 册。

157. 錢謙益:《牧齋有學集》。上海:上海古籍出版社,1996 年。

158. 錢謙益:《牧齋初學集》。上海:上海古籍出版社,2009 年。

159. 錢謙益:《牧齋雜著》。上海:上海古籍出版社,2007 年。

160. 戴表元:《剡源文集》,《四庫全書》本。

161. 謝枋得著,熊飛等校注:《疊山集全集校注》。上海:華東師範大學出版社,1994 年。

162. 謝章鋌:《賭棋山莊詞話》,收入唐圭璋編《詞話叢編》。北京:中華書局,2005 年,第 2 版,第 4 册。

163. 魏慶之:《詩人玉屑》。北京:中華書局,2007 年。

164. 羅椅:《磵谷先生遺集》,收入《續修四庫全書》。上海:上海古籍出版社,1995 年,第 1320 册。

165. 譚獻:《復堂詞話》,收入唐圭璋編《詞話叢編》。北京:中華書局,2005 年,第 4 册。

166. 譚獻:《譚獻集》。杭州:浙江古籍出版社,2012 年。

167. 譚獻:《篋中詞》,收入《續修四庫全書》。上海:上海古籍出版社,1995 年,第 1732 册。

168. 嚴羽:《滄浪詩話》,收入何文焕編《歷代詩話》。北京:中華書局,2004 年,下册。

169. 蘇軾著,孔凡禮校點:《蘇軾文集》。北京:中華書局,1986 年。

170. 蘇軾著,馮應榴輯注:《蘇軾詩集合注》。上海:上海古籍出版社,2009 年。

171. 釋大訢:《蒲室集》,《四庫全書》本。

172. 釋文瑩:《湘山野録》。北京:中華書局,1984 年。

173. 釋居簡:《北磵詩集》清鈔本,收入《宋集珍本叢刊》。北京:綫裝書局,2004 年,第 71 册。

174. 鐘嶸著,曹旭集注:《詩品集注》。上海:上海古籍出版社,2011 年。

175. 顧炎武:《顧亭林詩文集》。北京:中華書局,1983 年。

176. 顧嗣立:《元詩選》。北京:中華書局,1987 年。

叢書:

1. 王鵬運:《四印齋所刻詞》。上海:上海古籍出版社,1989 年。
2. 朱祖謀:《彊邨叢書》。揚州:廣陵書社,2005 年。
3. 吴訥:《唐宋名賢百家詞》。天津古籍出版社 1989 年。

二、近人著作

專著:

1. 丁楹:《南宋遺民詞人研究》。南京:鳳凰出版社,2011 年。

2. 于翠玲:《朱彝尊〈詞綜〉研究》。北京:中華書局,2005 年。

3. 中國科學院《中國植物志》編輯委員會:《中國植物志》。北京:科學出版社,1979 年。

4. 尹志騰:《清人選評詞集三種》。濟南:齊魯書社,1988 年。

5. 方智範、鄧喬彬等:《中國古典詞學理論史》。上海:華東師範大學出版社,2005 年修訂版。

6. 牛海蓉:《元初宋金遺民詞人研究》。北京:中國社會科學出版社,2007 年。

7. 王兆鵬:《宋南渡詞人群體研究》(修訂版)。南京:鳳凰出版社,2009 年。

8. 王國維:《宋元戲曲史》。上海:上海古籍出版社,1998 年。

9. 王德威:《後遺民寫作》。臺北:麥田出版,2007 年。

10. 北京圖書館編:《北京圖書館古籍善本書目》。北京:書目文獻出版社,1989 年。

11. 吉川幸次郎著,鄭清茂譯:《宋詩概説》。臺北:聯經出版社,1977 年。

12. 宇野直人著,張海鷗、羊昭紅譯:《柳永論稿》。上海:上海古籍出版社,1998 年。

13. 朱自清:《詩言志辨》。南京:鳳凰出版社,2008 年。

14. 吴梅:《詞學通論》。上海:復旦大學出版社,2005 年。

15. 宋立中:《閑雅與浮華:明清江南日常生活與消費文化》。北京:中國社會科學出版社,2010 年。

16. 巫仁恕:《優游坊廂:明清江南城市的休閑消費與空間變遷》。臺北:"中央研究院"近代史研究所,2013 年。

17. 李明軍:《文統與政統之間:康雍乾時期的文化政策和文學精神》。濟南:齊魯書社,2008 年。

18. 沈祖棻:《宋詞賞析》。上海:上海古籍出版社,1980 年。

19. 彼得・巴里著,楊建國譯《理論入門:文學與文化理論導論》。南京:南京大學出版社,2014 年。

20. 林志宏:《民國乃敵國也:政治文化轉型下的清遺民》。臺北:

聯經出版事業股份有限公司,2009 年。

21. 俞平伯:《唐宋詞選釋》。北京:人民文學出版社,1979 年。

22. 俞陛雲:《唐五代兩宋詞選釋》。臺北:文史哲出版社,1988 年。

23. 俞陛雲:《唐五代兩宋詞選釋》。臺北:文史哲出版社,1988 年。

24. 南京大學中國語言文學系全清詞編纂委員會編:《全清詞》。北京:中華書局,2002 年。

25. 施蟄存編:《詞籍序跋萃編》。北京:中國社會科學出版社,1994 年。

26. 胡雲翼:《宋詞選》。北京:中華書局,1962 年。

27. 胡雲翼:《詞學 ABC》。上海:世界書局,1930 年。

28. 胡適:《白話文學史》。台北:啓明書局,1957 年。

29. 胡適:《胡適留學日記》。上海:上海書店,1990 年。

30. 胡適:《國語文學史》,收入歐陽哲生編:《胡適文集》。北京:北京大學出版社,1988 年,第 8 册。

31. 胡適:《詞選》。上海:商務印書館,1927 年。

32. 唐圭璋:《唐宋詞簡釋》。香港:中華書局,1987 年。

33. 唐圭璋:《全宋詞》。北京:中華書局,1965 年。

34. 夏承燾:《夏承燾集》。浙江:浙江古籍出版社、浙江教育出版社,1997 年。

35. 徐照華:《厲鶚及其詞學之研究》。高雄:高雄復文圖書出版社,1998 年。

36. 徐珂:《歷代詞選集評》。上海:商務印書館,1928 年。

37. 張宏生師:《讀者之心——詞的解讀》。北京:中華書局,2013 年。

38. 張宏生師:《感情的多元選擇:宋元之際作家的心靈活動》。北京:現代出版社,1990 年。

39. 張惠民:《宋代詞學審美理想》,北京:人民文學出版社,1995 年。

40. 張暉:《中國"詩史"傳統》。北京:三聯書店,2012 年。

41. 郭沫若:《李白與杜甫》。北京:人民文學出版社,1971 年。

42. 郭鋒:《南宋江湖詞派研究》。成都:巴蜀書社,2004 年。

43. 陳匪石:《宋詞舉》(外三種)。南京:江蘇古籍出版社,2002 年。

44. 陶子珍:《明代四種詞集叢編研究》。台北:秀威資訊科技股份有限公司,2006 年。

45. 陶爾夫、劉敬圻:《南宋詞史》。哈爾濱:黑龍江人民出版社,2005 年。

46. 傅增湘:《藏園群書題記》。上海:上海古籍出版社,1989 年。

47. 曾大興:《詞學的星空——世紀詞學名家傳》。石家莊:河北人民出版社,2009 年。

48. 曾昭岷、曹濟平、王兆鵬、劉尊明等編:《全唐五代詞》。北京:中華書局,1999 年。

49. 曾德珪:《粵西詞載》。桂林:漓江出版社,1993 年。

50. 程千帆、莫礪鋒、張宏生:《被開拓的詩世界》。上海:上海古籍出版社,1990 年。

51. 黄永年:《古籍版本學》(第 2 版)。南京:江蘇教育出版社,2009 年。

52. 黄兆顯:《樂府補題研究及箋注》。香港:學文出版社,1975 年。

53. 黄雅莉:《宋詞雅化的發展與嬗變-以柳、周、姜、吴爲中心》,臺北:文津出版社,2002 年。

54. 黄裳:《清代版刻一隅》(增訂本)。上海:復旦大學出版社,2005 年。

55. 楊海明:《張炎詞研究》。濟南:齊魯書社,1989 年。

56. 葉高樹:《清前期的文化政策》。臺北:稻香出版社,2002 年。

57. 葉嘉瑩:《迦陵論詞叢稿》。上海:上海古籍出版社,1980 年。

58. 葉嘉瑩:《唐宋詞十七講》。長沙:岳麓書社,1989 年。

59. 葉嘉瑩:《詞之美感特質的形成與演進》。北京:北京大學出版社,2007 年。

60. 路成文:《宋代詠物詞史論》。北京:商務印書館,2005 年。

61. 趙尊嶽:《填詞叢話》卷五,收入《詞學》。上海:華東師範大學出版社,1986 年,第 5 輯。

62. 趙曉蘭:《宋人雅詞原論》,成都:巴蜀書社,1999 年。

63. 劉方:《汴京與臨安——兩宋文學中的雙城記》。上海:上海古籍出版社,2013 年。

64. 劉永濟:《唐五代兩宋詞簡析》。上海:上海古籍出版社,1981 年。

65. 劉永濟:《唐五代兩宋詞簡析》(與《微睇室説詞》合刊)。北京:中華書局,2007 年。

66. 劉永濟:《微睇室説詞》。上海:上海古籍出版社,1987 年。

67. 劉東海:《順康詞壇群體步韻唱和研究》;上海:上海古籍出版社,2013 年。

68. 劉婷婷:《宋季士風與文學》。北京:中華書局,2010 年。

69. 歐陽光:《宋元詩社研究叢稿》。廣州:廣東高等教育,1996 年。

70. 鄭振鐸:《插圖本中國文學史》。北京:人民文學出版社,1957 年。

71. 魯迅:《南腔北調集・無常》,收入《魯迅全集》。北京:人民文學出版社,2005 年,第 2 卷。

72. 蕭啓慶:《元代史新探》,臺北:新文豐出版公司,1983 年。

73. 蕭鵬,金啓華:《周密及其詞研究》。濟南:齊魯書社,1993 年。

74. 蕭鵬:《群體的選擇——唐宋人詞選與詞人群通論》,南京:鳳凰出版社,2009 年。

75. 賴玉芹:《博學鴻儒與清初學術轉變》。北京:中國社會科學出版社,2010 年。

76. 戴燕:《文學史的權力》。北京:北京大學出版社,2002 年。

77. 謝桃坊:《宋詞概論》。成都:四川文藝出版社,1992 年。

78. 羅惠縉:《民初"文化遺民"研究》。武漢:武漢大學出版社,2011 年。

79. 嚴迪昌:《清詞史》(第 2 版)。南京:江蘇古籍出版社,2001 年。

80. 饒宗頤:《九龍與宋季史料》。香港:萬有圖書公司,1959 年。

論文：

1. 丁放：《〈樂府補題〉主旨考辨——兼論‘比興寄託’説詞論在清代以來的演變》，載《安徽師範大學學報》（人文社會科學版），2001 年第 4 期。

2. 尹占華：《論周密等人西湖詞社的創作活動》，《蘭州大學學報》（社會科學版），2003 年第 3 期。

3. 孔定芳：《清初朝廷與明遺民關於“治統”與“道統”合法性的較量》對清政府如何建立其正統性有較仔細的討論。載《江蘇社學》，2009 年第 2 期。

4. 方智範：《論宋人詠物詞的審美層次》，載《詞學》第 6 輯。

5. 牛海蓉：《也談〈樂府補題〉的寄託》，載《鄭州大學學報》（哲學社會科學版），2006 年第 2 期。

6. 王大均：《〈樂府補題〉新考》，載《文學遺産》，1989 年第 5 期。

7. 王兆鵬：《〈宋詞三百首〉版本源流考》，載《湖北師範學院學報》，2006 年第 1 期。

8. 王輝斌：《晉宋人物白石詞——南宋‘騷雅詞派’系列研究之二》，《江漢大學學報》（人文科學版），2006 年第 2 期。

9. 申萬里：《元初江南士人的懷舊情結初探》，載《武漢大學學報》（人文科學版），2012 年第 2 期。

10. 宇文所安：《過去的終結：民國初年對文學史的重寫》，載氏著，田曉菲譯：《他山的石頭記》。南京：江蘇人民出版社，2003 年。

11. 佛克馬著，李會芳譯：《所有的經典都是平等的，但有一些比其他更平等》，載童慶炳，陶東風主編：《文學經典的建構、解構和重構》，北京：北京大學出版社，2007 年。

12. 吴帆：《論宋人詠物詞的審美範式》，《長白學刊》，1998 年第 3 期。

13. 卓清芬：《“以詩爲詞”的實踐：談晏幾道〈小山詞〉的“詩人句法”》，載香港中文大學《中國文化研究所學報》2008 年第 48 期。

14. 周揚波：《南宋格律詞派和浙派古琴的淵源——以楊纓吟社爲中心的考察》，《文學遺産》，2008 年第 2 期。

15. 林立:《鄉邦傳統與遺民情結:民初白雪詞社及其唱和》,香港中文大學《中國文化研究所學報》,2015 年第 61 期。

16. 林春吉,黄朝慶:《浮葉性的湖沼植物——蒓菜》,收入《自然保育季刊》,1993 年第 25 期。

17. 胡適:《文學改良芻議》,載《新青年》1917 年第 2 卷 5 號。

18. 胡適:《建設的文學革命論》,載《新青年》1918 年第 4 卷第 4 號。

19. 胡適:《新思潮的意義》,《新青年》1919 年第 7 卷第 1 號。

20. 朗松:《文學史的方法》,載居斯塔夫・朗松著,徐繼曾譯:《朗松文論選》。天津:百花文藝出版社,2009 年。

21. 秦惠民:《〈唐宋名賢百家詞集〉版本考辨》,載《詞學》第 3 輯。

22. 袁志成:《白雪詞社與民初詞人心態》,載《蘇州大學學報》,2015 年第 3 期。

23. 張仲謀:《論宋代詠物詞的兩大創作範式》,《徐州工程學院學報》(社會科學版),2009 年第 4 期。

24. 張宏生師:《晉宋風致與雅人情懷——姜夔的生活模式與文化品格》,載《文史哲》,2014 年第 1 期。

25. 張宏生師:《清初"詞史"觀念的確立與建構》,載《南京大學學報》,2008 年第 1 期。

26. 張宏生:《創作的厚度與時代的選擇——王沂孫詞的後世接受與評價思路》,載《詞學》第 23 輯。

27. 張金嶺:《晚宋士大夫無恥考論》,載《中華文化論壇》,2000 年,第 4 期。

28. 張高評:《白戰體與宋詩之創意造語:禁體物詠雪詩及其因難見巧》,載香港中文大學《中國文化研究所學報》,2009 年第 49 期。

29. 張雷宇:《南宋臨安吟社芻議》,《重慶郵電大學學報》(社會科學版),2007 年第 5 期。

30. 許菊芳:《〈宋詞三百首〉刊刻以來的傳播與誤讀探論》,載《武陵學刊》,2015 年第 2 期。

31. 郭紅欣:《〈宋南渡詞人群體研究〉的價值和影響》,載《詞學》第

27 輯。

32. 郭鋒:《論〈樂府補題〉的詞學思想》,載《南昌大學學報》(人文社會科學版),2006 年第 1 期。

33. 陳永明:《〈欽定勝朝殉節諸臣録〉與乾隆對南明殉國者的表彰》,載氏著:《清代前期的政治認同與歷史書寫》,上海:上海古籍出版社,2011 年。

34. 陳永明:《〈貳臣傳〉、〈逆臣傳〉與乾隆對降清明臣的貶斥》,載氏著:《清代前期的政治認同與歷史書寫》,上海:上海古籍出版社,2011 年。

35. 陳得芝:《宋元之際江南士人的思想和政治動向》,載《南京大學學報》(哲學・人文・社會科學),1997 年第 2 期。

36. 陳得芝:《論宋元之際江南士人的思想和政治動向》,載《南京大學學報》(哲學・人文・社會科學),1997 年第 2 期。

37. 陳晶,陳麗華著:《江蘇武進村前南宋墓清理紀要》,載《考古》,1986 年第 3 期。

38. 傅增湘:《王石華藝苑叢抄跋》,載《中和月刊》1941 年第 2 卷第 8 期。

39. 勞延煊:《元初南方知識份子——詩中所反映的片面》,載《中國文化研究所學報》,1979 年第 10 卷。

40. 喻學忠:《晚宋士大夫奔競之風述論》,載《東南大學學報》(哲學社會科學版),2003 年第 2 期。

41. 喻學忠:《晚宋士大夫隱逸之風述論》,載《重慶師範大學學報》(哲學社會科學版),2005 年第 2 期。

42. 喻學忠:《晚宋士風主流論析》,載《北方論叢》,2007 年第 1 期。

43. 曾大興:《胡雲翼先生的詞學貢獻》,載《文學遺産》2006 年第 2 期。

44. 曾大興:《胡雲翼詞學思想的形成條件——胡雲翼獨特的人生經歷與學術道路》,載《廣州大學學報》,2006 年第 8 期。

45. 湯虎君著:《辛亥革命宜興光復紀實》,《檔案與建設》2011 年第 10 期。

46. 黃俊賢:《王碧山四考》,載《詞學》第 6 輯。
47. 葉嘉瑩:《對常州詞派張惠言與周濟二家詞學的現代反思》,載香港中文大學中國語言及文學系編:《中文學刊》,1997 年第 1 期。
48. 詹安泰:《論寄託》,載《詹安泰詞學論稿》,廣州:人民出版社,1984 年。
49. 劉東海:《從"樂府擬補題"看清初士人心態》,載《史林》,2008 年第 5 期。
50. 劉東海:《順康詞壇《樂府擬補題》主題考述》,載《貴州社會科學》,2008 年第 9 期。
51. 劉榮平《釋"知君種年星在尾"——對楊髡發陵時間之堅證的考辯兼論樂府補題寄託發陵説不能成立》,載《新宋學》2001 年第 1 輯。
52. 潘承玉:《"更考遺民刪作伴,不須牛僧辱牆東"——清初"遺民録"編撰與遺民價值觀傳播新考》,載《成大中文學報》,2003 年第 11 期。
53. 蕭啓慶:《宋元之際的遺民與貳臣》,《元史新論》,臺北:允晨文化實業股份有限公司,1999 年。
54. 蕭鵬:《西湖吟社考》,《詞學》第 7 輯。
55. 蕭鵬:《樂府補題寄託發疑——與夏承燾先生商榷》,載《文學遺産》,1985 年第 1 期。
56. 龍榆生:《論賀方回詞質胡適之先生》,《龍榆生詞學論文集》,上海:上海古籍出版社,1997 年。
57. 龍榆生:《彊邨本事詞》,《龍榆生詞學論文集》,上海:上海古籍出版社,1997 年。
58. 龍榆生:《研究詞學之商榷》,《龍榆生詞學論文集》,上海:上海古籍出版社,1997 年。
59. 謝桃坊:《胡雲翼詞學觀點的歷史反思》,載《上海師範大學學報》,1990 年第 1 期。
60. 簡又文:《宋末二帝南遷輦路考》,載簡又文編:《宋皇臺紀念集》,香港:趙族宗親總會,1960 年。
61. 顏昆陽:《宋代"詩詞辨體"之論述衝突所顯示詞體構成的社會文化性流變現象》,載周裕鍇編:《第六届宋代文學國際研討會論文集》,

成都:巴蜀書社,2011 年。

62. 嚴迪昌:《〈樂府補題〉與清初詞風》,載《詞學》第 8 輯。

63. 萩原正樹著,邵毅平譯:《王沂孫的詠物詞》,載王水照、保苅佳昭編:《日本學者中國詞學論文集》,上海:上海古籍出版社,1991 年。

外文專著及譯著

1. Leo Strauss, *Persecution and the Art of Writing* , Chicago: University of Chicago Press, 1988.

2. Primo Levi, *The Drowned and The Saved* , translated from the Italian by Raymond Rosenthal, New York : Vintage International, 1989, c1988.

3. 列奧・施特勞斯著,劉鋒譯:《迫害與寫作藝術》。北京:華夏出版社,2012 年。

4. 法爾布著,龔淑芳譯:《語言遊戲》。臺北:遠流出版事業股份有限公司,1975 年。

5. 馬可波羅述,比薩的魯斯蒂謙記,洲海昂註,馮承鈞譯:《馬可波羅行記》。北京:中華書局,1954 年。

6. 普利莫・萊維著,楊晨光譯:《被淹没和被拯救的》。上海:上海三聯書店,2013 年。

後記

拙著在張宏生教授的指導下完成。宏生師吩咐我先作好《補題》的校注,然後再在此基礎上作研究,方能論有所據,不然,所謂理論的闡發將成爲無源之水,無本之木。先校注,後論述,是一個很重要的學術訓練,謹此向宏生師致以衷心的感謝。

學長嚴志雄教授和郭天健先生勸勉我應該重返學術之路,把握學習的機會,奮力前行,不應蹉跎歲月,於是我決心坐下來展卷研讀。對於兩位兄長的鼓勵,我是永志不忘的。

拙著撰寫期間,好友曾漢棠先生、馮少斌先生、學弟文覺謙先生與我多有討論;内山精也教授、龔敏博士協助我查閱文獻;還有同事兼好友成鴻基先生陪我兩度遠赴日本查看《南詞》,沿途照應,對於各位的濃情高義,我是十分感激的。

學海無涯,何處是岸? 尚幸有各位師友扶持策勵,才不致於茫然無助,今後自當繼續奮進,期望可以爲中國學術出一分力,不辜負各位師友的期望。

拙著必定有錯漏之處,只因學殖譾陋,未能詳審諟正,還請各位讀者不吝賜教,示我周行。